JN157472

ジュール・ヴェルヌ〈驚異の旅〉コレクション Ⅱ

LES VOYAGES EXTRAORDINAIRES

Jules Verne, DE LA TERRE À LA LUNE AUTOUR DE LA LUNE SANS DESSUS DESSOUS

地球から月へ 月を回って 上も下もなく

ジュール・ヴェルヌ 石橋正孝=訳・解説

インスクリプト
INSCRIPT Inc.

LES VOYAGES EXTRAORDINAIRES

ジュール・ヴェルヌ〈驚異の旅〉コレクション

ジュール・ヴェルヌ〈驚異の旅〉コレクション

II

目次

地球から月へ

月を回って

上も下もなく

ジュール・ヴェルヌ〈驚異の旅〉コレクション

II

GUN
CLUB

DE LA TERRE À LA LUNE

Trajet direct en 97heures 20minutes

地球から月へ

―― 九七時間二〇分*の直行路 ――

『地球から月へ』初出：〈ジュルナル・デ・デバ〉紙、一八六五年九月一四日から一〇月一四日まで連載、同年エッツェル社より単行本刊行。
挿絵：アンリ・ド・モントーおよびジョルジュ・ルー（後者の挿絵は多色刷で、一八九七年の版に追加）

第一章　ガン・クラブ

　合衆国は南北戦争のさなか、影響力極めて大なるクラブがメリーランド州ボルティモア市で新たに設立された。船主、商人、機械屋の民ともいうべきアメリカ人たちの間で、軍人気質にどれほど拍車がかかったか、それはご承知の通りである。一介の卸売商が、勘定台をまたぎ越えるや、ウエスト・ポイントの職種学校〔原註／合衆国の陸軍士官学校のこと〕を経るまでもなく、即席で大尉に、大佐に、将軍になりおおせてみせたものである。彼らが「戦争技術」において旧世界の同輩と肩を並べるまでにさして時間は要さなかった。そして、それら同輩と同じく、砲弾を、何百万という金を、人の命を、惜しげもなくつぎ込んで勝利を得たのであった。

　しかしながら、アメリカ人がヨーロッパ人に勝(まさ)っていたのは、なんと言っても弾道学の分野においてであった。彼らの兵器のほうが完成度で凌いでいたという意味ではない。その大きさが並外れており、したがって、今までには考えられなかったほどの射程を持つに至ったという点で、ヨーロッパ人を凌駕したのである。掃射、俯射、直射、斜射、縦射、側射といったことなら、イギリス人も、フランス人も、プロシア人も、もはや教わるべきことはなに一つなかった。だが、彼らのカノン砲、榴弾砲、臼砲は、アメリカの砲兵隊の恐るべき兵器を前にすれば、懐中用の小型ピストルも同然だった。

　そう言ったところで、誰も驚きはしまい。世界に冠たる機械技師である北米人(ヤンキー)は、イタリア人が音楽家であり、ドイツ人が形而上学者であるのと同様に——つまり、生まれながらにして——技術者なのだから。となれば、彼らがその大胆な創意工夫の才を弾道学にも発揮するのは、この上なく当然の成り行きであった。こうして件の巨大な大砲が作り出された。実用性ではミシンに遠く及ばないものの、同じく人々を驚愕させ、はるかにその感嘆の的になったのである。パロット*、ダールグレン*、ロッドマン*がこの分野で実現した驚異の数々は周知の通りだ。アームストロング*も、パリッサー*も、トレイユ・ド・ボーリュー*も、海の彼方のライヴァルたちには脱帽のほかなかった。

そういうわけで、北軍と南軍が戈を交えたあの恐ろしい戦闘の間は、砲兵たちの天下だった。彼らの発明を合衆国の新聞は熱狂的に褒め称えた。吹けば飛ぶような商人だろうが、どれほど馬鹿正直な「ブービー〔原註／トンマ〕」だろうが、昼夜を問わず、常軌を逸した弾道の計算に頭を痛めない者はいなかった。

さて、アメリカ人が一人あることを思いつくと、それに共鳴する二人目のアメリカ人を探す。それが三人になると、会長一名と書記二名が選出される。四人になると、文書係が一名任命され、事務局が機能し始める。五人になると、総会が招集され、クラブが発足する。ボルティモアでも同じことが起きた。とある新型の大砲を初めて発明した男が、それを最初に鋳造した男および真っ先に砲腔を穿孔した男と手を組んだのだ。これがガン・クラブ〔原註／直訳すれば「大砲協会」〕の中核となった。創設から一か月後、クラブは一八三三人の正会員と三万五七五人の通信会員を数えた。

大砲を新たに考案したことがあるか、少なくとも改良したことがなければならない、これが入会を望む全員に課せられた、絶対不可欠（シネ・クワ・ノン）の条件だった。大砲でなければ、それ以外の火器でも構わない。しかし、はっきり言ってしまえば、一五連発のピストルや回転式カービン銃、サーベル・ピストルの発明者に厚い尊敬が払われたとは言えない。いついかなる場合も、彼らは砲兵連中の風下に立たされていたのだ。

「人が勝ちえる敬意は」と、ある日、ガン・クラブでも有数の学識高い雄弁家が言ったものである。「彼が作った大砲の「質量」に比例し、その砲弾が到達する「距離の二乗に正比例」する！」

だいたいのところ、ニュートンの万有引力の法則を精神の次元に転用したという次第であった。

ガン・クラブが創設されたとなれば、アメリカ人たちの発明の才がどのようなものを作り出したか、容易に想像できる。兵器は巨大なスケールになり、砲弾は、許容された限界を突破して、虫も殺さぬ散策者たちを真っ二つにした。これらの発明はことごとく、ヨーロッパの砲兵隊の、腰の引けた兵器をはるか後方に追いやった。以下の数字から各自よろしく判断されたい。

かつて、「よき時代には」、三六リーヴル〔一八キログラム〕の砲弾は、三〇〇ピエ〔九七・五メートル〕離れたところから、三六頭の馬のどてっ腹と六八人の人間様をぶち抜いたものであった。この技術はいまだよちよち歩きをしていたのだ。それからというもの、砲弾は長足の進歩を遂げた。ロッドマン砲は、半トン〔原註／五〇〇キロ〕の重量がある砲弾を七マイル〔原註／一マイルは一六〇九メートル三一センチに相当する。したがって、およそ三リューになる〕の彼方まで飛ばし、一五〇〇頭の馬と三〇〇人の人間を易々となぎ倒したであろう。ガン・クラブでは、正規の実験を行ってみてはどうかという話まで出た。しかし、馬の方は実験を試みることに同意したにせよ、人間の方は遺憾ながらそうは参らなかった。

いずれにしても、これら大砲の威力は実に殺人的であって、一発発射するたびに、大鎌で刈り取られる麦穂よろしく、兵士たちがバタバタと倒れたのであった。こうした砲弾と比べたら、一五八七年にクートラ*で二五人の兵士を戦闘不能にしたあの名高い砲弾だの、ツォルンドルフ*で一七五八年に四〇人の歩兵を亡き者にした砲弾だの、一七四二年に、ケッセルスドルフ*で一発放つごとに七〇人の敵をなぎ倒したあのオーストリアの大砲だの、どれもお話にもならない。イエナやアウステルリッツにおける戦闘*の勝敗を決した度肝を抜く砲撃がなんだと言うのか？　南北戦争では、それ以上のものが見られたのだ！　ゲッティスバーグの戦いでは、旋条砲から発射された円錐形の砲弾が一度に一七三人の南部連邦軍兵士を殺傷した。ポトマック河の渡し場では、ロッドマン砲弾が一発で二一五人の南軍兵士をとある世界に送り込んだが、そこは当然この世よりましと決まっていた。ガン・クラブの卓越せる会員にして終身書記でもあるJ＝T・マストンが発明した恐ろしい臼砲にも触れておかなければなるまい。その威力たるや、いよいよもって殺生と言うしかなかった。なぜなら、試射で三三七人もの命を奪ったのだ——大砲の破裂がその原因ではあったが！

それだけですでに十分雄弁なこれらの数字に、なにを付け加えることなどあろうか？　皆無である。というわけで、統計学者ピトケアン*がはじき出した数字を人は黙って受け入れるだろう。ガン・クラブ会員の砲弾で斃れた犠牲者の数を会員数で割ったところ、一人当たり「平均して」二三七五・五人殺していることが明らかになったのである。

かような数字に鑑みれば、この学識者団体唯一の関心事が、博愛の目的のために人類を殲滅し、文明の利器と見做される兵器を改良することにあるのは明白だ。つまり、〈皆殺しの天使〉の集まりだったわけだが、それはそれとして、彼らはこの世の最良の息子たちであった。

一つ付け加えておかなければならないのは、いかなる試練にもたじろがぬ勇気の持ち主であるこれらの北米人（ヤンキー）たちは、机上の空論でもってよしとせず、自ら進んで体を張っていたことである。彼らの中には、大尉や将軍など、あらゆる位階の将校が含まれていたし、軍隊生活に足を踏み入れたばかりの者から、砲架の上で老いを迎えつつある者まで、あらゆる年齢の軍人が揃っていた。多くの者が戦場に散り、その名をガン・クラブの勲功一覧に留めた。生き残った者たちは、その大半が彼らの争うべからざる勇猛さの証を体していた。松葉杖、義足、義手、鉤の手、ゴム製の顎、銀製の頭蓋、白金製の鼻といった具合に、彼らのコレクションに足りないものはなく、やはり前述のピトケアンの計算したところによれば、ガン・クラブにおいては、四人につき腕が一本に満たず、六人につき脚が二本しかないという。

しかし、これらの勇猛果敢な砲兵たちは、そんな瑣末な事柄には拘泥せず、戦闘速報で、消費された砲弾の数の一〇倍の犠牲者数が報じられると、さもありなんと胸を張るのだった。

しかしながら、ある日のことであった。悲しくも嘆かわしきその日、戦争から生き残った者たちの間で講和が結ばれ、砲声は徐々に止み、臼砲は口をつぐみ、榴弾砲は当分の間口籠をはめられ、カノン砲はうなだれて工廠に引き揚げ、砲弾は軍用品置場で山をなし、血なまぐさい記憶は薄れ、肥やしをふんだんに施された畑で綿が見事に生い茂り、喪服は悲しみともども擦り切れて、ガン・クラブは底なしの無為に沈み込んだ。

勤勉家たち、疲れを知らない働き手が幾人か、なおも弾道の計算に勤しんではいた。彼らは相も変わらず巨大な爆弾や比類なき榴弾を夢見ていたのである。だが、実践を欠いた理論など空しき限りではないか？　そういうわけで、クラブの部屋という部屋から人気が絶え、召使たちは控えの間で居眠りをし、新聞はテーブルの上で湿気てしまい、片隅の暗がりからはいびきがわびしく響くのであった。かつてはあれほどまでにかしましかったガン・クラブの会員たちも、破滅的な平和のために沈黙を余儀なくされ、精神的（プラトニック）な大砲技術を夢見つつ眠り込む始末だった。

「まったく胸が痛むな」ある晩のこと、気のいいトム・ハンターが言った。喫煙室の暖炉では、彼の木の義足が黒焦げになりつつあった。「なにもすることがない！　希望もない！　こんな人生はうんざりだ！　毎朝、大砲が陽気な砲声を上げて起こしてくれたあの時代は、どこへ行ってしまったのか？」

「あの時代はもう戻ってはこない」と、ない腕で伸びをしようとしながら、元気者のビルスビーが言った。「あの頃は楽しかったよなあ！　榴弾砲を一つ発明したら、鋳上がる間もなく、敵さんの前に駆けつけて試したもんだ。それから陣地に帰ると、シャーマン*から激励を受け、マクレラン*は握手してくれたものだ！　ところが今じゃ、将軍たちは自分たちの店の帳場に帰ってしまった。そうして、砲弾の代わりに、人畜無害な木綿の玉を送り出しているんだからな！　ああ！　聖女バルバラさま*！　アメリカでは火砲

ガン・クラブの砲兵たち

に未来はありません！」

「そうだ、ビルスビー」とブロンズベリー大佐が叫んだ。「この失意はやりきれん！　ある日、平穏な日常を捨てて武器の取り扱いに習熟し、ボルティモアに背を向けて戦場へと旅立ち、英雄的な活躍をしたかと思ったら、散々苦労した成果は二年か三年で水の泡、情けなくも無聊をかこって惰眠をむさぼり、ポケットに手を突っ込んでいるしかなくなるとはな」

勇猛な大佐は、口でこそなんとでも言えたが、実際に手持ち無沙汰をそんなふうに態度で表わそうにもなすすべがなかったろう。ただし、ポケットがなかったわけではない。

「その上、戦争が起こりそうな気配はまったくない！」と、その時かのJ＝T・マストンがグッタ・ペルカ製の頭蓋を鉄の手鉤で掻きながら言った。「地平線には戦雲の影もない。それも、よりによって、大砲学ではなにもかもこれからが本番って時にだ！　かくいう私も、今朝がた、戦争の諸規則を一変させる臼砲の原寸図を、平面図、断面図、立面図揃えて完成させたところだっていうのに！」

「そりゃ、本当かね？」とトム・ハンターは、咄嗟に、名誉あるJ＝T・マストンの一番最近の試射を思い浮かべて反応した。

「本当だとも」とマストンが答えた。「だがね、研究が首尾よく成し遂げられ、難問が克服されたからといって、それがなんになる？　まったくの骨折り損じゃないか？　新世界の諸国民はしめし合わせて平和に暮らすことにしたらしい。血の気の多いわれらが〈トリビューン〉紙〔原註／合衆国で最も熱烈に奴隷解放主義を唱える新聞〕に至っては、人口の破廉恥な増大のせいで破局が迫っているとの診断を下す始末だ！」

「そうは言うがね、マストン」とブロンズベリー大佐がふたたび口を開いた。「ヨーロッパじゃ、相変わらず民族自決の原理を賭けて互いに戦っているんだよ！」

「だから？」

「だから、あっちの方でなにか試してみてもいいんじゃないか、ということだよ。連中がわれわれの申し出を受けると言うんなら……」

「そんなことを考えているのか？」とビルスビーが叫んだ。「外人どものために弾道学をやるだなんて！」

「それだってなにもしないよりはましだろうが」と大佐が言い返した。

「その通りだ」とJ＝T・マストンが言った。「ないよりはましだ。しかし、そんな窮余の策はこれっぽっちも考えるべきじゃない」

「そりゃまた、どうして？」と大佐が尋ねた。

「なぜって、旧世界の連中は、〔軍人の〕昇進に関してわれわれアメリカ人の習慣とはことごとく相反する考え方をしているからだ。奴らときたら、少尉を務め上げるまでもなく司令官になれるなんて、頭の片隅にもない。それはつまるところ、大砲を自分で鋳造したことがなければいい照準手にはなれない、と言っているようなもんじゃないか！ しかし、そんなことはまるっきり……」

「たわごとだ！」とトム・ハンターが、座っている椅子の肘掛けを「ボウイ・ナイフ」〔原註／刃の幅が広い短刀のこと〕で切りつけながら応じた。「そういうことなら、煙草を植えるか、鯨油を蒸留するくらいしか、ほかにやることはないな！」

「なんだと！」とJ＝T・マストンが轟くような大音声で叫んだ。「われわれの人生の残された月日を火器の改良に捧げない、だと！ われわれの砲弾の射程をテストする機会が新たにめぐってこない、だと！ われわれの大砲のために大気が電光に照らされることはもはやない、だと！ 大西洋の向こうの列強のいずれかに宣戦布告してやれるような国際問題が発生しない、だと！ フランス人がわれわれの蒸気船を一隻も沈めず、イギリス人が人権を蹂躙してわれらが同胞を三、四人ばかり縛り首にしない、だと！」

「そうだ、マストン」とブロンズベリー大佐が答えた。「われわれがそのような幸運に恵まれることはあるまい！ そうとも！ 君の言うような事態はどれ一つとして起こらないだろうし、仮に起きたところで、どうしようもなかろうよ！ アメリカ人の自尊心は日に日に衰えているからね。われわれは女どもの言いなりになってしまったんだ！」

「その通り、われわれは自らを辱めているんだ！」とビルスビーが返答した。

「そして、辱められてもいる！」とトム・ハンターが言い返した。

「なにもかもまったくもってその通り」とJ＝T・マストンはふたたび激昂していった。「世上には戦うべき理由がごまんとあるのに、誰も戦おうとしない！ どいつもこいつも手足を惜しみやがって。それで得するのは、手足一つ碌に使えん奴らばかりじゃないか！ そうだ、戦争の理由をなにもそう遠くまで探しに行くことはない、北アメリカはかつてはイギリス人のものだったわけだろう？」

「そりゃそうだが」とトム・ハンターが怒りに任せて松葉杖の先で暖炉の火を熾しながら応じた。

「それなら！」とJ＝T・マストンは言葉を続けた。「今度はイギリスがアメリカ人のものになっちゃいけない、という理由はあるまい？」

「道理だね」とブロンズベリー大佐が答えた。

「合衆国大統領にそう提案しに行ってみたまえ！」とJ＝T・マストンが叫んだ。「そして、彼がなんと答えるか、聞いてみたまえ！」

「歓迎されないだろうね」とビルスビーが、戦闘で守りおおせた四本の歯の間で呟いた。

「誓って」とJ＝T・マストンは叫んだ。「次の選挙では、おれの一票を当てにはさせんぞ！」

「われわれの票もだ！」と戦いには目がない廃兵たちは口を揃えて言った。

「それまでは」とJ＝T・マストンが続けた。「結論として言えば、私の新式臼砲を本物の戦場で試す機会をくれないというのなら、ガン・クラブに辞表を提出し、アーカンソー州の草原（サヴァンナ）に骨を埋めに行く！」

「お供するよ！」と豪胆なるJ＝T・マストンの話相手一同は答えた。

　ことここに至り、人心は興奮の一途をたどり、クラブも今まさに崩壊かと思われたその時、思いがけない出来事によって、そうした遺憾極まる破局は未然に防がれたのであった。

　先の会話が交わされたまさにその翌日、クラブの全会員が次のような回状を受け取ったのである。

ボルティモアにて、一〇月三日

ガン・クラブ会長は、今月五日の会合において、会員各位の興に添えるご提案をいたしますことをここに謹んでお知らせいたします。したがいまして、会員各位におかれましては、万障お繰り合わせの上、本状による招待をお受けくださいますよう、伏してお願い申し上げます。

敬具

ガン・クラブ会長　インピー・バービケイン

第二章――バービケイン会長の発表

一〇月五日の午後八時頃、ユニオン・スクエア二一番地にあるガン・クラブの部屋は、立錐の余地もないほどの人混みでごった返していた。ボルティモアに居住するクラブの会員は一人残らず会長の招きに応じて参集していた。通信会員はといえば、急行列車から百人単位で街路に吐き出されていた。会議用の「ホール」がいかに広いとはいっても、この大勢の学者たちの全員がそこに席を確保することはできず、隣接する部屋はもちろん、廊下の突き当たりやその外の庭の奥まで埋まってしまうほど人があふれていた。そこで彼らは門に詰めかけている会員以外の人々と鼻を突き合わせたが、これらの人々は、バービケイン会長の重大な発表の中身を知りたがってやきもきしており、最前列に出ようと必死になって押し合いへし合い、もみくちゃになって、「セルフ・ガヴァメント」〔原註／自治のこと〕の精神に育まれた大衆にふさわしく、まさにやりたい放題だった。

その晩、ボルティモアにたまたま居合わせた外国人がいたとして、どんなに大枚をはたいたところで彼が大広間に潜り込める見込みはなかったであろう。そこに入ることを許されたのはボルティモア在住会員および通信会員だけだった。ほかの者は誰一人そこに席を取ることができなかった。町の名士といえども、都市行政委員（セレクトマン）〔原註／住民投票で選出された行政官〕でさえ、行政の客体たる群衆に混じって内部から漏れる最新情報に聞き耳を立てるしかなかったのである。

一方、巨大な「ホール」は、見る者の目に、興味津々たる眺めを呈していた。この広大な部屋はもってすべき目的に見事なほど見合っていた。高い円柱は、積み重ねた大砲でできており、太い臼砲を土台にしていた。それが支える丸天井の繊細な鉄骨は、プレス機で打ち出された鉄のレース編みそのものだった。大型ラッパ銃、ラッパ銃、火縄銃、カービン銃などなど、時代の新旧を問わず、あらゆる型の銃器が、十字で四分割された紋章を模すかのごとく、奇抜に組み合わされて壁面を飾っていた。シャンデリア風に配置された一〇〇〇丁近いリヴォルヴァーからガスの炎が噴き出していた。この煌々たる照明は、ピストルでできた枝付燭台（ジランドール）、束ねられた銃で組み立てられた大燭台（キャンデレブラム）*によって補われていた。大砲の雛型、青銅の見本*、砲撃のせいででこぼこに歪んだ照準器、ガン・クラブの砲弾を受けて破砕した装甲板、装塡桿と砲腔ブラシの取り合わせ、爆弾の数珠、砲弾の首飾り、榴弾の花飾りなど、一言で言えば、砲兵隊関係のありとあらゆる用具がその配列の妙によって目を驚かせていたのであり、人を殺すのではなく、飾りたてることこそ、それらの真の用途なのではないか、と思わせた。

一番目立つところに、火薬の力でちぎれ、捻じ曲げられた砲尾の破片が据えられており、立派なガラスケースに守られていた。J＝T・マストンの大砲の貴重な残骸であった。

部屋の奥に置かれた広い砲座には、四人の秘書を従えた会長が陣取っていた。彫刻を施した砲架の上に載っている会長の椅子は、全体として見れば、口径三二プース〔八七センチメートル〕の臼砲の力強い形を呈していた。それは真上を狙うように九〇度の角度に立てられ、砲耳の支えで宙吊りになっているため、会長は、「ロッキング・チェア」〔原註／合衆国でよく使われている揺り椅子のこと〕よろしく、すこぶる快適に身を揺らすことができた。熱波襲来の折にはうってつけの椅子である。六本のカロネード砲に支えられた大きな鉄板からなる机の上には、ビスケー銃の弾を鮮やかに彫り込んで作った、実に趣味のいいインク壺、そして、必要とあらば、リヴォルヴァーのごとく爆音を轟かせる呼び鈴が置いてあった。議論が白熱すると、この新式のベルでさえ、頭に血がのぼった砲兵の軍勢が上げる大声が相手では、なんとか打ち勝つのが関の山だった。

机の前には、攻囲塹壕のようにベンチがジグザグに並べられ、累々と連なる稜堡と幕堡さながらだった。そこはガン・クラブの会員たちの席で、その晩は、言ってみれば、「城壁の上に勢揃い」*といった趣だった。会長の人となりはよくわかっていたので、よほど重大な理由がない限り、彼が会員たちをわずらわせるようなことはないと誰もが承知していたのである。

インピー・バービケインは、四〇歳、物静かで冷ややか、みだりに人を寄せつけず、生真面目で何事もじっくりと考える質の男だった。クロノメーターのような正確さ、いかなる試練にも屈しない気性、断固たる性格。およそ騎士道とは縁遠いが、冒険精神には富んでおり、とはいえ、無鉄砲極まる企てにも実際的な発想を忘れない。これぞニューイングランド男児の見本にして北部の開拓者、スチュワート王家に災厄をもたらした円頭党党員*の末裔であって、イギリス本国のかつての騎士党*のなれの果てである南部紳士

ガン・クラブの会議

にとっては、不倶戴天の敵だった。要するに、生一本の北米人（ヤンキー）だったのだ。

バービケインは、材木業によって莫大な財をなしたのであった。南北戦争では火砲局長に任命され、あふれんばかりの発明の才を発揮した。その大胆な発想は、大砲の進歩に精力的に貢献し、実験に基づく研究に未曾有の飛躍をもたらした。

彼は中肉中背で、ガン・クラブにおいては稀な例外ともいうべきことに、四肢が一本も欠けてはいなかった。彼のはっきりとした目鼻立ちは、まるで定規と烏口で製図したみたいだった。一人の人間の本性を見抜くには横顔の輪郭を観察しなければならないという説*が正しければ、バービケインのそれは、精力、大胆、冷静のまぎれもない指標を示していた。

この時、彼は肘掛椅子に座ったまま動かず、アメリカ人たちの頭蓋にねじで留められているように見えるあの黒い円筒形のシルクハットを目深に被って沈思黙考し、およそ外界には注意を向けていなかった。

彼の無関心をよそに、同僚たちは周囲で騒々しくおしゃべりをしていた。彼らは疑問をぶつけ合い、憶測の領域に踏み込み、会長をしげしげと打ち眺めてはその泰然たる表情から未知数Xを引き出そうとしたが、無駄骨であった。

大広間の雷鳴時計が八時を告げた途端、バービケインは、まるでバネ仕掛けで動かされたかのようにさっと立ち上がった。皆一斉に口をつぐんだ。演説者は、やや仰々しい口調で以下のように話を始めた。

「わが忠勇なる同僚諸君、不毛なる平和の訪れからすでにあまりにも久しい時間が経過し、ガン・クラブの会員たちは遺憾ながら無為に沈んでおります。波瀾万丈の数年の後、われわれは仕事を放擲し、進歩の道半ばにしてはたと足を止めることを余儀なくされたのであります。私は声を大にして以下のように言明してはばからない。われわれの手にふたたび武器を握らせてくれるのであれば、どんな戦争であれ望むところである、と……」

「そうだ、戦争だ！」と血気さかんなJ＝T・マストンが叫んだ。

「謹聴！　謹聴！」と四方八方から声が飛んだ。

「しかし、戦争は」とバービケインは言った。「現在の状況下では起こりえません。尊敬すべきわが中断者がなんと望まれようと、戦場でわれわれの大砲が轟くまでにはまだまだ多くの年月が流れるでしょう。ですから、ここは一つ腹をくくって、絶えず貪欲に機会を窺っているわれわれの活動の新たなる捌け口を、畑違いの分野の発想に探し求める必要があるのです！」

バービケイン会長

聴衆は、会長が肝心かなめの点に触れようとしているのを感じ、耳を澄ませた。

「わが忠勇なる同僚諸君、私はこの数か月というもの」とバービケインは言葉を続けた。「自問してまいりました。われわれの専門領域に留まりつつ、この一九世紀にふさわしい偉大な実験をなにか企てることはできないものか、と。弾道学の進歩をもってすれば、そうした企てを成功させることも不可能ではないのではあるまいか、と。そういうわけで、私は研究し、勉強し、計算し、その結果、ほかの国であれば実行不可能と思われる実験を成功させることがわれわれならできるはずだという確信を抱くに至ったのです。じっくり時間をかけて練り上げられたこの計画こそ、私がこれから申し上げたいと思っていることにほかなりません。それは諸君にふさわしい計画、ガン・クラブの過去の歴史に照らして恥ずかしくない計画、そして、世界中の耳目を聳動させずにはおかないような計画なのです！」

「大騒ぎになるんでしょうな？」と話にのめり込んだ砲兵の一人が叫んだ。

「大騒ぎもなにも、文字通りそうなります」とバービケインが応じた。

「話の腰を折るな！」と何人かが口々に叫ぶ声がした。

「わが忠勇なる同僚諸君、どうかよく聞いていただきたい」と会長は再開した。

聴衆の間を戦慄が駆け抜けた。バービケインは、素早い動作で頭の上の帽子を被りなおしてから、静かな声で演説を続けた。

「わが忠勇なる同僚諸君、諸君の中で月を見たことのない方、少なくとも月について話に聞いたことがない方はおられますまい。私がこの場で夜を司るあの天体を話題にしたからといって、驚かないでいただきたい。われわれは、あの未知の世界のコロンブスたるべき運命（さだめ）にあるのかもしれないのです。諸君の最大限のご理解とお力添えをぜひとも賜りたい。私は諸君を月世界征服にお連れしようではありませんか。さすれば、月の名がこの偉大なる合衆国を構成する三六州の名に加わることとなるのです！」

「月世界万歳！」とガン・クラブの全員が声を一つにして叫んだ。

「月については多くの研究がなされてきました」とバービケインは続けた。「その質量、その密度、その重量、その体積、その組成、その運動、その距離、太陽系におけるその役割は完全に特定されています。精密さの点で、地球の地図を上回りこそしないものの、決して引けは取らない月世界の（セレノグラフィック）〔原註／「月」を意味するギリシャ語σελήνηに由来〕地図が作成されています。写真技術は、われわれの衛星を写した、比類ない美しさの印画をもたらしてくれています〔原註／ウォーレン・デラルー氏*による素晴らしいネガを参照〕。一言で言えば、われわれは、月に関して数学、天文学、地質学、光学が教えてくれることはすべて知っています。ですが、月との間に直接的な連絡が打ち立てられたことは、これまで一度もなかったのであります」

興味と驚きを示す激しい動きがこの言葉を迎えた。

「ここで諸君のお許しをいただいて」と彼はふたたび口を開いた。「何人かの燃えるような精神の持ち主が空想の旅行に出かけ、われわれの衛星の秘密を探り出したと主張しておりますので、簡単に振り返っておきましょう。一七世紀に、ダヴィッド・ファブリキウス*なる人物が、その目で月世界の住人を見たと自慢しております。一六四九年、ジャン・ボードワン*なる一人のフランス人が『スペインの流れ者ドミンゴ・ゴンサーレスの月世界旅行』*を刊行しました。同じ頃、シラノ・ド・ベルジュラック*があの有名な遠征記*を公刊し、フランスで大成功を収めたのであります。そのあとで、別のフランス人――この連中はよくよく月にご執心と推察いたします――フォントネル*という名のフランス人が『世界の複数性』*を書いていますが、これは当時としては傑作でした。しかし、前進を続ける科学は、傑作といえども蹴散らしてしまうのです！　一八三五年頃、〈ニューヨーク・アメリカン〉紙*の記事を翻刻した小冊子は、天文学上の研究のために喜望峰に派遣されたジョン・ハーシェル卿*が、内部照明を取り付けて改良した望遠鏡を用いて、月を八〇ヤード〔原註／一ヤードはおよそ一メートル弱、すなわち〇・九一センチ〔原文ママ。センチはメートルの誤植〕に相当〕の距離にまで引き寄せたと報告したのであります。すると、彼は、カバが住む洞窟や、金のレースで縁を飾られた緑の山並みや、象牙の角を持つ羊、白いノロジカ、コウモリのそれのような膜質の翼を持つ住人の姿をはっきり認めたと言うのです。この小冊子は、ロック*という名のアメリカ人の作品で〔原註／この小冊子は、フランスでは、一八四〇年のローマ包囲戦で戦死した共和主義者ラヴィロン*によって刊行された〕、大評判となりました。ですが、ほどなくしてそれは科学的なでっち上げだったことが判明し、真っ先にフランス人が物笑いの種にしたのです」

「アメリカ人を物笑いの種にするとは！」とJ＝T・マストンが叫んだ。「まさに開戦の口実（カスス・ベリ）じゃないか！……」

「まあ落ち着きたまえ、君。フランス人たちは、われらが同国人を嘲笑う前に、そのロックからまんまと一杯食わされたんだからね。さて、歴史のおさらいを終えるにあたって、ロッテルダムのハンス・プファールという男が、窒素から抽出された、水素より三七倍も軽いガスを詰めた気球に乗って上昇し、一九日間の飛行の末に月に到着した話を付け加えておきたいと思います。この旅行は、すでにご紹介した冒険と同じように、純然たる空想の産物ではありましたが、アメリカにおいて人気のある一人の作家、風変わりで瞑想的な天才の手になるものでした。その天才の名とは、ポオ*であります！」

「エドガー・ポオ万歳！」と聴衆は、会長の言葉に電撃を受けたかのように叫んだ。

「私が純粋に文学的と呼ぶ一連の試みについては、このくらいにしておきましょう。これらは、夜の天体との間に正真正銘の連絡を成立させるにはまったくもって不十分でしかありません。しかしながら、月との間でれっきとした交信を行おうと試みた実際的な精神の持ち主が何人かいた事実は補足しておかなければなりません。数年前のことになりますが、あるドイツ人幾何学者がシベリアのステップ地帯に学者委員会を派遣するよう提案したのです。その広大な草原の上に、巨大な幾何学模様、とりわけ、斜辺の正方形*、フランス人が俗に「ロバの橋*」と呼んでいる図を、光輝く反射鏡で作ればいいと言うのです。「いやしくも知性ある存在であれば」とその幾何学者は言明した。「この図の科学的用途を理解するはずだ。セレナイト〔原註／月の住人〕たちは、彼らが存在しているのであれば、同様の図でもって応答するだろう。一度交信が成立してしまえば、月の住人と意思疎通するためのアルファベットを作るのは難しくあるまい」。ドイツ人幾何学者はこのように語ったのでありますが、彼の計画が実行に移されることはなく、今日に至るまで、地球とその衛星の間には、なんの直接的なつながりもないのです。しかし、月世界との間に関係を成立させるのは、アメリカ人の実際的天才に任せられているのであります。それを実現するための手段は単純、容易、確実で、失敗のしようがないものであります。それを私は諸君にご提案したい」

　がやがやという声、そして、歓呼の嵐がこの言葉を包んだ。演説者の言葉に圧倒され、引き込まれ、我を忘れぬ者は聴衆の中に一人もいなかった。

「謹聴！　謹聴！　静粛に！」とあらゆるところから叫び声が上がった。

　騒ぎが静まると、バービケインは、いっそう居ずまいを正した声で、中断された演説を再開した。

「諸君は」と彼は言った。「数年来、弾道学がいかばかり進歩を遂げたことか、そして、戦争が続いていれば、火器がどれほどの完成の域に迫っていたことか、よくご承知のことと思います。そしてまた、一般的に言って、大砲の耐久力と火薬の膨張力には限りがないということもご存じだ。そこでです！　この原則を出発点に、私はわれとわが身に問いかけたのであります。十分な力を持ち、定められた耐久性の条件を満たすように製造された大砲を用いれば、砲弾を月に送り込むことも可能なのではあるまいか、と！」

　この言葉に対し、「おお！」という嘆声が、息を弾ませた千もの胸から漏れた。次いで、雷鳴が鳴り響くのに先立って深い静寂がさしはさまれるように、一瞬の沈黙が訪れた。そして、事実、雷鳴が炸裂したのであった。拍手の、叫び声の、歓声の雷鳴が会議室を揺るがせた。会長は話を続けようとした。しかし、できなかった。彼が自分の声を人々の耳になんとか届かせたのは、たっぷり十分は経った後のことだった。

「最後まで話をさせてほしい」と彼は沈着に続けた。「私は、この問題をあらゆる角度から検討し、断固としてそれに取り組み、駁論の余地なきわが計算から、秒速一万二〇〇〇ヤード〔原註／約一万一〇〇〇メートル〕の初速度を弾丸に与え、月に向けて発射すれば、それは必然的に月に到達するという結論が導かれたのです。それゆえ、忠勇なる同僚諸君、私は、諸君に対し、このささやかな実験を実行に移そうではないかと提案する光栄を有するものであります！」

第三章——バービケインの発表に対する反響

名誉ある会長の最後の言葉が巻き起こした反響は、筆舌に尽くしがたいものであった。なんという叫び声！　なんというわめき声！　唸り声と、万歳と、「ヒップ！　ヒップ！　ヒップ！」と、アメリカ人の言語に満ちあふれる擬音語との、なんという連打。それはまったくの混乱であり、その喧噪たるや、形容しがたいものであった！　口という口が叫び声を発し、手という手が打ち鳴らされ、足という足が建物中の部屋の床を揺らしていた。この大砲博物館にある兵器がすべて一斉に火を噴いたとしても、これほどまでに凄まじい音波を生むことはなかっただろう。別に驚くようなことではない。世の中には自分の大砲と同じくらいやかましい砲手が存在するのだから。

バービケインは、この熱狂的な大騒ぎの中にあって、ひとり泰然としていた。彼はまだ同僚たちに二言三言言うことがあったと見えて、身振りで静聴を求め、爆音ベルは必死に轟音を響かせていた。しかし、それは人々の耳に入ることすらなかった。彼は間もなく椅子から引き離され、神輿のように担がれ、忠実なる同僚たちの手から、それに劣らぬ熱狂を示す群衆の腕へ渡された。

アメリカ人はどんなことにも決して驚かない。フランス語の辞書に「不可能」の文字はない、とは散々言われることだが、そんなことを言っている連中は、明らかに引くべき辞書を間違ったのだ。アメリカにおいては、万事が簡単、万事が単純である。機械に関する難題など、発生以前に解決している。バービケインの計画からその実現までの間になにか困難な問題が生じる、などと片時でも考えるような輩は、北米人(ヤンキー)の名に値しなかった。口にされたということは、実行されたということなのだ。

会長の凱旋行進は夜になっても続いた。文字通りの松明行列となった。アイルランド人、ドイツ人、フランス人、スコットランド人といった、メリーランド州の住民を構成する雑多な人々がそれぞれの母国語で叫び声を上げ、〈ヴィヴァ〉が、〈ウラー〉が、〈ブラヴォ〉が曰く言いがたい高揚のうちに混ざり合った。

松明行列

ちょうどその時、まるで自分のことが話題になったのがつとにわかっていたかのように、月は静謐さを湛えた壮麗な輝きを放っており、その強烈な放射が周囲の星あかりを掻き消していた。すべての北米人（ヤンキー）がそのきらめく円盤に視線を向けていた。月に手を振って挨拶を送る者もいれば、その最も優美な愛称で呼びかける者もあった。目で大きさを測っている者もいれば、拳を振り上げて威嚇する者もあった。夜の八時から真夜中までの間に、ジョーンズ・フォール・ストリートの光学機器販売業者は、望遠鏡を売ってひと儲けした。夜の天体は、上流階級のご婦人（レディ）よろしく望遠鏡で盗み見された。アメリカ人たちは、月に対して我が物顔に振る舞っていた。金髪のフェーベ*は大胆な征服者の手に落ち、すでに合衆国の領土となったかのようだった。とはいえ、まだ月に砲弾を送り込むことになったというだけの話だったのだが。いくら相手が衛星でも、連絡をつける方法としては随分と荒っぽいやり方と言わざるをえないが、文明国の間ではありふれた手段である。

　時計が真夜中を打ったが、依然熱狂は冷めやらず、あらゆる階層の住人たちが甲乙つけがたい興奮を示していた。裁判官も、学者も、実業家も、商人も、人足も、賢い連中も、「緑色の」連中〔原註／「おめでたい連中」を指すアメリカ独特の表現〕も、誰もが琴線を揺すぶられるのを感じていた。それは国民的事業だった。山の手も下町も、パタプスコ河に洗われる波止場も、ドックに閉じ込められている船も、喜びとジンとウィスキーに酔い痴れる群衆であふれ返っていた。〈バー・ルーム〉にて、「シェリー・コブラー」〔原註／ラム、オレンジジュース、砂糖、シナモン、ナツメグを混ぜた酒。黄色っぽい色をしたこの飲み物は、ガラス製のストローでジョッキから吸引される。〈バー・ルーム〉とは、一種のカフェのこと〕のジョッキを前に、長椅子の上にだらしなく寝そべっているジェントルマンから、フエルズ・ポイントの薄暗い居酒屋で「撃沈」〔原註／下層民が飲む恐ろしい酒。英語では、thorough knock me down〕に酔う〈船夫（ウォーターマン）〉まで、誰もが喋りちらし、弁じ立て、議論し、口喧嘩し、同意し、手を打ち鳴らしていた。

しかし、二時頃には興奮も収まった。バービケイン会長はへとへとになり、ぐったりし、くたくたの態でなんとか家までたどり着いた。ヘラクレスのような男であっても、このような熱狂には耐えられなかっただろう。広場や街路から徐々に群衆は引き揚げていった。オハイオ、サスケハナ、フィラデルフィア、ワシントンに発してボルティモアに集結する四本の鉄道路線が、種々雑多な人々を合衆国の四隅に散らし、町は相対的に落ち着きを取り戻した。

　それに、あの記念すべき夜の間、熱狂の餌食となったのがボルティモアだけだと思ったら、とんでもない間違いである。テキサス州からマサチューセッツ州まで、ミシガン州からフロリダ州まで、ニューヨーク、ボストン、オルバニー、ワシントン、リッチモンド、クレッセント・シティ

〔原註／ニューオーリンズの通称〕、チャールストン、モービルといった合衆国の大都市は揃って狂乱のお裾分けに与った。事実、ガン・クラブの三万人の通信会員たちは会長の手紙の内容を知っていたから、一〇月五日の発表を同様に首を長くして待っていたのだ。そういうわけで、その晩のうちに演説者の口から発せられるたびに、一語また一語と、それは電信線を伝って、秒速二四万八四四七マイル〔原註／一〇万リュー。電気の流れる速度である〕の速度で合衆国全土を走り抜けたのである。それゆえ、フランスの一〇倍の広さがあるアメリカ合衆国が同じ瞬間に万歳（ウラー）の叫びを上げ、驕りに膨れた二五〇〇万の心臓が同じ鼓動を打っていたことは、絶対確実と請け合ってよろしい。

翌日、一五〇〇もの数に上る日刊紙、週刊誌、隔週誌、月刊誌が競ってこの問題を取り上げた。物理学的、気象学的、経済学的、道徳的といったさまざまな側面から、そして、政治的優越性だとか文明の見地から、検討が加えられたのである。月は完成された世界であって、もはやいかなる変化も起きてはいないのだろうか。人々はそう自問した。月は、大気がまだ存在していなかった頃の地球に似ているのだろうか？　地球というこの回転楕円体からは見えない月の裏側は、いかなる光景を呈しているのだろうか？　まだ夜の天体に砲弾を送り込むことしか問題になっていないにもかかわらず、それは一連の実験の第一歩にすぎないと誰もが考えていた。アメリカがこの神秘的な円盤に残された最後の秘密を解き明かすことを誰もが期待し、そして、アメリカによる月の征服がヨーロッパの均衡を著しく乱すことになるのではないかと懸念する向きもあるようだった。

計画は議論に付されたものの、その実現性を疑う新聞は一つもなかった。学術団体、文学団体、宗教団体の発行する論集、小冊子、会誌、「マガジン」は計画の利点を力説した。ボストンの〈博物学協会〉、オルバニーの〈アメリカ科学芸術協会〉、ニューヨークの〈地理学統計協会〉、フィラデルフィアの〈アメリカ哲学協会〉、ワシントンの〈スミソニアン協会〉は、ガン・クラブに千通もの手紙を送って慶賀の意を伝え、即座の協力と経済的支援を申し出た。

そういうわけで、これほどの賛同者を得た提案はかつてなかったと言えるだろう。ためらいや、疑いや、懸念は問題にもならなかった。砲弾を月に送り込むなどという思いつきを口にしようものなら、ヨーロッパ、特にフランスであれば、冗談や戯画やシャンソンの種にされたことだろうが、アメリカでそんなことをしようものならひどい目に遭っただろう。世界中の〈ライフ・プリザーヴァー〉〔原註／よくしなう鯨のひげと金属球でできた携帯用武器〕をもってしても、人々の憤激から身を守るには不十分だっただろう。新世界では、冗談でも笑いごとにしてはいけないことがあるのだ。

インピー・バービケインは、その日からというもの、合衆国で最も偉大な市民の一人となった。科学界におけるワシントンといったところだった。国民全体が突如として一人の人物の前にどこまでひれ伏すことができたか、それを物語る逸話を紹介しよう。

ガン・クラブの件の集会から数日後、さるイギリスの劇団の座長がボルティモアの劇場で『マッチ・アドゥ・アバウト・ナッシング』〔原註／『空騒ぎ』、シェイクスピアの喜劇の一つ〕を上演すると予告した。ところが、町の人々は、この題名に、バービケイン会長の計画に対するあてこすりを見て取り、劇場を占拠して座席を破壊し、気の毒な座長にポスターを変えさせた。この座長は機転のきく人物であって、大衆の意向に従い、場違いもいいところの喜劇に代えて、『アズ・ユー・ライク・イット』〔原註／シェイクスピアの『お気に召すまま』〕を上演し、数週間に渡ってチケットの記録的な売り上げを達成したのだった。

第四章――ケンブリッジ天文台の回答

しかしながら、バービケインは、自分に向けられる喝采のただ中にあって、一瞬たりと無駄にはしなかった。彼が最初にしたのは、ガン・クラブの事務所に同僚を集めることだった。そこで行われた討論の結果、この事業の天文学に関係する側面については天文学者に意見を求めることが決まった。その回答を受けて、どのような機械を手段として用いるべきか、議論されることになろう。さすれば、この大実験の成功を確実ならしむるために必要なことは、なに一つとしてなおざりにされないであろう。

専門的な質問を含む極めて厳密な覚書が作成され、マサチューセッツ州のケンブリッジ天文台*に送付された。合衆国で初めて大学が創られたこの町は、まさにその天文学研究機関のために有名なのである。そこには最も優れた天文学者が揃っており、そこで稼働している強力な屈折望遠鏡のおかげで、ボンド*はアンドロメダ星雲の分解に成功し、クラーク*はシリウスの衛星を発見できた。この名高い機関にガン・クラブが信頼を寄せたのは当然のことであった。

二日後、待ちに待った回答がバービケイン会長の元に届いた。

それは、以下のように記されていた。

ケンブリッジ天文台長より

ボルティモアのガン・クラブ会長へ。

ケンブリッジにて、一〇月七日。

ボルティモアのガン・クラブ会員の名においてケンブリッジ天文台に宛てられた今月六日付の貴信を拝受し、ただちに職員を集めて話し合った結果、以下のように回答するのが適切〔原註／原文にはexpedientとあるが、この語をフランス語に翻訳することは絶対に不可能である〕であると判断いたしました。

われわれに寄せられたご質問は以下の通りでした。

一、月に砲弾を送ることは可能か？

二、地球とその衛星の間の距離は正確にはどのくらいか？

ケンブリッジ天文台

三、十分な初速度を与えられた砲弾が月に到達するまでに要する時間はどのくらいであり、したがって、月の所定の地点に命中させるためにはいつ発射すればよいのか？

四、砲弾を月に命中させる上で、最も都合のいい位置に月が来るのは正確にいつのことか？

五、砲弾を発射する大砲を空のどの地点に向けるべきか？

六、砲弾が発射される時点で月は空のどの位置にあるのか？

第一のお尋ね――月に砲弾を送ることは可能か？――について。

砲弾に秒速一万二〇〇〇ヤード〔一〇・八キロメートル〕の初速度を加えることができれば、それを月に送ることは可能であります。この速度で十分であることは計算によって証明されております。地球から遠ざかるにつれて、重力の作用は距離の二乗に反比例して減少します。すなわち、距離が三倍になれば、重力の働きは九分の一になるのです。したがいまして、砲弾の重さは急激に減少し、月の引力と地球の引力が釣り合う地点に至って、ゼロになってしまうでしょう。それは、全行程の五二分の四七に当たる地点です。この瞬間の砲弾はもはや重さを失っており、この点を越えてしまえばあとは引力の力だけで月に落下していくことでしょう。それゆえ、実験の理論的可能性は完全に証明されています。すべては使用される装置の威力にかかっているのです。

二番目のお尋ね――地球とその衛星の間の距離は正確にはどのくらいか？――について。

月が地球の周りに描くのは円ではなく、われわれの惑星がその焦点の一つを占めている楕円であります。その結果として、月は、ある時は地球に近づき、またある時は遠ざかるということが起こります。これを天文学用語で言いなおせば、ある時は遠地点、ある時は近地点に来るわけです。さて、この最大距離と最小距離の違いは本件においては非常に大きく、到底無視すべからざるものと言えます。事実、遠地点において月は地球から二四万七五五二マイル（一リューを四キロとして九万九六四〇リュー〔三九万八五六〇キロメートル〕）のところにありますが、近地点においては二一万八六五七マイル（八万八〇一〇リュー〔三五万二〇四〇キロメートル〕）しか離れていません。つまり、二万八八九五マイル（一万一六三〇リュー〔四万六五二〇キロメートル〕）の違いがあり、これは全行程の九分の一以上に相当します。よって、月が近地点にある時の距離を基礎にして計算すべきです。

三番目のお尋ね――十分な初速度を与えられた砲弾が月に到達するまでに要する時間はどのくらいであり、したがって、月の所定の地点に命中させるためにはいつ発射すればよいのか？――について。

砲弾が発射に際して加えられた秒速一万二〇〇〇ヤードの初速度を際限なく保つことができるのであれば、目標到達までに約九時間しか要さないでしょう。しかし、この初速度は絶えず減少していきますので、計算したところ、地球と月の重力が釣り合う地点に砲弾が到達するまで三〇万秒、すなわち、八三時間二〇分かかり、この点から月に落下するまで五万秒、すなわち、一三時間五三分二〇秒かかることがわかりました。したがって、砲弾が月の狙った地点に到着する九七時間一三分二〇秒前に発射すればよいわけです。

第四のお尋ね――砲弾を月に命中させる上で、最も都合のいい位置に月が来るのは正確にいつのことか？――について。

これまでに申し上げたことから、まず月が近地点にある時期を選ばなければなりません。同時に、月が天頂を通る瞬間でもあるべきです。そうすれば、さらに地球の半径分、すなわち、三九一九マイルだけ、行程を短くできます。したがって、最終的な行程は二一万四九七六マイル（八万六四一〇リュー〔三四万五六四〇キロメートル〕）となります。しかし、月は毎月近地点に来るものの、その時に必ずしも天頂を通るとは限りません。月がこの二つの条件を満たすのは長い間隔を置いてなのです。それゆえ、近地点と天頂を同時に通過する時を待たなければなりません。さて、幸運な偶然の計らいで、来る年の一二月四日に、月はこの二つの条件を満たします。真夜中に近地点に達し、ということは、地球から最も短い距離にあり、同時に天頂を通るのです。

第五のお尋ね――砲弾を発射する大砲を空のどの地点に向けるべきか？――について。

以上の指摘を前提にすれば、大砲はその土地の天頂〔原註／天頂は、観察者の頭上に延びる垂直線上に位置する天の一点〕に狙いを定めなければなりません。よって、発射は水平面に対して垂直になされることとなり、地球の重力の作用をより速やかに脱することでしょう。しかし、ある土地の天頂に月が上るためには、この天体の赤緯よりもその土地の緯度が低くなければなりません。言い換えれば、その土地は、北緯または南緯のゼロ度から二八度の間でなければなりません〔原註／事実、赤道と二八度の緯線の間にはさまれた土地でしか、月がその最高点において天頂に達することはない。二八度を越えれば、両極に近づけば近づくほど、月は天頂から遠ざかる〕。それ以外の場所では、発射は斜めにならざるをえず、実験の成功が危うくなります。

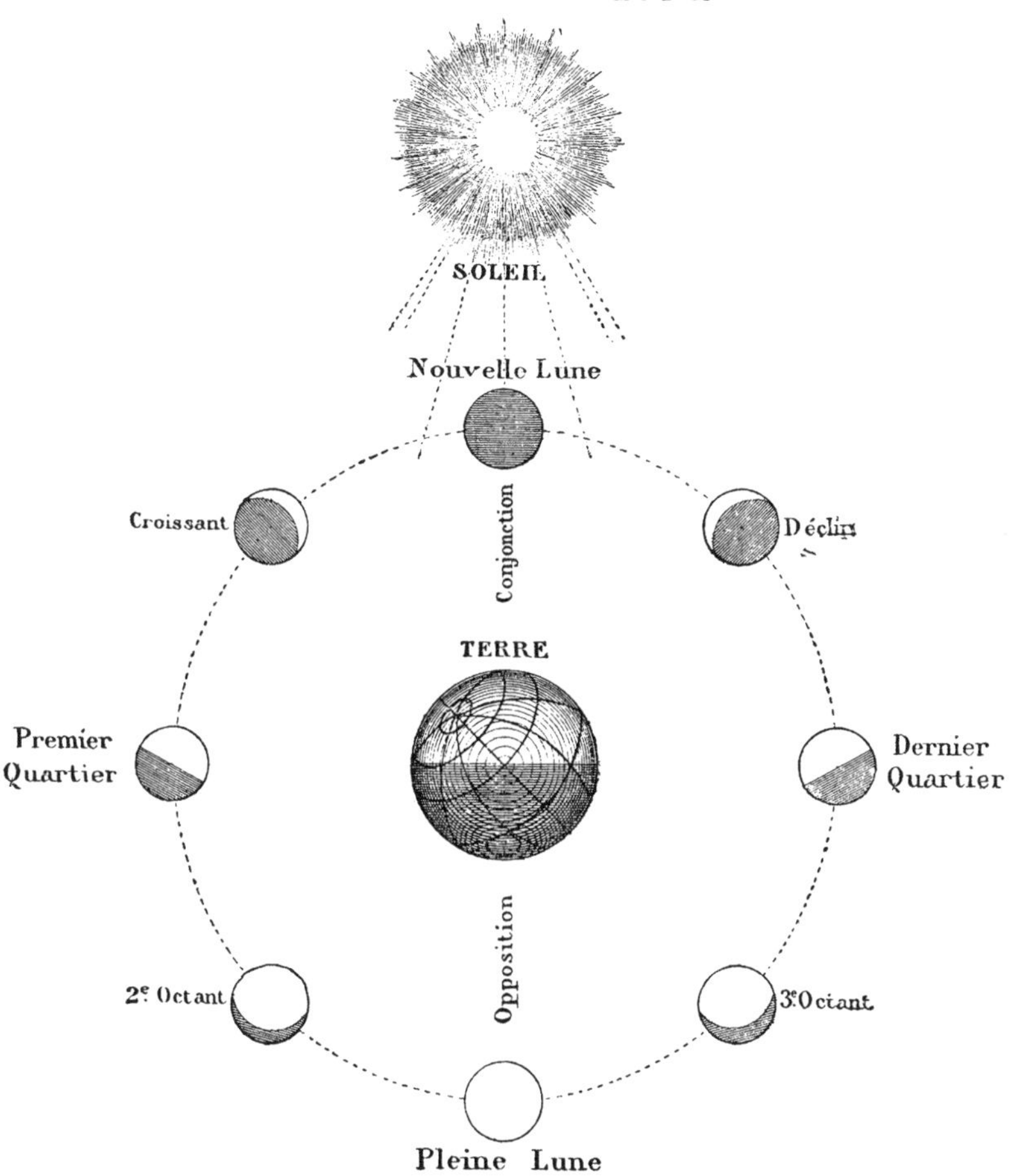

月の満ち欠け

反時計回りに、上から新月、三日月、上弦の月、第二半矩（十三夜）、満月、第三半矩（十七夜）、下弦の月、二十六夜の月（有明月）。地球の上下は「合」と「衝」

第六のお尋ね――砲弾が発射される時点で月は空のどの位置にあるのか？――について。

砲弾が宇宙空間に発射される瞬間に、毎日一三度一〇分三五秒進む月は、この角度の四倍、すなわち五二度四二分二〇秒だけ天頂から離れていなければなりません。この間隔は、砲弾が行程を踏破する間に、月が進む距離に相当します。しかし、地球の自転によって砲弾の軌道に生じる逸脱も考慮に入れる必要があり、砲弾は月に到着するまでの間に地球の半径の一六倍に等しい距離だけ逸脱し、この距離は、月の軌道においてはおよそ一一度分に相当する計算になるので、すでに言及した月の遅れを表す角度にこの一一度を加えなければなりません。その合計は、端数切り捨てで六四度になります。かくして、発射の瞬間に、月に向けられた視線は、その土地の鉛直線と六四度の角度をなすでしょう。

ガン・クラブの会員からケンブリッジ天文台に提起されたご質問に対する答えは、以上の通りです。

まとめますと、

一、大砲は、北緯ないし南緯のゼロ度から二八度の間に位置する地域に設置されなければならない。

二、大砲は、その土地の天頂に狙いを定めなければならない。

三、砲弾には、秒速一万二〇〇〇ヤード〔一〇・八キロメートル〕の初速度が加えられなければならない。

四、砲弾は、来年の一二月一日一一時の一三分二〇秒前に発射されなければならない。

五、砲弾は、発射から四日後、一二月四日の真夜中ちょうどに月が天頂を通過するその瞬間、月と相会するであろう。

したがって、ガン・クラブの会員におかれましては、こうした事業に必要な作業に即刻取り掛かり、指定された瞬間に作戦を実行できるよう準備しておかなければなりません。と申しますのも、この一二月四日を逃せば、近地点と同時に天頂に達するという同じ条件を月がふたたび満たすのは、実に一八年と一一日*も後のことになるからです。

ケンブリッジ天文台の職員一同は、天文学上の理論的ご質問にはいつでもお答えいたします。本状をもちまして、全アメリカよりの慶賀に私どもの慶賀を付け加えさせていただく次第です。

職員を代表して。
ケンブリッジ天文台長
J・M・ベルファスト

第五章――月のロマン

　宇宙が原初の混沌にあった時代に、無限の視力をそなえた観察者が、世界がその周りを回転しているあの知られざる中心に身を置いたとすれば、無数の原子が空間を満たしているのを目にしたことであろう。しかし、何世紀も経つうちに、少しずつ変化が起こってきた。引力の法則がその効果を発揮し、それまでさまよっていた原子を従わせるようになったのだ。これらの原子はそれぞれの親和性に応じて化学的に結合し合い、分子となって、天空の深奥に散りばめられている星雲状の集塊を形成していった。

　ほどなくして、こうした集塊はそれぞれの中心点の周りを回転し始めた。この中心は漠とした分子群からなっていたが、次第に凝縮しつつ、それ自身が回転を始めた。さらに、力学の不変の法則により、凝集によって体積が減少するにつれて、回転運動も加速し、この二つの作用が持続した結果、星雲状集塊の中心である主星ができたのである。

　さらに注視するならば、観察者はその時、集塊のほかの分子も中心たる星と同様に振る舞っており、次第に加速する回転運動によってそれぞれ独自に凝集し、数えきれぬ星となって主星の周りを回っていくのを見たことだろう。かくて星雲が形成された。天文学者は五〇〇〇個近い数の星雲を数えている。

　これら五〇〇〇個の星雲の中に、人類が天の川〔原註／フランス語の「乳の道」〔ヴォワ・ラクテ〕は、牛乳を意味するギリシャ語γαλακτοςに由来〕と名づけた星雲が一つある。それに含まれる一八〇〇万個の星は、それぞれが一つの太陽系の中心をなしている。

　観察者が、この一八〇〇万個の星の中から、一番つつましやかで一番暗い星の一つ〔原註／シリウスの直径は、ウォラストン*によれば、太陽の一二倍、すなわち四三〇万リュー〔一七二〇万キロメートル〕だという〕、第四等級の星、おこがましくも太陽を名乗る星に注目すれば、宇宙を形成した諸現象がことごとくその眼前に繰り広げられたことだろう。

　事実、いまだガス状で、浮動する原子からなっているこの太陽がその軸の周りを回転し、おのれを凝集させるという作業を終わらせようとしているのに観察者は気づいたであろう。この運動は、力学の諸法則に忠実に従って、体積の減少に足並みを揃えて加速していき、分子を中心に押し込めようとする求心力を遠心力が凌駕する瞬間が訪れたことであろう。

　すると、観察者の目の前で新たな現象が起こったはずである。赤道面に位置する分子が、いきなり綱が切れてしまった投石器の石のように飛び出し、土星の環に似た同心円状の環を形成したことだろう。今度はこれら宇宙物質の環が中心の塊をめぐる回転運動に巻き込まれ、崩壊してばらばらになり、二次的な星雲状物質、すなわち惑星になったであろう。

　観察者がこれらの惑星たちを一心に凝視すれば、それらが太陽とまったく同じ振る舞いを見せており、俗に衛星と呼ばれるところの下級の天体の元となる、宇宙物質の環を生み出していることがわかったであろう。

　こうして、原子から分子へ、分子から星雲状集塊へ、星雲状集塊から星雲へ、星雲から主星へ、主星から太陽へ、太陽から惑星へ、惑星から衛星へと経めぐることで、世界の始まりの日々以来、諸天体が閲してきた一連の変形をすべて目の当たりにできるのだ。

　太陽は、広大な恒星世界の片隅に埋もれてしまっているが、最新の科学理論は、これを天の川星雲に含めている。エーテル界〔天空のこと〕のただ中でどれだけちっぽけに見えようとも、太陽は一つの恒星系のれっきとした中心であり、その巨大さたるや地球の一四〇万倍もある。その周囲には、創造の最初の時期に太陽それ自体の胎内から飛び出した八つの惑星が旋回している。それらは、太陽に一番近い星から一番遠い星まで順に、水星、金星、地球、火星、木星、土星、天王星、海王星である。以上に加えて、火星と木星の間には、規模に劣る天体が規則正しく回っている。おそらくは何千もの破片に砕け散った別の天体の残骸がさまよっているのであり、反射望遠鏡によってこれまでに九七個が確認されている〔原註／これらの小惑星のうちのいくつかは極めて小さく、駆け足だと一日で一周できてしまうほどである〕。

　太陽によって、重力の大法則の力でそれぞれの楕円軌道に留め置かれているこれらの従者たちの中には、自分でも衛星を所有しているものがいくつかある。天王星の衛星は八つ、土星は八つ、木星は四つ、海王星はたぶん三つ、そして地球は一つである。この最後の衛星は、太陽系の中でもとりわけささやかな部類に属するが、これを称して月といい、アメリカ人がその大胆な天凛を発揮して征服すると豪語している当の星なのだ。

　この夜を司る天体は、比較的近くにあること、そして、素早くさまざまな相に移り変わることから、地球の住人の注目を最初のうちは太陽と二分していた。しかし、太陽を見るのは目にとって負担になる。その光の輝かしさのあまり、太陽を見つめる者は目を伏せずにはいられない。

これに対して、金髪のフェーベはもっと人間的で、おしつけがましいところのないその優美な姿を心ゆくまで眺めさせてくれる。彼女は目に優しく、控え目であるが、輝かしい兄弟であるアポロン〔太陽のこと〕を蝕することがある。それでいて、自身が蝕されることは決してない。イスラム教徒は、地球のこの忠実な女友人への恩義をよくわきまえており、一か月の長さをその公転周期〔原註／およそ二九日と半日である〕に基づいて決めたのだった。

古代の諸民族は、この清純な女神に格別の信仰を寄せていた。エジプト人はイシスと呼び、フェニキア人はアスタルテと名づけた。ギリシャ人は、レートーとゼウスの娘フェーベの名の下に月を崇め、ディアーナ*が美男子エンデュミオン*を密かに訪れるために月蝕が起きると説明していた。神話上の伝説によれば、ネメアのライオン*は、地球に現れる以前は月の平原を駆け回っていたと言うし、プルタルコスがその名を挙げる詩人アゲシアナックス*は、ほれぼれするようなセレーネーの光彩が形作る、優しい目、魅力的な鼻、そして愛らしい口をその詩の中で称えていた。

しかし、古代人たちは、月が持ちあわせている性格、気質、一言で言えば、神話的な観点から見た時のその精神的特性には知悉していたものの、彼らの中で最も学識ある者でさえ、月理学（セレノグラフィ）には極めて暗かった。

とはいえ、はるか昔の天文学者が、今日の科学によって裏づけられた月の特質をいくつか発見していたこともあったのである。アルカディア人が、自分たちは月がまだ存在しなかった頃の地球に住んでいたと主張していようとも、シンプリキウス*が、月は不動で水晶の円蓋に貼りついているのだと信じていようと、タティウス*が、それを日輪から剝がれた破片だと思っていようとも、アリストテレスの弟子のクレアルコス*が、月はよく磨かれた鏡でそこには大海原が映っているのだと考えていようとも、あるいは、ほかの連中が、月とは地球から発散された蒸気の塊にすぎないとか、それ自体が回転する、半ば燃え、半ば凍った球体であるとか思っていようとも、何人かの学者は、光学機器がなかったので、もっぱら明敏な観察によって、夜の天体を統べる諸法則の大半を見抜いていたのだ。

そういうわけで、ミレトスのターレス*は、紀元前四六〇年に、月は太陽に照らされているのではないかとの意見を述べた。サモスのアリスタルコス*は、月相の変化を正しく説明してみせた。クレオメネス*は、月は反射光で輝くのだと教えた。カルデアのベロッソス*は、その自転周期が公転周期と等しいことを発見し、そのせいで月は常に同じ面を地球に向けているのだと説明した。最後に、ヒッパルコス*

は、紀元前二世紀に、地球の衛星の見かけの運動には若干の不規則性があることを認めた。

　こうした数々の発見は、その後実証され、新しい世代の天文学者たちに裨益した。プトレマイオスが二世紀に、アラビア人アブル・ワファ*が一〇世紀に、太陽の影響で波打った軌道を月が進むために起こる不規則性について、ヒッパルコスの指摘を補足した。次いで、コペルニクス〔原註／学士院会員のJ・ベルトラン氏の素晴らしい著作『近代天文学の創始者たち*』を参照のこと〕が一五世紀に、ティコ・ブラーエが一六世紀に、太陽系のシステムと、全天体の中で月が演じている役割を完全に闡明した。

　この時期に、月の運動はほぼ解明された。だが、その物理的組成についてはほとんど知られていなかった。ガリレオが、ある種の位相の際に発生する光の現象は山が原因であると説明し、それらの山の標高は平均して四五〇〇トワーズ〔九〇〇〇メートル〕であるとしたのは、その時のことだった。

　彼の後、ダンツィヒ*の天文学者ヘヴェリウス*が月の最高峰を二六〇〇トワーズ〔五二〇〇メートル〕まで引き下げた。しかし、その同僚のリッチョーリ*はそれをふたたび七〇〇〇まで押し上げた。

　ハーシェル*は、一八世紀末、強力な反射望遠鏡を武器に、それまでの計測値を大幅に引き下げた。彼によれば、月の最も高い山でも標高は一九〇〇トワーズ〔三八〇〇メートル〕にすぎず、さまざまな高さの山を平均すれば、たかだか四〇〇トワーズ〔八〇〇メートル〕にしかならないという。だが、ハーシェルもまた誤っていたのであり、シュレーター*、ルーヴィル*、ハレー、ネスミス*、ビアンキーニ*、パストルフ*、ロールマン*、グルイチュイゼン*の観測を、そして、とりわけ、ベーア氏*とメドラー氏*の辛抱強い研究を待って初めて、この問題は最終的な決着を見たのであった。これらの学者たちのおかげで、月の山々の高さは、今や完全に判明している。ベーア氏とメドラー氏は、一九〇五の山の高さを計測したが、そのうちの六つは二六〇〇トワーズ〔五二〇〇メートル〕以上あり、二二個は二四〇〇トワーズ〔四八〇〇メートル〕を超えていた〔原註／モンブランの標高は海抜四八一三メートルである〕。最高峰は、月面を三八〇一トワーズ〔七六〇二メートル〕の高みから見下ろしている。

　同時に、月面の調査が補われていった。この天体は火口*で穴だらけになっており、本質的に火山性の性格を有していることが調査を重ねるたびにはっきりしてきた。月に隠された惑星の光が屈折しないことから、大気は皆無に近いと結論された。この空気の不在は、水の不在を導き出す。したがって、このような条件下で生活するために、月世界人は特別な器官構造をしており、地球の住民とは著しく異なっていることが明らかになった。

　そしてついに、新しい方法が導入されたおかげで、より完成された機器が月に休みなく探りを入れ、探査の及ばない点などどこにもなくなってしまった。そうは言っても、月の直径は二一五〇マイル〔原註／八六九リュー〔三四四〇キロメートル〕、すなわち地球の半径の四分の一強〕あり、表面積は地球の一三分の一〔原註／三八〇〇万平方キロ〕、そして、体積は、地球という回転楕円体の四九分の一である。しかし、そのいかなる秘密も天文学者の目を逃れることはできず、これらの学者たちは、驚嘆のほかない探査の手をさらに伸ばしていったのであった。

こうして彼らは、満月の期間には月面のある部分に白い線の縞模様が、それ以外の位相の時には黒い線の縞模様が見えることに気がついた。厳密に調べた結果、彼らはその正確な性質を突き止めることに成功した。それは長く細い溝であって、平行する縁の間に掘られており、多くの場合、火口の外縁に達している。長さは一万から一〇万トワーズ〔二〇から二〇〇キロメートル〕の範囲内、幅は八〇〇トワーズ〔一六〇〇メートル〕である。天文学者はそれらを称して溝と呼んでいるが、彼らにできたのは、このように命名することだけであった。かつての河の干上がった河床なのか、そうではないのか、彼らにははっきりとした答えが出せなかったのである。そういうわけで、アメリカ人たちは、この地質学的現象をいつの日か特定したいと望んでいた。彼らはまた、ミュンヘンの博識な教授グルイチュイゼンが月面に発見した、一連の平行した城壁の正体も自分たちの手で突き止めるつもりでいた。グルイチュイゼンは、それらを月の技師たちが築いた要塞システムではないかと考えていたのである。以上二つの未解明な点はもちろん、おそらくそれ以外の多くの謎もまた、月との間に直接連絡が打ち立てられない限りは、最終的に解明しえない問題なのだ。

月の光の強さについては、もはや新たに知るべきことはなにもない。太陽の光の三〇万分の一であり、その熱が温度計にさしたる影響を与えないことはわかっている。地球照という名で知られる現象はといえば、地球から月に反射された太陽光線の作用によって簡単に説明がつけられている。月の満ち欠けの初期および末期に月が三日月状を呈している際、残りの月面をぼんやり照らしているのがその光である。

以上が、地球の衛星についてこれまでに知られていることであって、ガン・クラブは、宇宙形状学から、地質学、政治、道徳に至るあらゆる観点からこれを補完しようと目論んだのであった。

第六章——合衆国において、知らずにいることはできないこと、そして、もはや信じてはいけないこと

バービケインの提案によって、夜の天体に関連するありとあらゆる天文学的事実が一躍時の話題になった。誰もが熱心に月を研究し始めた。まるで月が今初めて地平線の上に姿を現したのであって、それ以前には空に月を見た者は一人もいないかのようだった。月はブームになったのである。彼女は話題の人となったわけだが、その控え目な態度に変わりはなかった。「スター」の仲間入りを果たしたにもかかわらず、特に自慢げな様子もなかった。新聞は、この「狼たちの太陽」が登場する古い逸話を発掘してきた。昔の人々が無知ゆえに信じていた月の感応力の話が蒸し返された。月の賛歌があらゆる調子で歌われた。もう少しで、月が口にした名言まで引用されかねなかった。アメリカ中が月のマニアになってしまったのである。

科学雑誌は科学雑誌で、ガン・クラブの事業に関する問題を集中的に取り上げた。ケンブリッジ天文台の書簡が掲載され、解説され、手放しで肯定された。

要するに、北米人（ヤンキー）の中で最も無学な者であっても、月に関係する事実をどれか一つでも知らないなどということがあってはならず、最も頭の固い老婦人であっても、月について迷信じみた誤謬に凝り固まっていることはもはや許されなかった。科学があらゆる装いを凝らして彼らの許にやって来た。それは目から耳から入り込んできた。これで無知でいろと言われても、無理な相談というものだ……と天文学に限っての話だが。

その時までは、月を地球から隔てる距離がいかにして計算されたのか、それを知っている者はわずかだった。絶好の機会なので、この距離は視差を計測して得られるのだと人々は教えられた。視差という言葉に人々が戸惑いの色を見せると、地球の半径の両端から月に延ばした二本の直線の間の角度であるとの説明が付け加えられた。この方法の正確さに不信の念を抱く者は、この距離が確かに二三万四三四七マイル〔三七万五〇〇〇キロメートル〕（九万四三三〇リュー）であるというだけではなく、天文学者による誤差の範囲は七〇マイル〔一一二キロメートル〕（三〇リュー）にもならないとただちに教

わった。

月の運動になじみの薄い人々に対しては、新聞が連日のように、月は二種類の明確に異なる運動をしていること、一つはそれ自身の軸をめぐる自転運動であり、もう一つは地球の周りをめぐる公転運動であること、両者の周期は等しく、ともに二七日と三分の一日〔原註／これは恒星周期の長さ、すなわち、月が任意の同じ星のところに戻ってくるまでに要する時間である〕であることを立証してみせた。

自転は月面上に昼と夜を作り出す運動である。ただし、月の一か月の間に、昼と夜は一度ずつしかない。どちらも三五四時間と三分の一時間続く。しかし、月にとって幸いなことに、月の地球を向いた面は、月の一四倍の明るさで地球によって照らされている。地球からは常に見えない別の側には、当然のことながら、三五四時間の完全な闇夜が訪れる。それを和らげるのは、ただ「星より落ちる青白き光」[*]ばかりである。この現象は、自転と公転の周期が厳密に同じであるという特殊性から生じている。カッシーニおよびハーシェルによれば、木星の衛星でも同じ現象が起きており、おそらくほかのすべての衛星にも当てはまることなのだ。

意欲的ではあるものの、ややつむじ曲がりの頭脳の持ち主たちは、月が常に変わらず同じ面を地球に向けているとすれば、その同じ期間にそれ自体も一回転しているのだという理屈が最初のうちは呑み込めなかった。この人たちには、次のような説明がなされた。「お宅の食堂に行ってごらんなさい。そして、テーブルの周りを、常にその中心の方を見るようにして回ってみるのです。一周を終えて戻って来た時、あなたはご自身でも一回転しているでしょう。なぜなら、あなたは部屋のすべての箇所を次々に見ていったのですからね。ということは、です！　食堂とは宇宙のことであり、テーブルは地球、そしてあなたご自身は月というわけです！」――この比較にすっかり満足して、彼らは引き下がるのだった。

こういうわけで、月は終始同じ面を地球に見せている。とはいえ、正確を期せば、北から南へ、西から東へと月が揺れる「秤動（ひょうどう）」と呼ばれる振動のために、その円盤の半分より少しだけ多くの部分、すなわち、一〇〇分の五七ほどを見せているのである。

ケンブリッジ天文台長と同じくらい月の自転運動に詳しくなった無学者は、地球の周りをめぐるその公転運動のことがひどく気がかりになってきた。すると、二〇もの科学雑誌がたちまち彼らの蒙を啓いた。無数の星が散りばめられた天空とは、巨大な時計の文字盤と考えることができる。その上を、地球の全住民に真正の時刻を知らせつつ、月がめぐっていくのだ。月がさまざまな相を見せるのもこの運

月の眺め

動においてである。満月になるのは、月が太陽と衝の位置にある時、つまり、太陽と月と地球の三天体が同一直線上にあって、地球がその真ん中に来る時であり、新月になるのは、月が太陽と合の位置にある時、つまり、月が地球と太陽の間にある時なのだ。最後に、月が最初と最後の矩(クォーター)*の相になるのは、月が自らを頂点として太陽と地球の間に直角をなす時である。

何人かの目ざとい北米人(ヤンキー)は、それなら蝕は合ないし衝の時にしか起こるまいとの結論を引き出したが、この推論は正鵠を射ていた。合の時には、月は太陽を蝕す場合があり、衝の時には、今度は地球が太陽を蝕する場合があって、こうした蝕が太陰月*に二度は起こらないわけは、黄道、すなわち、地球の軌道面に対して、月の軌道面が傾いているからである。

夜の天体が地平線の上で達しうる高度については、ケンブリッジ天文台の書簡の説明に尽きていた。観測地の緯度によってこの高度が異なるということは誰もが知っていた。だが、地球上で月が天頂を通過する、ということは観測者の頭の真上に到達できるのは、必然的に二八度緯線と赤道の間に含まれる地域に限られるのである。砲弾を垂直に発射でき、したがって、それが重力の作用をより速やかに脱することができるようにするために、地球のこの部分のどこかで実験を行うべきであるというあの重要な忠告は、そこから導き出されていた。事業の成功の鍵となる条件であって、世論の注目を集めずにはいなかった。

月が地球の周りに描く公転軌道については、万国の無学者にも噛んで含めるようにケンブリッジ天文台が教えていた。この軌道は閉曲線であり、円ではなく楕円であって、地球はその焦点の一つを占めている。この楕円軌道はすべての惑星に、そしてまたすべての衛星に共通のものである。そうでしかありえないことを理論力学が厳密に証明している。これは言うまでもないことながら、遠地点の時に月は地球から最も離れ、近地点の時に地球に最も近づく。

以上が、好むと好まざるとにかかわらず、すべてのアメリカ人が知っていたこと、そして、知らないでいるのは恥ずかしいことであった。しかし、こうした正しい原理が急速に大衆の間に広まっていった一方で、容易には根絶できない多くの間違いやある種の杞憂が存在したのである。

そんな次第で、例えば、月はかつて彗星だったのであり、太陽をめぐる細長い軌道をたどるうちに、たまたま地球の近くを通りかかってその重力圏に捕えられてしまったのだと真面目に主張する人たちがいた。彼らサロン天文学者によれば、焼けただれた月の様相もこれで説明がつくのだという。この取り返しのつかない不幸は、輝ける天体〔太陽〕のせいなのだ。もっとも、彗星には大気があるが、月には少ししかないか、あるいは全然ないと指摘すると、彼らは答えに窮するばかりだった。

臆病者の種族に属する連中の中には、月の位置になにがしかの不安を表明する者がいた。カリフの時代になされた観測以後、月の公転運動は一定の割合で早くなっていると彼らは耳にしたのだ。となれば、と彼らは極めて論理的に推論した。回転の加速は両天体の距離の縮小を伴うに違いなく、この二つの作用がいつまでも続くのであれば、月はしまいには地球に落ちてくるのではないか、と。しかしながら、フランスの著名な数学者であるラプラスの計算によれば、この加速は極めて限定された範囲内に収まっており、いずれ相応の減速がこれに続くはずであると教えられると、彼らはほっと胸を撫で下ろし、将来の世代を思ってあれこれ気を回すのをやめにせざるをえなかった。したがって、太陽系の安定は、世紀が続く限り、乱されることはない。

最後に残ったのは無学者という迷信深い部類の人々だった。彼らは無知でいるだけでは飽き足らず、ありもしないことをご存じで、月に関しても随分とお詳しいのだった。月はよく磨かれた鏡であり、それを使えば、地球上のさまざまな場所からお互いの姿を見ることができ、考えを伝えることもできるのだと主張する者がいた。新月が千回観測されれば、そのうちの九五〇回は、天変地異、革命、地震、洪水等々の大きな異変を招いていると主張する者もいた。彼らは、夜の天体が人間の運命に及ぼす神秘的な影響を信じていたり、月を人生の「真の平衡錘」と見做していたり、一人ひとりの月世界人がそれぞれ一人の地球人と共感の絆で結ばれていると考えていたり、男の子はとりわけ新月の間に、女の子は下弦の月の間に生まれるといった具合に、生命のシステムは月に全面的に支配されているのだ、とミード博士*ともども主張し、譲ろうとしなかったりするのであった。しかし、結局はこうした通俗的な誤りに固執することを断念し、一つしかない真実に帰るしかなかった。その感応力を剝ぎ取られた月が、権力という名のつくすべてに阿諛する者たちの心の中でその権威を失墜させ、月に背を向ける者が何人かいたにせよ、圧倒的多数は月の擁護に回った。北米人（ヤンキー）たちはといえば、この空の新大陸を領有し、その一番高い頂にアメリカ合衆国の星条旗を翻らせること、もはや彼らの野心はその一点に尽きていた。

第七章——砲弾賛歌

　ケンブリッジ天文台は、あの記憶されるべき一〇月七日の書簡において、天文学の観点から問題を検討していた。次なる課題は、使用する機械の問題を解決することだった。アメリカ以外の国であれば、こうした実際的難問は乗り越えがたいように思われただろう。ところが、この地にあっては、それは児戯にすぎない。

　バービケイン会長は、時を置かずして、ガン・クラブの中心メンバーの中から実行委員を任命した。この委員会は、大砲、砲弾、そして火薬という三つの大問題を三度の会議で研究することになっていた。これらの分野に精通した四名の会員で委員会は構成された。賛否同数の際に裁決権を持つバービケイン、モーガン将軍、エルフィストン少佐、そして、彼なしではなにごとも始まらないJ＝T・マストン。マストンは、書記兼報告係を任せられた。

　一〇月八日、リパブリカン・ストリート三番地のバービケイン会長宅に委員会のメンバーが参集した。胃袋が叫び出して真剣な議論に水をさすようなことがあってはならないので、ガン・クラブの四人の会員は、サンドウィッチと巨大なティーポットで埋め尽くされたテーブルを前に席を占めた。J＝T・マストンはただちにペンを鉄の手鉤にネジで留め、会議が始められた。

　まずバービケインが発言した。

「親愛なる同僚諸君」と彼は言った。「発射体、すなわち、なんらかの推力によって空間に射出され、後はそれ自身に委ねられる物体を扱う弾道学、この科学の中の科学、その最重要課題をわれわれは解決しなければなりません」

「ああ！　弾道学！　弾道学！」とJ＝T・マストンが感極まった声で叫んだ。

「この最初の会議を」とバービケインが続けた。「発射装置に当てるのが理屈にかなっていると思われた方もおられるでしょうが……」

「その通りだ」とモーガン将軍が答えた。

「ですが」とバービケインは言った。「じっくり考えた結果、大砲の問題よりも砲弾の問題の方が優先されるべきで

まずバービケインが発言した

あり、大砲の大きさは砲弾の大きさによって決められるべきだと私には思われたのです」

「発言の許可を求める」とJ＝T・マストンが大声を上げた。

彼の輝かしい過去を思えば当然のことだが、ただちに発言が許可された。

「友人諸君」と彼は、高揚した調子で言った。「会長が、ほかのあらゆる問題を差し置いて、砲弾に優先権を与えたのは当を得たことであります！　われわれが月に打ち上げるこの砲弾こそ、われわれの使者にして大使なのであり、この場をお借りして砲弾を純粋に道徳的見地から考察することをお許し願いたい」

砲弾に対するこの新しいアプローチは、委員会のメンバーの好奇心をいたく刺激した。彼らは、J＝T・マストンの言葉に耳を澄ませた。

「親愛なる同僚諸君」と彼は続けた。「長々と喋るつもりはありません。私は、物理的な砲弾、人の命を奪う砲弾のことはひとまず脇に置いて、数学的砲弾、道徳的砲弾についてのみ語りたい。私にとって、砲弾とは、人間の力能の最も華々しい顕示なのであります。それは人類の持てる力を一身に体現しております。砲弾を創造することによってこそ、人類は最も創造主に近づいたのです！」

「いいぞ！」とエルフィストン少佐が言った。

「事実」と演説者は声を張り上げた。「神が恒星と惑星を創りたもうたとすれば、人間は砲弾という地上における速度の基準、宇宙をさまよう天体の縮小版を創ったのです。天体とは、実のところ、砲弾にほかならないのですから！　神には、電流の速度、光の速度、恒星の速度、彗星の速度、惑星の速度、衛星の速度、音の速度、風の速度があります！　ですが、われわれには、砲弾の速度があるのです、汽車あるいは一番足の速い馬の百倍も速い砲弾の速度が！」

J＝T・マストンは忘我の体だった。砲弾に捧げる聖なる賛歌を歌い上げる彼の声は、抒情的な響きを帯びていた。

「数字をお望みでしょうか？」と彼は言葉を継いだ。「雄弁なのがいくつもありますよ！　ささやかな二四ポンド*〔一一キログラム。原註／二四リーヴルのこと。〕砲弾を考えていただくだけで結構です。それは電流よりも八〇万倍も遅いですし、光よりも六四万倍遅く、太陽の周りを回る地球の公転速度に遅れること七六倍でありますが、砲口から放たれるときには、音速を超えており〔原註／したがって、大砲の発射音を耳にした時点で、砲弾が当たる可能性はない〕、秒速二〇〇トワーズ〔四〇〇メートル〕、一〇秒で二〇〇〇トワーズ〔四〇〇〇メートル〕、一分で一四マイル（六リュー）〔二万四〇〇〇メートル〕、時速にして八四〇マイル（三六〇リュー）〔一四四〇キロメートル〕、一日で二万一〇〇マイル（八六四〇リュー）〔三万四五六〇キロメートル〕、すなわち、地球の自転運動における赤道上の点の速度であり、そして、一年で七三三万六五〇〇マイル（三一五万五七六〇リュー）〔一一六二万三〇四〇キロメートル〕なのです。つまり、月に到達するには一一日間、太陽までは一二年間、太陽系の最果ての海王星までは三六〇年間かかるわけです。われわれの手で作られたささやかな砲弾にこれだけのことができるのです！　この速度を二〇倍にして、秒速七マイル〔一一キロメートル〕で射出したら一体どうなってしまうでしょう！　ああ！　至高の砲弾！　輝かしき発射体よ！　そなたには地球の大使にふさわしい栄誉を彼の地で受けてほしいものだ」

この耳を聾さんばかりのしめくくりは、万歳をもって迎えられ、J＝T・マストンは、すっかり感激して、同僚たちの祝福を浴びて席に座った。

「さて、それでは」とバービケインが言った。「詩心を言祝ぐのはそれぐらいにして、ずばり本題に取りかかりましょう」

「いつでもどうぞ」と委員会の面々は、それぞれ半ダースほどのサンドウィッチを平らげながら答えた。

「解決しなければならない問題がいかなるものか、それは諸君もご存じでしょう」と会長は続けた。「砲弾に秒速一万二〇〇〇ヤードの初速度を与えることです。われわれにならできる、と信じるいわれが私にはあります。ですが、今は、これまでに達成された速度を調べておきましょう。この点については、モーガン将軍の方からご教示いただけると思います」

「お安いご用です」と将軍が答えた。「戦争中に私は実験部隊の一員でしたから、なおさらです。二五〇〇トワーズ〔五〇〇〇メートル〕の射程を持つダールグリーンの一〇〇ポンド〔四五キログラム〕砲は、砲弾に秒速五〇〇ヤード〔四五〇メートル〕の初速度を加えることができます」

「なるほど。では、ロッドマンのコロンビアード砲〔原註／アメリカ人たちは、この巨大な破壊兵器をコロンビアードと名づけた〕はいかがです?」と会長が尋ねた。

「ロッドマンのコロンビアード砲は、ニューヨーク近郊のハミルトン要塞で試射された際、半トンの重量がある砲弾を、秒速八〇〇ヤード〔七二〇メートル〕で六マイル〔九六〇〇メートル〕離れた地点まで飛ばしました。イギリスにおいてアームストロングもパリッサーも得られなかった成果です」

「おお！　イギリス人なんぞ！」とJ＝T・マストンが恐ろしい鉤を東の水平線に向けて言った。

「ということはつまり」とバービケインがふたたび口を開いた。「八〇〇ヤード〔七二〇メートル〕というのがこれまでに達成された最高速度というわけですね?」

「そうです」とモーガンが答えた。

「しかし、言わせてもらいたいが」とJ＝T・マストンが

ロッドマンのコロンビアード砲

反論した。「私の臼砲が破裂さえしていなければ……」

「確かに。しかし、破裂したのは事実ですから」とバービケインは、なだめるような素振りで応じた。「ですから、八〇〇ヤードという数字を出発点にしましょう。これを二〇倍にしなければならないわけです。というわけで、この速度を得るための手段をどうするかという議論は別の回に譲り、同僚諸君におかれましては、砲弾の大きさをどのくらいにすべきか、という問題にご注目いただきたい。おわかりでしょうが、せいぜい半トン程度の砲弾など、もはやお呼びではないのです！」

「なぜそれではいけないんです？」と少佐が尋ねた。

「なぜなら、この砲弾は」とJ＝T・マストンが勢いよく答えた。「月の住人たちの注意を引けるくらい大きくなければならないからだ。月に住人がいるとしてね」

「そうです」とバービケインが答えた。「加えて、もっと重要な理由もあります」

「それはどういうことでしょうか、バービケイン？」と少佐が質問した。

「私が言いたいのは、砲弾を放ったらそれでおしまい、では不十分だ、ということです。目標に到達するまでの間、飛行中の砲弾を追跡しなければなりません」

「ほお！」と将軍と少佐は、この提案に少々不意を打たれて、声を上げた。

「そうなのです」とバービケインは自信たっぷりに続けた。「そうなのですよ。さもなければ、われわれの実験は無駄になってしまうでしょう」

「では」と少佐が言い返した。「砲弾を巨大なものにするおつもりなのですか？」

「いいえ。これから私の言うことをよくお聞きください。ご存じのように、光学装置は高い完成度に達しています。ある種の反射望遠鏡を用いることで、すでに対象を六〇〇〇倍に拡大することが可能になっており、月をおよそ四〇マイル（一六リュー）〔六四キロメートル〕のところまで近づけられるのです。ところで、この距離からだと、幅が六〇ピエ＊〔一八メートル〕ある物体は完全に見えます。反射望遠鏡の透過力をこれ以上に上げられない理由は、像の明るさを犠牲にしなければ透過力を上げることができないからにほかなりません。そして、月は反射鏡でしかなく、この限界を超えて透過力を上げられるだけの光を送ってこないのです」

「これはしたり！　では、どうなさるおつもりです？」と将軍が訊いた。「砲弾の直径を六〇ピエにするのですか？」

「とんでもありません！」

「ならば、月をもっと明るくしてみせると言われるのかな？」

「まさしくその通りですよ」

「常軌を逸しとる！」とJ＝T・マストンが叫んだ。

「そう、常軌を逸して簡単なことです」とバービケインが応じた。「実際、月の光が通過する大気の厚さを薄くすることができれば、その光を強くしたことになりませんか？」

「当然そうなりますね」

「であれば、です！　同じ結果を得るためには、反射望遠鏡をどこかしら高い山の上に設置すればいいわけです。そうすることにいたしましょう」

「いやいや、降参するしかありませんな」と少佐が答えた。「あなたにかかっちゃ、なにもかも簡単になる！……それで、その方法によってどのくらいの倍率が得られるのですか？」

「四万八〇〇〇倍です。月をたったの五マイル〔八キロメートル〕のところまで引き寄せられます。対象は、直径が九ピエ〔二・七メートル〕でありさえすれば、見えます」

「申し分ない！」とJ＝T・マストンが叫んだ。「われわれの砲弾は、じゃあ、直径九ピエということだね？」

「その通り」

「ですが、一言よろしいですか」とエルフィストン少佐が口をはさんだ。「それくらい小さくなっても、まだ相当な重量になりますよ……」

「ああ！　少佐」とバービケインが答えた。「重量について議論する前に、われわれの父祖たちがこの分野において成し遂げた素晴らしい成果の数々を語らせてください。弾道学は進歩しなかったなどと言うつもりは毛頭ありませんが、中世においてもすでに驚くべき成果が得られている事実を知っておくのはよいことです。それらは、われわれの達成よりも驚くべきものだと言ってもいいくらいです」

「まさか！」とモーガンが言い返した。

「発言に対する弁明を求める」とJ＝T・マストンが語気鋭く叫んだ。

「たやすいことこの上ありません」とバービケインは答えた。「私の言明を裏づける実例があります。たとえば、一五四三年、メフメト二世がコンスタンティノープルを包囲した際に放たれた石の砲丸は一九〇〇リーヴル*〔八五五キログラム〕の重さがありましたが、さぞかし大きなものだったに相違ありません」

「いやはや！」と少佐が言った。「一九〇〇リーヴルか、そいつは大層な数字だ！」

「マルタでは、騎士団の時代に、聖エルモ砦*のとある大砲が二五〇〇リーヴル*〔一一二五キログラム〕の重さの砲弾を発射*しています」

「そんなばかな！」

マルタ島の大砲

「最後に、あるフランスの歴史家によれば、ルイ一一世の御代に、ある臼砲がたった五〇〇リーヴル*〔二二五キログラム〕の爆弾を発射しました。しかし、この爆弾は、狂人が賢人を幽閉していた場所、バスティーユ〔監獄〕に発して、賢人が狂人を幽閉していた場所、シャラントン〔精神病院〕に落ちたのです」

「大変結構！」とJ＝T・マストンが言った。

「それ以来、われわれが目にしたものなど、結局、なにほどのものでしょう？　アームストロング砲の飛ばす砲弾は半トンですよ！　つまり、砲弾は、その射程距離こそ延びたものの、重量はむしろ減っているように思われるのです。しかし、われわれの努力をこの方面に振り向ければ、科学の進歩によって、メフメト二世やマルタ騎士団の砲弾の重さを一〇倍にすることができるに違いありません」

「それは言うまでもないことだ」と少佐が応じた。「だが、砲弾をどの金属で作るつもりですか？」

「単に鋳鉄でいいじゃないか」とモーガン将軍が言った。

「ふん！　鋳鉄だと！」とJ＝T・マストンが心底侮蔑したように言った。「月に赴くことになっている砲弾にしちゃ、ありきたりすぎる」

「それは言いすぎだよ、君」とモーガンが答えた。「鋳鉄で十分だ」

「いいでしょう！　でも、その場合」とエルフィストン少佐がふたたび口を開いた。「砲弾の重量が容積に比例する以上、直径が九ピエ〔二・七メートル〕ある鋳鉄製砲弾は、おそろしい重さになりますよ！」

「ええ、中身が詰まっていればね。空洞であれば、その限りではありません」とバービケインが言った。

「空洞！　ということはつまり、榴弾ですか？」

「中に電報を入れることができるぞ」とJ＝T・マストンが茶々を入れた。「地球の色々な物産の見本もね！」

「そう、榴弾です」とバービケインが答えた。「絶対にそうでなければならないのです。中身の詰まった一〇八プース*〔二七〇センチメートル〕の砲丸は、二〇万リーヴル〔九万キログラム〕以上の重さになるでしょう。これでは重すぎるのは言うまでもありません。しかしながら、ある程度の安定性を砲弾に与えなければなりませんから、私としては、五〇〇〇リーヴル〔二二五〇キログラム〕の重さにすることをご提案したい」

「して、弾殻の厚さはどのくらいになりますか？」と少佐が質問した。

「規定の割合に従うなら」とモーガンが言った。「一〇八プースの直径だと最低でも二ピエ〔六〇センチメートル〕の厚さが必要でしょうね」

「それでは厚すぎます」とバービケインが答えた。「よくよくご注意いただきたいのですが、今問題になっているのは装甲板をぶち抜く砲丸ではないのです。火薬のガスの圧力に耐えられるだけの頑丈さを持った弾殻を砲弾に与えれば十分です。つまり、問題はこうなります。鋳鉄製の榴弾が二万リーヴル〔九〇〇〇キログラム〕の重さを超えないためには、どのくらいの厚さでなければならないのか？　われらが有能なる計算家、マストン君が即刻答えを教えてくれるでしょう」

「朝飯前だ」と委員会の名誉ある書記は即答した。

そう言いながら、彼は紙の上に代数の数式をいくつか書いた。彼のペンの下にπやxや自乗にされたxが現れた。彼は、涼しい顔でなにかの立方根を開いてすらいるようだった。そして、こう言った。

「弾殻の厚さは二プース〔五センチメートル〕足らずになるでしょう」

「そんなに薄くて大丈夫なのですか？」と少佐が疑わしげに訊いた。

「駄目ですね」とバービケイン会長は答えた。「当然、駄目です」

「それでは、どうしますか？」とエルフィストンがかなり困惑した様子で尋ねた。

「鋳鉄以外の金属を使うのです」

「銅とか？」とモーガンが言った。

「いや、それだとなおさら重すぎます。もっといい案がありますよ」

「なんです？」と少佐が言った。

「アルミニウムです」とバービケインが返答した。

「アルミニウム！」と会長の三人の同僚が叫んだ。

「そうです、諸君。フランスの著名な化学者、アンリ・サント＝クレール＝ドゥヴィル*が、一八五四年に密度の高いアルミニウムの塊を作り出すことに成功したことはご存じでしょう。ところで、この貴重な金属は、銀の白さ、金の不変質性、鉄の強靭さ、銅の可融性、ガラスの軽さを持っております。それは加工しやすく、自然界にはなはだ広範に存在しています。なぜなら、アルミニウムは、大半の岩の主成分だからです。それは鉄より三倍も軽く、われわれの砲弾の材料にするために特別に誂えられたのではないかと思われるほどです！」

「アルミニウム万歳！」と興奮するといつも騒々しい委員会書記が叫んだ。

「しかし、会長殿」と少佐が言った。「アルミニウムの原価はとてつもなく高いのでは？」

「かつてはそうでした」とバービケインは答えた。「発見された初期の頃は、アルミニウム一リーヴル〔四五〇グラム〕当たりの価格は二六〇から二八〇ドル（約一五〇〇フラン）*したものです。その後、二七ドル（一五〇フラン）まで下がり、今日では、九ドル（四八フラン七五サンチーム）します」

「しかし、一リーヴルあたり九ドルというのは」と簡単にはうんと言わない少佐が反論した。「それでも大変な値段ですよ！」

「確かに、少佐殿。しかし、まったく手が届かない額じゃありませんよ」

「砲弾はその場合、どのくらいの重さになりますか？」とモーガンが尋ねた。

「私の計算の結果は以下の通りです」とバービケインが答えた。「直径が一〇八プース〔二・七メートル〕で弾殻の厚さが一二プース〔原註／三〇センチ。アメリカの一プース〔インチのこと〕は二五ミリである〕の砲弾の重さは、鋳鉄製であれば、六万七四四〇リーヴル〔三万三四八キログラム〕になりますが、アルミニウムで鋳造すれば、一万九二五〇リーヴル〔八六六三キログラム〕まで減らせるでしょう」

「言うことなしだ！」とマストンが叫んだ。「われわれの計画にどんぴしゃじゃないか」

「大変結構です！」と少佐が言い返した。「しかし、わかっているんでしょうね、一リーヴル当たり一八ドルの砲弾の値段といったら……」

「一七万三二五〇ドル（九二万八四三七フラン五〇サンチーム）です。よくわかっています。ですが、諸君、ご心配には及びません。われわれの事業がお金に困ることはないでしょう。私が保証します」

「金ならわれわれの金庫に降ってくるさ」とJ＝T・マストンがやり返した。

「ということで、アルミニウムについていかが思われます？」と会長が尋ねた。

「採用」と三人の委員が答えた。

「砲弾の形状ですが」とバービケインが先を続けた。「それは重要ではありません。大気をひとたび通り過ぎたら最後、砲弾は真空の中に入っているわけですから。したがって、私としては、丸い砲弾を提案したい。そうしたかったら回転するでしょうし、好きなように振る舞えばいいのです」

委員会の最初の会議はこうして終わった。砲弾の問題は決着し、J＝T・マストンは、アルミニウム製の砲弾を月世界人に送るという考えに有頂天になっていた。「奴ら、地球の住人は大したタマだと思うだろうて！」

第八章——大砲の物語

　この会議で決定されたことは、クラブの外で大反響を引き起こした。小心翼々たる手合いは、二万リーヴルもの重さの砲弾を空間に打ち上げるという考えに、少しばかり怖くなった。どのような大砲を用いれば、これほどの塊に十分な初速度を与えることができるのだろう、と人々は自問していた。委員会の第二回会議の議事録がこうした疑問に見事回答をもたらすはずだった。

　翌日の晩、ガン・クラブの四人のメンバーは、新たなサンドウィッチの山を前に、そして、紅茶の文字通りの大洋を臨んで、テーブルに着いた。議論はただちに再開され、今回は前置き抜きだった。

「親愛なる同僚諸君」とバービケインが言った。「われわれは、建造すべき火器、その長さ、その形状、その構成、その重さに取り組むことにしましょう。大砲は巨大なものにしなければならないでしょうが、困難がどれほど大きくても、われわれの工業的才覚をもってすれば、やすやすと乗り越えられるでしょう。私の話をよく聞いていただき、至近距離からどしどし異論をぶつけていただきたい。私は恐れたりはしません！」

　同意を意味する唸り声がこの宣言を迎えた。

「昨日の議論がどこまで進んだか、思い出しておきましょう」とバービケインが続けた。「今や問題は次のように定式化されます。直径一〇八プース、重さ二万リーヴル〔九〇〇〇キログラム〕の榴弾に秒速一万二〇〇〇ヤード〔一〇・八キロメートル〕の初速度を加えること」

「確かにそれが問題でした」とエルフィストン少佐が答えた。

「先を続けます」とバービケインが言った。「砲弾が空中に発射されると、なにが起こるでしょうか？　それは、三つのそれぞれ独立した力の作用を受けます。媒体の抵抗、地球の引力、そして、加えられた推進力です。この三つの力を検討しましょう。媒体の抵抗、すなわち、空気抵抗ですが、これはどうってことはないでしょう。事実、地球の大気は四〇マイル（約一六リュー）〔六四キロメートル〕しかありませんから。そこで、秒速一万二〇〇〇ヤードの速度だと、発射体は五秒でこの距離を走破してしまい、これほどの短時間では、空気抵抗は意味をなさないと考えて差し支えありません。そこで話を地球の引力に移しましょう。つまり、榴弾の重さのことですね。ご存じのように、この重さは、距離の自乗に反比例して減少します。物理学はわれわれに以下のことを教えています。事実として、物体が地球の表面に自由落下する時、その落下速度は最初の一秒で秒速一五ピエ〔原註／とはすなわち、最初の一秒間に四メートル九〇センチ。月が地球との間に置く距離からだと、落下速度は、一ミリと三分の一ないし一〇〇〇分の五九〇リーニュにすぎない〕ですが、同じ物体が二五万七五四二マイル離れた地点、言い換えれば、月が地球との間に置く距離まで移動させられたとすれば、その落下速度は最初の一秒間でおよそ半リーニュ〔一ミリメートル〕にまで減少するでしょう。これは動いていないのと変わりがありません。したがって、この重力の作用を段階的に打ち破る必要がある。それにはどうすればいいでしょうか？　推進力によればよいのです」

「そこが頭の痛いところだ」と少佐が応じた。

「いかにも、難問です」と会長が言った。「しかし、われわれなら克服できるでしょう。われわれが必要とする推進力は、火器の長さと火薬の量次第ですが、後者を制限するのは前者の耐久性だけだからです。そういうわけですから、本日は、大砲をどのくらいの大きさにするか、という論点に集中しましょう。言うまでもありませんが、いわば無限の耐久性を与えられるという条件でこの大砲を設置することができます。操作できるようにする必要がありませんから」

「おっしゃることは一から十までもっともですな」と将軍が答えた。

「これまでのところ」とバービケインが言った。「最も長い大砲であるわれわれの巨大なコロンビアード砲は、二五ピエ〔七・五メートル〕を超えていません。われわれが採用せざるをえないであろう大きさには、多くの人がたまげるでしょう」

「それはそうに決まっている！」とJ＝T・マストンが叫んだ。「私としては、最低でも半マイル〔八〇〇メートル〕の大砲を所望する！」

「半マイルだと！」と少佐と将軍が叫んだ。

「そうだ！　半マイルだ。それでもまだあと半マイル足りないだろう」

「おいおい、マストン」とモーガンが応じた。「君は大袈裟すぎるぞ」

「とんでもない！」と短気な書記は言い返した。「あんたが私のことを大袈裟呼ばわりするとは、まったくわけがわからん」

「そのわけは、あんたがぶっ飛びすぎるからだ！」

「一つご承知おき願いたいものだが、ムッシュー」とJ＝T・マストンが尊大な態度で応答した。「砲兵というのは砲丸と同じでね、いくらぶっ飛んでもぶっ飛びすぎるということは断じてありえんのだ！」

　議論は個人攻撃の域に入ったが、会長が割って入った。

「まあまあ、落ち着いて、理詰めで行こうじゃありませんか。大砲の長さは砲弾の下に蓄積するガスの膨張を増大させますから、砲身の長い大砲でなければならないのはもちろんですが、一定の限度を超えて長くするのは無意味です」

「まったく同感です」と少佐が言った。

「こうした場合に広く用いられている基準はどのようなものでしょうか？　通常、大砲の長さは砲弾の直径の二〇倍から二五倍、そして、重さは砲弾のそれの二三五倍から二四〇倍となっています」

「それでは不十分だ」とJ＝T・マストンが大声を上げた。

「私もそう思います。そして、事実、この比率通りですと、幅九ピエ〔二・七メートル〕、重さ三万リーヴル〔［ママ］一万三五〇〇キログラム〕の砲弾に見合う大砲は、長さが二二五ピエ〔六七・五メートル〕、重さが七二〇万リーヴル〔三二四〇トン〕しかありません」

「笑止千万だ」とJ＝T・マストンが即座に反応した。

「ピストルを使う方がましというものだ」

「同感ですね」とバービケインが答えた。「そういうわけで、私はこの長さを四倍にし、九〇〇ピエ〔二七〇メートル〕の大砲を作ったらどうかと考えます」

　将軍と少佐は二、三反論をしたが、ガン・クラブの書記に強く支持されたこの提案が最終決定となった。

「ところで」とエルフィストンが言った。「砲身の厚みはどうしますか？」

「六ピエ〔一・八メートル〕です」とバービケインが答えた。

「そんなどでかい代物を砲架の上に載せようだなんてよもや思ってはおられますまいな？」と少佐が尋ねた。

「でも、そうなれば壮観だろうな！」とJ＝T・マストンが言った。

「しかし、実現不可能です」とバービケインが応じた。

「そうではなく、私は、この兵器を地面に直接鋳込み、錬鉄の帯鋼を嵌め、周りに石と石灰を分厚く積み重ねて覆うことを考えています。そうすれば、周囲の大地の耐久力がそのまま大砲に転用できるという寸法です。鋳造がすんだら、内腔の仕上げ穿孔を行い口径を整え、砲弾の風〔原註／砲弾と砲腔の間に時折生じる隙間のこと〕を防ぎます。こうすることで、ガスの損失はなくなり、火薬の膨張力が残らず推進力に使われるわけです」

「万歳（ウラー）！　万歳（ウラー）！」とJ＝T・マストンが言った。「これで大砲は一丁上がりだ」

「まだです！」とバービケインは、手振りでせっかちな友人を制して言った。

「なぜだい？」

「まだ形態をどうするか議論していないからです。カノン砲にするのか、榴弾砲にするのか、それとも臼砲にするのか？」

「カノン砲だ」とモーガンがやり返した。

「榴弾砲だ」と少佐が反撃した。

「臼砲だ」とJ＝T・マストンが叫んだ。

各自が贔屓の兵器に肩入れするあまり、白熱した議論が新たに始まろうとしたその時、会長がきっぱりと待ったをかけた。

「友人諸君」と彼は言った。「全員が賛成できる案がありますよ。われわれのコロンビアード砲は同時にその三種の火器を兼ねることになるのです。薬室が内腔と直径を等しくするからにはカノン砲ということになるでしょう。榴弾を発射するからには榴弾砲ということになるでしょう。そして、九〇度の角度で狙いをつけ、地面に揺るぎなく固定されていて後座しえず、砲腔に蓄積された全推進力を砲弾に伝えるからには臼砲ということになるでしょう」

「異議なし、異議なし」と委員会のメンバーは答えた。

「ちょっと思ったんですが」とエルフィストンが言った。「そのカ榴臼砲には、旋条は入れるのですか？」

「入れません」とバービケインが答えた。「初速度が莫大にならなければなりませんが、ご存じの通り、旋条砲から発射される砲弾は、滑腔砲から発射される時よりも遅くなります」

「まさにおっしゃる通り」

「これでやっと、今度こそ一丁上がりだな！」とJ＝T・マストンが繰り返した。

「いや、あともうちょっとだ」と会長が言い返した。

「どうして？」

「われわれはまだ、どの金属で作るのか、決めていない」

「すぐに決めようじゃないか」

「そう言おうとしていたところです」

委員会の四人のメンバーはめいめい一ダースほどのサンドウィッチを呑み込み、ボール一杯のお茶を飲んだ。そして、議論が再開された。

「同僚諸君」とバービケインが言った。「われわれの大砲は大変な強靭さと硬度をそなえ、熱によって融けることなく、酸の腐蝕作用にも溶解したり酸化したりしてはなりません」

「その点に疑問の余地はありませんな」と少佐が応じた。

「そして、大量の金属を使用しなければならないことを考えれば、あまり選択の余地もない」

「そういうことなら」とモーガンが言った。「コロンビアード砲の製造に、今日までに知られている限り最良の合金を提案したい。すなわち、銅一〇〇、錫一二、真鍮六の合金です」

「諸君」と会長が答えた。「その配合が素晴らしい成果を挙げてきたことは私も認めるに吝かではありません。しかし、この案件においては、それでは費用がかかりすぎますし、取り扱いが極めて難しいでしょう。したがって、上質ではあるが安価な材料を採用すべきであると考えます。例えば、鋳鉄がそうです。あなたもそうお思いになりませんか、少佐？」

「まったくですね」とエルフィストンは答えた。

「事実」とバービケインが続けた。「鋳鉄は、青銅よりも一〇倍安く、溶解しやすく、砂の鋳型に簡単に流し込めます。取り扱いにも時間がかかりません。つまり、お金と時間の節約になるのです。おまけに、素材としても素晴らしく、よく覚えていますが、戦争中、アトランタ包囲戦において、千発ずつ二〇分おきに発射しても、鋳鉄製の大砲はどれもなんともなかったんですよ」

「とはいえ、鋳鉄は非常に脆いですよ」とモーガンが応じた。

「ええ、しかしまた、非常に耐久性があります。もっとも、破裂したりはしませんよ、私が請け合います」

「人は破裂してなお廉直たりうる」とJ＝T・マストンが勿体ぶってやり返した。

「もちろんです」とバービケインが答えた。「それゆえ、われらが尊敬すべき書記殿に、長さが九〇〇ピエ〔二七〇メートル〕、口径が九ピエ、砲身の厚みが六ピエ〔一・八メートル〕の鋳鉄製大砲の重量を計算願いたい」

「ただちに」とJ＝T・マストンは返答した。

そして、前日そうしたように、驚嘆するほかないほど楽々と数式を並べ、一分後にこう言った。

「この大砲の重さは、六万八〇四〇トン（六八〇四万キロ）になるでしょう」

「一リーヴル当たり二セント（一〇サンチーム）かかるとして、総経費は？……」

「二五一万七〇一ドル（一三六〇万八〇〇〇フラン）」

J＝T・マストン、少佐、そして将軍は、バービケインの顔を不安げに見つめた。

「どうかされましたか、諸君！」と会長は言った。「昨日申し上げたことを繰り返しますが、どうかご安心を、数百万くらい、どうとでもなります！」

J＝T・マストンの理想図

会長のこの確約を最後に、第三回の会議を翌日に期して委員会は散会した。

第九章――火薬の問題

火薬の問題を論じることが残っていた。この最後の決定を、大衆は不安を覚えながら待っていた。砲弾の大きさ、大砲の長さが与えられたのだから、推進力を生み出すために必要な火薬の量はいかほどになるのか？　その威力は人間のコントロール下にあるとはいえ、依然として恐るべきこの薬剤が、異例の規模でその役割を果たすよう呼び出されるところなのだ。

一般によく知られ、また好んで繰り返されるところによれば、火薬は一四世紀に修道僧シュヴァルツ*が発明し、彼はその大発見を自らの命で贖ったという。だが、この物語は中世の伝説の一つに分類されるべきことが現在ではほぼ実証されている。火薬は誰に発明されたというようなものではない。火薬と同様に硫黄と硝石でできたギリシャ火薬から直接派生したものなのである。ただ、この時代には燃焼性混合物にすぎなかったものが、その後、爆発性混合物に変化したのである。

しかし、博学の士がこの火薬偽史のことを完全に弁えていたとしても、火薬の力学的威力のなんたるかを理解している者はほとんどいない。ところが、委員会に検討を任せられた問題の重要性を理解するためには、この点をこそ知っておかなければならない。

というわけで、一リットルの火薬の重さはおよそ二リーヴル（九〇〇グラム）〔原註／アメリカの一リーヴルは四五三グラムに相当〕である。それは、燃焼して四〇〇リットルのガスを生み出す。解放されたこのガスは、二四〇〇度まで上げられた温度の作用で四〇〇〇リットルもの空間を満たす。つまり、火薬の容積とその爆発によって生み出されるガスの容積の比率は、一対四〇〇〇なのである。このガスが四〇〇〇倍狭い空間に押し込められた場合のことを考えていただければ、その圧力の恐ろしさは推し量れるだろう。

翌日、委員会のメンバーが会議を始めた時、以上のことが彼らには完全にわかっていた。バービケインは、戦時中に火薬部門を統括していたエルフィストン少佐に発言を求めた。

火薬を発明した修道僧シュヴァルツ

「親愛なる同僚諸君」とこの卓越した化学者は言った。「私は、反論の余地のない数字から始めたいと思います。われわれの議論の土台として役立つでしょう。一昨日、名誉あるJ＝T・マストンが詩的な言葉遣いで語った二四ポンド〔一〇・八キログラム〕砲弾は、たった一六リーヴル〔七・二キログラム〕の火薬によって砲口から射出されます」

「その数字は確かですか？」とバービケインが尋ねた。

「絶対に確かです」と少佐が答えた。「アームストロング砲は、八〇〇リーヴル〔三六〇キログラム〕の砲弾を飛ばすのに七五リーヴル〔三三・八キログラム〕の火薬しか用いませんし、ロッドマンのコロンビアード砲は、半トンの砲弾を六マイル〔九・六キロメートル〕飛ばすのに一六〇リーヴル〔七二キログラム〕しか火薬を消費しません。これらの事実は疑いを容れません。私自身が、砲兵隊委員会の調書に記録した数字ですから」

「確かに」と将軍が応じた。

「では」と少佐が続けた。「これらの数字から引き出すべき結論、それは、火薬の量は砲弾の重さに応じて増加しない、ということです。事実、二四ポンド砲弾のために一六リーヴルの火薬が必要だとすれば、言い方を変えますと、通常の大砲において、砲弾の重量の三分の二の火薬を用いるとすれば、この比率は一定ではありません。計算すればおわかりいただけますように、半トンの砲弾のために必要な火薬の量は三三三リーヴル〔一五〇キログラム〕ではなく、たったの一六〇リーヴル〔七二キログラム〕にすぎなかったのです」

「つまり、どういうことでしょうか？」と会長が質問した。

「少佐殿、あなたの理論をとことん押し進めると」とJ＝T・マストンが言った。「砲弾が十分重ければ、火薬はまったく必要ないということになりますよ」

「マストン君は真面目な話まで茶化してしまう」と少佐が言い返した。「しかし、ご安心ください。彼の砲兵としての自尊心を満足させられるだけの火薬の量をじきにご提案しますので。ただ、私としてははっきりさせておきたかったのは、戦争中、実験の結果、最大級の大砲の火薬の量が砲弾の重さの一〇分の一にまで減らされた、という事実なのです」

「否定しようのないことですね」とモーガンが言った。「ですが、推進力を得るために必要な火薬の量を決める前に、どのような性質の火薬を用いるべきなのか、皆の意見をすり合わせておいた方がいいと思います」

「大粒の火薬を使うことになるでしょう」と少佐が答えた。「粉火薬よりも爆発が速いですから」

「確かに」とモーガンが反論した。「しかし、爆発力が凄まじくて、兵器の内腔が駄目になってしまいます」

「いいじゃないですか！　長く使うための大砲にとっては

不都合な点も、われわれのコロンビアード砲にとってはそうではありませんよ。われわれには破裂の危険はありませんし、火薬は、爆発の力学的効果を完全なものにするため、瞬時に燃焼しなければなりません」

「複数の点火孔を開けて」とJ＝T・マストンが言った。「同時に何箇所かで点火することもできるのでは」

「もちろん」とエルフィストンが答えた。「だが、操作が面倒になるでしょう。ですから、こうした困難を一掃してくれる大粒の火薬にすべきだという私の主張に改めて戻りたいと思います」

「いいでしょう」と将軍が応じた。

「ロッドマンは」と少佐が続けた。「そのコロンビアード砲を装塡するのに、鋳鉄のボイラーで焙じただけの柳の木炭で作った、栗の実大の粒の火薬を用いていました。この火薬は硬くて光沢があり、持っても手に跡が残らず、水素と酸素を多量に含んでいて、瞬時にして爆発し、爆発力が極めて強いにもかかわらず、火器をそれほど傷めなかったのです」

「そういうことなら！」とJ＝T・マストンが答えた。「なにも迷うことはない、それで決まりと言っていいんじゃないか」

「君が金粉*の方がいいなんて言い出さない限りはね」と少佐がやり返したので、怒りっぽい友人は手鉤を振りかざした。


その時まで、バービケインはあえて議論に加わっていなかった。友人たちが喋るに任せて、聞き役に回っていたのである。明らかに彼には彼の考えがあったのだ。そういうわけで、ただ一言、こう言うにとどめたのだった。

「ところで、諸君、火薬の量はどれくらいにすればいいと思いますか？」

ガン・クラブの三人の会員たちは、一瞬、互いに顔を見合わせた。

「二〇万リーヴル〔九万キログラム〕」とモーガンがやっと口にした。

「五〇万〔二二万五〇〇〇キログラム〕」と少佐が反論した。

「八〇万リーヴルだ〔三六万キログラム〕」とJ＝T・マストンが叫んだ。


今回は、さすがにエルフィストンも同僚を大袈裟呼ばわりしたりはしなかった。なにしろ、重さが二万リーヴルの発射体を月まで送り、それに秒速一万二〇〇〇ヤード〔一〇・八キロメートル〕の初速度を加えなければならないのである。三人の同僚がそれぞれの提案を行った後、一瞬の沈黙が訪れた。


とうとうバービケイン会長が沈黙を破った。

「同僚諸君」と彼は物静かな声で言った。「われわれの望む条件通りに建造された大砲の耐久性には限りがない、という原則から私は出発します。その結果、私は、名誉あるJ＝T・マストンの計算も大胆さに欠けると申し上げて、彼を驚かせることになるでしょう。彼は八〇万リーヴルと言われましたが、私はそれを倍にせよとご提案したい」

「一六〇万リーヴル〔七二万キログラム〕と言うのか？」とJ＝T・マストンは椅子から飛び上がって言った。

「それ以上でも以下でもありません」

「しかし、それだと、私が言った半マイルの長さのある大砲をまた持ち出さないといけない」

「まったくだ」と少佐が言った。

「一六〇万リーヴルの火薬」と委員会書記は言葉を継いだ。「それは約二万二〇〇〇立方ピエ*〔原註／八〇〇立方メートル弱〕の空間を占めるだろう。君が提案した大砲の容積は五万四〇〇〇立方ピエ〔原註／二〇〇〇立方メートル〕しかないから、火薬で半分埋まってしまって、ガスの膨張が十分な推進力を砲弾に加えるには、内腔が短すぎる」

返す言葉はなかった。J＝T・マストンの言ったことは正しかった。一同はバービケインを見つめた。

「それでも」と会長は言った。「私はこの火薬量を譲るつもりはありません。考えてもみてください。一六〇万リーヴルの火薬は、六〇億リットル*のガスを発生させるのですよ！　おわかりですか？」

「しかし、じゃあ、どうするつもりです？」と将軍が尋ねた。

「非常に単純なことですよ。この莫大な火薬の量を減らせばいい。力学的威力はそのままにして」

「結構！　でもどうやって？」

「これから申し上げます」とバービケインはあっさりと言った。

三人の話し相手は穴があくほど彼を見つめた。

「これほど簡単なこともないのですよ、実際」と彼は続けた。「この容積の火薬をその四分の一の大きさに減らすことは。皆さんは全員ご存じのはずだ。植物の基本組織を構成するあの奇妙な物質、セルロースと呼ばれる物質のことです」

「ああ！」と少佐が言った。「私にもあなたのおっしゃろうとしていることがわかりましたよ、バービケイン君」

「この物質は」と会長は言った。「さまざまな組織、特に木綿から完全に純粋な状態で取り出されます。木綿とは、木綿の木の種子を覆う毛にほかなりません。さて、木綿は、低温で硝酸と化合させると、この上なく溶けにくく、この上なく燃えやすく、この上なく爆発しやすい物質に変化します。何年か前、一八三二年のこと、ブラコノ*というフランス人化学者がこの物質を発見し、キシロイディヌと命名しました。一八三八年、別のフランス人プルーズ*がそのさまざまな特質を研究し、そして、一八四六年、バーゼルの化学教授シェーンバイン*がこれを軍事用の火薬として用いることを提案したのです。この火薬とは、硝化綿のことなのです……」

「またの名をピロキシリン」とエルフィストンが応じた。

「またの名を綿火薬」とモーガンが返した。

「では、その発見の下に貼りつけるべき名札にはアメリカ人の名は一つも書かれていないのか？」と愛国心に駆られたJ＝T・マストンが叫んだ。

「一つもないのだ、残念なことに」と少佐が答えた。

「しかしながら、マストンに満足していただくために」と会長が言った。「われらが同国人の一人の業績がセルロース研究と無縁ではない、と申し上げておきます。なぜなら、写真に欠かせない薬品であるコロジオンは、アルコールを加えたエーテルに溶かしたピロキシリンにほかならず、これを発見したのが、当時ボストンの医学生だったメイナードだったのです」

「それはそれは！　メイナードと綿火薬に万歳（ウラー）」とガン・クラブの書記が騒々しく叫んだ。

「ピロキシリンに話を戻します」とバービケインが続けた。

「その特性は諸君もご存じの通りですが、そのおかげでこの物質はわれわれにとって実に貴重なものとなっているのです。作り方は極めて簡単です。発煙硝酸〔原註／湿った空気に触れると白っぽい濃煙を発することから、こう呼ばれる〕に木綿を一五分漬けた後、大量の水で洗って乾かしたらおしまいです」

「確かに、簡単この上ありませんな」とモーガンが言った。

「おまけに、ピロキシリンは湿気で損なわれることがありません。大砲の装塡に数日を要することを考えれば、これはわれわれにとって得難い特質です。引火が生じるのは二四〇度ではなく一七〇度、そして、実に速やかに爆発するものですから、通常の火薬の上に置いた綿火薬が燃焼した後も、なお通常の火薬は引火すらしていないくらいです」

「言うことなしだ」と少佐が答えた。

「ただ、値段が少々高いんですよね」

「構うもんか」とJ＝T・マストンが言った。

「最後に、綿火薬は、火薬の四倍の速度を発射体に伝えます。さらに、その重さの一〇分の八の硝酸カリウムを混ぜると、爆発力が飛躍的に増大することも付け加えておきましょう」

「そこまでする必要がありますか？」と少佐が質問した。

「ないと思います」とバービケインが答えた。「そういうわけで、一六〇万リーヴルの火薬の代わりに、四〇万リーヴル〔一八万キログラム〕の綿火薬で済むことになります。そして、五〇〇リーヴル〔二二五キログラム〕の綿火薬を二七立方ピエ〔一立方メートル〕に圧縮しても危険はありませんから、この物質は、コロンビアード砲の中で、三〇トワーズ〔六〇メートル〕の高さにしかならないでしょう。こうすることで、砲弾は、夜の天体に向かって飛行を開始するに当たって、六〇億リットルのガスの圧力を受け、内腔を七〇〇ピエ〔二一〇メートル〕以上も駆け上がることになるのです！」

この時、J＝T・マストンは感極まってしまった。彼は発射体顔負けの激しさで友人の腕の中に飛び込んだのであり、バービケインが爆弾で鍛えられていなかったら、風穴を開けられているところだった。

この椿事をもって委員会の第三回会議は幕となった。バービケインと彼の大胆な仲間たちは、不可能など存在しないように思っていたが、発射体、大砲、そして火薬という複雑極まる問題を解決したのだった。計画は出来上がった。後は実行あるのみだった。

「単なる些事、朝飯前もいいところだ」とJ＝T・マストンは言っていた。

作者付記。――この議論において、バービケイン会長は、コロジオンを発明したのは彼の同国人の一人だと主張している。これは間違いであって、善良なるJ＝T・マストンには申し訳ないが、二つの名前が似ていることから混乱が生じたのだ。

一八四七年に、ボストンの医学生メイナードがコロジオンを怪我の手当てに用いることを思いついたのは事実だが、コロジオンそのものは一八四六年に知られていた。あるフランス人、極めて卓越した頭脳と学識の持ち主にして、同時に画家、詩人、哲学者、ギリシャ学者、化学者でもあるルイ・メナール氏*にこの偉大な発見の栄誉は帰せられる。――J・V。

第一〇章——二五〇〇万の味方に対して一人の敵

アメリカの大衆は、ガン・クラブの事業のどんなに些細な点にも甚大な興味を覚えていた。委員会の議論はその日のうちに人々の知るところとなった。この大実験の最も単純な準備、次々と持ち上がる数字の問題、解決しなければならない技術上の難問、一言で言えば、その「始動段階」の一部始終が人々を最高度に熱中させたのである。

工事の着工からその完成までの間には一年以上が経過するはずだった。だが、この期間の間中ずっと、興奮の冷める暇はないはずだった。ボーリングのための用地の選定、鋳型の建造、コロンビアード砲の鋳造、危険に満ちた装塡作業、大衆の好奇心を刺激するには十分すぎる要素がそこにはあった。砲弾は発射されたら最後、一秒の一〇分の何秒かで視界から消え去ってしまうだろう。それがその後どうなってしまうのか、宇宙空間でどのような動きを見せるのか、どのように月に到達するのか、といったことをその目で見られるのは、一握りの特権的な人々だけになってしまうだろう。そういう次第で、実験の準備、実施に当たっての具体的詳細がさしあたり人々の真の関心の的となっていたのだ。

ところが、である。ここに来て俄然、ある出来事がきっかけとなって、実験の純粋に科学的な魅力に人々の耳目がそばだてられる事態が発生したのである。

周知のように、バービケインの計画は、その主導者を賛美し、支持する大軍勢を味方にしたのだった。しかしながら、その数がどれほど誇るに足る、驚異的なものであろうとも、この多数派は国民全員ではなかった。たった一人の男が、合衆国全土で一人彼のみが、ガン・クラブの企てに抗議の声を上げていた。彼はことあるごとに計画を激しく攻撃し、人情の自然から、バービケインは、たった一人の反対の方が、それ以外の全員の喝采よりも気になった。

だが、彼にはよくわかっていたのだった。この反感の動機も、たった一人の人間が抱くこの敵意のよって来たるところも、それが個人的なもので長期にわたっている理由も、そして、それがいかなる意地の張り合いに端を発していたのか、も。

この執念深い敵の姿を、バービケイン会長は一度として実際には目にしたことがなかった。それは幸運なことだった。この二人の男が出会っていたら、間違いなく厄介な結果を招いたはずだからである。この仇敵はバービケインのように学者であり、誇り高く、大胆で、信念を曲げず、激しい気性の持ち主だった。生粋の北米人（ヤンキー）だったのだ。彼の名はニコル大尉といった。住居はフィラデルフィアにあった。

南北戦争の間に砲弾と軍艦の装甲板が繰り広げた奇妙な角逐のことを知らぬ者はあるまい。前者は後者を貫くためにある。後者は前者に貫かれまいとする。そこから、新旧二大陸の諸国家における海軍の抜本的な変容が生じたのだった。砲弾と装甲板は例を見ない執拗さで相争い、一方が巨大化すれば、他方は着々と厚みを増していった。凄まじい火器を搭載した軍艦が、鉄壁の装甲に守られて戦火の下に馳せ参じたのだ。メリマック号、モニター号、ラム・テネシー号、ウェッコーゼン号〔原註／すべてアメリカ海軍の戦艦〕は、敵艦の砲弾に対して身を鎧った上で、巨大な砲弾を発射した。己の欲せざるところ人に施すべし*という、すべての戦争技術がその上に立脚している不道徳な原理を実行していたわけである。

さて、バービケインが砲弾の偉大な鋳造家であったとすれば、ニコルは装甲板の偉大な鍛造家であった。一方はボルティモアで昼夜を問わず鋳造に励み、他方はフィラデルフィアで日夜鍛造に明け暮れていた。それぞれが互いに根本的に対立する発想に従っていたのだ。

バービケインが新しい砲弾を発明すると、ニコルは新しい装甲板を発明した。ガン・クラブの会長は穴を穿つことに一生を費やし、大尉はそうはさせまいとすることに生涯を捧げていた。そこから、片時も止むことのないせめぎ合いが始まり、ついには個人的ないがみ合いにまで至ってしまったのだった。ニコルはバービケインの夢に貫通不可能な装甲板の姿で現れ、彼自身はそれに当たって砕けるのであり、バービケインは、ニコルの夢の中では、砲弾さながら彼を貫通するのだった。

しかしながら、相遠ざかる二直線をたどっていたにもかかわらず、幾何学のあらゆる公理に反して、この学者たちがしまいには出会していたとしてもおかしくはなかった。が、その場合は決闘場でということになっていたであろう。祖国には極めて有為なこの二人の市民にとって実に幸いなことに、五〇から六〇マイル〔八〇から九六キロメートル〕の距離が彼らを隔てており、彼らが万が一にも出会ったりしないよう、双方の友人たちが二人の間の道を障害で塞いでいた。

ニコル大尉

では、二人の発明家のどちらが勝っていたのか、といえば、これがよくわからないのであった。得られた成果を見ていると、公正な評価を下すのが難しくなってしまうのだ。とはいうものの、結局のところは、装甲板が砲弾に屈することになるのではないかと思われていた。それでもなお、有識者は軍配を上げかねていた。最新の実験では、バービケインの円錐円筒形の砲弾は、ニコルの装甲板にまるでピンみたいに突き立ったのだった。その日、フィラデルフィアの鍛造家はこれで自分は勝ったと確信し、ライヴァルをいくら見下しても飽き足らなかった。ところが、その少し後でバービケインが円錐砲弾を通常の六〇〇リーヴル〔二七〇キログラム〕の榴弾に代えると、大尉は認識を改めざるをえなくなった。事実、これらの砲弾は、さしたるスピードで発射されたわけではないのに〔原註／使用された火薬の量は、榴弾の重さの十二分の一にすぎなかった〕、最良の金属でできた板を砕き、穴を開け、粉々にしてしまったのだ。

さて、ことここに至り、勝利は砲弾の手中に留まるかと思われたその時、鍛造された鋼鉄でできた新しい装甲板をニコルが完成させたまさにその当日に、戦争が終わってしまった！　その装甲板はその種のものとしては白眉であり、世界中のあらゆる砲弾に挑戦できるものだった。大尉はそれをワシントンの砲兵射撃演習場に運び込ませ、破れるものなら破ってみろとガン・クラブの会長を挑発した。バービケインは、平和が訪れた以上、いまさら実験をする気になれなかった。

すると激昂したニコルは、中身が詰まっていようが、空洞だろうが、丸かろうが、円錐形だろうが、およそ突拍子もない砲弾をなんでも持って来さえすれば、彼の装甲板が相手になると申し出た。会長は拒否した。自身の直近の成功をむざむざふいにしたくないと思っているのは明らかだった。

ニコルはこの言語道断というべき強情っぷりにかっとなり、なにからなにまでバービケインに有利になるような条件を出して彼を釣ろうとした。装甲板を大砲から二〇〇ヤード〔一八〇メートル〕のところに置いてもいいと言った。バービケインは頑なに拒否を続ける。ならば一〇〇ヤード〔九〇メートル〕でどうだ？　七五ヤード〔六七・五メートル〕でもご免蒙る。

「では、五〇ヤード〔四五メートル〕ならどうだ」と大尉は諸新聞に声を借りて叫んだ。「二五ヤードのところに装甲板を置き、私はその後ろに立ってやる！」

バービケインは、ニコル大尉が装甲板の前に立ったとしても、撃つつもりはさらさらないと返答させた。

この返答にニコルは自制心を失った。個人攻撃に打って出たのだ。曰く、臆病というものはそれだけ別にして考えることはできない。大砲を一発発射することを拒否する者は、発射に怯える一歩手前まで来ている。結局のところ、六マイル〔九・六キロメートル〕も離れて戦っているあの砲兵どもは、用心深いことに、個人の勇気を数学の公式にすり替えてしまった。おまけに、技術上のあらゆる手順に則って砲弾を送り込むことと、それを装甲板の後ろでじっと待つこととは、勇気の点では甲乙つけがたい、などと散々当てこすったのである。

こうした当てこすりにも、バービケインは一言も応じようとしなかった。そもそも耳にすら入っていなかったかもしれない。というのは、その頃、彼は大事業の計算にかかりきりになっていたからだ。

彼がガン・クラブにおいてあの有名な発表を行った時、ニコル大尉の怒りは頂点に達した。そこには極度の嫉妬と圧倒的な無力感が入り混じっていた！　九〇〇ピエ〔二七〇メートル〕もあるコロンビアード砲以上のものがどうやったら発明できるというのか！　三万リーヴル〔一万三五〇〇キログラム〕の砲弾をはね返せる装甲板などありはしない！　この「大砲の一撃」を受けたニコルはまず打ちひしがれ、茫然自失に陥り、叩きのめされた。それから彼は立ち直り、議論の鉄槌で提案を粉砕してくれようと心に誓ったのである。

かくて彼は猛然とガン・クラブの事業を攻撃した。公開書簡を次々に発表し、新聞社もその再録を拒まなかった。彼は科学的にバービケインの仕事を覆そうとした。ひとたび宣戦布告がなされるや、彼はあの手この手の理屈を総動員したが、実を言えば、いかにもそれらしいだけの、悪質な議論があまりにも多かった。

最初にバービケインは彼の持ち出した数字を激しく攻撃された。ニコルは相手の数式の誤りをA＋Bによって*証明しようとした。バービケインは弾道学のイロハも弁えていないと非難したのである。ほかならぬ彼、ニコルの計算に基づき、数多い間違いから特に一つ挙げるとすれば、秒速一万二〇〇〇ヤード〔一〇・八キロメートル〕の初速度をいかなる物体にも与えることは絶対に不可能なのだという。代数を振りかざして彼が主張するところによれば、たとえこの初速度であっても、かくも重い発射体が地球の大気圏の限界を突破することは断じてありえないのだ！　たかだか八リュー〔三二キロメートル〕も上昇することはあるまい！　話はこの程度で終わりはしない。速度が得られると見做し、それが十分なものだと仮定しよう。その場合でも、榴弾は一六〇万リットルの火薬の燃焼によって膨張したガスの圧力には耐えられないし、万が一耐えられたとしても、少なくとも、これほどの高温に耐えられようはずはなく、コロンビアード砲の砲口から出る時には溶解し、煮えたぎる雨となって無謀な

ニコルは次々に公開書簡を発表した

観客たちの頭蓋の上に降り注ぐであろう。

バービケインはこうした攻撃にも眉一つ動かさず、仕事を続けた。

そこでニコルは問題を別の角度から取り上げた。どのような点から見てもこの実験が無意味であるのは言うまでもないが、かくのごとき非難すべき見世物を見物することでそれを容認する市民にとっても、この嘆かわしい大砲の近隣の市街にとっても、はなはだ危険であると言うのだ。発射体がその目標に到達しなかった場合、といっても、そもそも到達するなどということは決してありえないのだが、それは当然ながら地球に落ちてくるわけで、これほどの塊が落下する衝撃は、速度の自乗に比例するため、地球上のどこかしらの地点に甚大な被害をもたらすであろう。それゆえ、このような状況下では、政府の介入が求められるケースが存在するのであって、自由な市民の権利の侵害には当たらない。たった一人の楽しみのために万人の安全を危険にさらしてはならない。

ニコル大尉がどれほど自らの誇張に引きずられていたか、これでおわかりいただけただろう。彼の意見は彼一人のものだった。同様に、彼の不吉な予言に耳を貸す者はいなかった。人々は彼に好きなだけ、そうしたいと言うのだから、息切れするまで、叫ばせておいた。彼は、あらかじめ敗北を運命づけられた大義の擁護者となったのだった。人々の耳に彼の言葉は入っていたが、まともに聞こうとする者はなく、彼はガン・クラブ会長の心酔者を一人として奪えなかった。しかもバービケインの方は、仇敵の議論に一言言い返そうとすらしなかった。

打つ手がなくなったニコルは、自らの大義に体を張ることもままならないとあっては、財産を賭けるしかないと決心した。かくして彼は、リッチモンドの〈エンクワイラー〉紙上にて、次第に掛け金が釣り上がっていく一連の賭けを公に提案した。それは以下のようなものだった。

彼は、

一、ガン・クラブの事業に必要な資金が調達できないことに　一〇〇〇ドル

二、九〇〇ピエの大砲の鋳造作業が実現不可能であり、失敗することに　二〇〇〇ドル

三、コロンビアード砲を装填することは不可能であり、ピロキシリンが砲弾の重みで自ずから発火することに　三〇〇〇ドル

四、コロンビアード砲が最初の一撃で破裂することに　四〇〇〇ドル

五、砲弾が六マイルも上昇しないばかりか、発射後数秒

にして落下することに　　　五〇〇〇ドル
をそれぞれ賭けるものとする。

ご覧のように、梃子でも動かないその強情のために大尉が賭けるはめになった金銭は莫大な額だった。それは実に一万五〇〇〇ドル〔原註／八万一三〇〇フラン〕に達していたのである。

この賭けの途方もなさにもかかわらず、五月*一九日に、彼は、簡潔の極みとも言える以下の文言からなる封緘状を受け取った。

ボルティモア、一〇月一八日。
受けて立つ。
バービケイン。

第一一章　フロリダとテキサス

しかしながら、まだ一つ懸案が残っていた。実験に好都合な場所を選定しなければならない。ケンブリッジ天文台の勧めによれば、発射は水平面に対して直角に、すなわち、天頂に向けてなされるべきことになっていた。ところで、月が天頂に昇るのは緯線のゼロ度と二八度の間に位置する土地だけで、言い換えれば、月の赤緯は二八度しかないのである〔原註／ある天体の赤緯とは、天球における緯度のことである。赤経とは経度のこと〕。したがって、巨大なコロンビアード砲が鋳込まれるべき地球上の正確な地点を確定しなければならない。

一〇月二〇日、ガン・クラブは総会を招集し、バービケインはZ・ベルトロップ*作成の素晴らしい地図を持参した。だが、彼がそれを広げる暇も与えず、J＝T・マストンがいつものごとく熱烈に発言を求め、次のように話した。

「名誉ある同僚諸君、本日検討される問題はまさに国民的重大性を帯びており、愛国心を大々的に行動で示す機会になるでしょう」

ガン・クラブのメンバーたちは、演説者の真意をはかりかね、互いに顔を見合わせた。

「こと祖国の栄光に関して」と彼は続けた。「妥協が許されるなどと思っている方はこの中におられますまい。合衆国が主張できる権利があるとすれば、ガン・クラブの壮大なる大砲をその胎内に蔵する権利にほかなりません。ところが、現在の状況を鑑みるに……」

「マストン君……」と会長が言った。

「私の考えを最後まで言わせてください」と演説者は続けた。「現在の状況を鑑みるに、実験が良好な条件の下で行われるためには、赤道に程近い土地を選ばなければならないわけで……」

「ちょっといいですか……」とバービケインが言った。

「意見は自由に戦わされるべきだ」とJ＝T・マストンがかっかしながら言い返した。「そして、私は主張する、われわれの栄えある発射体がそこから雄飛する土地は、合衆国領であるべきだ、と」

「その通り！」と何人かの会員が答えた。

「さすれば、だ！　南は大洋という乗り越えがたい障壁に遮られているために、われわれの国境線はあまり広がっておらず、合衆国の国境の彼方、隣接する国の内部に二八度線を探さなければならない以上、これは立派な開戦の口実（カスス・ベリ）であって、私はここに、メキシコに対して宣戦を布告することを要求する！」

「冗談じゃない！」と会場中から叫び声が飛んだ。

「冗談じゃない、ですと！」とJ＝T・マストンがやり返した。「そんな言葉をこの会場で耳にしようとは！」

「話を聞きたまえ！」

「断じて耳は貸さん！」と怒り心頭に発した演説者は叫んだ。「この戦争は遅かれ早かれ起こるのだ。どうせそうなら、今日にでも勃発することを要求する」

「マストン」とバービケインは、爆音ベルを轟かせて言った。「君の発言を禁止します！」

　マストンは言い返そうとしたが、何人かの同僚がなんとか彼を落ち着かせた。

「実験が行われるのは」とバービケインが言った。「合衆国の領内でしかありえず、またそうでなければならないというのは私も賛成です。しかし、せっかちなわが友人が私に話をさせてくれていれば、そして、彼が地図を一瞥していれば、隣人たちに宣戦を布告するのは無益であることが彼にも完全に呑み込めていたでしょう。と言いますのは、合衆国の国境の一部は二八度緯線の向こうまで広がっているからです。よろしいですか、われわれはテキサス州とフロリダ州の南部一帯を自由に使えるのですよ」

　いざこざはこれ以上は後に引かなかった。とはいうものの、J＝T・マストンは渋々引き下がったのだった。かくしてコロンビアード砲は、テキサス州かフロリダ州の土中に鋳込まれることが決まった。だが、この決定は、二つの州の諸都市の間に前代未聞のいさかいを引き起こすことになった。

　二八度緯線は、アメリカ海岸と交差するとフロリダ半島を横切り、それをほぼ等分している。それから、メキシコ湾に飛び込み、アラバマ州、ミシシッピー州、そしてルイジアナ州の海岸線が形作る弧に弦を張る。そしてテキサス州に上陸、その角を切り取ってからメキシコを縫うように延び、ソノーラ州を横断、古きカリフォルニア州を跨いで太平洋の海原に消えていく。つまり、この緯線の下に位置しているテキサス州とフロリダ州の一部しか、ケンブリッジ天文台の勧める条件に合致しないのだ。

　フロリダ州の南部には大都市がない。流浪のインディアンに備える砦が林立するのみである。ただ一つの都市にだけ、その立地条件をアピールし、名乗りを上げる資格があ

「マストン、君の発言を禁止します！」

った。タンパ・タウンである。
逆に、テキサス州にはもっと重要な都市が多数あった。ヌエセス郡のコーパス・クリスティ、そして、リオ・ブラヴォ〔リオ・グランデのこと〕沿いのすべての町、ウェブ郡のラレード、コラリトス、サン・イグナシオ、スター郡のローマ、リオ・グランデ・シティ、ヒダルゴ郡のエディンバーグ、カメロン郡のサンタ・リタ、エル・パンダ、ブラウンズヴィルは、フロリダ州の野望に対抗する強力な同盟を結成していた。

こうして、決定がろくに報じられもしないうちから、テキサス州とフロリダ州の代議士たちが一番の早道でボルティモア入りした。この時からというもの、バービケイン会長とガン・クラブの有力メンバーたちは、昼といわず夜といわず、凄まじい陳情に包囲されっぱなしになった。ギリシャの七つの都市がホメロス生誕の地の名誉を争ったとすれば、二つの州全体が大砲一基をめぐってつかみ合いを演じかねない状況だった。

町の街路では、これら「兇暴なる兄弟たち」*が武装して練り歩く姿が見受けられた。彼らが遭遇するたびに小競り合いの危険があり、悲惨な結果につながりかねなかった。幸いにも、バービケインの慎重さと如才なさの甲斐あってこうした危険は回避されていた。個人レヴェルの示威行動はさまざまな州の諸新聞にそのはけ口を見出した。こうして、〈ニューヨーク・ヘラルド〉と〈トリビューン〉はテキサス支持に回り、〈タイムズ〉と〈アメリカン・レヴュー〉はフロリダの代議士の肩を持った。ガン・クラブの会員たちは、どちらに耳を貸したらいいものやら、途方に暮れた。

テキサス州は、発射準備を整えた大砲のように配列させた二六郡をこれ見よがしに引き連れていた。しかし、フロリダ州は、その六分の一の面積にすぎない一二郡の方が二六郡よりも多くのことをなしうると応酬した。

テキサス州が三三万人の住民を自慢すると、フロリダ州は、もっと狭いところに五万六〇〇〇人もいると人口密度を誇った。おまけに、テキサスには瘴気熱という特産品があって、平均して年間数千人の命を奪っているではないか、と非難した。その通りであった。

すると今度はテキサスが反撃に転じ、熱病云々という話なら、フロリダはなにも他人をやっかむには及ばない、「黒吐病」が慢性的に流行っているという光栄に浴しておきながら、よそ様の州を不衛生呼ばわりするとは、最低でも軽率の誹りは免れない、と言うのであった。もっともな言い分だった。

「それに」とテキサス人たちは〈ニューヨーク・ヘラルド〉を通して付け加えた。「アメリカで一番上質の木綿が

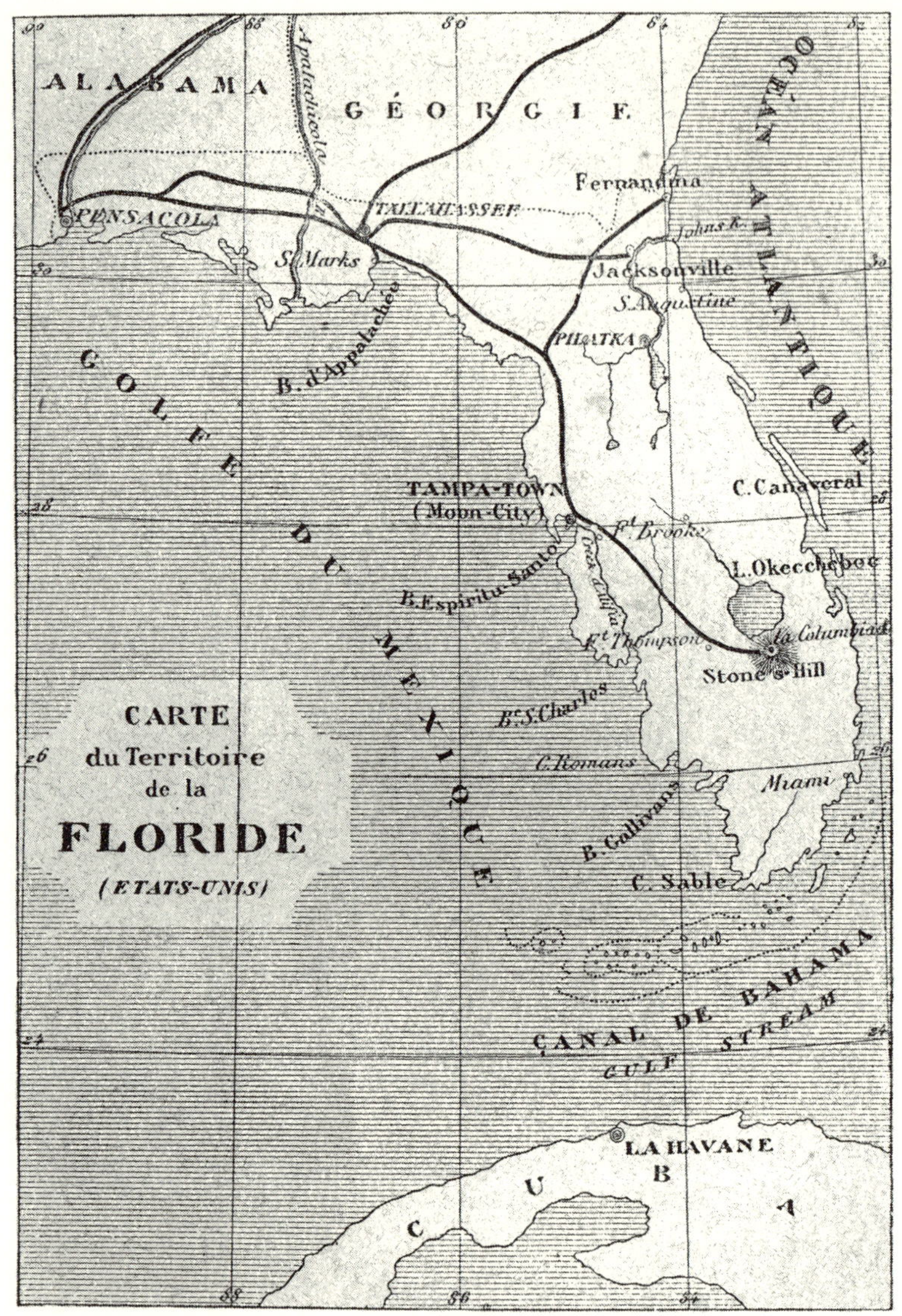
ALABAMA
GÉORGIE
Apalachicola
Fernandina
PENSACOLA
TALLAHASSEE
Johns R.
St Marks
Jacksonville
S. Augustine
PILATKA
B. d'Appalachée
OCÉAN ATLANTIQUE
GOLFE DU MEXIQUE
C. Canaveral
TAMPA-TOWN
(Moon-City)
Ft Brooke
L. Okeechobee
B. Espiritu-Santo
Ft Thompson
la Columbiad
Stone's-Hill
Bie S. Charles
CARTE
du Territoire
de la
FLORIDE
(ETATS-UNIS)
C. Romans
Miami
B. Gallivans
C. Sable
CANAL DE BAHAMA
GULF STREAM
LA HAVANE
CUBA

フロリダ州の地図

育つ州、船材用の最良のオーク材を産出する州、最高の石炭と、純度五〇パーセントの鉄鉱を埋蔵している州に対しては、然るべく敬意を払わなければならない」

　これに対して、〈アメリカン・レヴュー〉は、フロリダの土地はそれほど豊かではないにせよ、砂と粘土質の土でできているため、コロンビアード砲を鋳込むには条件的により恵まれている、と反論した。

「しかし」とテキサス人たちは言う。「ある土地でなにを鋳造するにせよ、それ以前の問題として、そこにたどり着けなくてはお話にならない。ところが、フロリダに行くには交通の便が悪い。対するテキサスの海岸には、周囲一五リュー〔六〇キロメートル〕のガルヴェストン湾があり、世界中の船舶を収容できる」

「よくもまあ！」とフロリダ人たちに肩入れする諸新聞は連呼した。「二九度線の上に位置するガルヴェストン湾なぞ持ち出すとは、人をおちょくるにもほどがある。ちょうど二八度線上で口を開けているエスピリト・サント湾〔現タンパ湾〕がわれわれにはあって、船はまっすぐタンパ・タウンに到着できるではないか？」

「大した湾だよ！」とテキサスが答えた。「砂に埋もれかけているじゃないか！」

「砂に埋もれているのはそっちだろう！」とフロリダは叫んだ。「お次は人を野蛮人の国だと言うんじゃなかろうな？」

「当然だろう、セミノール族が君らの原っぱを駆けずり回っているんだから！」

「なら、君らのアパッチやコマンチは文明人だとでも！」

　こんな調子で戦争が数日間続いた。フロリダが敵を別の土俵に引っ張り込もうとしたのはその時だった。ある朝、〈タイムズ〉紙が、事業は「本質的にアメリカ人のもの」である以上、「本質的にアメリカ人の」土地でしか行うことはできない、とほのめかしたのだ！

　この言葉を聞いてテキサスは飛び上がった。「アメリカ人！」とテキサスは叫んだ。「われわれは君らと同じくらいアメリカ人ではないか？　テキサスとフロリダは、ともに一八四五年に合衆国に州として編入されたではないか？」

「然り」と〈タイムズ〉紙が応じた。「だが、われわれは一八二〇年以来アメリカ人のものなのだ」

「お言葉を否定するつもりは毛頭ない」と〈トリビューン〉紙がやり返した。「二〇〇年にわたってスペイン人だったりイギリス人だったりした後で、あなた方は合衆国に五〇〇万ドルで売り飛ばされたわけだ！」

「だからどうだと言うのだ！」とフロリダ人は応戦した。「赤面しなければならないのか？　ルイジアナだって、一八〇三年にナポレオンから一六〇〇万ドル〔原註／八二〇〇万フラン〕で買ったものではないか？」

「なんたる恥知らず！」とテキサスの代議士たちがその時叫んだ。「フロリダのごときみすぼらしい土地の切れっぱしが、おこがましくもこのテキサスと対等な口を利こうとは！　身売りするどころか自ら独立を宣言し、一八三六年三月二日にメキシコ人を追い払い、サミュエル・ヒューストン*がサン・ジャシント川の畔でサンタ・アナ*率いる軍隊を相手に収めた勝利の後、連邦共和国樹立を宣言した、このテキサスに向かって！　われわれは、アメリカ合衆国に自らの意志で加盟した国なんだぞ！」

「メキシコ人が怖かったからだろう！」とフロリダが答えた。

　怖かった！　刺激が強すぎるこの言葉が発せられたその日から、情勢はもはや一刻の猶予も許されなくなった。ボルティモアの街路で両陣営が刃傷沙汰に及ぶのは時間の問題と思われた。代議士たちを常時監視していなければならなくなったのである。

　バービケイン会長は、なにがなんだかわからなくなってしまった。彼の家は、意見書、資料、脅迫の詰まった手紙の土砂降りに見舞われた。いかなる決断を下すべきか。土壌の適否、交通の便、輸送手段の速度といった観点から見て、二つの州は資格という面で完全に互角だった。政治家連中はといえば、彼らはこの件に関してなんらお呼びではない。

　ところで、この逡巡、この困惑がすでにかなり長引いてしまったかに思われたその時、バービケインは事態を打開すべく決意した。彼が呼び集めた同僚たちの前で提案した解決策は、これから見るように、真に賢明なものであった。

「フロリダとテキサスの間で起きたことに鑑みて」と彼は言った。「選ばれた州の諸都市の間で同様の悶着が繰り返されることは明らかです。争いは属から種へ、州から都市へと下っていくだけでありましょう。ところで、テキサスには必要な条件を満たす町が一一あり、実験の舞台となる栄誉を争ってわれわれに新たな面倒をもたらすのは確実であるのに対し、フロリダにはそうした町が一つしかありません。したがって、フロリダに、タンパ・タウンにしようではありませんか！」

　この決定が公表されると、テキサス州の代議士たちは打ちのめされた。彼らは筆舌に尽くしがたい怒りに駆られ、ガン・クラブの何人かの会員を名指しで挑発した。ボルティモア当局の打つべき手は一つしかなく、それが実行された。特別列車を仕立てさせ、有無を言わさずテキサス人を乗車させ、彼らは時速三〇マイル〔四八キロメートル〕の速度で町か

代議士たちを常時監視しなければならなくなった

ら離れていった。

だが、いかに速やかに運び去られようとも、車窓から捨て台詞を吐いて敵を威嚇し、嘲るだけの時間はあった。

二つの海にはさみ込まれた単なる半島にすぎないフロリダの幅の狭さを当てこすり、フロリダは発射の衝撃に耐えられず、最初の一撃で吹っ飛ぶだろうと言い張ったのだ。

「それならそれで、吹っ飛ぶまで！」とフロリダ人たちは、古代スパルタ人そこのけの寸言で応じたのであった。

天文学、機械、そして用地という三つの難問が解決されると、次に浮上したのはお金の問題だった。計画を実行するために必要な莫大な資金の調達という問題である。数百万単位の金が必要となると、個人はおろか、国家でさえ自由に動かせる額ではない。

それゆえ、バービケイン会長は、アメリカの実験とはいえ、これを全世界の関心を集める事業に変え、諸国民に財政的支援を仰ぐ決断を下した。地球の衛星の問題に関与するのは、地球全体の権利であるとともに義務でもあった。醵金の申込受付はボルティモアから全世界へ、都及ビ全世界ニ（ウルビ・エト・オルビ）広がったのである。

この募金活動は、どんなに虫のいい期待をも上回るほどの成功を収めるはずだった。とはいえ、これは寄付であって、貸付ではない。言葉の文字通りの意味における無私そのものの事業であって、利益がもたらされる見込みはまったくなかった。

しかし、バービケインの発表の衝撃は、合衆国の国境を越えていた。それは大西洋と太平洋を渡り、アジアとヨーロッパ、アフリカとオセアニアの全域に及んでいた。合衆国の天文台は、諸外国の天文台に直接連絡を取った。パリ、ペテルスブルク、ケープタウン、ベルリン、アルトナ、ストックホルム、ワルシャワ、ハンブルク、ブダペスト、ボローニャ、マルタ、リスボン、ベナレス、マドラス、北京の各天文台のように、ガン・クラブに慶賀の意を送ってよこすところがある一方で、慎重な姿勢を崩さない天文台もあった。

グリニッジ天文台はといえば、二二ある大英帝国のほかの天文台の支持を得て、明確な態度を示した。成功の可能性を大胆にも否定し、ニコル大尉の理論に与したのである。そういうわけで、さまざまな学術団体がタンパ・タウンに代表団を派遣すると約束したのに対して、会議を開いたグリニッジのスタッフは、バービケイン案を問答無用で却下すると、通常の議題に移った。いかにもイギリスらしい、天晴れなまでの妬みっぷりであった。それ以外のなにものでもない。

総じて、科学界の反応は良好であった。そこから反響は大衆の間に広がっていった。大衆はこぞってこの問題に夢中になった。この事実は重大な意味を持っていた。莫大な額の資金の公募に応じるよう呼びかけられるのは彼らなのだから。

バービケイン会長は、一〇月八日、熱情一色に染め上げられた声明文を発表し、その中で「地球上のすべての善意の人々」に呼びかけた。この文書は、あらゆる言語に翻訳され、大成功を収めた。

募金の受付は合衆国の主要都市で行われ、寄付金はボルティモア・ストリート九番地のボルティモア銀行に集められた。それから、新旧二大陸の諸国でも、以下で寄付が受け付けられた。

ウィーンでは、S・M・フォン・ロスチャイルドにて。

ペテルスブルクでは、シュティーグリッツ商会にて。

パリでは、動産銀行（クレディ・モビリエ）にて。

ストックホルムでは、トッティ・アルフレッドソンにて。

ロンドンでは、N・M・ロスチャイルド父子にて。

トリノでは、アルドワン商会にて。

ベルリンでは、メンデルスゾーンにて。

ジュネーヴでは、ロンバルト・オディエ商会にて。

コンスタンティノープルでは、オスマン銀行にて。

ブリュッセルでは、S・ランバートにて。

マドリッドでは、ダニエル・ヴァイスヴェラーにて。

アムステルダムでは、ネーデルラント銀行にて。

ローマでは、トルロニア商会にて。

リスボンでは、ルセーヌにて。

コペンハーゲンでは、私立銀行にて。

ブエノスアイレスでは、マウアー銀行にて。

リオデジャネイロでは、同前にて。

モンテビデオでは、同前にて。

バルパライソでは、トマ・ラ・チャンブレ商会にて。

メキシコ・シティでは、マルティン・ダラン商会にて。

リマでは、トマ・ラ・チャンブレ商会にて。

バービケイン会長の声明から三日後には、四〇〇万ドル〔原註／二一〇〇万フラン（二一六八万）〕が合衆国のさまざまな都市で振り込まれていた。前金としてこれだけの額があれば、ガン・クラブはすでにして活動を開始することが可能であった。

しかし、さらに数日後には、諸外国で受け付けられている募金にも人々が先を争うように応じていることを知らせる電報がアメリカに続々と届いた。気前のよさを見せつける国もあれば、それほどやすやすとは財布の紐をゆるめない国もあった。国民気質の違いであった。

募金の受付が始められた

そもそも、あれこれ言うよりも数字が雄弁に物語っている。募金が締め切られた後、ガン・クラブの帳簿の借方の欄に記入された公式な明細は以下の通りである。

ロシアは、負担額として、三六万八七三三ルーブル〔原註／一四七万五〇〇〇フラン〕という莫大な金額を振り込んだ。この数字に驚く向きがあるとすれば、ロシア人の科学志向、彼らが天文学研究にもたらした進展に対する認識が足りないせいである。ロシアには数多くの天文台があり、そのうちの主要な一つに至っては、建設に二〇〇万ルーブルもかかっているのだ。

フランスは、まずはアメリカ人の野心をせせら笑った。月は、使い古された千もの語呂合わせ、そして二〇近い軽喜劇（ヴォードヴィル）のネタになったが、そこでは、悪趣味が無知と張り合っていた。だが、フランス人たちは、かつて歌ってから払ったように、今回は笑った後で総額一二五万三九三〇フランの醵金をしたのだった。この値段で、彼らは多少羽目を外す権利を得たのである。

オーストリアは、財政難の真っただ中にあることを思えば、十二分に気前のよいところを見せた。一般から寄せられた募金全体の中で、その拠出額は二一万六〇〇〇フローリン〔原註／五二万フラン〕に上った。歓迎すべきことだった。

五万二〇〇〇リクスダラー〔原註／二九万四三二〇フラン〕、これがスウェーデンとノルウェー*の貢献分であった。国の規模の割には巨額と言えた。が、ストックホルムだけではなく、クリスチャニア〔現オスロ〕でも同時に募金が受け付けられていれば、額はもっと上がっていたに違いない。なんだかんだと理由をつけてノルウェー人はスウェーデンに送金したがらないのだ。

プロシアは、二五万ターレル〔原註／九三万七五〇〇フラン〕の送金をもって、実験に対する強い支持を表明した。同国の複数の天文台が競って高額の寄付に応じ、バービケイン会長を誰よりも熱心に応援したのである。

トルコも気前よく振る舞った。しかし、この国には問題に関心を持つ個人的ないわれがあった。実際、トルコの暦とラマダンの断食は月に基づいて決められているのだ。一三七万二六四〇ピアストル〔原註／三四万三一六〇フラン〕を拠出したが、これでも少ないくらいであった。トルコ国民がこの金額を差し出す際に示した熱意は、しかし、オスマン帝国政府の圧力が背後にあった事実を歴然と物語っていた。

ベルギーは、二番手国家の中では際立っていた。五一万三〇〇〇フランという金額は、国民一人当たり約一二サンチームに相当する。

オランダとその植民地は、一一万フローリン〔原註／二三万五四〇〇フラン〕を出してこの事業に参加した。ただ、現金で支払ったのだから、と、五パーセントの現金割引による払い戻しを請求した。

デンマークは、国土がやや狭隘とはいえ、それでも金貨で九〇〇〇ダカット〔原註／一一万七四一四フラン〕を拠出し、科学的探検にデンマーク人が抱く情熱が偽りではないことを示した。

ドイツ連邦は、三万四二八五フローリン〔原註／七万二〇〇〇フラン〕を寄付して計画に一枚噛んだ。これ以上望むのは無理というものだったし、それ以前に、出す気もなかっただろう。

イタリアは、財政的に厳しいにもかかわらず、子供たちのポケットを何度もひっくり返してやっと二〇万リラ〔原註／七万一〇〇〇フラン〕をかき集めた。ヴェネチアを領有していれば、もっと出せただろう。しかし、なにはともあれヴェネチアは領有していなかったのだ。

ヴァチカンは、最低限七〇四〇ローマエキュ〔原註／三万八〇一六フラン〕は出すべきだと考え、ポルトガルは、三万クルザード〔原註／一万三二〇〇フラン〕まで、科学に対する献身を推し進めた。

メキシコはといえば、まさに貧者の一灯であった。その拠出額は八六大ピアストル*〔原註／一七二七フラン〕だったのだ。しかし、できたばかりの帝国は財政的に苦しいものである。

二五七フラン、これがアメリカの事業に対するスイスのささやかな気持ちだった。率直な話、スイスにはこの実験の実際的な側面が理解しかねたのである。月に砲弾を送り込んだところで、夜の天体との間に通商関係を樹立できるとは思えなかったので、かくも成算の不確かな企てに資金を投じるのは軽はずみな気がしたのだ。結局のところ、スイスは間違っていなかったかもしれない。

スペインであるが、一一〇レアル〔原註／五九フラン四八サンチーム〕以上集めることができなかった。鉄道工事がまだ終わっていない、というのがその言い訳であった。実情を明かせば、この国において科学はよく思われていないのである。まだ後進国なのだ。さらに、必ずしも無教養というわけでもないスペイン人の中にさえ、月の質量に比べて砲弾の質量がどのくらいなのか正確に理解していない者が何人もいた。彼らは、砲弾が月の軌道を乱し、その衛星としての役目を妨げ、地球に落下させるのではないかと心配していた。もしそうなら、関わらないに越したことはない。数レアルは別として、彼らはそうしたのだった。

残るはイギリスである。バービケイン案をこの国が冷やかな目で迎えたことは周知の通りである。イギリス人は、グレート・ブリテンが抱える二五〇〇万の住人全員が、同じ魂を一つしか有していない。彼らは、ガン・クラブの事業は「非干渉原則」に反しているとほのめかし、一ファージングすら寄付しなかった。

この知らせを聞いたガン・クラブは肩をすくめただけで、

大事業に戻った。南アメリカ、すなわち、ペルー、チリ、ブラジル、ラ・プラタ連合州〔アルゼンチン〕、コロンビアから負担分として三〇万ドル〔原註／一六二万六〇〇〇フラン〕を手渡された時、ガン・クラブは莫大な額の資本を所有していた。以下がその明細である。

合衆国の寄付金	四〇〇〇万ドル
諸外国の寄付金	一四四万六六七五ドル
合計	五四四四万六六七五ドル

つまり、大衆は、ガン・クラブの金庫に五四四四万六六七五ドル〔原註／二九五二万九八三フラン四〇サンチーム〕を払い込んだのであった。

この額の膨大さに驚かないでいただきたい。鋳造、ボーリング、石積工事、労働者の移送、人跡稀な地に彼らを居住させること、炉や建物の建造、工場の施設一式、火薬、発射体、予定外の支出などで、見積によれば、集まった金はほぼすべて消えてしまうはずだった。南北戦争中、大砲を何発か撃つだけで一〇〇〇ドルかかった。砲兵の年代記において空前絶後のバービケイン会長の一発は、その五千倍かかったところでなんの不思議もない。

一〇月二〇日、ニューヨーク近郊にあるゴールドスプリング社*の工場との間で契約が結ばれた。この工場は、戦争中、パロットに最良の鋳鉄製大砲を供給していたのである。

契約当事者間で以下の点が取り決められた。ゴールドスプリング社の工場は、南フロリダのタンパ・タウンに、コロンビアード砲鋳造に必要な資材を輸送する。

この作業は、遅くとも一〇月一五日までに完了しなければならない。大砲は万全の状態で引き渡され、遅延する場合は、月がふたたび同じ条件を満たす時まで、すなわち、一八年と一一日の間、一日につき一〇〇ドル〔原註／五四二フラン〕を支払うものとする。

労働者の雇用、彼らの賃金の支払い、そして必要な設備はゴールドスプリング社の責任においてなされるべきこと。

相互の信義に基づいて二部作成されたこの契約は、ガン・クラブ会長I・バービケインとゴールドスプリングの工場長J・マーチソンによって署名され、双方から内容を承認された。

ニューヨーク近郊にあるゴールドスプリング社の工場

第一三章——ストーンズ・ヒル

ガン・クラブのメンバーたちがテキサスを袖に振る決断を下してからというもの、誰もが読み書きできるアメリカでは、国民の一人ひとりがフロリダの地理の勉強を義務と心得るようになった。『バートラムのフロリダ紀行』（バートラムズ・トラヴェル・イン・フロリダ）、『ローマンの東西フロリダ博物誌』（ローマンズ・ナチュラル・ヒストリー・オブ・イースト・アンド・ウェスト・フロリダ）、『ウィリアムのフロリダ地方』（ウィリアムズ・テリトリー・オブ・フロリダ）、『クレランドの東部フロリダにおける砂糖キビ栽培』（クレランド・オン・ザ・カルチャー・オブ・ザ・シュガー・ケーン・イン・イースタン・フロリダ）が書店でこれほど売れたためしはなかった。何度も増刷をかけなければならなかったほどである。まさに熱病だった。

バービケインには、読書よりほかにすべきことがあった。彼はコロンビアード砲の設置場所を自ら視察し、画定したいと思ったのである。そこで、一瞬も無駄にせず、ケンブリッジ天文台に反射望遠鏡の建造に必要な資金を渡し、アルミニウム製発射体の製作に関してオルバニーのブレッドウィル商会と契約を取り交わすと、J＝T・マストン、エルフィストン少佐、そしてゴールドスプリング社の工場長を伴ってボルティモアを後にした。

翌日、四人の同行者はニューオーリンズに到着した。そこで彼らはただちに、政府が提供してくれたアメリカ海軍の哨戒艇タンピコ号に乗船した。ボイラーの火力が上げられ、ルイジアナの海岸線は間もなく視界から消えた。

メキシコ湾横断に時間はかからなかった。出港から二日後、タンピコ号は四八〇マイル〔七六八キロメートル。原註／約二〇〇リュー〕の距離を走破し、フロリダの海岸を目にした。近づくにつれ、バービケインは、低く、平らで、かなり不毛な外観の土地を眼前にしていた。牡蠣やロブスターが豊富に獲れる入り江をいくつも通り過ぎた後、タンピコ号はエスピリト・サント湾に入った。

この湾は、深く切れ込んだ二つの停泊地に分かれている。タンパ停泊地とヒルズボロ停泊地である。後者のくびれた湾口を蒸気船は通り抜けた。ほどなくして、ブルック要塞が海面すれすれに並んだ砲列の輪郭を波の上にくっきりと見せ、ヒルズボロ川の河口が形作る天然の小港の奥に、無造作に投げ出されたタンパの町並みが出現した。

工事前のタンパ・タウン

一〇月二二日、午後七時にタンピコ号が錨を下ろしたのはその港であった。四人の乗客はただちに下船した。バービケインは、フロリダの土を踏んだ時、激しい胸の高鳴りを感じた。あたかも家が頑丈にできているかどうか確かめる建築家のごとく、足で地面を試しているようだった。J＝T・マストンは鉤の先で土を引っ掻いていた。

「諸君」とその時バービケインが言った。「ぐずぐずしてはいられません。明日から馬に乗ってこの地方の視察に行きましょう」

バービケインが上陸した際には、三〇〇〇〇人ものタンパ・タウンの住民が出迎えに押しかけていた。自分たちを選んでくれたガン・クラブ会長に敬意を表するためである。彼らは、恐ろしいほどの歓呼の叫びで会長を迎えた。だが、バービケインは、喝采と名のつく一切から身をかわし、フランクリン・ホテルの一室にこもったきり、誰とも会おうとしなかった。誰がなんと言おうが、有名人を気取るのは彼の性に合わなかったのだ。

翌一〇月二三日、元気潑溂たるスペイン種の小さな馬たちが部屋の窓の下で地面を蹴っていた。しかし、四頭ではなく、五〇頭近い数の馬がそれぞれの乗り手とともにいたのである。三人の仲間たちと一緒に降りていったバービケインは、これだけの騎馬隊に囲まれたものだから、最初のうちはびっくりした。おまけに、乗り手は全員、カービン銃を袈裟がけに背負い、鞍の両脇のホルスターには拳銃を入れている。この大がかりな武装の理由を、フロリダの一青年がただちに説明してくれた。

「それがですね、ムッシュー、セミノール族がいるのですよ」

「セミノール族って、なんの話です？」

「平原を駆け回っている野蛮人ですよ。お供させていただく方が無難だろうと思いまして」

「へえ！」とJ＝T・マストンは、馬によじ登りながら言った。

「とにかく」とフロリダ人は言った。「その方が安全です」

「皆さん」とバービケインが答えた。「お気遣いいただき、感謝します。では、参りましょう！」

小隊はただちに出発し、埃の雲の中に消えた。時刻は朝の五時だった。太陽はすでに燦々と輝き、温度計は八四度〔原註／華氏。摂氏二八度に当たる〕を示していた。だが、海から吹く涼しい微風がこの高すぎる気温を和らげていた。

バービケインは、タンパ・タウンを後にすると、海岸線に沿って南下し、アリフィア・クリーク〔原註／「クリーク」は小川のこと〕を目指した。この小川は、タンパ・タウンから一二マイル〔一九キロメートル〕南でヒルズボロ湾に注いでいる。バービケインとその警護隊は、川の右岸に沿って東へと川を遡って行った。じきに湾の波は地面の襞の向こうに見えなくなり、フロリダの田園が眼前に広がった。

　フロリダは、二つの部分に分かれている。北の部分は、より人口が多く、人の手も相対的に入っており、州都タラハシーと、合衆国有数の海軍工廠であるペンサコーラを擁している。アメリカとメキシコ湾の狭間に押し込められ、海に締めつけられているもう一方の部分は、メキシコ湾流に蝕まれている狭い半島にすぎない。小群島のただ中に紛れ込んでいるこの岬を、バハマ海峡を通る無数の船舶がひっきりなしに迂回していく。大暴風雨の荒れ狂う湾に張り出した前哨である。フロリダ州の面積は、三八〇三万三二六七エーカー〔原註／一五三六万五四四〇ヘクタール〕ある。この中から、二八度線の手前にあって、実験に適した場所を選び出さなければならない。というわけで、バービケインは、馬を走らせながら、土地の地形や組成の特徴を入念に調べていた。

　フロリダは、ファン・ポンセ・デ・レオン*によって、一五一二年の枝の主日に発見され、当初は花咲く復活祭（パスクワ・フロリダ）と名づけられた。乾燥した、焼けつくような海岸に関する限り、この魅力的な名前はこの土地にはもったいない。しかし、岸辺から数マイルほど内陸に入ると、風土に少しずつ変化が生じ、その名にふさわしくなってくる。クリーク、リオ、小川、池、小さな湖沼が網の目をなして土地を細かく分けている。まるでオランダかギアナにいるような気分がしてくる。だが、平野はそれとわかるくらい高さを増し、やがて、北と南の農作物がなんでもよく育つ耕作地、熱帯の太陽と粘土質の土壌に含まれた水分が農作業の手間を一手に引き受けている広大な畑、そして、パイナップル、山芋、煙草、米、木綿、砂糖キビの植わった平原が、見渡す限り広がり、その豊饒さを、まるで大したことではないかのように気前よくひけらかしていた。

　バービケインは、土地が徐々に高くなっていることを確認して、わが意を得た様子だった。J＝T・マストンにこの点を尋ねられると、

「それはだね」と彼は答えた。「なんとしてもコロンビアード砲を高地に鋳込む必要性があるんだよ」

「月により近づくためか？」とガン・クラブの書記は叫んだ。

「そうじゃない！」とバービケインは微笑しながら返答した。「何トワーズか多くなったり少なくなったりしたところで、なんの意味もない。そうではなく、高い土地の方がわれわれの作業がもっと楽に捗るのだ。水と闘う必要がなくなるから、時間も金もかかるチュービングの手間が省ける。九〇〇ピエ〔二七〇メートル〕の深さの井戸をボーリングしな

くちゃならんのだから、これはバカにできない」

「おっしゃる通りです」とその時マーチソン技師が言った。「ボーリングの間は、可能な限り水脈を避けなければなりません。ですが、仮に湧き水にぶつかったとしても、大した問題ではありません。機械で汲み出してしまうか、流れを変えるまでのことです。細くて暗いアルトワ式井戸〔原註／グルネルの井戸を掘るには九年かかっている。この井戸の深さは五四七メートルである〕を掘ろうというんじゃありませんから、タップ、ケーシング、測深棒といった、要するに、掘削技師が用いる道具で闇雲に作業をするわけではないのです。そうではありません。われわれは露天で、太陽が降り注ぐ中、鶴嘴やピックを手に工事を進めます。発破の助けも借りれば、作業は迅速に捗るでしょう」

「それでも」とバービケインが繰り返した。「土地が高くなっていたり、土壌の性質のおかげで地下水と戦わずにすんだりすれば、作業はそれだけ早く、かつまた完全に行える。だから、海抜数百トワーズの土地にわれわれの立て坑を掘るようにしましょう」

「おっしゃる通りですね、バービケインさん。そして、私が勘違いをしていなければ、じきにぴったりの場所を見つけられるはずです」

「ああ！　鶴嘴の最初の一撃が待ち遠しい！」と会長が言った。

「そして、私は最後の一撃が！」とJ＝T・マストンが叫んだ。

「どちらもすぐに実現しますよ」と技師が答えた。「私を信じてくださって大丈夫です。ゴールドスプリング社が、遅延の罰金をお支払いするようなことは断じてありません！」

「聖女バルバラさまの御名にかけて、おっしゃる通り！」とJ＝T・マストンはやり返した。「月が同じ条件を満たすまで一日一〇〇ドル、つまり、一八年と一一日の間ですからね、締めて六五万八一〇〇ドル〔原註／三五七万六九〇二フラン〕になるのはよくご存じでしょうな？」

「いいえ、ムシュー、私どもはそのようなことは存じておりません」と技師は答えた。「教えていただく必要もございません」

午前一〇時頃、小隊は一二マイル〔一九キロメートル〕ほどの距離を踏破していた。肥沃な平原は森林地帯に変わっていた。そこには、ありとあらゆる種類の樹木が熱帯特有の旺盛さで生い茂っていた。これらの森林はほとんど分け入れないほど深く、ザクロの木、オレンジの木、レモンの木、イチジクの木、オリーヴの木、アンズの木、バナナの木、大きなブドウの幹があって、それらの実と花が色や香りを競い合っていた。見事な木々の香り高い木蔭には、輝くような色彩の鳥の一団が歌いながら飛び回っていたが、特にカニクイシギが目を引いた。これら羽の生えた宝石に似つかわしい巣があるとすれば、宝石箱以外にはありえなかった。J＝T・マストンと少佐は、この豪奢な自然を前にして、そのきらびやかな美しさに感嘆せずにはいられなかった。

ところが、バービケイン会長は、こうした絶景にはほとんど心を動かされず、先を急いでいた。この肥沃な土地は、その肥沃さゆえに、彼の気に入らなかった。別にダウザーという柄でもないのに、彼は足の裏に水を感じ、徹底的な乾燥の徴候を空しく探し求めていたのだった。

ともあれ、一行は前進を続けた。何度か川を徒渉しなければならなかったが、体長が一五から一八ピエ〔四八八～五八五センチメートル〕もあるカイマンがうようよしていたので、かなり危険であった。J＝T・マストンは、勇敢にも彼の恐ろしい鉤でワニを威嚇したものの、怖がったのは、ペリカン、コガモ、ネッタイチョウといった川辺の野生の住人たちだけで、大きなベニイロフラミンゴに至っては、きょとんとした顔で彼を見つめていた。

ようやく、こうした湿地の住人たちも姿を消した。それまでより細くなった木々が、それまでより疎らになった林に散在していた。どこまでも続く平原のあちらこちらに孤立した木立がくっきりと浮かび上がっていた。おびえたダマジカの群がそこを走り抜けていく。

「ついに！」とバービケインは、あぶみの上に立ち上がって叫んだ。「松の領域に着いたぞ！」

「そして、野蛮人の領域に」と少佐が応じた。

事実、何人かのセミノール族が地平線に姿を見せていた。彼らは体を激しく動かし、俊足の馬で走り回り、長い槍を振り回したり、こもった発射音を響かせて銃を発砲したりしていた。もっとも、彼らは威嚇行動以上には出ず、バービケインとその同行者たちが身の危険を感じるようなことはなかった。

その時、バービケインたちは小石だらけの平野の真ん中を占めていた。何エーカーにも渡って広大に開けたその空間に、燃えるような日差しが溢れていた。それは巨大な地面の隆起からなっており、ガン・クラブのメンバーたちがコロンビアード砲の建造のために必要としている条件をすべて満たしてくれているようだった。

「ストップ！」とバービケインが馬を止めながら言った。

「ここはこの地方では何と呼ばれているのですか？」

「ストーンズ・ヒル〔原註／石の丘〕です」とフロリダ人の一人が返答した。

バービケインは、一言も言わずに馬から降り、器具を手に取ると、自分のいる位置を極度の厳密さで測定しにかか

何度か川を徒渉しなければならなかった

った。小隊は彼の周囲に整列し、静まり返って彼を一心に見つめていた。

この時、太陽が子午線に達した。バービケインは、少し間を置いてから、素早く測定結果を算出し、こう言った。

「ここは、海抜三〇〇トワーズ〔六〇〇メートル〕、北緯二七度七分、西経五度七分〔原註／ワシントンの子午線を基準として。パリ子午線との違いは七九度二二分である。したがって、フランス式に言えば、八三度二五分になる〕に位置する。乾燥した、石だらけの地質ゆえに、われわれの実験に好都合な条件がすべて揃っているように思われる。それゆえ、われわれの倉庫、われわれの作業場、われわれの炉、労働者たちの仮小屋をこの平原に建てることとする。ここから、そう、ここから」と彼はストーンズ・ヒルの頂上を足で踏み鳴らしながら繰り返した。「われわれの発射体は、太陽系の空間へと飛び立つのだ！」

第一四章——鶴嘴と鏝

その晩のうちに、バービケインと同行者たちはタンパ・タウンに取って返し、マーチソン技師はタンピコ号にふたたび乗り込んで、一路ニューオーリンズに向かった。彼は、労働者の一大軍勢を雇い入れ、資材の大部分を持って来ることになっていた。ガン・クラブのメンバーたちはタンパ・タウンに残り、地元の人々の助けを借りて、最初の作業の段取りを開始した。

出港から八日後、タンピコ号が、蒸気船の小船団を引き連れてエスピリト・サント湾に戻って来た。マーチソンは一五〇〇人の労働者を集めていた。悪しき奴隷制の時代だったら、人探しのために時間と労力が徒に費やされるばかりだったろう。しかし、この自由の地アメリカにいるのがもはや自由人だけとなって以来、十分な報酬と引き換えに人手を求めているところには、それがどこであれ、人々が殺到するようになった。然るに、ガン・クラブは金に不自由していなかった。作業員には、高額の報酬のほかに、かなりの額の、働きに応じた特別手当が支払われるとのことだった。フロリダの仕事のために雇われた労働者は、工事が完了した暁には、自分の名義でボルティモア銀行に預けられた一財産を手にすることができる。それゆえ、マーチソンとしてはただもう選択に困る一方であって、知能と技量を厳しく吟味して労働者の人選を行うことができた。機械技師、火夫、鋳造工、石灰製造工、鉱夫、煉瓦工、そしてあらゆる分野の作業員それぞれについて、黒人だろうと白人だろうと、肌の色に関係なく選りすぐった精鋭部隊を、マーチソンが彼の仕事熱心な軍団に編入できたと考えて間違いない。彼らの多くは家族連れだった。まさに民族大移動であった。

一〇月三一日の午前一〇時に、この一団がタンパ・タウンの埠頭に上陸した。一日で人口が二倍になったこの小さな町のてんてこ舞いは、理解に難くない。実際、タンパ・タウンは、ガン・クラブが率先して取った行動から得るところ大であった。即座にストーンズ・ヒルに向かわされた大勢の労働者のためではない。ほとんど世界中からフロリダ半島に少しずつ集まって来た野次馬の大群のためである。

最初の数日間は、船団が運んできた設備一式、機械類、食糧、番号を振られた部品に分解されたトタン板製住居の荷下ろしに人々は明け暮れた。と同時に、バービケインは、ストーンズ・ヒルとタンパ・タウンを連絡する、一五マイル〔二四キロメートル〕の鉄道のための、最初の標柱を立てていた。

アメリカで鉄道がどんな具合に作られるかはよく知られている。気まぐれに曲がりくねり、思い切りよく傾斜し、ガードレールや土木工事を軽蔑し、丘をよじ登り、谷に転げ落ち、線路は闇雲に、直線などお構いなしに突き進んでいく。安上がりですみ、懐も痛まない。ただ、脱線、爆発はし放題である。タンパ・タウンからストーンズ・ヒルに向かう鉄道など物の数ではなく、その敷設には時間も金もさしてかからなかった。

それに、バービケインは、彼の呼びかけに応じて駆けつけたこの世界の魂だった。彼は、人々を奮い立たせ、自らの息吹を、情熱を、確信を彼らに伝えた。遍在する能力を天から与えられているかのように、あらゆる場所に居合わせ、その際、ぶんぶん唸っている蠅みたいなJ＝T・マストンを必ず従えていた。その実際的な精神は、無数の工夫を編み出すのだった。バービケインにかかれば、障害も、困難も、面倒も存在しなかった。砲兵であるのと同時に、鉱夫であり、石工であり、機械技師であり、あらゆる問いに答えを、あらゆる問題に解決を用意していた。ガン・クラブやゴールドスプリングの工場とは手紙で盛んに連絡を取り合っており、タンピコ号は、昼も夜も、ボイラーの火を焚き続け、蒸気を蓄えたままにして、ヒルズボロ停泊地で彼の命令を待ち受けていた。

バービケインは、一一月一日、労働者の分遣隊とともにタンパ・タウンを発ち、翌日にはストーンズ・ヒル周辺に機械的に建てられた住宅で町ができていた。それは柵で囲まれており、その活動と熱気から、ほどなくして合衆国有数の都市と見做されるに至った。生活は厳格に律せられ、作業は完璧な秩序の下に開始された。

念を入れて実施されたボーリング調査によって、土壌の性質は把握ずみであり、一一月四日から掘削を開始することができた。この日、バービケインは、各作業場の責任者を集めて、次のように訓示した。

「諸君、私がなぜあなた方をフロリダのこの未開地帯に集めたのか、それはご存じの通りです。口径が九ピエ〔二・七メートル〕、砲身の厚さが六ピエ〔一・八メートル〕、周囲の石の擁壁の厚さが一九ピエ半〔五・八五メートル〕の大砲を鋳込むためです。したがって、合計で幅六〇ピエ〔一八メートル〕となる立て坑を九〇〇ピエの深さまで掘り下げることになります。この大工事は八か月で完了しなければなりませんが、そのためには、二五四万三四〇〇立方ピエ〔六万八六七〇立方メートル〕の土を二五五日で、すなわち、キリのいい数字でいえば、一日につき一万立方ピエ〔二七〇立方メートル〕の土を掘り出さなければなりません。千人の労働者が互いの邪魔にならずに腕を振るえるのであれば、なんの造作もなくできることですが、同じことを比較的限られたスペースでやるとなると大変です。ですが、この仕事はなされなければならない以上、必ずや成し遂げられます。私は、諸君の技量と同様、勇気を見込んでいます」

午前八時、フロリダの土に鶴嘴の最初の一撃が加えられ、その瞬間から、この健気な道具は、鉱夫たちの手の中にあって一瞬たりとも気を抜く暇がなくなった。労働者たちは、一日四交代で働いた。

その上、工事はいくら大規模でも、人間の力の限界を超えるほどではなかった。それには程遠かった。これより現実的にもっと困難で、自然の諸力と直接渡り合わなければならないような事業が見事に完遂された例がいかばかりあることか！　似たような工事に話を限っても、スルタンのサラディンがカイロの近くに掘らせた「父ユースフの井戸」を挙げるだけで十分だろう。機械がまだ人間の力を百倍にしていなかった時代に、ナイル川の水位に達するまで、三〇〇ピエ〔九〇メートル〕もの深さに掘られていたのだ！　さらに、バーデン辺境伯ヨハンがコブレンツに掘った深さ六〇〇ピエ〔一八〇メートル〕の井戸の例もある！　とすれば！　結局のところ、騒ぎ立てるほどのことだろうか？　サラディンの井戸の深さを三倍にするだけのこと、しかも、それを一〇倍の幅でやるのだから、掘削はもっと容易になるのだ！　そういうわけで、現場監督や労働者の誰一人として工事の成功を疑う者はいなかった。

マーチソン技師が、バービケイン会長の同意を取りつけて下した重要な決定によって、工事の進行はさらに早まった。契約のある条項に、コロンビアード砲は、熱くした錬鉄製帯鋼を嵌めて強化することが定められていた。この用心は無用の贅沢であった。大砲がこのような締め環なしでもすませられるのは明らかだった。というわけで、この条項は破棄された。これで時間が大幅に節約された。なぜなら、石積工事を掘削と同時に行うという、現在では井戸掘りに適用されている新しい工法を用いることが可能になったからである。この極めて単純な手法のおかげで、横木で土を支える必要はもはやない。壁が揺るぎない力で土を食い止め、それ自身の重みで下に下がっていく。

この操作は、鶴嘴が硬い岩盤に達した時に初めて行われることになっていた。

一一月四日、五〇人ほどの労働者が、柵を張りめぐらされた部分の中心、すなわち、ストーンズ・ヒルの最上部に、幅六〇ピエ〔一八メートル〕の円形の穴を掘り始めたのである。

鶴嘴はまず、厚さ六プース〔一・五センチメートル〕の黒い一種の腐植土に出くわし、これを苦もなく取り除いた。この腐植土に、二ピエ〔六〇センチメートル〕の厚さの細かい砂の層が続き、注意深く掘り出された。後で内部の鋳型を作る際に使えるからである。

この砂の次に現れたのは、かなり稠密な白っぽい粘土で、イギリスの泥灰土に似ており、四ピエ〔一・二メートル〕に渡って堆積していた。

次いで、鶴嘴の鉄の端は、硬い地層に突き当たって火花を上げた。石化した貝殻でできた、乾ききった、非常に硬い一種の岩であり、鶴嘴がこの層を後にするようなことはもはやあるまい。この地点において、穴は六ピエ半〔一・九五メートル〕の深さに達しており、石積工事が開始された。

この穴の底に、樫材の「支保枠」が作られた。ボルトで固く締めた、いかなる試練にも耐える強靭さをそなえた一種の円板である。その中央に、コロンビアード砲の外径と等しい直径の穴が開けられた。この枠の上に、石積の最初の基礎が据えられ、水硬性のセメントによって石がびくともしないくらい固定された。周辺から中心に向かって石積が行われた後、労働者たちは、幅二一ピエ〔六・三メートル〕の井戸の底に閉じ込められた格好になった。

この作業が完了すると、鉱夫たちはふたたび鶴嘴とピックを手にし、進捗に応じて、おそろしく頑丈な盤木〔原註／一種の架台〕で円型支保枠を支える手間を怠ることなく、その下の岩を攻撃にかかった。穴を二ピエ〔六〇センチメートル〕掘り下げるたびに、この盤木を次々に引き抜いていく。木枠は徐々に下がっていき、それとともに、巨大な環状の石積も沈んでいくのだった。石積の上層部では、鋳造作業の際にガスがそこから抜ける「噴気孔」を残しつつ、石工たちが絶え間なく作業を続けていた。

この種の工事は、労働者の極度の熟練と持続的な集中力を要求する。木枠の下を掘っていて、飛び散った石のために重傷を負う者、さらには命を落とす者も一人ならずいた。しかし、昼夜を問わず、士気は一瞬も衰えなかった。昼間は、数か月後には九九度〔原註／摂氏四〇度〕まで気温が上昇するこの焼き尽くされた大平原に降り注ぐ太陽光線の下で、夜間は、白い電光が溢れる中で、鶴嘴が岩に当たる音、発破の爆発音、機械の軋む音、そして、空中に舞い上がる稠密な土煙が一体となってストーンズ・ヒルを取り巻き、怖気をそそる輪となっており、バイソンの群もセミノール族の分遣隊もわざわざそこを突っ切ろうとはしなかった。

その間にも作業は着実に進行していた。蒸気で動くクレ

作業は着実に進行していた

ーンが資材を持ち上げるのに威力を発揮した。思いがけない障害はほとんどといってなく、予想された問題ばかりだったので、いずれも巧みに切り抜けられた。

最初の一か月が経過した段階で、この期間に割り当てられた深さ、すなわち、一一二ピエ〔三三・六メートル〕まで立て坑は掘られていた。一二月にはこの深さが二倍になり、一月には三倍になっていた。二月の間、労働者たちは地殻から噴き出した水の層と戦わなければならなかった。強力なポンプと圧搾空気装置を用いて水を汲み出し、航海中の船の水漏れを塞ぐように、湧水の口をコンクリートで塗り固めなければならなかった。なんとかこの厄介な水の流れを食い止めることができた。もっとも、土壌が緩んでしまったため、木枠が部分的にたわんでしまい、一部で落盤が起きた。七五トワーズ〔一五〇メートル〕もの高さがあるこの円形石積の圧力の凄まじさを想像していただきたい！　この事故で何人もの労働者が命を落とした。

石の擁壁を強化し、その根継をし、木枠を元通り頑丈にするのに三週間を費やさなければならなかった。だが、技師の腕前がよく、使用された機械が強力だったおかげで、一時は危険にさらされたこの建造物も立て直され、掘削が続けられた。

以後は新たな事故によって工事の進行が妨げられることもなく、バービケインが定めた期限が切れる二〇日前の六月一〇日、垂直の石壁で完全に内側を覆われた立て坑は、九〇〇ピエ〔二七〇メートル〕の深さに達したのだった。一番深いところで、石積は三〇ピエ〔九メートル〕の厚さの堂々たる立方形に支えられ、その一番上は地面とぎりぎりになっていた。

バービケイン会長とガン・クラブのメンバーたちは、マーチソン技師を熱烈に祝福した。キュクロープス的とも言うべき大仕事が驚異的なピッチで完了したのだ。

この八か月の間、バービケインは一瞬たりともストーンズ・ヒルを離れなかった。掘削作業の推移を間近から見守りつつ、彼は労働者の安全と健康に絶えず注意を払っていた。伝染病を避けられたのは、彼が運に恵まれていたからだ。人間の大集団にはつきものの伝染病は、熱帯の風土にさらされているこの地域では猛威を振るうのである。

確かに、こうした危険な工事には不可避的につきまとう不注意のせいで、何人かの労働者の命が犠牲になりはした。だが、こうした嘆かわしい不幸は避けられないし、アメリカ人にとっては、拘泥するには及ばない瑣事でしかない。彼らは個々人のことよりも人類全体のことを気にかけるのだ。しかしながら、バービケインは、それとは反対の原則を説いており、あらゆる機会をとらえてそれを実践していた。そういうわけで、彼の配慮、知性、そして難局に当たっての彼の効果的介入、惜しみなく発揮されたその人間味あふれる明敏さの甲斐あって、事故の発生率は、贅沢なまでに用心深すぎるとして引き合いに出される海の向こうの諸国、特に、二〇万フランの工事につき、平均しておよそ一件の事故を数えるフランスをも下回っていたのであった。

第一五章　鋳造祭

掘削工事に費やされた八か月の間、鋳造の予備作業も並行して猛烈なスピードで進められていた。事情を知らずにストーンズ・ヒルにやって来た外国人がいたとすれば、目の前に広がった光景にさぞかし仰天したことだろう。

立て坑から六〇〇ヤード〔五四〇メートル〕離れ、それを中心に円を描くように、幅六ピエ〔一・八メートル〕の反射炉が一二〇〇基、半トワーズ〔一メートル〕の間隔を空けて配置されていた。これら一二〇〇基の反射炉が展開する円周の長さは、二マイル〔原註／約三六〇〇メートル〕に及んでいたことになる。すべて同じモデルに基づいて作られており、長い角柱形の煙突が付いていた。それは世にも異様な眺めだった。J＝T・マストンは、この建築構成を素晴らしいと思った。それは、ワシントンの大建造物を彼に思い起こさせた。彼に言わせれば、これ以上に美しいものは、ギリシャにさえ存在しないのだ。「もっとも」と彼は言うのだった。「ギリシャには一度も行ったことはないがね」

ご記憶のように、第三回目の会議において、委員会は、コロンビアード砲製造に鋳鉄を、その中でも特にねずみ鋳鉄を用いることに決めたのであった。この金属は、事実として、強靭さ、可延性、柔軟性に勝っており、いかなる鋳造作業もしやすく、石炭で処理すると、大砲、蒸気機関のシリンダー、水圧機のような、強い耐久性を前提とする機器一般の製造に適した性質を持つようになる。

しかし、鋳鉄は、一度しか溶解を経ていないと、十分に均質化しない場合がほとんどである。二度目の溶解によって、最後に残った不純物が除去されて純化し、精錬されるのだ。

そのため、鉄鉱石は、タンパ・タウンへ発送されるに先立って、ゴールドスプリング社の高炉で処理され、石炭および高温に熱せられた珪素と接触させられて炭化し、鋳鉄に変えられた〔原註／この炭素と珪素を攪錬炉（パドル）における精錬作業によって除去することで、鋳鉄は鍛鉄に変えられる〕。この最初の作業の後、金属はストーンズ・ヒルに送り込まれた。しかし、一億三六〇〇万リーヴル〔六万一二〇〇トン〕の鋳鉄ともなると、量的にいって、鉄道で送るとコストがかかりすぎる。輸送費が原料費の倍かかってしまう。ニューヨークで船舶をチャーターし、棒状にした鋳鉄を積み込む方が望ましいように思われた。それでも一〇〇〇トンの船が六八隻必要だった。まさに一大船団であった。それがニューヨーク水道を五月三日に抜けて、大西洋に航路を取り、アメリカ海岸に沿って進み、バハマ海峡に入り、フロリダ半島の先端を回って、同じ月の一〇日、エスピリ・サント湾を北上し、無事、タンパ・タウンの港に投錨した。そこで船の積荷はストーンズ・ヒルまで敷かれた鉄道の貨車に積み替えられ、一月の中旬*には、莫大な量の金属が目的地に到着していた。

この六万トンの鋳鉄を一度に溶融するには、炉が一二〇〇基あっても多すぎはしなかった、ということが容易にご理解いただけよう。各炉には、一一万四〇〇〇リーヴル〔五万一三〇〇キログラム〕近い量の金属を入れることが可能であった。ロッドマンの大砲の鋳造に用いられる炉と同じモデルに基づいて作られており、非常に寸詰まりの台形をなしていた。燃焼室と煙突はそれぞれ炉の両端についていて、炉全体が均等に熱せられるようになっている。耐火煉瓦でできているこれらの炉は、石炭を燃やすための火床と、鋳鉄の棒を載せるための「炉床」だけで構成されていた。この炉床は二五度の角度に傾けられているため、金属は湯だまりの中に流れ込む。そこから、放射状になっている一二〇〇の溝によって、中央の立て坑へと導かれる。

石積と掘削の作業が終了した翌日、バービケインは、内部の鋳型作りに取りかからせた。立て坑の中心に、その垂直軸に沿って、高さ九〇〇ピエ〔二七〇メートル〕、幅九ピエ〔二・七メートル〕の円筒を立てなければならない。この円筒が、コロンビアード砲の内腔のために確保されるべき空間をぴったり占める。それは粘土質の土と砂の混合物に干し草と藁を加えて作られた。鋳型と石積の間の隙間を、溶解した金属が満たし、六ピエ〔一・八メートル〕の厚さの外壁を形作るだろう。

この円筒は、まっすぐ立っていられるように、鉄骨で強化され、間隔を置いて石の擁壁に嵌めこまれた横木で固定されなければならなかった。鋳造後、これらの横木は、金属の塊の中に紛れ込んでしまい、なんの不都合も生じないだろう。

この作業は七月八日に終了し、鋳造は翌日に行われることになった。

「この鋳造祭は壮大な儀式になるだろうな」とJ＝T・マストンが友人のバービケインに言った。

「間違いなくね」とバービケインは答えた。「だが、この祭は一般には公開されない！」

「なんだって！　やって来たすべての人に囲いの門戸を開放する気はないのか？」

「それだけはしないつもりだ、マストン。コロンビアード砲の鋳造は、危険とまでは言わないが、微妙な注意を要する作業なんだよ。私としては、関係者のみでやった方がいいと思う。発射体の出発の時だったら、祭でもなんでも好きにすればいい。それまでは駄目だ」

会長の言うことは正しかった。作業は予期せぬ危険を伴わないとも限らず、見物客が大勢押しかけていた場合、対処しきれなくなってしまうだろう。行動の自由を確保しておく必要があるのだ。囲いの中には、タンパ・タウンまでやって来たガン・クラブの代表団以外には、誰も入ることを許されなかった。そこには、元気潑剌たるビルスビー、トム・ハンター、ブロンズベリー大佐、エルフィストン少佐、モーガン将軍、そのほか（ツティ・クワンティ）がいた。彼らは、コロンビアード砲の鋳造をわがことのように気にかけていた。J＝T・マストンが、彼らの案内役（チチェローネ）を買って出た。彼はいかなる細部もおろそかにしなかった。あらゆるところに連れ回した。倉庫、作業場、機械の立ち並ぶ間。さらには、一二〇〇基の炉を一つずつすべて見物させた。一二〇〇基目を見物した時には、全員、少々辟易していた。

鋳造は正午きっかりに行われることになっていた。前日、各炉に一一万四〇〇〇リーヴル〔五万一三〇〇キログラム〕の金属棒が装塡された。それらは十字に交差して積まれ、熱風が間を自由に回れるようになっていた。朝から、一二〇〇の煙突が火柱を大気中に吐き出していた。地面は鈍い地響きを立てて揺れていた。溶解すべき金属と同じ量の石炭を燃やさなければならない。つまり、六万八〇〇〇トンの石炭が、日輪の前に黒煙の厚い帳を広げていたのである。

すぐに、炉にぐるりと囲まれた内側は、耐えがたい暑さになった。炉の唸りは、雷鳴に似ていた。それに加えて、強力な送風機が絶え間なく息を吹きつけ、灼熱する炉を酸素でいっぱいにしていた。

作業が成功するためには、迅速に行われる必要があった。大砲の一撃を合図に、すべての炉が液化した鋳鉄を一斉にどっと流し、湯だまりを完全に空けてしまわなければならなかった。

こうした段取りもついて、現場の各主任および労働者たちは、定められた瞬間を、いくばくかの感動の入り混じった焦燥感を覚えつつ、待ち受けていた。囲いの中にはもはや誰もいなかった。鋳造の現場監督は各自、湯出口の近くにある持ち場についていた。

バービケインと仲間たちは、近くの高台に陣取って、作業に立ち会っていた。彼らの前には大砲が一門置かれ、マーチソン技師の合図で火を吹こうとしていた。

正午数分前、金属の最初の滴が溢れ出した。湯だまりは

鋳造

少しずついっぱいになっていき、鋳鉄がすべて液状化した段階で、不純物の分離を容易ならしめるため、しばらくの間そっとしておかれた。

　正午の鐘が鳴った。突然、大砲の一撃が轟き、空中に褐色の稲光を走らせた。一二〇〇の湯出口が一斉に開けられ、一二〇〇の火の蛇が、中央の立て坑めがけ、灼熱のとぐろをほどきつつ這っていった。そこで彼らは、凄まじい轟音とともに、九〇〇ピエ〔二七〇メートル〕の深淵の底へと真っ逆さまになだれ込んだ。壮麗にして、胸が熱くなる光景であった。この鋳鉄の波濤が、天に煙の渦を巻き上げ、同時に鋳型の水分を蒸発させ、それが濛々たる蒸気に姿を変えて石の擁壁に開いた噴気孔から吹き出す間、大地は震えたのであった。この人工の雲は渦巻きながら、天頂に向かって五〇〇トワーズ〔一〇〇〇メートル〕も上昇して行った。地平線の彼方にさまよっていた野蛮人が誰かしらいたとすれば、てっきりフロリダの真っただ中に新しい火口が口を開けたとばかり、思ってしまったことだろう。ところがどっこい、火山の噴火でもなければ、竜巻でも、嵐でも、自然の諸力の激突でもなく、自然が引き起こすことのできる恐ろしい現象のいずれでもありはしなかった！　そうなのだ！　ただ人間の力だけが、この赤みを帯びた蒸気を、火山にも負けないこの巨大な炎を、地震の揺れを思わせるこの騒々しい振動を、暴風雨と嵐にも匹敵するこの唸りを生み出したのであり、ほかならぬ人間の手が、自ら穿った深淵の底に、溶解した金属のナイアガラ瀑布を突き落としたのだ。

第一六章——コロンビアード砲

鋳造作業は成功したのだろうか？　それは推測するしかなかった。だが、あらゆる点で事態は成功を告げていた。というのも、炉の中で液化された大量の金属がすべて鋳型に呑み込まれたからである。いずれにせよ、直接確かめるのは、まだ当分の間は不可能であるに違いなかった。

実際、ロッドマン少佐が一六万リーヴル〔七万二〇〇〇キログラム〕の大砲を鋳造した時、冷却作業に一五日間もかかったのである。となれば、蒸気の渦巻きを頭上に戴き、強烈な熱に守られたこの怪物的なコロンビアード砲は、どのくらいの期間、賛美者たちの目から身を隠すことになるのだろうか？　それを計算するのは困難であった。

この間、ガン・クラブの会員たちのはやる気持ちは過酷な試練にさらされた。だが、どうしようもなかった。J＝T・マストンは、自ら身を挺するあまり、危うく丸焼けになるところだった。鋳造から一五日経っても、依然として煙が空いっぱいにもくもくと上がり、ストーンズ・ヒルの頂上から半径二〇〇歩の範囲の地面は、熱くてとても歩けたものではなかった。

一日また一日と時が流れ、一週間経ったと思ったらもう次の一週間が過ぎていた。巨大な円筒形を冷ます方法は一つもなかった。近づくことすらできなかった。ただ待つよりほかになく、ガン・クラブのメンバーたちは歯を食い縛って耐えていた。

「今日はもう八月一〇日だ」とある朝J＝T・マストンが言った。「一二月一日まであともう四か月もない！　内側の鋳型を除去し、大砲の内腔の直径を整え、コロンビアード砲を装塡する。これだけのことがまだ全部手つかずだなんて！　とても間に合わんぞ！　近づくことすらできないとは！　もう二度と冷えんのじゃないか！　こんな人をばかにした話があるのか！」

せっかちな書記をなだめようとしたが、無駄だった。バービケインは一言も口をきかなかったものの、その沈黙には、内攻する苛立ちが隠されていた。時間にしか解決できない障害のために、まったく身動きできなくなってしまうこと――時間、それは、この状況下にあっては恐ろしい敵である――、そして、敵の意のままになることは、戦争屋にとってやりきれないことだった。

　しかしながら、日々観察している間に、地面の状態に変化が確認された。八月一五日頃には、噴き上がる煙の勢いと濃度が見るからに減じてきた。数日後、地面はもはや薄い靄しか発散しなくなった。石の柩に閉じ込められた怪物の、最後の吐息だった。少しずつ地面の身震いも収まっていき、熱素の輪も収縮した。見守る人々の中でも一番気が短い連中が近寄った。ある日は二トワーズ〔四メートル〕前進し、その翌日には四トワーズという具合に進んでいき、そして、八月二二日、バービケイン、彼の同僚たち、そして技師は、ストーンズ・ヒルの頂上にぎりぎり露出している鋳鉄の平らな広がりの上に腰を下ろすことができたのである。そこは、間違いなく、極めて健康によい場所であった。足が冷たくなるなどということがまだありえなかったからだ。

「やっと！」とガン・クラブ会長は、深々と満足の溜息をついた。

　作業はその日のうちに再開された。大砲の内腔を空っぽにすべく、ただちに内部の鋳型の除去にかかった。ピック、鶴嘴、ドリルが休む間もなく働いた。粘土質の土と砂は、熱の作用で極度に硬くなっていた。しかし、機械の助けも借りて、鋳鉄の内壁と触れているせいでまだ熱いこの混合物に片をつけることができた。掘り出された混合物は、蒸気で動く貨車で素早く運び出された。一連の作業が実に手際よく、熱意を込めてなされ、バービケインが口やかましく急き立て、ドル札というこの上なく説得力ある議論を持ち出したため、九月三日には、鋳型は跡形もなく消滅していた。

　ただちに穿孔仕上げが始められた。遅滞なく機械が据えつけられ、それによって稼働させられた強力な拡孔機が、刃を立てて鋳鉄のざらつきを勢いよく削りにかかった。数週間後、巨大な管の内側は完璧な円筒となり、大砲の内腔は、ぴかぴかに磨き上げられていた。

　とうとう九月二二日、バービケイン演説から一年足らずで、厳密に口径を整えられ、絶対的な垂直性をそなえた巨大な火器が、精巧な機器による検査も受け、すぐにでも機能を果たせる状態になった。後は月を待つばかりだったが、月が待ちぼうけを食わすことはありえないと誰もが確信していた。

　J＝T・マストンの喜びには限りがないようだった。彼は、九〇〇ピエ〔二七〇メートル〕の管の底を覗き込んでいて、恐ろしいことに、もう少しで墜落しそうになった。ブロンズベリーが幸いにも失っていなかった右腕がその場になかっ

マストンは、恐ろしいことに、もう少しで墜落しそうになった

たら、ガン・クラブの書記は、ヘロストラトス*の再来よろしく、コロンビアード砲の奥底で死を迎えていただろう。

大砲は完成した。非の打ちどころがないその実現に疑いをさしはさむのは不可能であった。そういうわけで、一〇月六日、ニコル大尉は、仕方なくバービケイン会長に賭け金を支払ったのであり、会長は彼の帳簿の収入欄に二〇〇〇ドルと書き込んだ。大尉の怒りは極限に達し、そのために寝込んでしまったと信ずべきいわれがある。しかしながら、彼にはまだ、三〇〇〇ドル、四〇〇〇ドル、五〇〇〇ドルの三つの賭けが残っており、うち二つに勝てれば、大勝利とは言えないまでも、まずまずの儲けにはなるだろう。が、彼にとって金はそもそも問題ではなく、一〇トワーズ〔二〇メートル〕の厚さの板にも太刀打ちできない大砲をライヴァルが見事鋳造してしまったことは、彼にとって大打撃だった。

九月二三日以降、ストーンズ・ヒルの囲いの扉は一般のために大きく開けられていたが、容易に理解できる通り、見物客が怒涛のごとく押し寄せたのである。

実際、数えきれないほどの物見高い人々が合衆国中から駆けつけ、フロリダの地に集結したのだ。ガン・クラブの事業に全面的に捧げられたこの年の間に、タンパの町は異常なまでの成長を遂げ、人口はその時点で一五万を数えていた。ブルック要塞を街路の網の目に取り込んだ後は、町はエスピリト・サント湾の二つの停泊地を分けている岬の上に伸びていった。新しい市街地が、新しい広場が、まさしく家並みの森が、アメリカの太陽の熱を受けて、かつては人気のなかった砂浜から生えてきたのだ。会社が設立されて、教会、学校、個人住宅を建て、一年もしないうちに町の面積は一〇倍になった。

北米人（ヤンキー）が生まれながらにして商人であることは誰もが知っている。氷に閉ざされた地帯から灼熱の地に至るまで、運命によってどの場所に投じられようとも、彼らの商才が手をこまぬいていようはずがない。一介の野次馬にすぎなかった人々、ガン・クラブの実験に立ち会うことだけを目的としてフロリダにやって来た人々が、タンパに腰を落ち着けるや否や、商取引に巻き込まれていったのは、そのためだった。物資や労働者の輸送用にチャーターされた船が港にかつてない賑わいをもたらしていた。やがて、形もトン数もさまざまな船がほかにも、食糧、資材、商品を満載して湾とその二つの停泊地を盛んに往来するようになった。船主の大きな商会、仲買人の事務所が町中にでき、〈シッピング・ガゼット〉紙〔原註／海運ガゼット〕がタンパ港への入船を報じない日はなくなった。

町の周囲に伸びる街道が増える一方、町の人口および商業活動の途方もない膨張の結果として、町はついに合衆国南部諸州と鉄道で結ばれた。一本の鉄道路線が、モービルを南部の大海軍工廠ペンサコーラに接続し、この重要な拠点からさらにタラハシーへ向かった。そこにはすでに、長さ二一マイル〔三三・六キロメートル〕の短い鉄道路線が海岸線に沿って存在し、タラハシーとセント・マークスを結んでいた。この短い路線がタンパ・タウンまで延長され、フロリダ中部の生気のない土地を生き返らせ、眠っていた土地を目覚めさせたのである。こうしてタンパは、一人の男の頭脳にある日宿ったアイデアに起因する工業技術の驚異のおかげで、大都市を気取ってもおかしくはなくなった。「ムーン・シティ」〔原註／月の都市〕とあだ名されたこの町のせいで、フロリダの州都〔タラハシー〕はまるで皆既日蝕をこうむったような案配になってしまった。しかも、世界中から見られる日蝕だった。

　テキサスとフロリダがなぜあれほどまでにしのぎを削ったのか、そしてガン・クラブの選択のせいで自分たちの主張を退けられたテキサスがなぜ激怒したのか、これでご理解いただけたのではないだろうか。先見の明があった彼らは、バービケインが試みる実験によってその地域がどれだけ潤うか、かくのごとき大砲の一撃にどれほどのうまみが伴うのか、よくわかっていたのだ。テキサスは、商業の大中心地と鉄道を得る機会を逸し、人口を大幅に増加させることも叶わなかった。こうした利益はことごとく、メキシコ湾と大西洋の波の間に放り出された防柵のような、あのみじめなフロリダ半島に持っていかれてしまった。かくしてバービケインは、サンタ・アナ将軍とともに、全テキサス人の反感を一身に集めることとなったのである。

　しかしながら、商業熱、工業ブームに浮かされていたとはいえ、タンパ・タウンの新住民たちは、ガン・クラブの興味深い企てを忘れる気はさらさらなかった。その反対だった。実験に関することなら、どんなに取るに足らない瑣事であっても、鶴嘴の一撃さえ、彼らを夢中にさせた。町とストーンズ・ヒルの間の絶え間ない往来、行進、いや、それどころか、巡礼だった。

　実験当日に集まる見物客が一〇〇万単位に上ることはすでに予想できた。早くも地球上のあらゆる場所から、狭い半島に鮨詰めになるために押し寄せていたからである。ヨーロッパがまるごとアメリカに移って来ていた。

　だが、これまでのところ、これら多数の訪問者たちの好奇心が碌すっぽ満たされなかったことも事実である。多くの人々は、鋳造作業の見学を心待ちにしていたのに、煙しか拝めなかった。これでは、飢えた目にとって物足りなすぎる。しかし、バービケインは、作業の見学を誰にも認めようとしなかった。そのため、不平、不満、文句が沸き起

工事後のタンパ・タウン

こった。人々は会長を非難した。彼を独裁者呼ばわりし、そのやり方が「アメリカ的ではない」と弾劾したのだ。ストーンズ・ヒルの囲いの周りは、ほとんど暴動に近い状態になった。それでもバービケインが一切譲歩しなかったのは、ご存じの通りである。

しかし、コロンビアード砲がすっかり完成してしまうと、立ち入り禁止を続けることは不可能になった。扉を閉ざしたままにするのは賢明と言えず、なにより、大衆の不満をこれ以上煽るのは無分別というものだった。バービケインは、すべての訪問者に門戸を開くことにした。とはいえ、実利精神を忘れず、大衆の好奇心につけこんで、ちゃっかり金儲けをすることにした。

巨大なコロンビアード砲をしげしげと眺められるだけでも御の字だったが、その奥底まで降りられるとなれば、これはアメリカ人にとって現世における「無上の（ネック・プルス・ウルトラ）」幸福であるように思われた。この金属の深淵の内部を見学する喜びを味わいたくないなどという野次馬は一人もいなかった。蒸気ウィンチに吊るされた装置のおかげで、見物客たちは好奇心を満足させることができた。これは大変なブームとなった。女性も、子供も、お年寄りも、誰も彼も内腔の底まで降りて巨大な大砲の神秘を探らなければ気がすまなくなったのだ。降下のための料金は一人当たり五ドルと決められていた。決して安くはない値段にもかかわらず、実験に先立つ二か月の間、押し寄せる客足は絶えることなく、ガン・クラブの金庫には五〇万ドル近い金〔原註／二七一万フラン〕が入ったのである。

コロンビアード砲を最初に訪れたのがガン・クラブの会員たちであったことは言うまでもない。この著名な団体のために取っておかれた正当な特典であった。この儀式は九月二五日に執り行われた。バービケイン会長、J＝T・マストン、エルフィストン少佐、モーガン将軍、ブロンズベリー大佐、マーチソン技師、この有名なクラブのそのほかの重鎮たちが貴賓エレベーターで降下した。合わせて一〇人ほどであった。この金属の長い管の底はまだかなり暑かった。少し息苦しかった！　だが、なんという喜び！　なんという歓喜！　真昼のように（ア・ジョールノ）電灯で明るく照らされたコロンビアード砲を支える石の台座の上に、一〇〇人分の食器を並べたテーブルが用意されていた。まるで天から降ってくるかのように、極上の食事が次から次へと会食者の前に並べられた。そして、地下九〇〇ピエ〔二七〇メートル〕で供されたこの素晴らしい食事の間、フランスの最高級ワインがこれでもかと流れたのであった。

饗宴は大変ににぎやかで、極めて騒々しくさえあった。何度も何度も乾杯が交わされた。地球のために乾杯し、その

コロンビアード砲における饗宴

衛星のために乾杯し、ガン・クラブのために乾杯し、合衆国のために、月のために、フェーベのために、ディアナのために、セレーネーのために、夜の天体のために、「天空の穏やかな使者」のために乾杯したのだ！　こうした万歳の叫びはすべて、巨大な音響管を伝わる音波に乗って、管の先端に達して雷のように轟いた。ストーンズ・ヒルの周りに並んでいた群衆は、巨大なコロンビアード砲の底に埋もれた一〇人の会食者たちに心から和して叫んだのだった。

J＝T・マストンは、もはや自分を抑えることができなかった。彼が手足を振り回す以上に叫んでいたのか、食べる以上に飲んでいたのか、その点をはっきりさせることは難しい。いずれにせよ、彼は帝国を一つやると言われても自分の席を譲る気はなかった。「たとえ大砲が装塡され、導火線に点火され、今にも火を吹いて私をばらばらにし、惑星間空間に撒き散らすのだとしても、お断りだ」

第一七章　一通の電報

ガン・クラブが企てた大工事は、いうなれば、完了したのであった。しかし、月に向かって発射体が飛び立つ日まで、まだあと二か月も残っていた。この二か月は、待ちきれない思いでいる世界中の人々にとって、何年にも思えた！　その時までは、新聞によって作戦の細目が日を追って報じられており、人々はそれを目で貪るようにして夢中で読んでいた。ところが、今後は、大衆に対する「興味*の配当」が大幅に減ってしまうことが懸念され、日々の興奮の分け前に与れなくなるのではないかと皆、戦々恐々としていた。

　そんなことは全然なかった。誰にも予想できず、異常極まりなく、およそ信じがたく、絶対にありえそうにない出来事が、期待に息を弾ませる人々をふたたび熱狂させ、全世界を狂乱の渦に巻き込んだのだ。

　ある日、正確には九月三〇日の午後三時四七分、ヴァレンティア（アイルランド）、ニューファンドランド、そしてアメリカ海岸の間に沈められた海底ケーブルを伝わった一通の電報がバービケイン会長宛てに届いたのである。

　バービケイン会長は封を破り、電信を読んだ。日頃の自制心にもかかわらず、この電報の二〇語を読むうちに、彼の唇から血の気が引き、視線は泳いだ。

　現在はガン・クラブの資料室に保管されているこの電報の全文は、以下の通りである。

フランス、パリ。
九月三〇日午前四時。

合衆国フロリダ州タンパ、バービケイン宛。

　球形ノ榴弾ヲ円筒円錐形ノ発射体ニ変エラレタシ。中ニ入リ出発ス。蒸気船あとらんた号ニテ着ク。

みしぇる・あるだん*

第一八章――アトランタ号の船客

この衝撃的なニュースが、電線に乗って飛んで来るのではなく、単純に郵便で、封緘された封筒に入れられて届いたのであれば、そして、フランス、アイルランド、ニューファンドランド、アメリカの電報局員たちが電報の内容を必ずしも承知しているとは限らなかったのであれば、バービケインは一瞬もためらいはしなかったろう。彼は用心深くこの件は他言せず、自分の仕事にけちがつけられないようにしたはずだ。この電報は、発信者がフランス人ということだとなおさら、たちの悪い冗談を隠している可能性があった。誰にせよ、こんな旅行を思いつくだけでも破天荒だが、果たしてそんな人間がいるものだろうか？　仮に実在したとして、砲弾ではなく、精神病院の独房に閉じ込めて然るべき狂人ではあるまいか？

しかし、電報は世間に知られてしまった。送信機というものは、その本質からしてあまり口が堅い方ではなく、ミシェル・アルダンの提案はすでに合衆国の諸州に広まってしまっていた。だから、バービケインが黙っていたところで仕方がなかった。彼はタンパ・タウンにいた同僚を集め、自分の意見は明らかにせず、電報にどの程度の信憑性があるのかあげつらうようなこともせず、冷ややかな態度で簡潔な電文を読み上げた。

「ありえん！――本当とは思えない！――まったくの冗談だろう！――ひとをバカにしている！――笑止千万！――ばかばかしい！」疑念、不信感、頓馬、狂気を表現する際に用いられるあらゆる表現が、こういう場合にお決まりになっている身振りを伴って、数分にわたって洗いざらい連発された。各自その時の気分によって、にやにやしたり、笑ったり、肩をそびやかしたり、爆笑したりした。その中でただ一人、J＝T・マストンだけが感服の一語を口にした。

「よくぞ思いついたものだ！」と彼は叫んだのだ。

「そうだ」と少佐が応じた。「しかしだね、たまにはこういう思いつきも悪くないが、ただ、冗談にもそれを実行しようなどと思わなければ、の話だよ」

「そう思ってなにが悪い？」とガン・クラブの書記は論戦を受けて立つ気満々で語気強く言い返した。しかし、誰も彼をそれ以上刺激しようとは思わなかった。

その間にも、ミシェル・アルダンの名はすでにタンパの町中に知れ渡っていた。外国人も地元の人も顔を見合わせ、疑問をぶつけ合い、軽口を叩いたが、その対象は、あのヨーロッパ人――一個の神話、空想上の個人――ではなく、この伝説上の人物の実在を信じられると思ったJ＝T・マストンだった。バービケインが発射体を月に送り込むことを提案した時には、誰もがこの企てを当たり前のこと、実行可能なこと、純然たる弾道学上の問題と見做したものだった！　ところが、分別ある人間が発射体に乗り込み、絵空事としか思えない旅を企てたいと申し出たとなれば、これはあまりにも奇想天外な提案であり、冗談、悪ふざけもいいところ、フランスの俗語にもちょうどぴったり対応する言い回しがある一語を借りれば、「ハンバグ」*〔原註／ペテンのこと〕なのだ！

嘲笑の嵐は、夜までひっきりなしに続いた。合衆国全土が笑いの発作に捕えられたといっても過言ではなく、どんなに不可能な企てにも、礼讃者、信者、支持者が簡単に見つかる国にあって、これは滅多にお目にかかれないことだった。

しかしながら、新しい発想がすべてそうであるように、ミシェル・アルダンの提案は、何人かの人々の念頭を執拗につきまとって離れなかった。不断の感情のリズムが掻き乱されてしまったのだ。「そんなことは考えもしなかった！」という次第。やがて、この椿事はその奇天烈さゆえに強迫観念になってしまった。それについて考えずにはいられなくなった。前日には否定されたのに、翌日には現実となったものがどれだけあったことか！　いつの日にかこの旅行が実現してはいけない理由がどこにある？　しかし、いずれにせよ、こんなふうに自分から危ない橋を渡りたがる人間は正気ではあるまい。まったくの話、そんな奴の計画を真に受けるわけにはいかないのだから、ばかげた戯言で人心を惑わせるくらいなら、いっそ黙っていてくれればよかったのに。

しかし、そんなことよりまず、この人物は実在するのか？　これぞ一大問題！　「ミシェル・アルダン」というこの名前は、アメリカではまったく未知の名前というわけではなかったのだ！　命知らずの数々の冒険を企てた男として、よく引き合いに出されていたヨーロッパ人の名前だったのである。加えて、大西洋の底を通って発信されたあの電報、フランス人が乗船したという船が名指されていたこと、近く到着するとして時期が指定されていたこと、こうしたあらゆる状況が提案にある種の信憑性を付与していた。なにがどうなっているのか、はっきりさせる必要があった。じきに、ばらばらだった人たちがあちこちで集まり始め、分子間引力*の作用で原子が凝縮するように、それらのグループが好奇心の作用で凝集し、しまいには密集した群衆となって、バービケイン会長の自宅に向かった。

　バービケインは、電報の到着以来、自身の考えを明らかにしていなかった。彼は、J＝T・マストンが勝手な自説を抱いても放っておき、賛成も非難もしなかった。彼はじっとしたまま、次に起こることを待つつもりでいたのだが、大衆の苛立ちは計算に入れていなかった。彼は、タンパの民衆が窓の下に集まっているのを、いかにも気に食わないと言いたげな目で見やった。やがて、不平のざわめき、怒鳴り声のために、彼としても顔を出さないわけにはいかなくなった。有名人ゆえの義務から、ということはつまり、面倒からは、彼とても逃れられなかったのだ。

　そういうわけで、彼は姿を見せた。沈黙が訪れ、市民の一人が口を開き、単刀直入にこう質問した。「電報でミシェル・アルダンと名乗っている人物は、アメリカに向かっているんですか、どうなんですか？」

「皆さん」とバービケインが答えた。「あなた方同様、私も知らないんです」

「知らんではすまされんぞ」とせっかちな叫び声がいくつも上がった。

「時が教えてくれるでしょう」と会長は冷ややかに応じた。

「時に、一国全体をじらす権利などない」と先ほどの発言者が再度口を開いた。「電報が指示しているように、発射体の設計図を変更したのですか？」

「まだです、皆さん。ですが、あなた方のおっしゃる通り、どういうことか知る必要がありますね。これだけの騒ぎの元になった電報に、情報を補ってもらいましょう」

「電報局へ！　電報局へ！」と群衆は叫んだ。

　バービケインは降りて行き、大群衆を従えて官庁街に向かった。

　数分後、リヴァプールの船舶ブローカー代表者宛てに一通の電報が発信された。以下の質問に対する回答を求めたのである。

「アトランタ号とはいかなる船なのか？――それはいつヨーロッパを出港したのか？――ミシェル・アルダンという名のフランス人は乗船しているか？」

　二時間後、バービケインは、いかなる疑問の余地も残さないほど明確な返答を受け取った。

「リヴァプールの蒸気船アトランタ号は、一〇月二日に出航――目的地はタンパ・タウン――乗客名簿にミシェル・

窓辺のバービケイン会長

アルダンの名で記載されたフランス人一名が乗船」

第一の電報の中身がこうして確証されると、会長の目はにわかに炎のごとき輝きを帯び、拳が激しく握られ、次のような呟きが漏れた。

「ということは本当のことなのだ！　こんなことがありえようとは！　あのフランス人は実在している！　そして二週間後にはここにやって来る！　でも、いかれてしまった奴だぞ！　脳が煮え立ってしまった奴なんだ！……絶対に同意などしてやるものか……」

と言いながらも、その晩のうちに、彼はブレッドウィル商会に手紙を書き、別命あるまで発射体の鋳造を延期するように頼んだ。

さて、アメリカ全土を巻き込んだ興奮がどのようなもので、それがいかにバービケイン演説の反響を十倍も上回ったか、合衆国の諸新聞がどんなことを言ったのか、それらがどのようにこのニュースを受け止め、どのような節回しで旧大陸のこの英雄の到着を歌ったのか、といったことを物語ること、時間を、分を、秒を数えながら人々が味わった、熱に浮かされたような興奮を描き出すこと、ただ一つの考えに縛られた頭脳をくたくたにさせる堂々めぐりがどんな感じなのか、わずかなりとそのイメージを伝えようとすること、たった一つの気がかりのために本来なすべきことがどうでもよくなってしまい、仕事の手が止まり、商業活動は中断し、錨を上げようとしていた船が、アトランタ号の到着を見逃すまいと双錨泊したまま港に留まり、乗客を鮨詰めで到着した列車が帰りはがらがらになり、エスピリト・サント湾の海面に、ありとあらゆる大きさの蒸気船、郵便船（パケット・ボート）、遊覧ヨット、快速平底船（フライ・ボート）が航跡を曳く姿を示すこと、二週間の間にタンパ・タウンの人口を四倍に増やし、軍の野営よろしくテントを張ってキャンプをする羽目になった何千という数の野次馬連中を数えることは、人間の手に余る仕事であって、よほど無謀でない限り、挑戦しようという気にはなれまい。

一〇月二〇日、午前九時、バハマ海峡の沿岸信号所から、水平線に濃い煙が見えると知らせてきた。二時間後、一隻の大きな蒸気船が信号所と識別信号を取り交わした。アトランタ号の船名がただちにタンパ・タウンに打電された。四時、イギリス船はエスピリト・サント湾に入った。五時、ヒルズボロ停泊地の水路を全速力で通過した。六時、タンパ港に投錨した。

錨が海底の砂をまだ噛みもしないうちから、五〇〇隻もの舟艇がアトランタ号を取り囲み、人々が一斉に蒸気船に突撃した。バービケインが一番乗りで舷檣を乗り越え、興奮を隠しきれない声で叫んだ。

「ミシェル・アルダン！」

「ここだ！」と船尾楼に上がっていた一人の男が答えた。

バービケインは腕組みをし、探るような目で、口はつぐんだまま、アトランタ号の船客をじっと見つめた。

それは四二歳の男で、長身だったが、すでにしてやや猫背気味になっており、バルコニーを肩に担いでいる女像柱(カリアティッド)のようだった。がっしりした頭部はまさにライオンの頭であって、時折、燃えるような頭髪をたてがみのように振り立てていた。顔は短く、左右のこめかみの間が広く、猫のひげのようにぴんと逆立った口ひげと、頬一面に生えた黄色がかったひげの総に飾られており、丸くてやや上の空の目は近眼に特有の眼差しを放ち、これぞ猫系といった感じの顔立ちを完成させていた。しかし、鼻は主張の強いタッチで描かれ、口にはことのほか人間味が感じられ、秀でた額は理知的で、絶えず鋤が入れられている畑のように皺が寄っていた。頑強に発達した上体が長い脚の上に真っ直ぐ載り、筋肉質の腕は、しっかりと固定された強力な梃子そのもの、態度には微塵の迷いもなかった。こうしたすべてが相俟って、このヨーロッパ人を、堅牢に仕立てられた快男児、冶金学に表現を借りれば、「鋳造されたというよりは鍛造された」男と呼ぶにふさわしくしていた。

ラーヴァターやグラシオレ*の弟子であれば、この人物の頭蓋骨と容貌から、向こう気の強さ、すなわち、危機に瀕して果敢であり、障害をあくまで打ち砕こうとする傾向の紛れもない指標を難なく読み取ったことであろう。さらに、親身な性格、そして、神秘性(しょう)、つまり、ある種の気性をして、人智を超えたものに夢中にさせる本能の指標も。ところが、獲得本能、すなわち、所有や獲得に対する欲求を示す頭蓋突起の方はまったく見当たらないのだった。

アトランタ号の船客の外見的特徴を記述し終えるに当たり、ゆったりした、着心地の楽なその衣装、ミシェル・アルダン自身、自らに「布食い虫」というあだ名をつけたほど、布地のたっぷりしたズボンとパルトー、ゆるく結んだネクタイ、逞しい首が突き出ている、鷹揚に開いたシャツのカラー、熱っぽい手が飛び出ている、必ずボタンが外されている袖に注意を促すべきであろう。真冬の最中にも、危険のただ中でも、この男は絶対に寒気を覚えたりはしまいと思われた——当然、ひやりともしないのだ。

そもそもこの男、蒸気船の甲板の上にあって、群衆に揉まれながら、行ったり来たり、片時もじっとしていられず、船乗りたちが言うように「走錨状態」にあって、盛んに身振り手振りを交え、誰とでも馴れ馴れしい口をきき、神経質にがつがつと爪を噛んでいた。明らかに、創造主が手慰

ミシェル・アルダン

みに創ってはみたものの、すぐにその鋳型を壊してしまった変人の一人だった。

事実、ミシェル・アルダンの人となりは、分析家にとって大いなる研究材料となるものだった。この驚くべき男はなにかというとすぐ話を大袈裟に膨らませ、いまだに最上級を愛好する年頃を卒業できずにいた。彼の網膜に映ったものは特大のサイズになった。そのため、彼の連想は壮大にならずにはいられなかった。困難と人間を相手にする時は別にして、彼は物事を大きなスケールで考えるのだった。

その上、豊かな創造力にも恵まれており、根っからの芸術家にして茶目っけ溢れる男だった。とはいえ、気のきいた言葉を乱射するのではなく、狙撃兵をもって任じていた。人と議論をする時には、論理もへったくれもあったものではなく、三段論法など端から受け入れず、そんなものは思いつきもしなかっただろう。彼には彼のやり方があったのだ。筋金入りの挑発者だったのであり、効き目抜群の対人論証（アド・ホミネム）を相手の胸板に撃ち込んだものだった。そして、嘴も鉤爪も使って勝ち目のない立場を守り抜くのが好きだった。

数多い奇癖の中でも一つだけ特筆すれば、彼は自分のことを、シェイクスピアにも負けない「崇高なる無知*」と称し、学者蔑視を旗印にしていた。彼に言わせれば、学者とは「こちらがゲームをやっている時に、点数を数えることしかしない連中」なのだ。要するに、大風呂敷の国からやって来た風来坊（ボヘミアン）、冒険好きだが山師ではなく、無鉄砲野郎、日輪の戦車を思いきり走らせるパエトン*、付け替え用の翼を持っているイカロスだった。しかも、彼は自ら体を張り、その張りっぷりたるや大したものであって、昂然と頭をもたげて常軌を逸した企てに飛び込んでいくのだ。アガトクレス*そこのけの気迫で船を燃やして背水の陣を布き、背骨の一本や二本、いつでも折らせる覚悟ができており、それでいながら、最後には必ず両足で見事に着地してみせる。子供たちを喜ばせる、接骨木（にわとこ）の髄で作った小さな旅芸人のようだった。

彼のモットーは、たったの二語、「なんのこれしき！」であった。そして、不可能への愛こそ、ポープ*の美しい表現に倣っていえば、彼の「ルーリング・パッション」〔原註／支配的情念〕であった。

しかし、同時に、この行動力旺盛な快男児には、その長所ゆえの欠点も多かった！　俗に、虎穴に入らずんば虎児を得ず、と言う。アルダンはしょっちゅう虎穴に入っていたが、それに見合うだけの虎児を得てはいなかったのだ！その金遣いの荒さは、ダナイデスの樽*を地で行っていた。私利私欲がまったくない男で、頭だけではなく、心も衝動に忠実だった。人助けを惜しまず、義侠心に厚く、たとえ不倶戴天の敵であっても、その死刑執行許可証に署名したりはしなかっただろうし、一人の黒人奴隷を解放するためとあらば、自ら身を売って奴隷にさえなったろう。

フランスでも、ヨーロッパでも、この輝かしくもやかましい男を知らない者はいなかった。「名声」の女神が、百の声で彼のことを話題にし続けるあまり、喉を嗄らしているではないか？　ガラス張りの家に住み、世界中の人たちに、自分の一番の秘密さえさらけ出してはいなかったか？　しかしまた、彼は敵を蒐集することにかけても見事な成果を上げており、それは、彼が前に出ようとして有象無象を肘でかき分けた際に、程度の差こそあれ、感情を害したり、傷つけたり、容赦なく尻餅をつかせた連中なのだ。

しかしながら、彼は概して愛されていたし、甘やかされた子供として扱われていた。俗な言い方をすれば、「取るか捨てるかするしかない男」だったのであり、人々は彼を「取った」のであった。誰もが彼の大胆な企てに関心を持ち、心配そうに見守っていた。彼が無謀なまでに大胆であることはよくわかっていたのだ！　いずれひどい目に遭うからといって彼を止めようとする友人もいた。すると彼は、「森はその木によってしか燃えないからね*」と人好きのする微笑を浮かべて答えたが、自分がアラブの最も美しい諺を引用したとは夢にも思わなかった。

これがアトランタ号の船客であった。いつもそわそわと落ち着かず、内部の火の作用で常にかっかと煮えたぎり、精神が絶えず高揚していた。といっても、自分がアメリカにしに来たことのためではなく——そんなことは考えてすらいなかった——、熱っぽい体質のせいだった。好対照な二人ということでは、フランス人であるミシェル・アルダンと北米人（ヤンキー）のバービケイン以上の組み合わせはまたとあるまい。二人とも、流儀こそ違え、積極果敢、奔放不羈、そして大胆不敵という点で変わりはなかったとはいうものの。

ガン・クラブ会長は、自分から主役の座を奪ったこのライヴァルを前にして、物思いに耽っていたが、群衆の歓呼の叫び、万歳の声に中断された。叫び声は狂熱の度を強め、熱狂は個別的に応対されなければ気がすまなくなり、ミシェル・アルダンは千人近い人と握手をした挙句、十本の指がちぎれそうになって、船室に逃げ込まざるをえなかった。

バービケインは、一言も発さずにその後に続いた。

「あなたがバービケイン？」二人だけになるとすぐミシェル・アルダンが尋ねた。二〇年来の知己に話す時の口調だった。

「そうです」とガン・クラブの会長は答えた。

「そりゃどうも、こんにちは、バービケイン。調子はどうです？　上々？　そいつは結構！　実に結構！」

「要するにあなたは」とバービケインは前置き抜きに本題に入った。「出発すると決めたのでしたな？」

「堅くね」

「なにがあっても止めませんか？」

「なにがあっても。電報で指示したように、発射体を変更してくれましたか？」

「あなたが到着するのを待っていたのです。しかし」とバービケインは再度念を押した。「よくよくお考えになったんでしょうな？……」

「よく考えた、ですと！　ぼくがそんな暇人だとでも？　月をちょっと一回りする機会があるというから、そうさせていただく、それだけのことですよ。考え込まなければならないような話とは思えませんな」

自分の旅行計画を気軽に、まったくこともなげに、なんの屈託もない様子で話すこの男を、バービケインは食い入るように見つめていた。

「しかし、せめて」と彼は言った。「計画とか、実行方法くらいは考えているんでしょう？」

「素晴らしいのをね、親愛なるバービケイン。だが、一つ言わせていただいていいだろうか？　ぼくは、話は一度きりですませたいんですよ、皆さんまとめてね。でもって、あとはもうそれっきり、といきたい。そうすれば、同じことを何度も話さずにすむ。ですから、もっといい考えをお持ちなら別ですが、そうでなければ、お友達、ご同僚、町中の人たち、全フロリダ、なんだったら全アメリカでも構わないから、呼び集めてください。明日には喜んでぼくの考えている方法を詳しく説明しますし、どんな質問にも答えます。なに、ご心配には及びませんよ。正々堂々、受けて立ちます。それでいいですか？」

「結構です」とバービケインは答えた。

そこで会長は船室を出、ミシェル・アルダンの提案を群衆に伝えた。彼の言葉は、足踏みと喜びの唸りで迎えられた。これで面倒はすべて片づいた。明日になれば、各自、ヨーロッパの英雄を好きなだけ拝めるのだ。それでも、素直に引き下がろうとはしない何人かの見物人は、アトランタ号の甲板を離れなかった。彼らは船上で一夜を明かしたのである。中でもJ＝T・マストンは船尾楼の手すりに自身を手鉤で釘付けにしてしまい、彼を引き離そうとしたら、巻揚機（キャプスタン）が必要だっただろう。

「あれこそが英雄なんだ！　英雄なんだ！」と彼は同じことをあらゆる調子で繰り返した。「そして、あのヨーロッパ人に比べたら、おれたちは女々しい腰抜けにすぎない！」

会長はといえば、見物人たちに帰るよう促した後、かの船客の待つ船室に戻り、蒸気船の鐘が真夜中の当直を告げる時まで出て来なかった。

だが、その時、大衆の人気を争う二人の好敵手は、熱烈な握手を交わし、ミシェル・アルダンはバービケイン会長に敬語抜きで話していた。

第一九章　ミーティング

翌日、日輪は、じりじりしている人々に言わせれば、やけに昇って来るのが遅かった。こんな祝祭を照らすべき太陽のくせして怠惰にもほどがある、と人々は思った。バービケインは、ミシェル・アルダンに遠慮会釈ない質問が出されることを懸念して、聴衆を少数の理解者、例えば、自分の同僚に限定したいところだった。ところが、そんなことをするくらいなら、いっそナイアガラ瀑布を堰き止めようとする方がましであった。バービケインは計画を断念し、新しい友人に公開討論で運試しさせるしかなかった。タンパ・タウンの株式取引場の新ホールは巨大ではあったが、この催しには不十分と判断された。なぜなら、計画されている集まりは、政治集会（ミーティング）の規模になっていたからだ。

会場として選ばれたのは、町外れにあるだだっ広い野原だった。数時間で、そこに照りつける太陽の日差しを遮ることができた。港に停泊中の船には、帆、操帆具、予備のマスト、帆桁がたっぷりあって、巨大なテントを作るのに必要な備品を提供してくれたのである。やがて、広大な布の天幕が、太陽に灼かれた野原の上に広がり、かんかん照りから人々を守れるようになった。そこに三〇万人もの人たちが集まって、息がつまりそうな暑さにもめげず、フランス人がやって来るのを何時間も待ったのだった。この大観衆のうち、前の三分の一は見ることも聞くこともできた。真ん中の三分の一はあまりよく見えず、聞くこともできなかった。最後の三分の一は、なにも見えず、なにも聞こえなかった。だからと言って、彼らが拍手の盛大さで人後に落ちるものではなかった。

三時に、ミシェル・アルダンが、ガン・クラブの主要な面子に伴われて登場した。彼は右腕をバービケイン会長に、左腕をJ＝T・マストンに貸していた。マストンは、正午の太陽よりも明るく輝き、それに負けないくらい赤々としていた。

アルダンは演壇に上がった。その上からは、黒い帽子の大海が見晴らせた。彼はいささかもあがっている様子がなかった。気取ったところもなかった。陽気で、親しみやすく、愛想がよく、まるで自宅にでもいるかのようだった。彼を迎える歓呼の声に、優雅な一礼で応じ、静聴を求めると、すこぶる正確な英語で話し始めた。

「皆さん」と彼は言った。「大変暑いところ恐縮ですが、皆さんも興味をお持ちと思われる計画について、少々お時間をいただいて若干ご説明申し上げたいと思います。私は演説家という柄じゃありませんし、学者でもありません。私自身はこうして公の場で話すつもりはありませんでした。しかし、友人であるバービケインが、そうすれば皆さんが喜ばれると言うものですから、私としても、ここは一つ、という気持ちになった次第なのです。ですから、皆さんの六〇万の耳でとっくりと私の話を聞いていただき、至らぬところは大目に見ていただければ幸いです」

この飾らない口上は聴衆から大変好意的に受け止められ、満足げなざわめきが会場を包んだ。

「皆さん」と彼は言った。「私がこれから言うことに同意される場合も、反対される場合も、ご自由に表明してくださって結構です。この点をはっきりさせておいた上で、始めさせていただきます。最初に、どうかくれぐれもお忘れなきよう、皆さんが相手にしているのは一人の無知な男なのであります。ところが、その無知さ加減たるや尋常ではなく、困難でさえ知ったことではないというくらいのものなのです。そういうわけでありますから、発射体に乗り込んで月へ出発するのは、この男にとっては、単純にして自然であり、容易なこととしか思えない。この旅行は早晩なされるに決まっていますし、移動手段は単純に進歩の法則につれて移り変わるものでしかありません。人間は旅行を四本足で始め、ある日、それが二本足に変わった。それからというもの、荷車、四輪幌馬車（コッシュ）、二輪乗合馬車（パタッシュ）、遠距離乗合馬車（ディリジャンス）、鉄道と進化してきたわけです。であるならばですよ！　発射体こそ未来の乗り物であって、実際問題として、惑星はただの発射体、創造主の手によって発射された砲弾にすぎません。しかし、話をわれわれの乗り物に戻しましょう。皆さんの中には、この乗り物に加えられる速度があまりにも大きすぎると思われた方が何人かいらっしゃるかもしれませんが、全然そんなことはありません。速度という点では、あらゆる天体が砲弾を凌駕しております。地球自身からして、太陽をめぐる公転運動において、砲弾の三倍の速度でわれわれを乗せて飛んでいるのです。いくつか例を挙げましょう。ただ、単位としてリューを用いることをお許しいただきたいと思います。アメリカの度量衡に慣れていないものですから、換算しているうちにわけがわからなくなってしまいそうですので」

この頼みは面倒でもなんでもなかったので、異を唱える

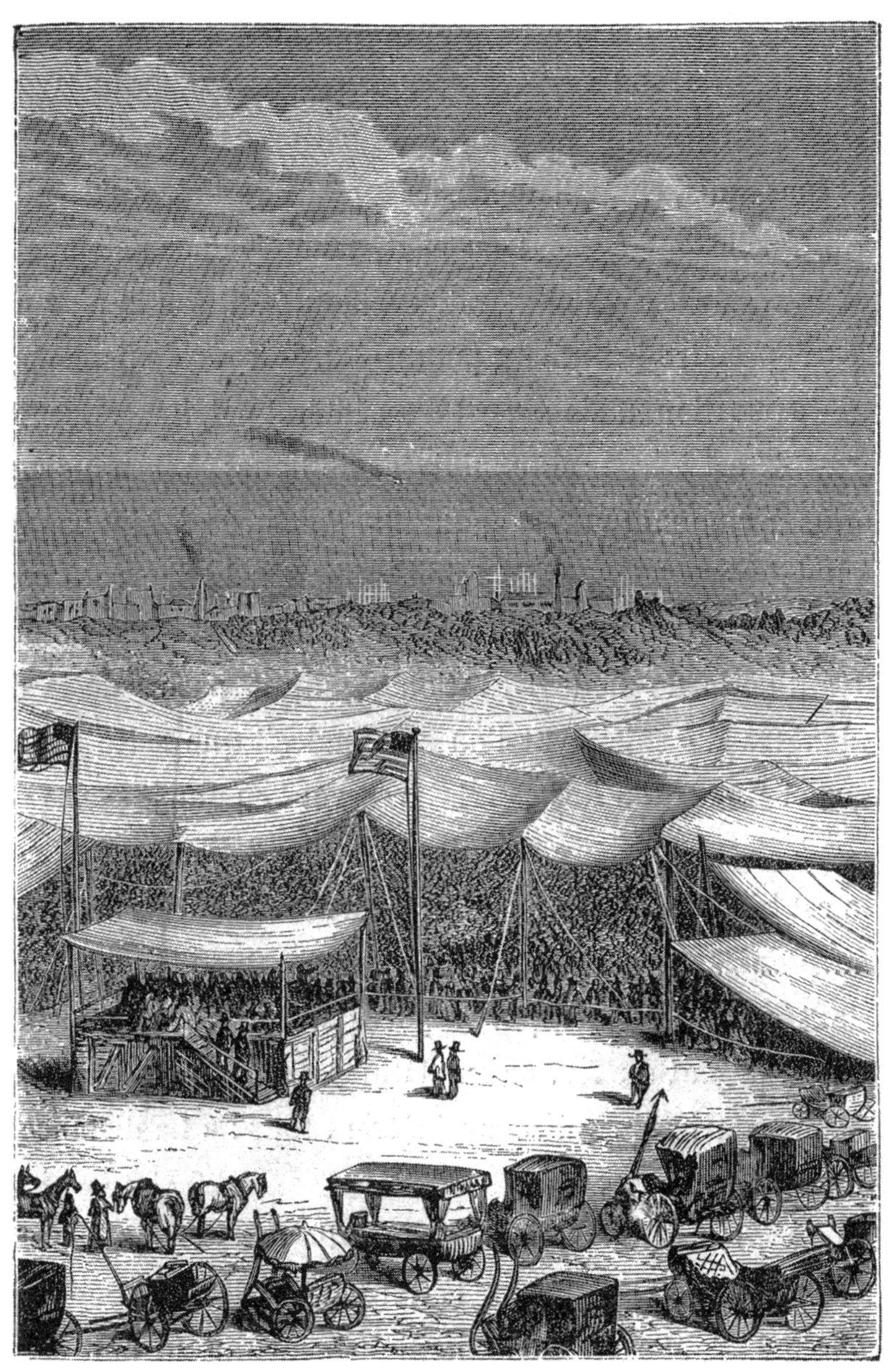

ミーティング

者はいなかった。弁士は演説を再開した。

「皆さん、さまざまな惑星の速度は以下の通りです。私は、無知なことは無知なんですが、実は天文学上のこうした細部にはかなり精通しているのですよ。とはいえ、皆さんも二分以内に私と同じくらい物知りになれます。というわけで、海王星の時速は五〇〇〇リュー〔二万キロメートル〕、天王星の時速は七〇〇〇リュー〔二万八〇〇〇キロメートル〕、土星の時速は八八五八リュー〔三万五四三二キロメートル〕、木星の時速は一万一六七五リュー〔四万六七〇〇キロメートル〕、火星の時速は二万二〇一一リュー〔八万八〇四〇キロメートル〕、地球の時速は二万七五〇〇リュー〔一一万キロメートル〕、金星の時速は三万二一九〇リュー〔一二万八七六〇キロメートル〕、水星の時速は五万二五二〇リュー〔二一万キロメートル〕です。ある種の彗星に至っては、近日点での速度が時速一四〇万リュー〔五六〇万キロメートル〕ですよ！　これに引き換え、われわれときたら、のんびりとお散歩もいいところで、時速九九〇〇リュー〔三万九六〇〇キロメートル〕も超えず、しかも絶えず減速していくというんですからね！　皆さんに一つお尋ねしたい、これのどこが有頂天になるほどのことなのか、と。この程度の速度であれば、おそらく光か電気を動力因とするもっと大きな速度によって、いつの日にか追い越されるに決まっているではありませんか？」

　ミシェル・アルダンのこの断言に疑念を抱いた様子の者はいなかった。

「親愛なる聴衆の皆さん」と彼は先を続けた。「偏狭なる精神の持ち主——この形容は彼らにうってつけです——によれば、人類は、ポピリウスの輪*に閉じ込められていて、それを越えて惑星間空間に飛び出すことも永遠に叶わぬまま、この地球上でくすぶっていなければならない運命（さだめ）にあるのだそうです！　そんなことがあってたまるものですか！　人は月に行きますし、ほかの惑星にも、恒星にも行くのです。まるで今日のわれわれがリヴァプールからニューヨークに行く時のように、やすやすと、速やかに、そして安全に。大気という大洋も、月面にある大洋ともども、渡ることができるようになる日が近いうちに必ずやって来ます！　距離という言葉は相対的なものでしかなく、いずれはゼロに帰することになるのです」

　聴衆は、フランスの英雄のペースに乗せられて盛り上がっていたが、この大胆な理論にはさすがに少しばかり度肝を抜かれてしまった。ミシェル・アルダンにもそれがわかったようだった。

「親愛なる皆さん、どうやら腑に落ちないご様子ですね」と彼はにこやかな笑みを浮かべて言った。「いいでしょう！　それでは少し考えてみようではありませんか。急行列車が月に到達するまでどのくらい時間がかかるか、ご存じですか？　三〇〇日です。それ以上はかかりません。八万六四一〇リュー〔三四万五六四〇キロメートル〕の道のりですが、この程度がなんです？　地球九周分にもならないんですよ。多少老練な船乗りや旅行家であれば、生涯の間にそれ以上の距離を平気で踏破しているではありませんか。おまけに考えてもみてください、旅行の所要時間はたったの九七時間ですよ！　ああ！　あなた方は、月は地球から遠く離れているのだから、冒険に乗り出す前にじっくりと考える必要があると思っていらっしゃるんでしょう！　しかし、それなら、太陽から一一億四七〇〇万リュー〔四五億八八〇〇万キロメートル〕も離れたところを回っている海王星に行くという話でしたら、どうなさるおつもりです！　一キロにつき五ソル*しかかからないと仮定したとしても、この旅行ができる人はほとんどいはしないでしょう！　かのロスチャイルド男爵その人ですら、十億になんなんとするその資産をもってしてなお旅費を賄いきれず、一億四七〇〇万フランの料金不足で途中までしか行けますまい！」

この議論の進め方は大いに聴衆の意を得たようだった。ミシェル・アルダンは、テーマにすっかり熱中してしまい、身の危険も顧みず、猪突猛進していった。人々が自分の話に引き込まれているのを感じていた彼は、ほれぼれするほど自信に満ち溢れて続けた。

「さて、皆さん！　海王星と太陽の間のこの距離は、恒星との間の距離と比べれば、無に等しいのです。事実、これらの天体がどのくらい離れているのか計測するためには、いちばん小さい数ですら数字が九つ並ぶ、あのめくるめく計算領域に足を踏み入れ、十億を基本単位にしなければなりません。この問題についてはうるさくて申し訳ありません。しかし、これは実に興味津々たる問題なのです。私の話を聞いて、ご判断いただきたい！　ケンタウルス座のアルファまでの距離は八兆リュー〔三二兆キロメートル〕、ヴェガまでは五〇兆リュー〔二〇〇兆キロメートル〕、シリウスまでは五〇兆リュー〔二〇八兆キロメートル〕、北極星までは一一七兆リュー〔四六八兆キロメートル〕、カペラまでは一七〇兆リュー〔六八〇兆キロメートル〕、そのほかの恒星までは何百、何千兆リューもあるのです！　それなのに、太陽と惑星の間に距離がある、などと主張する人がいるとは！　見当違いもはなはだしい！　でたらめであり、気の迷いだ！　太陽に始まって海王星に終わるこの太陽系のことを私がどう思っているか、皆さんはご存じですか？　私の理論をお聞きになりたいですか？　非常に簡単なことですよ！　私に言わせれば、太陽系というのは、均質な固体なのです。惑星たちは押し合いへし合い、互いに密着して太陽系を構成しているのです。そして、その間の空間は、銀や鉄、金やプラチナといった、最も密度の高い金属の分子の間の空間にすぎません！　したがって、繰り返しになりますが、私には次のように断言する権利があります。私のこの確信はここにおいでの皆さん全員に浸透していくことでしょう。よろしいですか、「距離という言葉に意味はなく、距離は存在しない！」のであります」

「その通り！　ブラヴォ！　ウラー！」弁士の身振りと口振り、そしてその斬新な着想から電撃を受けた聴衆は、声を一つにして叫んだ。

「そうだ！」とほかの誰よりも力強くJ＝T・マストンが叫んだ。「距離など存在しない！」

そして、身振りの激しさに勢いあまって、躍り上がった自身の体を止められず、演台の上から地面に転げ落ちそうになった。しかし、なんとかバランスを取り戻し、転落せずにすんだ。そうでなければ、距離という言葉には意味があることを、マストンは覿面に思い知らされていたところだった。それから、聞き手が思わず身を乗り出す弁舌の使い手は、演説を再開した。

「皆さん」とミシェル・アルダンは言った。「これでこの問題は解決したと思います。あなた方全員を納得させられなかったとすれば、私が証明において気弱、説明において力不足だったためで、理論的な研究を突っ込んでやらなかったつけと言わざるをえません。いずれにいたしましても、繰り返しになりますが、地球とその衛星の間の距離はまったくもって大したことはなく、真面目な方々を悩ませるには及びません。ですから、近い将来、砲弾列車が運行されるようになり、地球から月まで快適に旅行できるようになると申し上げても、勇み足だとは思いません。衝撃も、揺れも、脱線も心配する必要がなく、迅速に、疲労を感じることもなく、お国の毛皮猟師の言い回しを借りれば、「蜜蜂の飛びっぷりで」一直線に目的地に到達するでしょう。二〇年もしないうちに、地球の住人の半数は月を訪れていることでしょう！」

「ミシェル・アルダン万歳！　万歳！」と聴衆は、一番納得していない連中も含め、揃って叫んだ。

「バービケイン万歳！」と弁士は慎ましくこれに応じた。

事業の推進者に対してこのように謝意を表明したことは、満場の喝采を受けた。

「それでは、皆さん」とミシェル・アルダンは続けた。「私になにかお聞きになりたいことがあれば、私のようなさえない男は口ごもってしまうに決まっていますが、なんとかお答えしたいと思います」

これまでのところ、ガン・クラブの会長にとって、議論の展開は申し分なかった。議論は机上の理論に関わっていたから、ミシェル・アルダンはその溌剌たる想像力の赴く

月行きの砲弾列車

まま、精彩を放っていた。それゆえ、実際的な問題の方に話が逸れていかないようにしなければならない。その方面に話が転がってしまうと、アルダンもそうやすやすとは切り抜けられまい。バービケインは慌てて発言し、新しい友人に、月やほかの惑星に生命が存在すると思うかどうか、尋ねた。

「これはまた大問題を提起したものだね、会長殿」と弁士は微笑みながら答えた。「とはいえ、私が間違っていなければ、プルタルコス、スウェーデンボルグ、ベルナルダン・ド・サン＝ピエール、そしてそのほかにも大勢の偉大な知性の持ち主が肯定的な意見だったと思いますね。自然哲学の観点に立てば、私も彼らと同じように考えざるをえません。私には、この世界には余分なものはなに一つ存在していないように思えますし、ご質問に別の質問で応じさせてもらえるのであれば、バービケイン君、諸天体が居住可能であれば、それらは今も居住されているか、かつて居住されていたか、そして今後居住されるか、のいずれかであると断言したい」

「いいぞ！」と最前列の聴衆が叫んだが、彼らの意見は、後列の者たちにとって、法律にも等しいものだった。

「これ以上に論理的かつ正当な答えは不可能ですな」とガン・クラブの会長は言った。「したがって、問題は以下に尽きるわけです――諸天体は居住可能であるか？　私としては、居住可能だと思います」

「私はといえば、その点には確信がありますね」とミシェル・アルダンが応じた。

「しかしですね」と聴衆の一人が反論した。「諸天体の居住可能性については、反対の議論もいろいろありますよ。言うまでもなく、ほとんどの天体において、生命の原理は地球とは別のものでなければならんでしょう。ですから、話を惑星に限っても、太陽から遠いところにあるか、近いところにあるかによって、ある星では焼かれ、ある星では凍りついてしまうでしょう」

「尊敬すべき反論者を」とミシェル・アルダンが答えた。「個人的に存じ上げていないのが残念でなりません。と申しますのも、ご質問になんとかお答えしてみようと思うからです。ご反論には一理あります。が、諸天体の居住可能性を問題にした反対意見のすべてについて言えることですが、ある程度効果的に論破できると思います。もし私が物理学者だったら、太陽に隣接する惑星においては、運動状態にある熱素が少なく、逆に、太陽から遠い惑星においては、それが多いので、この単純な現象一つ取っても、熱が均等になり、こうした諸天体における温度がわれわれと同じような身体構造の生物にもしのぎやすいものとなるには十分である、と申し上げることでしょう。もし私が博物学者だったら、多くの著名な学者たちの驥尾に付して、こう申し上げるでしょう。すなわち、自然は、この地球上においても、居住可能性がさまざまに異なるという条件下に生きている生物の例を多々示してくれているのであって、魚は、ほかの動物にとっては死を意味する環境で生きており、水陸両棲動物*は、説明困難な二重生活を送っております。ある種の海生生物は、深海のかなり底に近い層に住んでいながら、五〇から六〇気圧もの水圧に潰されることなくそれに耐えることができます。水生昆虫の中には、温度に無感覚で、熱泉の中にも、極洋の氷原にも生息するものが何種類もおります。そして、自然の営みには、多種多様な手段があって、その多様性は人間には理解不能とはいえ、紛れもなく現実のものであり、全能の域にすら達していることを認めなければなりません。もし私が化学者だったら、明らかに地球外で形成された物体である隕石を分析したところ、争うべからざる炭素の痕跡が見つかっていることを申し上げたことでしょう。この物質は有機体にしか生み出せないものであって、ライヘンバッハ*の実験によれば、必然的に「動物質化*」を経ていなければならないとのことです。最後に、もし私が神学者だったら、キリストの贖罪は、聖パウロによれば、地球だけではなく、全天界にあまねく適用されるのだと申し上げるでしょう。ですが、私は神学者でもなければ、化学者でも、博物学者でも、物理学者でもありません。宇宙を統べる大法則がどういうものかまったく知らないわけで、私としてただこう言いうるのみです——諸天体が居住されているかどうか、私は知らない。知らなければこそ、私は見に行くのだ、と！」

ミシェル・アルダンの理論の反対者は、さらに別の議論を敢えて口にしたのだろうか？　その点はわからない。群衆の上げる熱狂的な叫び声のために、あらゆる意見がかき消されてしまったに相違ないからである。一番遠くにいる人々に至るまで、ふたたび沈黙が訪れた時、勝ち誇った弁士は、以下のような考察を付け加えるだけで満足した。

「親愛なる北米人（ヤンキー）の皆さん、皆さんもそう思っていらっしゃる通り、これほど重要な問題を私はほんのちょっとかすった程度にすぎません。私はこの場で公開講義を行い、この広範な主題をめぐってなんらかの学説を主張しにやって来たわけではないのです。諸天体の居住可能性に有利な議論はほかにも陸続と挙げられます。しかし、それらはひとまず措いておきます。ただ、一点だけ声を大にして言わせていただきたい。ほかの惑星に生命はいないと主張する人々に対しては、以下のように返答しなければなりません——あなた方のおっしゃることは正しいかもしれませんが、それは、地球が諸天体の中であたう限り最良の世界であることが証明されれば、の話です。然るに、ヴォルテールがなんと言おうと、そんなことはないのです。地球には一つしか衛星がないのに、木星、天王星、土星、海王星は複数の衛星にかしずかれており、この利点は馬鹿にできません。ですが、われわれの地球の住み心地を悪くしているのは、公転軌道に対して地軸が傾いていることです。その結果、昼と夜の長さが違ってしまったり、遺憾千万なる四季の多様性が生じたりしているのです。われわれの不幸な回転楕円体の上では、寒すぎるか、暑すぎるか、どちらかしかない。冬には凍え、夏には焼け死にそうになります。地球は、風邪引きの、感染性鼻炎（コリーザ）に肺炎持ちの惑星です。それに対して、例えば、軸がほとんど傾いていない木星の表面では〔原註／木星の軸の公転軌道に対する傾きは、たったの三度五分である〕、住人は、常に一定の気温に恵まれております。常春の地帯、常夏の地帯、常秋の地帯、常冬の地帯があり、木星人は各自、自分の好きな気候を選び、一生の間、気温の変化に煩わされずにすむのです。この点で木星がわれわれの星よりも優れていることを皆さんは容易にお認めになるでしょう。それだけではなく、木星の一年は、一二年も続くのです！　おまけに、このような幸運に恵まれて、素晴らしい生活条件の下に暮らしている木星の住人が、われわれよりも優れた存在であって、学者はずっと物知りであり、芸術家はより芸術的、悪人はそんなに悪くなく、善人はより善良であることは自明のように私には思われます。ああ！　この完璧に到達するために、われわれの回転楕円体に欠けているのはなんでしょうか？　ほんのちょっとしたことなのです！　公転軌道に対する傾きが少ない地軸がありさえすればいいのです」

「そういうことだったら！」と血気にはやる声が叫んだ。「われわれの努力を結集しよう、機械を発明し、地軸を立て直そう！」

　この提案に対して、万雷の拍手が湧き起こった。こんなことを言ったのは、J＝T・マストンであり、彼以外の者であるはずがなかった。熱血漢たるこの書記が、技師としての本能に衝き動かされてこの大胆な提案を口にしてしまったというのはいかにもありうることだ。だが、これだけは言っておかなければならない――それが事実だったのだから――、多くの人たちが叫び声を上げて彼を支持したのであり、アルキメデスが要求した支点を彼らが手にしていたら、間違いなく、このアメリカ人たちは、地球を持ち上げてその軸を立て直すことのできる梃子を作っていただろう。しかし、まさにこの支点こそ、無謀な機械技師たちに欠けていた当のものであった。

　しかしながら、この「素晴らしく実際的な」アイデアは、大成功を博したのだった。議論はたっぷり一五分は中断され、ガン・クラブの終身書記が熱烈に提唱したこの案は、アメリカ合衆国では以後長きにわたって語り草となったのである。

第二〇章　攻撃と反撃

このささやかな事件をもって、討論は終わるかに見えた。それは「締めの文句」だったのであり、これに勝る言葉は見つからなかっただろう。にもかかわらず、喧騒が鳴りやんだその時、よく響く刺々しい声が次のように言っているのが聞こえた。

「弁士はもう十分に綺想と戯れたのですから、本題に戻っていただき、空論は控え目にして、遠征の実際的な側面を論じてはいただけないでしょうか」

全員の目がこう話した人物に向けられた。それは痩せぎすぎすした男で、精力的な顔つきをしており、アメリカ風に刈った髭を顎の下に蓄えていた。聴衆の間で何度か生じた混乱に乗じて、彼は徐々に最前列まで出て来ていたのである。そこで、腕組みをし、炯々と輝く挑戦的な眼差しをミーティングの主人公に据えていた。自分の要望を言い終えると、彼は口をつぐみ、数千の視線を浴びようが、自分の言葉に反発するざわめきが起ころうが、一向に動じる気配がなかった。返事がなかなか返ってこなかったので、彼は同じきっぱりとした明晰な口調で質問を繰り返し、以下のように言い足した。

「われわれがこの場に集まっているのは、地球のことではなく、月のことを考えるためなんですぞ」

「おっしゃる通りです」とミシェル・アルダンが答えた。「議論が脇道に逸れてしまいました。話を月に戻しましょう」

「ムッシュー」と未知の男は続けた。「われわれの衛星には生命が存在するとあなたは主張なさる。結構でしょう。ですが、月世界人が存在するとして、その人たちはどうしたって呼吸せずに生きているということになります。なぜなら――私は、あなたのためを思って警告申し上げるのだが――月面に空気の分子は一粒だに存在していないからです」

この断言を聞いて、アルダンは褐色のたてがみを振り立てた。この男との間で、問題の核心をめぐって今まさに戦いの火蓋が切られようとしていることが彼にはわかったのだ。彼は相手を睨み返すと、こう言った。

「ああ！　月には空気がない、ですと！　で、そんなことを主張しているのは一体誰なのか、お教え願えますか？」

「学者たちですよ」

「本当に？」

「本当ですとも」

「ムッシュー」とミシェルは続けた。「冗談は抜きにして、私は物を知っている学者には深甚なる敬意を抱く者ですが、物を知らない学者は心底軽蔑しますね」

「その二番目のカテゴリーに属する学者をどなたかご存じなのですか？」

「個人的に存じ上げていますよ。フランスには、『数学的に言って』鳥は飛ぶことができないと主張する学者が一人いますし、魚は水中で生きるようにできていないと主張する学者もおります」

「私が言っているのはその連中じゃありませんよ。私の主張の後ろ盾となる学者の名を何人も挙げることができますが、さしものあなたでも彼らの権威を否定することはできますまい」

「では、あなたは、あわれな無学者をやりこめるおつもりですな。もっとも、この無学者はいつだって学ぶに吝かではありませんが」

「科学的問題をろくに研究してもいない癖に、なんで首を突っ込むのです？」と未知の男はずけずけと尋ねた。

「なんで、ですと！」とアルダンは答えた。「そりゃ、危険が目に入らない人間こそ、勇者だからですよ！　確かに私はなにも知りませんが、だからこそ、私の弱みは強みとなるのです」

「あんたの弱みとやらは狂気の域に達している」と未知の男は苛立たしげな声で言った。

「ほお、そいつはいい！」とフランス人はやり返した。「わが狂気が私を月に連れて行ってくれるのなら！」

バービケインと彼の同僚たちは、計画に横槍を入れようと飛び込んできたこの闖入者を食い入るように見つめていた。彼を知る者はいなかった。このようにずばっと切り出された議論がどう転がっていくのか、先行きがおぼつかなくなった会長は、新しい友人を不安そうに見守っていた。聴衆は固唾を飲んだ。この論戦の結果として、遠征に伴う危険、それどころか、その文字通りの不可能性が浮かび上がってきたからである。

「ムッシュー」とミシェル・アルダンの論敵はふたたび口を開いた。「月の周囲に大気がまったく存在しないことを証明する理由は無数にあって、いずれも反駁しがたいものばかりです。仮に大気がかつて存在していたとしても、それは地球にかすめ取られてしまったに違いない、とア・プリオリに申し上げてもいい。しかし、それよりも私は、あなたが否定できない事実を突きつけたい」

「どうぞ突きつけてください」と非の打ちどころのない慇懃さをもってミシェル・アルダンは応じた。「お好きなだけ、いくらでもどうぞ！」

「ご存じのように」と未知の男は言った。「光が空気のような媒体を通過する時、それは直線軌道を逸れます。別の言い方をすれば、屈折を受けます。ところが、ですよ、星が月に掩蔽される時、月の円盤の縁をかすめて通る光が一向に軌道から外れず、屈折の徴候が全然認められない。したがって、月は大気に包まれていないという当然の帰結が導かれるわけです」

　人々はフランス人に目を移した。この指摘をいったん認めてしまうと、その帰結はのっぴきならないものだった。

「確かに」とミシェル・アルダンは応じた。「それこそあなたの持ち出せる最高の議論ですね。唯一の、とは申しませんが。学者だったら、どうやって反論すべきか、頭を抱えたでしょうね。しかし、私は、この議論にも絶対的な価値はない、と申し上げるばかりです。と申しますのは、月の角直径が厳密に確定されていることが議論の前提になっているにもかかわらず、そんなことはないからです。それはともかく、あなたは月面に火山が存在するとお考えかどうか、お聞かせ願えますか？」

「死火山ならありますよ。が、活火山はありませんな」

「しかし、論理の枠を踏み越えることなく、こう考えることはお許しいただけますか？　つまり、それらの死火山は一定期間活動していた、と」

「それは間違いない。だが、火山は、燃焼に必要な酸素を自分で供給できるのだから、噴火していたからといって、月に大気があるという証明にはまったくなりませんよ」

「では、別の話にしましょう」とミシェル・アルダンは答えた。「この種の議論は脇に置いて、直接観測されたことに話を移しましょう。しかし、あらかじめお断りしておきますが、相当数の人名を前面に押し立てることになります」

「どうぞ」

「そうします。一七一五年、天文学者のルーヴィルとハレーは、五月三日の日蝕を観測していて、不可解な性質の爆発をいくつか確認しました。この閃光は、急速に、そしてしばしば繰り返し発生したのですが、その原因は月の大気で荒れ狂う嵐であると彼らは考えたのです」

「一七一五年に」と未知の男は反論した。「天文学者のルーヴィルとハレーは、純然たる地球上の現象を月の現象と取り違えたのですよ。火球（ボリード）そのほかの、われわれの大気で

攻撃と反撃

起こる現象とね。この現象が発表された時、学者たちはそう反応したのであり、私も同感ですな」

「次に行きましょう」とアルダンは、反論に動じる気配もなく、答えた。「ハーシェルは、一七八七年に、月面に多数の光る点を観測したではありませんか？」

「その通り。しかし、それらの光点の原因について彼は自らの見解を明らかにしていませんよ。ハーシェル自身は、光の出現から、月の大気が必然的に存在するという結論を導き出してはいないのです」

「これはご名答ですな」とミシェル・アルダンは論敵を称えた。「あなたは月理学（セレノグラフィ）に大層お詳しい」

「そう、すこぶる詳しいですよ。さらに付け加えておきますと、最も熟練した観測者にして、夜を司る天体の研究の第一人者であるベーアとメドラー両氏もまた、月面には空気が完全に欠如しているという意見に賛同しています」

聴衆の間に動揺が走った。この奇妙な人物の議論に心を動かされた様子だった。

「先を急ぎましょう」とミシェル・アルダンは落ち着き払って答えた。「ここである重要な事実に触れたいと思います。フランスの学識豊かな天文学者、ロースダ氏*は、一八六〇年七月一八日の日蝕を観測していて、三日月形になった太陽の両端が丸く欠けていることを確認しました。ところで、この現象は、太陽の光が月の大気で屈折したのでなければ起こりえないもので、ロースダ氏にはそれ以外の説明は思いつきませんでした」

「しかし、その事実は確かなのですか？」と未知の男は急き込んで尋ねた。

「絶対に確かです！」

先ほどとは反対の動揺が生じ、聴衆の心は贔屓の英雄の方に揺れ戻した。論敵の方は黙ったままだった。アルダンは言葉を続けたが、優位に立ったからといって調子に乗ったりはせず、ただこう言うにとどめた。

「ですからね、月面に大気は絶対にないと言いきるべきではない、ということがこれでおわかりいただけたでしょう。この大気はおそらく密度が低く、層としてもかなり薄いでしょうが、現在の科学はその存在を概ね認めているのです」

「お言葉を返すようだが、山の上にはありませんよ」と引き下がる気のない未知の男は反論した。

「ないでしょうね。でも、谷の底にはありますよ。高さが数百ピエ〔一〇〇メートル足らず〕を超えない範囲でしょうけど」

「いずれにせよ、用心はした方がいいでしょうな。その空気はおそろしく稀薄でしょうから」

「ああ！　そうはおっしゃいますが、一人前の量ならいつだってどうとでもなるものです。それに、あちらに到着したら、空気はできるだけ節約して、よくよくのことでもない限り、呼吸はしないようにしますよ！」

雷のごとき爆笑が謎の質問者の耳元で鳴り響いた。彼は周囲の聴衆に視線をめぐらせ、昂然としていた。

「そういうわけで」とミシェル・アルダンは気楽な調子で続けた。「大気が多少は存在するという点で意見が一致したからには、水も多少は存在すると認めざるをえません。私にとっては実に喜ばしい結論です。加えて、わが親愛なる反対者にもう一点指摘させていただきたいと思います。われわれは月の半面しか知らないのであって、われわれに向けられている面には空気が少ししかないとしても、反対側には多量に存在するということはありえます」

「それはまた、いかなる理由によってでしょうか？」

「なぜなら、月は、地球の引力の影響で卵型になっており、われわれは、その尖った端から月を見ているからです。そこから、ハンゼン*の計算のおかげで導かれる帰結は、月の重心は反対側の半球に位置しているというものです。よって、月のすべての空気と水は、われわれの衛星が形成された初期の段階で、まとめて反対側の面に引き寄せられたに違いないとの結論に至ります」

「完全な絵空事だ！」と未知の男は叫んだ。

「完全な理論ですよ！　力学の法則に基づいており、これを論破するのは難しいと思いますね。ここは一つ、お集まりの皆さんのご意見を伺い、地球上に存在するような生命が月の表面でも可能かどうか、多数決で決めたいと存じます」

三〇万の聴衆が一斉にこの提案に対して拍手した。ミシェル・アルダンの論敵はなおもしゃべろうとしたが、もはや彼がなにを言っても誰の耳にも入らなかった。叫び声、脅し文句が霰のごとく彼に降りかかっていたからである。

「うんざりだ！　いい加減にしろ！」と言う者がいた。

「この邪魔者を追い出せ！」と繰り返す者がいた。

「つまみ出せ！　つまみ出せ」と苛立った群衆が叫んだ。

しかし、彼はその場に踏みとどまり、演壇にしがみついて動こうとせず、嵐が過ぎるのを待った。ミシェル・アルダンが身振りで平静を呼びかけていなければ、嵐は凄まじいものとなっていただろう。アルダンは、義侠心に厚かったので、危険極まりない状態にある論敵を見捨てたりはしなかった。

「まだおっしゃりたいことがおありですか？」と彼はこの上なく優雅な口調で尋ねた。

「あるとも！　百だって、千だって」と未知の男はかっとなって答えた。「いや、むしろ、一つだけだ！　この冒険をあくまでやるつもりでいるとは、君はよほど……」

「無鉄砲だ！　どうしてこの私に対してそんなことが言えるのでしょうか？　私は、友人バービケインに円筒円錐形の砲弾を所望して、道中でリスみたいにくるくる回らないようにしてもらったというのに」

「君は本当に救いようがないな、発射の際の恐ろしい反動のために、ばらばらになるんだぞ！」

「わが親愛なる反対者は、唯一の真の難点をずばり指摘なさいましたな。しかしながら、私はアメリカ人の工業的才覚に絶大なる信頼を置いていますので、彼らがこの問題を解決できないとは到底思えません！」

「だが、発射体が空気の層を通過する際に、その速度ゆえに生じる熱はどうする気だ？」

「ああ！　砲弾の弾殻は厚いですし、大気なんてあっという間に通り過ぎてしまいますよ！」

「だが、食糧は？　水は？」

「私が計算したところ、一年分持って行けます。ところが、私の旅行は四日間なのです！」

「だが、道中、呼吸する空気は？」

「化学的な方法で作りますよ」

「だが、仮に月に着けたとして、月面への墜落はどうするんだ？」

「月の引力は地球の六分の一ですから、墜落の速度も地球上の六分の一になります」

「だが、それでも、君をガラスみたいに粉々にするには十分だぞ！」

「具合よく配置したロケットを、頃合いを見計らって噴射させ、落下を遅らせてはいけないという理由はありますまい？」

「だがね、すべての困難が解決され、すべての障害が克服されたと仮定し、すべての幸運が君に微笑み、五体無事で月に着けたとしよう。どうやって帰って来るつもりかね？」

「帰って来ません！」

その単純さにおいて至高の域に達したこの答えを聞いて、聴衆は言葉を失った。しかし、この沈黙は、熱狂的な叫び声よりも雄弁だった。未知の男は、この機会に最後の抗弁を試みた。

「君がやろうとしているのはまったくの自殺行為だぞ」と彼は叫んだ。「そして、君の死は、単なる分別を欠いた男の死でしかなく、科学にとってなんの役にも立ちはしない！」

「続きをどうぞ、わが寛大なる未知のお方、あなたの予言の仕方は実に快い！」

「ああ！　もううんざりだ！」とミシェル・アルダンの論敵は叫んだ。「自分でもなぜこんな不毛な議論を続けているのかわからん！　君の気の済むまでその常軌を逸した企てをやったらいいだろう！　非難されるべきは君ではない！」

「ああ！　遠慮には及びませんよ！」

「君ではない！　君の行動の責任を負うのは別の人間だ！」

「それじゃあ誰だって言うんです、え？」とミシェル・アルダンは居丈高に尋ねた。

「不可能かつばかげたこの実験を企画したあの無知な野郎だ！」

　ストレートな攻撃だった。バービケインは、未知の男が議論に入って来てからというもの、必死に自制し、ある種のボイラーの罐のように「自らの煙を燃やす」*べく努めていた。だが、こうも悪しざまに名指しされたとあっては、即座に立ち上がり、真っ向から挑戦してきた相手に歩み寄ろうとした。彼が突然論敵から引き離されてしまったのは、その時だった。

　演壇がいきなり一〇〇本もの力強い腕に持ち上げられ、ガン・クラブの会長は、ミシェル・アルダンとともに勝利の栄誉を分かち合わなければならなくなったのである。盾は重かったが、担ぎ手は絶えず交替し、揉み合いや取っ組み合いまでして順番を争い、このお祭騒ぎに肩を貸そうとした。


　しかしながら、未知の男は、混乱に乗じてその場を離れたりはしなかった。そもそも、この密集した人混みの中でそんなことができたであろうか？　まず無理である。ともかく、彼は腕を組み、バービケイン会長を食い入るように睨みつけたまま、最前列に残っていた。

　バービケインも彼を見失うことはなく、二人の男の視線は、はっしと刃を接したまま震える二本の剣のようだった。

　大群衆の叫び声は、この凱旋行進の間ずっと、最高潮に達したままだった。ミシェル・アルダンは見るからに嬉しそうにされるがままになっていた。彼の顔は輝いていた。時折、演壇は波に翻弄される船のように縦揺れ（ピッチング）や横揺れ（ローリング）に襲われた。しかし、大集会（ミーティング）の二人の英雄は、船乗りの足を持っていた。*彼らはよろめきもせず、船は無事タンパ・タウンの港に着いた。

　ミシェル・アルダンは幸いにも、腕っぷしの強い賛美者たちの最後の抱擁を逃れることができた。彼はフランクリン・ホテルに逃げ込み、素早く部屋に戻ると、あっという間にベッドに潜り込んだ。一方、窓の下では一〇万もの人々が寝ずの番をしていた。

　その間にも、短かったが、重大かつ決定的なシーンが謎の人物とガン・クラブの会長の間で展開していたのである。

　やっと自由になったバービケインは、真っ直ぐ敵の方に

演壇がいきなり持ち上げられた

向かった。

「来たまえ！」と彼は一言ぶっきらぼうに言った。

相手は彼の後に続いて海岸通りを進み、やがて、ジョーンズ・フォールに面した波止場（ワーフ）の入り口まで来たところで、二人きりになっていた。

そこで、まだ互いの正体が不明のまま、二人の敵は見つめ合った。

「あなたは誰なんです？」とバービケインが尋ねた。

「ニコル大尉だ」

「そうだろうと思っていました。これまでのところ、偶然がわれわれを鉢合わせさせずにきましたが……」

「私が自分から鉢合わせしに来た！」

「私を侮辱なさいましたな！」

「公衆の面前でね」

「この侮辱のおとしまえはつけていただけるんでしょうな」

「今すぐにでも」

「いや。われわれの間だけで話をつけたい。タンパから三マイル〔四・八キロメートル〕離れたところに森がある。スカースノーの森という。ご存じか？」

「知っている」

「明日の朝五時に一方の端から森に入っていただけますな？……」

「結構。そちらも別の端から同じ時刻に入るというのであれば」

「そして、ライフルをお忘れなく」とバービケインが言った。

「そちら同様にね」とニコルが答えた。

これらの言葉を冷ややかに交わすや、ガン・クラブの会長と大尉は別れた。バービケインは家に戻ったが、数時間の休息をとる代わりに、発射体の反動を防ぎ、集会の場（ミーティング）でミシェル・アルダンが提起した問題を解決する手段を、夜を徹して探し求めたのである。

第二一章——フランス人はいかにして事態を収拾するか

会長と大尉の間でこの決闘——敵対者が互いを獲物とする狩人になるという、身の毛もよだつ野蛮な決闘——の取り決めがなされていた間、ミシェル・アルダンは、勝利の疲れを癒していた。「癒す」という表現が不正確であるのは言うまでもない。アメリカのベッドは、その硬いこと、実に大理石や花崗岩のテーブルといい勝負なのである。

ためにアルダンはあまりよく眠れず、シーツ代わりのタオルの間で輾転反側し、発射体にはもっと寝心地のいい簡易寝台を置こうと考えていたその時、激しい物音に夢うつつを破られた。めちゃくちゃなノックが部屋のドアを揺すぶっている。どうやらなにか鉄製の道具でノックしているらしい。朝まだきにもほどがあるこの時刻の騒音には、凄まじい大音声が混じっていた。

「開けてくれ！」と叫ぶ声がしていた。「後生だから、開けろったら！」

こんなにも騒々しく出された要求に応える義理は、アルダンにはいささかもなかった。にもかかわらず、彼は立ち上がってドアを開けた。執念深い訪問者の奮闘の前に、ドアは今にも破られる寸前だった。

ガン・クラブの書記が部屋の中に突入してきた。これなら、爆弾でさえ、入る時はもっと礼儀正しいだろう。

「昨日の晩」とJ＝T・マストンは出し抜けに（エクス・アブリュプト）叫んだ。「われわれの会長は、集会（ミーティング）の最中、公衆の面前で侮辱された！　彼はその相手に決闘を申し込んだのだが、その相手というのがニコル大尉その人ときた！　彼らは今朝、スカースノーの森で戦うことになっている！　バービケイン本人の口から全部聞いた話だ！　もし彼が殺されでもしようものなら、われわれの計画はおじゃんになってしまう！　だから、この決闘を止めさせなければ！　ところが、バービケインを止められるくらい影響力のある男となると、一人しかいない。その男とは、ミシェル・アルダンなんだよ！」

J＝T・マストンがこのように話している間、ミシェル・アルダンは口をはさむことをあきらめて、巨大なズボ

マストンが部屋の中に突入してきた

ンに足を突っ込むと、二分もしないうちに二人の友人は全速力で走り、タンパ・タウンの郊外まで来ていた。

こうして猛然と走っている間に、マストンはアルダンに事情を説明した。バービケインとニコルの間の敵愾心の因ってきたる真の原因、この敵愾心がいかに古くからのものか、二人の共通の友人たちのおかげで、会長と大尉がこれまで鉢合わせせずにすんだのはなぜか、といったことをである。彼はまた、ことは装甲板と砲弾の対立に尽きており、結局、集会(ミーティング)のあの場面は、積年の怨念を晴らすためにニコルが長年求めて得られなかった機会にほかならなかったのだ、ということも付け加えた。

アメリカ特有のあの決闘方式ほどぞっとするものはまたとない。二人の敵が互いの姿を求めて雑木林を縫うように進み、藪の隅で互いの様子を窺い、茂みの中で相手が野生の獣ででもあるかのように撃ち合うのである。そんな時、彼らは、大平原のインディアンに自然とそなわっている驚嘆すべき資質、すなわち、機転の早さ、抜け目のない奸智、痕跡を感じ取る能力、敵を嗅ぎつける嗅覚が自分にもあればと願わずにはいられない。一つのミス、一瞬の躊躇、一歩のつまずきが命取りになりかねないのだ。こうした決闘の場に、北米人(ヤンキー)たちは犬を連れて行くことがよくあるが、同時に猟師であり獲物でもある彼らは、何時間もひたすら互いを追い詰め合うのである。

「実にあきれた連中だな、君たちって奴は!」同行者が、こうした決闘の趣向を目に浮かぶように熱弁し終えた時、ミシェル・アルダンは叫んだ。

「これがわれわれの流儀なんでね」とJ＝T・マストンは神妙に答えた。「だが、急ごう」

とはいえ、いくらミシェル・アルダンと彼が露にしとど濡れた野原を駆け抜け、稲畑を突っ切り、小川(クリーク)を飛び越え、近道を行っても、スカースノーの森に五時半以前に着くことはできなかった。バービケインが森の中に踏み込んでから、たっぷり三〇分は経っているに違いなかった。

そこには年老いた樵(ブッシュマン)が一人いて、斧で切り倒した木を細かく割って薪にしていた。

マストンはそちらに駆け寄って行きながら、こう叫んだ。

「ライフルを持った男が森に入って行くのを見ませんでしたか? バービケインです、会長の……私の親友の? ……」

ガン・クラブの尊敬すべき書記は、会長のことを誰もが知っていると無邪気にも信じ込んでいた。しかし、樵(ブッシュマン)には、なんの話だかさっぱりわからないようだった。

「ハンターのことですよ」とその時アルダンが言った。

「ハンター? ああ、それなら入って行ったよ」と樵(ブッシュマン)は答えた。

「だいぶ前かね？」

「かれこれ一時間にはなるんじゃないかな」

「遅すぎた！」とマストンが叫んだ。

「それで、銃声は聞きました？」とミシェル・アルダンが尋ねた。

「いいや」

「ただの一発も？」

「ただの一発もだ。あのハンター、今日は不猟と見えるね」

「どうしよう？」とマストンが言った。

「人違いで弾を食らうのも覚悟の上で、森に入るしかないね」

「ああ！」とマストンは、真情をあらわにした声で叫んだ。「バービケインが頭に一発食らうくらいなら、おれが頭に一〇発食らったってかまやしない」

「じゃあ前進だ！」と言いながら、ミシェル・アルダンは連れの手を握り締めた。

　数秒後、二人の友人は雑木林の中に姿を消した。セコイア、プラタナス、ユリノキ、オリーヴ、タマリンド、樫、マグノリアの鬱蒼とした茂みであった。こうしたさまざまな木々が枝を錯綜させ、見通しを悪くしていた。ミシェル・アルダンとマストンは寄り添うようにして歩いていた。口もきかずに丈の高い草の間を通り抜け、逞しい蔦をかき分け、黒々と密集した葉叢の中に埋もれている茂みや枝の向こうを透かし見、一歩進むたびに、ライフルの恐るべき銃声が聞こえるのではないかと耳を澄ました。バービケインが森を抜けて行った際に残したはずの痕跡はといえば、それを見つけるのは不可能というものだった。辛うじて切り開かれた小道でも、インディアンなら、一歩一歩敵の足取りを追えたはずのところを、彼らはただ闇雲に歩いていた。

　一時間も空しく探しあぐねた後、二人の仲間は立ち止まった。不安はいやますばかりだった。

「きっと万事休してしまったんだ」とマストンは絶望のあまり言った。「バービケインのような男が、敵に対して策を弄したり、罠をかけたり、策略をめぐらしたりしたとは思えない！　そんなことをするには率直にすぎ、勇気もありすぎる！　彼は真っ直ぐに危険に向かって行ったのだ。あの樵（ブッシュマン）からは離れたところだったので、発砲音が風にさらわれてしまったんだ！」

「しかし、われわれは別だぞ！」とミシェル・アルダンが答えた。「森に入ってから、耳にしたはずだろう！……」

「着くのが遅すぎたのでは！」とマストンは絶望の叫びを上げた。

ミシェル・アルダンは返す言葉が見つからなかった。マストンと彼は、ふたたび歩き始めた。時折、彼らは大声で叫んだ。バービケインを呼び、ニコルを呼んだ。しかし、二人の敵対者のどちらも彼らの声に答えなかった。物音に眠りから覚めた鳥たちが楽しげに飛び立って枝の間に姿を消し、おびえたダマジカが何頭か雑木林に逃げ込んだ。

さらにもう一時間、捜索は続けられた。森の大部分が探索された。決闘者たちの存在を示すものはなに一つ見当たらなかった。樵(ブッシュマン)の断言が疑わしくなってきた。アルダンがこれ以上無意味な捜索を続けるのを断念しかけたその時、マストンが不意に立ち止まった。

「しっ！　あっちに誰かいる！」

「誰かだって？」とミシェル・アルダンが答えた。

「そうだ！　男だ！　じっとしている。ライフルはもう手にしていない。なにをしているんだろう？」

「そんなことより、それが誰なのかわかるか？」とミシェル・アルダンが尋ねた。こういう時、近眼ではどうにもならない。

「うん、わかるぞ！　こっちを振り返った」とマストンが答えた。

「それで？……」

「ニコル大尉だ！」

「ニコル！」とミシェル・アルダンは叫んだ。心臓が激しく締めつけられたような気がした。

ニコルが丸腰とは！　もはや敵を恐れる必要はなくなった、ということなのだろうか？

「彼のところに行こう」とミシェル・アルダンは言った。

「どういうことか、わかるだろう」

だが、彼と仲間は五〇歩も進まないうちに、大尉をもっとよく観察するため、立ち止まった。血に飢えた、復讐にわれを忘れた男の姿を見るものとばかり、彼らは思っていたのだ！　実際に目にした大尉を前に、彼らは唖然とした。

目の詰んだ網が二本の巨大なユリノキの間に張られており、その真ん中に、小さな鳥が翼を絡め取られて、悲痛な叫びを上げながらもがいていた。この解きほぐせない網を仕掛けたのは人間ではなく、この地方に特有の毒蜘蛛だった。鳩の卵くらい大きく、脚も巨大だった。この醜悪な生き物は、獲物に飛びかかろうとしたまさにその瞬間に、後退を余儀なくされ、ユリノキの高枝に避難せざるをえなくなったのである。今度は彼の方が恐るべき敵におびやかされていたからだ。

事実、ニコル大尉は地面に銃を置き、自分が危険な状況にあることも忘れて、怪物めいた蜘蛛の網に囚われた犠牲者を、できるだけそっと解放しようと一心不乱になってい

網の真ん中で、小さな鳥がもがいていた

た。鳥を網から無事外し終え、高く舞い上げると、小鳥は嬉しそうに翼を羽ばたかせ、見えなくなった。

　ニコルが心温まる思いで、枝の間を逃げ去っていく鳥を見送っていると、感動の声が聞こえた。

「あなたはいい方だ、あなたって人は！」

　彼は振り返った。ミシェル・アルダンが目の前に立っており、あらゆる節回しでひたすら同じことを繰り返していた。

「そして、愛すべき方だ！」

「ミシェル・アルダン！」と大尉は叫んだ。「ここになにをしに来たんです？」

「あなたと握手をしに来たんですよ、ニコル。そして、あなたがバービケインを殺したり、あなたが彼に殺されたりしないようにね」

「バービケイン！」と大尉は叫んだ。「二時間も探しているのに見つからない！　どこに隠れたんだ？……」

「ニコル」とミシェル・アルダンは言った。「その言い方はどうかと思いますよ。敵には敬意を持たなければ。まあ落ち着いて。バービケインが生きている以上、見つけられますよ。彼があなたみたいに虐げられた鳥を助けるのに夢中になっていない限り、彼の方でもあなたを探している以上、なおのこと簡単に見つかるでしょう。ですが、彼を見つけたその暁には、このミシェル・アルダンが請け合いますが、あなた方の間で決闘はもう問題にもならないでしょう」

「バービケイン会長と私の間のいがみ合いは」とニコルが重々しく応じた。「どちらか一方の死によってしか……」

「まあまあ」とミシェル・アルダンは言った。「あなた方のような善良な人たちは、憎しみ合うことがあったとしても、尊敬し合えるものですよ。あなた方が戦うことはありません」

「私は戦うぞ！」

「いいえ」

「大尉」とその時J＝T・マストンが熱心に言った。「私は会長の友人、彼のアルター・エゴ、もう一人の彼です。どうしても誰かを殺したいというのなら、私を撃ちなさい。まったく同じことですから」

「ムッシュー」とニコルはわななく手でライフルを握り締めて言った。「そういう冗談は……」

「マストン君は本気ですよ」とミシェル・アルダンが答えた。「自分が大切に思う男のために殺されようという彼の考えが私にはよくわかります！　だが、彼もバービケインもニコル大尉の銃弾に倒れたりはしない。なぜなら、私は二人の敵同士に極めて魅力的な提案をするつもりだからです。お二人とも喜んで同意してくださると思いますよ」

「どういう提案です？」とニコルは信じがたいという気持ちを露骨に示して尋ねた。

「しばしご辛抱を」とアルダンが応じた。「バービケインもいる前でなければ、話せません」

「じゃあ探そう」と大尉は叫んだ。

ただちに三人は歩き出した。大尉は銃の撃鉄を戻し、それを肩に担ぐと、なにも言わずにぎくしゃくした足取りで前に進んだ。

さらに半時間かけて捜索したが、空振りだった。マストンは不吉な予感に襲われていた。彼は険しい目つきでニコルを見つめた。大尉は復讐心を満足させたのであり、バービケインは気の毒なことに弾が命中してどこか雑木林の奥に血だらけの死体となって横たわっているのではないかと考えていたのだ。ミシェル・アルダンも同じことを考えたと見え、二人してニコル大尉に探るような目を向けていた。

その時だった。突然、マストンが足を止めた。

巨大なアメリカキササゲの根元に寄りかかったまま、じっと動かない一人の男の上半身が、二〇歩先に、なかば草に隠れて見えたのだ。

「彼だ！」とマストンが言った。

バービケインは動かなかった。アルダンは大尉の目を覗き込んだが、大尉は平然としていた。アルダンは何歩か進んで叫んだ。

「バービケイン！　バービケイン！」

答えはなかった。アルダンは友人に駆け寄った。だが、その腕をつかもうとした瞬間、はたと立ち止まり、驚きの叫びを上げた。

バービケインは、鉛筆を手に、数式や幾何学図形を手帳に書き込んでいたのだ。銃は撃鉄を起こされないまま、地面に転がっていた。

仕事に没頭するあまり、この学者もやはり決闘や復讐のことなど忘れて、なにも目に入らず、耳にもなにも入っていなかった。

しかし、アルダンがその手を彼の手の上に置くと、彼は立ち上がり、驚いた顔でしげしげと相手を見つめた。

「ああ！」と彼はやっと叫んだ。「君が！　こんなところに！　見つけたよ、君！　見つけたんだ！」

「なんのことだい？」

「方法のことだよ！」

「なんの方法？」

「発射体が飛び出す際の反動の効果をなくす方法だよ！」

「そりゃ、本当かい？」とミシェルは横目で大尉を窺いながら言った。

「本当だとも！　水だよ！　ただの水がバネになるんだ……おや！　マストンじゃないか！」とバービケインは叫んだ。「君まで！」

「ご当人だよ」とミシェル・アルダンが答えた。「そして、同時にニコル大尉殿をご紹介させていただくよ！」

「ニコル！」とバービケインはさっと直立した。「申し訳ない、大尉。忘れてしまって……いつでもオーケーだ」

ミシェル・アルダンは、二人の敵が言葉を交わす暇を与えず、口をはさんだ。

「いや本当にねえ！」と彼は言った。「お二人のような善良な方々がもっと前に出くわすようなことがなくて、なによりでしたよ！　今頃はどちらかの死を悼んでぼくらは泣いていたかもしれない。しかし、神の計らいのおかげで、もうなにも心配する必要はありません。力学の問題に熱中したり、蜘蛛にちょっかいを出したりしているうちに忘れてしまう程度の憎しみなら、誰にとっても危険とは言えませんからね」

そして、ミシェル・アルダンは大尉がしていたことを会長に話した。

「一つお尋ねしたいんですが」と彼は話の締めくくりに言った。「果たしてあなた方のような善良な人たちに、カービン銃で互いの頭を吹っ飛ばすような真似ができるものですかね？」

この少し滑稽な状況には、あまりにも思いがけないところがあって、バービケインとニコルは、どういう顔をしたらいいものやら、途方に暮れていた。それを察したミシェル・アルダンは、和解を強引に進めることにした。

「親愛なる友人諸君」と彼は、最高の微笑で唇をほころばせながら言った。「あなた方の間にあったのは単なる誤解なのです。それ以外のなにものでもありません。それならば、あなた方の問題がすべて決着したという証に、そして、あなた方は命を惜しんだりはしない人たちなのですから、私の提案を率直に受け入れていただきたい」

「伺いましょう」とニコルが言った。

「友人バービケインは、彼の発射体が真っ直ぐ月に向かうと信じています」

「もちろんだ」と会長が言い返した。

「そして、友人ニコルは、それが地球に落ちて来ると確信しています」

「請け合ってもいい」と大尉が叫んだ。

「よろしい！」とミシェル・アルダンは続けた。「あなた方の意見を一致させようなどというつもりはありません。端的にこう申し上げるのみです――ご一緒に参りましょう、そして、道半ばにしてとどまらざるをえなくなるかどうか、

ご一緒に参りましょう、そしてご自分の目で確かめにいらっしゃい

ご自分の目で確かめにいらっしゃい、と」

「なんだって！」とJ＝T・マストンが呆気に取られて言った。

二人の仇敵は、この突然の提案を聞いて、視線を上げた。彼らは互いを注意深く見守っていた。バービケインは大尉の返答を待っていた。ニコルは会長の言葉を待ち構えていた。

「どうです？」とミシェルは、思わずその気にさせる口調で言った。「もはや反動の恐れもなくなったことですし！」

「承知した！」とバービケインが叫んだ。

だが、彼がこの言葉を口にするが早いか、ニコルも同じ言葉を彼と同時に言い終えていたのだ。

「ウラー！　ブラヴォ！　ヴィヴァ！　ヒップ！　ヒップ！」とミシェル・アルダンは二人の敵対者に手を差しのべながら叫んだ。「これで一件落着したのですから、君たちにもフランス流でお付き合い願いますよ。食事と行きましょう」

第二二章——合衆国の新市民

この日、アメリカ中の人々が、ニコル大尉とバービケイン会長の一件とその風変りな顛末を同時に聞き知った。この決闘で義侠心に富んだヨーロッパ人が果たした役割、いざこざをものの見事に解決した意想外の提案、二人の仇敵が同時にそれを受け入れたこと、月という名の大陸の征服にフランスと合衆国が協力して当たると決まったこと、こうしたことがすべて合わさって、ミシェル・アルダンの人気はさらに高まった。北米人（ヤンキー）が個人崇拝に走る時の熱狂ぶりはよく知られている。謹厳な行政官が踊り子の馬車を馬の代わりに意気揚々と曳いて回ったりするお国柄なのだから、この大胆なフランス人が巻き起こした熱狂たるや、いかばかりであったことか！　人々は彼の馬車から馬こそ外さなかったものの、それは単に彼が馬を持っていなかったからというまでのことであって、それ以外の熱狂のしるしはことごとく示されたのであった。彼に心から共感しない市民は一人としていなかった！　合衆国の標語の通り、多数から一へ（エ・プルリブス・ウヌム）というわけだった。

この日から、ミシェル・アルダンには一瞬も休息する暇がなくなってしまった。合衆国の隅々から派遣された使節団が引きも切らず彼につきまとうようになったのだ。好むと好まざるとにかかわらず、彼はその相手をしなければならなかった。彼が握った手、親しげに言葉を交わした人々の数は数えきれない。じきに彼は顎を出した。おびただしい回数をこなしたスピーチのせいで声はしわがれ、唇から出る時、意味不明の音にしかならず、合衆国の全行政区のために乾杯しなければならなかったので、胃腸炎になりかけた。ほかの人だったら、このような成功に、初日から舞い上がってしまったことだろう。しかし、アルダンは、才気煥発で魅力的な半酩酊状態に踏みとどまることができた。

彼を攻め立てたあらゆる種類の代表団の中でも、「月狂病患者（リュナティック）」の使節団は、未来の月征服者に対する恩義を忘れるつもりがさらさらなかった。ある日のこと、アメリカには数多くいるこうした気の毒な人たちのうち、数名がアルダンを訪ねにやって来て、自分たちの生まれ故郷に一緒に帰りたいと申し出た。「月語」が喋れるからぜひ教えたいという者もいた。彼はこの罪のない狂気にも快く話を合わせてやり、月にいる友人たちに宛てた伝言も引き受けた。

「おかしな狂気もあるもんだ！」と彼は、この一団を送り返した後でバービケインに言った。「この狂気には優れた知性もよく陥るらしい。ぼくの国で最も著名な学者の一人であるアラゴから聞いた話だけど、極めて賢明で穏当な考え方をする人であっても、月で頭がいっぱいになると、決まって異常に興奮したり、信じられないような奇行に走ったりする例が結構あるらしい。君は、月が病気に影響を及ぼすことってあると思わないか？」

「あまり思わないね」とガン・クラブの会長は答えた。

「ぼくもそうだ。にもかかわらず、歴史には、少なくとも驚きに値する事実が多々記録されている。例えば、一六九三年の疫病の際、一月二一日の月蝕の日に、いつもより多くの人が死んでいる。かの有名なベーコンは、月蝕のたびに失神し、月が完全に姿を現すまでは意識が回復しなかったそうだ。シャルル六世は、一三九九年の間に六回も錯乱状態に陥ったが、いずれも新月か満月の時だった。癲癇を、月相の変移に病状が連動する病気の中に分類する医者もいる。神経症は、月の影響を受けているように見える。ミードは、月が衝の位置に来るとひきつけを起こす子供の例を報告している。ガル*は、月に二度、新月と満月の時に虚弱な人の心身が昂ることに気がついた。めまい、悪性の熱病、夢遊病に関して似たような観察がほかにもたくさんなされていて、地球の病気に対して夜の天体が及ぼしている神秘的な影響力を示しているかのようだ」

「しかし、どうやって？　なぜ？」とバービケインが尋ねた。

「なぜかって？」とアルダンは答えた。「正直、ぼくとしては、プルタルコスの返答を一九世紀も後になってから繰り返したアラゴと同じように答えるしかないね――「たぶん本当のことではないからだ！*」」

勝利のただ中にあって、ミシェル・アルダンは、有名人という身分には必ずついて回る数々の面倒のどれからも逃れられなかった。成功請負人たちが彼を見世物にしたがったのである。バーナム*は、合衆国の町から町へと巡回して珍妙な動物よろしく見世物になってくれるなら、一〇〇万ドル出そうとアルダンに持ちかけた。ミシェル・アルダンは彼を象使い呼ばわりし、一人で巡回しろと追い出した。

しかし、大衆の好奇心を満足させることを彼が拒否しても、その肖像*の方は全世界に出回り、記念帳の上席を占めたのである。等身大から、郵便切手の顕微鏡的縮小に至るまで、ありとあらゆるサイズのものが刷られた。誰もが自分専用の英雄を所有できたのだ。顔だけでも、上半身でも、全身でも、正面からでも、真横からでも、七分丈でも、後姿でも、考えられる限りのポーズのものが入手可能であった。刷られた総数は一五〇万枚以上に達した。自分自身を聖遺物としてばら売りするなら、今がチャンスだった。が、アルダンはこの機会を利用しなかった。髪の毛を一本一ドルで売るだけでも、ひと財産作るには十分なだけの量がまだ残っていたのだが！

なんだかんだ言っても、人気者になったことは彼としてまんざらでもなかった。それどころか、彼は進んで大衆の意向に応じ、全世界と手紙をやりとりした。人々は、彼の当意即妙なコメントを繰り返し引用し、広く世間に伝えた。中でも特に流布したのは、彼が実際には口にしていない言葉であった。慣習に従って、台詞が勝手に貸しつけられたという次第だが、彼の言葉が豊富であればこそ、であった。

彼は、男たちだけではなく、女たちも味方につけていた。ひょっと「身を固める」気にでもなったら、いくらでも「良縁」を結ぶことができただろう。とりわけオールドミスたち、かれこれ四〇年来立ち枯れてしまった彼女たちは、夜も昼も彼の写真を前に夢見心地に浸るのだった。

空中まで彼と一緒に来なければならないという条件つきだったとしても、彼さえその気になれば、何百人となく伴侶を得られたことだろう。なにも恐れるものがないと、女性というものは向こう見ずこの上ない。だが、月の大陸で始祖となり、フランス人とアメリカ人の混血人種を月に移住させるつもりは、彼にはなかった。というわけで、彼は辞退した。

「あっちにまで行って、イヴの娘を相手にアダムを演じるなんて、ご免蒙る！　蛇に出くわすのは真っ平だ！……」

うんざりするほど繰り返された勝利のお祭り騒ぎから逃げ出せるようになるとすぐに、彼は友人たちと連れ立ってコロンビアード砲を訪れた。これは当然の義理であった。おまけに、バービケイン、J＝T・マストンそのほか大勢（ツティ・クワンティ）と付き合うようになってから、彼は弾道学にかなり詳しくなっていた。これらの気のいい砲兵たちに面と向かって、君たちは学のある感じのいい殺し屋だ、と繰り返すことは、彼にとって無上の喜びであった。この点に関する限り、彼の軽口は尽きることがなかった。コロンビアード砲に足を運んだその日、彼は大砲をほれぼれと見つめ、彼を夜の天体に向けて打ち上げることになっているこの巨大な臼砲の内腔（アーム）の奥底まで降りて行った。

「少なくとも」と彼は言った。「この大砲は誰も傷つけない。──それだけでも、大砲にしちゃ、驚くべきこと。それに引き換え、君たちの兵器といったら、破壊はするは、火事は起こすは、粉々にするは、殺すは、で、そんなことはもう聞きたくもない。ぼくの前で、あんな武器に「魂（アーム）」があるだなんてことだけは言わないでもらいたい。そんなこと信じるものか！」

ここで、J＝T・マストンに関して一つの申し出がなされたことを報告しておかなければならない。ガン・クラブの書記は、バービケインとニコルがミシェル・アルダンの提案を受け入れるのを聞いていて、自分も彼らに加わって「四人で勝負」しようと心に誓ったのだった。ある日、彼は旅行に参加したいと申し出た。バービケインは、断るに忍びなく、発射体は狭すぎてそれほどの数の乗客は収容できないと言い含めた。力を落としたJ＝T・マストンは、ミシェル・アルダンに会いに行った。アルダンは、対人論証（アド・ホミネム）にものをいわせて、諦めるよう彼を諭した。

「なあ、マストン君」と彼は言った。「ぼくの言うことを悪くとってもらっては困るんだが、正直ここだけの話、君は月で誰かに紹介するには不完全すぎるよ！」

「不完全だと！」と意気軒高たる傷痍軍人は叫んだ。

「そうなんだ、親愛なる友よ！　あちらで住民に会った場合のことを考えてもみてくれ。この地上がどんなことになっているか、彼らに悪い印象を与えたいと思うか？　戦争とはいかなるものか、教えたいとでも？　われわれが人生の最良の時間を費やして、貪り合い、食い殺し合い、手足をもぎ取り合っているなんてことを？　しかも、一〇〇〇億人は養える星の上にせいぜい一二億人しかいないのに、そんなことになっている、などと？　おいおい、そんなんじゃ、君のせいで追い返されてしまうじゃないか！」

「でも、君たちだってばらばらになって着いたら」とJ＝T・マストンは反論した。「ぼくと同じくらい不完全になるぜ！」

「確かにね」とミシェル・アルダンは答えた。「でも、ぼくらはばらばらになって着いたりはしないよ！」

事実として、一〇月一八日に行われた予備実験の結果は申し分なく、もっともな希望が抱けるようになった。バービケインは、発射体が出発時に受ける反動の効果を確認したいと考え、三二プース（〇・七五センチメートル）* の臼砲をペンサコーラの兵廠から取り寄せた。それをヒルズボロ停泊地の海岸に据えた。砲弾を海に落下させることで、墜落のショックを和らげるためである。到着時の衝撃ではなく、発射の際の衝撃を実験することだけが問題になっていたからだ。

この興味深い実験のために、中空になった砲弾が細心の注意を払って準備された。最高級の鋼でできたバネを網状に配置した上に厚い詰め物を張りつけ、内壁を二重にした。

まさしく、入念に真綿でくるみ込んだ巣であった。

「これに乗り込めたらなあ!」とJ＝T・マストンは、図体が大きすぎて冒険に乗り出せないわが身を嘆いた。

ねじ留めの蓋で閉じられるようになっているこの魅力的な砲弾の中に、まず大きな猫と、それから、ガン・クラブの終身書記が飼っているリスが入れられた。J＝T・マストンはこのリスをことのほか可愛がっていた。しかし、めまいに強いこの小動物が、この実験旅行をどのように耐えるか、それを知る必要があったのである。

一六〇リーヴル〔七二キロメートル〕の火薬が臼砲に装填され、砲弾が込められた。発射が行われた。

ただちに発射体が凄いスピードで上昇し、威風堂々と放物線を描くと、約一〇〇〇ピエ〔三〇〇メートル〕の上空に到達し、優雅な曲線に従って波間に沈んだ。

一刻も無駄にせず、ボートが落下地点に向かった。熟練の潜水夫が水中に飛び込み、砲弾の突起に綱を結びつけると、素早くボートに引き揚げた。動物が中に閉じ込められてから、蓋のねじを外して彼らを牢獄から出すまで、五分と経過していなかった。

アルダン、バービケイン、マストン、ニコルはボートに乗っており、多大の関心をもって実験を見守っていたが、それも当然だった。砲弾の蓋が開かれるや否や、猫が外に飛び出してきた。ややご機嫌斜めではあったものの、元気いっぱいで、空中遠征から帰還したという素振りはおよそなかった。が、リスの姿がない。探してみた。影も形もない。真相を認めざるをえなくなった。猫が旅仲間を食べてしまったのだ。

J＝T・マストンは、あわれなリスの死を深く悲しみ、科学の殉教者名簿に加えようと思った。

なにはともあれ、この実験の後には、迷いも懸念もすべて消え去った。しかも、バービケインの計画では、発射体にはなお改善の余地が残されており、完成の暁には反動の効果はほぼ全面的になくなるはずであった。それゆえ、あとはもう出発するばかりだった。

二日後、ミシェル・アルダンは、連邦大統領からメッセージを受け取った。このような名誉を受けた感激を彼は隠そうとはしなかった。

彼の義侠心あふれる同国人、ラファイエット侯爵の先例に倣って、政府はアルダンにアメリカ合衆国名誉市民の称号を授与したのであった。

砲弾から引き出された猫

第二三章——砲弾列車

かの有名なコロンビアード砲が完成してしまうと、大衆の興味は即、発射体に飛びついた。三人の豪胆な旅人を宇宙空間に運ぶ新式の乗り物である。ミシェル・アルダンが、九月三〇日に発した電報で、委員会のメンバーが決定したプランに変更を要求したことを誰も忘れてはいなかったのだ。

バービケイン会長は、その段階では、発射体の形状などさして重要ではないと正当にも考えていた。数秒で大気を通過した後は、完全な真空中を進むことになっているからである。委員会が球形を採用したのは、砲弾が回転し、自由気ままに動けるようにするためであった。しかし、それを乗り物にするとなると、話がまったく違ってくる。ミシェル・アルダンは、リスみたいにぐるぐる回りながら旅をしたいとは思わなかった。頭は上に、足は下にして、気球の吊り篭に乗る時と同じくらいの威厳を持ち、おそらく気球よりは速く、しかし、あまり歓迎しかねる宙返りの連続に身をゆだねることなく、上昇していきたいと考えていた。

新しい設計図がオルバニーのブレッドウィル商会に送られた。同時に、遅滞なく製作に取りかかってほしい旨、要請がなされた。変更された発射体は一一月二日に鋳造され、東部鉄道でただちにストーンズ・ヒルに送られた。

それは一〇日に無事目的地に到着した。ミシェル・アルダン、バービケイン、ニコルは、新世界を発見すべくそれに乗って飛び立つ「砲弾客車」の到着を今や遅しと待っていた。

これは認めておかなければならないが、この砲弾は金属製の逸品であり、アメリカ人の工業技術の誉れとなるような、冶金術の精華であった。これだけの量のアルミニウムが塊で作られたのは初めてのことであり、驚嘆に価する成果と見做されて当然だった。この貴重な発射体は、太陽の光を受けて輝いていた。その威容、その円錐形のとんがり帽子を見ていると、中世の建築家が要塞の角に建てた、胡椒入れに似ている円錐屋根付きのずんぐりした小塔を自ずと思わせた。足りないのは銃眼と風見だけだった。

発射体がストーンズ・ヒルに到着

「火縄銃を持ち、鋼の胸当てを着けた男が出て来ても全然不思議じゃない」とミシェル・アルダンが叫んだ。「あの中に入ったら、ぼくら、封建領主みたいだろうな。大砲が少々あれば、月世界の全軍隊が相手でも立ち向かえるだろう。まあ月に軍隊がいれば、の話ではあるが！」

「ではこの乗り物は気に入ったんだね？」とバービケインが友人に尋ねた。

「ああ、もちろんだとも！」とミシェル・アルダンは答え、芸術家として砲弾を吟味した。「ただ、もうちょっとほっそりした形で、尖端がもっと優美だったら、と、そこだけが残念だな。金属の編み縄模様の房飾りを尖端に付けるべきだったと思う。そう、キマイラ*とか、ガーゴイルとか、翼を広げ、口を開けて火から飛び出すサラマンダーとかも……」

「そんなもの付けてどうするんだ？」とバービケインは言った。彼の実際的な精神は、芸術の美に対しては不感症も同然だった。

「どうするんだ、って、バービケイン！　あのなあ！　そんなことを訊くようでは、君には到底わかってもらえないだろうね！」

「言うだけ言ってみたまえ」

「それじゃあ言うけど、ぼくの考えでは、なにをするにも、必ず芸術的風味を少々添えるべきで、その方がいいってことなんだ。君は、『子供の車』*っていうインドの戯曲を知っているかい？」

「タイトルすら聞いたことがないね」とバービケイン。

「そんなことだろうと思った」とミシェル・アルダンが言葉を続けた。「この戯曲には、泥棒が一人出て来るんだが、彼が家の壁に穴を開けようとして、その穴を竪琴の形にしようか、花の形にしようか、はたまた鳥とかアンフォラの形はどうだろう、と悩む場面があってね。さて、そこで訊きたいんだが、バービケイン君、君がこの時代に陪審の一人だったら、この泥棒を有罪にするかね？」

「なんのためらいもなくそうするね」とガン・クラブの会長は答えた。「押し込みという加重情状もある」

「ぼくなら彼を無罪放免にするよ、バービケイン君！　これだから、君にはぼくの言うことは永遠に理解できないだろうと言うのさ！」

「わかろうとも思わんよ、熱心な芸術家たる君の手前ではあるが」

「でも」とミシェル・アルダンは言った。「ぼくらの砲弾客室の外側には不満が残るにせよ、せめて内装くらいはぼくの好きにさせてくれないか。地球の大使にふさわしく贅を凝らすから」

「その点については、ミシェル君、君のやりたいようにやっていいよ。全面的に任せる」

とはいえ、快適さに気を回すよりも先に、ガン・クラブの会長は実用性を考えていた。反動のショックを和らげるために彼が考案した方法が、非の打ちどころのない手際のよさで実用化されたのである。

バービケインは、この衝撃を和らげられるほど強力なバネは存在しまいと考えていたが、それは理由のないことではなかった。スカースノーの森におけるかの名高き散策の間に、彼はこの大きな難問を見事解決することに成功していた。その必要性を指摘された緩衝材の役割を、水にやってもらおうと考えたのだ。具体的には以下の通りである。

発射体を三ピエ〔九〇センチ〕の高さまで水の層で満たし、その上に完全防水の木の円盤を浮かべる。この円盤は、発射体の内壁に接したまま、上下に滑って動けるようになっている。この正真正銘の筏の上に旅行者たちは乗ることになる。液体の方は、水平の隔壁で何層かに分けられており、発射のショックでこれらが順次破壊されるという案配になっている。すると、水の各層は、一番下の分から一番上の分まで順番に、排出管を通して発射体の上部に噴き上げられ、バネの代わりになる。そして、円盤それ自体にもおそろしく強力な緩衝装置が備えつけられていて、隔壁が次々に破砕された後でなければ、砲弾の底部にはぶつからない。おそらく旅行者たちは、液体層が完全に排出された後も激しい反動を受けるに違いないが、最初の衝撃はこの強力なバネによってほぼ無化されているはずである。

底面積が五四平方ピエ〔五平方メートル〕で高さが三ピエ〔九〇センチ〕の水は、一万一五〇〇リーヴル〔五一七五キログラム〕の重さになるのは事実である。しかし、バービケインによれば、コロンビアード砲の中に蓄積されるガスの膨張は、この重量の増加に十分打ち勝てるとのことだった。それに、ショックで一秒以内に水がすべて排出されるはずなので、発射体はたちまちにして通常の重さに戻るだろう。

以上がガン・クラブの会長の想定したことであり、そして、反動という重大問題をどのようにして解決できたと彼が考えたのか、そのあらましである。おまけに、この作業は、ブレッドウィル商会の技師たちが発案の意図を巧みに汲み取ったこともあって、舌を巻く仕上がりだった。ひとたび装置が効果を発揮し、水が外に排出されてしまえば、旅人たちは破砕された隔壁を簡単に厄介払いでき、発射の際に乗っていた移動式円盤を分解できるようになっていた。

発射体上部の内壁であるが、こちらは革でできた厚い詰め物で覆われていた。詰め物自体は、時計のゼンマイのように柔軟な、最高の鋼で作った螺旋の上に取り付けられていた。この詰め物の下に排出管が隠されていようとは、見ただけでは誰も思いも寄らないことだった。

　そういうわけで、最初の衝撃を和らげるために、想像しうる限りのあらゆる用心がなされていた。これでおめおめ潰されてしまうようなら、よくよく「聞き分けが悪い」とミシェル・アルダンは言うのだった。

　発射体は外側の幅が九ピエ〔二・七メートル〕、高さが一二ピエ〔三・六メートル〕あった。指定された重さを超過しないように、弾殻の厚さを若干薄くして、ピロキシリンの爆燃によって膨張するガスの破壊力に耐えなければならない下部を補強した。そもそも、砲弾や円筒円錐形の榴弾も、同じように底部が厚くなっている。

　この金属の塔の中には、先端部分の壁にしつらえられた、蒸気ボイラーの「人穴（マンホール）」に似た狭い開口部から入るようになっていた。それはアルミニウム板で密閉できるようになっており、板は内側から強力な留めねじで固定される。したがって、旅行者たちは、夜の天体に到着次第、この動く牢獄から自由に外に出ることができるだろう。

　しかし、目的地に行くだけでは不十分であって、途中で外が眺められなければならない。お安いご用であった。事実、詰め物の下には、相当に厚いレンズ状のガラスの舷窓が四つあった。うち二つは発射体の周壁部に、三つ目は底部に、そして四つ目は尖端のとんがり帽子部分に開けられていた。つまり、旅人たちは飛行中、彼らが見捨てた地球を、近づきつつある月を、星をちりばめた天空を観察できるのだ。ただ、これらの舷窓は、出発時には固く嵌め込まれた板でショックから保護される。内側のナットを外せば、板は簡単に外側に開くようになっている。こうすることで、発射体内部にある空気を逃がさずに観察することが可能となる。

　こうした仕掛けの数々はものの見事に設置され、この上なく自在に機能した。技師たちはまた、この砲弾客車の備品についても、同じくらい確かな腕前を見せていたのであった。

　しっかりと固定された容器は、三人の旅行者に必要な水と食料を入れるためのものだった。彼らは、数気圧の圧力をかけて容器の中に貯蔵されたガスを用いて火と光を得ることさえできた。そのためにはコックをひねりさえすれば十分だった。六日間、ガスはこの快適な乗り物を照らし、暖めることになっていた。ご覧の通り、生活に必要なものどころか、安逸に必要なものすら欠けてはいなかったのだ。その上、ミシェル・アルダンの生来の傾向のおかげで、芸術品の形で快適さが実用性に加わったのであった。スペースが不足していなかったら、アルダンは発射体を芸術家のアトリエに変えてしまったことだろう。もっとも、この金属の塔の中で、三人の旅行者たちがさぞかし窮屈な思いをするだろうと思ったとすれば、それは間違いである。底面積はおよそ五四平方ピエ〔五平方メートル〕、高さは一〇ピエ〔三メートル〕あって、乗客たちはある程度自由に動き回ることができる。合衆国の一番快適な客車でも、これほどにはくつろげなかったであろう。

食糧と照明の問題は解決したので、残るは空気の問題である。発射体の中にある空気だけでは、旅人たちの四日分の呼吸に足りないことは明白である。実際、一人の人間は、約一時間の間に、一〇〇リットルの空気中に含まれる全酸素を消費する。バービケインと二人の同行者、そして、彼らが連れていくつもりでいる二匹の犬は、二四時間につき二四〇〇リットルの酸素を消費するはずであった。重さに直せば、だいたい七リーヴル〔三・二キログラム〕である。したがって、発射体の空気を新しくしなければならない。どうやってか？　それには実に簡単な方法がある。例の集会（ミーティング）における議論でミシェル・アルダンが指摘していた方法で、レゼとルニョー*が考案したものである。

周知のように、空気は、二一パーセントの酸素と七九パーセントの窒素からなる。ところで、呼吸によって起きることはなにか？　極めて単純な現象である。人間は、生命維持に不可欠な空気中の酸素を吸収し、窒素はそのまま吐き出す。吐き出された空気は、酸素の約五パーセントを失い、ほぼ同じ分量の炭酸ガスを含む。これは、吸収された酸素によって血液中の成分が燃焼したことによって最終的に発生する。ゆえに、閉ざされた環境の中では、一定の時間が経過すると、すべての酸素が炭酸ガスという本質的に有害なガスに置きかえられるのだ。

かくして問題は以下のように整理される。窒素はそのままになっている以上、第一に、吸収された酸素を作り直し、第二に、排出された炭酸ガスを破壊すること。塩素酸カリと苛性カリを使えば、どちらもこの上なく容易にできるのだ。

塩素酸カリは、白い薄片状の塩である。四〇〇度以上に加熱すると、それは塩化カリウムとなって、含有していた酸素をすべて放出する。さて、一八リーヴル〔八キログラム〕の塩素酸カリウムは、七リーヴル〔三・二キログラム〕の酸素、すなわち、旅行者たちが二四時間の間に必要とする分量を発生させる。酸素を作り直す方法はこれで解決である。

苛性カリはといえば、空気に混ざった炭酸ガスを貪欲に吸収する物質である。これを揺り動かすだけで、炭酸ガスを取り込み、重炭素カリに変わる。炭酸ガスを吸収する方法はこれで解決である。

この二つの方法を組み合わせれば、生命を賦活する作用を、汚染した空気に回復させることが可能なのは確実だ。レゼ氏とルニョー氏という二人の化学者が実験で試して成功している。

だが、現在までのところ、実験は「下等動物に対して（イン・アニマ・ヴィリ）」しか行われていないのも事実だった。どれだけ科学的に正確な実験であろうとも、人間がそれに耐えられるかどうかはまったく定かではないのだ。

以上が、この重大な問題が審議された会議で指摘されたことであった。ミシェル・アルダンは、人工空気による生存の可能性に疑いを抱こうとせず、出発前に自ら実験台を買って出た。

しかし、この実験を試みる名誉をＪ＝Ｔ・マストンが強硬に要求した。

「私は一緒に行けないのだから」とこの忠勇なる砲兵は言うのだった。「せめてものことに、一週間この発射体に住みたい」

この申し出をはねつけられる者はいまい。彼の願いは叶えられた。十分な量の塩素酸カリと苛性カリが、八日分の食糧とともに彼の手に渡された。それから、一一月一二日、朝の六時に、友人たちと握手を交わすと、二〇日の午後六時になるまではくれぐれも牢獄を開けないようにと厳重に言い渡して、彼は発射体の中に滑り込み、蓋は密閉された。

この八日間の間になにがあったのだろうか？　それを知ることは不可能であった。発射体の弾殻は厚く、内部の音がまったく外部には聞こえなかった。

一一月二〇日の六時ちょうど、蓋が外された。Ｊ＝Ｔ・マストンの友人たちは、やや不安を覚えずにはいられなかった。しかし、すぐに彼らは胸を撫で下ろした。割れるようなウラーを叫ぶ楽しげな声が聞こえたからである。

やがて、ガン・クラブの書記が円錐の頂点に勝ち誇った態度で姿を見せた。

彼は太っていた！

J＝T・マストンは太っていた

第二四章 ロッキー山脈の反射望遠鏡

前年の一〇月二〇日に醵金の受付が締めきられた後、ガン・クラブの会長は、ケンブリッジ天文台に、大規模な光学装置の建設に必要な金額を委託していた。この装置は、屈折望遠鏡になるにせよ、反射望遠鏡になるにせよ、月面上にある、幅がせいぜい九ピエ〔二・七メートル〕の物体が見えるくらい強力でなければならなかった。

屈折望遠鏡と反射望遠鏡には重大な違いがある。ここでそれを復習しておこう。屈折望遠鏡は、対物レンズと呼ばれる凸レンズを上端に、観測者が目を当てる接眼レンズを下端に付けた筒でできている。光る対象から発せられた光線が第一のレンズを通過し、屈折により、焦点〔原註／屈折させられた光線が集まる点〕に倒立像を結ぶ。この像を接眼レンズで見るわけだが、ちょうど虫眼鏡のようにレンズが像を拡大するのだ。屈折望遠鏡の筒は、そういうわけで、両端を対物レンズと接眼レンズで塞がれているのである。

これに対して、反射望遠鏡の筒の上端は開いている。観測対象から発した光線は、そこを自由に通り抜け、凹面すなわち収斂性の金属鏡に反射する。そこから、反射した光線は、小さな鏡によって接眼レンズに送られる。このレンズは、こうして作り出された像を拡大するように配置されている。

かくて、屈折望遠鏡においては屈折が、反射望遠鏡においては反射が主要な役割を果たしている。それぞれの名称はそこに由来している。これらの望遠鏡を製作する上での困難は、レンズでできているにせよ、金属鏡でできているにせよ、ひとえに対物レンズに存している。

しかしながら、ガン・クラブが大実験を試みた時代には、こうした装置は際立って改良が進んでおり、素晴らしい成果を上げていた。倍率がせいぜい七倍しかない粗末な屈折望遠鏡を使ってガリレオが天体を観測していた時代は遠い昔のことだった。一六世紀以来、光学装置は途方もないペースで大きさと長さを増しており、これまで未知だった深みにまで、恒星間空間を探ることができるようになった。その頃に稼働していた屈折望遠鏡としては、幅一五プース

（三八センチ）の対物レンズを持つロシアのプルコワ天文台の望遠鏡〔原註／その建造には、八万ルーブル（三二万フラン）を要した〕、これと同じ大きさの対物レンズを備えた、フランスの光学機器製造者ルルブール*の屈折望遠鏡、そして、直径が一九プース（四八センチ）あるケンブリッジ天文台の望遠鏡を挙げることができる。

　反射望遠鏡としては、ずば抜けて強力であり、かつ巨大である点で二つの望遠鏡が知られていた。第一のものは、ハーシェルによって作られたもので、長さが三六ピエ〔一〇・八メートル〕あり、幅四・五ピエ〔一・四メートル〕の鏡を有していた。その倍率は六〇〇〇倍もあった。第二のものは、アイルランドはバーキャッスルのパーソンズタウン庭園内にあり、ロス卿の所有になる。その筒の長さは四八ピエ〔一五・六メートル〕、鏡の幅は六ピエ（一メートル九三センチ）である〔原註／もっと長い望遠鏡のことがしばしば取り沙汰される。そのうちの一つ、ドミニック・カッシーニの肝煎りでパリ天文台内に建造された望遠鏡は焦点距離が三〇〇ピエある。しかし、こうした屈折望遠鏡には筒がないことを心得ておかなければならない。対物レンズは、空中に支柱で吊るされており、観測者は、接眼レンズを手に持って、対物レンズの焦点に可能な限り正確に位置しなければならない。これらの装置の扱いがいかに面倒か、そして、二つのレンズの中心を合わせるのがいかに困難か、ご理解いただけよう〕。その倍率は六四〇〇倍、二万八〇〇〇リーヴル〔一二六〇〇キログラム〕もの重量があるこの望遠鏡を操作するために必要な装置を配置すべく、石積の巨大な建造物を構築しなければならなかった。

　しかし、ご覧のように、サイズが巨大な割には、得られた倍率の方はキリのいい数字で六〇〇〇倍を超えていないのである。然るに、六〇〇〇倍の倍率では、月をたったの三九マイル〔六二・四キロメートル〕（一六リュー〔六四キロメートル〕）のところまでしか引き寄せない。これでは、非常に長い物体ならともかく、そうでなければ直径六〇ピエ〔一八メートル〕の物体しか確認できない。

　ところで、現在問題になっている砲弾の幅は九ピエ〔二・七メートル〕で、長さは一五ピエ〔四・五メートル〕である。つまり、月を少なくとも五マイル〔八キロメートル〕（二リュー）の距離にまで近づけなければならず、そのためには、四万八〇〇〇倍の倍率を得る必要がある。

　ケンブリッジ天文台に課せられた課題は以上の通りであった。経済的困難によって足止めを食うことはありえなかった。したがって、残るは物理的困難だけだった。

　まず、反射望遠鏡にするか、屈折望遠鏡にするかを決めなければならない。屈折望遠鏡には、反射望遠鏡にない利点が多々あった。対物レンズの威力が等しければ、屈折望遠鏡の方が倍率は大きくなるのだ。光線は、レンズを通過する際に吸収されて失われる量よりも、反射望遠鏡の金属鏡に反射して失われる量の方が多いのである。だが、レンズに与えうる厚さには限度がある。厚すぎると、光線を通さなくなってしまう。おまけに、こうした巨大なレンズの製造はおそろしく困難であって、数年がかりの大仕事になってしまう。

したがって、屈折望遠鏡の方が像は明るく、このことは、反射光で光っているにすぎない月を観測するには計り知れない利点であるにもかかわらず、反射望遠鏡を用いることに決まった。反射望遠鏡の方が早く建造できる上に、得られる倍率も大きいのだ。ただし、光線は大気を通過する際にその強度の大部分を失うため、ガン・クラブは望遠鏡を連邦の最高峰の一つに建設することにした。そうすれば、空気の層の厚さを減らすことができる。

すでに見たように、反射望遠鏡においては、観測者の目に当てられる虫眼鏡に相当する接眼レンズが像を拡大し、最大倍率を可能にする対物鏡は、直径と焦点距離が最大限大きくなければならない。倍率を四万八〇〇〇倍にするためには、ハーシェルとロスの対物鏡を規模においてはるかに凌駕しなければならない。そこに困難があった。というのも、鏡の鋳造は極めてデリケートな作業なのだ。

幸い、数年前のことになるが、フランス学士院の学者であるレオン・フーコーが、金属鏡を銀メッキ鏡に換えることで、対物鏡の研磨を容易かつ迅速にする方法を考案したばかりだった。望む大きさのガラスの塊を鋳造し、それを銀塩でメッキするだけでよい。この方法は優れた成果を収めており、対物レンズの製造に採用された。

加えて、対物鏡の配置は、ハーシェルが自身の反射望遠鏡用に考案した方法に従った。スラウの天文学者の巨大な装置では、対象の像は、筒の底で傾けられている鏡に反射した後、接眼レンズが位置する上端で結ばれるようになっている。そういうわけで、観測者は、筒の下部に身を置くのではなく、上部に登る。そこで、いわば拡大鏡を手に、巨大な円筒の中を覗き込むわけだ。この方式には、接眼レンズに像を送るための小さな鏡が省略できるという利点がある。像は二度ではなく、一度しか反射させられない。ということは、その分だけ光線の損失が大幅に減る。ということは、像はその分暗くなくなる。ということは、これが最後だが、より明るい像を得られるわけで、これから行われるべき観測にとって得難い利点である〔原註／この方式の反射望遠鏡を「フロント・ヴュー・テレスコープ」という〕。

以上の決定が下されると、作業が始まった。ケンブリッジ天文台のスタッフの計算によれば、新しい反射望遠鏡の筒の長さは二八〇ピエ〔八四メートル〕なければならず、反射鏡の直径は一六ピエ〔四・八メートル〕である。こうした装置がいかに巨大といっても、大文学者フックが数年前に建設しようとした、長さ一万ピエ（三・五キロメートル）の反射望遠鏡の比ではない。それでも、これほどの装置を設置するには大きな困難が伴った。

用地の問題は、あっという間に解決した。高い山を選べばいいのだが、合衆国には高い山は多くない。

実際、この広大な国の山系は、中くらいの高さの二つの山脈に尽きる。その間を、あの壮麗なミシシッピ河が流れている。アメリカ人がなんらかの形の王権を認めたとすれば、この河を「河の王」と呼んだことだろう。

東にはアパラチア山脈があり、ニューハンプシャー州にあるその最高峰は、五六〇〇ピエ〔一六〇〇メートル〕を超えず、ぱっとしないことこの上ない。

逆に、西で出会うロッキー山脈は、マゼラン海峡に発し、アンデスまたはコルディレラという名で南アメリカの西海岸に沿って延び、パナマ地峡を渡り、北アメリカを縦断して北極海沿岸に至る。

この山脈はあまり高いものではなく、アルプスやヒマラヤは、その高みから傲然と見下ろすことだろう。事実、最高峰ですら標高一万七〇一ピエ〔三三一〇メートル〕しかなく、モンブランは一万四四三九ピエ〔四三三二メートル〕、カンチェンジュンガ〔原註／ヒマラヤの最高峰〕は海抜二万七七七六ピエ〔八三三三メートル〕もあるのだ。

しかし、ガン・クラブは、コロンビアード砲同様、反射望遠鏡も合衆国領内に建設することにこだわったので、ロッキー山脈ですませるしかなかった。必要とされる全資材が、ミズーリ州内にあるロングズ・ピークに搬出された。

アメリカの技師たちが乗り越えなければならなかったあらゆる種類の難問、そして、彼らの勇気と手腕が達成した驚異の数々は、筆舌に尽くしがたい。それは紛れもない力技であった。巨大な石材、重い鉄材、途方もない重量の形鋼、円筒の大きな部品、それ一つで三万リーヴル〔一三五〇〇キログラム〕もの重さがある対物鏡を、一万ピエ〔三〇〇〇メートル〕以上の標高まで、万年雪の地帯まで運び上げなければならなかったのだ。無人の大平原を、分け入りがたい森林を、おそろしい「激流」を越え、人里を遠く離れ、生のあらゆる瞬間がほとんど解決不可能な難題となって迫る未開地帯のただ中を進まなければならなかった。にもかかわらず、こうした無数の障害をアメリカ人の才能は克服したのである。着工から一年も経っていない九月の最終日に、巨大な反射望遠鏡がその二八〇ピエ〔八四メートル〕の筒を空中に突き出したのだった。それは巨大な鉄の骨組みに吊るされていた。巧妙な仕掛けによって、筒を天のあらゆる箇所に楽々と向け、一方の地平線から他方の地平線へと、空間をよぎって行く天体を追いかけられるようになっていた。

建設費用は四〇万ドル〔原註／一六〇万フラン〕以上にのぼった。この望遠鏡が初めて月に向けられた時、観測者たちは、不安と好奇心が綯い交ぜになった気分を味わった。観測の対象を四万八〇〇〇倍に拡大するこの望遠鏡の視野に、なにを発見することになるのだろう？　人か、月の動物の群か、都

巨大な部品を一万ピエ以上の標高にまで運び上げねばならなかった

市か、湖か、大洋か？　いや、科学がすでに知っていること以外のものはなに一つ見えず、月面のあらゆる地点において、その火山性が厳密に立証されたのである。

　だが、ロッキー山脈の反射望遠鏡は、ガン・クラブの役に立つ前に、天文学に多大な貢献を果たしたのであった。その強大な視力のおかげで、天の深みは極限まで探査され、多数の天体の視直径が厳密に測定され、ケンブリッジ天文台のクラーク氏は、ロス卿の反射望遠鏡にしてついに果たしえなかった、おうし座のかに星雲（クラブ・ネビュラ）〔原注／ザリガニの形をした星雲〕の解像に成功したのである。

ロッキー山脈の反射望遠鏡

第二五章　細々とした最後の準備

一一月二二日のことであった。運命の出発の日まで残すところあと一〇日だった。最後に首尾よくやり遂げなければならない作業がまだ一つだけ残っていた。デリケートで、危険で、細心の用心を必要とし、ニコル大尉が三番目の賭けでその失敗に賭けた作業である。そう、コロンビアード砲を装塡し、四〇万リーヴル〔一八万キログラム〕の綿火薬を詰め込まないといけない。ニコルは、これほど凄まじい量のピロキシリンを取り扱えば、大惨事を引き起こし、いずれにせよ、極めて爆発性の高いこの塊は、発射体の重みで自然発火するだろうと考えたのであり、それもたぶん無理からぬところであった。

ここには重大な危険が存在し、アメリカ人の能天気がこれに拍車を掛ける。南北戦争の際に、葉巻を口にくわえたまま、涼しい顔で大砲を装塡していた砲兵がいたくらいなのだ。だが、バービケインは絶対に成功する気構えでおり、港で座礁するなどもってのほかだった。それゆえ、彼は最良の労働者を選び、その作業を自ら監督し、片時も彼らから目を離さなかった。こうして用心に用心を重ねた結果、成功のあらゆるチャンスを味方につけることができた。

第一に、彼は、装塡すべき火薬をすべてストーンズ・ヒルの囲いに運び込まないように注意した。完全に密封した弾薬箱で少しずつ運ばせたのである。四〇万リーヴルのピロキシリンは、五〇〇リーヴル〔二二五キログラム〕ずつ小分けにして包まれた。つまり、八〇〇個の大きな薬包が、ペンサコーラきっての老練な火薬製造兵によって念入りに調製されたのである。一つの弾薬箱に一〇個の薬包を入れることができ、タンパ・タウン鉄道で次々に到着した。こうすることで、一度に五〇〇〇リーヴル〔二二五〇キログラム〕以上のピロキシリンが囲いの中に決して置かれないようにした。弾薬箱は、到着するとただちに裸足の労働者によって空にされ、薬包が一つずつコロンビアード砲の開口部まで運ばれ、手動クレーンで中に降ろされた。蒸気機関の類は一切遠ざけられ、二マイル〔三・二キロメートル〕四方の範囲が火気厳禁となった。一一月とはいえ、大量の綿火薬を灼熱の陽光から守るだけでも一大事であった。そのため、作業は夜間を選んで行われ、ルームコルフ装置*によって真空中に作り出された光が、コロンビアード砲の奥底にまで人工の昼をもたらした。そこには薬包が整然と積まれ、各薬包の中心部で同時に電気火花を発することになっている金属線がそれらを連結した。

　事実、この大量の綿火薬への点火は、電池で行われるはずだった。絶縁体で覆われている電線は、発射体が置かれる予定の高さに開けられた小さな孔のところで一本にまとめられる。そこで厚い鋳鉄の壁を抜け、専用に確保された、石積の噴気孔の一つを通って地上に出る。ストーンズ・ヒルの頂上に達すると、電線は二マイル〔三・二キロメートル〕にわたって電柱を伝い、開閉器を経由して強力なブンゼン電池*に接続している。したがって、装置のボタンを指で押すだけで、瞬時に電流が流れ、四〇万リーヴル〔一八万キログラム〕の綿火薬に点火する。言うまでもないが、電池が作動するのは、最後の瞬間である。

　一一月二八日、八〇〇個の薬包がコロンビアード砲の底に積み上げられた。作業のこの部分は成功したのだ。とはいえ、どれほどの気苦労、心配、いざこざをバービケイン会長は耐え忍ばなければならなかったことか！　彼はストーンズ・ヒルへの一般の立ち入りを禁止したのだが、無駄だった。毎日のように野次馬が柵を乗り越えて侵入し、綿火薬の包に囲まれて煙草を吹かすという、無鉄砲さも極まって正気とは思えない行動に出る者も何人かいた。バービケインは日夜怒り狂っていた。J＝T・マストンは、大変な剣幕で侵入者を追い払ったり、北米人（ヤンキー）どもがそこかしこに投げ捨てた、まだ火のついている葉巻の吸殻を拾い集めたりして、精一杯、会長を補佐した。骨の折れる仕事だった。三〇万人以上の人たちが柵の周りでひしめいていたからである。ミシェル・アルダンは、コロンビアード砲の発射口まで弾薬箱を護送する役を買って出た。ところが、不用心な連中を追い払っている当人が、口に大きな葉巻をくわえて悪い見本を示している現場を押さえたガン・クラブ会長は、この向こう見ずな喫煙者を当てにはできないことを悟り、アルダンをこそ見張らせなければならなくなった。

　ともあれ、砲兵の神というのはいたもので、なにも吹っ飛んだりはせず、装塡は無事完了した。ニコルの三番目の賭けはかなり形勢が不利になってきた。あとはコロンビアード砲に発射体を入れ、綿火薬の厚い層の上に安置することが残っていた。

　しかし、この作業に取りかかる前に、旅行に必要なものが砲弾客室の中にきちんと収められた。それらはかなりの数にのぼり、ミシェル・アルダンに好き放題させていたら、じきに旅行者のためのスペースまでいっぱいになっていたことだろう。この愛嬌者のフランス人がなにを月に持って行こうとしたのか、とても想像はつくまい。まったくのがらくた、不用品ばかりだった。だが、バービケインが口を出し、必要最低限のものに切り詰めなければならなくなった。

いくつかの温度計、気圧計、望遠鏡が道具箱の中にしまわれた。

旅人たちは、飛行中に月を調べたいと思っていた。この新世界の探査を容易にすべく、ベーアとメドラーの素晴らしい地図、『マッパ・セレノグラフィカ』を持って行くことにした。これは四枚に分けて刊行され、観察と忍耐の真の傑作であると正当にも見做されている。そこには、地球に向けられた面のあらゆる細部が良心的な正確さで再現されていた。山、谷、圏谷〔クレーターのこと〕、火口、高峰、溝が、その正確な規模、実物通りの向きで載っており、地名が添えられていた。デルフェル山脈や、最高峰が月の半球の東端に聳えるライプニッツ山脈から、北極周辺地域に広がる寒さの海（マーレ・フリゴリス）に至るまで。

旅人たちにとって、これは貴重な資料であった。実際に現地に足を踏み入れる前に、目的地を研究できるのだから。

彼らはまた、ライフル銃と、爆発弾を撃てる××式カービン銃*を三丁ずつ持って行くことにした。火薬と弾丸も大量に積み込まれた。

「誰と関わり合いになるか知れたもんじゃなし」とミシェル・アルダンが言った。「人間でも動物でも、ぼくらが訪ねて来たことを快く思わないとも限らないし！ 用心するに越したことはないね」

さらに、こうした護身用器具に加えて、ピック、鶴嘴、手挽き鋸そのほかの必要不可欠な道具が持ち込まれた。極地方の寒さから熱帯の暑さに至るあらゆる気温に合った服のことはいわずもがな、である。

ミシェル・アルダンとしては、一定数の動物を遠征に連れて行きたいところであった。ありとあらゆる種類の動物を一つがいずつというわけではない。蛇、虎、アリゲーターそのほかの有害な動物を月の気候に馴化させる必要があるとは思えなかったからだ。

「そんな必要はないけど」と彼はバービケインに言った。「雄牛や雌牛、ロバや馬といった荷運びの家畜なら風景として絵になるし、大いにぼくらの役にも立つぜ」

「そうだね、ミシェル君」とガン・クラブの会長は答えた。「だが、われわれの砲弾客車はノアの箱舟じゃない。そんな能力もなければ、用途も違う。できる範囲に留めておこう」

結局、散々議論した挙句、旅人たちは、ニコル大尉の素

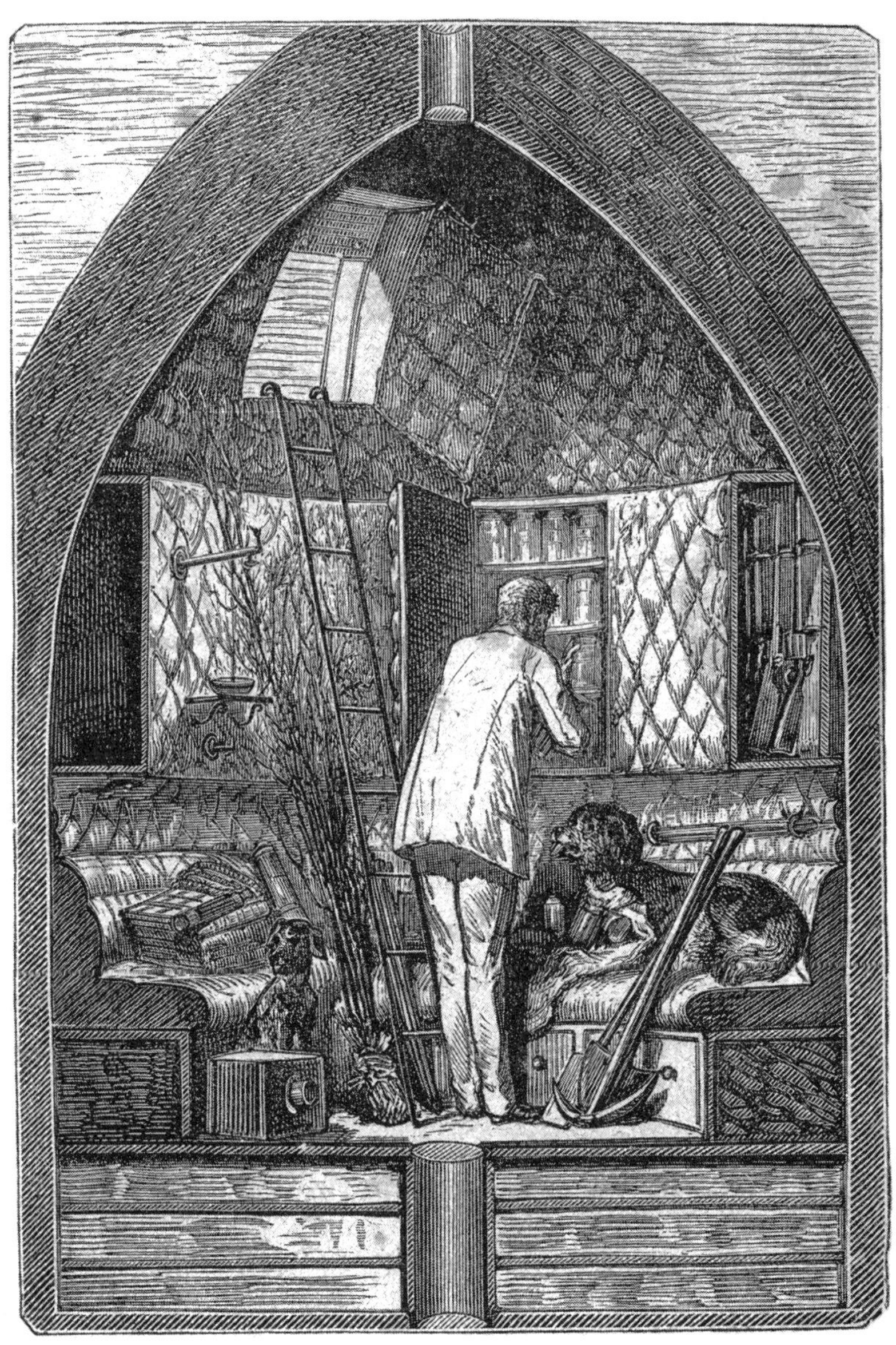

発射体の内部

晴らしい雌の猟犬と、実に力が強い頑健なニューファンドランド犬を連れて行くことが決まった。一番役に立つ種子も何ケースか必需品に加えられた。ミシェル・アルダンに任せておいたら、種まきをするための土も何袋か持ち込んだことだろう。とにかく、彼は、一ダースの灌木を入念にわらで包んで発射体の隅に置いたのだった。

食糧という重大問題が残っていた。月の不毛な一画に着陸した場合も想定しておかなければならないからである。バービケインは、一年分の食糧を持って行けるようにうまく取り計らった。だが、驚かれないよう付け加えておけば、それらの食糧はもっぱら、水圧機で最小限の大きさに圧縮した肉や野菜の保存食であって、大量の滋養分を含んでいた。種類が豊富とは言えないが、こうした冒険ともなると、あまりうるさいことは言えない。五〇ガロン〔原註／約二〇〇リットル〕ほどのブランデーと、わずか二か月分の水の蓄えもあった。実際、天文学者たちの最近の観測の結果、月面にある程度の量の水があることに疑いをはさむ者はいなくなっていた。食糧の方は、地球の住人があちらでなにか栄養になるものを見つけられないと考えるのは常識に反している。ミシェル・アルダンはこの点でまったく疑いを抱いていなかった。そうでなければ、出発しようとは思わなかっただろう。

「それに」と彼はある日、友人たちに言った。「ぼくらは地球の仲間たちに見捨てられてしまうわけじゃない。彼らはぼくらのことを忘れないでいてくれるだろう」

「もちろんだ」とJ＝T・マストンが答えた。

「それはどういう意味ですか？」とニコルが尋ねた。

「単純極まりないことだよ」とアルダンが答えた。「コロンビアード砲は別になくなったりはしないだろう？　それならさ！　近地点ではないにしろ、天頂に関して月が好条件を満たす時なら、一年に一回くらいはあるわけだから、その都度食糧を詰めた榴弾を送れるじゃないか？　ぼくらは決められた日に待っていればいい」

「ウラー！　ウラー！」とJ＝T・マストンは自分でそのアイデアを思いついたかのように叫んだ。「君たちのことは決して忘れないよ！」

「あてにしているよ！　ほらね、こうすれば、ぼくらは定期的に地球のニュースを知ることができるし、ぼくらの方でも、地球のよき友人たちと通信するための方法を見つけられないとしたら、不器用にもほどがあるというものだ！」

ミシェル・アルダンのこの言葉には自信がみなぎっていたので、その決然たる様子と落ち着き払った態度もあいまって、ガン・クラブの全員をひきずっていきかねなかった。彼の口から出ると、すべてが単純明快にして容易かつ成功疑いなしという気がしてしまい、三人の旅行者たちと一緒に月遠征に行きたくないなんて、水と陸からなるこのみすぼらしい地球によほどみみっちく執着しているのだろうとしか思えなくなるのだった。

発射体の中にさまざまな物資が配置されると、バネの役割を果たす水が隔壁の間に入れられ、照明用のガスが容器の中に押し込められた。塩素酸カリと苛性カリは、途中で思いがけない遅れが生じることをおそれたバービケインの配慮で、二か月間は酸素を新しく作り、炭酸ガスを吸収できるだけの量を持って行くことになった。極めて巧妙にできた、自動装置が、空気に生命賦活作用を回復させ、それを完全に浄化する役を受け持つ。発射体の準備は整い、コロンビアード砲の中に降ろすばかりとなった。困難と危険に満ちた作業である。

巨大な榴弾はストーンズ・ヒルの頂上まで運ばれた。そこに据えられた強力なクレーンがそれをつかみ、金属の井戸の上に宙吊りにした。

息づまる瞬間だった。巨大な重量のために鎖が切れようものなら、これほどの塊の落下は間違いなく綿火薬の引火につながるだろう。

幸いなことに、そのようなことは起こらず、数時間後、砲弾客室はゆっくりと大砲の内腔に降ろされていき、ピロキシリンの層の上に鎮座した。まさしく爆発性の羽根布団(エドルドン)である。荷重によるその圧力は、コロンビアード砲の装填をいっそう強固にしただけだった。

「私の負けだ」と大尉が、バービケイン会長に三〇〇〇ドルを手渡して言った。

バービケインは、旅仲間から金を受け取りたくはなかった。しかし、ニコルが、地球を離れる前に約束したことはすべて果たしておきたいといって聞かないので、受け取るしかなかった。

「こうなると」とミシェル・アルダンが言った。「ぼくが君のために願うことはあと一つしかないよ、大尉殿」

「なにかね？」とニコルが尋ねた。

「君があと二つの賭けにも負けることだよ！　そうすれば、ぼくらは、目的地まで行けること間違いなしってわけだ！」

第二六章――発射！

一二月の第一日が訪れた。運命の日である。この日の晩、午後一〇時四六分四〇秒に、発射体の打ち上げが実施されなければ、天頂に達すると同時に近地点に来るという条件を月が満たす日がふたたびめぐってくるまで、一八年以上が経過することになる。

天気は上々であった。冬が迫っているにもかかわらず、太陽は燦然と輝き、溢れんばかりの日差しを地球に浴びせていた。その住人のうち、三人がこの地球を見捨てて新世界へ旅立とうとしていたのだ。

この待ちに待った日の前夜、あまり熟睡できなかった人がどれだけいたことか！　待つことの重荷のために、どれほど多くの胸が押し潰されそうになったことか！　すべての人々の心臓が不安に高鳴っていたが、ミシェル・アルダンの心臓だけは別だった。神経が図太いこの男は、相変わらず大わらわの体で行ったり来たりしていたが、常になく心ここにあらずといった様子かといえば、まるでそんなことはなかった。彼の眠りは穏やかなものだった。戦闘を翌日に控えて砲架の上で眠ったチュレンヌの眠りであった。

朝から、数えきれないほどの群衆が、ストーンズ・ヒルの周囲に見渡す限り広がる平原を覆い尽くしていた。一五分おきに、タンパ鉄道が新たな野次馬を運んで来るのだった。やがて、この人口移動は現実離れした規模に膨れ上がり、〈タンパ・タウン・オブザーヴァー〉紙の報じるところによれば、この記念すべき日に、五〇〇万人もの見物客がフロリダの地を踏んだという。

一か月前から、この群衆の大部分が囲いの周りで野宿しており、これが、現在ではアルダンズ・タウンと呼ばれている町の原形となった。バラック、掘立小屋、あばら家、テントが野原に林立し、こうしたはかない住居で夜露をしのぐ人々の数は、ヨーロッパの大都市も羨むほどだった。

地球上のあらゆる民族がそこには揃っていた。世界中のあらゆる言語が同時に話されていた。聖書に出てくるバベルの塔の時代に戻ったかのような言語の混乱だった。アメリカ社会のあらゆる階層が完全な平等のもとに入り混じっていた。銀行家、農民、船乗り、仲買商、ブローカー、綿栽培業者、卸売業者、渡し守、行政官が太古さながらの無礼講で鼻を突き合わせていた。ルイジアナ州のクレオールがインディアナ州の農場主と昵懇の間柄になったり、ケンタッキー州やテネシー州のジェントルマン、お高くとまった上品なヴァージニア人が、湖沼地方の野蛮人も同然な毛皮猟師や、シンシナティ州の牛商人と対等にやり合ったりしていた。つばの広い白ビーバー帽や古典的なパナマ帽を被り、オペルーサス製*の青い木綿のズボンを穿き、オランダ布の粋な上っ張りを身にまとい、派手な色の長靴を履いた彼らは、バティストの奇抜な胸飾りを見せびらかし、シャツ、袖飾り、ネクタイ、一〇本の指、はては耳にまで、指輪、ピン、ダイヤモンド、鎖、リング、細々としたアクセサリーを一通りきらめかせていたが、それらの値段の高さは、悪趣味と張り合っていた。女性、子供、召使いは、負けず劣らず豪奢な身なりで、夫や父や主人と並んで歩いたり、後を追いかけたり、先を行ったり、取り巻いたりしていたが、こうして大勢の家族に囲まれた男たちは、さながら部族長といった感じだった。

　食事時ともなると、これらの人たちが皆一斉に南部特有の料理に飛びかかり、蛙のフリカッセとか、猿の蒸し焼きとか、フィッシュ・チャウダー〔原註／いろいろな魚で作った料理〕とか、フクロネズミの丸焼きとか、生焼けのオポッサムとか、アライグマのグリル焼きといった、ヨーロッパ人の胃袋にはとても受けつけられない食べ物をがつがつと平らげる姿は、一見に価した。その食欲は、フロリダ州の食糧供給を脅かしかねなかった。

　だが、同時に、なんと多種多様なリキュールや酒が、これらの胃にもたれる食事の消化を助けたことか！　なんという挑発的な叫び声、扇情的な怒号が、グラス、ジョッキ、小瓶、デカンター、信じられないような形をした壜、砂糖を擦り潰すための乳鉢、大量のストローに飾り立てられたバー・ルームや居酒屋に響き渡っていたことか！

「薄荷入りシロップだよ！」と売り子の一人がよく響く声で叫ぶ。

「ボルドーワインのサングリアだよ！」と別の甲高い声が叫ぶ。

「ジン・スリングはいかが！」とこちらで繰り返す者。

「カクテルだ！　ブランデー・スマッシュもあるよ！」とあちらで叫ぶ者。

「最新流行の、本物のミント・シロップは要らんかね？」と手だれの商人は叫びながら、コルク玉を扱う手品師のような早業で、グラスからグラスへと、砂糖、レモン、ミント、かき氷、水、コニャック、新鮮なパイナップルといっ

朝から、数えきれないほどの群衆が……

た、この清涼飲料の材料を入れていく。

そんなこんなで、いつもなら、ひりひりする香辛料のせいでからからになった喉を刺激する誘いの声が繰り返し響き、空気中を行き交い、耳を聾するような騒ぎだったのだ。ところが、この一二月一日に限って、こうした叫びがなりを潜めたのであった。売り子たちがいくら声を嗄らしても、お得意連中は見向きもしなかっただろう。皆、食べることも飲むことも忘れていたのだ。午後四時の時点で、大群衆をなして歩き回っていた見物客たちの中に、いつものランチをすませていた者がどれだけいたことか！　もっと意味深長な徴候もあった。興奮のあまり、賭博に対するアメリカ人の強烈な情熱がどこかに置き去りにされてしまったのだ。ボーリングのピンは横倒しになったまま、サイコロは賽筒の中に入れられたまま、ルーレットは止まり、クリベッジ*は放り出され、ホイスト、二一、赤と黒、モンティ、ファロ用のトランプは手つかずでケースに収まったままになっているのを見れば、この日の大イベントがほかの欲求をすべて呑み込んでしまい、気晴らしもなにも吹き飛んでしまったのだ、ということがよくわかった。

夕方まで、叫喚も声を潜めたこもったざわめきが、まるで大惨事が目前に迫っているかのように、不安に満ちた群衆を包んでいた。曰く言いがたい不安が人々の気分を領し、耐えがたい無気力感、言い知れぬ感情が心を締めつけていた。「早く終わってほしい」と誰もが念じていた。

しかしながら、七時頃に、この重苦しい沈黙が突如破られた。月が地平線上に姿を現したのだ。何百万という万歳の声がこの登場を迎えた。月は約束に遅れなかった。騒々しい叫びが天まで上がった。四方八方から拍手が湧き起こり、金髪のフェーベは、うっとりするような空の中で静かに輝き、酔い痴れる群衆を愛情豊かな光で愛撫するのだった。

この時、三人の大胆不敵な旅行者が登場した。彼らの姿に、叫び声はいっそう高まった。一斉に、突発的に、全員の高鳴る胸から合衆国国歌がほとばしり出た。「ヤンキー・ドゥードル」が五〇〇万人によって合唱され、音の嵐となって、大気の端の端まで響いたのだ。

次いで、この抗しがたい昂ぶりの後、国歌も終わり、最後の余韻が少しずつ静まって、騒ぎも途絶え、静かなざわめきが、感極まった群衆の頭上に漂った。その間にも、フランス人と二人のアメリカ人は、大群衆に取り巻かれている囲いの中に入っていった。彼らは、ガン・クラブのメンバーとヨーロッパの天文台が派遣した代表団に伴われていた。冷静沈着なバービケインは穏やかに最後の指示を与えていた。ニコルは、唇をへの字に結び、手を後ろに組んで、しっかりした一定の歩調で歩いていた。いつもどおり暢気なミシェル・アルダンは、革のゲートルを足に巻き、革袋を脇に抱える完璧な旅行者のいでたちで、だぶだぶの栗色ビロード服の中を泳ぐように進み、葉巻を口にくわえ、道々、王侯然とした気前のよさで熱烈な握手を振る舞った。才気と陽気が際限なく溢れ出るようで、笑い声を上げ、冗談を飛ばし、謹厳なJ＝T・マストンに子供じみたいたずらを仕掛けた。一言で言えば、「フランス人」そのものだったのであり、さらに悪いことに、最後の最後まで「パリっ子」だったのである。

一〇時が鳴った。発射体に乗り込む時間が来たのだ。そこまで降りて行くための操作、蓋をねじでとめる作業、クレーンと、コロンビアード砲の口に向かって傾くように立てられている足場の撤去には、ある程度の時間が必要となる。

バービケインは、自分のクロノメーターを、マーチソン技師のそれと一〇分の一秒の誤差の範囲で合わせた。このマーチソンが電光を飛ばして火薬に点火する役目を仰せつかっていた。こうすれば、旅行者たちは、発射体に閉じ込められていながら、発射の正確な瞬間を告げる非情の針を、目で追いかけることができる。

別れの時が来た。感動的なシーンだった。熱に浮かされたような陽気さを失わなかったとはいえ、ミシェル・アルダンも胸にこみ上げるものを感じた。J＝T・マストンは、乾ききった瞼の下に、この時のために取っておいたに相違ない、古びた涙を取り戻した。彼はその涙を、親愛なる会長の額に流した。

「私も行けないか？」と彼は言った。「今ならまだ間に合う！」

「無理だよ、マストン君」とバービケインは答えた。

数刻後、三人の旅仲間は発射体内部に身を落ち着けていたが、その前に内側から蓋をねじでとめた。コロンビアード砲の砲口から邪魔になったものがすべて取り払われ、天に向かってぽっかりと口を開けていた。

ニコル、バービケイン、ミシェル・アルダンは鉄の客室の中にこれで決定的に閉じ込められてしまったのだ。

最高潮に達した人々の感動を描くことが誰にできよう？月は、途中で出会う星々の瞬きをかき消しながら、澄みきった天空を進んでいった。それは双子座を横切っているところで、地平線と天頂の中間にあった。したがって、誰もが容易に理解できたであろうように、猟師が狙うウサギの少し先に向かって発砲するように、この場合も目標の向かう先に狙いを定めたというわけである。

ぞっとするような静寂がこの場面を圧していた。地上に

「私も行けないか？」と彼は言った。「今ならまだ間に合う！」

はそよと吹く風すらない！　胸を突く吐息もない！　心臓は鼓動を打ちかねていた。怯えきったすべての視線がコロンビアード砲の大きく開いた口に向けられていた。

マーチソンは、クロノメーターの針を目で追っていた。あとわずか四〇秒で発射の瞬間を迎える。その一秒一秒が一世紀にも思えた。

二〇秒目、全員が身震いした。大胆な旅人たちも発射体の中で恐怖の一秒一秒を数えているのだ、という思いが群衆の脳裏をよぎった。散発的な叫びが上がった。

「三五！──三六！──三七！──三八！──三九！──四〇！　発射！」

マーチソンは即座に開閉装置を指で押し、電流を流すと、コロンビアード砲の奥底に電気の火花を散らした。

と同時に、恐ろしい、前代未聞の、この世のものとは思われない爆発音がした。雷の轟きとも、噴火の大音響とも違う、比較を絶した音だった。巨大な火柱が、火山から噴き上がるように、大地の深奥からほとばしった。大地は持ち上がり、火炎のような蒸気の中、勝ち誇って空気を切り裂く発射体を垣間見た人が何人かいたにせよ、それはほんの一瞬のことにすぎなかった。

発射！

第二七章　曇り空

白熱する束が、信じられないような高みまで天に冲したその瞬間、この炎の発散は、フロリダ州全土を照らし、計測できないくらいほんの一瞬の間とはいえ、相当な広域にわたって、夜を昼に変えてしまった。この巨大な火柱は、大西洋側でもメキシコ湾内でも同じように、一〇〇マイル〔一六〇キロメートル〕の沖合から目にすることができた。この大規模な気象現象の出現を航海日誌に書きとめた船長が一人ならずいたのである。

コロンビアード砲の轟音は、正真正銘の地震を伴った。フロリダ州は、地の底から揺さぶられた感があった。火薬から発生したガスが、熱によって膨張し、比較を絶した激しさで大気を押しのけ、この人工の暴風は、天然の嵐のそれより百倍も速く、竜巻のように空中を通過した。

見物客は誰一人として立っていられなかった。男も、女も、子供も、みんな嵐に襲われた麦穂のごとくなぎ倒された。言葉にはできないような大騒ぎとなった。多くの人々が重傷を負った。J＝T・マストンは、分別などかなぐり捨てて、あまりにも前に出すぎていたため、二〇トワーズ〔四〇メートル〕も後ろに吹き飛ばされ、砲弾のように同国人たちの頭上を越えて行った。一時的に耳が聞こえなくなり、麻痺状態に陥ったかのようになった人々が三〇万人もいた。

この突風は、バラックを倒壊させ、掘立小屋をひっくり返し、二〇マイル〔三二キロメートル〕四方の木々を根こそぎにし、タンパまで列車を押しやった後、怒涛のごとくこの町に襲いかかり、一〇〇棟近い数の建物を破壊したが、その中には、セント・メアリー教会や新しい金融取引場が含まれており、後者などは端から端まで亀裂が入ってしまった。港にいた船のうち、何隻かは互いにぶつかり合ってあっさり沈んでしまい、停泊中だった一〇隻ほどは錨を木綿糸よろしく引きちぎられ、岸に打ち揚げられた。

しかし、被害の範囲はさらに遠方まで及び、合衆国の国境を越えていた。余波の威力は、西風に勢いづけられて、アメリカの海岸から三〇〇マイル〔四八〇キロメートル〕離れた大西洋上にまで届いた。人工の嵐、フィッツロイ提督*にとっても寝耳に水だった、この思いもかけない嵐が、未曾有の激しさで船舶に突進してきたのだ。何隻かの船は、帆を下ろす暇もなく、おそろしい竜巻に巻き込まれて満帆のまま沈んでしまった。特にリヴァプールを母港とするチャイルド・ハロルド号を失ったのは痛恨の惨事であり、イギリスは激しい非難の声を上げたのであった。

　最後に、言い漏らしたことがないようにしておくと、数名の原住民が断言しているという以外にはなんの根拠もないが、ゴレ島*とシエラレオネの住人は、発射から三〇分後に、鈍い震動を耳にした。大西洋を横断した音波が最後にこのアフリカ海岸まで達し、そこで途絶えたのだ。

　しかし、フロリダに話を戻さなければならない。最初の瞬間の混乱が過ぎると、負傷者も耳が聞こえなくなった者も含め、群衆の全員がわれに帰り、「アルダン万歳！　バービケイン万歳！　ニコル万歳！」という熱烈な叫びが天高く上がった。数百万の人々が、鼻を天に向け、反射望遠鏡、屈折望遠鏡、オペラグラスを手に空間を探った。打撲も興奮も忘れて発射体のことしか頭になかった。だが、無駄だった。砲弾を見つけることはできず、ロングズ・ピークから電報が届くのを待つよりほかに仕方がなかった。ケンブリッジ天文台長〔原註／ベルファスト氏〕は、ロッキー山脈の持ち場についており、熟練した腕と根気を兼ね備えたこの天文学者に観測が委ねられていたのであった。

　ところが、容易に予見しえたはずなのに、誰も予想しなかった、いかんともしがたい現象が発生し、人々の忍耐は厳しい試練を受けるはめになった。

　その時までは良好だった天候が急変したのだ。空は暗くなり、雲に覆われた。凄まじいまでの大気の移動、そして、四〇万リーヴル〔一八万キロメートル〕のピロキシリンの爆燃がもたらした大量の蒸気を考えれば、それ以外のことが起こりえたであろうか？　自然の秩序が一切合財、乱されたのである。海戦において、大砲の撃ち合いの後で大気の状態が一転することはよくある。驚くようなことではない。

　翌日、太陽は、厚い雲に覆われた地平線に昇った。厚く、通り抜け不能の帳が天地の間に張りめぐらされ、不幸にしてロッキー山脈の地域まで広がっていた。運に見放されたとしか言いようがない。地球上のあらゆる場所から、不平不満の大合唱が沸き上がった。だが、自然はまったくといっていいほど心を動かされなかった。結局のところ、爆音によって大気を乱したのは人間なのだから、行為の結果は甘受しなければならない。

　この最初の日の昼間中、誰もが、不透明な雲のヴェールの向こうを透かし見ようとしたが、徒労に終わった。そもそも天を見上げていたこと自体が間違っていた。なぜなら、地球の自転運動の結果、発射体は必然的に対蹠点の線上をその時は突っ走っていたはずだから。

いずれにせよ、見通しがたく深い夜が地球を包み込み、月がふたたび地平線上に昇った時、その姿は見えなかった。自分に発砲するという暴挙に出た連中の視線から、わざと姿を隠しているかのようだった。観測は不可能だった。ロングズ・ピークから届いた電報も、この腹立たしい不慮の事態を追認するばかりだった。

とはいえ、実験が成功したのだとすれば、一二月一日の午後一〇時四六分四〇秒に出発した旅行者たちは、四日〔五日の誤記〕の真夜中には目的地に到達するはずであった。したがって、どのみちこの状況下では榴弾のような小さな物体を観測するのは無理ということもあり、人々は、その時まではあまり騒ぎ立てずにおとなしく待つことにした。

一二月四日、この日の午後八時から真夜中までの間、皓々と輝く月面上に黒い点となって現れる発射体の軌道を目で追うこともできたはずだった。ところが、天は無情にも曇ったままで、人々の腹立ちは頂点に達した。姿を現そうとしない月を罵った。めぐる因果の小車！

J＝T・マストンは、もはや万策尽き、ロングズ・ピークに向けて出発した。自分自身で観測しようと思ったのだ。友人たちが旅路の終わりに達したことは、彼にとって疑問の余地がなかった。第一、地球上の島々および諸大陸のどこかに発射体が落ちて来たという話も聞かなかった。J＝T・マストンは、地球の四分の三を覆っている海に落下した可能性を一瞬たりとも受け入れなかったのである。

一二月五日、天候に変化なし。旧大陸の大型望遠鏡、ハーシェル、ロス、フーコーのそれは、ひたすら夜の天体に向けられていた。ヨーロッパではまさに好天続きだったからである。ところが、これらの装置の能力が相対的に劣っていたせいで、まともな観測はできなかったのだ。

六日。同じ天気。地球の四分の三がじりじりしていた。空中に積み重なった雲を追い払うため、荒唐無稽な方法が提案される始末だった。

七日。空に変化の兆しが表れた。希望が芽生えたが、それも長続きせず、夕方には、厚い雲が、星のちりばめられた天穹を視界から遮ってしまった。

こうなると事態は深刻になってきた。実際、一一日の午前九時一一分に、月はその最後の矩（クォーター）に入ってしまう。この時を境にして、月はどんどん欠けていき、たとえ空が晴れたとしても、観測のチャンスは著しく減ってしまう。事実として、月はもはや絶えず欠けていく部分しか見せず、最後には新月になる。ということは、太陽と一緒に沈んだり昇ったりするわけで、太陽光線によってまったく見えな

発射の結果

くなってしまうのだ。それゆえ、月がふたたび満月になって観測が再開できるようになるには、一月三日の深夜零時四四分を待たなければならない。

諸新聞は、以上のような考察におびただしいコメントを付けて掲載し、人々が天使のような辛抱強さを身に着けなければならないという事実を隠そうとはしなかった。

八日。何事もなし。九日、太陽は一瞬だけ、アメリカ人を馬鹿にするために顔を見せた。人々にひどく野次られた太陽は、こんな出迎えに気を悪くしたと見え、光を出し惜しみしたのである。

一〇日、変化なし。J＝T・マストンはどうかなってしまいそうだった。この尊敬すべき男の、その時まではグッタ・ペルカ製の頭蓋の中で見事に保存されてきた脳の状態が危ぶまれた。

一一日。両回帰線にはさまれた地方特有の猛烈な嵐が大気中を吹き荒れた。東の強風が、かくも長い間積み重なっていた雲を一掃し、その晩、半分に欠けた夜の天体が、澄んだ天空に輝く星座の間を、威厳に満ちて渡っていった。

第二八章——新しい天体

その晩のうちに、あれほど待ちに待った、心臓をどきどきさせるニュースが雷鳴のように合衆国中に轟き、海を越えて全世界の電信線に乗って伝えられた。ロングズ・ピークの巨大な反射望遠鏡のおかげで、発射体が視認されたのだ。

以下に、ケンブリッジ天文台長が記した覚書を示す。それは、ガン・クラブのこの大実験の科学的結論を含んでいた。

ロングズ・ピークにて、一二月一二日。
ケンブリッジ天文台スタッフ諸氏へ。

ストーンズ・ヒルのコロンビアード砲から打ち上げられた発射体が、月が最後の矩（クォーター）に入った一二月一二日、午後八時四七分、ベルファストおよびJ＝T・マストン両氏によって確認された。

発射体は目的に到達しなかった。それは目標を外したのであるが、月の引力に捕えられるには十分なほど近くを通ったのである。

そこで直線運動は、目も眩むばかりの速度の円運動に変わり、月をめぐる楕円軌道に巻き込まれて、月の文字通りの衛星になってしまった。

この新しい天体の諸データを確定するには至っていない。公転速度も、自転速度も不明のままである。月の表面からの距離は、およそ二八三三マイル（四五〇〇リュー）〔四五〇〇キロメートルの間違いか〕と推定される。

ここで、今後起こりうること、現在の状況にもたらされうる変化について、二つの仮説を立てることができる。

一、月の引力が最終的に勝り、旅行者たちは、旅の目的に到達する。

二、不動の秩序に囚われたまま、発射体は、諸世紀が終わる時まで月の周囲を回りつづける。

観測によって、いずれ答えが出るだろう。だが、現段階では、ガン・クラブの実験の結果は、われわれの太陽系に新しい天体を一つ付け加えただけである。

J・ベルファスト。

この思いがけない結末から、どれほどの疑問が生じたことか！　科学研究にとって、なんという謎に満ちた状況が将来のために残されたことか！　三人の男たちの勇気と献身のおかげで、月に砲弾を送り込むという、一見無意味なこの事業は、大きな成果を生んだのであり、その帰結は計り知れなかった。新しい衛星に閉じ込められた旅人たちは、目標に到達できなかったにせよ、月世界の一部となったのだ。彼らは夜の天体の周囲をめぐり、初めて人間の目が、その謎をことごとく解き明かすことができるようになった。科学の年代記において、ニコル、バービケイン、ミシェル・アルダンの名声は永遠に朽ちることがないだろう。これらの勇敢な探検家たちは、人間の知識の範囲を貪欲に押し広げようと宇宙空間に身を投じ、現代における最も異常な企てに命を賭けたのだから。

なにはともあれ、ロングズ・ピークの覚書が知れ渡ると、世界中が驚きと恐怖の念に駆られたのだった。三人の大胆な地球人を救出に行くことはできないのか？　まず不可能だった。彼らは、神によって地上の被造物に課せられた限界を越え出て、人間の力の及ばぬところに行ってしまったからである。今後二か月の間は空気を得ることができる。食糧も一年分ある。だが、その後は？……この恐ろしい問いを前に、いかに冷淡な心であっても、早鐘を打つのを抑えられなかった。

状況が絶望的であることを認めようとしない男が一人だけいた。彼一人だけが確信を失わなかった。三人の献身的な友人、彼らと同じくらい大胆不敵にして果敢な、あの善良なるJ＝T・マストンであった。

その上、彼は三人から目を離そうとしなかった。彼は今やロングズ・ピークの観測所に住みつき、巨大な反射望遠鏡の鏡を自らの視野としていた。地平線に月が昇るや否や、彼はそれを望遠鏡の視野に囲い込み、片時たりとも目を離すことなく、恒星間空間を運行する月を熱心に追っていた。彼は、永遠の忍耐力をもって、銀色の月面を通過する発射体を観測し、本当の話、この見上げた男は、三人の友人たちと絶えず心の中で交信しており、いつの日か彼らと再会することを諦めてはいなかった。

「われわれは彼らと連絡をつけるとも」と彼は、相手をしてくれる人には誰かれかまわず言うのだった。「情勢が許し次第すぐにでも。われわれは彼らの近況を、彼らはわれわれの近況を知ることになるだろう！　それに、私には彼らのことがよくわかっている。天才的な連中なんだ。あの

天文台長は持ち場についていた

三人が揃っていれば、芸術、科学、工業のあらゆる可能性を宇宙空間に持って行ったも同然。それだけあれば、なんでも望みのことができる。まあ今に見ていなさい、彼らならきっと切り抜けるから！」

AUTOUR DE LA LUNE

月を回って

『月を回って』初出：〈ジュルナル・デ・デバ〉紙、一八六九年一一月四日から一二月八日まで連載、翌年一月にエッツェル社より単行本刊行。
挿絵：エミール・バイヤール、アルフォンス・ド・ヌヴィル

序章――本作の第一部を要約し、第二部の序に代える

一八六×年という年の間、科学の年代記に先例を見出すことのできないある実験のために、全世界は異様な盛り上がりを見せたのであった。アメリカにおける南北戦争の終了後、砲兵たちによってボルティモアで結成された、ガン・クラブという団体のメンバーが、砲弾を送り込むことで、月との間に――そう、ほかでもなく月との間に――連絡を成立させようと思いついたのである。この事業の推進者であるバービケイン会長は、ケンブリッジ天文台の天文学者の意見を仰いだ上で、有識者の大半がこぞって実現可能であると太鼓判を押したこの驚異的な企てを成功させるために、必要な手をすべて打った。公募に応じて寄せられた三〇〇〇万フラン近い醵金を得て、彼は途轍もなく大規模なその作業に取りかかったのであった。

天文台の職員たちが作成した覚書によれば、砲弾を打ち上げる大砲は、天頂に達した月に狙いを定めるべく、北緯または南緯の零度から二八度の間に位置する地方に設置されなければならないということになっていた。砲弾には、秒速一万二〇〇〇ヤード〔一〇・八キロメートル〕の初速度が加えられる必要があった。一二月一日夜一〇時四六分四〇秒に発射されれば、その四日後に当たる一二月五日の真夜中ちょうどに、月が近地点に達した瞬間、言い換えれば、月が地球から最も近い距離、正確には、八万六四一〇リュー〔三四万五六四〇キロメートル〕のところに来たまさにその瞬間に、砲弾は月と相会することになっていた。

ガン・クラブの主要メンバー、バービケイン会長、エルフィストン少佐、J＝T・マストン書記、そしてそのほかの学者たちが何度か話し合いを持ち、砲弾の形状および材質、大砲の配置および性質、使用する火薬の質および量が検討された。そこで以下の決定が下された。一、発射体はアルミニウム製、直径は一〇八プース〔二七〇センチメートル〕、外壁の厚さは一二プース〔三〇センチメートル〕、重さは一万九二五〇リーヴル〔八六六六三キログラム〕とする。二、大砲の種類はコロンビアード砲、鋳鉄製、長さは九〇〇ピエ〔二七〇メートル〕、地中に直接鋳込まれるものとする。三、装塡には四〇万リーヴル〔一八万キログラム〕の

綿火薬を使用する。この火薬は、発射体の下で六〇〇億リットルのガスを膨張させるので、夜を司る天体に向かって砲弾を楽々と運び去るであろう。

以上の問題が解決されたことを受け、バービケイン会長は、マーチソン技師の助けを借りて、フロリダ州の北緯二七度七分、西経五度七分の地点に用地を選定した。数々の驚嘆すべき作業を経て、コロンビアード砲が見事に鋳造されたのは、この場所でのことであった。

事態がこうした段階に至っていたその時だった。ある椿事の出来により、この大実験に寄せられた関心が百倍にも高まったのである。

あるフランス人、夢想家肌のパリっ子で、大胆不敵にして才気煥発な一人の芸術家が、砲弾の中に閉じこもって月に到達し、地球の衛星を視察したいと申し出たのだ。この向こう見ずな冒険家は、その名をミシェル・アルダンといった。彼はアメリカに到着し、熱狂的な歓迎を受け、集会（ミーティング）を主催し、勝者として皆に担ぎ上げられ、バービケイン会長とその不倶戴天の敵たるニコル大尉を和解させ、この仲直りのしるしとして、二人とも彼と一緒に砲弾に乗り込むことを決意させたのだった。

提案は受け入れられた。砲弾の形状が変更された。円筒円錐形に変えられたのである。発射の際の反動を和らげるため、強力なバネと破砕性の隔壁が、この一種の空中客車に取り付けられた。一年分の食糧、数か月分の水、数日分のガスが積み込まれた。三人の旅人の呼吸に必要な空気を自動的に製造し、供給する一台の装置も、である。と同時に、ガン・クラブは、ロッキー山脈の最高峰の一つに、巨大な反射望遠鏡を建造させ、宇宙を横切って飛ぶ砲弾を目で追うことができるようにした。準備完了であった。

一一月三〇日〔原文ママ〕、指定された時刻に、野次馬の大変な人だかりが見守る中、発射が行われ、史上初めて三人の人類が地球を離れ、ほぼ確実に目標に到達するという見通しの下、惑星間空間へと飛び出して行った。これらの大胆な旅行家たち、ミシェル・アルダン、バービケイン会長、ニコル大尉は、九七時間一三分二〇秒かけて、その旅程を踏破することになっていた。ということはつまり、月面に到着するのは、ちょうど月が満月になる瞬間を迎える一二月五日の真夜中のことでしかなく、取材の足りない新聞数紙が誤って伝えたように、四日のことではなかった。

だが、ここで思いも寄らない事態が発生した。コロンビアード砲の放った爆音の直接的効果として、大量の蒸気が空中に蓄積され、大気の乱れが引き起こされたのだ。この現象は人々を憤慨させた。幾晩にもわたって、月を眺めようにも雲に覆い隠されてしまったからである。

彼らの最も勇敢な友にして尊敬すべきJ＝T・マストンは、名誉あるケンブリッジ天文台長J・ベルファストとともに、ロングズ・ピークの観測所に赴いた。そこには、月を二リュー〔八キロメートル〕の距離まで近づけて見ることができる反射望遠鏡が聳え立っていた。ガン・クラブの名誉ある書記は、勇敢な友人たちの乗り物を、彼自身の目で観測したいと願ったのである。

大気中に蝟集した雲のために、一二月の五日、六日、七日、八日、九日、そして一〇日の六日間というもの、観測はまったく不可能だった。翌年の一月三日まで観測を延期しなければならないのではないかとすら思われたほどだった。というのも、一一日から月は最後の矩（クォーター）に入り、その円盤の次第に欠けていく部分しか見せないため、発射体の軌跡をたどるには、それでは不十分だったからである。

しかし、とうとう、一二月一一日から一二日にかけての夜、激しい嵐が大気を掃き清め、人々の満足したことには、半分だけ照らし出された月が、真っ暗な夜空を背景にくっきりと浮かび上がったのであった。

その夜のうちに、J＝T・マストンとベルファストがロングズ・ピークの観測所から送って来た一通の電報が、ケンブリッジ天文台事務局の職員諸氏の許に届いた。

さて、この電報が告げていたことは、なんであったか。

それは以下の内容であった。一二月一一日〔原文ママ〕の夜八時四七分、ストーンズ・ヒルに設置されたコロンビアード砲から発射された砲弾が、ベルファストおよびJ＝T・マストン両氏によって確認されたこと。――砲弾は、原因は不明ながら、本来の軌道を逸れ、目標に到達しなかったこと。しかし、月の引力に捕えられるには十分な程度近い距離を通過したこと。――砲弾の直線運動は曲線運動に変わり、夜の天体をめぐる楕円軌道に巻き込まれてその衛星になってしまったこと。

電報はまた、以下の諸点をも付け加えていた。この新しい天体に関するデータは、まだ算出されるに至っていないこと。――事実、そうしたデータを確定するためには、天体が三つの異なる点にある時を選んで、そのそれぞれについて観測を行う必要があること。そして、発射体と月面を隔てる距離は、およそ二八三三マイル、すなわち四五〇〇リュー〔四五〇〇キロメートルの間違いか〕と「推定される」ともあった。

最後に、次の二つの仮説を提示して、電報は終わっていた。月の引力が最終的には勝り、旅行者たちは目的地に到達するか、さもなければ、発射体は不変の軌道上に留め置かれたまま、諸世紀が終わりを告げるその時まで、月の円盤の周囲を旋回し続ける。

この二つの可能性のうち、どちらが旅行者たちの運命となるのか。彼らがしばらくの間は食いつなげるだけの食糧を持っているのは事実である。しかし、彼らの無鉄砲な企てが成功したとしても、どうやって帰って来るつもりなのか。二度と帰っては来られないのではあるまいか。彼らの近況を知る日は果たして来るのだろうか。こうした疑問は、当代の最も学識豊かな人々のペンによって論じられ、大衆を熱中させたのである。

ここで、結論を急ぎすぎる観測者たちが重く受け止めるべき指摘を一つしておかなければならない。学者が純粋に理論的な発見を公にする場合、慎重な上にも慎重であるに越したことはない、ということである。誰も惑星や彗星や衛星を発見するよう強制されてはいないのであって、こうしたケースで間違いを犯した者は、人々の嘲笑を買って当然なのだ。したがって、しばらくは様子を見た方がいい。そして、これこそ、全世界に向けて電報を発信する前に、せっかちなJ＝T・マストンがなすべきことであった。彼によれば、この電報は、問題の企てに関する最終結論を伝えるものだったのだが。

実際、この電報には、後で確認されたように、二種類の誤りが含まれていた。第一に、発射体の月面までの距離に関する観測上の誤り。というのも、一二月一一日に砲弾を目にすることは不可能だったからである。J＝T・マストンが見たもの、あるいは見たと思ったものは、コロンビアード砲の砲弾ではありえなかったのだ。第二に、上述の発射体を待つ運命に関する理論上の誤り。なぜなら、砲弾が月の衛星になったというのは、理論力学と完全に矛盾することになるからだ。

ロングズ・ピークの観測者たちが立てた仮説のうち、実現する可能性があるのは一つだけだった。それは、旅行者たちが——彼らがまだ生きていた場合——月の引力に加勢して、なんとか月面に到達できるようにするだろう、という予想であった。

さて、果敢であると同時に頭の切れるあの男たちは、出発の際の恐ろしい反動を生き延びていたのであった。これから語られるのは、砲弾客車に乗った彼らの旅行にほかならず、その最も劇的な、最も奇妙な細部に至るまで、詳らかにされるであろう。この物語は、多くの幻想や予想を打ち砕くことになろう。だが、こうした企てを待ち受ける紆余曲折について正確な観念を与えるだろうし、バービケインの科学的直観、器用なニコル大尉の機転、ミシェル・アルダンの快活な大胆さをも浮き彫りにするだろう。

それだけではなく、彼らの尊敬すべき友人、J＝T・マストンが、巨大望遠鏡に身をかがめて星々の間を運行する月を観測していたのは、時間の無駄であったことも、証明されるであろう。

第一章　午後一〇時二〇分から一〇時四七分まで

一〇時が鳴って、ミシェル・アルダン、バービケイン、ニコルは、地球上に残る数多くの友人たちに暇を告げた。月の諸大陸の気候に犬族を馴化させることを目的として連れて行かれることになった二匹の犬は、すでに砲弾の中に閉じ込められていた。三人の旅人は巨大な鋳鉄の円筒の入り口に近づき、可動式クレーンが、砲弾の円錐形をした尖端部分にまで彼らを下ろした。

そこには出入り口用の開口部が作られており、アルミニウム製の客室の内部に入ることができた。クレーンの複滑車装置が外部に引っ張り上げられ、コロンビアード砲の砲口から、最後まで残っていた足場がただちに撤去された。

ニコルは、同行者たちとともに発射体の中に入り込むや否や、強力な留めねじで内側から閉じられるようになっている頑丈な金属板で開口部を塞ぎにかかった。それ以外の金属板は、しっかりと船窓に取り付けられており、レンズ型の窓ガラスを覆っていた。金属の牢獄の中に密封された旅人たちは、深い闇の中に沈んでいた。

「さて、それでは、親愛なる同行者諸君」とミシェル・アルダンが言った。「自宅にいるみたいにしようじゃないか。ぼくは家庭的な男だからね、家事は得意分野なんだ。ぼくらの新しい住居を最大限生かして、くつろげるようにしよう。まず第一に、もうちょっと明るくしたいものだね。まったくの話！　ガスはモグラのために発明されたわけじゃないんだから！」

こう言いながら、この気ままな男は、自分の長靴の底でマッチをこすって炎を上げた。それから、容器に固定されたコックにそれを近づけた。そこには、高圧の炭化水素が貯蔵されており、一四四時間、つまり、六日六晩の間、砲弾の照明と暖房の用を足せるようになっていた。

ガス燈が点火された。こうして照らされた発射体の内部は、壁に詰め物を施され、長椅子が円形に配置され、天井がドーム状になった、居心地のよい部屋のように見えた。

部屋に収納されたものは、武器にせよ、機械類にせよ、道具にせよ、壁の詰め物の丸味にしっかりと固定され、発

ガス燈が点火された

射の衝撃に耐えられるようになっていた。これほど無謀な試みを成功に導くために、人間が思いつく限りの用心はすべてなされていた。

ミシェル・アルダンはこれらをすべて点検し、新住居の居心地に満足の意を表した。

「これは監獄だ」と彼は言った。「だが、この監獄は旅をし、窓から外を覗く権利が囚人にはあるというんだから、一〇〇年間の賃貸契約を結んだっていい！　笑っているな、バービケイン。別の考えがあるんだろう？　この監獄がぼくらの墓場になるかもしれないと思っているんだろう？　墓場でもいいよ。だけど、空中に浮かんだまま動こうともしないムハンマドの墓とだって、交換したいとは思わんよ！」

ミシェル・アルダンがこう言っている間にも、バービケインとニコルは最後の準備をしていた。

三人の旅人が砲弾の中に完全に密封された時、ニコルのクロノメーターは、午後一〇時二〇分を指していた。このクロノメーターは、マーチソン技師の持っているクロノメーターと一〇分の一秒の誤差の範囲で合わせてあった。バービケインはそれを見て、こう言った。

「君たち、今は一〇時二〇分だ。一〇時四七分に、マーチソンは、コロンビアード砲の装塡に接続されている電線を通じて、火花放電で点火することになっている。正確にその瞬間、われわれは地球という回転楕円体を離れることになる。つまり、われわれが地球上で過ごす時間は、あと二七分ということになる」

「二六分一三秒だ」と何事にもきちんとしたニコルが応じた。

「そういうことなら！」とミシェル・アルダンは上機嫌で叫んだ。「二六分あれば、ずいぶんといろいろなことができるってもんだ！　道徳や政治の最重要問題について議論することはもちろん、解決することだってできる！　有意義に使われた二六分間は、なにもせずに過ぎた二六年間よりも価値がある。度しがたい愚か者の軍勢の全生涯は、パスカルやニュートンの数秒にも如かない……」

「で、永遠のおしゃべりたる君の結論は？」とバービケイン会長が尋ねた。

「ぼくの結論は、あと二六分あるってことだね」とアルダンは答えた。

「たったの二四分だ」とニコルが言った。

「君がどうしてもと言うのなら、二四分にしておこう、大尉殿」とアルダンは応じた。「二四分の間に、ぼくらはじっくりと……」

「ミシェル」とバービケインが言った。「飛行中にいくらでも面倒な問題を掘り下げる時間はあるよ。今は出発の準備に専念しないと」

「準備はすんでいないのかい？」

「いや。だが、最初の衝撃をできるだけ和らげるために、やっておいた方がいいことがまだ少々あるんだよ！」

「破砕性の隔壁の間に水の層があったじゃないか。その弾性がぼくらを十分守ってくれるわけだろう？」

「そうあってほしいとは私も思っているんだがね、ミシェル」とバービケインは穏やかに言った。「自信があるというわけじゃない！」

「ああ、このお調子者め！」とミシェル・アルダンは叫んだ。「そうあってほしいと思っている、とは！……自信があるというわけじゃない、だと！……おまけに、ぼくらが缶詰めになるのを待って、そんな嘆かわしい告白をすると来た！　ここから出て行きたくなったじゃないか！」

「でも、どうやって？」とバービケインは応じた。

「まったくだ！」とミシェル・アルダンは言った。「難しい相談だね。ぼくらは汽車の中にいて、二四分後には機関士が出発の笛を吹こうとしている……」

「二〇分後だ」とニコルは言った。

　しばらくの間、三人の旅人は互いに顔を見合わせていた。それから、自分たちと一緒に閉じ込められているものを点検した。


「すべてあるべきところにある」とバービケインが言った。「今度は、発射の衝撃に耐えるために、われわれがどういう姿勢を取ったら一番効果的なのか、決めなければ。取るべき姿勢はどうでもいい問題ではない。可能な限り、頭に血が急激に上りすぎないようにしないといけない」

「その通りだな」とニコルが言った。

「そういうことなら」とミシェル・アルダンは、口で言うだけではなく、お手本を示す気満々で答えた。「グレート・サーカス座のピエロのように、頭を下に、足を上にしようじゃないか！」

「いや」とバービケインは言った。「そうではなく、寝そべった方がいい。そうすれば衝撃に耐えやすくなる。注意してほしいのは、砲弾が発射されるその瞬間に関する限り、われわれが中にいようが、外で先端に乗っていようが、あまり大差はないってことだ」

「『あまり』大差がないという程度なら、安心だよ」とミシェル・アルダンがまぜっ返した。

「君は私の考えに賛成してくれるかね、ニコル？」とバービケインは尋ねた。

「全面的に」と大尉は答えた。「あと一三分半」

「ニコルって奴は人間じゃないよ」とミシェルは叫んだ。「秒刻みの、脱進機付きの、八石のクロノメーターだ……」

しかし、同行者たちは、もはや彼の言うことを聞いていなかった。彼らは、想像を超える冷静さで、最後の手筈を整えていた。鉄道の客車に乗り込み、その場にできるだけ居心地よく納まろうとしている二人の几帳面な乗客のようだった。いやまったく、これ以上はないという危険が迫っているのに、脈拍になんの変化もないなんて、このアメリカ人たちの心臓は一体なんでできているのか、一つ訊いてみたいものだ！

分厚く、頑丈にできている簡易ベッドが三つ、発射体の中に入れられていた。ニコルとバービケインは、可動式の床になっている円盤の中央にそれを配置した。三人の旅行者は、出発の直前に、そこに横たわらなければならない。

その間も、アルダンはじっとしていられず、檻に入れられた野獣のように、狭い牢屋の中をぐるぐると歩き回っては、友人たちとおしゃべりをしたり、二匹の犬、ディアーヌ*とサテリット*に話しかけたりしていた。ご覧の通り、彼はちょっと前から、こんな意味深長な名前で犬たちを呼んでいたのだ。

「おい、ディアーヌ！　おい、サテリット！」と彼は犬たちをけしかけた。「お前たち、月の犬たちに、地球の犬のしつけのよさを見せてやるんだぞ！　それでこそ、犬族にとっての誉れになるというものだ！　まったくな！　万が一、地球に戻ってくるようなことがあれば、その時には「ムーン＝ドッグ」の雑種を持ち帰りたいよ。大騒ぎになるぞ！」

「月に犬がいればだけどね」とバービケインが言った。

「いるよ」とミシェル・アルダンは断言した。「馬だって、牛だって、ロバだって、鶏だって。ぼくは、鶏がいることに賭けるね！」

「いないことに一〇〇ドル」とニコルが言った。

「その挑戦は受けたぞ、大尉殿」とアルダンはニコルと握手して言った。「でも、賭けといえば、君は、われわれの会長さんとの間ですでに三つの賭けに負けているわけだ。実験に必要な経費は集まったし、鋳造作業は成功したし、コロンビアード砲は無事に装塡されたんだから、締めて六〇〇〇ドルの負けだ」

「その通り」とニコルは答えた。「一〇時三七分六秒」

「了解、大尉。つまり、あと一五分もすれば、君はさらに九〇〇〇ドルを会長に払わなければならないことになる。コロンビアード砲が破裂しなければ四〇〇〇ドル、そして砲弾が六マイル〔九・六キロメートル〕以上上昇すれば五〇〇〇ドルだから」

「ドルなら持ってきているよ」とニコルは、燕尾服のポケットを叩きながら応じた。「喜んで支払わせていただくよ」

サテリットとディアーヌ

「やれやれ、ニコル、君って奴は本当に几帳面な男だな。ぼくにはとてもじゃないができなかった芸当だよ。しかし、言わせてもらえば、君の一連の賭けは結局のところ、君自身にとって大した得にならんじゃないか」

「そりゃまた、どうして？」とニコルは尋ねた。

「どうしてって、君が最初の賭けに勝つってことは、コロンビアード砲が破裂し、砲弾も一緒に破裂するから、君にドルを支払おうにもバービケインはいないってことになるじゃないか」

「私の賭け金はボルティモアの銀行に預けてあるんだよ」とバービケインはあっさり答えた。「ニコルがいなくても、彼の相続人の手に渡るようになっている！」

「ああ、なんという実際的な連中！」とミシェル・アルダンは叫んだ。「なんという実務精神！　君たちのことが理解できないだけに、ますます尊敬せざるをえんよ」

「一〇時四二分！」とニコルが言った。

「あともう五分！」とバービケインが応じた。

「そう！　たったの五分だ！」とミシェル・アルダンは言った。「そして、ぼくらは、九〇〇ピエ〔二七〇メートル〕の大砲の底で砲弾の中に閉じ込められている！　砲弾の下には、通常の火薬の一六〇万リーヴル〔七二万キログラム〕分に相当する四〇万リーヴル〔一八万キログラム〕の綿火薬が積み上げられている！　マーチソン君は、クロノメーターを手に、目はその針に釘付けにして、指は電気装置の上に置き、秒を数え、ぼくらを惑星間空間に打ち上げようとしている！……」

「そこまでだ、ミシェル、もう十分！」とバービケインが重々しい声で言った。「心の準備をしようじゃないか。究極の瞬間まで、残すところあとわずかだ。君たち、握手をしよう」

「そうしよう」とミシェル・アルダンは、感動を隠しきれずに叫んだ。

三人の勇敢な仲間たちは、最後の抱擁を交わした。

「神のご加護のあらんことを」と敬虔なバービケインが言った。

ミシェル・アルダンとニコルは、円盤の中央に配置された簡易ベッドの上に横になった。

「一〇時四七分！」と大尉は呟いた。

あと二〇秒！　バービケインは素早くガス燈を消し、仲間たちの隣に横たわった。

深い静寂を破るのは、クロノメーターが秒を刻む音だけだった。

突然、おそろしい衝撃が起こり、砲弾は、綿火薬の爆発で膨張した六〇億リットルのガスの圧力を受けて、空中に飛び出した。

なにが起こったのか？　このおそろしい震動はいかなる結果を引き起こしたのだろう？　発射体の設計者たちの工夫は実を結んだのであろうか。バネや、四つの緩衝材や、水のクッションや、破砕性の隔壁のおかげで、衝撃は緩和されたであろうか。ニューヨークやパリを一秒で横断できてしまう、秒速一万一〇〇〇メートルという初速度のおそるべき圧力は制御できたのであろうか。これこそ、この胸に迫る場面に立ち会っていた何千という目撃者たちの抱いた疑問であったのは言うまでもない。彼らは旅行者たちのことしか頭になく、旅行の目的のことなど忘れていた！　では、彼らのうちの誰か一人、――例えば、J＝T・マストンが――発射体の内部を一瞥することができたとすれば、なにが目に入ったであろうか？

その時にはなにも。砲弾の中は完全に真っ暗であった。だが、円筒円錐形の弾殻は素晴らしい強靭さを発揮していたのである。裂けたところもなければ、へこんだところも、歪んだところもなかった。この見事な発射体は、火薬の猛烈な爆燃を受けても変質せず、人々がどうやら心配していたように、液化してアルミニウムの雨を降らせることもなかった。

内側でも、結局のところ、混乱はほとんどなかった。丸天井に勢いよく飛ばされたものはいくつかあった。しかし、肝心の機材は衝撃の影響を受けずにすんだようであった。それらを固定する留め具は、元のままになっていた。

隔壁が破壊され、水が排出された後、砲弾の底部まで下がった可動式の円盤の上には、三つの身体がじっと動かずに横たわっていた。バービケイン、ニコル、ミシェル・アルダン、彼らにはまだ息があるのだろうか？　この発射体はもはや、三つの死体を宇宙空間に運び去る金属の棺でしかないのでは……。

砲弾の発射から数分が経過して、人体の一つが身動きした。腕が動き、頭が持ち上がり、なんとか膝立ちになった。ミシェル・アルダンであった。彼は体を手ではたき、高らかに「えへん」を響かせると、こう言った。

「ミシェル・アルダン、異常なし。ほかの連中はどうかな！」

　勇敢なフランス人は立ち上がろうとした。が、まっすぐに立っていることができなかった。頭がぐらぐらと揺れ、激しい充血のために目の前が真っ暗になったのだ。まるで酔っぱらっているみたいだった。

「ふう！」と彼は言った。「これじゃ、コルトン*を二本飲んだ時といい勝負だ。もっとも、こっちは、飲み心地がいいとはとても言えそうにないが！」

　それから、何度か額に手をやって、こめかみをこすりながら、しっかりとした声で叫んだ。

「ニコル！　バービケイン！」

　不安を覚えながら彼は待った。答えはない。友人たちの心臓がまだ鼓動を打っていることを示す溜め息さえ漏れなかった。彼はもう一度友人たちを呼んだ。同じ静寂。

「畜生！」と彼は言った。「六階から真っ逆さまに落ちたといった感じだな。なんの！」と彼は、なにがあっても動じることのなかった確信に満ちて、こう言った。「フランス人に膝立ちができた以上、二人のアメリカ人が難なく足で立てないはずがない。しかし、なによりもまずは、現状を明らかにするとしよう」

　アルダンは、生命が漲り戻るのを感じていた。血流の乱調は収まり、通常の循環を再開していた。改めて努力してみたところ、身体の平衡を取り戻すことができた。彼は立ち上がることに成功し、ポケットからマッチを取り出すと、燐の摩擦によって火を起こした。次に、それをガス燈のコックに近づけ、明かりをつけた。容器はまったく損傷を受けておらず、ガスは漏れていなかった。もっとも、漏れていれば臭いでわかっただろうし、その場合、ミシェル・アルダンは、火のついたマッチを手に、水素の充満した中をうろついて、ただではすまなかっただろう。ガスは空気と混ざり合い、爆発性の混合気体となって、発射の衝撃によって損傷を受けていたかもしれない砲弾に、爆発が止どめを刺していたことだろう。

　ガス燈が点されるとすぐに、アルダンは、仲間たちの体の上にかがみ込んだ。二人の体は、もの言わぬ物体の塊のように、折り重なっていた。ニコルが上で、バービケインが下になっていた。

　アルダンは大尉を助け起こし、長椅子に寄りかからせ、力強くマッサージした。巧みに施されたこのマッサージの甲斐あって、生気がよみがえったニコルは目を開け、すぐさま冷静さを取り戻し、アルダンの手を握った。そして、あたりを見回して、尋ねた。

「バービケインは？」

勇敢なフランス人

「ものには順序がある」とミシェル・アルダンは物静かに応じた。「ぼくは、ニコル、君から始めた。君が上になっていたからね。では、お次はバービケインの番だ」

こう言うと、アルダンとニコルは、ガン・クラブの会長を持ち上げ、長椅子の上に横たえた。バービケインが受けたダメージは、仲間たちより大きかったらしい。彼は出血していたが、ニコルは、この出血が肩の軽い傷によるものでしかないことを確認して、胸を撫で下ろした。彼は、このかすり傷の手当てを入念に行った。

とはいうものの、バービケインが意識を回復するまでには少々時間がかかり、彼を必死にマッサージしていた二人の友人たちは気が気でなかった。

「だが、息はしている」とニコルは、怪我人の胸に耳を近づけて言った。

「ああ」とアルダンは答えた。「この種の処置を常日頃受け慣れている人みたいな呼吸だ。マッサージだ、ニコル、力を込めてマッサージしよう」

そして、二人のにわかマッサージ師が奮戦し、健闘したおかげで、バービケインは五感を回復した。彼は目を開き、起き上がり、二人の友人の手を握ってから、次のような第一声を発した。

「ニコル、われわれは進んでいるのか?」

ニコルとバービケイン〔アルダンの間違いか〕は顔を見合わせた。彼らはその時まで発射体のことなど、気にもかけてはいなかったのだ。彼らが真っ先に気にかけたのは、旅行者のことであって、客室のことではなかった。

「実際のところどうなんだろう? ぼくらは進んでいるのか?」とミシェル・アルダンが鸚鵡返しした。

「それとも、フロリダの大地の上に鎮座ましましているのでは」とニコルが言った。

「はたまた、メキシコ湾の奥にいるか」とミシェル・アルダンが付け加えた。

「そんな馬鹿な!」とバービケイン会長が叫んだ。

仲間たちの示唆したこの二つの仮説には、彼をたちまち覚醒させる効果があった。

いずれにせよ、砲弾がどのような状態にあるのか、はっきりしたことはまだなにも言えなかった。砲弾は一見動いていないようだったし、外部との連絡を断たれているため、問題を解決しようにも手がかりがない。発射体は宇宙空間を横切る軌道を描いているのかもしれないし、少しだけ上昇した後、陸の上か、あるいは、フロリダ半島の幅の狭さからしてありえそうなことだが、メキシコ湾に落下したのかもしれない。

事態は重大であり、問題は興味深かった。早急に解決さ

彼らはバービケインを持ち上げた

れる必要があった。バービケインはひどく興奮し、肉体的な衰弱を意志の力で克服して、立ち上がった。彼は耳を澄ませた。外は完全な静寂であった。だが、分厚い詰め物は、地球の物音を遮るには十分だった。それでも、ある状況が彼の注意を引いた。発射体内部の気温が異常に高くなっているのだ。会長は、保護していた包みから温度計を引っ張り出して眺めた。摂氏四五度を指していた。

「そうだ！」と彼は叫んだ。「そうだ！　われわれは進んでいるぞ！　この息が詰まりそうな暑さは、発射体の弾殻を通して浸透してきているんだ！　大気の層の摩擦で生じた熱だよ。じきに温度は下がるだろう。われわれはもう、真空に浮かんでいるんだからね。窒息しそこなったと思いきや、今度は猛烈な寒さに襲われることになるだろう」

「なんだって」とミシェル・アルダンが尋ねた。「君の考えでは、ぼくらはもうとっくに地球の大気圏の外に出てしまったと言うのか？」

「疑問の余地はないよ、ミシェル。よく聞いてくれ。今は一〇時五五分だ。発射からだいたい八分経っている。そこでだ、初速度が摩擦で減らなかったとすれば、回転楕円体を取り巻いている一六リュー〔六四キロメートル〕の厚さの大気を通過するには、六秒あれば十分だっただろう」

「まったくその通り」とニコルが応じた。「だが、摩擦による速度の減少を、君はどのくらいの割合と見積もっているのかね？」

「三分の一だ、ニコル」とバービケインは答えた。「これは相当な減少だが、私の計算ではそうなる。だから、初速度が秒速一万一〇〇〇メートルだったとすれば、大気圏を出る時には、速度は秒速七三三二メートルまで落ちていることになる。いずれにしても、われわれはすでにこの距離は超えているから……」

「その場合には」とミシェル・アルダンが言った。「ニコル君は二つの賭けに負けたことになる。コロンビアード砲は破裂しなかったから、四〇〇〇ドル、そして、六マイル〔九・六キロメートル〕以上上昇したから五〇〇〇ドルだ。というわけで、ニコル、払いなよ」

「まずは確認だ」と大尉は答えた。「支払いはそれからだ。バービケインの議論は正しく、私が九〇〇〇ドル負けた可能性は高い。しかし、新しい仮説を思いついたんだ。賭けが無効になってしまうような仮説だ」

「どのような仮説かね」とバービケインが勢い込んで尋ねた。

「何らかの理由によって、火薬が点火されず、われわれは出発していない、という仮説だよ」

「いやはや、まったく」とミシェル・アルダンが叫んだ。

「そりゃ、ぼくの頭にこそ浮かぶべき仮説だな！　とても本気とは思えんよね！　ぼくらは震動でほとんどノックアウトされかけたというのに？　君を蘇生させたのはぼくではなかったとでも？　会長の肩からは、反動の衝撃でまだ血が流れていないとでも？」

「わかったよ、ミシェル」とニコル。「でも、一つだけ質問したいことがある」

「いいとも、大尉殿」

「爆発の音は凄まじかったはずだが、君は聞いたか？」

「いや」とアルダンはびっくりしながら答えた。「確かに爆発の音は聞いていないな」

「君はどうだ、バービケイン？」

「私もだ」

「これはどういうことかな？」とニコル。

「本当にそうだ！」と会長は呟いた。「なんで爆発の音を聞かなかったんだろう？」

　三人は、かなり当惑した様子で互いに顔を見合わせた。説明のつかない現象だった。にもかかわらず、砲弾は発射されたのであり、ということは、爆発は起きたはずなのだ。

「まず、どういうことになっているのか、はっきりさせようじゃないか」とバービケインが言った。「窓の覆いを下げよう」

　この操作は極めて簡単であって、ただちに実行に移された。右側舷窓の外覆いのボルトを固定しているナットが、イギリススパナの力で弛められた。ボルトが外側に外れると、それが抜けた後の孔はゴムの付いた栓で塞がれた。すると、すぐに外覆いは、船の砲門のそれのように、蝶番を軸にして下に垂れ、舷窓に嵌め込まれた凸面ガラスが現れた。同じような舷窓が、発射体の反対側の分厚い壁にもくり抜かれており、さらにもう一つが円天井に、そして、四番目のものが底部の中央にあった。したがって、四つの相互に全く異なる方角を観察できるようになっていた。天空は側面の窓ガラス越しに、そして、上下の開孔部からは、より直接的に、それぞれ月と地球を見上げたり、見下ろしたりできる。

　バービケインと二人の仲間たちは、むき出しになった窓ガラスに飛びついた。明るい光線は窓ガラスにまったく射していなかった。深い闇が砲弾を包んでいた。そんなことはおかまいなしに、バービケインは叫んだ。

「いやいや、君たち、われわれは地上に落下したりはしていない！　いや、われわれはメキシコ湾の奥に沈んでなんかいない！　まさに、われわれは宇宙を上昇しているのだ！　見たまえ、夜の中に輝いているあの星たちを、そして、地球とわれわれの間に垂れ込めているこの底知れぬ闇を！」

「万歳！　万歳！」ミシェル・アルダンとニコルは声を合わせて叫んだ。

事実、この濃密な闇は、発射体が地球を離れたことを示していた。なぜなら、そのとき大地は月の光で皓々と照らされており、もし旅行者たちがその表面にいたのであれば、彼らはそれを目にしたはずだからだ。この闇はまた、発射体が大気圏を突破したことも示していた。と言うのは、空気中であれば、散光が金属の外壁に反射していたはずだが、そんなことはなかったからである。この散光は舷窓のガラスをも照らしたはずだが、ガラスは真っ暗だった。もはや疑問の余地はなかった。旅行者たちは、地球を離れていたのだ。

「私の負けだ」とニコルが言った。

「おめでとうを言わせてもらわなければ！」とアルダンが応じた。

「ここに九〇〇〇ドルある」と大尉がドルの札束をポケットから引っ張り出して言った。

「領収書は要りますか？」とバービケインがそれを受け取りながら尋ねた。

「お気に障らなければ」とニコルが答えた。「その方が正式ですから」

すると、バービケイン会長は、まるで帳場にでもいるかのように、大真面目に、平然とした顔つきで、手帳から白紙のページを破り取り、鉛筆で書式に則った領収書を作成し、日付を書き、署名し、花押を添え、大尉に渡した。大尉は、それをきちんと財布に収めた。

ミシェル・アルダンは、帽子を脱ぎ、一言も発さずに二人の仲間に頭を下げた。このような状況下においてなお、かくも形式主義に徹した振る舞いを見せつけられて、言葉を失ってしまったのである。彼はここまで「アメリカ的」なものを見たことがなかった。

バービケインとニコルは、手続きがすむと、窓ガラスの前に陣取って、星座を眺めた。星たちは、暗い夜空を背景に、鮮やかな点となって浮かび上がっていた。だが、こちら側からは夜の天体を見ることができなかった。東から西へ進行する月は、徐々に天頂に向けて上昇しつつあったのである。月が見えないので、アルダンの頭にある考えが浮かんだ。

「それで、月は？　まさか、ぼくらとの約束をすっぽかすんじゃあるまいね？」

「安心したまえ」とバービケインが答えた。「われわれの未来の回転楕円体は持ち場についているよ。ただ、こちら側からは見えないだけだ。反対側の側面の窓を開けよう」

バービケインが開いている窓を離れて反対側の窓の覆いを外しに行こうとしたまさにその瞬間だった。輝く物体が近づいてくるのが目に入った。それは巨大な円盤で、その途方もない大きさは計り知れなかった。地球に向いたその面は強烈に照らされていた。大きな月の光を反射する小さな月のようだった。その物体は凄まじい速度で接近しつつあり、それが地球の周りに描く軌道は、発射体の弾道と交錯しそうだった。この運動体の公転運動には、自転運動が組み合わさっていた。すなわち、宇宙空間に投げ出されたあらゆる天体と同じ振る舞いをしていたのである。

「おいおい！」とミシェル・アルダンが叫んだ。「あれはなんだ？　別の砲弾か？」

バービケインは返答しなかった。この物体の出現に、驚きと不安を感じていたのである。衝突が起こっても不思議ではなく、その場合、遺憾千万な結果が引き起こされるだろう。発射体はその軌道を逸れるか、衝撃によって上昇を中断させられて地上にはたき落とされるか、はたまた、この小惑星の引力に抗しがたく巻き込まれてしまうかもしれない。

バービケイン会長は、この三つの仮説の意味するところを瞬時のうちに把握した。いずれの場合であっても、なんらかの形で実験が失敗するのは避けられない。仲間たちは押し黙ったまま、宇宙空間を見つめていた。物体は接近に伴って驚くほど巨大になり、ある種の目の錯覚のせいで、発射体の方からこの小惑星めがけて突進していくように見えた。

「なんてこった！」とミシェル・アルダンは叫んだ。「二つの列車が正面衝突するぞ！」

旅行者たちは本能的に飛びすさった。彼らの感じた恐怖は大きかったが、長続きせず、せいぜい数秒しか続かなかった。小惑星は発射体から数百メートルのところを通過し、姿を消した。その運行の速さのためというよりは、月とは反対側の面が、あっという間に宇宙空間のまったき闇の中に溶け込んだためだった。

「道中ご無事で！」とミシェル・アルダンが、満足の溜め息をつきながら、声を上げた。「いやはや！　ちっぽけな砲弾一つ、かわいそうにおちおち散歩もできないとは、無限が聞いてあきれるね！　いや、まったくの話、ぼくたちにぶつかりそうになったあの偉そうな球体、あれは何様かね？」

「私はあれがなんなのか知っているよ」

「そりゃ、君ときたら、なんでもご存じだからな！」

「あれは」とバービケインは言った。「単なる火球（ボリード）だよ。ただ、非常に大きい火球で、地球の引力によって、衛星の

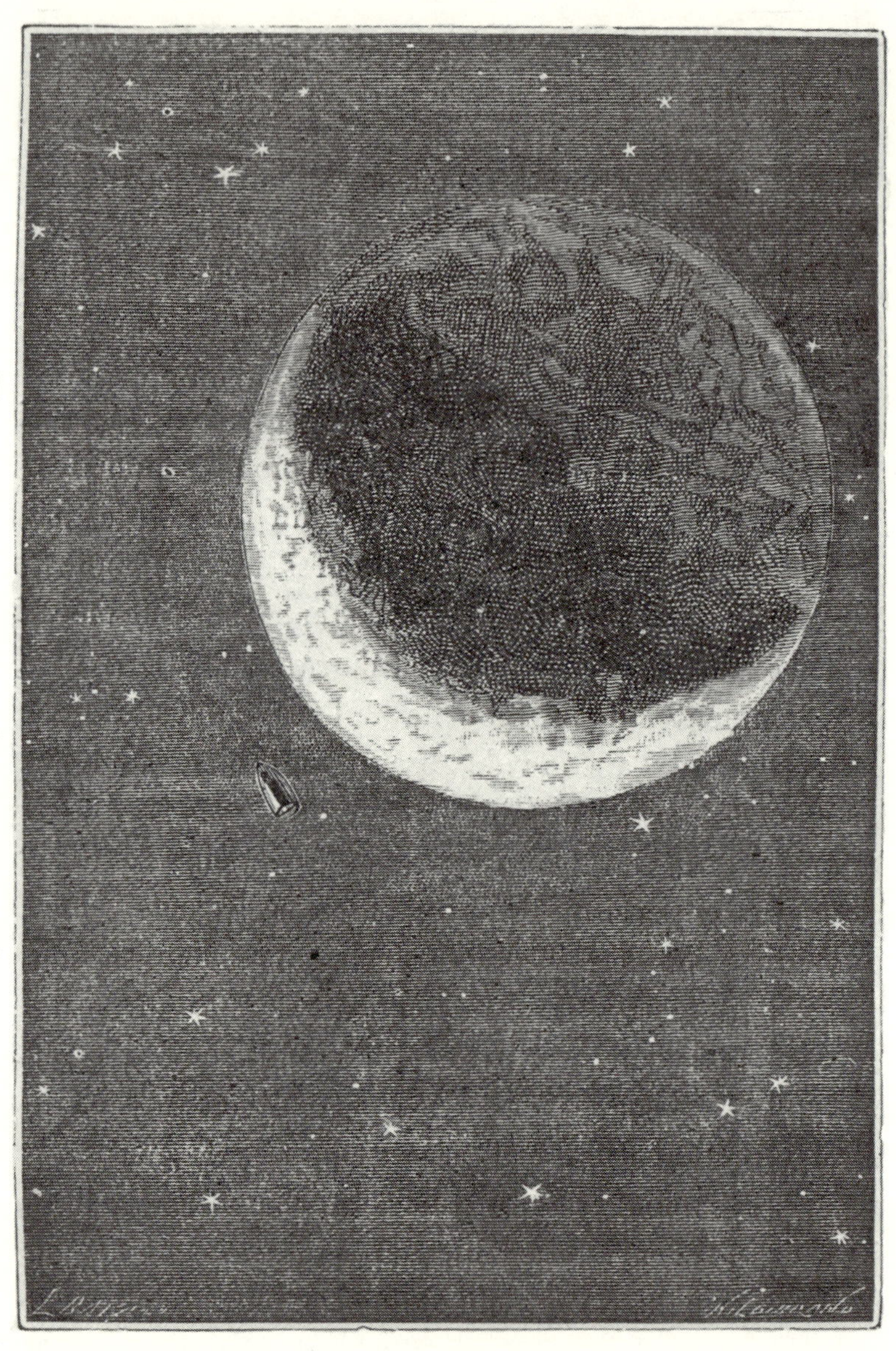

それは巨大な円盤だった

状態に留め置かれているんだな」

「へえ、そんなことがあるとは！」とミシェル・アルダンは叫んだ。「つまり、地球には、海王星のように、月が二つあるってことか？」

「そうなんだ、君。月が二つあるんだ。一般的には一つしかないということになっているけどね。だが、この第二の月はあまりにも小さく、あまりにも速度が大きいために、地球の住人の目には入らないんだよ。プティ氏*というフランスの天文学者が、この第二の衛星の存在を確定し、その諸データを計算できたのは、ある種の摂動を考慮に入れたからでね。彼の計測によれば、この火球は、たった三時間二〇分で地球の周りを公転するそうだ。これは驚くべき速さだ」

「天文学者は全員、この衛星の存在を認めているのかね？」とニコルが尋ねた。

「いや」とバービケインが答えた。「しかし、われわれみたいに実際に出くわしたら、彼らとて認めないわけにはいかないだろう。そう言えば、今思いついたが、発射体とぶつかっていたらどうにも困ったことになっていたはずのあの火球のおかげで、宇宙におけるわれわれの現在位置がはっきりしたわけだ」

「どうやって？」とアルダン。

「地球からあの火球までの距離がわかっているからだよ。あの遭遇の時点でわれわれは地球の表面から正確に八一四〇キロのところにいたことになる」

「二〇〇〇〇リュー以上だって！」とミシェル・アルダンは大声で言った。「ぼくらが地球と呼んでいるあのあわれな球体を走る急行列車など、お笑い草じゃないか！」

「そう思うね」とニコルは、クロノメーターを見ながらいった。「今は一一時だから、われわれがアメリカ大陸を離れてから、一三分しか経っていない」

「たったの一三分だと？」とバービケイン。

「そうだ」とニコルが答えた。「秒速一一キロの初速度がそのままだったら、われわれは時速にして一万リュー〔四万キロメートル〕近くの速さで進んでいたことだろう！」

「万事大変結構だが、君たち」と会長が言った。「まだあの解決不可能な問題が残っているぞ。なぜコロンビアード砲の爆音は聞こえなかったのだろう？」

　答えは返ってこなかったので、会話はここで途切れた。バービケインは、考え込みながら、もう一つの側面にある窓の覆いを下ろしにかかった。操作が成功し、窓ガラスがむき出しになったので、発射体の内部に月の輝かしい光が差し込んだ。経済的な男であるニコルは、不要になったガス燈を消した。そもそも、その光は、惑星間空間を観察する邪魔になっていたのである。

月の円盤は、比べようのない純粋さで輝いていた。その光線は、もはや地球の靄のかかった大気に濾過されないので、じかに窓ガラスを通して射し込み、砲弾内部の空気を銀色の反射光で満たした。天空の黒い帷は月の光をいっそう際立たせていた。光を拡散させることがないこのエーテル空間にあって、月の光は周りの星たちを触することもないのだった。このような条件下で眺められる星空は、人間の目には思いも寄らなかった、新奇な様相を呈していた。

これらの大胆な男たちが、どれほどの関心をもって、旅の究極の目標である夜の天体に見入っていたことか、それはご理解いただけるだろう。地球の衛星は、公転運動を続けながら、感知できないほど徐々に、天頂へと近づきつつあった。この数学的な一点に、月はおよそ九六時間後に到達するはずだった。山並みや平原といった起伏の全体は、地球上の任意の地点から眺めた時よりもくっきりと見えたわけではない。しかし、その光は、真空を通して、比較にならないほどの強烈さで広がっていた。月の円盤は、まるでプラチナの鏡のように輝いていた。彼らの足元を遠ざかっていく地球の記憶はなにもかも忘れ去られていた。

姿の見えない地球に最初に注意を促したのは、ニコル大尉だった。

「そうだ！」とミシェル・アルダンが答えた。「恩知らずはよくない。ぼくらは祖国を離れるのだから、最後の視線は祖国に向けられるべきだ。地球が完全に見えなくなってしまう前に、もう一度だけ、一目見ておきたいものだね！」

バービケインは、友人の希望を叶えるため、発射体の底の窓から遮蔽物を取り除きにかかった。この窓から地球を見下ろすことができる。発射の圧力で底部まで押し下げられた円盤を分解するのに多少手こずった。解体された部品は、壁に注意深く立てかけられた。また役に立たないとも限らないからである。こうして、砲弾の内側をくり抜いた、幅五〇センチほどの円形の開口部が現れた。銅の窓枠で強化された、厚さ一五センチの窓ガラスがそこには嵌められていた。その下には、ボルトで固定したアルミニウムの板があてがわれていた。ナットが外されて、ボルトが抜かれると、板が下に垂れ、内部と外部を視線が行き来できるようになった。

ミシェル・アルダンは、窓ガラスに向かってひざまずいた。窓ガラスは曇っているかのように暗かった。

「さて、と！」と彼は叫んだ。「地球は？」

「地球は」とバービケインが言った。「ほら、あれだよ」

「なんだって！　あの細い筋、あの銀色の三日月が？」

「そうなんだよ、ミシェル。四日後、われわれが月に到着すると同時に、月は満月になり、地球は新月と同じ状態になる。その時にはもはや、地球はあるかなきかの三日月のようにしか見えず、それもすぐに消えてしまって、数日間は真っ暗闇の中に沈んでしまうのだ」

「あれが地球だなんて！」とミシェル・アルダンは、生まれ故郷である惑星の薄っぺらな断片を、目を皿のようにして見つめながら、繰り返していた。

　バービケイン会長の説明は正しかった。地球は、砲弾から見て、最後の位相に入っていたのである。それは半矩（オクタント）の位置*にあって、天空の黒い地の上にうっすらと引かれた三日月のように見えた。その光は、大気の層の厚みによって青みを帯び、実際の三日月の光よりも弱々しかった。この三日月は、その代わり、実に巨大なものだった。さながら天空に張り渡された大きな弓のようだった。特に内側の弧を中心に、一際鮮やかに照らされた点がいくつかあって、そこに高い山があることを示していた。ただ、それらは、月の表面では決して見られることのない濃い染みに時折隠されるのだった。地球という回転楕円体を同心円状に取り巻く雲の環であった。

　しかしながら、月が半矩（オクタント）の位置にある時と同じ自然現象の結果として、地球全体の輪郭を把握することはできた。地球の円盤全体が、月球照の効果で、かなりはっきりと浮かび上がってはいたものの、地球照に比べれば、ずっと控え目な感じだった。この照明効果の弱さは容易に理解できる。この反射現象が月面上で生じる場合、地球がその衛星に照り返す太陽光線がその原因である。今問題になっている現象は、これとは逆に、月から地球に照り返された太陽光に原因がある。さて、地球の反射光は、月のそれのおよそ一三倍の明るさがあり、これは、両者の容積の違いに基づく。その結果、この反射現象においては、地球の暗い部分の方が、月の暗い部分よりもはっきり見えないということになる。というのは、この現象の強弱は、二つの天体それぞれの照り返しの強さに比例しているからである。ついでに言っておくべきことだが、三日月状になった地球は、その実際の孤よりも広がって見える。純粋に、光の拡散の効果である。

　旅人たちが宇宙の暗闇を透かし見ようとしていた時、流星の花束が彼らの視界に咲き乱れた。何百という火球（ボリード）が大気と接触して燃え上がり、闇の中に光輝く尾を引き、その火が地球の円盤の影の部分に縞模様を作った。この頃、地球は近日点にあり、一二月は流星の発生しやすい時期であって、天文学者たちは一時間に最大二万四〇〇〇個を数えるほどだ。しかし、科学的な理詰めというやつを歯牙にもかけないミシェル・アルダンとしては、地球が、三人の息子たちの門出を、一番綺麗な花火で祝福しているのだと信じたい気持ちだった。

　結局のところ、闇の中に消えたこの回転楕円体に関して、彼らが目にすることができたのは、これで全部だった。太陽系の下っ端であるこの天体、それは、大きな惑星から見れば、単なる明けの明星、宵の明星として、沈んだり昇ったりしているにすぎないのだ！　彼らがありったけの愛情をすべてそこに残してきたあの球体、それは、宇宙の中にあっては知覚できないほどの小さな一点、逃げ去っていく三日月でしかなかった！

　長い間、三人の友人たちは、言葉を交わすことなく、しかし、心は一つに結ばれて、じっと眺めていた。その間にも、発射体は、一定の割合で速度を落としながら、地球を離れていくのだった。それから、彼らの頭脳は抗しがたいまどろみに陥った。身心の疲労のためだろうか。おそらくは。というのも、地球上で最後に過ごした数時間の異常な興奮の後には、反動が来ないわけにはいかなかったからである。

「そういうことなら」とミシェルが言った。「寝なくちゃならんのだから、寝よう」

　そして、簡易寝台の上に横になり、三人は間もなく深い眠りに落ちた。

　ところが、一五分もうとうとしたかと思う間もなく、バービケインがはたと身を起こし、大声を上げて仲間たちを叩き起こした。

「わかったぞ！」と彼は叫んだ。

「わかったって、なにが？」とミシェル・アルダンは、寝床から飛び出して訊いた。

「コロンビアード砲の発射音を聞かなかった理由だよ」

「で、それは？……」とニコル。

「発射体の方が音よりも速かったからなんだ！」

第三章──身を落ち着ける

奇妙ではあるが、間違いなく正確なこの説明がひとたびなされるや、三人の旅人は、ふたたび深い眠りに落ちていた。眠るのに、これ以上静かな場所が、これ以上平穏な環境があるだろうか。地球上では、都会の住居であれ、田舎の藁ぶきの小屋であれ、地殻の震動の影響を強く受ける。海上では、波にもてあそばれる船は、衝撃と動揺そのものである。空中では、気球は密度の異なる流体の層の上を絶えず揺れ動く。絶対的な真空の中に浮かぶこの発射体だけが、絶対的な静寂のただ中にあって、その乗客に絶対の安息を与えてくれる。

そういうわけで、三人の冒険家の眠りは、発射から八時間後の一二月二日朝七時頃、ある思いがけない物音によって中断されなければ、際限なく続いたかもしれない。

その音とは、特徴のはっきりした吠え声だった。

「犬たちだ！　あれは犬たちだ！」とミシェル・アルダンが、すぐに起き上がって叫んだ。

「お腹が空いたんだな」とニコル。

「それもそのはず！」とミシェルは答えた。「ぼくらときたら、やつらのことをすっかり忘れてしまって！」

「どこにいるんだろう」とバービケインが尋ねた。

皆で探したところ、一匹は、長椅子の下にちぢこまっていた。空腹に耐えかねて声を上げるまでは、最初の衝撃から受けた恐怖のために、茫然自失の体で隅っこにうずくまっていたのである。

それは、愛すべきディアーヌであった。まだかなり照れくさそうな様子で、なかなか顔を見せようとしなかったが、ようやく出て来てのびをした。その間にも、ミシェル・アルダンは、とっておきの優しい言葉をかけて、彼女を励ましていた。

「おいで、ディアーヌ、おいで、お前の運命は狩猟の年代記に記録されることになるんだよ！　異教徒はお前を神アニュビスのお供に、キリスト教徒は聖ロックの友に選んだことだろう！　麗しのエウローパの唇を奪うためにユピテルが彼女に贈ったわんちゃんみたいに、お前は地獄の王によって青銅の像を鋳造されるにふさわしい！　お前の名声のために、モンタルジの英雄もサン・ベルナール山の英雄も影が薄くなってしまうだろう！　惑星間空間に飛び出したお前は、たぶん、月世界の犬族のイヴになるだろう！「初めに神は人を創られた。しかし、彼があまりにもかよわいのをご覧になって、犬を与えたもうた」と言ったトゥスネル*の言葉を、お前は証明することになるだろう！　おいで、ディアーヌ、おいで！」

　ディアーヌは、この言葉に気をよくしたのかしないのか、少しずつ前に出て来て、あわれげな呻き声を上げた。

「よし！」とバービケインが言った。「イヴは見つかった。だが、アダムはどこだ？」

「アダムか！」とミシェルが答えた。「アダムなら近くにいるに決まっているさ！　どこかその辺りにね！　呼ぼうじゃないか！　サテリット！　こっちへおいで！　サテリット！」

　しかし、サテリットは姿を現さなかった。ディアーヌは呻き声を上げ続けていた。にもかかわらず、どこも怪我をしていなかった。おいしそうな餌を与えると、鳴きやんだ。

　サテリットの方は、なおも行方不明のままだった。長いことかかって探し回った挙句、発射体上部の仕切りの一つにいるのが見つかった。いかなる反動の結果そうなったのか、それを説明するのは困難であるが、とにかくそこに激しく叩きつけられていたのである。かわいそうに、動物は重傷を負っており、悲惨な状態だった。

「なんてこった！」とミシェル。「これで馴化計画もどうやら雲行きが怪しくなってきたわい！」

　気の毒な犬は慎重に下に降ろされた。頭が丸天井に当たって砕けており、これほどの衝撃から回復するのは難しいように思われた。それでも、クッションの上に居心地よく横たえられると、犬は溜め息を漏らした。

「お前の看病はしてやるからな」ミシェルが言った。「ぼくらはお前の命に責任があるんだ。かわいそうなサテリットの肢を一本失うくらいなら、ぼくの腕を一本なくしてしまってもいい！」

　こう言いながら、彼は怪我をした犬に水を与えると、犬はがぶがぶと飲んだ。

　犬の手当てが終わると、旅人たちは、地球と月を注意深く観察した。地球は灰色の円盤にすぎず、その片側は、前日よりもさらに細くなった三日月で縁取られていた。しかし、ますます完全な円の形に近づいていく月と比較すれば、その面積は依然として大きかった。

「まったくなあ！」とその時ミシェル・アルダンが言った。「地球がまん丸の時、つまり、太陽に対して衝の位置にある時に出発しなかったのは、返すがえすも残念でならんよ！」

「どうして？」とニコルが尋ねた。

「そりゃ、ぼくらの大陸と海をこれまでとは違った様相の下で眺めることができただろうからね。大陸は太陽光線の放射を受けて光り輝き、海はある種の世界地図に描かれているように、いっそう暗く見えたことだろう！　いまだかつて人類の視線がそこに落ちたことのない、地球の両極を見てみたかったよ！」

「まあね」とバービケインが答えた。「しかし、地球が満ちていたら、月は新月になっていただろうから、太陽の輝きのただ中にある月を見ることができなかっただろう。だが、われわれとしては、出発点ではなく、到着点が見える方がいい」

「君の言う通りだ、バービケイン」とニコル大尉が応じた。「それに、月に着けば、月の長い夜の間に、われわれの同類たちがひしめき合っているあの地球をじっくり眺める時間はたっぷりある！」

「われわれの同類だって！」とミシェル・アルダンが叫んだ。「だがね、今となっては、彼らがぼくらに似ていないこととといったら、月世界人も同然と言っていい！　ぼくらは、この発射体という、ぼくらしかいない新世界の住人なんだから！　ぼくはバービケインの同類であり、バービケインはニコルの同類というわけだ。ぼくらを最後に、ぼくらをもって、人類は終わる。そして、一介の月世界人になるその時まで、ぼくらがこの小宇宙における唯一の住人なのだ！」

「これからおよそ八八時間の間は、ということだね」と大尉は答えた。

「ということは、つまり？……」とミシェル・アルダンは尋ねた。

「今は八時半ということ」とニコル。

「それなら」とミシェルは間髪を入れず応答した。「ただちに朝食にしない理由は毛ほどもない」

事実、この新しい天体の住人とて、何も食べずに生きていくことはできないのであって、彼らの胃袋はこの時、飢えという鉄の法則に支配されていたのである。ミシェル・アルダンは、自分がフランス人であることを理由に、コック長を買って出たが、ほかにこの重要な役職に就きたがる競争相手はいなかった。ガスが調理に十分な温度を、貯蔵庫がこの最初のご馳走の材料を提供した。

食事は三杯の上等なブイヨンから始まった。パンパスの反芻類の最上肉で作った、あの貴重なリービヒ固形肉エキス*を熱湯で溶かしたものである。牛肉のブイヨンスープの次は、水圧機で圧縮したビフテキだったが、カフェ・アングレの調理場から今出されたばかりであるかのように、やわらかくて肉汁たっぷりだった。想像力豊かなミシェルに至っては、「レア」だとすら言い張った。

肉料理に続いたのは缶詰の野菜で、愛想のいいミシェルに言わせれば、「生野菜よりも新鮮」とのことだった。アメリカ風にバターを塗った薄切りパンを添えた何杯かの紅茶がこれに続いた。全員が一級品だと認めたこの飲み物は、特選の茶葉を煎じたものだった。旅行者たちのためにロシア皇帝が何箱か提供してくれていたのである。

この食事の最後を飾るべく、アルダンは、食糧を貯蔵した仕切りの中を漁って、極上のニュイを一瓶、「たまたま」掘り出してきた。三人の友人たちは、地球とその衛星の結合を祝して、それを飲んだ。

そして、ブルゴーニュの丘の上で芳醇なワインを醸成しただけでは物足りないとでも言うかのように、太陽が自ら座に加わる気になった。発射体がこの時、地球の投げかける円錐状の影を抜け、月の軌道面と地球のそれが形作る角度に応じて、輝ける天体の放つ光が砲弾底部の円盤を直接照らし出したのである。

「太陽だ!」とミシェル・アルダンが叫んだ。

「もちろん」とバービケインが応じた。「私は待っていたんだよ」

「でも」とミシェル。「地球が宇宙空間に投げかける本影の円錐は、月をすっぽり覆ってその先まで伸びているんじゃないのか?」

「うん、大気による屈折を考えに入れなければ、ずっと先までね」とバービケインは言った。「しかし、月が影に覆われている時というのは、太陽、地球、そして月の三天体の中心が一直線上にあるということなんだよ。すると交点*が満月の位相と一致し、月蝕が起こる。もしわれわれが月蝕の時に出発していれば、全行程が影の中で行われることになって、歓迎しかねる状況になっていただろう」

「それはまたどうして?」

「われわれは真空の中に浮かんでいるが、太陽光線を燦々と浴びることで、発射体はその光と熱を受け取るだろう。ということは、ガスを節約できるわけで、これはあらゆる点から見て貴重な節約と言える」

事実、いかなる大気によっても熱と輝きを和らげられていない太陽光線を受けた発射体の内部は、一瞬のうちに冬から夏に移ったかのように暖かくなり、また明るくなった。頭上には月、足下には太陽があって、その輝きが砲弾内に満ち溢れた。

「いい天気だね」とニコル。

太陽が自ら座に加わる気になった

「いい天気もなにも！」とミシェル・アルダンは叫んだ。「ぼくらのアルミニウム製の惑星の上に腐食土が少々広がっていたら、二四時間でグリーンピースを栽培できるだろう。ぼくが心配なのは、砲弾の外壁が溶けてしまわないかという一点だけだ」

「ご心配には及ばないよ」とバービケインは答えた。「大気の層を滑り抜けていた間、この程度の温度とは比較にならない高温でも大丈夫だったんだから。フロリダの観客の目には、砲弾が燃える火球のように見えたとしても、私は驚かないね」

「でも、その場合、J＝T・マストンは、ぼくらがまる焼けになったと思っているだろうな」

「そうならなかった方がむしろ驚きだよ」とバービケインが答えた。「こんな危険があろうとは予想もしていなかった」

「私は心配していたよ」とニコルはあっさり言った。

「それでいて君はなにも言わなかったのか、あっぱれな大尉殿！」とミシェル・アルダンは仲間と握手しながら叫んだ。

その間にも、バービケインは、発射体の外に出ることは一生ないかのように、その中で快適に過ごす準備を始めた。ご記憶かと思うが、この空中客車は、底部において五四平方ピエ〔一六平方メートル〕の広さがある。丸天井の頂点までの高さは一二ピエ〔三・六メートル〕で、内部は巧みに整頓されており、器具や道具は、それぞれが専用のスペースをあてがわれ、さほど場所塞ぎになっておらず、三人の旅人たちはある程度まで自由に動き回ることができた。底に嵌め込まれた分厚いガラスは、相当な重さでも問題なく支えられる。そういうわけで、バービケインと仲間たちは頑丈な床の上を歩くようにその上を歩いていた。しかし、太陽がそこから直接差し込んで砲弾の内部を下から照らしていたため、奇妙な光の効果が生み出されていた。

まず、水と食糧を入れた箱の状態を確認することから始めた。衝撃を和らげる処置が施されていたおかげで、これらの容器はいささかも痛んでいなかった。食糧は豊富で、三人の旅行者をまるまる一年は養える。バービケインは、発射体が月の完全に不毛な地帯に着地した場合に備えて、用心しておきたいと思ったのである。水および五〇ガロン〔一九〇リットル〕分の予備のブランデーは、二か月しかもたない。しかし、天文学者たちの最新の観測によれば、月は、少なくとも深い谷間の部分に、低く垂れ込めた濃い大気の層を保持しているとのことであり、そこにせせらぎや湧き水がないとは考えられないという。それゆえ、飛行の間および月の大陸で過ごす最初の一年間に関する限り、大胆な探検家たちが飢えや渇きに苦しめられるおそれはないはずであった。

　残る問題は、砲弾内部の空気だけである。この点についても、まったく心配は無用だった。レゼとルニョーが考案した酸素を作り出す装置には、二か月分の塩素酸カリが備えられていた。酸素を生みだすこの物質を四〇〇度以上に熱しておかなければならないので、必然的にガスは消費される。だが、この点においても、備えあって憂いはなかった。しかも、この装置はあまり監視する必要がない。自動で動くからである。高温状態の塩素酸カリは塩化カリウムに変わり、含有していた酸素を放出する。さて、一八リーヴル〔八キログラム〕の塩素酸カリはどのくらいの量の酸素を発生させるであろうか。答えは、発射体の住人の一日の消費量に相当する七リーヴル〔三・二キログラム〕の酸素である。

　しかし、消費された酸素を補充するだけでは十分でなく、呼吸で吐き出される炭酸ガスを吸収しなければならない。ところで、この半日ばかりの間に、吸い込まれた酸素によって血液中の成分が燃焼した結果として、最終的に生じるこの徹底的に有毒なガスが、砲弾内部の空気に充満していたのである。ニコルは、ディアーヌがはあはあと苦しそうに息をしているのを見て、この状態に気づいた。事実、炭酸ガスは――名高い「犬の洞窟」*で起きる現象と同じことだが――、その重さのために、発射体の底に溜まっていたのだ。かわいそうに、ディアーヌは頭が低いところにあるので、主人たちよりも先にこのガスに苦しめられていたのであった。だが、ニコルは急いでこの状態の改善に乗り出した。砲弾の底に腐食性苛性カリを入れた容器をいくつか配置し、それらをしばし揺り動かした。すると、この物質は炭酸ガスには目がないので、それを完全に吸収し、内部の空気を浄化した。

　それから、器具類の点検が始められた。ガラスが割れてしまった最低温度計が一つあったものの、それ以外の温度計と気圧計は無事であった。綿を詰めた箱から素晴らしいアネロイド気圧計が取り出され、内壁に掛けられた。言うまでもなく、この気圧計が反応し、記録するのは、発射体内部の気圧だけである。しかし、それは空気中の水蒸気含有量も表示できるようになっていた。この時、針は七六五から七六〇ミリの間を揺れていた。「晴天」というわけだった。

　バービケインは、羅針盤もいくつか持って来ていたが、それらはいずれも無事であった。このような条件の下では、羅針盤の針が狂う、言い換えれば、一定の方向を指し示さないということは容易に理解できる。事実として、現在の砲弾くらい地球との間に距離があると、磁極は、羅針盤になんらはっきりした作用を及ぼすことができなかった。しかし、これらの羅針盤を月面上に持って行けば、特有の現象が示されないとも限らない。いずれにせよ、地球の衛星が地球と同じように磁力の支配下にあるのかどうかを調べるのは、興味深いことである。

月の山々の高度を測るための沸点気圧計、太陽の高度を測るための六分儀、測地学の道具で、地図を作図したり、水平線に対する傾斜角を減らしたりするために用いられる経緯儀、月に近づいた時に大いに威力を発揮するはずの望遠鏡、こうした器具がことごとく入念にチェックされ、最初の激しい震動にもかかわらず、いずれも良好な状態にあることが確認された。

台所用具、鶴嘴の類、ニコルが選りすぐった工具類、さらには、ミシェル・アルダンが月の諸地方に移植するつもりのさまざまな種類の植物の種や苗木はといえば、発射体上部の片隅にあてがわれた場所に然るべく収納されていた。そこには一種の屋根裏部屋が掘り抜かれており、太っ腹のフランス人がこれでもかと積み上げたものでいっぱいになっていた。それがなんなのか、誰も知らなかった。このお調子者が説明しようとしなかったからである。時折、彼は内壁に固定された鎹(かすがい)を伝って、そのごたごたした納戸まで登って行き、点検をほかの者に任せようとしなかった。彼は並び替え、整理し、いくつかの謎めいた箱に素早く手を突っ込みながら、フランスの古い歌謡曲のリフレーンを思いきり調子の外れた声で歌い、場の雰囲気を和ませた。

バービケインは、ロケットそのほかの火薬装置が損傷を受けていないことを確認できて、満足だった。強力な火薬が装塡されたこれらの重要な装置は、発射体が引力均衡点を過ぎて月の引力に引かれ、月面に落下していく際に、その落下を和らげることになっていた。おまけに、落下の速度は、二つの天体の質量の違いのおかげで、地球上の六分の一になるはずだった。

かくして点検は一同の満足のうちに終了した。それから各人は、側面の窓なり底の窓なりを通して宇宙の観察に戻った。

眺めは変わっていなかった。天球の全方位にひしめく星や星座の澄んでいることといったら、うっとりするほどで、天文学者なら発狂しかねない。一方には、真黒な天を背景に暈もなく浮き上がるまばゆい円盤、すなわち、灼熱する竈(かまど)の大口のような太陽がある。他方には、太陽の輝きを反射によって投げ返す月があり、星たちの世界のただ中にあって身じろぎもしないかのように見える。そして、銀の縁取りに半ば飾られた、天空に穿たれた穴を思わせるかなり濃い染みがあって、それが地球だった。そこかしこに、星

彼は素早く手を突っ込むのだった

屑のぼたん雪のように密集した星雲が散らばっており、天頂から天底にかけて、細かい塵のような天体の作る巨大な環は銀河であり、その中では、太陽といえども、四番目の大きさの星に含まれるにすぎない！

観察者たちは、この光景から目を離すことができなかった。あまりの目新しさゆえに、どんなに言葉を尽くしても人に伝えることはできない。それを前にした彼らがどれほど多くのことを考えさせられたことか！　今まで味わったことのない感動に、彼らの魂がいかばかり打ち震えたことか！　バービケインは、こうした印象に心を奪われている間に旅行記を書き始めたいと考え、冒険の始まりを刻したすべての出来事を、時間を追って書き記した。大きな、四角ばった字、やや商業文のような文体で彼は書いていた。

その間、計算家のニコルは、弾道に関わる彼の数式を見直し、名人技とも言うべき手つきで数字を操っていた。ミシェル・アルダンは、ある時はバービケインに、またある時はニコルに話しかけていたが、前者はろくに相槌も打たず、後者はろくに耳を貸していなかった。かといってディアーヌに話しかけても、彼の理屈はまるで通じず、しまいには自分自身と問答し、あっちに行ったり、こっちに行ったりし、無数の雑事にかまけたかと思えば、底の窓ガラスに身をかがめ、発射体の上部に上がり、片時も鼻歌を止めないのだった。この小宇宙における騒動とフランス的饒舌を一身に代表していたわけだが、堂々たる代表ぶりだったことはぜひとも信じていただきたい。

一日は、というよりも、——この表現は正確ではないので——地球上における一日を構成する一二時間という期間は、心尽くしのたっぷりした夕食で締めくくられた。旅人たちの信頼を損なうような事故はまだ起きていなかった。そういうわけで、希望に満ち、すでに成功を確信して、彼らは心穏やかに眠りに就いたのであり、その間にも、砲弾は一定の割合で速度を落としつつ、天の道を突っ切って行くのだった。

第四章　代数を少々

夜は何事もなく過ぎた。実のところ、この「夜」という言葉は適切ではないのだが。

太陽に対する発射体の位置関係は変わっていなかった。天文学的に言えば、砲弾の下部は昼、上部は夜だったのだ。したがって、この物語において昼とか夜とか言う場合、それは、地球上で日の出と日没の間に流れる時間のことである。

途方もない速度で飛んでいるにもかかわらず、発射体はまったく動いていないように思えた。旅人たちの安眠は、それだけに完璧だった。宇宙を横切って運行していることを示す揺れ一つない。移動は、それがどれほど高速であろうとも、真空の中で行われる限り、あるいは、動かされる物体と一緒に空気の塊が移動する限り、生命にこれといった影響を及ぼしえない。地球上の住民のうち、時速九万キロで運ばれていることに誰が気づいているだろうか。このような条件下では、運動は静止と同様に「感じ」られない。というわけで、すべての物体にとってまったくのよそごとである。静止状態にある物体は、外部の力によって移動されない限り、その場に留まっている。運動状態にある物体は、なんらかの障害によって前進を阻まれなければ、静止することはない。運動または静止に対するこの無関心、これが慣性というものである。

発射体の内部に閉じ込められているバービケインと仲間たちは、それゆえ、自分たちが絶対の不動のうちにあると思えたのだ。彼らが砲弾の外にいたとしても、事情は変わらなかっただろう。彼らの頭上にあって大きさを増していく月がなければ、完全に停滞したまま浮かんでいるとしか思えなかっただろう。

一二月三日を迎えたこの朝、旅人たちは、愉快な、しかし思いがけない音で目が覚めた。それは、客車の中に響き渡る雄鶏の鳴き声であった。

ミシェル・アルダンがいち早く起き上がり、発射体の頂上までよじ登ると、開きかけていた箱を閉じた。

「黙っていてくれないか」と彼は低い声で言った。「畜生め、計略が台なしになるところじゃないか！」

しかし、ニコルとバービケインも目を覚ましていた。

「鶏か？」とニコル。

「とんでもない！」と勢い込んでミシェルが答えた。「ぼくが田園風の発声で君たちを起こそうと思ってね」

こう言いながら、彼はなんとも見事な「コケコッコー」を響かせたが、それは、キジ目の中で最高に驕り高ぶった種族が発したとしても名折れにはなるまいと思われた。

二人のアメリカ人は、思わず吹き出した。

「なかなかの特技だな」とニコルは、疑り深い目つきで友人を見つめながら言った。

「だろう」とミシェルが答えた。「ぼくの国の冗談なんだよ。実にガリア的でね。上流社会でもこんなふうに鶏の物真似をするというわけ！」

それから、話を逸らせてこう言った。

「バービケイン、ぼくが一晩中なにを考えていたか、わかるかい？」

「いや」と会長は答えた。

「ケンブリッジ天文台の友人たちのことなんだ。とっくにお見通しとは思うが、ぼくは数学ときたらまるで無知だ。月に到達するために、発射体がコロンビアード砲から発射された時に必要な初速度を、天文台の学者先生たちがどうやって計算したのか、見当もつかなくってね」

「君が言いたいのは」とバービケインが言った。「地球の引力と月の引力が釣り合う中立点に到達するのに必要な初速度、ということだろ。全行程のおよそ一〇分の九のところにあるこの点から先は、発射体は自重で落下していくからね」

「それならそれでもいい」とミシェルは答えた。「しかし、もう一度聞くけど、彼らはどうやって初速度を計算できたのかね？」

「これほど簡単なこともないよ」

「じゃあ、やろうと思えば君でも計算できたってことか？」とミシェル・アルダンは尋ねた。

「完全に。天文台の覚書のおかげで手間が省けていなければ、ニコルと私とで計算できただろう」

「そうかね、バービケイン君」とミシェルが応じた。「ぼくだったら、この問題を解決しろと頼まれるくらいなら、首をちょん切ってもらいたいくらいだよ。付け根から始めてね」

「それは君が代数を知らないからだよ」とバービケインが穏やかに答えた。

「ああ！　xの常食者たる君たちらしい言い草だな！　君たちときたら、代数と一言言えば、それで全部片がつくと思っているんだから！」

「ミシェル」とバービケインが言い返した。「君は、ハンマーなしで鉄を鍛えたり、犂なしで畑を耕したりできると思うか？」

「難しいだろうね」

「だろう。代数もそれと同じで、犂やハンマーみたいに道具なんだよ。それも、使い方を知っている者にとっては便利なね」

「本気で言っているのか？」

「本気も本気だよ」

「なら、ぼくの前でその道具を使ってみせてくれるかい？」

「興味があるなら」

「そして、ぼくらの客車の初速度をどうやって計算したか、教えてくれるかい？」

「いいよ、君。地球の中心から月の中心までの距離、地球の半径、地球の質量、月の質量といった、この問題を構成するすべてのデータを考慮に入れた上で、発射体の初速度がどれだけあればよかったのか、正確に決定してお目にかけよう。それも、単純な数式を一つ使うだけで」

「その数式とやらを見てみようじゃないか」

「見せるよ。ただ、地球と月が太陽の周りを回る公転を考慮した上で、両者の間で砲弾が実際に描く曲線を君に示すことはしないつもりだ。そうではなく、この二つの天体が不動であるかのように見做すことにするが、それで十分なのだ」

「どうして？」

「なぜって、それは、俗に言う「三体問題」[*]を解決しようとすることになるからだ。積分法もまだこの問題を解決できるほど進歩していない」

「おや」とミシェル・アルダンは人をおちょくる時の口調で言った。「数学にしてまだできないことがあるとは」

「もちろんだよ」とバービケインは答えた。

「結構！　積分法の分野では、月世界人たちの方が君たちの先を行っているかもしれんし！　ところで、積分法ってなんだい？」

「微分法の反対の計算法だよ」と真顔でバービケインが答えた。

「ご親切にどうも」

「別の言い方をすれば、微分がわかっている有限の量を求める計算ということになる」

「その方が少なくとも明快ではあるな」とミシェルは、これ以上に満足するのは無理といった顔つきで答えた。

「さて」とバービケインは続けた。「あとは紙きれと鉛筆の切れ端があれば、三〇分以内にお望みの数式を見つけて進ぜよう」

バービケインはこう言うと、仕事に没頭した。その間、ニコルは宇宙を観察し、朝食の支度は友人に任せた。

三〇分もしないうちに、バービケインが頭を上げ、ミシェル・アルダンに代数記号で埋め尽くされた紙を見せた。その真ん中に一際目立つ次の一般式があった。

$$\frac{1}{2}(v^2-v_0^2)=gr\left\{\frac{r}{x}-1+\frac{m'}{m}\left(\frac{r}{d-x}-\frac{r}{d-r}\right)\right\}$$

「で、どういう意味かね?……」とミシェルが尋ねた。

「これは、つまり」とニコルが答えた。「v^2引くv_0の自乗の二分の一は、grかける、r割るx引く一足すm'割るmかけるr割るd引くx引くr割るd引くrに等しい……」

「xを載せたyをzの上に乗せ、それがpに跨って」とミシェル・アルダンが吹き出しながら叫んだ。「それで、君にはこれが理解できるというわけか、大尉?」

「これ以上に明快なものもありゃしない」

「そうでしょうとも!」とミシェル。「一目瞭然だものな! まったく申し分ない!」

「つくづく口の減らん男だな!」とバービケインがやり返した。「代数を所望したのは君なんだから、喉元まで詰め込んでもらうよ!」

「いっそ縛り首にされる方がましだ!」

「確かに」と、その道の通らしく数式を検討していたニコルが応じた。「こいつはうまく考えたものだと思うよ、バービケイン。活力*の方程式の積分というわけだね。求める結果がこの式で得られることは間違いない」

「うーん、ぼくにも理解できればなあ!」とミシェルが叫んだ。「そのためなら、ニコルの寿命を一〇年分あげてもいい!」

「そういうことなら、まあ聞きたまえ」とバービケインが言った。「v^2引くv_0の自乗の二分の一とは、活力の変分の半分を求める式なのだ」

「結構。で、ニコルにはそれがどういう意味かわかるんだね?」

「その通りだよ、ミシェル」と大尉が応じた。「君にとってはカバラの記号みたいなこれらの記号も、読む術を心得ている者にとっては、この上なく明晰な、この上なくはっきりした、この上なく論理的な言語なのだ」

「で、君は、エジプトの鴇（とき）よりもわけがわからないこのヒエログリフを使えば、発射体に与えるべき初速度がわかるというつもりなのか?」

「異論の余地なくね」とニコルは答えた。「それどころか、この式を使えば、砲弾がその行程のどの地点にいる時であれ、その時の速度を君に教えてあげることさえできるよ」

「誓うかい？」

「誓うとも」

「ということは、君はぼくらの会長さんに負けないくらいの切れ者というわけか？」

「違うよ、ミシェル。難しいのは、バービケインがやったことさ。問題のすべての条件を考慮した方程式を組み立てることが難しいのだ。そこから先は算術の問題にすぎない。四則演算さえ知っていればいい」

「それだけでも大したもんだよ！」とミシェル・アルダンは応じた。彼は、その生涯において一度として満足に足し算ができたためしがなく、「無限に異なる和を得ることができる、中国語のようにちんぷんかんぷんな厄介事」と加法を定義していたのである。

　しかしながら、バービケインは、ニコルもその気になって考えれば、この数式を見つけ出していたに決まっていると断言した。

「それはなんとも言えないな」とニコルは言った。「この式は調べれば調べるほど、よくできていると思うからね」

「では、聞きたまえ」とバービケインが無知な仲間に向かって言った。「これらの文字にはすべて意味があることが君にもわかるだろう」

「承りましょう」とミシェルは観念した様子で言った。

「dとは」とバービケイン。「地球の中心から月の中心までの距離を表している。なぜなら、引力を計算するためには中心を取り上げなければならないからだ」

「それはわかる」

「rとは地球の半径だ」

「rは半径、と。了解」

「mは、地球の質量だ。m'は月の質量。実際、引力のある二つの物体の質量は考慮に入れないといけない。引力は質量に比例するからね」

「なるほど」

「gは重力、物体が一秒後に地球の表面に落下した時の速度を表す。クリアーかね？」

「湧き水のようにね！」とミシェルは応じた。

「では、発射体と地球の中心を隔てる距離は変化するので、これをx、そしてその距離における砲弾の速度をvによって表すことにする」

「結構」

「最後に、方程式中に現れるv_0は、砲弾が大気圏の外に出た時の速度を指す」

「実際問題」とニコル。「この地点における速度を計算しないといけないんだ。発射時点の速度が、大気圏の外に出る時の速度の二分の三倍だということはすでにわかっているわけだからね」

「もう理解不能だ！」とミシェル。

「しかし、とても単純なことなんだがね」とバービケイン。

「ぼくほどには単純じゃない」とミシェルはやり返した。

「つまり、われわれの発射体が地球の大気圏の限界に到達した時、それはすでに初速度の三分の一を失っているということさ」

「そんなに？」

「そうなんだ、君。大気の層との摩擦だけでね。君にもよくわかると思うが、速度が速くなればなるほど、空気から受ける抵抗も大きくなるんだ」

「それならなるほどと思える」とミシェルは答えた。「理解もできる。もっとも、君のv_0^2とv_0の自乗が、ぼくの頭の中で袋に入れた釘みたいに揺れているけど」

「代数初心者は誰でもそうなる」とバービケインが言った。「では、君に止どめを刺すべく、これらの記号の数値を確定しよう。要は、それぞれの値を数字で示すわけだ」

「止どめを刺してくれ！」とミシェルは答えた。

「これらの記号のうち、いくつかは数値がわかっているが、残りは計算しなければならない」とバービケインが言った。

「計算は私が引き受けた」とニコル。

「rから検討しよう」とバービケインが続けた。「rは地球の半径だから、われわれの出発点であるフロリダの緯度では、六三七万メートルとなる。d、すなわち地球の中心から月の中心までの距離は、地球半径の五六倍、ということは……」

ニコルは瞬時のうちに計算した。

「ということは、三億五六七二万メートルだ。月が近地点にある時、つまり、地球に一番近い距離にある時にはね」

「よし」とバービケインは言った。「では、m'割るm、言い換えれば、月の質量の地球の質量に対する比率だが、これは八一分の一になる」

「大変結構」とミシェル。

「gは重力で、フロリダにおいては九メートル八一センチ。ゆえに、grはといえば……」

「六二四二万六〇〇〇平方メートル」とニコルが答えた。

「で、お次は？」とミシェル・アルダンが尋ねた。

「記号が数値化されたから」とバービケインが答えた。「速度v_0の値を求める。つまり、引力の中立点に速度ゼロで到達するために、発射体が大気圏を出る際に持っていなければならない速度のことだ。中立点に達した瞬間には速度がないわけだから、これをゼロとし、中立点が存在する距離xは、d、すなわち二つの天体の中心を隔てる距離の一〇分の九で表される」

「そんなふうでなければならないというのは、なんとなくわかる」とミシェル。

「というわけで、xはdの一〇分の九、vはゼロ、したがって、私の数式はこうなる……」

バービケインは、素早く紙の上に書きつけた。

$$v_0^2 = 2gr\left\{1 - \frac{10r}{9d} - \frac{1}{81}\left(\frac{10r}{d} - \frac{r}{d-r}\right)\right\}$$

ニコルは食い入るような目つきでそれを読んだ。

「そう、これだよ！」と彼は叫んだ。

「明快かね？」とバービケインが尋ねた。

「だって、火で書かれているよりも明らかじゃないか！」とニコル。

「なんて無邪気な連中」とミシェルがぶつぶつ言った。

「結局、君はわかったのか？」とバービケインが尋ねた。

「わかったか、だと！」とミシェル・アルダンが叫んだ。

「まったくもって、今にも頭が破裂しそうだよ！」

「したがって」とバービケインが続けた。「v_0の自乗は、grの二倍かける、一引く一〇倍のr割る九倍のd引く八〇分の一かける一〇倍のr割るd引くr割るd引くrに等しい」

「さあ、これで」とニコルが言った。「大気圏を出る時の砲弾の速度を割り出すためには、あとは計算するだけでいい」

大尉は、百戦錬磨の実践家として、怖いくらいのスピードで計算を始めた。割り算と掛け算が彼の指の下で連なっていった。数字が白紙の上に霰のごとく降り注いだ。バービケインはそんな彼を目で追い、ミシェル・アルダンは、始まりかけた偏頭痛を両手で抑えつけていた。

「それで」と、数分の沈黙の後、バービケインが促した。

「それで、計算はすべて終わった」とニコルが答えた。「v_0、すなわち、大気圏を出る時の発射体の速度は、引力均衡点に到達するためには……」

「するためには？……」とバービケイン。

「最初の一秒で、一万一〇五一メートル」

「なに！」とバービケインが飛び上がりながら言った。

「今なんと言った！」

「一万一〇五一メートル」

「なんてこった！」と会長は絶望の身ぶりとともに叫んだ。

「どうしたんだ？」とミシェル・アルダンはびっくり仰天して訊いた。

「どうしたか、だと！　今の時点で速度がすでに三分の一は摩擦のせいで減っているとすれば、必要な初速度は……」

「一万六五七六メートルだったんだ！」とニコルは応じた。

「わかったか、だと！」とミシェル・アルダンが叫んだ。
「まったくもって、今にも頭が破裂しそうだよ！」

「なのに、ケンブリッジ天文台ときたら、出発時に一万一〇〇〇メートルあれば十分だと言ったもんだから、われわれの砲弾はその速度でしか出発していない！」

「ということは？」とニコルが尋ねた。

「ということは、それでは不十分だろう！」

「そうか」

「われわれは中立点までたどり着けない！」

「なんだって！」

「全行程の半分すら無理だ！」

「砲弾野郎！」発射体が地球という回転楕円体と今にも衝突しようとしているかのように跳び上がりながら、ミシェル・アルダンが叫んだ。

「そして、われわれは地球に落ちてしまうぞ！」

この新事実発覚は、青天の霹靂だった。誰がこのような計算間違いを予想できよう？　バービケインは信じたくない気持ちだった。ニコルは数字を見直した。正確だった。それらを導き出すために使われた数式はといえば、その正当性は疑いを容れず、検算した結果、中立点に到達するためには、最初の一秒間に一万六五七六メートルの初速度が必要であることに変わりはなかった。

三人の友人たちは押し黙ったまま顔を見合わせた。朝食など、もはやどうでもよい。バービケインは歯を食いしばり、眉を顰め、拳をわなわなと震えさせ、舷窓越しに外をじっと見ていた。ニコルは腕を組んだまま、自分の計算を調べていた。ミシェル・アルダンはこう呟いていた。

「これだから学者ってやつは！　やつらのやることといったらいつも同じだ！　ケンブリッジ天文台の上に墜落してやって、中にいる数字いじりの連中もろとも粉砕できるのなら、二〇ピストール*やってもいいくらいだ！」

突然、大尉が頭に閃いたことを口にして、バービケインをはっとさせた。

「ちょっと待てよ！」と彼は言った。「今は朝の七時だ。ということは、出発してから三二時間が経過している。全行程の半分以上が走破されたというのに、私の知る限り、われわれは落下していないぞ！」

バービケインは答えなかった。だが、大尉に素早く一瞥をくれると、コンパスを取り出した。地球の角距離*を測るためである。それから、底部の窓ガラスを通して観測を行ったが、それは、発射体の見かけの不動性もあって、極めて正確なものだった。そして彼は立ち上がり、汗の滴が光る額を拭いつつ、紙の上に数字をいくつか並べた。ニコルには、会長が、地球の直径の大きさから砲弾の地球までの距離を割り出そうとしていることがわかっていた。彼は不安を覚えながら見守っていた。

「そうだ！」とややあってバービケインは叫んだ。「われわれは落下していない！　われわれはすでに地球から五万リュー〔二〇万キロメートル〕以上離れているのだから！　出発時の速

二〇ピストールやってもいいくらいだ！

度が一万一〇〇〇メートルしかなかったとすれば、そこまでしか行けないはずの地点を通過してしまっている！　われわれは相変わらず上昇を続けているのだ！」

「当然そういうことになる」とニコルが応じた。「そして、われわれの初速度は、四〇万リーヴル〔一八万キログラム〕の綿火薬の圧力を受けて、要求された速度である一万一〇〇〇メートルを超えていたのだと結論しなければならない。そうすれば、発射からたった一三分後に、地球から二〇〇〇リュー〔八〇〇〇キロメートル〕以上離れたところを回っている第二の衛星と遭遇したことにも説明がつく」

「それに、その説明がいっそう妥当らしく思われるのは」とバービケインが付け加えた。「破砕性の隔壁の間に封じ込められていた水が放出されて、発射体がかなりの重量を急激に失った事実があるからだ」

「君の言う通りだ！」

「ああ！　ニコル君」とバービケインが叫んだ。「われわれは助かった！」

「そういうことなら」とミシェル・アルダンが平然と応じた。「助かったんだから、食事にしよう」

事実、ニコルは間違っていなかった。実に幸運なことに、初速度はケンブリッジ天文台が指定した速度を上回っていたのである。しかし、ケンブリッジ天文台が誤りを犯していたことに変わりはない。

取り越し苦労から解放された旅人たちは、テーブルについて賑やかに食事をした。たくさん食べたのはもちろん、それ以上によくしゃべった。「代数事件」を境に、信頼の念がいや増していたのである。

「ぼくらが成功しないわけなど、あるだろうか？」とミシェル・アルダンは繰り返すのだった。「目的地に到着できないわけもないだろう。ぼくらは打ち上げられた。行く手にはなんの障害もない。道には石一つ落ちていない。海と格闘する船の航路よりも、風に抗う気球の空路よりも、われわれの航路は自由なのだ！　然るに、船が望む場所に到着し、気球が好きなところまで上昇できる以上、どうしてぼくらの発射体が狙う目標に到達できないなどということがありえようか」

「到達するよ」とバービケインが言った。

「アメリカ国民に面目を施すためだけにもね」とミシェル・アルダンが補足した。「このような企てを成功に導くことができた唯一の国民、かのバービケイン会長を生みだすことのできた唯一の国民なんだから！　ああ！　一つだけ忘れていた！　今やなんの心配もなくなってしまったとなると、ぼくらはどうなってしまうのだろう？　盛大に退屈することになるのでは！」

バービケインとニコルは身ぶりで否定した。

「だが、ぼくはこんなこともあろうかと思ってね」とミシェル・アルダンは続けた。「きみたちは一言言ってくれさえすればいいんだ。チェスだろうが、チェッカーだろうが、トランプだろうが、ドミノだろうが、なんなりとお好きなものをどうぞ！　ビリヤードだけないがね！」

「なんだと！」とバービケインが尋ねた。「君はそんなガラクタを持ち込んだのか？」

「もちろん」とミシェルは答えた。「ぼくらの気晴らしのためだけじゃない。月の居酒屋に寄贈するという高邁なる趣旨もある」

「ねえ、君」とバービケインが言った。「もし月に住人がいるのなら、彼らは地球人より数千年は早く出現していたはずだ。月が地球より古いのは確かだからね。したがって、月世界人は数十万年前から存在していたことになり、彼らの脳がわれわれの脳と同じような構造だとすれば、彼らはわれわれが発明したものはとっくに全部発明してしまっているし、われわれがこれから先発明するものだってもう発明していることだろう。彼らにしてみればわれわれから学ぶことなどなにもなく、逆にわれわれの方は彼らからなにもかも学ばなくちゃならない」

「なんだって！」とミシェル。「月世界にも、ペイディアス[*]やミケランジェロやラファエロのような芸術家がいたというのか？」

「そうだ」

「ホメロスや、ウェルギリウスや、ミルトンや、ラマルティーヌや、ユゴーのような詩人も？」

「当然だろう」

「プラトンや、アリストテレスや、デカルトや、カントのような哲学者も？」

「いないはずがない」

「アルキメデスや、エウクレイデスや、パスカルや、ニュートンのような学者も？」

「誓ってもいい」

「アルナル[*]のような喜劇役者や、うう、その、ナダール[*]みたいな写真家も？」

「ああ」

「では、一つ聞くけど、バービケイン君。もし月世界人がぼくらと同じくらいやり手で、いや、それどころか、ぼくらよりも上手だと言うのなら、どうして彼らは地球と連絡を取ろうとしていないのかね？　なぜ地球まで月製の発射体を打ち上げなかったのだろう？」

「彼らがそれをしなかったと誰が君に言ったのかね？」とバービケインが真顔で質問した。

「実を言えば」とニコルが付け加えた。「同じことをわれわれがやるよりも彼らがやる方がずっと楽だっただろう。それには二つ、理由がある。一つ目は、引力が月の表面では地球の表面の六分の一だから、発射体はもっと容易に上昇できる、ということ。二つ目は、八万リュー〔三二万キロメートル〕ではなく、たったの八〇〇〇リューの高さまで発射体を打ち上げればいいということで、打ち上げに必要な力は一〇分の一ですむ」

「それじゃあ」とミシェルが続けた。「もう一度訊くけど、どうして彼らはそれをやらなかったのかね？」

「ならば私も繰り返すが」とバービケインがやり返した。「彼らがそれをやらなかったと君に言ったのは誰なんだ？」

「でも、それはいつの話だい？」

「何千年も前、まだ地球上に人類が出現していない頃の話だ」

「じゃあ、砲弾は？　砲弾はどこに行ったのかね？　砲弾を見せてもらおうじゃないか！」

「君」とバービケインは答えた。「地球の六分の五は海に覆われているんだよ。ってことは、仮に月製の発射体が打ち上げられたとして、それが今では大西洋か太平洋の底に沈んでいると想定すべき理由が立派に五つはあるじゃないか。地殻がまだ十分に形成されていない時代に、どこかの裂け目に埋まってしまった、というのでなければね」

「バービケイン君」とミシェルは言った。「君はどんな質問にも答えを用意しているんだな。ぼくは君の英知の前には頭を下げるよ。だがね、ほかのどんな仮説よりもぼくの心にかなう仮説が一つあってね。それは、月世界人はぼくらよりも劫を経ているから、智慧も勝っており、火薬など発明しなかったという説だよ！」

その時、ディアーヌがよく響く吠え声を上げて会話に口をはさんだ。彼女は朝食を要求していたのである。

「ああ！」とミシェル・アルダンが言った。「議論にかまけて、ディアーヌとサテリットのことを忘れていた！」

ただちに、ご馳走が供され、犬はそれをがつがつと平らげた。

「ねえ、バービケイン」とミシェルが言った。「この発射体を第二のノアの方舟にして、家畜を一揃い、つがいで連れて来るべきだったね！」

「確かに」とバービケインが答えた。「だが、場所が足りなかっただろう」

「なんの！」とミシェル。「多少詰め合えば！」

「実際」とニコルが応じた。「去勢牛、牝牛、雄牛、馬といった反芻類はどれも月の大陸でとても役に立つだろう。残念なことに、この客室を馬小屋にすることも、牛小屋に

ご馳走

することもできなかったが」

「でも、せめて」とミシェル・アルダンが言った。「ロバの一頭くらいは連れて来られただろうに。小さなロバを、それもたった一頭だけ、シレノス爺さんご愛用のあの勇敢で辛抱強いロバを！　ぼくはあの哀れなロバが好きでねえ！　被造物の中であれほど恵まれない境遇の動物もいない。生きている間だけではなく、死んだ後もぶちのめされるとは！」

「どういう意味かね？」とバービケインが尋ねた。

「だって」とミシェル。「太鼓皮はロバから作るじゃないか！」

この突拍子もない考察を聞いて、バービケインとニコルは思わず吹き出した。しかし、陽気な友人の上げた叫び声に、二人は口をつぐんだ。彼は、サテリットの寝床に向かって身をかがめていたが、ふたたび上体を起こして言った。

「よし、これでもうサテリットは病気じゃない」

「ああ！」とニコルが言った。

「そうなんだ」ミシェルは続け、「死んでしまった。これは」と情けない声を出した。「困ったことになった。かわいそうなディアーヌ、お前は月世界で犬の眷属の御祖になりそこねたぞ！」

事実、不運なサテリットは、怪我に打ち勝って生き延びることができなかったのだ。彼は息を引き取ったのであり、その命は完全に絶えてしまった。ミシェル・アルダンは、途方に暮れた様子で、二人の友人を見つめていた。

「問題が一つできたね」とバービケインが言った。「あと四八時間の間、この犬の死体と一緒にいるわけにはいかない」

「その通りだ」とニコルが応じた。「しかし、われわれの舷窓は蝶番で固定されている。開けられるわけだ。二つのうち一つを開けて、死体を宇宙に捨てようじゃないか」

会長はしばらく考え込んでいた。そして、言った。

「そうだな、そうしないといけないだろうが、でも万全の用心を期さないと」

「なぜだい？」とミシェルが訊いた。

「それには理由が二つあって、聞けば君も納得するだろう」とバービケインは答えた。「第一の理由は、発射体に閉じ込められている空気に関するものだ。可能な限り空気の損失を抑えなければならない」

「でも、空気なら作り直しているじゃないか！」

「部分的にはね。われわれが作り直しているのは酸素だけなんだよ、ミシェル君。——ついでながら、装置が酸素を過剰供給することのないよう、注意しよう。極めて深刻な生理学的トラブルの原因になる。それにしても、われわれは酸素こそ作り直しているが、窒素はその限りではない。媒介である窒素は、肺には吸収されないものの、温存されなければならない。ところが、舷窓を開けると、この窒素が急激に流出してしまうだろう」

「とはいっても、かわいそうなサテリットを放り出すくらいの時間なら！」

「うん、でも手早くすませよう」

「で、二番目の理由は？」とミシェルが尋ねた。

「二番目の理由は、外部の強烈な寒さが発射体の内部に侵入しないようにしなければならない、ということだ。生きたまま凍ってしまうおそれがある」

「でも、太陽が……」

「発射体は太陽光線を吸収するからね。だから太陽は砲弾を温めるが、われわれがその中に浮かんでいる真空は温めない。空気がないところには、散光がないように、熱もない。そして、太陽光線が直接届かないところでは、暗くなるのと同じように、寒くなる。したがって、この温度は、恒星放射の生み出す温度にほかならず、要するに、いつの日にか太陽の光が消えるようなことがあれば、地球が受けるであろう温度なのだ」

「そんなことは心配しなくてもいい」とニコル。

「それはどうかな」とミシェル・アルダンが言った。「それにだよ、仮に太陽が暗くならないとしてもだ、地球が太陽から遠ざかるということもありえるんじゃないか？」

「そら！」とバービケインが言った。「ミシェルがまた変なことを言い出したぞ」

「だってほら」とミシェルが続けた。「一八六一年に地球が彗星の尾を横切ったのは、誰しも知っていることじゃないか。そこでだ、太陽の引力を上回る引力の彗星があるとしよう。地球の軌道はさまよえる天体の方に向かって曲がり、その衛星となって、太陽の光の影響が地表には及ばない距離のところにまで引きずられるだろう」

「実際、そういうことは起こりうる」とバービケインが応じた。「だが、そうした移動の結果が、君の思うほどおそろしいものではない、ということも十分考えられる」

「そりゃまた、どうしてかね？」

「地球上では、寒さと暑さが依然として釣り合いを保つだろうからね。一八六一年の彗星に地球が引きずられていたとしたら、地球が太陽から最も遠く離れる際に受ける熱は、月がわれわれに送っている熱の一六倍にも及ばなかっただろうと計算されている。この熱は、最も強力なレンズの焦点に集められたとしても、特になんの作用も認められない程度なんだ」

「ということは？」とミシェル。

「まあちょっと待てよ」とバービケインは答えた。「別の計算によると、近日点、すなわち太陽から最も近い距離にある時はといえば、地球はいつも夏に受けている熱の二万八〇〇〇倍の熱を受けることになっていただろう。しかし、地球上の物質をガラス状に融解し、水分を蒸発させることができるこの熱は、分厚い雲の環を作り出し、極度の高温を和らげていただろう。そこから、遠日点における寒さと近日点における暑さが相殺し合い、平均気温はおそらくしのげる程度にはなる」

「しかし、惑星間空間の温度は何度くらいと見積もられているのかね?」とニコルが質問した。

「かつては」とバービケインが答えた。「極度に低いと考えられていた。温度計がどこまで下降するかを計算して、零下数百万度という数字にたどり着いていたんだ。この数字をより妥当な見積もりに直したのが、ミシェルの同国人で、科学アカデミーの著名な学者フーリエでね。彼によれば、宇宙の温度は、零下六〇度を下回らないそうだよ」

「ふうん!」とミシェル。

「これはだいたい」とバービケインは応じた。「極地方、例えば、メルヴィル島やリライアンス砦*で計測される温度、つまり、摂氏零下約五六度に近い」

「ただ」とニコルが言った。「フーリエが見積もりの際に勘違いをしていないかどうか、検証する必要は残っている。私の記憶違いでなければ、別のフランス人科学者、プイエ氏*が宇宙空間の温度を零下一六〇度と見積もっている。われわれの手でこの点を確かめよう」

「今はだめだ」とバービケインが答えた。「太陽光線が温度計に直接当たるから、逆に極めて高い温度を表示してしまうだろう。だが、われわれが月に到着した暁には、月の両面が交互に閲する一五日間続く一夜の間に、実験をする時間はたっぷりあるだろう。われわれの衛星は真空の中を動いているのだから」

「でも、君が言う真空ってどういう意味だい?」とミシェルが質問した。「絶対真空ってことかね?」

「完全に空気がない真空という意味だ」

「そして、空気の代わりになるものはなにもない?」

「いや、あるよ。エーテルだ」とバービケインが答えた。

「ああ! でもって、エーテルとは?」

「エーテルとは、君、重さのない分子の集まりなのだ。分子物理学の本によれば、その大きさに対して、宇宙において天体が互いに離れているのと同じくらい、ばらばらに離れて存在している。といっても、その距離は一ミリの三〇〇万分の一以下なんだがね。これらの原子が振動することで、光や熱が生み出されているのだ。その振動は一秒間に四三〇兆回、振幅は一万分の四から六ミリしかないという話だ」

「一〇億のそのまた一〇億倍と来るか！」とミシェル・アルダンが叫んだ。「計測して数えたわけだ、その振動とやらを！　バービケイン君、こういったことはどれもこれも学者の数字であって、耳はこわがらせても、精神にはなんら訴えるものがないよ」

「しかし、計算はちゃんとしておかないと……」

「その必要はない。比較する方がいい。一兆といったところでなんの意味もない。比較の対象が一つあるだけで、全部呑み込める。例えば、だ。天王星の体積は地球の七六倍、土星のそれは九〇〇倍、木星のそれは一三〇〇倍、太陽のそれは一三〇万倍だと君がぼくに向かっていくら繰り返しても、ぼくの方では、そうですか、で終わりだ。だからぼくとしては、『ドゥーブル・リエジョワ』*に載っている、昔ながらの愚直な譬えの方が好ましい。太陽とは直径二ピエ〔六〇センチメートル〕のペポカボチャであり、木星はオレンジ、土星はアピ、*海王星は黒サクランボ、天王星は大きいサクランボ、地球はエンドウ豆、金星はグリーンピース、火星は大きいピンの頭、水星は辛子の実、ジュノー、ケレス、ヴェスタ、パレス*は単なる砂粒というように！　これだったら、少なくともなんの話かわかるというものだ！」

学者連中、そして、彼らが眉一つ動かさず並べ立てる何兆という数字に、ミシェル・アルダンがこうしてけんつくを食わせた後、サテリットの葬送が執り行われた。船乗りたちが遺体を海に投げる時と同じ要領で、ただ宇宙空間に放り出すだけのことである。

しかし、バービケイン会長が釘を刺していたように、その弾性ゆえに宇宙へと急速に流出しかねない空気をできるだけ失わないよう、てきぱきと事を運ぶ必要があった。開口部が約三〇センチある右側の舷窓*のボルトが慎重に外される一方、悲しみに暮れるミシェルが彼の犬を宇宙に投げ出そうと身構えた。発射体の壁に内側からかかっている空気の圧力に打ち勝つことのできる強力な梃子で操作されたガラス窓が蝶番を軸として素早く回転し、サテリットは外に投げ出された。空気の分子が少々漏れ出したかどうかといった程度で、作業は実にうまくいった。そのため、後になって、バービケインは、客室の場所塞ぎになっている無用なゴミを厄介払いするのに、この方法を用いることをためらわなかったのである。

サテリットは外に投げ出された

第六章　質疑応答

一二月四日、旅人たちが目を覚ました時、クロノメーターは地球上における午前五時を指していた。飛行開始から五十四時間が経過していた。時間でいえば、発射体における滞在期間の半分を五時間四〇分超過していたが、旅程の上では、全行程の一〇分の七近くをすでに消化していた。速度が一定の割合で減少しているために、このようなことが生じるのである。

底部の窓から地球を観察すると、それはもはや太陽光線に埋もれた暗い染みのようにしか見えなかった。三日月もなければ、月球照もない。翌日の真夜中に月が満月になるのとちょうど時を同じくして、地球は新月となる。頭上では、指定された時刻に発射体と遭遇できるよう、夜を司る天体が、砲弾の直線軌道にますます近づきつつあった。ぐるりには、ゆっくりと動いているように見える輝く点をちりばめた、黒い円蓋。しかし、これらの星との間には相当な距離があったため、その相対的な大きさが変わっているようには見えなかった。太陽にせよ、そのほかの星々にせよ、地球から見る時とそっくり同じように見えた。一方、月はかなり大きくなっていた。だが、旅人たちの望遠鏡は、結局のところ大して強力ではなかったため、月面を有益に観察することも、地形的および地質的特徴を識別することもできなかった。

そういう次第で、いつ果てるとも知れぬおしゃべりのうちに時間は過ぎて行った。特に話題にのぼったのは月である。それぞれが独自の知識を持ち寄った。バービケインとニコルは相変わらずの真面目さで、ミシェル・アルダンはいつもながら空想の赴くままに。発射体、その位置、その方向、起こりうる突発事、月に落下する際に必要となる用心、これらが尽きることのない憶測の源になったのだ。

そう言えば、昼食の席で発射体に関してミシェルの発した質問が、バービケインから引き出した解答には、まさに興味津々たるものがあったので、報告に値する。

ミシェルは、発射体が依然としてその凄まじい初速度に動かされていた段階で、急に停止させられるようなことがあったとすれば、いかなる結果が生じていたのか、知りたがったのだ。

「しかし」とバービケインは答えた。「どうやったら発射体が停止させられるようなことがありうるのか、私には見当もつかないな」

「あくまでも仮定の話としてだよ」

「ありえない仮定だ」と空理空論を受けつけないバービケインは反論した。「推進力が不足したとすれば話は別だが。しかし、その場合にしたって、速度は徐々に落ちるだろうから、急に止まるなんてことはありえない」

「宇宙でなにかと衝突したとしたらどうかね」

「なにと？」

「ぼくらが遭遇したあの巨大な火球とか」

「その場合には」とニコルが言った。「発射体は、われわれもろとも千々に砕け散っていたろうね」

「それどころか」とバービケインが応じた。「生きたまま焼かれていただろう」

「焼かれていた！」とミシェルが叫んだ。「いやはや！「ものは試し」でそういう目に遭わなかったのが残念だ」

「さぞかし目にもの見せられていただろう」とバービケインが答えた。「熱というのは運動の変形にすぎないことが今ではわかっている。水を熱する、つまり、水に熱を加えれば、水の分子に運動を与えることになるのだ」

「へえ！」とミシェル。「よくできた理論じゃないか！」

「それに正しい理論でもあるんだよ。熱原理の現象はこれですべて説明できるからね。熱とは、分子の運動、物体を構成する粒子の単なる振動にすぎないのだ。ブレーキをかければ、汽車は止まる。しかし、汽車を動かしていた運動はどうなったのか？　それは熱に変わり、ブレーキを熱くする。車軸に油を差すのはなぜか？　車軸が熱くなるのを防ぐためだ。この熱は、変形することで失われた運動そのものだから。わかったかい？」

「わかったかって！」とミシェルは答えた。「素晴らしくよくわかったよ。例えば、ぼくが長い間走って、汗だくになり、大粒の汗をかく時、なぜ止まらざるをえなくなるのか？　それは、ぼくの運動が熱に変わったからである！」

ミシェルのこの受け答えを聞いて、バービケインは微笑を抑えられなかった。それから、理論的説明を続けた。

「そういうわけで、衝撃の際には、金属の板にぶつかって燃えながら落下する弾丸と同じことが発射体にも起こっていただろう。運動が熱に変わったわけだ。したがって、われわれの砲弾が火球と衝突した場合には、その速度が急激に無化されて、一瞬にして砲弾を気化させるほどの熱を発生させたはずだ。そう断言していい」

「では」とニコルが尋ねた。「地球の公転運動が突然止まってしまったら、どういうことが起きるのだろう?」

「温度が急激に上昇するあまり」とバービケインは答えた。「地球はたちまち気化してしまうだろう」

「結構」とミシェル。「それで世界は一巻の終わりって寸法だな。いろいろと手間が省けていい」

「で、もし地球が太陽に落ちるとすれば?」とニコルが言った。

「計算によれば」とバービケインは答えた。「その墜落によって、地球と同じ体積の石炭の球を一六〇〇個燃焼した時と同じだけの熱が発生する」

「太陽にしてみれば、結構な温度上昇だな」とミシェル・アルダンがまぜっ返した。「それで天王星や海王星の住人が文句を言うこともなかろう。彼らは自分たちの惑星の上で凍え死にしそうになっているはずだから」

「というわけで、君たち」とバービケインが続けた。「突然中断させられた運動はすべて熱を発生させるのだ。そして、この理論のおかげで、日輪の熱は、その表面に絶え間なく霰のように降り注ぐ火球によって供給されている事実が認められる。こんな計算すらなされている……」

「用心しなければ」とミシェルがぶつくさ言った。「数字が攻めてくる」

「こんな計算すらなされている」とバービケインは顔色一つ変えずに続けた。「太陽に対する火球の衝撃は、一個につき、同じ体積の石炭の塊が四〇〇〇個燃焼する時と同じだけの熱を発生させるという」

「で、太陽の熱はどのくらいなのかね?」とミシェルが質問した。

「二七キロの厚さで太陽を覆う石炭の層が燃焼した場合に生じる熱に匹敵する」

「で、その熱は?……」

「一時間につき二九億立方ミリアメートル[*]の水を沸騰させられる」

「それなのに、その熱でぼくらが焼かれてしまうことはない、というのか?」とミシェルは叫んだ。

「そうなんだ」とバービケインは答えた。「大気が太陽の熱の一〇分の四を吸収してしまうからね。おまけに、地球が受ける熱の量は、全輻射の二〇億分の一にすぎない」

「万事うまくできているものだね」とミシェルが応じた。「大気というのは便利な発明じゃないか。おかげでぼくらは呼吸もでき、おまけに焼かれずにすむ」

「そういうことだ」とニコルが言った。「ただ、不幸にして月ではそうはいかない」

「へっ!」と決して希望を失わないミシェルが言った。「住人がいるのなら、彼らは息をしていることになる。いないのなら、三人分はたっぷり酸素を残してくれていることになる。空気は重さで深い谷底に沈んでいて、そこにしか集まっていないとしても。それならそれで、山には登らないまでのことだ！」

　そして、ミシェルは立ち上がり、じっと見ていられないほどの輝きを放っている月の円盤を眺めに行った。

「ちえっ！」と彼は言った。「あそこはさぞかし暑いんだろうな！」

「ただでなくても、一日が三六〇時間も続くとあってはね！」とニコルが答えた。

「その代わり」とバービケインが言った。「夜も同じだけの時間続くし、輻射によって熱が宇宙に戻されるから、その間の温度は、惑星間空間のそれと同じでしかないはずだ」

「なんて素敵な国なんだ！」とミシェル。「なんだろうと構うものか！　今すぐにでも行きたいもんだ！　どうだい、君たち！　地球を月の代わりにして、地平線から昇るのを拝み、あれがアメリカだ、あれがヨーロッパだ、という具合に、大陸の形を見分け、太陽の光の中に消えてしまうまで目で追いかけるのは、なかなか乙なものに違いない！　そう言えば、バービケイン、月世界人にとっても蝕は存在するのだろうか？」

「あるよ、日蝕なら」とバービケインは答えた。「三つの天体の中心が同一直線上に並んだ時には、地球が真ん中に来るからね。しかし、起こるのは金環日蝕だけなんだ。太陽の上に地球が遮蔽板のように投げかける影は、太陽の大部分を隠せないのだ」

「では、どうして」とニコルが尋ねた。「皆既日食は起こらないのかね？　地球の投げる本影は、月の向こうまで延びているじゃないか？」

「地球の大気による屈折を考慮に入れないのであれば、答えはイエス、考慮に入れれば、ノーだ。したがって、δ'を水平視差、p'を見かけの半径とすれば……」

「げっ」とミシェル。「またv_0の自乗の二分の一かね！……誰にでもわかるように話していただけないものだろうか、代数の申し子さんよ！」

「そうだな、話し言葉で言えば」とバービケインは答えた。「月と地球の間の平均距離は地球の半径の六〇倍、本影の円錐の長さは、屈折によって、半径の四二倍弱にまで短縮される。結果として、日蝕に際して月は本影それ自体の外に出てしまい、太陽の縁の部分の光だけではなく、中心部の光まで月に届くことになるのだ」

「それじゃあ」とミシェルはひやかし気味に言った。「あるはずのない日蝕がなぜあるのかね？」

「太陽光線が屈折によって弱められ、大気を通過する際にその大部分が消されるからという、ただそれだけのことだよ！」

「なるほど」とミシェルは答えた。「それにまあ、実際にその場に行ってみればこの目で見られるわけだ。ところで、ねえ、バービケイン、君は、月が元々は彗星だったと思うかい？」

「大層な思いつきだな！」

「そうとも」とミシェルは、どんなもんだいと言いたげな顔つきで応じた。「この手の思いつきなら多少は持ち合わせがあるんだ」

「でも、ミシェルの独創じゃないよ、その思いつき」とニコルが口をはさんだ。

「いいとも！　ぼくは単なる盗作野郎というわけだ！」

「その通りだよ」とニコルは答えた。「古代人の証言するところによれば、アルカディア人は、月が地球の衛星になる以前から、自分たちの祖先は地球に暮らしていたのだと主張している。この事実に基づいて、月は彗星であり、ある日、地球の引力に捕えられるくらい近くまで、その軌道が地球に接近したのではないかと考える学者が何人かいた」

「で、その仮説はどの程度まで正しいのかね？」とミシェルが質問した。

「一から一〇まで正しくないよ」とバービケインが返答した。「その証拠に、彗星につきもののガス状の覆いがあったという痕跡が月には残っていない」

「でも」とニコルが改めて言った。「地球の衛星になる前に、近日点でガス状の物質が蒸発してしまうくらい太陽に近づいたということは考えられないかな？」

「考えられるね、ニコル君。だが、ありえそうにない」

「なぜ？」

「なぜかと言えばね……それが正直なところ、私にもなぜだかさっぱりわからん」

「ああ！　知らないことをすべて集めて本にしたら」とミシェルが叫んだ。「何百冊と本ができるだろうな！」

「そう言えば、今何時だ？」とバービケインが尋ねた。

「三時だ」とニコルが答えた。

「ぼくらみたいな物知りが話をしていると」とミシェルが言った。「時間が経つのが本当に早いね！　まったく、ちょっと勉強のしすぎという気がする！　知識の井戸にでもなったような気分だ！」

　こう言いながら、ミシェルは、いつものように「月をよく見るため」と称して発射体の丸天井までよじ登って行った。その間、友人たちは、底の窓ガラスから宇宙を眺めていた。特に変わったことはなにもなかった。

ミシェル・アルダンはふたたび下りてくると、舷窓に近寄った。そして、突然、あっと驚きの叫びを上げた。

「どうした?」とバービケインが尋ねた。

会長は窓ガラスに近づき、ぺちゃんこになった袋みたいなものが、発射体から数メートルのところを漂っているのに気がついた。その物体は、砲弾と同様、動いていないように見えた。したがって、砲弾と同じ上昇運動をしているのだ。

「あの代物はなんなんだろう?」とミシェル・アルダンは繰り返していた。「宇宙の塵がぼくらの砲弾の引力の圏内に引き留められて、月まで一緒に来るんだろうか?」

「私にとって驚きなのは」とニコルが応じた。「あの物体固有の重さは、まず確実に砲弾の重さを下回っているにもかかわらず、あれほど厳密に同じ高さを保っていられる、ということなんだ」

「ニコル」とバービケインは、しばらく考え込んだ後、返答した。「あの物体がなんなのか、それは私にもわからないが、あれがなぜ発射体の真横にずっといるのか、その理由なら完全にわかるよ」

「で、それはなぜ?」

「われわれが真空の中に浮かんでいるからだよ、親愛なる大尉殿。真空の中では、物体は——どちらでも同じことだが——同じ速度で落ちたり、動いたりするのだ。重さや形状のいかんにかかわりなくね。重さによって違いが出てくるのは、空気の抵抗が原因なんだ。排気ポンプで管の中を真空にし、埃であれ、鉛の粒であれ、その中に物を放り込めば、それらは同じ速度で落下する。ここ宇宙でも、同じ原因、同じ結果だよ」

「その通りだ」とニコルが言った。「われわれが発射体の外に放り出すものはすべて、月まで一緒に旅をすることになるわけだ」

「ああ! なんてぼくらは馬鹿なんだろう!」とミシェルが叫んだ。

「なぜそんな言い方をするのかね?」とバービケインが尋ねた。

「本でも、機器でも、道具でも、役に立つものはなんでも発射体に詰め込んでおくべきだったからだよ。それらを全部外に放り出しておけば、「みんな」ぞろぞろとついてきただろうに! いや待てよ。なぜ、ぼくらもあの火球のように、外に出て散歩をしてはいけないんだ? どうして舷窓から宇宙に飛び出さない? エーテルの中に宙吊りにされる気分たるや、もう最高だろうな! 身を支えるためには絶えず羽ばたいていなければならない鳥など比較にならないくらい、恵まれているのだから!」

なおも、上昇を続けていた！

「それはいいが」とバービケインが言った。「でも、どうやって呼吸する気だ？」

「空気の野郎め、肝心な時に限っていないんだからな！」

「しかし、仮に空気があったとしても、ミシェル、その場合は君の密度が砲弾より低いから、たちまち取り残されてしまうよ」

「循環論法というわけだ」

「ここに極まれり、だね」

「そして、客室の中に閉じ込められたままでいなければならない、と？」

「そうしなければならない」

「あっ！」とミシェルが大音声を張り上げた。

「どうした？」とニコルが尋ねた。

「この火球もどきがなんなのかわかったぞ、正体を見破ったんだ！　あれはぼくらについてきた小惑星じゃない！　惑星のかけらだなんて、とんでもない」

「じゃあなんなのかね？」とバービケインが訊いた。

「あれはかわいそうなぼくらの犬だよ！　ディアーヌの亭主だよ！」

　事実、様変わりして見る影もなくなり、なにものでもなくなったあの物体は、しぼんだ風笛（バグパイプ）の袋のようになってしまったサテリットの死体だったのであり、それは、なおも、

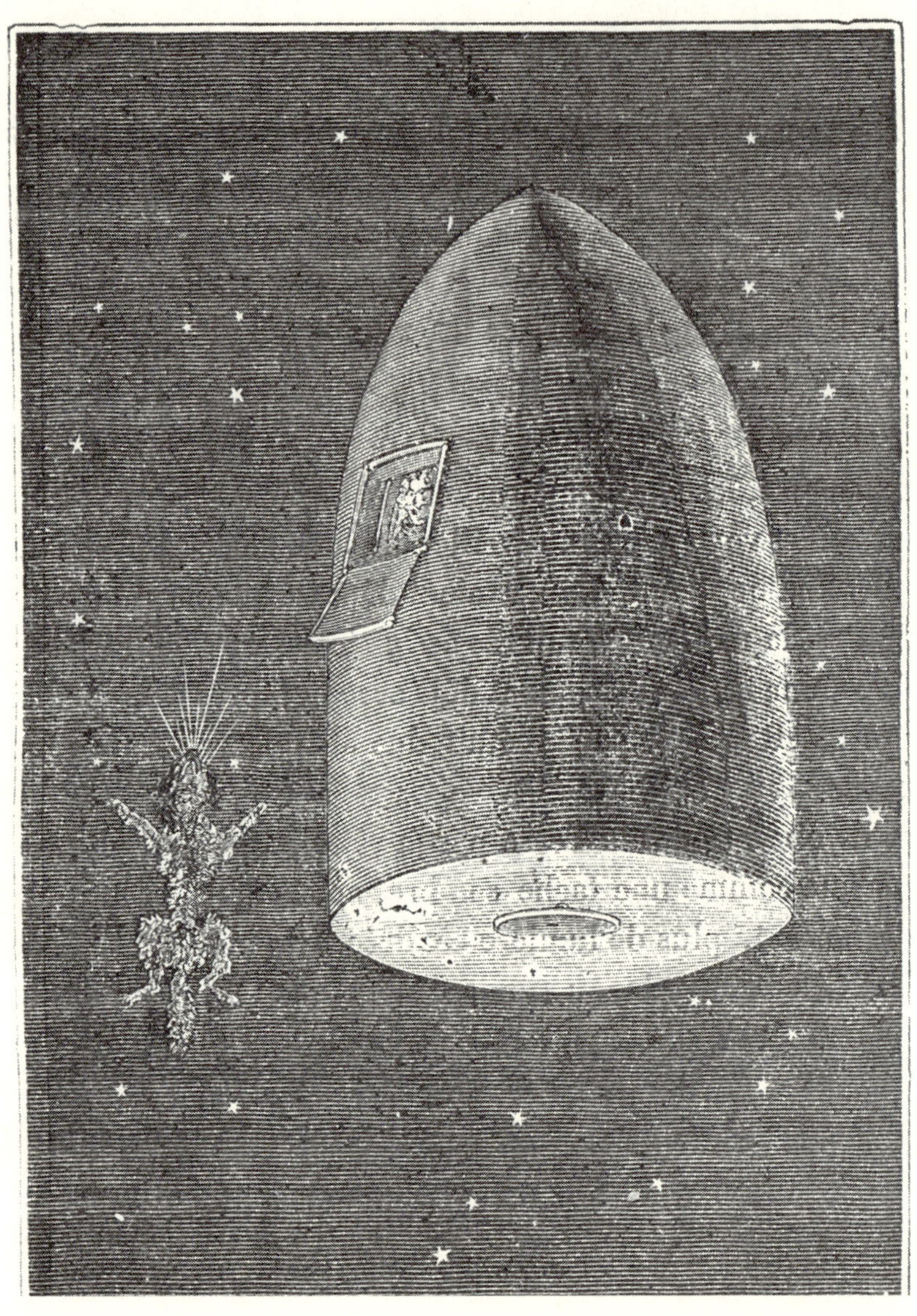

それは死体だった

このようにして、奇妙ではあるが論理的な、奇怪ではあるが説明可能な現象が、この特殊な条件下に生じたのであった。発射体の外に投げ出された物体は、なんであれ、砲弾と同じ軌道をたどらなければならず、砲弾が止まらない限り止まれない。一晩中話し合っても足りないくらいの話題だった。おまけに、旅の終わりが近づくにつれ、三人の旅行者の感情は昂りつつあった。彼らは、思いがけないもの、見たこともない現象の数々を待ち構えていたので、彼らの置かれていたような精神状態では、どんなことが起きても驚きはしなかっただろう。過度に研ぎ澄まされた彼らの想像力は、発射体を先回りしていた。彼らはまるで感じていなかったが、砲弾の速度は目立って減少していた。しかし、彼らの目に映る月は大きくなっており、手を伸ばしさえすればつかめるものと早くも信じて疑わなかった。

翌日の一一月〔原文ママ〕五日、三人とも朝の五時にはもう起き出していた。計算が正しければ、この日は旅行最終日となるはずであった。その日の夜のうちに、すなわち、一八時間後に真夜中を迎え、月が満月となるまさにその瞬間に、彼らはその輝く円盤に到着するだろう。来る真夜中をもって、古代と現代を通じて、人類史上最も驚異的なこの旅行は完結するだろう。というわけで、彼らは朝早くから、月光で銀色になっている舷窓を通して、信頼にあふれた、楽しげな声で夜の天体に万歳を送ったのであった。

月は、星の散りばめられた天空を威風堂々と進んでいた。あと何度分か進めば、発射体と遭遇することになっている正確なポイントに到達するだろう。自らの観測に基づき、バービケインは、広大な平原が広がり、山が少ない北半球に着地するだろう、と計算した。多くの人が考えているように、月の大気が谷間にしか集まっていないのであれば、この状況は好都合である。

「それに」とミシェル・アルダンが指摘した。「どちらかといえば、山よりも平原の方が着陸地点にはふさわしい。ヨーロッパならモンブランの頂上に、アジアならヒマラヤのてっぺんに月世界人が下ろされたとしても、厳密な意味では着地したことにならんよ！」

「おまけに」とニコル大尉が付け加えた。「平らな地面の上であれば、発射体は着地した後、そのまま静止していられる。これが逆に傾斜地だと、雪崩を打つように転げ落ちてしまうだろう。われわれはリスじゃないんだから、無事ではすまないだろう。つまり、万事われわれに味方しているってわけだ」

実際、大胆な企ての成功はもはや疑いなしと思われた。しかしながら、ある一つの考えがバービケインの心には引っかかっていた。だが、二人の友人を心配させたくなかったので、彼はこのことを口には出さずにいた。

事実、発射体が北半球に向かっている事実は、その軌道がわずかに変わったことを証明していた。数学的に計算された発射の結果、砲弾は月の円盤のど真ん中に着弾するはずだったのだ。着弾点がそこでないとすれば、それは、逸脱が生じたということである。その原因はなにか？　バービケインには想像も及ばないことだったし、この逸脱の程度を特定することもできなかった。判断のための基準点となるものがなかったからである。彼としても、逸脱によって砲弾が着地に好都合な月の上端に向かうだけですめば、とは願っていたのであるが。

バービケインは、そんなわけで、友人たちには懸念を打ち明けず、砲弾の針路が変わらないかどうか判断しようとして、月を頻繁に観測するにとどめた。砲弾が的を外して月の彼方に運ばれ、惑星間空間に飛び出しでもしようものなら、それこそ一大事だったからである。

この時、月は、円盤のように平らに見えるのではなく、すでに丸味を感じさせるようになっていた。太陽の光が斜めから当たっていたのであれば、影が差し、くっきりと浮かび上がる高い山々を際立たせていただろう。ぽっかり口を開けた火山の深淵を覗き込むこともできただろうし、平原の広がりに気まぐれな縞模様を描く溝を視線でたどることもできたであろう。だが、こうした起伏はすべて、強烈な照り返しの中で平らに均されてしまっていた。人の顔のような外観を月に与えている大きな染みが辛うじて見分けられるだけだった。

「顔なら顔でもいいが」とミシェル・アルダンは言うのだった。「アポロンの愛すべき姉御があばた面とは、なんともお痛わしい！」

しかしながら、ここまで目的地に迫った旅行者たちは、この新世界を観察することをもはや止めようとはしなかった。想像力がこの未知なる国々に彼らを連れ回していたのだ。彼らは高い頂によじ登った。大きな圏谷*の底に降りた。稀薄な大気の下にあって事実上野放しになっている広大な海を、山の貢物を海に注ぎ込む水の流れを、そこかしこで目にしたような気がした。深淵の上に身を乗り出し、真空の孤独の中で永遠に押し黙るこの天体が漏らすざわめきを、聞きつけられないものかと思った。

この最後の一日は、潑溂たる思い出を彼らの心に残した。そのどんなに些細な点であろうと、彼らは逐一記録していた。終着点が近づくにつれ、漠然とした不安に彼らは捕えられていくのだった。自分たちの速度がいかに取るに足らぬものであるか感じられていたとすれば、この不安はさらに倍加していただろう。この速度では、目的地に到着するには到底足りないように感じられたことだろう。その時には、発射体はもはやほとんど「重くなく」なっていたのである。その重量は絶えず減りつづけ、月の引力と地球の引力が互いを打ち消し合い、実に驚くべき効果が現れるあの線上に至って、完全に消滅するだろう。

とはいうものの、さまざまな気がかりにもかかわらず、ミシェル・アルダンはいつもの規則正しさで朝食の支度を忘れはしなかった。三人とも、もりもりと平らげた。ガスの熱で液化されたブイヨンほど素晴らしいものなど考えられなかった。保存肉に勝るものがあるとは思えなかった。何杯かの上質のフランスワインが錦上に花を添えた。そして、ミシェル・アルダンは、この点に関連して、これほど赫奕たる太陽に暖められている月のブドウ園は、最高に味わい深いワインを蒸留させるに違いない、と指摘した――月にブドウ園が存在していれば、の話だが。いずれにせよ、この目先のきくフランス人は、メドックとコート・ドールの貴重なブドウの苗を少々荷物に忍ばせることを心して忘れなかったのであって、これらの苗に彼は特に期待をかけていたのである。

レゼとルニョーの装置は、相変わらず極めて正確な作動をつづけていた。空気の清浄さは完璧に維持されていた。炭酸の分子は、一つの例外もなく、苛性カリに抵抗できなかったし、酸素は、ニコル大尉によれば、「間違いなく第一級の品質」とのことだった。発射体の中に閉じ込められたわずかな水蒸気は、空気と混じり合い、乾燥を和らげていた。パリ、ロンドン、ニューヨークにある多くのマンション、そして多くの劇場が、衛生的に見て、ここほど良好な状態にないのは確実だった。

だが、装置が規則正しく作動するためには、それを完璧な状態に保っておかなければならない。そういうわけで、毎朝、ミシェルは排出制御装置を点検し、コックをテストし、高温計でガスの熱を調節した。その時まではなにもかも順調に来ており、旅人たちは、尊敬すべきJ＝T・マストンの先例を見習って、肉付きがよくなりつつあった。この監禁生活がさらに数か月つづいていたら、彼らは別人のようになってしまっていただろう。一言で言えば、彼らは籠の中のヒヨコと同じように振る舞っていた。すなわち、肥え始めたのである。

犬の亡霊や、発射体の外に投げ出され、砲弾にしつこくまとわりついている色々なものが、舷窓越しに外を眺めたバービケインの目に入った。サテリットの死骸に気づいたディアーヌが悲哀に満ちた吠え声を上げた。これら漂流物は、堅固な地面の上に置かれているかのごとく、まったく動いていないように見えた。

「ねえ、君たち」とミシェル・アルダンが言った。「ぼくらのうち誰か一人が発射の時の反動で命を落としていたとしたら、埋葬、いや、なんと言ったらいいかな、「エーテル葬」か、ここではエーテルが大地の代わりだから、「エーテル葬」か、それをするのはさぞつらいことだったろうねえ！　まるで良心の呵責のように、宇宙を恨めしげな死体がついてくるなんて、考えてもみなよ！」

「痛ましい眺めだったろうな」とニコルが言った。

「ああ！」とミシェルは続けた。「残念なのは、外を散歩できないってことだ！　輝かしいエーテルの中を漂い、太陽の純粋な光線を浴びて、その中を転げ回るのは、なんていい気分だろうな！　バービケインが潜水服と空気ポンプをそなえつけることを考えてくれてさえいたら、ぼくは思いきって外に飛び出し、砲弾のてっぺんでキマイラやヒッポグリフ*のポーズをとってみせたんだが」

「そうは言うがね、ミシェル君」とバービケインが答えた。「君はそう長いことヒッポグリフを気取ってもいられなかったろう。潜水服を着用しているといっても、君の体内の空気が膨張して、榴弾よろしく、というよりはむしろ、空に高く上がりすぎた気球みたいに、破裂していただろうからね。だから、なに一つ残念に思う必要はないよ。そして、これだけはよく覚えておくことだ。真空の中に浮かんでいる限り、君が感傷的な理由から発射体の外に出て散歩をすることは、いっさいまかりならん、ということをね！」

ミシェル・アルダンは、ある程度までは納得した。それが困難な芸当であることは認めたものの、「不可能」だとは口が裂けても言わなかったのである。

会話はこうした話題から別の話題へと移り、一瞬たりともだれることがなかった。春の最初の陽気で若葉が芽吹くように、このような状況下では、思考が脳から芽吹くように三人の友人たちには思われた。彼らは自分たちの頭がふさふさになったような気がした。

この午前中に交わされた質疑応答のさなかに、ニコルが誰にも即答できない疑問を提起したのである。

「ぼくはキマイラのポーズをとってみせたんだが」

「ああ、そう言えば！」と彼は言った。「月に行くのは結構なことだが、どうやって帰るのかね？」

問われた二人は、びっくりしたような顔でお互いを見合った。そんな想定はいま初めて聞いたとでも言わんばかりだった。

「ニコル、それはどういう意味かね？」とバービケインが詰問した。

「まだ着いてもいないうちから」とミシェルが付け加えた。「もうその国から帰りたがるなんて、ずれた話だと思うが」

「尻ごみしたくて言ってるんじゃない」とニコルは反問した。「だが、質問は繰り返すぞ。どうやって帰るんだね？」

「そんなこと知るもんか」とバービケインが答えた。

「ぼくなんぞ」とミシェルは言った。「帰り方がわかっている場所になぞ、そもそも行こうとすら思わなかっただろうよ」

「なんという答えだ」とニコルは叫んだ。

「ミシェルの言う通りだと思うし」とバービケインが言った。「今この瞬間に考えるべき興味のある問題でもない。もう少し後になってから、帰るべきだと思った時に考えればいい。あちらではコロンビアード砲はもはやないにせよ、発射体の方は相変らずあるわけだから」

「ご立派な進歩だよ！　鉄砲なしの弾とはね！」

「鉄砲なら」とバービケインが応じた。「作れる。火薬だってできる！　金属類も、硝酸カリウムも、石炭も、月の胎内にないはずがない。第一、帰るには月の引力に打ち勝ちさえすればいいわけで、八〇〇〇リュー〔三万二〇〇〇キロメートル〕の高さまで行ければ十分なのだ。そこから先は、もっぱら重力の法則に頼るだけでふたたび地球に落下できる」

「もういい」とミシェル・アルダンが勢い込んで言った。「帰りの話はこれでもうおしまい！　すでにいやというほど話したぞ。地球にいるかつての仲間たちとの連絡だが、こいつは難しくないね」

「どうするつもりかね？」

「月の火山から打ち上げられる火球を使えばいい」

「いいところに目をつけたね、ミシェル」とバービケインは感心したような口ぶりで答えた。「われわれが通常使用している大砲の五倍の威力があれば、火球を月から地球まで飛ばせるとラプラスが計算している。ところで、どんな火山でも、これ以上の推進力があるからね」

「いいぞ！」とミシェルが叫んだ。「火球ってやつは、おあつらえ向きの郵便配達人だね。しかも無料と来た！　郵便局なぞ、てんでお笑い草だ！　待てよ、たった今思いついたんだが……」

「なにを？」

「すごくいいアイデアなんだ！　なぜぼくらの砲弾に電線を引っ掛けておかなかったんだろう？　そうすれば地球との間で電報を打てたのに！」

「冗談じゃない！」とニコルが反発した。「君は、八万六〇〇〇リュー〔三四万四〇〇〇キロメートル〕もある電線の重さをなんでもないとでも思っているのか？」

「なんでもないさ！　コロンビアード砲の火薬を三倍にすりゃよかったんだ！　四倍でも、五倍でもいい！」とミシェルは叫んだ。その口調は次第に猛々しい抑揚を帯びてきた。

「君の提案には、一つだけ、ちょっとした難点がある」とバービケインが応じた。「地球の自転運動の間に、ちょうど鎖が巻揚機（キャプスタン）に巻きつくように、電線が地球に巻きついてわれわれを否応なく地上に引き戻してしまっただろう、ということだ」

「連邦三九星の名にかけて！」とミシェル。「要するに、ぼくときたら、今のところ実現不可能なことばかり、思いつくんだな！　J＝T・マストンそこのけといったところか！　でも、考えてみると、ぼくらの方では地球に戻れないとしても、J＝T・マストンはぼくらと再会しにやって来られるわけだ！」

「その通り！　彼ならやって来るだろう」とバービケインは返答した。「尊敬すべき、勇敢な仲間だからね。おまけに、これほどたやすいこともない。コロンビアード砲はフロリダの地面に掘られたままになっているじゃないか！　綿火薬を作るのに必要な綿と硝酸が足りないなどということがありえようか？　月はふたたびフロリダの天頂を通るではないか？　一八年後に、月は今ある場所にまた戻ってくるではないか？」

「そうだ」とミシェルは鸚鵡返しした。「そうだ、マストンはやって来る。彼と一緒に、エルフィストンも、ブロンズベリーも、ガン・クラブの全会員がやって来る。そして、彼らは大歓迎を受けるのだ！　その後で、もう少ししたら、地球と月の間に砲弾列車が就航するだろう！　J＝T・マストン万歳！」

　名誉あるJ＝T・マストンが、彼の栄誉を称えて叫ばれた万歳を耳にしたとは考えにくいものの、少なくとも耳鳴りくらいはしただろう。その時、彼はなにをしていたのか。疑いもなく、ロッキー山脈のロングズ・ピークの観測所に陣取って、不可視に近い砲弾が宇宙を運行する姿を探していたのだ。彼が親愛なる仲間たちに思いを馳せていたとすれば、この点に関する限り、彼の友人たちの方でもまったく引け目を感じるには及ばなかったのであって、奇妙な熱狂の影響もあり、彼らがとっておきの思いをマストンに捧げていたことは認めておかなければならない。

　それにしても、発射体の乗客たちのうちで目に見えて激しさを増しているこの高揚は、どこから来たのか。彼らに限って節度を踏み越えるとは到底考えられない。脳のこの奇怪な異常興奮は、彼らの置かれている例外的な状況に、夜の天体に到着するまであとわずか数時間のところに来ているという事態に、そして、神経系統に月が及ぼすなんらかの秘密の作用に帰すべきなのだろうか？　彼らの顔は、炉の照り返しを受けているかのように紅潮していた。呼吸は早まり、肺は鍛冶師のふいごのように作動していた。眼は異常なまでに爛々と輝き、声はおそろしい抑揚を伴って轟いていた。言葉は、まるで炭酸ガスに弾き飛ばされたシャンパンの栓のように飛び出した。身振りは、存分にしようと思ったらスペースが足りないくらい、不穏の度を増しつつあった。そして、注目すべきことに、彼らは、自分たちの精神の過度の緊張を、まるで自覚していなかった。

「それでは」とニコルが無愛想に言った。「われわれが月から帰れるのかどうか教えてもらえないのなら、なにをしに行くのか知りたいものだ」

「われわれがなにをしに行くかだと？」とバービケインが、フェンシングの練習場にでもいるかのように足を踏み鳴らしながら、返答した。「そんなこと、知ったことか！」

「君はそんなことも知らんのか！」とミシェルは、発射体内部がきんきんと鳴るような叫び声を発した。

「考えたこともないね！」とバービケインは、負けじと声を張り上げた。

「そうかね！　ぼくは知っているぜ、ぼくはね」とミシェルは応じた。

「じゃあ言ってみろよ」とニコルは、もはや怒鳴り声を上げるのを我慢できなくなって叫んだ。

「気が向いたら言ってやるよ」とミシェルは仲間の腕を荒々しくつかんで叫んだ。

「気が向いてもらうぞ」とバービケインは、目をぎらつかせ、威嚇的な手つきをしながら言った。「このおそるべき旅行にわれわれを巻き込んだのは君なんだぞ。なんのためにこんなことをしているのか、教えてもらいたいものだ！」

「まったくだ！」と大尉。「どこに行くことになるのやら、わかったものではない以上、なんでそこに行くのかくらいは知りたいものだ！」

「なんで、だと？」とミシェルは、一メートルの高さにまで飛び上がって叫んだ。「なんで？　合衆国の名の下に月を領有するためじゃないか！　連邦に第四〇番目の州を付け加えるためじゃないか！　月の諸地方を植民地化し、耕作し、そこに移民し、芸術、科学、産業の驚異という驚異をことごとく持ち込むためじゃないか！　月世界人がわれわれよりも文明化されていなければ、彼らを文明化し、彼らがまだ共和国を形成していなければ、代わりに作ってやるためじゃないか！」

「それでもし月世界人がいなかったら、どうする気だ！」

不可解な酩酊に駆られて聞き分けが悪くなったニコルが反駁した。

「月世界人がいないなんて抜かしやがるのは、どこのどいつだ？」とミシェルは、脅迫めいた口調で言った。

「私だ！」とニコルがわめいた。

「大尉」とミシェルは言った。「そういう聞き捨てならぬことは二度と口にしないことだ。さもないと、君の歯の間から喉に押し戻してやるからな！」

二人の仇敵は今にも互いにつかみかかろうとした。支離滅裂な言い争いが取っ組み合いに変わろうとしたその時、バービケインが凄まじい勢いで跳び上がり、間に割って入った。

「やめないか、二人とも。仕方のない連中だな」と彼は、二人を背中合わせにした。「月世界人がいないならいないで、なしですませればいい！」

「そうだ」とまったくこだわっていないミシェルは絶叫した。「なしですませよう！　月世界人など、いてもなんにもならん！　月世界人糞食らえ、だ！」

「月世界帝国をわれらに！」とニコルが言った。

「三人で共和国を樹立しようじゃないか！」

「ぼくが下院になる」とミシェルが叫んだ。

「じゃあ、私は上院だ」とニコルが言い返した。

「で、バービケインが大統領だ」とミシェルがわめいた。

「国民に任命された大統領がいないぞ！」とバービケインが答えた。

「そういうことなら、下院に任命された大統領だ」とミシェルが叫んだ。「下院はぼくだから、君を満場一致で任命する！」

「バービケイン大統領万歳、万歳、万歳！」とニコルが叫んだ。

「いいぞ！　いいぞ、いいぞ！」とミシェル・アルダンがわめき散らした。

それから、大統領と上院は、凄まじい声で大衆的な「ヤンキー・ドゥードル」を歌い出し、下院は「ラ・マルセイエーズ」の勇壮な調べを響き渡らせた。

無茶苦茶な輪舞が始まったのはその時だった。常軌を逸した身振り、狂人のように足を踏み鳴らし、骨なしピエロのようにとんぼ返りをし、といった調子だった。この舞踏にディアーヌも参加し、吠え立てては発射体の丸天井まで

輪舞が始まったのはその時だった

跳躍した。説明のつかない羽ばたきの音が聞こえ、調子の狂った雄鶏の叫び声が上がった。五、六羽の雌鶏が、いかれたコウモリのように内壁にぶち当たりながら飛んだ……。

それから、不可解な作用によって肺が機能不全に陥った三人の旅仲間は、酔っ払ったどころの騒ぎではなく、呼吸器を焼く空気のために燃え尽きて、発射体の底にぶっ倒れたまま、動かなくなった。

第八章――七万八一一四リューの地点にて

なにが起こったのか？　悲惨な結末に終わりかねないこの奇怪な酩酊の原因は、どこから来たのか？　ミシェルの単なるうっかりミスのせいだった。実に幸運だったのは、手遅れになる前にニコルがその尻拭いをなしえたことだった。

掛け値なしの失神が数分間続いた後、大尉が最初にわれに返り、知的諸機能を回復したのである。

二時間前に朝食をすませていたにもかかわらず、彼は強烈な空腹を覚えた。数日間なにも食べていなかったかのように、身内がひきつっていた。胃袋といわず、脳といわず、体中がどこもかしこも極度に興奮していた。

彼は起き上がり、ミシェルに余分の間食を要求した。ミシェルは茫然自失の体でなんの返事もしない。ニコルはそこで紅茶を何杯か用意しようと思った。一ダースものサンドウィッチを呑み込みやすくするためである。彼はまず火を熾しにかかり、勢いよくマッチを擦った。

思わず目を閉じてしまうくらいの、途方もない輝きを硫黄が放った時の彼の驚きは、いかばかりだったことか。点火したガスのコックからは、電光の放射にも譬えられそうな炎がほとばしった。

ニコルの脳裏を閃きが走った。この光の強烈さ、彼を見舞った生理的変調、精神と情動に関わる全機能の過度の興奮、こうした一切の意味するところが彼には理解できたのである。

「酸素だ！」と彼は叫んだ。

そして、空気の装置の上に身をかがめると、そのコックが、無色、無味、無臭にして、まさしく命綱でありながら、純粋な状態だと生体を深刻極まりない乱調に陥れる気体を、どっと溢れ出させているのがわかった。ミシェルがうっかりして、装置のコックを全開にしていたのだ！

ニコルは慌てて酸素の流出を止めた。空気は酸素で飽和状態になっており、窒息ではなく、燃焼によって旅行者たちを死に至らしめたところだった。

一時間後、空気は薄まり、肺は正常な働きを取り戻した。

「酸素だ！」と彼は叫んだ

三人の友人は少しずつ酩酊から回復した。しかし、酔っ払いと同じように、彼らも一眠りして酸素の酔いを醒まさなければならなかった。

ミシェルは、この事件における彼の責任のほどを聞かされても、けろっとした顔をしていた。この降って湧いたような酩酊が旅の単調を破ったのだ。その影響で多くの戯言が吐かれたとはいうものの、それらは口にされた端から忘れ去られたのだった。

「それに」と陽気なフランス人は付け加えた。「ぼくは、この頭に回りやすい気体を少々味わったことを後悔しちゃいない。ねえ、君たち、酸素吸引用個室をそなえた、風変わりな施設を作るべきなんじゃないかな。体が弱った人たちがそこに行って、数時間の間、生命力の横溢を満喫するんだ！　この霊験あらたかな流体が充満した空気の中で開かれる会合、この流体が支配人によって大量に提供される劇場を考えてもみなよ！　俳優と観客の魂に、なんという熱狂、熱情、高揚が引き起こされることか！　そして、単なる集会だけに留まらず、一国民をまるごと酸素漬けにできたら、どんなにかその機能が活性化し、活力を補充できることか！　疲弊した民を偉大な強国に作り直すことも不可能ではないだろうし、古きヨーロッパの国々の中には、自分たちの健康のために酸素療法を受けるべき国がいくつもあることをぼくは知っているぞ！」

コックがまだ開きすぎているのではないか、と思わせる勢いでミシェルはしゃべっていた。だが、バービケインは、その興奮にたった一言で横槍を入れた。

「なにもかも結構だけど、ミシェル君」と彼は言った。「われわれと一緒になって騒いでいたあの雌鶏たちがどこから来たのか、教えてくれないかね？」

「あの雌鶏たち？」

「そうだ」

事実、半ダースほどの雌鶏と一羽の立派な雄鶏が、飛び跳ねたり、こっこっと鳴いたりしながら、あちこちを歩き回っていた。

「ああ！　そそっかしい連中！　酸素が奴らに革命を起こさせたんだな！」

「しかし、この雌鶏たちをどうする気だい？」とバービケインが尋ねた。

「月の気候に慣れさせるんだよ、当然だろ！」

「じゃあ、なんで隠していたんだ？」

「冗談だよ、会長殿、ものの見事に失敗した単なる冗談なんだ！　君たちに黙ってこいつらを月の大陸に放そうと思っていたんだ！　月の野原で地球の家禽が地面を突っついているのを見た君たちの驚きったらなかったろうな！」

「ああ！　悪ガキめ！　いくつになっても子供なんだな！」とバービケインは答えた。「君をのぼせ上がらせるのに酸素はいらん！　君ときたら、われわれがあのガスの影響下にあった時とちっとも変わらんじゃないか！　君はいつだっていかれている！」

「おいおい、さっきのぼくらこそ、賢者だったのかもしれないぜ！」とミシェル・アルダンはやり返した。

　この哲学的な考察の後、三人の友人たちは、散らかった発射体内の片づけをした。雌鶏と雄鶏は籠に戻された。しかし、この作業中に、バービケインと二人の仲間たちは、新たな現象の発生を、はっきりと感じ取ったのである。

　彼らが地球を離れてからというもの、彼ら自身の体重、そして、砲弾およびその内部の物体の重さは徐々に減少していた。発射体に関する限り、この現象を彼らが確かめることはできなかったが、彼ら自身や、彼らが使用している道具や器具に関してなら、この効果が感じられるようになる瞬間が訪れようとしていたのだ。

　言うまでもないが、秤によってこの現象を知ることはできない。分銅もまた、重さを計るべき対象と正確に同じだけ、軽くなるからである。だが、例えば、ばね秤であれば、ばねの張力は引力と無関係であるから、この重量減少の正確な測定値を示したであろう。

　周知のように、引力、言いかえれば重力は、質量に比例し、距離の自乗に反比例する。そこから以下の帰結が導かれる。宇宙に地球しか存在せず、それ以外の天体が瞬時に掻き消されたとすれば、発射体は、ニュートンの法則に従って、地球から遠ざかれば遠ざかるほど、軽くなっただろう。しかし、その重量が完全になくなってしまうことは絶対にない。地球の引力は、いかなる距離にあっても、作用を及ぼすことを決して止めないからである。

　しかし、現在の状況においては、発射体がもはや重力の法則にまったく支配されない瞬間が訪れることになっていた。これは、ほかの天体を考慮に入れなければ、の話ではあるが、それらの影響は皆無と考えてよい。

　実際、発射体の軌道は地球と月の間に引かれている。砲弾が地球を離れるに従って、地球の引力は距離の自乗に反比例して減少するが、月の引力もまた、同じ割合で増大する。それゆえ、この二つの引力が互いに打ち消し合い、砲弾の重さがなくなる地点に到達するはずであった。もしも月と地球の質量が等しかったなら、この点は二つの天体から等しい距離のところに来ていただろう。ところが、両者の質量の差を考慮に入れると、旅程の五二分の四七のところ、すなわち、数字にして地球から七万八一一四リュー〔三一万二四五六キロメートル〕のところにこの点が位置することを計算で割り出すのは容易である。

この点において、物体は、自らのうちになんら速度または移動の原理を有さない場合、永遠に不動のまま留まることだろう。二つの天体から等しい力で引かれ、どちらか一方に向かうよう促すものがなに一つ存在しないからである。

さて、発射体は、推進力が正確に計算されていたとすれば、中に積み込まれているすべての物体と同じように、重力の徴候をすべて失い、速度ゼロでこの点に到達するはずであった。

その時、なにが起こるのか？　三つの仮説が提示された。

発射体はまだいくばくかの速度を保持しており、引力均衡点を通過した後、月の引力が地球の引力を凌駕するので、月に落下する。

さもなくば、引力均衡点に到達するには速度が足りず、地球の引力が月の引力を凌駕して、砲弾はふたたび地球に落下する。

さもなくば、中立点に達するには十分だが、それを通過するには不十分な速度で砲弾が動かされていたため、世に言われるムハンマドの墓のように、天頂と天底の間で永遠に宙吊りになることだろう。

状況は以上の通りであった。バービケインは、そこから導かれる帰結を旅仲間にわかりやすく解説した。彼らにとって、最高度に興味を掻き立てられる話だった。では、地球から七万八一一四リューのところに位置するこの中立点に発射体が達したことを、彼らはどのようにして確認するのか？

彼ら自身も、発射体の中に閉じ込められた物体も、重力の法則にまったく縛られなくなる瞬間がまさにその時である。

これまでのところ、旅人たちは、重力の作用がますます弱まっていることは確認していたものの、完全になくなったとは認識していなかった。しかし、この日、朝の一一時頃、ニコルがコップからうっかり手を放したところ、それは落下せずにそのまま空中に浮かんでいたのだ。

「ああ！」とミシェル・アルダンが叫んだ。「これぞ、ささやかなるおもしろ物理学だぞ！」

たちまち、武器、壜といったさまざまな物体が、手から放されると、奇跡のようにその場に留まった。ミシェルによって空中に置かれたディアーヌもまた、タネも仕掛けもなしに、カストン*やロベール＝ウーダン*のような手品師による驚異の空中浮揚を再現した。おまけに、犬は自分が空中に浮かんでいることに気づいてすらいない様子だった。

彼ら自身、科学的な理屈はわかっているつもりでも、驚きで呆然としていた。そう、驚異の国に連れて来られたこの恐れ知らず三人組もまた、自分たちの体から重さがなくなったのを感じていたのだ。彼らの腕は、伸ばしてもそのまま下がろうとしない。頭は肩の上でぐらぐらする。彼らの足はもはや発射体の底についていない。まるで酔っ払いのように足元がふらつくのだ。幻想文学は、鏡に映らない人物や影を奪われた人物を生み出してきた！　だが、ここでは現実が、体内に重さをまったく感じなくなった人間、重さを失った人間を、引力の作用を相殺することで作り出したのだ！

突然、ミシェルが少しばかりはずみをつけて床を離れ、ムリーリョ*が『天使たちの厨房』で描いた修道士*を地で行くかのごとく宙に浮いた。

友人二人も一瞬にして彼に追いつき、三人揃って、砲弾の中央で奇跡の上昇の図と相成った。

「こんなこと信じられるか？　本当のことなのか？　ありえることなのか？」とミシェルが叫んだ。「ありえない。にもかかわらず、これは事実なのだ！　ああ！　もしラファエロが今のぼくたちを見ていたら、どんな「聖母被昇天」をその画布の上に描き上げていたことか！」

「「被昇天」は長続きしないよ」とバービケインが答えた。「発射体が中立点を越えたら、月の引力がわれわれを月に引き寄せるだろう」

「すると、ぼくらの足は発射体の丸天井につくわけだ」

「いや」とバービケインは言った。「砲弾の重心はとても低いところにあるから、少しずつ引っくり返ることになる」

「じゃあ、ぼくらの装備はまさしく上から下まで引っくり返した案配になるじゃないか！」

「その点は心配いらないよ、ミシェル」とニコルが答えた。「いかなる転覆もおそれる必要はない。なに一つ動きはせんよ。発射体の回転は、それと感じさせることなく起こるだろうからね」

「その通り」とバービケインが引き取った。「引力が釣り合う点を過ぎたら、砲弾の尾部は、相対的にほかの部分より重いから、月に対する垂直線に沿って、砲弾を引っ張っていくだろう。しかし、この現象が生じるためには、中立線を越えなければならない」

「中立線を越える！」とミシェルが叫んだ。「それじゃ、ぼくらも一つ、赤道を通過する時の船乗りみたいにしようじゃないか。通過を祝して一杯引っかけよう！」

軽やかに横滑りして、ミシェルは詰め物をした側壁に寄った。そこで壜一本とグラスを手に取り、仲間たちの前の「空間に」それらを置いた。そして、彼らは陽気にグラスをかち合わせ、万歳三唱をもって中立線を称えたのであった。

「ああ！　もしラファエロが今のぼくたちを見ていたら」

引力のこうした作用は、一時間も続かなかった。旅人たちは、感じ取れないほど少しずつ、底へと引き戻されるのを感じた。バービケインは、月に向かって下ろされた垂線から、発射体の円錐形の先端が外れつつあるように思った。それとは逆の動きで、尾部は垂線に近づきつつあった。したがって、月の引力が地球の引力に勝ったのだ。月への落下が始まったのである。まだほとんどそれと感じられない程度の落下であって、最初の一秒間でたったの一と三分の一ミリメートル、すなわち、一〇〇〇分の五九〇リーニュのはずだった。だが、引力は少しずつ強まっていき、落下はどんどん勢いを増し、発射体は、尾部に引っ張られて、上の尖端を地球に向け、月の大陸の表面までスピードを上げながら落下するだろう。かくして目的は達せられるだろう。今や、この企ての成功を阻むものはなに一つなく、ニコルとミシェル・アルダンは、バービケインと喜びを分かち合った。

それから、続けざまに起こったこれら驚異の現象について、彼らは語り合った。とりわけ、重力の法則の無効化をめぐって、彼らの饒舌は尽きることを知らなかった。ミシェル・アルダンは、相も変わらぬ熱狂家ぶりを発揮して、この現象の意味するところを論じたがったが、彼の言うことは純然たる空想以外の何物でもなかった。

「ああ！　わが尊敬する友人諸君」と彼は叫んだ。「地上においても、あのように、重力という、われわれを地球に縛りつける鎖が厄介払いできたら、なんという進歩だろう！　自由の身になった囚人のようではないか！　もはや手足に疲労を感じることはなくなる。そして、地球上で空を飛び、筋肉の働きだけで空中に浮かぶためには、ぼくらの持っている筋力の一五〇倍の力が必要だというのが本当だとして、引力がなくなれば、意志の力一つで、ちょっと気が向くだけで、ぼくらは空間を移動できるのだ」

「そうだね」とニコルが笑いながら言った。「麻酔で痛みを封じるように、重力を消せたら、現代社会は様変わりするだろう！」

「そうとも」とミシェルは、この話題に夢中になって叫んだ。「重力をぶっ壊そう！　そうすれば、もう重荷はなくなる！　したがって、クレーンとも、ジャッキとも、キャプスタンとも、クランチとも、そのほかの道具ともおさらばだ。これらはみんな存在意義がなくなってしまうのだから」

「よくぞ言った」とバービケインが受けて返した。「だが、どれもこれも重さがなくなってしまうと、なにもかもその場にじっとしていられなくなってしまう。君のその帽子は君の頭の上に載っていられなくなるし、君の家の石だってそうだよ、ミシェル君。石は重さがあればこそ、互いにしっかりと固定し合っているんだからね！　船もなくなる。波の上に船が安定していられるのは、ひとえに重力のおかげだからね。地球の重力によって波のバランスが保たれなくなるから、海さえなくなる。それに大気もだ。空気の分子が引き留められずに宇宙に拡散してしまうだろう！」

「いやになるな」とミシェルが言葉を返した。「現実に無理矢理連れ戻してほしければ、実際的な連中に頼むに限る」

「なにもそう悪いことばかりじゃないよ、ミシェル」とバービケインが続けた。「重力の法則が無効になっている天体は存在しないが、地球上よりも重力がはるかに小さい天体には行けるんだから」

「月のことか？」

「そう、月だ。月の表面では、物体は、地球の表面にある時の六分の一の重さしかない。非常に簡単に確認できる現象だ」

「で、そのことはぼくらにもわかる？」

「もちろん。だって、二〇〇キログラムのものが月の表面では三〇キロしかないんだぜ」

「そして、ぼくらの筋力は減らないのかい？」

「全然。ジャンプした時に一メートル上がる代わりに、一八ピエ〔約六メートル〕の高さまで行けるよ」

「それじゃあ、ぼくらは月ではヘラクレスになってしまうな！」とミシェルは叫んだ。

「おまけに」とニコルが応じた。「月世界人の身の丈が彼らの住む星の質量に見合っているとすれば、一ピエ〔三〇センチメートル〕にも満たない、とあってはね」

「まるっきりリリパット人だな！」とミシェルは言葉を返した。「ぼくはガリヴァー役を演じるわけだ！　ぼくらは巨人伝説を体現することになるね！　自分の惑星を離れて太陽系をめぐる甲斐があったというもんだ！」

「ちょっと待った、ミシェル」とバービケインが答えた。「もしガリヴァー役をやりたいというのなら、地球よりも小さい惑星だけを訪れるように。水星とか、金星とか、火星だったら、質量が地球より気持ち小さいからね。だが、くれぐれも大きな星には足を踏み入れないこと。木星、土星、天王星、海王星なんかだと、役回りが入れ替わって君がリリパット人になってしまう」

「じゃあ、太陽では？」

「太陽では、密度が地球の四分の一、体積が一三二万四四〇〇倍だから、引力はわれわれの地球の表面におけるより二七倍大きい。両者の違いを考慮しても、太陽の住人は、平均して、身長が二〇〇ピエ〔六〇メートル〕はあるに違いない」

「なんだって！」とミシェルは叫んだ。「ぼくは小人（ピグマイオイ）に、

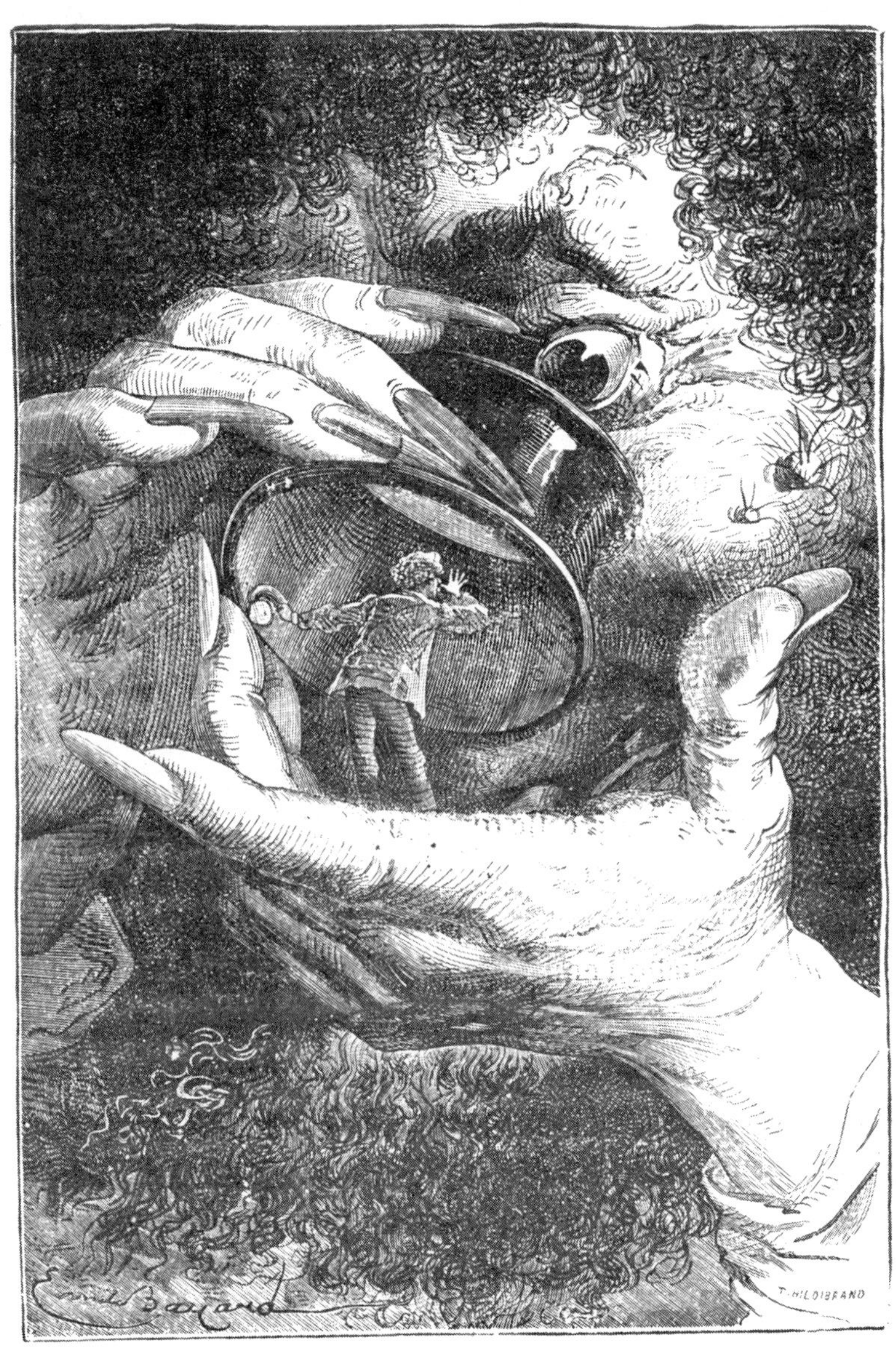

「ぼくは小人になってしまう!」

一寸法師（ミュルミドーン）*になってしまうじゃないか！」

「巨人族の国に行ったガリヴァーってところだな」とニコルが言った。

「まさしく！」とバービケインが答えた。

「じゃ、自衛のために、大砲を何門か持って行ったとしても、無駄にはならないね」

「まさか！」とバービケインは反駁した。「君の砲弾は太陽ではなんの役にも立たず、何メートルか飛んだだけで地面に落下するだろう」

「そんな馬鹿な！」

「間違いない」とバービケインは答えた。「あの巨大な天体の上では引力があまりにも強いため、地球上で七〇キロの物体は、太陽の表面では一九三〇キロになるのだ。君の帽子も一〇キロにはなるよ！　君の葉巻は半リーヴル〔二二五グラム〕になる。要するに、君が太陽の大陸で転びでもしようものなら、君は自分の体重のあまりの重さに――だいたい二五〇〇キロくらいだ――起き上がれないだろう！」

「なんてこった！」とミシェル。「そういうことなら、小さい携帯用クレーンを持って行かなくては！　ま、しょうがない！　君たち、今日のところは月で満足しておこう。あそこでなら、少なくとも大きな顔ができるしね！　太陽に行くべきかどうか検討するのは、もっと後になってからのことにしよう。一杯やるにも、キャプスタンでグラスを口まで引っ張り上げなきゃならないわけだから！」

第九章　逸脱の結果

バービケインは、旅の結末はともかく、発射体の推進力に関する限り、もはやいささかの懸念も覚えてはいなかった。砲弾の仮想速度は、砲弾に中立線を越えさせた。よって、砲弾が地球に戻ってしまうようなことはないし、引力点でにっちもさっちも行かなくなるようなこともないだろう。実現する可能性がある仮説は一つしか残っていない。月の引力の作用で砲弾が目的に到達するという仮説である。

実のところ、それは八二九六リュー〔三万三一八四キロメートル〕もの落下であった。なるほど、重力が地球の六分の一しかないと見積もられている星へ落ちるのだとはいえ、凄まじい墜落であることに変わりはなく、あらゆる安全策を遅滞なく講じることが望まれた。

この安全策には、二種類あった。第一のそれは、発射体が月に着地する際のショックを和らげるためのもの。第二のそれは、落下を遅らせる、ということは、その激しさを緩和させるためのものであった。

発射の衝撃をあれほどまでに効果的に弱めた方法を、着地の衝撃を和らげるために使えないのは、残念なことだった。バネとして用いられた水と破砕性の隔壁のことである。隔壁はまだ残っていた。しかし、水が不足していた。月で過ごす最初の数日の間、その地表で液体元素が見つからないかもしれず、そうした場合に備えて取っておくべき貴重な蓄えを、この用途に当てるわけにはいかなかったからである。

しかも、この備蓄分は、バネの役を果たすには到底足りなかっただろう。出発の際に積み込まれ、その上に防水性の円盤を載せた水の層は、五四平方ピエ〔一六・二平方メートル〕の底面積で実に三ピエ〔九〇センチメートル〕の高さにまで達していたのである。体積にして六立方メートル、重量にして五七五〇キロである。ところで、いろいろな容器に分けて入れられている水は、全部合わせても、この五分の一にもならない。そういうわけで、到着時のショックを和らげるには極めて有効なこの方法は諦めなければならない。

実に幸いなことに、バービケインは、水を用いるだけでは満足せず、強力なバネ仕掛けの緩衝装置を可動性の円盤に取り付けていた。水平の隔壁が破砕したあとで底部が受ける衝撃を緩和するためである。この緩衝装置はまだ残っていた。それを再整備し、円盤を元の位置に戻せばいい。これらの部品は、重さがほとんど感じられないため、どれも扱いやすく、速やかに組み立て直すことができる。

早速実行された。ボルトとナットの問題であった。道具ならあり余っていた。じきに、手直しされた円盤は、テーブルの板が脚の上に載るように、鋼鉄の緩衝装置の上に置かれた。この円盤の設置によって、一つだけ不都合な点が生じた。底のガラス窓がふさがれてしまったのだ。したがって、旅行者たちが月に向かって垂直に突進する際、この開口部から月を観察することはできない。しかし、やむをえなかった。それに、気球のゴンドラから地球を見る時と同じで、側面の開口部から月の広大な領域を目にすることはできた。

この円盤を配置する作業には一時間を要した。準備が完了した時には正午を過ぎていた。バービケインは、発射体の傾きを改めて観測した。だが、はなはだ厄介なことに、砲弾は落下するのに十分なほど反転していなかったのだ。月の円盤と平行する曲線を描いている様子だった。夜を司る天体は明々と光り輝き、その反対側では、昼を司る天体がそれを燃え上がらせていた。

この状況には不安を覚えないわけにはいかなかった。

「到着できるんだろうか？」とニコルが言った。

「到着するものと思って事に当たろう」とバービケインが応じた。

「心配症の人たちだね」とミシェル・アルダンが言い返した。「着くさ、それも、こっちが望んでいるよりも早くね」

この答を聞いたバービケインは準備作業に戻り、落下を遅らせるための仕掛けを配置することに専念した。

フロリダのタンパ・タウンで開催されたミーティングの様子を思い出していただきたい。ニコル大尉が、バービケインの敵として、また、ミシェル・アルダンの反駁者として登場したあの時のことである。発射体はガラスのように砕け散るであろうと主張したニコル大尉に対して、ミシェルは、ロケットをうまく案配することで落下を遅らせると応答していたのだった。

事実、尾部を支点とし、外部に向けて噴射する強力な火器は、後退運動を引き起こし、砲弾の速度をある程度まで抑えることが可能であった。これらのロケットを真空中で燃焼させなければならないのは確かだが、酸素が不足することはないだろう。というのは、大気がないからといって月の火山爆発が一度として妨げられたことがないのと同様に、ロケット自体が酸素を自らに供給するからである。

　そういうわけで、バービケインはロケットを手元に用意していた。それは、ねじ穴をあけた鋼鉄製の小さな円筒の中に入れてあり、発射体の底部にねじで固定できるようになっていた。砲弾内部では、円筒は床の表面とすれすれになる。外部には半ピエ〔一五センチメートル〕ほど突き出る。こうした円筒が二〇本あった。円盤には開口部が一つ設けてあり、そこから各円筒に備えられた信管に点火できるようになっていた。爆発の効果はすべて外側で生じる。推進剤は、前もって円筒の中に詰め込んであった。したがって、底部に埋め込まれている金属製の栓を抜き、代わりに円筒を入れさえすれば、そこにきっちり嵌まるようになっていた。

　この新たな作業は三時頃に終了し、安全策はすべて取られたので、あとは待つのみであった。

　その間にも、発射体は目に見えて月に近づいていた。砲弾が月の影響をある程度まで受けていたのはもちろんのことである。だが、同時に、それ自身の速度によって、〔月面に対して〕斜めに牽引されてもいた。この二つの作用が合わさった結果としてできる線分は、月の接線になるのではないかと思われた。しかし、発射体が月の表面に対して垂直に落下しないのは確実である。なぜなら、下部がその重さのためにとうに月の方へ向いていて然るべきだったからだ。

　砲弾が重力の作用に抵抗しているのを見て、バービケインの不安は募った。未知が彼の眼前に広がった。恒星間空間に広がる未知である。いやしくも学者でありながら、予想できる仮説は、地球への帰還、月への到着、中立線上での立ち往生の三つに尽きると思っていたとは！　それがここに来て、無限の孕むありとあらゆる恐怖に満ちた四つ目の可能性がにわかに浮上したのだ。このような事態を平然と直視するのは、バービケインのように毅然とした学者、ニコルのように冷静沈着な男、そして、ミシェル・アルダンのような肝っ玉の太い冒険家でなければ不可能だった。

　問題をめぐって議論が始まった。彼ら以外の者であれば、実際的な観点から問題を検討したことだろう。砲弾客車によってどこに連れて行かれることになるのか、という問題に思考をめぐらせただろう。彼らは違っていた。このような結果を引き起こした原因を追究したのである。

「要するに、脱線したということか？」とミシェルが言った。「でも、どうして？」

「私が大いに恐れているのは」とニコルが答えた。「念には念を入れたにもかかわらず、コロンビアード砲の照準が正確ではなかったのではないか、ということだ。どんなに些細であろうと、間違いが一つでもあれば、月の引力圏の外にわれわれをおっぽり出すには十分なんだ」

「つまり、的を外したのか？」とミシェルは聞き返した。

「そんなはずはない」とバービケインが応じた。「大砲は厳密に垂直だったし、あの場所の天頂を向いていたことに疑問の余地はない。然るにだ、月は天頂を通るのだから、われわれはそのど真ん中に到着するはずだった。理由は別にあるのだが、それがなんなのかがわからない」

「遅く着きすぎるってことはないのか？」とニコルが尋ねた。

「遅くだって？」とバービケイン。

「そうだ」とニコルは続けた。「ケンブリッジ天文台の覚書には、旅程は九七時間一三分二〇秒で走破されなければならないとあった。ということはつまり、早すぎたら月は指定された地点にまだ来ておらず、遅すぎたらすでにそこにはいないということになる」

「いいだろう」とバービケインは答えた。「だが、われわれは一二月一日午後一一時の一三分二五秒前〔原文ママ〕に出発し、五日の真夜中、月が満月となるその瞬間に到着することになっている。今日は一二月五日だ。時刻は午後三時半、あと八時間半あれば目的地に着いて然るべきなんだ。どうして着かないのだろう？」

「速度が早すぎたんじゃないか？」とニコルが答えた。「初速度が思っていたよりも早かったことがわかっているんだから」

「それはない！　絶対にない！」とバービケインが反論した。「発射体の方向さえ正しかったのなら、速度が早すぎたとしても月には到達できたはずだ。そうじゃない！　逸脱があったんだ。われわれは逸らされたんだ」

「誰のせいで？　なにによって？」とニコルが訊いた。

「それはわからない」とバービケインは答えた。

「そういうことなら、バービケイン」とその時ミシェルが言った。「この逸脱の原因がなにか、という問題について、ぼくがどういう意見を持っているか、知りたくはないかい？」

「聞こうじゃないか」

「それを知るために半ドルだって出そうとは思わんね！　ぼくらは逸れた、これは事実だ。ぼくらがどこに行こうが知ったことか！　いずれわかることだ。ちぇっ！　ぼくらは宇宙空間に引きずり込まれてしまった。ということは、いずれどこかしらの引力の中心に落っこちるだろうさ！」

　ミシェル・アルダンのこの無頓着な態度は、バービケインを満足させるに足るものではなかった。先のことを気にかけていたわけではない！　ただ、どうして発射体が逸れたのか、その理由がなんとしてでも知りたかったのだ。

その間にも、砲弾は月を横にして進んでおり、外に投げ出された物体も連れ立って行列をなしていた。バービケインは、二〇〇〇リュー〔八〇〇〇キロメートル〕と離れていないところにある月の表面に基準となる点を選ぶことで、速度が一定していることを確認することさえできた。落下が起きていないという新たな証拠である。推進力が月の引力に勝っているのであり、にもかかわらず、発射体の軌道は間違いなく月の円盤に接近しつつあって、もっと距離が縮まれば、重力の作用が優勢となり、最終的に落下が引き起こされると期待することは可能だった。

三人の友人たちは、ほかにすることもないので、観察を続けた。とはいうものの、彼らは依然として衛星の地形を見極めることができなかった。起伏はことごとく太陽光線の放射で均されてしまっていたのだ。

こうして、彼らは夜の八時まで側面の窓から外を眺めたのであった。その時、月は彼らの目にあまりにも大きく見え、天空のまるまる半分を覆っていた。一方には太陽が、他方には夜の天体があって、発射体を光に浸していた。

この時、バービケインは、目的地との距離がたったの七〇〇リュー〔二八〇〇キロメートル〕しかないと見積もってもよいと思った。砲弾の速度は秒速二〇〇メートル、すなわちおよそ時速一七〇リュー〔六八〇キロメートル〕と思われた。砲弾の底部は、求心力の作用で月の方に向こうとする傾向を見せてはいた。しかし、相変わらず遠心力の方が強く、直線軌道はなんらかの曲線に変わる公算が大になってきたが、その曲線の性質は確定できなかった。

バービケインは、なおも解決不能な問題を解こうとしていた。

なんの成果も上がらないまま、時間だけが過ぎた。発射体は目に見えて月に近づいたが、それに到達しないことは明らかだった。砲弾が月に最も近づく時の距離はといえば、動体に働きかける引力と斥力という二つの力の合力によるだろう。

「ぼくの望みは一つだけだ」とミシェルは繰り返していた。「頼むから、月の秘密を探るには十分なくらい近くを通ってくれ！」

「つくづくいまいましいよ」とニコルが叫んだ。「われわれの発射体を逸脱させた原因が！」

「つくづくいまいましいのは」突然と胸をつかれたようにバービケインが答えた。「われわれが途中ですれ違った火球（ボリード）だよ！」

「なんだって！」とミシェル・アルダン。

「どういう意味だい？」とニコルが叫んだ。

「どういう意味かって」とバービケインは確信に満ちた口

調で答えた。「そりゃ、われわれの逸脱はひとえにあのさまよえる物体と出会ったせいだってことだよ！」

「でも、ぼくらはかすりもしなかったんだぜ」とミシェルが応じた。

「そんなことは問題じゃない。あの火球（ボリード）の質量は、われわれの砲弾に比べれば、はるかに巨大だから、その引力はわれわれの針路に影響を与えるには十分だったんだ」

「あんな微々たるものなのに！」

「その通りだ、ニコル。だが、それがどんなに微々たる作用であろうと、距離が八万四〇〇〇リュー〔三三万六〇〇〇キロメートル〕にもわたれば、月という的を外すには十分なんだ！」

第一〇章　月の観察者たち

明らかに、バービケインはこの逸脱の唯一納得できる理由を見つけたのであった。どんなに微々たるものであろうとも、それは発射体の軌道を変更するには十分だったのである。不運というほかない。大胆な挑戦が、まったくの偶発的状況のために頓挫を余儀なくされたのだ。よほどのことが起こらない限り、もはや月の円盤にたどり着くことはできない。これまで解決されずにいる物理学および地質学上のいくつかの疑問を解決できるほど、月の近くを通るだろうか？　これこそ、恐れを知らない旅人たちの念頭を占めていた問い、それも唯一の問いだった。自分たちの行く手に待ち構えている運命のことなど、考えたいとも思わなかった。とはいえ、無限の孤独のただ中にあって、いずれ空気が足りなくなる彼らは、一体どうなってしまうのだろう？　あと数日もすれば、彼らは、闇雲にさまようこの砲弾の中で、窒息して倒れてしまうだろう。だが、この数日間は、この勇敢な男たちにとって、数世紀にも当たっていた。もはや到達することがかなわない月を観察することに、彼らは持てるすべての瞬間を捧げたのである。

その時、衛星と発射体を隔てる距離は、約二〇〇リュー〔八〇〇キロメートル〕と推定された。この条件下において、月面を細部にわたって観察するという点で、旅人たちは、強力な望遠鏡を備えた地球の住人たちよりも月から遠かった。

事実、周知のように、ジョン・ロスがパーソン・タウンに設置した望遠鏡の倍率は六五〇〇倍で、月を一六リュー〔六四キロメートル〕のところまで引き寄せる。おまけに、ロングズ・ピークの強力な装置をもってすれば、夜の天体は、四万八〇〇〇倍にまで拡大され、二リュー〔八キロメートル〕の近さにまで寄せられる。直径が一〇メートルある物体であれば、十分くっきりと見えるのだ。

そういう次第で、この距離から望遠鏡を使わずに観測すると、月の地形の詳細はあまりはっきりとは見定められなかった。肉眼で把握できたのは、不適切にも「海」と呼ばれているあの広大な凹みの茫洋たる輪郭だけで、その性質までは識別できなかった。山々の出っ張りは、太陽光線の

ジョン・ロスが設置した望遠鏡

反射が作り出す燦然たる輝きに掻き消されていた。視線は、溶解した銀の溜まりを覗き込んだ時のように眩み、思わず逸らされてしまう。

しかしながら、月の横長の形はすでにはっきりと浮き出していた。尖った方を地球に向けている巨大な卵のようだった。実際、月は、その形成期の最初の日々において、液状だったか、または可塑性を具えており、その時には完全な球形をしていたのである。ところが、ほどなくして地球の引力の中心に向かって引き込まれ、重力の作用で細長く伸びたのだった。衛星になったことで、生まれつきの純粋な形状を失ったのだ。重心は、図心よりも前に移動した。こうした配置を根拠に、空気と水は、地球からは決して目にすることができない月の反対側に逃れた可能性があるとの結論を引き出した学者が何人かいる。

衛星の形状のこうしたゆがみが感じられたのは、ほんの数瞬のことだった。発射体は、初速度と比べれば格段に速度が落ちており、月との距離が急激に縮まっていたのである。そうは言っても、地球上の特急列車の八倍ないし九倍の速さだったのだが。砲弾の針路が斜めになっていることは、まさにそれゆえに、月の円盤上のどこかしら一点に衝突するのではないか、という希望を、多少なりともミシェル・アルダンに抱かせた。月に到達しないだなんて、彼には信じられなかったのだ。とんでもない！　そんなことは信じられなかったし、そのことを再三口にしてもいた。しかし、バービケインは、この問題に関しては判事を名乗る資格に勝っており、非情な論理をもって応じるばかりだった。

「それはないよ、ミシェル。ありえない。われわれは落下しなければ月にはたどり着けないのに、落下していないのだ。求心力がわれわれを月の影響下に留めているが、遠心力が有無をいわさずわれわれを遠ざけているんだ」

断固たる口調でこう言われたため、ミシェル・アルダンも最後の希望を捨てるしかなかった。

発射体が接近しつつあった月の一角は北半球だった。月面地図では下になっている半球である。それというのも、月面地図は、望遠鏡で得られるイメージに基づいて作図されるのが一般的であり、周知のように、望遠鏡は事物を上下逆さまにする。バービケインが参照している、ベーアとメドラーの『月面図（マッパ・セレノグラフィカ）』もそうであった。この北半球は、ただっ広い平野となっており、孤立した山がところどころでその単調さを破っている。

真夜中が来て、月は満月となった。あの間の悪い火球（ボリード）のせいで針路を外れていなければ、旅人たちはまさにこの瞬間にそこに足を下ろしていたはずだった。天体は、したがって、ケンブリッジ天文台によって厳密に指定された条件を満たしていた。数学的な正確さで近地点に、そして二八度線上の天頂にあった。水平線に対して垂直に狙いがつけられたあの巨大なコロンビアード砲の奥底に観測者がいたとすれば、砲口の縁で月を囲い込めたことだろう。大砲の軸をかたどる直線は、夜の天体のど真ん中を貫いたことだろう。

言うまでもないことだが、一二月五日から六日にかけてのこの夜の間、旅人たちは、一瞬たりとも休息をとらなかった。これほどまでに新世界を間近にしていながら、目を閉じられるものだろうか？　無理である。彼らの思いは、ただ一つの考えに凝り固まっていた。見ること！　地球を代表し、そして、彼らによって集約されている過去現在の人類を代表する彼ら、人類は、彼らの目を通して、この月の諸地方を見つめ、そして自分たちの衛星の秘密に分け入ろうとしていたのだ！　ある種胸に迫る思いで、彼らは黙ったまま一方の窓から他方の窓へと行ったり来たりしていた。

彼らの観察は厳密に規定されており、バービケインによって記録された。観察のためには望遠鏡があった。検証のためには地図があった。

月を最初に観察した人はガリレイである。彼の望遠鏡は不十分なもので、倍率が三〇倍しかなかった。しかし、「孔雀の尾に点在している目玉」*のように月の円盤に点在するあの染みの中に、彼は山を発見した。そして、そのいくつかについて高さを測ったが、月の直径の二〇分の一、すなわち八八〇〇メートルに相当すると過大に見積もってしまった。ガリレイが自身の観察を元に地図を作成することはなかった。

その数年後、ダンツィヒの天文学者ヘヴェリウスは——ひと月に二回、すなわち、一番目と二番目の最大離角*の時にしか正確な結果を出せない方法を用いて——ガリレイの計算した標高を月の円盤の直径の二六分の一にまで縮めた。今度は逆に縮めすぎだった。しかし、史上初の月面地図を作製したのはこの学者である。明るい色合いのまるい染みは、円形の山並を構成し、暗い色合いの染みは、広大な海を示しているが、実際にはこれは平野にすぎない。ヘヴェリウスは、これらの山や海に地球上の地名を与えた。アラビアの真ん中にシナイ山があり、シチリアの中央にエトナ山があり、アルプス山脈、アペニン山脈、カルパティア山脈、それに、地中海、パリュス・メオティド*、ポントス・エウクシネー*、カスピ海があった。もっとも命名としてそぐわないことおびただしく、なぜなら、これらの山といい海といい、地球上の同名の山や海の地形を思わせるところはなかったからである。せいぜいのところ、南で広い大陸に結合し、岬で終わっている白い大きな染みが、インド半島、ベンガル湾、コーチシナ*の倒立像に見えなくもないといった程度である。そういうわけで、これらの命名は定着しなかった。もっと人の心に通じた別の地図作製者が新たな命名を提唱し、それを人間の虚栄心がいそいそと受け入れたのである。

この観察者は、ヘヴェリウスの同時代人であるリッチョーリ神父だった。彼は、間違いだらけのお粗末な地図を作成した。しかし、彼が月の山々に古代の偉人や同時代の学者の名前を押しつけることを始めたのだ。この風習は、以後熱心に守られるようになる。

三番目の月面地図は、一七世紀、ドミニック・カッシーニの手になるものである。リッチョーリの地図よりも優れた出来栄えだったものの、計測は不正確だった。縮小版が何度か出版されたが、長く王立印刷所に保管されていたその銅板は、場所ふさぎになるという理由から、目方で売り払われてしまった。

高名な数学者にして製図師のラ・イール*は、高さが四メートルもある月面地図を作ったが、その銅板が彫られることはなかった。

その後、ドイツの天文学者トビアス・マイヤー*が、一八世紀の半ばに、自ら厳正に確認した計測結果に基づく素晴らしい月面地図の刊行を開始した。だが、一七六二年に訪れた彼の死によって、この見事な仕事は完成に至らなかった。

これに続いたのが、月面地図のスケッチを多数残したリリエンタールのシュレーター*である。次に、ドレスデンのロールマン*なる人物が二五の区画に分けた月面地図を作成し、そのうちの四区画の版が彫られた。

ベーアおよびメドラー両氏が、正射方位図法に従って有名な『月面図（マッパ・セレノグラフィカ）』を製作したのは、一八三〇年のことであった。この地図は、月の円盤をわれわれの目に映る通り正確に再現している。ただし、山々および平原の地形は、中央部に位置している分のみ正確である。それ以外の箇所では、北であろうと南であろうと、東であろうと西であろうと、地形は短縮法で示されるので、中央部のそれと比較できない。高さが九五センチあって、四つの区画に分割されているこの地形図は、月面地図の白眉である。

これらの学者たちのあとはといえば、ドイツの天文学者ユリウス・シュミット*の月面立体図、セッキ神父*による地形学的業績、イギリスのアマチュア天文学者ウォーレン・デラルーの素晴らしい印画、そして、最後に、ルクチュリエ*とシャピュイス*両氏の正射方位図法による模範的な地図を挙げることができる。一八六〇年に作られたこの最後の地図は、描線が極めて明確、レイアウトもとても見やすい。

月世界に関するさまざまな地図の一覧は以上の通りである。バービケインは、ベーアおよびメドラー両氏による地図、シャピュイスおよびルクチュリエ両氏による地図の二種類を持っていた。それらのおかげで、観測の仕事はやりやすくなるはずだった。

バービケインの手元にある光学機器だが、今回の旅行のために特別に製作された素晴らしい航海用望遠鏡だった。それは対象を一〇〇倍に拡大する。つまり、地球からであれば、月を一〇〇〇リュー〔四〇〇〇キロメートル〕足らずの距離のところまで近づけたはずだった。だが、今の場合、午前三時頃のこの時点で月からは百二〇キロを超えない距離のところにおり、いかなる大気にも濁らされていない環境にあって、これらの器具は、月の平面を一五〇〇メートル以内に近づけるはずだった。

第一一章　夢想と現実主義

「君は一度でも月ってもんを見たことがあるのかね？」と皮肉たっぷりにある教師が教え子の一人に尋ねる。「いいえ、先生」とその生徒はさらに皮肉な口ぶりで応じた。「ですが、話には聞いたことがあるのは認めざるをえませんね」

ある意味において、この生徒の冗談を、月下の世界*の住人大多数が口にしてもおかしくはない。月について話には聞いていても、ちゃんと見たことのある人となると、どれだけいることか……肉眼でならともかく、屈折望遠鏡か反射望遠鏡を使って見たことのある人といったら！　自分たちの衛星の地図を調べたことすらない人たちがどれだけいることか！

月の世界地図を眺めると、真っ先に目を射る特徴がある。それは、月の表面が、地球や火星の表面とは同じ配置に従っておらず、大陸がとりわけ南半球を占めている、ということだ。これらの大陸は、南アメリカ、アフリカ、そしてインド半島のように、きっぱりした、規則正しい輪郭線で終わっていない。ごつごつしていて、気まぐれで、深い切り込みが入ってぎざぎざになっているその海岸線には、入り江や岬がふんだんにある。それは、土地がやたらと四分五裂になっているスンダ列島の錯綜をおのずと思い起こさせる。仮に月の表面にも航海が存在したとすれば、それは異様に困難かつ危険なものだったろうし、月の船乗りや水路測量技師にはお気の毒さまと言うほかない。後者が入り組んだ海岸の測量を行い、前者が危険に満ちたこの近海に乗り入れた時のことを思うにつけても。

また、月という回転楕円体にあって、南極は北極よりも大陸性であることにも気づくだろう。北極には、周囲の大陸から広大な海〔原註／言うまでもなく、この「海」という言葉によって、われわれは、おそらくかつては水で覆われていた、現在は広大な平原でしかないだだっ広い空間を指している〕で隔てられた、冠のような小島しかない。南に行くと、大陸が半球のほぼ全域を覆っている。つまり、フランクリン*や、ロス*や、ケイン*や、デュモン・デュルヴィル*や、ランベール*が地球のあの未知の点にいまだ到達しえていないというのに、月世界人の方では、彼らの両極の

月について話には聞いていても……

一つに旗をすでに立ててしまっている、ということもありうるのだ。

　島はどうかといえば、月の表面にはおびただしい数の島々が存在する。それらは、細長い形か円形をしているものばかりで、コンパスを使って作図されたように見える。全体で一つの巨大な群島を形成しているかのようであり、神話がかつてその最も雅な伝説によって彩った、ギリシャと小アジアの間に散らされたあの蠱惑的な島々の一団にも引けを取らない。ナクソス、テネドス、ミロス、カルパソスといった名前が思わず念頭に浮かび、ユリシーズの船は、アルゴナウタイの*「快速船（クリッパー）」はどこだ、と目で探してしまう。少なくともミシェル・アルダンはそう主張していた——彼が月面地図の上に見ているのはギリシャ群島だ、と。空想とはおよそ縁遠い彼の友人たちの目には、この海岸の様相は、どちらかといえば、ニューブランズウィック州やノバスコシア州*の細分化された土地を思わせた。そして、フランス人が神話の英雄たちの痕跡を見出したところに、アメリカ人たちは、月世界における交易および産業の利益に叶う形で、商会を構えるのに好都合なポイントを指摘するのだった。

　月の大陸部分の記述を終えるに当たり、その山岳地形について、二言三言付け足しておこう。そこには、山脈、孤立した山、圏谷、溝状地形が明確に認められる。月の起伏はすべて、このいずれかに分類される。おそろしく変化に富んだ地形なのだ。巨大なスイス、一面のノルウェーといった感じで、すべてが火成作用によって作られている。この表面に深く刻まれた凹凸は、月が形成途上にあった時に地殻が収縮を繰り返した結果である。月の円盤は、それゆえ、大規模な地質学的現象を研究するのに適している。何人かの天文学者が指摘するところによれば、月の表面は、地球の表面よりも時代を経ているにもかかわらず、まっさらな状態を保っているという。そこには、原初の起伏を損なってしまい、次第に増大するその作用が一種の総体的な平坦化を引き起こす水もなければ、山岳地形を変えてしまう解体作用を持つ空気も存在しないからだ。そこでは、水成作用による変質を受けていない火成作用の働きを、生まれたままの純粋さで目の当たりにできる。沼や川によって堆積層を塗り重ねられる以前の地球そのままの姿なのである。

　広大な大陸の上をさまよったのち、視線はさらに広大な海に惹きつけられる。その形状、その位置、その様相が地球上の大洋を思わせるだけではなく、地球におけると同様、これらの海が月球に占める部分は大陸より広い。しかしながら、それは液体の広がりではなく、平原であって、旅行者たちは、その性質を間もなく突き止められるものと期待していた。

天文学者たちが、これら名ばかりの海を、同じくらい奇態な名で飾ってしまったのは認めざるをえない。そして、科学は、現在までのところ、それらの名を尊重している。ミシェル・アルダンが、この月世界地図を、スキュデリー嬢*やシラノ・ド・ベルジュラックといった作家が作った「愛情の地図」と比較したのも無理はなかった。

「と言っても」と彼は付け加える。「一七世紀とは違って、これはもう愛情の地図なんかじゃない。男と女の二つの部分にきっぱりと分断された人生の地図なんだ。女は右の半球。男は左の半球！」

ミシェルがこのように発言すると、散文的な仲間二人は肩をすくめた。バービケインとニコルは、空想家の友人とはまったく異なる観点から月の地図を検討していた。しかしながら、空想家の友人の言ったことは、まるっきり的外れというわけでもなかったのだ。各自よろしくご判断願いたい。

左側の半球には、「雲の海」が広がっており、そこに赴いた人間の理性があまりにもしばしば溺れるところである。程遠からぬところにある「雨の海」は、生の苦難のおかげで枯渇を知らない。その近くには「嵐の海〔大洋〕」がうがたれていて、男が自らの情熱を相手に幾度となく勝ち目の薄い戦いを挑んでいる。それから、絶望に、裏切りに、不実に、地上の悲惨のオンパレードに疲れ果てた男がその人生行路の果てに見出すものはなにか。あの広大なる「不機嫌の海*」にほかならず、「露の入り江」からしたたる少々の滴では、ほとんど焼け石に水の状態なのだ！　雲、雨、嵐、不機嫌のほかに、男の人生になにがあるだろう？　それはこの四語で言い尽くされているのではあるまいか？

「ご婦人方に捧げられた」右側の半球に含まれる海はより小さめで、その意味深長な名称の数々は、女の一生に訪れる出来事を網羅している。それは、若い娘が覗き込む「晴れの海」であり、彼女に微笑みかける未来を投げ返す「夢の湖」である！　それは、情のこもった波が立ち、愛のそよ風が吹き渡る「神酒の海」なのだ！「豊饒の海」に「危難の海」と来て、お次は、おそらく狭隘にすぎる「蒸気の海*」、そして最後に、すべての偽りの情熱、すべての空しき夢、すべての満たされざる欲望を呑み込むあの広大な「静かの海」、その波が静かに注ぎ込まれる「死の湖」！

なんという奇妙な名の連なり！　月のこの二つの半球の、なんという怪体な分割！　男と女のように互いに合体して、宇宙を運ばれてゆくこの人生の球体を形作っているのだ！

古の天文学者たちの奇想をこのように解釈した空想家のミ

シェルは当を得ていたのではないか？

だが、彼の想像力がこうして「海」を駆けめぐっていた間に、謹厳な二人の仲間は、物事をより地理学的に検討していた。彼らは、この新世界のことをすっかり頭に入れようとしていた。角度を、直径を測っていた。

バービケインとニコルにとって、雲の海は、南半球の西側の大きな部分を占め、環状の山*がいくつか散在する、巨大な地面の凹みにすぎなかった。その面積は一八万四八〇〇平方リュー〔二九五万六八〇〇平方キロメートル〕、その中心は、南緯一五度、西経二〇度に位置する。嵐の大洋ことオケアヌス・プロセラルムは、月面最大の平野で、面積は三二万八三〇〇平方リュー〔五二五万二八〇〇平方キロメートル〕、中心は北緯一〇度、東経四五度にある。そのふところからは、うっとりするような放射状の輝き*を放つ、ケプラーおよびアリスタルコス*の山並み*が突き出ていた。

さらに北に行くと、雲の海から高い山脈で遮られた雨の海ことマーレ・インブリオムが広がっていた。その中心は、北緯三五度、東経二〇度である。ほぼ円形をしており、一九万三〇〇〇平方リュー〔三〇八万八〇〇〇平方キロメートル〕の広がりを覆っている。そこから程近いところに、不機嫌の海ことマーレ・フモルムがあった。四万四二〇〇平方リュー〔七〇万七二〇〇平方キロメートル〕しかない小さなこの盆地は、南緯二五度、東経四〇度に位置していた。最後に、三つの入り江がこの半球の海岸線には描き出されている。熱の入り江、露の入り江、そして虹の入り江、高い山脈の間にはさみ込まれた小さな平野である。

「女性の」半球は、当然ながらもっと気まぐれであって、こちらの海は大きさでこそ劣るが、数で勝っている点に特徴がある。北の方には、寒さの海ことマーレ・フリゴリスが北緯五五度、経度ゼロ度の地点にあり、その面積は七万六〇〇〇平方リュー〔一二一万六〇〇〇平方キロメートル〕である。死の湖および夢の湖と隣接している。晴れの海ことマーレ・セレニタティスは、北緯二五度、西経二〇度に位置し、面積は八万六〇〇〇平方リュー〔一三七万六〇〇〇平方キロメートル〕である。危難の海ことマーレ・クリジウムは、輪郭がくっきりした、まん丸な形をしており、北緯一七度、西経五五度に位置し、面積は四万平方リュー〔六四万平方キロメートル〕、まさに、山並みのベルトに埋没したカスピ海であった。次に、赤道近辺では、北緯五度、西経二五度の地点に、静かの海ことマーレ・トランキリタティスが姿を見せる。面積一二万一五〇九平方リュー〔一九四万一〇〇平方キロメートル〕のこの海は、南では、面積が二万八八〇〇平方リュー〔四六万八〇〇平方キロメートル〕、南緯一五度、西経三五度に位置する神酒の海ことマーレ・ネクタリスに、東では、南緯三度、西経五〇度に位置し、二一万九三〇〇平方リュー〔三五〇万八八〇〇平方

〔キロメートル〕を占めるこの半球最大の海、豊穣の海ことマーレ・フェクンディタリスと接続している。最後に、北の果てと南の果てに、ひときわ目を引く海がなお一つずつある。六五〇〇平方リュー〔一〇万四〇〇〇平方キロメートル〕のフンボルト海ことマーレ・フンボルツィヌム、そして、二万六〇〇〇平方リュー〔四一万六〇〇〇平方キロメートル〕の南の海ことマーレ・オーストラルである。

月の円盤の真ん中には、赤道と本初子午線をまたいで、中央の入り江ことシヌス・メディイが、二つの半球を結ぶハイフンのように口を開けていた。

地球の衛星のいつも見えている側の面は、ニコルとバービケインの目には、このように分解されて映ったのであった。これらのさまざまな面積を合計すると、この半球の表面積は四七三万八一六〇平方リュー〔七五八一万六〇〇〇平方キロメートル〕で、そのうちの三三一万七六〇〇平方リュー〔五三〇八万一六〇〇平方キロメートル〕は、火山、山脈、圏谷、島、一言で言えば、月の硬い部分を形作っているように見えるすべての箇所であり、一四一万四〇〇平方リュー〔二二六万二四〇〇平方キロメートル〕は、海、湖、沼といった、液体の部分を形作っているように見えるすべての箇所である。こんなことを言っても、尊敬すべきミシェルはてんで馬耳東風であったが。

ご覧の通り、この半球の大きさは、地球の半球の一三・五分の一である。にもかかわらず、月理学者たちは、五万以上の火口を数えている。歪に膨らみ、ひびだらけ、要するに、穴杓子そっくりなので、「グリーン・チーズ」、すなわち「緑色のチーズ」というおよそ詩的ならざる形容をイギリス人が月に奉っているのも当然のことなのだ。

バービケインがこの失敬な呼び名を口にした時、ミシェルは跳び上がった。

「一九世紀のアングロ＝サクソンときたら、まったくもってけしからん」とミシェルは叫んだ。「麗しのディアーナ、*金髪のフェーベ、*愛らしいイシス、魅力的なアスタルテ、夜の女王、ラトナとユピテルの娘、*輝けるアポロンの若き姉上*ともあろうお方に対する扱いがこれかい！」

扱いがこれかい

第一二章——山岳地形の詳細

すでに指摘したように、発射体が従っている針路は、月の北半球に向かっていた。旅人たちは、弾道に取り返しのつかない逸脱が生じていなければ命中していたはずの中心点から遠く離れていた。

真夜中を三〇分過ぎたところだった。バービケインは、その時の月との距離を一四〇〇〇キロと推測した。これは月の半径より少し長く、砲弾が北極に近づくにつれて減少していくはずだった。発射体はその時、赤道上にはなかったが、北緯一〇度の線と垂直になっていた。地図上に入念に書き込まれたこの線から北極までの間の月を、バービケインと二人の仲間たちは、最高の条件で観察することができた。

事実、望遠鏡を用いることで、一四〇〇〇キロメートルというこの距離は、一四キロ、すなわち三・五リューまで縮められた。ロッキー山脈の反射望遠鏡であれば、もっと短い距離まで近づけるのだが、地球の大気のためにその光学的威力は大いに弱められてしまっている。そういうわけで、発射体の中に陣取り、小型望遠鏡を目に当てたバービケインは、地球の観測者には事実上とらえられないいくつかの細部を早くも目にしていたのである。

「君たち」とその時会長は厳粛な声で言った。「われわれがどこへ行くことになるのか、私にはわからないし、地球と今一度あいまみえることがあるのかどうかもわからない。だが、この仕事がいつの日かわれわれの同類の役に立つものと思って、行動しようではないか。さまざまな気がかりをきれいさっぱり忘れるのだ。われわれは天文学者だ。この砲弾は、宇宙に運ばれたケンブリッジ天文台の仕事部屋なのだ。観測しよう」

この言葉が終わるのと同時に、極度の綿密さで作業が開始され、発射体が月に対して位置する距離が変化するのに応じて、月の諸相が忠実に再現された。

緯度的には北緯一〇度の上空に位置しつつ、砲弾は東経二〇度の線を厳密にたどっているようだった。

ここで、観測者が用いている地図について、重要な指摘を一つしておく。月世界地図においては、反射望遠鏡による対象の倒立が原因で、南が上に、北が下になっているため、この逆転に合わせて、東は左、西は右になって当然と思われるだろう。ところが、全然そんなことはない。地図を上下逆さまにした時に、目に見える通りの月の姿を示すのであれば、地球の地図とは反対に、東は左に、西は右になるのだが。このように変則的な事態が起こる理由は以下の通りである。北半球、なんならヨーロッパとしておくが、そこに位置する観測者は、月を自分たちの南に見る。月を観察している時には、背を北に向けているわけで、地球の地図を眺める時とは反対の位置関係になる。北に背を向けている以上、東は左、西は右になる。南半球、例えば、パタゴニアに位置している観測者にとっては、月の西側は紛れもなく左に、東側は右になる。背後が南になるからだ。

　東西の見かけ上の逆転の理由は以上の通りであり、バービケイン会長の観測を理解するために頭に入れておかなければならない点である。

　ベーアとメドラーの『月面図（マッパ・セレノグラフィカ）』を頼りに、旅人たちは難なく望遠鏡の視野に囲い込まれた部分が月の円盤のどの部分かを認めることができた。

「ぼくらが今見ているのはなんだい？」とミシェルが尋ねた。

「雲の海の北側だ」とバービケインが答えた。「遠すぎて、ここからじゃ、なにでできているのか、わからんな。あの平野は、初期の天文学者たちが主張したように、乾いた砂でできているのだろうか？　月には低く垂れ込めた濃密な大気があるというウォーレン・デラルーの意見に従えば、広大な森林にすぎないということになるが、この点もいずれはっきりするだろう。断言する権利もないのに、断言するような真似は慎もう」

　この雲の海は、地図上ではかなりあやふやに境界づけられている。この広大な平野には、その右側に隣接する火山、プトレマイオス*、プールバッハ*、アルザケル*が吐き出した溶岩の塊がごろごろ転がっていると考えられている。だが、発射体は前進を続け、目に見えて接近しつつあり、じきにこの海の北の境界を閉ざしている山々の頂が見えてきた。前面に、漲る美しさに光り輝く山が一つ聳え立っており、その頂は、太陽光線の噴火に掻き消されているように見えた。

「あれは？……」とミシェルが訊いた。

「コペルニクスだ」とバービケインが答えた。

「コペルニクスを見ようじゃないか」

　北緯九度、東経二〇度に位置するこの山は、月の地表面から三四三八メートル*の高さに聳えている。地球からもはっきりと見え、とりわけ下弦の月から新月までの間には、東から西に長く影を落とすので、標高を計測することが可能となり、天文学者たちはそれを存分に研究できるのである。

このコペルニクスは、光条系*としては、南半球に位置するティコに次いで重要なものである。それは、嵐の海に隣接する雲の海のこの一帯に臨む燈台のように、孤立してそそり立ち、その輝かしい放射の下に二つの海を同時に照らしている。満月の時には眩いばかりに輝くその長い光条が、北の沿岸山脈を越え、雨の海まで広がってそこで消えていく眺めは、ちょっとない壮観である。地球上における午前一時、発射体は、空間を運ばれる気球のように、この壮麗な山を見下ろしていた。

バービケインは、その地形の大略を正確に識別できた。コペルニクスは、巨大な圏谷の分類の中でも、第一級の環状山脈の系列に含まれる。嵐の海を見下ろすケプラーやアリスタルコスと同様に、地球照の際に灰色がかってうっすら見える部分に輝く点のように見えることがあり、活火山と間違われた。しかし、月のこちら側の面にある火山がすべてそうであるように、実際には死火山でしかない。その外輪は、直径がおよそ二二リュー〔八八キロメートル〕である。望遠鏡で見ると、相次ぐ噴火によってできた層状構造の痕跡が明らかになり、周囲には噴火の残滓が散らばっているようで、そのうちのいくつかはまだ火口の中に姿を見せていた。

「月の表面には」とバービケインが言った。「圏谷が何種類かあって、コペルニクスがそのうちの光条を持つ種類に属するのは簡単に見て取れる。もっと近づいていたら、いくつもの円錐丘が内側に林立しているのが見られたはずだが、それらは皆、かつての噴火口なのだ。これらの圏谷は、地球の火口が示す形状とは反対に、内側の表面が外側の平野より際立って低くなっている。この奇妙な地形が月面では例外なく見られるんだ。その結果、これらの圏谷の底をすべてつなぎ合わせてできる球面の直径は、月の直径よりも短くなっている」

「どうしてそんな特殊な地形になっているのかね?」とニコルが尋ねた。

「それはわかっていない」とバービケインは答えた。

「なんて素晴らしい光条だろう」とミシェルは繰り返すのだった。「これ以上に美しい眺めが見られるとは想像しがたい!」

「偶然でわれわれの旅が南半球に向かうことになったら」とバービケインが言った。「君はなんて言うだろうね?」

「そりゃ、さらにもっと美しいと言うに決まっているだろ!」とミシェル・アルダンはやり返した。

この時、発射体は圏谷を真上から見下ろしていた。コペルニクスの外輪は、ほぼ完全な円形をなしており、その切り立った壁面は、くっきりと際立っていた。二重になった環状の尾根すら見分けられた。周囲には、荒涼とした様相の灰色がかった平野が広がり、起伏はその上で黄色く浮き上がっていた。圏谷の底で、宝石箱の中に納められているかのように、まばゆいばかりの巨大な宝石に似た溶岩ドームが二つ三つ、一瞬きらめいた。北の方では、陥没によって外壁がへこんでおり、ここからおそらく火口内部に入り込むことができただろう。

周囲の平原の上空を通過する際に、バービケインは、さして重要ではない山を多数記録することができた。ゲイ＝リュサック*と名づけられた、幅が二三キロメートルの小さな環状の山などである。南の方では、平原は平らで、地面の突起や隆起が一つも見当たらない。北の方は反対に、嵐の海に続くあたりまで、ハリケーンによって攪乱された水面のようになっており、その峰や隆起は、一続きの波が急激に凝固したかのようだった。これらすべての上を、あらゆる方角に向けて光条が走り、コペルニクスの頂上を収束点としていた。そのうちのいくつかは幅が三〇キロもあって、長さは測り知れなかった。

旅人たちはこれらの奇妙な光条の正体はなんなのか論じたが、地球上の観測者たちと同様に、その性質を特定できなかった。

「それにしてもなぜ」とニコルが言う。「これらの光条が、太陽の光をほかよりも強烈に反射する支脈にすぎないと言ってはいけないのかね？」

「そうじゃないんだ」とバービケインが答えた。「もしそうなら、月が特定の条件にある時に、稜線は影を曳くはずだからね。ところが、影ができないんだな」

事実、これらの光条は、月が日輪と衝になる時しか現れず、太陽光線が斜めになるや否や、消え失せてしまう。

「しかし、これらの光条を説明するために、どういったことが想像されたのかね？」とミシェルが尋ねた。「だって、学者先生たちが説明に窮することがあろうとは信じられないからね！」

「その通り」とバービケインが答えた。「ハーシェルが一つ説を出している。が、それが正しいとまでは断言していない」

「別に構わんよ。それはどういう説かね？」

「これらの光条は、冷却した溶岩流で、太陽が垂直に照らした時にだけ輝くと彼は考えていたのだ。ありえることだが、確実とは言えない。それに、われわれがティコのもっと近くを通るようなことがあれば、光条の原因がもっとよくわかるようになるだろう」

「ねえ、君たち、ぼくらのいる高いところから見たこの平原がなにに似ているか、わかるかい？」とミシェルが言った。

「わからんね」とニコルが答えた。

「それはね、こうして溶岩の塊が紡錘みたいに転がっている様からして、巨大な棒崩しゲーム*の棒をばらまいたみたいだ。足りないのは、一本ずつ引き上げるための鉤だけだ」

「おい、ふざけないでくれよ！」とバービケイン。

「ふざけるのはやめにしよう」と落ち着き払ってミシェルは応じた。「棒崩しの代わりに、白骨にしよう。その場合、この平原は、すでに死に絶えた千世代もの人々の遺骸が眠る巨大納骨堂以外の何物でもなくなるね。こっちの譬えの方がインパクトもあるし、君も気に入るんじゃないかな」

「どっちもどっちだよ」

「なんてこった！　気難しい奴だな！」とミシェルは答えた。

「わが友よ」と実証的なバービケインは続けた。「なにに似ているかなど、どうでもいいのだよ、なんであるのかわからない限りはね」

「こいつはご名答」とミシェルは叫んだ。「おかげで学者先生と議論する術が身に着くよ！」


　その間にも、発射体はほぼ一定の速度で月面に沿って進んでいた。容易に想像できるように、旅人たちは一瞬たりとも休もうとは思わなかった。一瞬ごとに風景が移動し、彼らの眼下を逃げ去っていくのだった。午前一時半頃のこと、彼らは別の山の頂を望見した。バービケインは地図を調べて、それがエラトステネス*であることを認めた。

　それは、四五〇〇メートルの高さを持つ環状の山だった。衛星上におびただしく存在する圏谷の一つである。この点について、バービケインは、友人たちに、これらの圏谷の形成に関してケプラーが抱いていた奇妙な見解を話して聞かせた。この高名な数学者によれば、火口のような形状をしたこれらの窪地は、人間の手で掘られたにちがいないというのだ。

「どんな目的のために？」とニコルが質問した。

「それが至って自然な目的のためなんだよ！」とバービケインは応じた。「月世界人がこんな大工事を企てて巨大な穴を掘ったのは、一五日連続で照りつける日光から避難して彼らの身を守るためだというのだ」

「馬鹿じゃないね、月世界人も！」とミシェル。

「妙ちくりんな考えだな！」とニコルが応じた。「まあ、ケプラーはおそらく、これらの圏谷の本当の大きさを知らなかったんだろうな。これだけのものを掘るとなると巨人

この平原は巨大納骨堂以外の何物でもない

の仕業であって、月世界人には無理だったろう！」
「どうしてだい？　月面における重力は地球の六分の一なんだろう？」とミシェルが言った。
「でも、月世界人が六分の一の大きさだったら？」とニコルが反論した。
「そして、月世界人などいなかったら！」とバービケインが言い足した。

厳密な観測ができるほど発射体が接近することもないまま、やがてエラトステネスは地平線に沈んだ。この山は、カルパティア山脈からアペニン山脈を切り離していた。

月の山岳地形の研究においては、いくばくかの山脈がそれとして認定されており、それらは基本的に北半球に分布している。とはいえ、南半球においても、いくつかの山脈が一定部分を占めてはいる。

以下に、これらの諸山脈の一覧を、南から北の順番で、緯度と最高峰の標高とともに掲げる。

デルフェル*	南緯八四度—	七六〇三メートル
ライプニッツ*	南緯六五度—	七六〇〇メートル
ルーク*	南緯二〇度—三〇度	一六〇〇メートル
アルタイ	南緯一七度—二八度	四〇四七メートル
コルディレラ*	南緯一〇度—二〇度	三八九八メートル
ピレネー	南緯八度—一八度	三六三一メートル
ウラル	南緯五度—一三度	八三八メートル
ダランベール*	南緯四度—一〇度	五八四七メートル
ヘームス*	北緯八度—二一度	二〇二一メートル
カルパティア	北緯一五度—一九度	一九三九メートル
アペニン	北緯一四度—二七度	五五〇一メートル
タウルス*	北緯二一度—二八度	二七四六メートル
リフェウス*	北緯二五度—三三度	四一七一メートル
ヘルキニア	北緯一七度—二九度	一一七〇メートル
コーカサス	北緯三二度—四一度	五五六七メートル
アルプス	北緯四二度—四九度	三六一七メートル

こうしたさまざまな山脈の中で、最も大きいのはアペニン山脈であり、一五〇リュー〔六〇〇キロメートル〕にわたって延びているが、地球における山岳地形の大規模なうねりには及ばない。アペニン山脈は、雨の海の東岸沿いに延び、北でカルパティア山脈に続いている。カルパティア山脈の起伏はおよそ一〇〇リュー〔四〇〇キロメートル〕に達する。

旅人たちは、西経一〇度から東経一六度までその輪郭をたどれるアペニン山脈の頂を一瞬目にすることしかできなかった。しかし、カルパティア山脈の方は、東経一八度から三〇度まで、彼らの眼下に広がっていたため、その配置をはっきりとつかむことができた。

　ある仮説が極めて妥当であるように思われた。ところどころで孤を描き、高い峰が聳えているカルパティア山脈を見て、彼らは、この山脈がかつては複数の巨大圏谷を形成していたと結論づけたのである。これらの環状山脈は、雨の海を作り出した大量の溶岩流によって部分的に破壊されたに違いなかった。ということは、複数の隣接する圏谷、例えば、プールバッハ、アルザケル、プトレマイオスの左側の壁が天変地異で崩れ落ち、一続きの山脈に変えられたとすれば、カルパティア山脈のような姿になるだろう。その平均標高は三二〇〇メートル、これは、ピレネー山脈のある地点、例えば、松林の峠（ポール・ド・ピネード）に匹敵する高さである。南側の傾斜は、雨の海に向かって急激に下っている。

　午前二時頃、バービケインは、月の北緯二〇度に達した。一五五九メートルの高さの小さな山であるピュテアス*から遠からぬ地点だった。発射体と月の距離は一二〇〇キロしかなく、望遠鏡で見れば、三リュー〔一二キロメートル〕の距離まで近づけることができた。

「マーレ・インボリオム〔雨の海〕」が、旅行者の眼下に、広大な窪地のように広がっていた。しかし、細部はまだほとんど見えなかった。彼らの近く、左手に、標高一八一三メートルと見積もられているランベルト*山が聳え、少し離れたところ、嵐の大洋の境界に当たる北緯二三度、東経二九度の地点に、光条を持つオイラー山**が輝いていた。高さが一八一五メートルしかないこの山について、天文学者のシュレーター*が興味深い研究を行っている。この学者は、月の山の起源を突き止めようとして、火口の容積とそれを形作る外壁の体積は、いつもそれとわかるくらい等しいのだろうか、と考えたのだ。果たして、この等式は一般に成立しており、シュレーターはそこから、火山の噴火が一度だけあれば外壁を構成するには十分であるとの結論を下した。なぜなら、噴火が何度も起これば、等式は崩れてしまうからである。ただ、オイラー山だけがこの一般法則を裏切っていて、この山が形成されるには、複数の噴火が立て続けに起こらなければならなかった。空洞の容積が囲いの体積の二倍あるのだ。

　こうした仮説はすべて、不完全な器具しか使えない地球の観測者たちだからこそ、許されるものである。しかし、バービケインにとってはもはや満足できるものではなく、発射体が規則正しく月に接近しつつあるのを見て取った彼は、月に到達できないにしても、せめてその形成の秘密を探り出す望みを諦めてはいなかった。

第一三章——月の風景

午前二時半、砲弾は月の北緯三〇度の線の真横にあって、その間の距離は実際には一〇〇〇キロメートルあったが、光学器械はそれを一〇キロにまで縮めていた。月面のどこかしらに到達する可能性は相変わらず皆無の様子だった。その移動速度は相対的に遅く、これはバービケイン会長にとって説明のつけにくい事態だった。月との距離がこれくらい短くなると、引力に抗って砲弾を支えるには相当な速度が必要なはずだった。つまり、理由がわからない現象がまた新たに出現したというわけだった。それに、原因を究明している暇はなかった。月面の起伏が旅人の眼下に繰り広げられており、彼らとしてはそのどんな些細な点も見逃したくはなかったのだ。

望遠鏡の中の月面は、そういうわけで、二・五リュー〔一〇キロメートル〕の距離に見えていた。地球からこの距離の地点にまで運ばれた気球乗りは、地表になにを見分けることができるのだろうか？ それを言うことはできない。これまでに気球で最も高いところまで上昇した者でさえ、八〇〇〇メートルを越えていないからである。

しかしながら、以下で、この高度からバービケインと仲間たちが見たものを正確に描写してお目にかける。

かなり多彩に色のついた部分が大きな斑紋に分かれて月面上に現われていた。月理学者たちも、この色どりの性質に関しては意見が分かれている。色合いは多様であり、周囲から鮮明に際立っている。ユリウス・シュミットは、仮に地球の大洋が干上がったとしても、月から地球を観察する月世界人が、大陸の平野と海の間に、地球上の観察者が月面に見るほど多様に鮮やかな色調の違いを見分けることはないだろう、と主張している。彼によれば、「海」の名で知られる月の広大な平野は、どれも緑と茶が混じった濃い灰色をしている。いくつかの大きな火口も同じ色である。

バービケインは、ドイツ人月理学者のこの意見を承知していた。ベーアおよびメドラー両氏も同意見だった。こうして観察した結果、正しいのは彼らで、月面に灰色一色しか認めない何人かの月理学者は間違っていることをバービ

彼らに見分けられたのは……

ケインは確認した。いくつかの場所では、緑色がはっきりと浮かび上がっている。ユリウス・シュミットが言うように、静かの海および湿りの海でひときわ鮮やかに見える緑色である。バービケインはまた、内部に円錐丘がない大きな火口がいくつかあるのに目を止めたが、それらは、磨きたての鋼板の反射光を連想させる青みがかった色を放っていた。こうした色どりは現実に月面に属しているのであり、何人かの天文学者が言うように、望遠鏡の対物レンズが不完全であったり、地球の大気が介在したりする結果ではない。バービケインにとって、この点についてはいかなる疑問の余地もなかった。彼は真空を通して観測していたのであり、視覚上の誤りを犯すことはありえなかった。こうしたさまざまな色どりが存在することを科学は既定の事実と見做してよいと彼は考えた。問題は、これら緑色の色調が、低く垂れ込めた濃密な大気に維持された熱帯植物に由来するのかどうか、であった。彼にはまだなんとも言えなかった。

もっと遠方に、彼は、十分はっきりした赤っぽい色合いを認めた。リヒテンベルク*の圏谷の名で知られ、月の端にあるヘルキニア山脈の近くで孤立している囲いの底にも同じような色調がかねて観察されているのだが、バービケインにはその性質を識別できなかった。

月面のもう一つの特殊な点に関しても、彼は幸運に恵まれなかった。その原因を正確に特定できなかったのである。この特殊な点とは、以下の通りである。

ミシェル・アルダンが会長のすぐ横で観測を行っていた時のことだった。彼は、直射日光に強く照らされている長い白線に気がついた。それは、少し前にコペルニクスから放射されているのを見た光条とはだいぶ違っており、光る畝溝の連続だった。それらは互いに平行に伸びていた。

ミシェルは、いつもながら遠慮などせず、待ってましたとばかり、こう叫んだ。

「おや！　畑じゃないか！」

「畑だって？」とニコルは、肩をそびやかしながら答えた。

「少なくとも耕されてはいるぜ」とミシェル・アルダンは反論した。「それにしても、月世界人というのは大した耕作者だな！　これだけの畝溝を掘り起こすとなると、どれくらい巨大な牛を犂につながなければならなかったことか！」

「あれは畝溝じゃない」とバービケイン。「溝だ」

「溝でもいいさ」とミシェルは従順に答えた。「ただ、科学の世界で溝といったらどういう意味なんだい？」

バービケインは、即座に、溝について知っていることを友人に教えた。彼が知っているのは、それが、月面の山地

どれくらい巨大な牛を！

以外の部分ならどこにでも見られる畝溝であること、ほとんどの場合孤立しているこれらの畝溝は、長さが四リュー〔一六キロメートル〕から五〇リュー〔二〇〇キロメートル〕あること、幅は一〇〇〇から一五〇〇メートルとさまざまであること、その縁は厳密に平行であることだった。しかし、それ以上のことは知らなかった。その形成についても、性質についても知らなかったのである。

バービケインは、望遠鏡を構え、細心の注意を払って溝を観察した。彼は、溝の縁が極端に急な斜面でできていることに気づいた。平行になった長い城壁そのものであって、想像力を少々働かしさえすれば、月世界の技師たちが築いた、要塞の長い陣地だと思うことも可能だった。

これらの溝の何本かはあくまでも真っ直ぐだった。まるで縄を張って線を引いたかのようだった。別の数本は、縁を平行に保ったまま、緩やかにカーブしていた。互いに交差し合う溝もあれば、火口を横切っているものもある。こちらでは、ポセイドニオス*やペタヴィウス*のような普通の窪地に皺を寄らせているかと思えば、あちらでは、晴れの海のような海に縞模様を走らせている。

このような自然の戯れは、当然にも地球の天文学者たちの想像力を掻き立てずにはいなかった。初期の観測では、これらの溝は発見されなかった。ヘヴェリウスも、カッシーニも、ラ・イールも、ハーシェルも溝のことは知らなかったとおぼしい。この点について学者たちの注意を初めて促したのはシュレーターで、一七八九年のことであった。これを受けて、パストルフ*、グルイチュイゼン*、ベーア、メドラーといった人々による研究が続いた。今日では、溝の数は七〇に達している。だが、その数は数えられても、性質の方はいまだに特定されていない。要塞でないのはもちろんだが、干上がった川のかつての川床でもない。というのは、一つには、月の表面では水が軽すぎてこれほどの排水路を掘れるはずがないからであり、また、これらの畝溝が、非常に高いところに位置する火口をも横切っているからである。

しかしながら、ミシェル・アルダンがある思いつきを得たこと、そして、このケースでは、彼がそれと知らずにユリウス・シュミットと意見を同じくしていたことは、打ち明けておかなければならない。

「なぜ」と彼は言った。「この説明できない見かけは、ごく単純に、植物による現象と考えてはいけないのかね？」

「それはどういう意味で言っているんだ？」とバービケインが語気を強めて聞き返した。

「そうカッカしなさんな、会長殿」とミシェルは答えた。「急斜面を形成しているああした暗い線が規則正しく配置された樹木の列ってことはありえないものかね?」

「君はあくまで植物にこだわるってわけだな?」とバービケイン。

「ぼくがこだわっているのは」とミシェル・アルダンは言い返した。「君たち学者が説明できないことを説明することでね! 少なくともぼくの仮説には、どうしてこれらの畝溝が周期的に消えるのか、あるいは消えるように見えるのか、その理由を明らかにできるという利点がある」

「そりゃまた、いかなる理由によって?」

「木々は葉を失えば見えなくなり、葉を取り戻せば見えるようになる、という理由でだ」

「君の説明は見事なものだ」とバービケインは答えた。「だが、受け入れがたい」

「どうして?」

「それはね、月の表面にはいわば季節がないからだよ。ということは、君の言う植物による現象は起こりえないのだ」

実際、月の自転軸はほとんど傾いていないため、各緯度において太陽はほぼ一定の高度に保たれている。赤道地域の上空では、太陽はほとんどいつも天頂を占め、極地方では、地平線という限界を超えることはまずない。したがって、軌道面に対して自転軸がほぼ真っ直ぐ立っている木星がそうであるように、月では地域によって、冬、春、夏、秋のいずれか一つが永遠に続く。

これらの溝の原因をなにに求めるべきか。解決の困難な問題だ。それらが火口と圏谷よりもあとに形成されたのは確実である。複数の溝が環状の外壁を破って内部に入り込んでいるからだ。それゆえ、地質時代の最後の段階と同じ時期のものであり、自然の諸力の膨張にもっぱら由来するのかもしれない。

その間にも、発射体は月の緯度の四〇度線に到達していた。高さは八〇〇キロを超えていないにちがいなかった。まるで二リュー〔八キロメートル〕しか離れていないかのように、望遠鏡の視野にさまざまなものが映りはじめた。この地点では、彼らの足元に、標高五〇五メートルのヘリコン山が聳え、左手には、雨の海の一角を、虹の入り江の名で取り囲んでいる、さして高くない丘が弧を描いている。

天文学者が月面を完全に観測するには、地球の大気が現在の一七〇倍透明でなければならないだろう。しかし、発射体が漂っているこの真空の中では、観測者の目と観測対象の間にいかなる流体も入り込まない。しかも、バービケインは、ジョン・ロスの反射望遠鏡だろうと、ロッキー山脈のそれだろうと、最高に強力な反射望遠鏡でもこれほどまで近づけなかった距離にいたのである。したがって、月に人は住んでいるのかという重大な問題を解決するためには絶好の条件にあった。しかしながら、この点もいまだ不明のままだった。彼は、広大な平原の荒れ果てた広がりと、北の方の荒涼とした山塊しか見分けられなかった。人為的な作業を示すものはまったく見当たらない。人が立ち寄ったことを示す廃墟もなかった。低次の段階であれ、生命が発達していることを明かす動物の群れもない。どこを見ても動くものはなく、植物の形跡もない。地球という回転楕円体を分かち合っている三つの界*のうち、月面に現われているのは一つだけだった。鉱物界である。

「おいおい！」とミシェル・アルダンがややうろたえた顔で言った。「誰もいないってわけかい？」

「いないね」とニコルが応じた。「今のところは。人もいなければ、動物もいないし、木もない。結局のところ、大気が窪地の底、圏谷の内側、あるいは、ひょっとして月の反対側に身を潜めているのかいないのか、われわれにはなに一つ予断を持てないのだ」

「しかも」とバービケインが言葉を足した。「どれほど遠目が利いても、七キロ以上離れたところから人の姿を見ることはできない。したがって、月世界人がいるのであれば、彼らには砲弾が見えるが、われわれには彼らは見えない」

午前四時頃、五〇度の緯線上にあって、距離は六〇〇キロにまで縮まっていた。左手には、一本の山並みが不規則にくねりながら延びており、まともに光を浴びて輪郭を浮き上がらせていた。右手には、反対に、月の地面に掘られた、底知れず暗い巨大な井戸のような黒い穴が開いていた。

この黒い穴は、大黒湖、プラトンだった。下弦の月と新月の間、影が西から東に落ちる時期に、地球からもちゃんと観測することができる深い圏谷である。

この黒い色合いは、衛星の表面では滅多にお目にかかれない。ほかにこの色が認められるのは、北半球にある寒の海の東に位置するエンデュミオーンの圏谷の奥底、あるいは、天体の東の端の赤道上にあるグリマルディ*の圏谷だけである。

プラトンは、環状の山で、北緯五一度、東経九度に位置する。その圏谷は、長さ九二キロ、幅六一キロである。バービケインは、この巨大な開口部の真上を通れないことを残念がった。そこには計測の対象となる深淵があり、ひょっとするとなにか謎の現象に出くわさないとも限らなかったからだ。しかし、発射体の進行は変えられないのだった。それに厳格に従うしかなかったのである。気球を操縦することはできない。砲弾の壁の中に閉じ込められてしまえば、それ以上に操縦は不可能だった。

午前五時頃、雨の海の北の境をようやく越えた。ラ・コンダミン山*とフォントネル山*が、視野のそれぞれ左と右にまだ残っていた。月面のこの部分は、北緯六〇度を越えたあたりから、全面的に山がちになっている。望遠鏡はそれを一リュー〔四キロメートル〕の距離にまで近づけたが、これは、モンブランの頂上と海面を隔てる距離よりも短い。この一帯は、どこもかしこも峰や圏谷でささくれ立っていた。北緯七〇度のあたりにフィロラオス*が、長さ一六リュー〔六四キロメートル〕、幅四リュー〔一六キロメートル〕の楕円形の火口を開け、三七〇〇メートルの高さに聳え立っていた。

その時、この距離から見た月面は、奇怪極まる様相を呈していた。風景は、地球の風景とはまったく異なる不利な条件で目に映ったのである。

月には大気がなく、この気体の覆いの不在が引き起こす結果はすでに示された通りである。月の表面には薄明が存在せず、夜は昼に、昼は夜に、真っ暗闇の中でランプが灯り、消える時のように、出し抜けに移行する。寒さと暑さの間の変わり目も存在せず、温度は一瞬のうちに、沸点から宇宙空間の寒さが示す温度にまで下がるのだ。

空気のこの不在がもたらすもう一つの結果は以下のようなものだ。太陽光線が届かない場所には、漆黒の闇が支配しているということである。地球において散光と呼ばれるもの、あの空気中に分散している光る物質、あれこそが黄昏と曙光を作り出し、影を、薄暗がりを、ありとあらゆる陰影の魔術を生み出すわけだが、それが月には存在しないのだ。その結果、黒と白の二色しか認めない強烈なコントラストが生じる。月世界人が太陽光線を目から遮ってみるがよい。すると、真黒な空が現れ、この上なく暗い闇夜になったかのように、星が輝いて見える。

この奇妙な様相がバービケインとその二人の友人にどのような印象を与えたか、ご想像願いたい。彼らの目は混乱してしまった。各面の相互間隔が把握できなくなっていた。陰影の現象によってやわらげられていない月の風景は、地球の風景画家の手には負えなかっただろう。白紙の上のインクの染み、ただそれだけだった。

この状態は、北緯八〇度に達した発射体が月からわずか一〇〇キロのところに来た時にも変わらなかった。朝の五時頃、ジョーヤ*山から五〇キロ、望遠鏡では八分の一リュー〔五〇〇メートル〕のところを通った時にも変化はなかった。月は手で触れそうだった。たとえそれが北極点においてであろうと、砲弾がまもなく月と衝突しないなどということは、ありえないように思われた。ぎらぎらと輝く北極点の稜線は、真黒な空を背景に強烈に浮き出していた。ミシェル・アルダンは、舷窓を一つ開けて、月の表面に身を躍らせたかった。一二リュー〔四八キロメートル〕の落下！　そんなものは目ではなかった。それ以前に無駄な試みではあった。発射体が衛星のどこかに到達しないことになっている限り、ミシェルは、その運動に巻き込まれ、砲弾同様、月には到達しなかったであろうから。

その瞬間、六時になり、月の北極が現れた。月面は、旅人の目には、半分が強烈に照らされ、もう半分が暗闇に沈んでいるようにしか見えなかった。突然、砲弾は、強い光と絶対の闇の間の境界線を超え、たちまち深い夜に沈んだ。

このような現象が出し抜けに発生したその時、発射体は、五〇キロも離れていない地点で月の北極をかすめたのだった。宇宙空間の絶対的な闇の中に沈むのに、数秒しかかからなかった。移行はあまりにも急激に行われ、微妙な移り変わりもなければ、光が次第に薄れていくことも、光の波動が弱まっていくこともなかったため、天体は強烈な一息で吹き消されたかのようだった。

「融けちまった、消えちまったよ、月が！」とミシェル・アルダンが呆然としながら叫んだ。

事実、光の反射もなければ、影もない。ちょっと前までまばゆく輝いていたあの円盤は影も形もなかった。完全な闇が、星のきらめきによってさらに深められていた。まさに「この黒色」が月の長い夜に染み込んでいるのであって、月それ自体の回転である自転運動と地球の周りを回転する公転運動が一致していることから、月の夜は、どの地点においても三五四時間三〇分続くのである。発射体は、衛星が投げる円錐形の影に呑み込まれ、地球からは見えない月の裏側のどの部分もそうであるように、太陽光線の作用を受けなくなったのであった。

したがって、砲弾の内部も真っ暗だった。もはやお互いの顔も見えなかった。この闇を追い払う必要があった。バービケインとしては、限られた予備しかないガスを節約したいのは山々であったが、高価な明かりの肩代わりを太陽に拒まれた以上、人工的な照明をこのガスに求めるしかなかった。

「輝く天体とは笑わせる！」とミシェル・アルダンが叫んだ。「ただで光をじゃんじゃんくれるはずが、ガスを消費させるとは」

「太陽を責めるのはよそう」とニコルが言った。「太陽のせいじゃない。衝立みたいに太陽とわれわれの間に入って来た月がいけないんだ」

「いや、悪いのは太陽だ！」とミシェルが繰り返した。

「いや、月の方だ！」とニコルが言い返した。

バービケインがこの不毛な議論にけりをつけた。

月がいけないんだ

「君たち、太陽のせいでもなければ、月のせいでもないよ。発射体のせいだ。軌道を正確にたどらず、気が利かないことに逸れてしまったんだから。それに、もっと公正を期すなら、責任は、われわれの本来の針路を嘆かわしくも狂わせた、あの間の悪い火球（ボリード）にある」

「結構！」とミシェル・アルダンが返答した。「問題が片づいたから、食事にしよう。一晩中観測していたんだから、体力を少し取り戻した方がいい」

この提案に反対する者はいなかった。ミシェルは、数分で食事の支度をした。だが、彼らはあくまで食べるために食べ、乾杯もしなければ、万歳も叫ばずに飲んだ。慣れ親しんだ光のお供もなしにこの暗い空間に引きずり込まれては、彼らのような大胆な旅人といえども、漠然とした不安が胸にこみ上げるのを感じていたのである。ヴィクトール・ユゴーのペンが愛用する「獰猛な」闇*が、あらゆる方向から彼らを締めつけていた。

その間にも、彼らは、三五四時間、すなわち一五日間近くも続く果てしない夜について話し合った。物理法則がこの長い夜を月の住人に課していたのである。バービケインは、友人たちに、この奇妙な現象の原因および結果について、若干の説明をした。

「確かに奇妙ではあるんだ」と彼は言った。「月の半球はかわるがわる日の光を一五日間奪われるわけだが、われわれが今この瞬間にその上を漂っている半球の方は、長い夜の間、皓々と照らし出された地球を拝むことすらできない。一言で言えば、月があるのは——われわれの回転楕円体をこう呼ぶとしてね——片面だけなんだよ。ところで、仮に地球でも同じような具合だったら、つまり、例えば、ヨーロッパの住民は月を一度も見たことがなく、その対蹠点でしか月が見られないとしたら、オーストラリアにやって来たヨーロッパ人がどんなに驚くか、想像できるかい？」

「月を見るためだけでも旅に出かけるだろうな！」とミシェルが応じた。

「というわけで」とバービケインが続けた。「地球とは反対側の面、地球のわれらが同胞は決して目にすることができないこの面に住む月世界人のために、この驚きが特別に用意されているのだ」

「われわれにはこの面が見られたはずだったんだ」とニコルは付け加えた。「もし新月の時に、つまり、二週間後にここに到着していたら」

「もう一つ付け加えておきたいのは」とバービケインが続けた。「地球から見える面の住人は、逆に、見えない側に住む兄弟たちを犠牲にして、自然から贔屓してもらっているんだよ。裏側の方では、この通り、深い夜が三五四時間続く間、その闇は一筋の光にすら破られることがない。反対に、もう一方の側では、一五日の間というもの照りつけていた太陽が地平線の下に沈んだかと思えば、反対側の地平線から素晴らしい天体が昇る姿を見られる。われわれが知っているあの縮小された月の十三倍の大きさの地球、二度の視直径*を持つ地球、大気に弱められていない、一三倍の明るさの光を注ぐ地球、太陽がふたたび登場するのを待って姿を消す地球なのだ！」

「名文だね！」とミシェル・アルダン。「やや堅苦し（アカデミック）いような気もするけど」

「それゆえ」とバービケインは眉一つ動かさずに続けた。「月の、地球から見える方の面の住み心地は相当いいに違いない。満月の時には太陽を、新月の時には地球を、といった具合に、常に見るものがあるからだ」

「とはいえ」とニコルが言った。「その利点は、光がもたらす耐えがたい熱のために帳消しにされるはずだ」

「その点に関する不都合は、どちらの面でも同じなんだよ。なぜなら、地球が反射する光には当然ながら熱がないからね。しかし、見えない側の面は、見える側の面より熱に苦しまされているのだ。この話は、ニコル、君のためにしている。ミシェルにはまず理解できないだろうから」

「ご挨拶だね」とミシェル。

「事実として」とバービケインは続けた。「この見えない方の面が太陽の光と熱を同時に受ける時というのは、月が新月にある時にほかならず、したがって、合の位置、太陽と地球の間に位置している。つまり、月は――満月の時、衝にある月が占める位置に対して――地球との距離の二倍だけ、太陽に近くなっている。さて、この距離は、太陽と地球の間の距離の二〇〇分の一と見積もられているから、きりのいい数字でいえば、二〇万リュー〔八〇万キロメートル〕に相当する。それゆえ、見えない方の面は、太陽の光を受ける時、二〇万リューだけ太陽に近いのだ」

「その通りだ」とニコル。

「逆に……」とバービケインが言葉を継いだ。

「ちょっと待った」とミシェルが謹厳な友人をさえぎった。

「なにかね？」

「その説明の続きはぼくにやらせてもらいたい」

「なぜ？」

「ぼくがちゃんと理解していることを証明するためだよ」

「いいだろう」とバービケインは微笑しながら言った。

「逆に」とミシェルは、バービケイン会長の口調と身振りを真似ながら言った。「逆に、月の、見える方の面が太陽に照らされている時というのは、月が満月である時にほかならず、したがって、地球に対して太陽の反対側に位置している。月を輝く天体から隔てる距離は、それゆえ、きりのいい数にして二〇万リューだけ延びており、受ける熱も少し減るにちがいない」

「お見事！」とバービケインは叫んだ。「ねえ、ミシェル、君は芸術家にしちゃ、頭がいいね」

「うん」とミシェルはぞんざいな調子で答えた。「イタリアン大通り*じゃ、みんなこんな感じでね」

大真面目な顔でバービケインは愛嬌たっぷりの仲間と握手をし、見える方の面の住人に確約されている利点を引き続き列挙した。

その中でも特に、彼は日蝕の観測を取り上げた。日蝕が起こるには、月が衝の位置にある必要があるため、日蝕は月の円盤のこちらの面でしか見られない。月と太陽の間に地球が割り込むことで生じるこの日蝕は二時間も続くのだが、地球は、その大気が光線を屈折させるので、太陽の上の黒い点にしか見えないに違いない。

「こうして見ると」とニコルが言った。「実に割を食った、自然に見放された半球だね、この見えない側の半球ってやつは！」

「そうなんだ」とバービケインは答えた。「でも、全表面がそうだというわけじゃない。実際、ある種の秤動、中心におけるある種の振動のために、月は、その球体の半分より少し多くの部分を地球に見せているんだ。月というのは、重心が地球の方にずらされた振り子のようなもので、規則正しく揺れている。この揺れの原因はなにか？　月の自転軸をめぐる運動は一定の速度であるのに対して、地球の周りの楕円軌道に従う公転運動の方はそうではないことが原因だ。近地点では、公転の速度が勝り、月はその西の縁を余計に見せる。遠地点では、逆に自転の速度の方が早いため、東の縁が少々見えるのだ。およそ八度分の球面月形*が、ある時は西、ある時は東で現れるというわけだ。結果的に、月面全体を一〇〇〇として、そのうちの五六九が見えることになる」

「なんだって構うもんか」とミシェルが答えた。「万が一、月世界人になるようなことがあれば、見える側の面に住むことにしよう。ぼくはねえ、光が好きなんだ！」

「ただし」とニコルが注意した。「何人かの天文学者が主張するように、大気が別の側に溜まっていたら、話は別だ」

「それも一つの見識だね」とミシェルはあっさり答えた。

その間にも食事は終わり、観測者たちは持ち場に戻った。発射体内部の明かりをすべて消して、真っ暗な舷窓越しに外を見ようとした。しかし、一粒の光の原子さえ、この闇を横切ることはないのだった。

説明のつかない一つの事実がバービケインの気にかかっ

ていた。月からこれほど短い距離のところを通りながら——およそ五〇キロのところである——どうして発射体は落下しなかったのか？　並外れた速度が出ていたというのであれば、落下が起きなかったことも理解できただろう。だが、比較的遅い速度だったことを考えると、月の引力に抵抗できたことが説明できない。発射体は、外部からなにかしら影響を受けていたのだろうか？　なんらかの物体が砲弾をエーテルの中に支えていたというのか？　砲弾が月のどの部分にも到達しないことは今や明らかだった。では、どこへ行くのか？　月面から遠ざかるのか、それとも近づくのか？　無限に続くこの深い夜の中に運び去られるのか？　この暗闇の中でどうしたらそれがわかるのか、計算できるのか？　こうした疑問がどれもこれもバービケインを不安にさせていた。だが、それらを解決することが彼にはできなかったのである。

　事実として、目には見えない天体はそこ、たぶんわずか数リューのところに、数マイルのところにあった。ただ、彼にも、仲間たちにももはやそれを感知できなかったのである。その表面でなんらかの音がしていたとしても、それが彼らの耳に入ることはなかった。音の運び手である空気が欠如しており、アラブの伝説によれば、「すでに半ば大理石と化していながら、まだ生気が残っている男」のようだという月のうめき声は、彼らには伝わらなかったのだ！

　ずば抜けて忍耐力に優れた観察者であっても、いらいらせずにはいられない事態であったことはお認めいただけるだろう。ほかならぬあの未知の半球が彼らの視線から隠されていたのだから！　これが一五日前だったら、あるいは一五日後だったら、太陽光線によって申し分なく照らし出されていたはずの、あるいは、照らし出されるはずのこの面が、その時は漆黒の闇に消えていたのだ。一五日後、発射体はどこにいるだろう？　引力のいたずらは、彼らをどこへ連れ去るのだろう？　こうした問いに答えられる者などいただろうか？

　月理学者の観察に基づいて、月の見えない面の組成は、見える面と完全に同じであることが広く認められている。実際、バービケインがすでに説明した秤動の過程で、裏側のおよそ七分の一は発見されている。垣間見られたこれらの球面月もまた、すでに地図上に記録されているのと似たような平原、山脈、圏谷、火口でしかなかった。それゆえ、裏側も性質は同じであり、同じ荒涼とした死の世界が広がっていると予想できたのである。とはいうものの、こちら側に大気が逃げ延びていたとしたら、どうか？　空気とともに水が、息を吹き返した大陸に生命をもたらしていたとしたら？　植物がまだしぶとく生き残っていたとしたら！

動物が大陸と海を満たしていたら？　こうした居住可能な条件下にあって、人がまだ住んでいたら？　解決できればおもしろいに違いない問題がなんとたくさんあることか！　この半球を眺めるだけでどれほど多くの解答が引き出せることか！　人間の目が一度として垣間見たことのないこの未知の世界に視線を投げかけることの、なんという歓喜！

　この闇夜にあって、旅人たちが感じたやる瀬ない気持ちもよくわかる。月面の観察はまったくできなかった。彼らの視線を引いたのは星座だけだったが、フェイ*にしろ、シャコルナック*にしろ、セッキにしろ、観測のためにこれほど恵まれた条件に置かれた天文学者はいまだかつていなかったことは認めなければならない。

　実際、澄みきったエーテルに浸されたこの恒星世界の壮麗に匹敵するものなどありえなかった。これら天の穹窿に嵌め込まれたダイヤモンドは、比類ない輝きを放っていた。南十字星から北極星まで、天空を一望できた。歳差運動の結果、この二つの星は、一万二〇〇〇年後には、天の極の座を、南半球ではカノープス*に、北半球ではヴェガ*に、それぞれ譲ることになっている。想像力はこの崇高な無限の中では無力である。そして、そのただ中を、人間の手が創り出した新しい天体のように発射体が運行しているのだった。自然の働きで、これらの星たちは、穏やかに輝いていた。瞬いていなかったのである。それは、大気が存在しないからだった。濃淡と湿度がさまざまに異なる大気の層が介在することで、星は瞬くのだ。宇宙空間の絶対の静寂のただ中にあって、星たちはこの深い夜にまなざす優しい目だった。

　長い間、旅人たちは、押し黙ったまま、星に飾られた天空を観察していた。月という巨大な衝立がその上に黒い巨大な穴を開けていた。しかし、とうとうある苦痛のために彼らは観察どころではなくなった。それは厳しい寒さだった。たちまちのうちに窓ガラスが内側から厚い氷の層に覆われてしまった。事実、太陽はもはやその直射日光で発射体を暖めておらず、砲弾は壁の間に蓄えた熱を少しずつ失ってしまったのである。この熱は、輻射によってあっという間に空間に発散し、温度の大幅な下降が生じたのだ。湿気は窓ガラスに接触して氷と化し、一切の観察が不可能となった。

　ニコルは、温度計を調べて、気温が零下一七度まで下がったことを確認した。したがって、倹約精神を振りかざすべき理由には事欠かないものの、光をガスに求めた後は、熱を求めざるをえなかった。砲弾内の気温の低さはもはや耐えられなかった。乗客たちは生きたまま凍ってしまったことだろう。

この壮麗に匹敵するものなどありえなかった……

「ぼくらが旅の単調さを嘆くことはないだろう！」とミシェル・アルダンが指摘した。「少なくとも温度に関する限り、山あり谷ありじゃないか！　ある時は、パンパスのインディアンのように、光に目をくらまされ、熱にうんざりする！　またある時は、北極のエスキモーのように、深い闇の中、極地の寒さに沈み込む！　いやまったく！　ぼくらには不平を鳴らす権利はないよ。自然はぼくらのためを思っていろいろなことをしてくれる」

「しかし」とニコルが尋ねた。「外の温度はどれくらいだろう？」

「惑星間空間の温度そのものだよ」とバービケインが答えた。

「それじゃあ」とミシェル・アルダンが言葉を継いだ。「ぼくらが太陽光線に浸かっていた時にはできなかったあの実験をやる機会では？」

「千載一遇のチャンスだね」とバービケインが応じた。「空間の温度を確かめ、フーリエとプイエのどちらの計算が正しいか知るために、われわれは好都合な場所にいる」

「いずれにせよ、寒い！」とミシェルが答えた。「内側の湿り気が窓ガラスに凝結していくのを見なよ。ちょっとでも温度の下降が続くなら、吐いた息の蒸気が雪となって、ぼくらの周りに降るぞ！」

「温度計を用意しよう」とバービケインが言った。

誰でも考えつくことだが、通常の温度計をこの条件に曝そうとしても、なんの役にも立たない。水銀が水銀溜の中で凍ってしまう。水銀は、零下四二度までしか液体ではいられないからである。だが、バービケインは、極度の低温の最低値を示すヴァルフェルダン*方式の余溜部付温度計を持っていた。

実験を始める前に、この温度計を通常の温度計と比較した上で、バービケインはそれを使おうとした。

「どういうふうにやるつもりかね？」とニコルが質問した。

「簡単この上ないね」と、どんな時も決してまごつくことのないミシェル・アルダンが答えた。「舷窓を素早く開けて、温度計を放り出せばいい。模範にしたいくらい素直に発射体についてくるよ。一五分もしたら、それを引き上げて……」

「手でかい？」とバービケインが尋ねた。

「手でね」とミシェル。

「では、君、そんな危険な真似はよしてくれ」とバービケインが応じた。「君が引っ込ませる手は、ゾッとするような寒さのために凍りつき、変形した切り株でしかなくなる」

「本当かね！」

「ひどい火傷をした時のような感じがするよ。白熱した鉄

吐いた息の蒸気が

を触った時みたいにね。熱というのは、それが急激にわれわれの肉体を出たり入ったりする場合、まったく同じものなんだ。おまけに、発射体の外に放り出したものがまだわれわれについてきているかどうか、自信がない」

「どうして？」とニコル。

「われわれが大気を通過している場合、それがどれほど稀薄なものであろうとも、あれらの物体は遅れることになったはずだ。ところが、こう暗くてはまだわれわれの周りに漂っているかどうか確かめられない。だから、温度計をなくしたりしないよう、紐で縛っておこう。中に引き込むのもより簡単になる」

バービケインの提案は採用された。素早く開けられた舷窓から、ニコルが温度計を外に放り出した。それはすぐに引き上げられるよう、極めて短い縄にくくりつけられていた。舷窓が開いていたのは一秒間だけだったが、凄まじい寒さが発射体内部に侵入するにはそれで十分だった。

「畜生！」とミシェル・アルダンが叫んだ。「白クマも凍る寒さだ！」

バービケインは三〇分経過するのを待った。温度計が宇宙空間の温度に下がるには十分すぎる時間である。それから、温度計は素早く引き上げられた。

バービケインは、器具の下部にハンダ付けされた小瓶の中に注ぎ込まれたエタノール*の量を計測してから、こう言った。

「摂氏零下一四〇度！」

フーリエではなく、プイエ氏が正しかったのだ。これが恒星空間のおそるべき温度だった！　これが、おそらくは、一五日の間太陽が注ぎ続けた熱を輻射によって夜の天体が失ってしまったあとの、月の大陸の温度なのだ！

第一五章――双曲線それとも放物線

バービケインと彼の仲間たちが、無限のエーテルの中を運び去られていくこの鋼鉄の牢獄によって、どのような運命に導かれようとしているのか、ほとんど気にもかけていないことに驚かれる方もおられよう。自分たちがどこに向かっているのかと気を回す代わりに、仕事部屋に腰を据えてでもいるかのように、彼らはもっぱら実験に時間を費やしていたのだった。

　こうした疑問に対しては、こう答えることもできただろう。これほどまでに気骨のある男たちは、こうした悩みを超越しているのであって、そんな些細なことには煩わされず、未来の運命のことでくよくよするよりほかにやることがあるのだ、と。

　実際のところは、彼らには発射体をコントロールできず、その運行を食い止めることも、針路を変更することもできなかったというだけのことだった。船乗りは舳先の方向を思いのままに変えられる。気球乗りも気球を上下に動かせる。彼らはといえば、その反対で、自分たちの乗り物になんの影響も及ぼせない。いかなる操縦も禁じられているのだ。なるようにしかならない、船乗り言葉に言う「走らせる」*がままに、という心境になっていたのである。

　この時、つまり、地球上では一二月六日と呼ばれるこの日、朝の八時に、彼らはどこにいたのだろうか？　月の近隣空域、それも、天空に広げられた巨大な黒い遮蔽板のように月が見えるくらい、近くにいたことは請け合える。月との間の距離はといえば、それを見積もるのは不可能だった。発射体は、説明のつかない力に支えられて、衛星の北極を五〇キロ足らずの距離でかすめたのだった。だが、円錐形の影に入ってから二時間が経過した現在、その距離は大きくなったのか、それとも小さくなったのか？　砲弾の方向と速度を計算するための基準となる点がまったく見当たらないのだ。ひょっとすると、砲弾は、急速に月から離れつつあって、間もなく本影の外に出るのかもしれない。ひょっとすると、それとは逆に、はっきりと月に近づきつつあって、じきにこの見えない半球のどれか高い峰に衝突するのかもしれない。そうなれば、この旅は、旅行者たちを犠牲にして終わりを迎えるだろう。

　この点をめぐって議論が始まった。相変わらず説明ならありあまっているミシェル・アルダンは、砲弾が月の引力に引き留められ、地球の表面に落下する隕石のように落下するだろうという意見を述べた。

「まず、わが友よ」とバービケインが答えた。「すべての隕石が地球に落ちるというわけではないんだ。それは少数なんだよ。したがって、われわれが隕石の状態になっていたとしても、それだけでわれわれが必然的に月の表面に落下することにはならない」

「でも」とミシェルは応答した。「ぼくらが十分近くまで来ていれば……」

「違うんだな」とバービケインが言い返した。「君は、一年のある時期に、幾千もの流れ星が空に線を引くのを見たことはないかい？」

「あるよ」

「じゃあ言うけど、ああした星、いや、むしろ塵と言うべきだが、あれらが輝くのは、大気の層との摩擦で熱する場合だけなのだ。さて、流れ星が大気を横切るということは、地球から一六リュー〔六四キロメートル〕足らずのところを通過しているということだが、にもかかわらず、滅多に落下しない。われわれの砲弾も同じことだ。月の非常に近くを通りながら、それでも落下しないかもしれない」

「でも、それなら」とミシェルが質問した。「ぼくらのさまよえる乗り物が宇宙空間でどのような振る舞いを見せることになるのか、ぜひ知りたいもんだね」

「私には二つの仮説しか思いつかないな」とバービケインは、しばし考え込んでから答えた。

「どういう仮説かね？」

「発射体は、二種類の数学的曲線のうち、いずれか一つを選択できる。どちらの曲線に従うことになるかはその時点における速度によるが、それを計算することが現段階ではできない」

「そうだ」とニコルが言った。「砲弾は、放物線（パラボル）か双曲線（イペルボル）に従って、飛んでいくだろうね」

「その通り」とバービケインが答えた。「ある程度の速度であれば、放物線（パラボル）、速度がもっと早ければ、双曲線（イペルボル）を取ることになる」

「その仰々しい言葉*、好きだなあ」とミシェル・アルダンが叫んだ。「どういう意味かすぐわかるってもんだ。で、君たちの放物線（パラボル）とはなにか、教えていただけないだろうか」

「君」と大尉が答えた。「放物線（パラボル）とは、円錐をその側面に平行な平面で切る時にできる二次曲線のことだよ」

議論が始まった

「ああ！　なるほどね！」とミシェルは満足げに言った。

「臼砲から発射された砲弾が描く弾道とだいたい同じだ」とニコルが続けた。

「完璧だ。で、双曲線（イペルボル）は？」とミシェルが尋ねた。

「双曲線（イペルボル）はね、ミシェル、円錐の表面と、円錐の軸に平行な平面が交わってできる二次曲線で、互いから離れていて、二つの方向に無限に延びる分枝で構成されている」

「そんなことがあるのかね！」とミシェル・アルダンは、まるで重大な事件を知らされたかのように深刻この上ない顔をして叫んだ。「それで、ニコル大尉、これだけは覚えておいてほしいな。君による双曲線（イペルボル）の定義でぼくの気に入ったところは、――途方もない冗談（イペルブラグ）と言いそうになったよ――君が定義すると称する当の語よりも、定義の方がいっそうわかりにくいことだよ！」

　ニコルもバービケインもミシェル・アルダンの冗談を取り合わなかった。彼らは、科学的な議論に突入していたのだ。発射体はどちらの曲線に従うことになるのか、二人を熱中させたのはこの問題だった。一方は双曲線（イペルボル）に、他方は放物線（パラボル）に肩入れした。彼らは、xでささくれ立った論拠を言い合った。彼らの議論の言葉遣いは、ミシェルを飛び上がらせた。論戦は火の出る勢いで、どちらの論敵も自分の贔屓の曲線のために一歩も引こうとはしなかった。


　この科学的口喧嘩がいつまでも終わりそうにないので、ミシェルは堪忍袋の緒を切らせて言った。

「ねえ、ちょっと！　コサインの旦那方、放物線（パラボル）や双曲線（イペルボル）を頭にぶつけ合うのはいい加減にしてもらえるかな？　ぼくとしちゃ、この問題で知りたいのは一つだけなんだ。君たちの曲線のどちらかにぼくらは従うことになる。結構。だが、その場合、ぼくらはどこに連れて行かれるんだい？」

「どこにも」とニコルが答えた。

「なんだって、どこにも、だと！」

「当然だよ」とバービケインが言った。「どちらも開曲線だからね、永遠に続くのさ！」

「ああ、学者ってやつは！」とミシェルは叫んだ。「君たちのことを心から愛しているよ！　なあ！　どちらもぼくらを引っ張って宇宙空間をどこまでも進むんだったら、放物線（パラボル）だろうと双曲線（イペルボル）だろうと、どっちでもいいじゃないか！」

　バービケインとニコルは思わず苦笑せずにはいられなかった。彼らときたら「芸術のための芸術」をしでかしていたのだ！　暇つぶしにしかならない問題が、これほど時宜を得ずに論じられたためしはなかった。双曲線的（イペルボリック）に運び去られるのであれ、放物線的（パラボリック）にであれ、発射体は二度とふたたび地球とも月ともめぐり会うことはない、これがいまわしい真実であった。

さて、近い将来、これらの大胆な旅人たちの身に起ることはなにか？　彼らが飢えで死ぬことはなく、渇きで死ぬこともないのは、ガスがなくなる頃には空気の欠乏で死ぬことになるであろうからだ。それ以前に、寒さのために死ななければ、の話だが！

しかしながら、いくらガスの節約が大事とはいえ、気温がこうも下がっては、一定量消費しないわけにはいかなかった。どうしても仕方がなければ、光はなしでもすむが、熱はそうはいかない。はなはだ幸いなことに、レゼとルニョーの装置が発生させる熱が発射体内部の温度を少しだけ上昇させており、あまりガスを浪費せずに、まあまあしのげる程度の気温を保つことができた。

とはいえ、舷窓越しに観察することは極めて困難になっていた。内部の湿気が窓ガラスの表面に凝結し、瞬時のうちに凍りついていたからである。何度も何度もこすって窓ガラスの不透明さを取り除かなければならなかった。それでも、極めて興味深い現象をいくつか確認できた。

事実、この見えない円盤に大気があるとすれば、その上で流れ星が航跡を曳くのを目にすることになりはしないか？　発射体自体、それが流体の層を横切るようなことがあれば、月がこだまを返す物音、例えば、嵐の唸りを、雪崩が砕ける音を、活火山の噴火する音を捕捉できはしまいか？　そして、なんらかの火山が閃光の羽飾りを付けているのであれば、その強烈な輝きを確認できるのではないか？　こうした事実は、念入りに確かめられれば、月の組成という謎の多い問題の飛躍的な解明につながったはずだった。そういうわけで、バービケインとニコルは、天文学者のように舷窓に陣取って、良心的な辛抱強さで観察を続けていたのであった。

しかし、これまでのところ、この円盤は黙り込み、暗いままだった。これら熱烈な精神が浴びせる無数の質問に答えようとしなかったのである。

このため、ミシェルの頭に、一見正当に見える考えが浮かんだ。

「もう一度この旅行をするようなことがあれば、新月の時を選ぶべきだね」

「確かに」とニコルが応じた。「その方が状況的に好都合だろう。旅行の間は、太陽光線に埋没した月を見ることができないのは認めるが、逆に、満地球が見えるだろう。おまけに、今こうしているように、月の周りを回るようなはめになったとしても、素晴らしく照らし出された見えない側の面を見ることはできただろう！」

「よくぞ言ってくれた、ニコル」とミシェル・アルダンが言葉を返した。「君はどう思う、バービケイン？」

「私はこう思う」と謹厳な会長は答えた。「この旅行をやり直せるなら、同じ時期に、同じ条件の時に出発することになるだろう。われわれが目標に到達したとしよう。暗い夜に沈んだ地方ではなく、光に満ち溢れた大陸を見出す方がよくはないか？　その方が最初のキャンプ設営は最良の条件に恵まれていたのではあるまいか？　言うまでもなく、その通りだ。見えない側の面だが、月球を探索する旅行の間に訪れていただろう。それゆえ、満月の時期という選択は当を得ていたのだ。だが、目標に到達していなければならず、そのためには、針路から逸れてはならなかった」

「そういうことなら、まったく異論の余地はないな」とミシェル・アルダンは言った。「それでも、月の裏側を観察する絶好の機会を逸したことに変わりはないが！　ほかの惑星の住人は、自分たちの衛星について、地球の学者よりも詳しいかもしれないぞ」

　ミシェル・アルダンのこの指摘に対して、以下の答えを返すのは容易なことである。その通り、ほかの衛星は、それぞれの母惑星に近接しているため、ずっと容易に研究できるようになっている。土星、木星、天王星に住人がいるとすれば、彼らが自分たちの月と連絡を取るのはもっと簡単だったはずだ。木星の四つの衛星はそれぞれ、一〇万八二六〇リュー〔六八万八〇〇キロメートル〕、一七万二二〇〇リュー〔四三万三〇四〇キロメートル〕、二七万四七〇〇リュー〔一〇九万八八〇〇キロメートル〕、四八万一三〇リュー〔一九二万五二〇キロメートル〕のところを回っている。しかし、これらの距離はいずれも惑星の中心から計ったものであり、半径の長さである一万七〇〇〇〔六万八〇〇〇キロメートル〕から一万八〇〇〇リュー〔七万二〇〇〇キロメートル〕を差し引けば、最初に挙げた衛星は、地球の表面から月が離れているよりも、木星表面から離れていないことがおわかりいただけよう。土星の八つの月のうち、四つまでが同様にもっと近くにある。ディアーヌ*は八万四六〇〇リュー〔三三万八四〇〇キロメートル〕、テティスは六万二九六六リュー〔二五万一八六四キロメートル〕、エンケラドゥスは四万八一九一リュー〔一九万二七六四キロメートル〕、そして、ミマスは平均してたったの三万四五〇〇リュー〔一三万八〇〇〇キロメートル〕の距離にある。天王星の八つの衛星のうち、第一衛星であるアリエルは、惑星から五万一五二〇リュー〔二〇万六〇八〇キロメートル〕しか離れていない。

　つまり、これら三つの天体の表面で、バービケイン会長が行ったのと同様の実験を行えば、困難はずっと少なかったはずなのだ。それゆえ、その住人達が冒険を試みたとすれば、彼らはたぶん、衛星が永遠に彼らの目から隠している半面の組成を確認できただろう〔原註／事実、ハーシェルは、衛星の軸をめぐる自転運動は、惑星の周囲をめぐる公転運動と常に一致していることを確かめている。その結果、衛星は常に同じ面を母惑星に向けているのである。ただ、天王星系だけが明白な違いを示している。その衛星は、公転軌道に対してほぼ垂直に運動しており、その方向は逆行である。要するに、これらの衛星は、太陽系の天体とは反対方向に動いているのである〕。だが、彼らが自分たちの惑星を一度も離れたことがなければ、地球の天文学者よりも先を行っているということはありえない。

その間にも、砲弾は、暗闇の中で、その計算不可能な軌道を描いていた。基準となる点がないため、測定しようがないのだ。月の引力の影響なり、未知の天体の作用なりによって、針路は変えられたのだろうか？　バービケインには、それを言うことができなかった。しかし、乗り物の相対的な位置にはある変化が生じていたのであり、バービケインは、それを朝の四時頃に確認したのである。

この変化は次のようなものだった。発射体の尾部が月の表面の方に向き直り、月に下ろした垂線に砲弾の軸が沿った状態を維持しているのだ。引力、すなわち重力がこの変化をもたらしたのである。まさしく月に落下し始めたかのように、砲弾の一番重い部分が見えない月面に向かって傾いていた。

では、落下しているのか？　旅人たちは、望んでやまなかった目標にようやく到達しようとしているのか？　そうではなかった。かなり不可解なものではあったが、ある基準点を観測することで、砲弾が月に近づいてはおらず、ほぼ月と同心円をなす曲線に沿って動いていることがバービケインに示されたのだ。

その基準点は、黒い円盤が形作る地平線の果てに、突然ニコルが指し示したきらめく輝きだった。この点は、星の見間違いではありえなかった。赤みを帯びた白熱で、次第に大きさを増していたのである。それは、発射体がそちらに向かっており、天体の表面に向かって垂直に落下していないことの証しだった。

「火山だ！　活火山だよ！」とニコルが叫んだ。「月の内部の火が噴出しているんだ！　この世界はまだ死に絶えてはいなかったのだ」

「そうだ！　噴火だ」と夜用の望遠鏡で注意深く現象を調べていたバービケインが応じた。「実際、火山でなかったら、なんだと言うのだ？」

「でも、その場合」とミシェル・アルダンが言った。「燃焼を維持するためには、空気が要る。ってことは、月のこの部分は大気に覆われていることになる」

「もしかしたらね」とバービケインが答えた。「でも、必ずしもそうとは限らない。火山は、ある種の物質の分解によって、自らに酸素を供給し、そうすることで真空中に炎を噴き出すことができる。あの爆発の激しさと輝きは、酸素だけで燃焼する物体のものという気が私にはするな。だから、月の大気が存在すると性急に断定してしまうのはよそう」

火山は、月面の見えない部分のおおよそ南緯四十五度の線上に位置しているに違いなかった。だが、バービケインにとって不愉快千万なことに、砲弾が描いている曲線は、噴火が示す点から遠ざかっていた。したがって、彼は、それ以上正確には火山の性質を特定できなかった。最初にその存在が発見されてから三〇分後、光る点は暗い地平線の彼方に姿を消した。しかしながら、この現象が確認されたことは、月理学研究において重大な意義を持つ事実だった。それは、この球体の内奥からまだ熱が消え失せたわけではないことを示していた。そして、熱があるところには、植物界が、あるいは動物界さえ、破壊的な諸作用に屈することなく今まで生き延びていないとどうして断言できよう？ 噴火中のこの火山の存在は、それが地球の学者たちによって異論の余地なく認められた暁には、間違いなく、月の居住可能性というこの重大な問題に対して、数多くの肯定的な理論を導き出すだろう。

　バービケインは、考えごとの渦に巻き込まれていった。一言も口をきかず、月世界の神秘的な運命が立ち騒ぐ夢想にわれを忘れていたのである。彼がそれまで観察した事実を相互に結び合わそうとしていた時、あらたな突発事が彼を荒々しく現実に引き戻した。

　この突発事は、単なる宇宙現象にとどまらず、破滅的な結果に終わりかねない脅威であった。

　突如、エーテルのただ中、この深い闇の中に、巨大な塊が一つ現れたのだ。それは月のようであったが、白熱した月であった。その輝きは、宇宙空間のむくつけき闇から截然と浮き上がっているだけに、なおのこと耐えがたかった。まるい形をしたこの塊は、発射体を満たすほどの光を放っていた。バービケイン、ニコル、ミシェル・アルダンの顔は、この白い光に浸されて、物理学者が塩を溶かしたアルコールの人工的光*で発生させる、鉛色の、青ざめた幽鬼を思わせる形相を呈していた。*

「これはひどい！」とミシェル・アルダンが叫んだ。「ぼくら、おぞましい顔になっちまった！ あの場違いな月はなんなんだ？」

「火球（ボリード）だよ」とバービケインが返答した。

「燃焼する火球（ボリード）なのか、真空の中だっていうのに？」

「そうだ」

　火に包まれたこの球体は、確かに火球（ボリード）だった。バービケインは、間違っていなかった。しかし、地球から観測されるこれらの宇宙的発光物（メテオール）の明るさが多くの場合月に及ばないのに対し、暗いエーテル内のここでは、その輝きは燦然たるものだった。こうしたさまよえる物体は、それ自身のうちに白熱の原因を有している。その爆燃に際して、周囲に空気がある必要はないのだ。そして、実際、こうした火球（ボリード）の中には、地球から二、三リュー〔八～一二キロメートル〕離れたところで大気を横切るものもあれば、反対に、大気がそこまでは及びえない距離のところに軌道を描くものもある。例えば、一八四四年一〇月二七日のそれは、一二八リュー〔五一二キロメートル〕の上空で出現したし、一八四一年八月一八日のそれは、一八二リュー〔七二八キロメートル〕の上空で消滅している。こうした流れ星の中には、幅が三から六キロ、速度が秒速七五キロ〔原註／地球の平均速度は、赤道上において、秒速三〇キロでしかない〕に達するものさえあって、地球とは反対の方向に運行している。

この天翔ける球体は、闇の中、少なくとも一〇〇リュー〔四〇〇キロメートル〕離れたところに突然姿を現したのであり、バービケインの推定によれば、その直径は二〇〇〇メートルと思われた。それは、およそ秒速二キロ、すなわち分速三〇リュー〔一二〇キロメートル〕の速度で進んでいた。発射体の進路と交錯しており、数分後には砲弾に到達するはずだった。近づくにつれ、途方もない勢いで大きさを増していく。

もしできるものなら、旅人たちの状況を想像してみていただきたい。それを描くことは不可能である。その勇気、平常心、危険に対する無頓着にもかかわらず、彼らはものも言わず、身動きもせず、手足をこわばらせたまま、どうにもならない怯えに捕えられていた。進路から逸脱させることができない彼らの発射体は、反射炉の開かれた口よりも高温の燃え上がる塊をめがけ、一直線に突進していくのだった。火でできた深淵にまっさかさまに落ちていくようだった。

バービケインは、二人の仲間の手を握り、三人とも、半ば閉じた瞼越しに白熱した小惑星を見つめていた。彼らの思考がまだ形をなしているのであれば、恐怖のさなかにあってなお、彼らの脳が機能しているのであれば、もはや万事休すと思っていたに違いない！

火球が突然出現してから二分――まさに不安の二世紀だった！――が経過し、今にも発射体と衝突すると思われたその時だった。火に包まれた球体が、爆弾のように、とはいえ、音もなく、炸裂したのである。空気の層の振動にほかならない音は、真空中では発生するはずもなかったのだ。

ニコルは叫び声を上げた。彼の仲間たちは彼と一緒に舷窓の窓ガラスに駆け寄っていた。なんという光景！　それを描き出すことのできるペンが、この壮麗を再現できるほど多様な色彩を揃えたパレットが、どこに存在するというのか？

それは、火口の噴出、大火事の巻き上げる火の粉のようだった。何千という光のかけらがその輝きで空間を灯し、縞模様を描き出したのだ。あらゆる大きさが、あらゆる色彩がそこには入り乱れていた。黄色の、黄色がかった、赤

バービケインは二人の仲間の手を握り……

なんという光景！

色の、緑色の、灰色の光の放射、極彩色の花火でできた王冠だった。巨大な恐ろしい球体はもはや跡形もなく、四方八方に撒き散らされるかけらを残すのみだった。それらはそれらで小惑星となって、剣のように光り輝くものあり、白っぽい雲に取り囲まれているものあり、煌めく宇宙塵の尾を曳くものあり、といった具合だった。

これらの白熱する塊は交錯し、衝突し合い、さらに小さなかけらに砕け散り、そのうちのいくつかが発射体にぶつかった。左側の窓ガラスに至っては、激しい衝撃でひびが入ってしまったほどだった。榴弾の雨霰と降る中を漂っているかのようだった。そのうちの一番小さいものですら、砲弾を瞬時に破壊しかねないのだ。

エーテルを飽和させる光は、比較を絶する勢いで広がっていくのだった。小惑星があらゆる方向に光を撒き散らしていたからである。ある瞬間、光のあまりの強烈さに、ミシェルはバービケインとニコルを自分の窓ガラスに引っ張ってきて、こう叫んだ。

「見えない月が、とうとう見えるようになった！」

そして、三人は、光が迸ったその数秒の間に、人間の肉眼に初めて映じたこの神秘の半面を垣間見たのである。

彼らにはどのくらいのものなのかわからなかった距離から、なにが見分けられたのだろうか？　月面の上に横たわる何本かの帯、極めて限られた大気圏に形成されたまぎれもない雲、そこからは、山だけではなく、それほど際立ったものではない起伏、つまり、雑然と配置された圏谷や虚ろな火口など、見える側の面にあるのと同じような地形も、顔を覗かせていた。それから、不毛な平原ではなく、正真正銘の海、盛大に配された大洋の広大な広がりがあって、その液体の鏡には、宇宙空間の火花による魔法があまさず映し出されていた。最後に、大陸の表面に、稲光にさっと照らされた時の広大な森を思わせる大きな黒ずんだ塊が……。

幻覚や見間違い、目の錯覚だったのだろうか？　掻い撫でもいいところのこんな観察に、科学のお墨付きを与えてもいいものだろうか？　見えない半面をこの程度瞥見しただけで、居住可能性の問題について、おこがましくも物申すような真似を彼らがするだろうか？

しかしながら、宇宙空間の閃光は、徐々に弱まっていった。偶然の輝きは色褪せた。小惑星は、ばらばらの軌道に従って逃げ去り、遠くに消えてしまった。エーテルはしまいにいつもの暗闇を取り戻した。一瞬の間掻き消されていた星たちが天空に煌めき、辛うじて垣間見えた月面は、ふたたび底知れぬ夜の中に見失われてしまった。

第一六章——南半球

発射体は、恐ろしい危機を脱したのだった。予想もしなかった危険であった。火球（ボリード）とこのように遭遇することがありうるなどと誰が想像しただろう？　こうしたさまよえる物体は、旅行者たちを重大な危険に陥らせかねないのだ。彼らにとっては、このエーテルの海に散らばる暗礁そのものだった。しかし、航海者たちと比べて彼らの立場の方が不利だったのは、逃げることができないということだった。だが、宇宙の冒険野郎たる彼らがその点で愚痴をこぼしたりしただろうか？　そんなことはなかった。凄まじい膨張によって砕け散った流星の輝かしい光景を自然が見せてくれたのだから。ルッジエリ*のような人物が束になっても模倣できない、あの比類ない花火は、数秒の間、月という光輪の見えない側の半面を照らし出したのだった。その一瞬の晴れ間に、大陸が、海が、森が彼らには見えた。では、大気が、生命の源となる分子をこの未知の面にもたらしているのか？　いまだ解決できない問題、人類の好奇心に永遠に突きつけられた問いだった！

その時の時刻は午後三時半だった。砲弾は、月をめぐる曲線の向きに従っていた。その軌道は、流れ星によって、ふたたび変更されたのだろうか？　その心配はあった。とはいえ、発射体は、有理力学の法則が微塵の揺るぎもなく定めた曲線を描いているに違いなかった。バービケインは、この曲線が双曲線ではなく、放物線になるのではないかという考えに傾いていた。しかしながら、放物線であるとすれば、太陽と反対側の空間に投げかけられた円錐状の影から、砲弾はかなり急速に抜け出していて然るべきなのである。実際、日輪の直径と比較すると、月の角直径*が実に小さいため、この円錐は極めて狭い。ところが、これまでのところ、発射体は深い闇の中に漂っていた。その速度がいかなるものであれ——そして、それが大して速くないということはありえなかった——蝕の期間が依然として続いているのだ。それは否定しようのない事実であったが、弾道が厳密に放物線を描いていると想定されるケースでは、起こっていないはずのことなのだ。バービケインの頭を悩ませる新たな難問だった。未知数の箍（たが）を文字通り頭に嵌められてしまったようなもので、それを外すことができずにいたのである。

旅人たちは、誰一人として、一瞬たりとも休息しようとは思わなかった。天体誌学の研究に新たな光を投じていたかもしれない思いがけない事実を待ち受けていたのである。五時頃、ミシェル・アルダンは、夕食と称して、パンと冷肉を数切れずつ皆に配り、それは瞬く間に呑み下されたが、誰も舷窓を離れようとはしなかった。窓ガラスは、蒸気の凝結で絶えず氷の殻に覆われるのだった。

午後五時四五分頃、望遠鏡を構えていたニコルが、月の南の縁のあたり、砲弾が向かう先に、いくつかのきらめく点が空の暗い遮蔽板の上に浮き上がっている、と指摘した。震える一本の線のごとき輪郭を示して、険しい峰が連なっているかのようだった。それは、かなり強烈に照り輝いていた。月が半矩（オクタント）の位置にある時、その欠けている部分が呈する輪郭線のようであった。

間違えようがなかった。単なる流星の類ではもはやなかった。この光る稜線の色も動きも流星にはないものだった。ましてや噴火中の火山でもなかった。かくしてバービケインはこう断言することを躊躇わなかった。

「太陽だ！」と彼は叫んだのである。

「なんだって！　太陽だと！」とニコルとミシェル・アルダンが応じた。

「そうなのだ、君たち、輝ける天体自らが、月の南の端に位置する山の尾根を照らし出しているのだ。われわれが南極に近づいているのは明らかだ！」

「北極を通過した後に」とミシェルが答えた。「ぼくらは、じゃあ、衛星を一回りしたのか！」

「そうなんだよ、ミシェル君」

「それでは、双曲線も放物線も、開曲線はもはやおそるるに足らんね！」

「そう、でも、今度は閉曲線ってわけだ」

「そのうちのどれなんだ？」

「楕円だよ。惑星間空間に迷い込んで行かずにすんだかと思ったら、発射体は月を回る楕円軌道を描くことになりそうだ」

「本気か？」

「そして、月の衛星になるだろう」

「月の月とは！」とミシェル・アルダンは叫んだ。

「ただね、君に注意しておくが」とバービケインは釘を刺した。「だからと言って、われわれがもうおしまいだってことに変わりはないよ！」

「わかってるさ、ただ、違う形で、もっとずっと愉快な形

「太陽だ!」

で、ってことさね！」と能天気なフランス人は、最高に感じのいい笑顔で答えた。

バービケイン会長の言う通りだった。楕円軌道を描くことで、発射体は、おそらくは永遠に月の周りを運行しようとしていたのだ。太陽系に付け加えられた新しい天体、三人の住人のいる小宇宙というわけだった——空気の欠如がじきに彼らの息の根を止めてしまうであろうが。それゆえ、バービケインは、求心力と遠心力の二重の作用によって砲弾に押しつけられたこの最終的な状況を喜ぶわけにはいかなかった。彼と仲間たちは、月の円盤の照らされた面をもう一度目にしようとしていた。ひょっとすると、太陽光線に輝かしく照らされた満地球を最後に見られるようになる時まで、命をつなぐことができるかもしれない！　ひょっとすると、もはや再会することはない地球に、お別れの挨拶を送れるかもしれない！　それから、彼らの発射体はもはや、エーテルの中をめぐる生気のない小惑星のような、死に絶えた塊でしかなくなるだろう。彼らにとってただ一つの慰めは、やっと底知れない闇を後にできるということ、光の元に帰れるということ、太陽の光が漲り渡る領域に戻れるということだった！

その間にも、バービケインが認めた山並みは、黒々とした塊からますますはっきりと際立ってきた。月の南極周辺地域に峨々としてそばだつデルフェル山脈とライプニッツ山脈であった。

見える側の面にある山は一つ残らず、正確無比に測定されていた。その正確さに驚かれる方もいるだろう。だがしかし、この高度計測方法は厳密なものである。月の山々の標高特定の正確さは、地球の山々の標高特定のそれに勝るとも劣ってはいないとさえ、言えるほどなのだ。

最も一般的に用いられている方法は、観測の時点における太陽の高度を考慮に入れた上で、山の投げる影を測定する方法である。月の実際の直径は正確に知られているということが認められている以上、二本の平行な糸からなる目盛り線（レチクル）を付けた望遠鏡を使えば、この計測は容易にできる。この方法によって、月の火口や窪地の深さも同様に計測可能である。ガリレイが用いたのはこの方法であり、その後、ベーアとメドラー両氏も、これによって大きな成果を上げている。

タンジェント光線法と呼ばれる別の方法も、月面の起伏の測定に適用できる。山が、影と光の境界線から区別される光る点として、影の部分で輝いて見える瞬間を選んで用いられる。こうした光る点は、月相の切れ目を決定する光線の上に位置する光線によって生じる。したがって、光る点と、月相の輝く部分の、それ〔光る点〕に最も近い箇所との間の暗い間隔を計測すれば、問題の点の正確な高度がわかる。ただ、ご理解いただけるように、この手法は、光と影の境界線付近に位置する山々にしか使えない。

三番目の方法は、月の背景に浮かび上がる山の輪郭をマイクロメーターで測定するものだろう。しかし、この方法は、天体の端に隣接する高地にしか適用できない。

影、間隔、輪郭のどれを選ぶにせよ、いずれの場合においても、観測者から見て太陽光線が斜めに月に当たっている時しか、計測はできないことにお気づきだろう。太陽光線が月に直接当たる時、一言で言えば、満月の時には、影という影は月面から問答無用で放逐されてしまうため、観測はもはや不可能となる。

ガリレイは、月に山が存在することを認めた後、それらが投げる影を利用する方法で初めて高度を計測した。すでに述べたように、*彼は、月の山の平均高度を四五〇〇トワーズ〔九〇〇〇メートル〕とした。ヘヴェリウスは、この数値を大幅に下げ、リッチョーリは逆にそれを二倍にした。これらの計測はいずれも極端なものだった。改良された器具を備えたハーシェルが測高学上の真実にぐっと迫った。しかし、結局のところ、真実は現代の観測者による報告の中に探さなければならない。

世界で最も優れた月理学者であるベーアとメドラー両氏は、一〇九五に及ぶ月の山を計測した。彼らの計算から以下のことが判明した。月の山々のうち、六つは五八〇〇メートル以上の高さがあり、二二は四八〇〇メートルを超えている。月の最高峰は、標高七六〇三メートルである。つまり、それより五〇〇から六〇〇トワーズ〔一〇〇〇から一二〇〇メートル〕高いものがいくつかある地球の峰々よりも低い。しかし、指摘しておかなければならないことが一つある。二つの天体それぞれの体積を比較すれば、月の山々は地球の山々より相対的に高いということだ。前者は月の直径の四七〇分の一に相当するのに対し、後者は地球の直径の一四四〇分の一にすぎない。地球の山が相対的に月の山と同じ割合に達するためには、標高が六・五リュー〔二六キロメートル〕なければならない。然るに、一番高い山でさえ九キロもない。

そういうわけで、比較を続けるならば、ヒマラヤ山脈には月の峰々よりも高い峰が三つある。八八三七メートルのエヴェレスト山、八五八八メートルのカンチェンジュンガ、八一八七メートルのダウラギリである。月のデルフェル山脈とライプニッツ山脈の標高は、ヒマラヤ山脈のジェワヒル*と同じ、つまり、七六〇三メートルである。ニュートン、カサトス、*クルティウス、*ショート、*ティコ〔次章参照〕、クラヴィウス、*ブランカヌス、*エンデュミオーン、コーカサス山脈とアペニン山脈の主要な峰はいずれも、四八一〇メートルのモンブランよりも高い。モンブランに比肩する山は、モレトス*、ティオフィルス*、カタルニア*である。四六三六メートルのモンテローザ*に比肩する山は、ピッコローミニ*、ヴェルナー*、ハルパルス*である。四五二二メートルのマッターホルンに比肩する山は、マクロビウス*、エラトステネス、アルバテク*、ドランブル*である。三七一〇メートルのテネリフェ島の峰*に比肩する山は、ベーコン*、キサトス*、フィトラウス*、アルプス山脈の峰々である。三三五一メートルあるピレネー山脈のモンペルデュに比肩する山は、レーマー*、ボグスラフスキー*がある。三二三七メートルのエトナ山に比肩する山は、ヘラクレス、アトラス、フルネリウス*である。

以上が、月の山々の高さがどの程度のものなのかを理解する助けとなる、比較上のポイントである。ところで、砲弾がたどっている弾道は、まさに、月の山岳地形の中でも選りすぐりの見本が聳える南半球の山岳地帯へと砲弾を引っ張っていたのだ。

第一七章——ティコ

夕方六時に、発射体は、上空六〇キロ以内のところで南極を通過した。北極に近づいた時と同じ距離である。つまり、楕円曲線は厳密に描かれているのだ。

この時、旅行者たちは、太陽光線の恵みに満ちた湧出の中に戻ってきたのであった。彼らは、東から西へとゆっくり動いているあの星たちをふたたび目にしたのであった。輝く天体は、万歳の三重唱で称えられた。太陽は光とともに熱を送ってよこしたが、それはほどなく金属壁を通して浸透してきた。窓ガラスは、いつもの透明さを取り戻した。氷の層が、魔法をかけられたかのように、溶けてしまったのだ。ただちに、節約の必要からガス燈が消された。空気発生装置だけは、ガスをいつもの量だけ消費しないわけにはいかなかった。

「ああ!」とニコルが言った。「いいもんだね、暖かい光というものは! あんなにも長い一夜が明けて昼の天体がふたたび姿を見せる時を、いかばかり月世界人たちは一日千秋の思いで待ちわびなければならないことか!」

「まったくだ」と、この輝かしいエーテルをいわば吸い込みながら、ミシェル・アルダンが答えた。「光と熱、生命のすべてがそこにある!」

この時、発射体の尾部は、かなり細長い楕円軌道をたどろうとするように、月面からわずかに遠ざかろうとしつつあった。もし仮に地球が満ちていたなら、この地点からバービケインと仲間たちは地球をふたたび見ることができただろう。だが、太陽の放射に圧倒されて、ものの見事に見えなかった。別の眺めが彼らの視線を惹きつけることになっていたのだ。望遠鏡によって八分の一リュー〔五〇〇メートル〕の距離まで近寄せられた月の南方領域である。彼らはもう舷窓を離れようとはせず、この奇妙な大陸のどんな細かい点をも書き留めていた。

デルフェル山脈とライプニッツ山脈は、二つの別個のまとまりを形成しており、ともにほぼ南極地方に伸びている。一番目の山脈は、南極点から南緯八四度まで、天体の東側に広がっている。二番目のそれは、東の端に引かれており、

「光と熱、生命のすべてがそこにある！」

南緯六五度の線から南極点まで伸びている。

二つの山脈の、気まぐれな変化を見せる稜線の上にかかっているまばゆい広がりが見えた。セッキ神父の指摘した通りだった。バービケインは、ローマの名高い天文学者よりも自信をもってその性質を識別することができた。

「あれは雪だ！」と彼は叫んだ。

「雪だって？」とニコルが鸚鵡返しした。

「そうだよ、ニコル、表面が深くまで凍った雪なのだ。光線を実によく反射させているだろう？　冷えた溶岩では、あそこまで激しい反射は見られない。つまり、月には水が存在し、水があるということは空気があるんだ。なんならどれほど少量でも構わないけど、水があるという事実はもはや誰にも否定できない！」

その通り、否定できない事実だった！　そして、仮にバービケインが地球に戻るようなことがあれば、彼の記録は、月理学観測において重大なこの事実を立証することになるだろう。

デルフェル山脈とライプニッツ山脈は、延々と連なる圏谷と環状の切り立った山並みに囲まれた、大して広くない平野の真ん中に聳えていた。圏谷が目立つこの地方でお目にかかれる山脈はこの二つだけである。どちらかといえば起伏が少ないこの二つの山脈は、七六〇三メートルの最高峰をはじめとする険しい峰をいくつか突き出している。

しかし、発射体はその全体を見下ろす位置にあって、月面のまばゆい輝きの中に起伏は掻き消されていた。旅人たちの目に、散光が存在しないせいで一方的に黒か白しかない、トーンのどぎつい、色の変化や陰影を欠いた、アルカイック調の月の風景がふたたび現れた。しかしながら、この荒れ果てた世界の眺めは、まさにその奇怪さゆえに、三人を強く惹きつけずにはいなかった。彼らは、暴風雨に吹き飛ばされてでもいるかのように、この混沌とした地帯の上をあちらからこちらへとへめぐりつつ、足元を通り過ぎる峰々を見、視線で窪地を隅々まで探り、溝に駆け下り、外輪山をよじ登り、謎めいた穴の数々に探りを入れ、割れ目の水準測量を行った。しかし、植物の痕跡もなければ、市街らしきものも見当たらない。あるのはただ、層状構造、溶岩流、そして、広大な鏡のように、じっと見ていられないほどの輝きで光を反射する、表面が滑らかな噴出物だけであった。生命の世界に属するものはなに一つなく、すべて死の世界のものばかりだった。山々の頂から滑り落ちる雪崩は、深淵の底に音もなく落下するのだった。雪崩もまた、動きはあっても、大音響を欠いているのだった。

観測を繰り返した結果、月面の端の起伏は、それに影響を及ぼした力こそ中央部分とは異なっているものの、同一の形態をしていることをバービケインは確認した。同じような環状の山塊、同じような隆起がある。しかしながら、両者の地勢が似通っていようはずがないという考え方もありえたのである。実際、中央部分では、まだ軟らかかった月の地殻は、地球と月の両方の重力を、一方から他方に引き伸ばされた半径に沿って、それぞれ逆方向に受けていたのだ。反対に、月面の端では、月の引力は、地球の引力に対していわば垂直に働いていた。こうした二つの条件下では、地面の起伏はそれぞれ異なる様相を呈するように思われる。ところが、そうではなかった。月の形成と組成の原因は、月それ自体のうちにしかないということになる。外部の力はまったく関与していなかったのである。このことは、アラゴによる以下の注目すべき命題を裏づけるものだ。「月の外部の力は、月の起伏の形成にはなんら寄与していない」

いずれにせよ、現状においては、この世界は死の姿そのものだった。かつて生命で賑わっていたことがあるのかどうか、この問いに答えを出すことはできなかった。

とはいえ、ミシェル・アルダンは、廃墟の集まりを見つけたと思い、バービケインの注意を促した。だいたいのところ、それは南緯八〇度、経度三〇度の地点だった。かなり規則正しく配置されたその石の山は、巨大な要塞の形をしており、先史時代の川床だった溝を見下ろしていた。その近くには、五六四六メートルの高さがあって、アジアのカフカース山脈に匹敵する環状の山、ショートがある。ミシェル・アルダンは、いかに彼の要塞が「一目瞭然」であることか、いつものように熱狂的に弁じ立てた。その下には、解体された市街の城壁があることに彼は気づいた。こちらには、まだ壊れていない柱廊のアーチがあった。あちらには、台座の下に倒れた円柱が二、三本あった。もっと向こうには、水道橋を支えていたに違いないアーチの列があった。別の場所には、巨大な橋の崩落した支柱が溝の奥に入り込んでいた。彼はこうしたすべてを見分けたのだが、その目は想像力過多であり、融通無碍な望遠鏡を通した結果なので、その観察には信を置かない方がよい。とはいえ、この愛嬌たっぷりの男が、彼の仲間たちは見ようとしなかったものを実際には見ていないと断言できる者、あえてそう口にしうる者がどこにいようか？

時間は極めて貴重だったので、酔狂な議論に費やしている暇はなかった。月の都市は、それが名ばかりのものか否かは別にして、すでにはるか彼方に見えなくなっていた。砲弾と月面の距離は開きつつあって、地表の細部は、混沌の中に紛れてしまった。ただ、起伏、圏谷、火口、平原だけがそれに逆らって、輪郭線をくっきりと浮き上がらせて

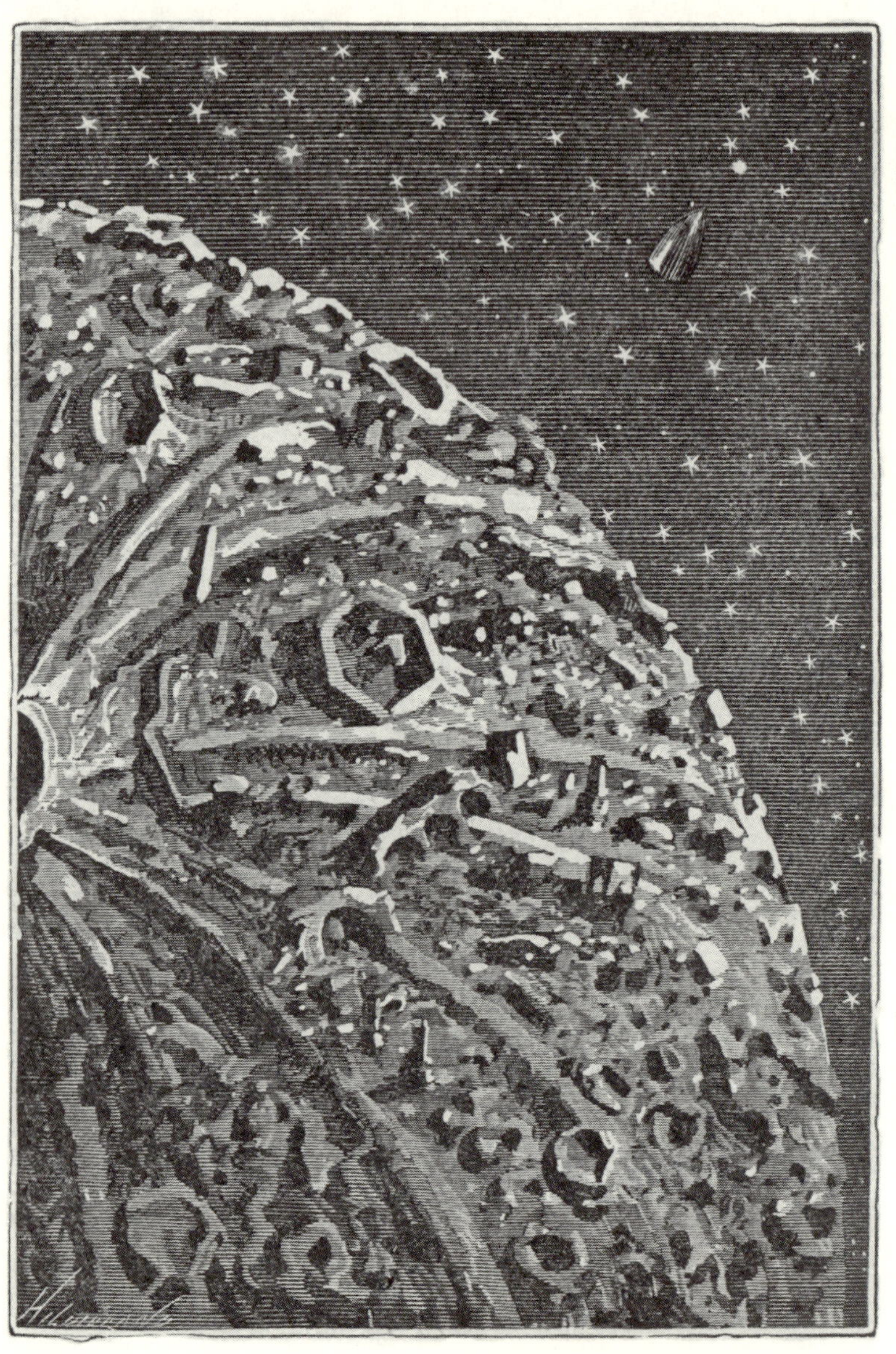

彼はこうしたすべてを見分けた

いた。

　この時、左手に、月の山岳地形で最も美しい圏谷の一つ、この大陸の見所の一つが姿を見せた。月面図（マッパ・セレノグラフィカ）を参照したバービケインには、難なくそれがニュートンとわかった。

　ニュートンは、正確に、南緯七七度、東経一六度に位置している。それは、環状の火口を形成しており、その外壁は七二六四メートルの高さに聳え、乗り越えるのは不可能に見えた。

　バービケインは、仲間たちに、周囲の平野に対するこの山の高さが火口の深さに遠く及ばない事実を指摘した。この巨大な穴はどうやっても測量できず、太陽光線が底に届きえたためしのない暗い深淵になっている。フンボルトの指摘によれば、そこには、太陽の光も地球の光も破ることができない絶対の闇が支配しているという。神話学者であれば、彼らの考える地獄の入口にしたかもしれないが、それももっともなことなのだ。

「ニュートンは」とバービケインが言った。「地球上には例を見ないこうした環状の山の中にあって、最も完璧な典型なんだ。冷却段階における月の形成が凄まじい力によるものだったことを、これらの環状の山は証し立てている。なぜなら、内部の火の圧力によって隆起が途方もない高さに達している一方で、底は、月の基準面のはるか下まで陥没しているからだ」

「その点で争うつもりはないよ」とミシェル・アルダンは応じた。

　ニュートンを通過してから数分後、発射体は、モレトスの環状山を垂直に見下ろしていた。ブランカヌスの峰々からかなり離れて、それに沿うように進み、夕方の七時半頃、クラヴィウスの圏谷に到達した。

　この圏谷は、月面で最も注目すべき圏谷の一つで、南緯五八度、東経一五度に位置する。その高さは七〇九一メートルと見積もられている。旅人たちは、四〇〇キロ、つまり、望遠鏡によって四キロまで縮められる距離から、この大きな火口の全貌を惚れ惚れと眺めることができた。

「地球の火口は」とバービケインが言った。「月の火山に比べたら、モグラ塚でしかない。ヴェスヴィオ山とエトナ山の最初の噴火でできた旧火口を測量したところ、幅はせいぜい六〇〇〇メートルといった程度だった。フランスでは、カンタル山地の圏谷*が一〇キロの大きさだ。セイロン島の圏谷は、七〇キロあって、世界最大と目されている。どれもこれも、今われわれが見下ろしているクラヴィウスの直径を前にすれば、お話にもならない」

「どれくらいの幅なのかね？」とニコルが尋ねた。

「二二七キロだ」とバービケインは答えた。「確かに、この圏谷は月で最大のものではある。だが、これ以外にも、二〇〇キロ、一五〇キロ、一〇〇キロ級の圏谷がたくさんあるのだ！」

「ああ、君たち！」とミシェルが叫んだ。「これらの火口がことごとく轟音に満ち、一斉に溶岩の激流を、石の霰、煙の雲、炎の海を吐き出していた時、今は静かな夜の天体がどんな様子だったたか、想像できるかね！　なんという途方もない光景だったことか！　それにひきかえ、なんという今の落ちぶれよう！　この月は、今や花火の貧弱な残骸でしかない。爆竹が、打ち上げ花火が、蛇花火が、回転上昇花火が素晴らしい輝きを放った後に残る、見るも哀れにずたずたになったボール紙そのものだ。この天変地異の原因や理由が言える人、納得できる説明をしてくれる人がどこにいるだろう？」

　バービケインは、ミシェル・アルダンの言うことを聞いていなかった。彼は、幅が数リューにも及ぶクラヴィウスの外壁を形作る山並みに見入っていた。巨大な窪地の底には、噴火を止めた小さな火口が百ほども開いており、地面が穴杓子のようになっていた。五〇〇〇メートルの頂がそれを見下ろしている。

　周囲に広がる平原は、荒涼としていた。これらの起伏ほど乾ききったものはあるまい。これらの山の廃墟ほど、そして、こうした言い方が許されるのであれば、地面を覆うこれらの山と峰のかけらほど、寒々しいものもまたとあるまい！　衛星はこの部分で破裂したかのようだった。

　発射体は相変わらず前進を続け、この混沌とした状態にも変化はなかった。圏谷、火口、崩れた山々が際限なく続いた。もはや平原もなければ、海もない。どこまでも続くスイスであり、ノルウェーだった。そしてついに、亀裂だらけのこの一帯の中心に、その最高点に、月面で最も輝かしき山、目も眩むようなティコ*が現れた。後世は、この山において、デンマークの名高い天文学者の名を永遠に留めることになるだろう。

　雲一つない空に浮かぶ満月を眺める時、南半球に輝くこの点に気づかなかった人はいない。ミシェル・アルダンは、それを形容するために、彼の想像力が供給しうる限りの暗喩という暗喩をことごとく用いた。彼にとって、このティコは、光の燃える炉であり、放射の中心であり、光線を吐き出す火口だった！　きらきら光る車輪の轂であり、月面をその銀色の腕で締めつけるヒトデであり、炎に満ちた巨大な眼であり、プルートー*のために刻み上げられた後光だった！　創造主の手によって投げられ、月の面にぶつかって砕け散った星だった！

　ティコにおける光の集中は半端なものではなく、一〇万

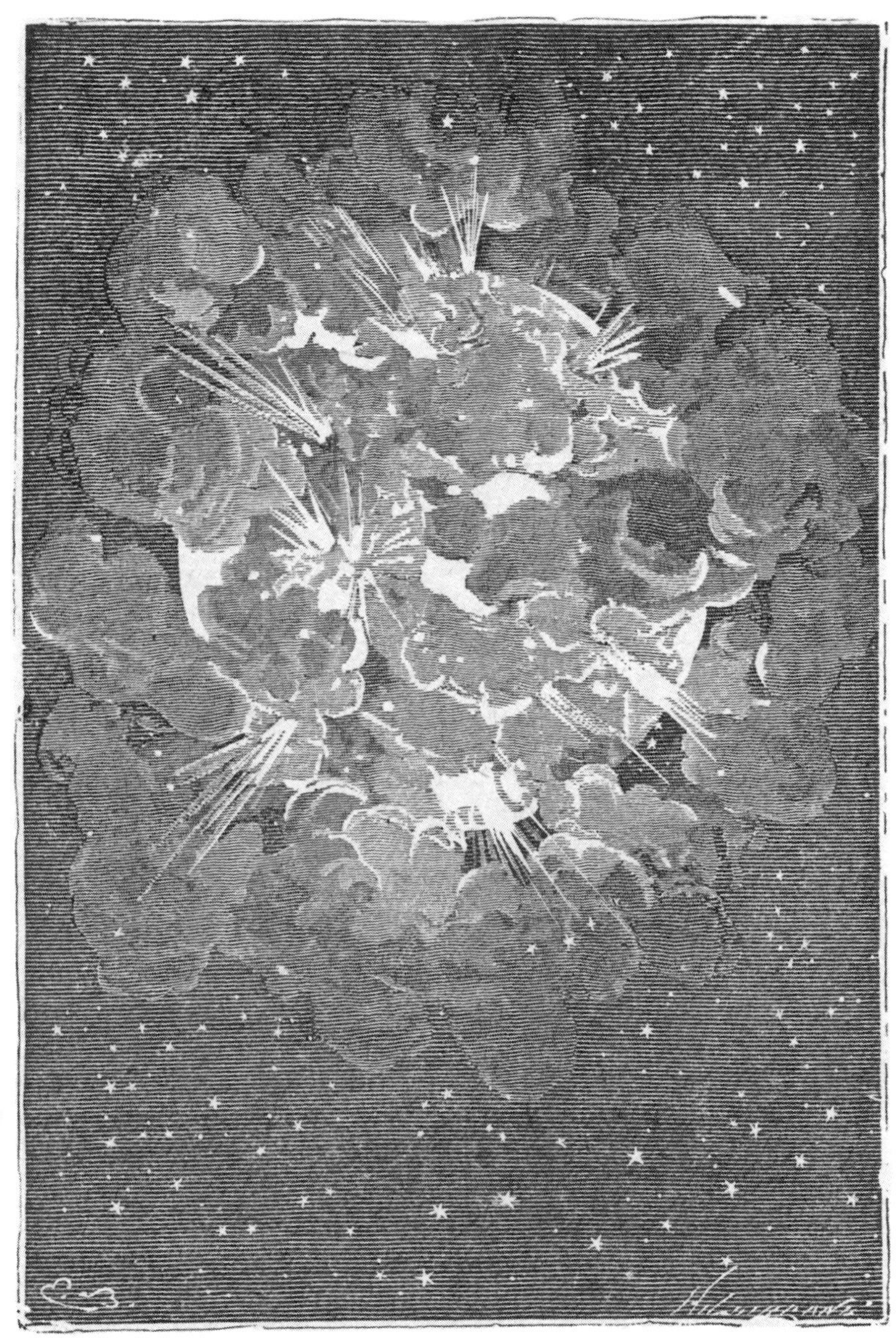

君たちには想像できるかね

リュー〔四〇万キロメートル〕も離れているにもかかわらず、望遠鏡を使わなくても、地球の住人の目にははっきりと見える。となれば、一五〇リュー〔六〇〇キロメートル〕しか離れていないところにいる観測者たちの目には、その輝きがどれほど強烈に感じられたか、ご想像願いたい！　この純粋なエーテルを通したそのきらめきたるや、正視できないくらいで、バービケインと彼の友人たちは、まぶしさを我慢できるように、小型望遠鏡の接眼レンズをガスの煙で黒くしなければならなかったほどだった。それから、感嘆の叫びをせいぜい一、二度上げるくらいで、あとはほとんど口もきかずに、彼らは見つめ、眺めた。彼らの思いのたけと感銘のすべてが視線に込められていた。あたかも激しい感情によって生命が心臓に集中する時のようであった。

ティコは、アリスタルコスやコペルニクスと同じく、光条を持つ山の系列に属している。しかし、その中で最も完全で、かつ最も目鼻立ちがはっきりしており、月の形成がそれによってなされた、火山のおそるべき作用を歴然と示している。

ティコは、南緯四三度、東経一二度に位置している。その中心は、幅が八七キロの火口によって占められている。それはやや楕円形をしており、環状の外壁で囲まれている。外壁は、東から西にかけて、外側に広がる平原を五〇〇〇メートルの高さから見下ろしている。複数のモンブランが共通の中心の周りに並べられた集合体が、放射状に広がる髪を戴いているのだ。

この比類なき山の姿形、この山に向かって集まる起伏の全体、でこぼこになった火口内部の様子は、いまだかつて写真にすら写すことができていない。実際、ティコがその輝かしさをあますことなく見せつけるのは、満月の時である。ところが、その時には影がなくなるため、透視図における短縮法が成立しなくなり、陰画を現像すると真っ白になってしまう。残念な状況である。この一風変わった地帯を、写真の正確さで再現できるとすれば、それは興味深いことだからだ。穴、火口、圏谷、めくるめく交錯を繰り広げる山巓の寄せ集めにほかならない。それから、見渡す限り、吹き出ものだらけの地面に張りめぐらされた火山の一大網状組織なのである。かくして、中央の噴火の沸騰がその最初の形状を保っていることが理解できる。冷却によって結晶化し、月がかつて火成作用を受けていた時の様相を型にはめたように固定しているのである。

旅人たちとティコの環状の尾根の間の距離はそれほど大きくなかったので、彼らはその主要な細部を記録することができた。ティコを取り巻く塁壁を形作っている盛り土それ自体に、その内側と外側の急な側面に、山々がしがみつき、巨大なテラスのように段々をなしている。それらの山は、東側のものより、西側のものの方が三〇〇から四〇〇ピエ〔九〇－一二〇メートル〕ほど高いようだった。地球上のいかなる陣営配置法といえども、この自然の要塞とは比べるべくもなかった。この円形の窪地の底に建設された都市は、絶対の難攻不落を誇ったことだろう。

　絵のような起伏の変化に富んだこの土地で、難攻不落にして、壮大に広がる都市！　事実として、自然は、この火口の底を平らで空っぽにはしておかなかった。そこには独自の山岳地形があり、この地を別世界の名にふさわしいものとしている山系がある。円錐丘、中央部に並ぶ丘、注目に値する大地のうねりを旅人たちははっきりと見分けたが、それらは、巧まずして絶妙に配置されており、後は月世界建築の傑作を置くばかりとなっていた。あそこには寺院の敷地が区画されている。ここには公共広場の用地が、こちらには宮殿の基礎が、あちらには城砦にうってつけの台地がある。一五〇〇ピエ〔四五〇メートル〕の高さの山が中央にあって、それらすべてを見下ろしている。古代ローマが一〇個は収まってしまうくらい、広大な囲い地なのだ！

「ああ！」とこの眺めに熱狂したミシェル・アルダンが叫んだ。「この山の環の中に、なんと壮大な都市が建設できることか！　人間のあらゆる悲惨の埒外に置かれた静かな町、平和な隠れ里！　あそこでなら、すべての人間嫌いたち、人類を憎悪するすべての者たち、社会生活が嫌になったすべての連中、彼らの全員がなんと平穏に、ひっそりと暮らすことができるだろう！」

「全員だって！　それには小さすぎるよ！」とバービケインはあっさり答えた。

第一八章――重大問題

そうしている間にも、発射体はティコの外壁を通過していた。バービケインと二人の友人は、この有名な山が、東西南北のいずれもゆるがせにせず、四方の地平線に向かって放射している輝く縞を細心の注意を込めて観察した。

この放射状の後光はなんなのだろう？　いかなる地質学上の現象によって、この燃えるような髪は描き出されているのか？　この疑問は、当然にもバービケインの念頭を占めていた。

事実、彼の眼下では、縁がめくれ上がり、中央は窪んで光る畝溝があらゆる方向に伸びていた。幅が二〇キロあるものがあれば、五〇キロのものもあった。この光り輝く筋は、ある部分では、ティコから三〇〇リュー〔一二〇〇キロメートル〕離れたところまで走っており、とりわけ、東、北東、そして北の方では、南半球の半分を覆っているように見えた。ある噴射光は、四度の子午線上に位置するネンアダー*の圏谷まで延びていた。別のあるものは、弧を描きながら、神酒の海に皺を寄せ、四〇〇リュー〔一六〇〇キロメートル〕先でピレネー山脈にぶつかって砕けていた。西の方で、雲の海や湿りの海を光の網で覆っているものもあった。

平原の上であっても、あるいは、高さは問わず、どのような起伏の上であっても、同じように現われているこれらのきらめく放射状の線の正体はなんなのであろうか？　いずれもティコの火口を共通の中心として、そこから発している。ティコから放射されているのだ。ハーシェルによれば、それらが輝いて見えるのは、冷却によって凝固した、かつての溶岩流だからだ、ということになるが、この意見は賛同者を得られなかった。ほかの天文学者たちは、この説明しがたい縞が、ティコが形成された頃に噴出されたであろう堆石（モレーン）の類、漂石の列ではないか、と考えた。

「なぜそうではないのかね？」とニコルが、こうしたさまざまな意見を紹介しては斥けるバービケインに尋ねた。

「それは、これらの光を発する線が整然としていること、火山性物質をこれほどの距離まで持って来るだけの力の激しさが説明できないからだ」

「ちょっとちょっと！」とミシェル・アルダンが応じた。「これらの光の幅の正体を説明することなんて、造作もないことのように思えるがね」

「本当かね？」とバービケイン。

「本当だよ」とミシェルが言葉を継いだ。「でっかい星形のひびだ、の一言ですむ話じゃないか！　窓ガラスにボールとか石をぶつけた時にできるあれと同じやつさね」

「結構！」とバービケインが微笑を浮かべながら反論した。「じゃあ、このような衝撃を引き起こした石を投げられるくらい強力な手とは、一体どのようなものなのかね？」

「手なんてお呼びじゃないさ」とミシェルはめげる様子もなく答えた。「石の方だが、彗星だってことにしておこうや」

「ああ！　彗星と来たか！」とバービケインが叫んだ。

「なんでもかんでも彗星のせいってわけだ！　ミシェル君、君の説明は悪かないが、君の彗星は無用だな。あの傷を作った衝撃は、月の内部から生じたのかもしれない。冷却による収縮によって、月の地殻が激しい引き攣りを起こせば、あの巨大な星形のひびを月面に刻みつけるには十分だったとも考えられる」

「引き攣りでもいいよ。月の腹痛みたいなものだろう」とミシェル・アルダンは答えた。

「それに」とバービケインが補足した。「この意見は、イギリスの学者ネスミス*のものでね、こうした山の光条の十分な説明になっていると私は思う」

「そのネスミスとかいう人、抜け作ではないな！」とミシェルは応じた。

このような光景を見あきることなどありえず、旅人たちは、長い間、ティコの威容に見とれていた。太陽と月の二重の放射を受けて、溢れ返る光の中に浸った彼らの発射体は、白熱する球体のように見えたはずだ。彼らは、途方もない寒さから猛烈な暑さへと、急速に移行したわけである。自然は、このようにして、彼らが月世界人になるための準備をしてくれているのだった。

月世界人になる！　この発想は、月の居住可能性の問題が蒸し返されるきっかけとなった。彼らがこれまで目にしたことを踏まえて、旅人たちはこの問題を解決できるのだろうか？　白か黒か決着をつけることができるだろうか？　ミシェル・アルダンは、この点について意見を表明するよう、二人の友人たちをけしかけ、月世界に動物と植物はいると思うか、と単刀直入に尋ねた。

「われわれはその問いに答えられると思う」とバービケインは言った。「だが、私に言わせれば、問題はそのような形で立てられるべきじゃない。質問の立て方を変えてほし

月の腹痛

い」

「君がやってくれよ」とミシェルが答えた。

「ではこうなる」とバービケインが続けた。「問題は二つあって、解答も二つなければならない。月は居住可能か？　月にはかつて住人はいたのか？」

「よし」とニコルが応じた。「じゃあまず、月は居住可能かどうか、検討しよう」

「実を言うと、ぼくにはまったくわからないんだ」とミシェルが茶々を入れた。

「私は、否定的に答えるね」とバービケインが続けた。「月の現在の状態だと、居住可能だとは思えない。大気の層は間違いなくとても限られているし、海はほとんど干上がっているし、水の量は不十分だし、植物も限定されているし、寒暖が急激に交代するし、昼と夜がそれぞれ三五四時間続くと来てはね。月は、動物界の繁栄には適しておらず、われわれが理解するような生活の必要を十分には満たしてくれないと思う」

「同感だ」とニコルが答えた。「しかし、月は、われわれとは器官構造が異なる生物にとっても居住不可能なんだろうか？」

「その質問に」とバービケインが応じた。「答えるのはもっと難しい。やってはみるが、その前にニコルに一つ質問したい。器官構造がどのようなものであれ、生命には運動が必然的に伴うと思うかい？」

「当然だよ」とニコルが返答した。

「そういうことなら、わが尊敬すべき同行者にこうお答えしよう。われわれは、たかだか五〇〇メートルの距離から月の大陸を観察したが、月の表面で動いているように見えるものはまったくなかった。なんらかの人類がいたのであれば、開発の跡やさまざまな建造物でなくとも、廃墟によってすら、その存在は明らかになっていたはずだ。それなのに、われわれが見たものはなんだったか？　いたるところつねに自然による地質上の作用ばかり、人間の仕事は一度も見なかった。したがって、動物界の代表が月に存在したとしても、われわれの目の届かない、ああした測り知れない洞穴の中に潜り込んでいるのだろう。私としては受け入れがたい想定だ。なぜなら、どれだけ薄いものであっても、大気の層が覆っているにちがいない平原の上に、そうした動物が通った跡が残っていたはずだからだ。ところが、そのような跡はどこにも見られなかった。かくなる上は、残された仮説はただ一つ、生物が存在するとすれば、運動、すなわち生命とは無縁の種族、ということになるね！」

「生きていない生き物ってことになる！」とミシェルが口をはさんだ。

「まさにその通り」とバービケインは答えた。「われわれにとっては、なんの意味もない」

「これで、この問題に対する見解を表明できるわけだ」とミシェル。

「そうだな」とニコルが答えた。

「では」とミシェル・アルダンが続けた。「本科学委員会は、ガン・クラブの発射体内における会議において、新しく観察された事実に基づく議論を行った結果、満場一致で、現在の月の居住可能性の問題について、以下の結論に達した。否、月は居住不可能である」

この裁定は、バービケイン会長によって、彼の手帳における一二月六日の議事録の項に記載された。

「今度は」とニコルが言った。「第一の問題の不可分な補足である第二の問題に取りかかるとしよう。名誉ある当委員会にお尋ねしたい。月が現在は居住不可能であるとして、過去に住人がいたことはあるのか？」

「市民バービケインの発言を求める」とミシェル・アルダンが言った。

「友人諸君」とバービケインが答えた。「われわれの衛星の過去における居住可能性というこの問題については、この旅行を待つまでもなく、私自身の意見は固まっていた。われわれの個人的な観察は、この意見の正しさを強固にしてくれるものばかりだった、ということは付け加えておきたい。月にはわれわれと同じような器官を具えた人類が居住していたこと、解剖学的に地球の動物と同じような構造の動物を月が生み出していたことを、私は信じているし、そう断言してもよい。しかし、これらの人類や動物の時代はもはや過ぎ去ってしまい、彼らは永久に姿を消したのだ、と付け加えなければならない！」

「それでは」とミシェルが質問した。「月は地球よりも古い世界ということになるのだろうか？」

「そうではない」とバービケインは確信を持って答えた。「ただ、早く歳を取ってしまった世界、形成と変形がもっと急速に進んだ世界なのだ。相対的に言って、地球の内部におけるよりも、月の内部の方が物質の持つ構成力がもっとずっと激しかったのだ。亀裂の入った、起伏の多い、むくんだ月面の現在の状態がそのことを雄弁に証明している。月と地球は、原初の段階ではガスの塊でしかなかった。これらのガスは、いろいろな影響の結果、液状になり、その後、個体の塊となった。しかし、われわれの回転楕円体がまだガス状だったり液状だったりした時点で、月の方はすでに冷却によって固形化し、居住可能になっていたのは間違いない」

「私もそう思う」とニコルが言った。

「その時には」とバービケインが先を続けた。「大気が月を取り巻いていた。水は、このガス状の覆いに含まれていて、蒸発しえなかった。空気、水、光、太陽の熱、そして月の中心の熱、これらの作用を受けて、植物が、それを受け入れる準備の整っていた大陸を占拠した。生物が発生したのもこの時代であることは確実だ。なぜなら、自然というものは無駄遣いをしないからで、これほど見事に居住可能となった世界には必然的に住人がいたに違いない」

「とはいえ」とニコルが反論した。「われわれの衛星に固有の多くの現象によって、植物界や動物界の繁栄は妨げられなければならなかった。例えば、三五四時間続く昼と夜のことはどうなる？」

「地球の北極と南極じゃ」とミシェル。「昼と夜は六か月も続くんだぞ！」

「有効性に乏しい議論だ。両極には人が住んでいないんだから」

「君たち」とバービケインが議論を再開した。「注意しなければならないのは、月が現在置かれている状態においては、あの長い夜と昼が、生命体の組織には耐えられないような温度の違いを生み出しているのに対して、太古の時代のその頃には、そうではなかったということだ。大気が月面をその流体のマントでくるんでいた。蒸気がそこで雲となって並んでいた。この自然の遮蔽幕が太陽光線の熱を和らげ、夜間の熱放射を抑えていた。熱と同じように、光もまた、空気中に拡散することができた。その結果、こうした作用の間に均衡が生じたのだが、大気がほぼ完全に消えた今となっては、それももう失われてしまった。おまけに、君たちを驚かすことになるが……」

「驚かせてくれよ」とミシェル・アルダン。

「私は喜んで信じるのだ、月に住人がいた時代には、夜と昼は三五四時間も続かなかった、ということを！」

「それはなぜだ？」とニコルが語気鋭く問い質した。

「その頃は、月の自転軸をめぐる回転運動が、公転運動と一致していなかった可能性が極めて高いからだよ。この一致のために、月面の各点が一五日ずつ太陽光線の作用にさらされることになるのだが」

「いいだろう」とニコルが答えた。「しかし、この二つの運動が現在では一致している以上、なぜかつてはそうではなかったと思われるのか、知りたい」

「それはだね、この一致の原因が、地球の引力にしかないからだ。ところで、地球がまだ液状でしかなかった時代には、この引力が月の運動を変えるには力不足だったということを否定できる者はいないのでは？」

「結局のところ」とニコルが言い返した。「月がずっと地球の衛星だったと誰に言える？」

「それに」とミシェル・アルダンが叫んだ。「月が地球よりずっと以前から存在していなかったと誰に言える？」

想像力は、仮説という無限の領域でわれを忘れてしまった。バービケインは、それに待ったをかけることを望んだ。

「そいつはちょっとばかり思弁に走りすぎだよ」と彼は言った。「解決不可能というしかない問題だ。深入りすべきじゃない。原初の時代の引力が不十分だったということだけ認めておこう。そうすれば、自転と公転の二つの運動の不一致によって、月における昼と夜は現在の地球における と同様に継起していた可能性が成立する。それ以前に、こうした条件がなかったとしても、生命は可能だったのだ」

「それじゃあ」とミシェル・アルダンが尋ねた。「月の人類は絶滅したと考えられるわけだね？」

「そうだ」とバービケインは答えた。「おそらくは何千世紀も続いたそのあとでね。それから、徐々に大気が稀薄になっていき、月面は居住不可能となった。地球がいつの日かそうなるように、冷却によってね」

「冷却によって、かね？」

「間違いない」とバービケインが応じた。「月の内部の火が消えていき、白熱する物質が中心に集まるにつれ、地殻が冷えていったのだ。この現象の効果は少しずつ現れた。器官のある動物の消滅、植物の消滅。じきに大気が稀薄化した。おそらくは、地球にかすめ取られてね。呼吸可能な空気の消滅、蒸発による水の消滅。この頃の月は居住不可能となって、住民はもはやいなくなっている。われわれが今目にしているような死の世界となっていたのだ」

「そして、君によれば、同様の運命が地球を待っているということだが？」

「その公算大だね」

「でも、それはいつのことだ？」

「地殻の冷却によって地球が居住不可能となる時だよ」

「ぼくらの不幸な回転楕円体が冷却するまでの時間は計算されているのかい？」

「その通り」

「で、君はその計算結果を知っている？」

「完全にね」

「なら話せよ、このむっつり学者め」とミシェル・アルダンは叫んだ。「人をじらすにもほどがある！」

「では、ミシェル君」とバービケインが涼しい顔で答えた。「一世紀の間に地球の気温がどの程度下がるか、わかっているんだ。さて、そこでいくらか計算すると、平均気温がゼロ度に達するのは四〇万年後になる！」

「四〇万年後！」とミシェルは大声を上げた。「ああ！

これで一息つける！　本気で心配しちまったよ！　君の言うことを聞いてたら、てっきりあと五万年くらいしか生きられないのかと思ったじゃないか！」

バービケインとニコルは、友人の心配に思わず吹き出した。それから、ニコルは、議論をしめくくろうと、検討したばかりの問題を改めて口にした。

「月に住人はいたのか？」と彼は質問した。

答えは、満場一致で、イエスであった。

しかし、やや大胆な理論が盛り沢山だったとはいえ、この問題に関して科学的には定説となっている一般的な考えをまとめたにすぎないこの議論の間にも、発射体は、月面から一定の速度で遠ざかりつつ、月の赤道に向かって急速に進んでいた。ウィレム*の圏谷を過ぎ、四〇度の緯線をその八〇〇キロ上空で通過した。その後、南緯三〇度線上に位置するピタトス*を右手に通り過ぎ、すでにその北部に接近したことがある雲の海の、今度は南部に沿って進んだ。多様な圏谷が満月の白い輝きの中にごちゃごちゃと姿を現した。ブイヨー*、中央に火口がある、ほぼ正方形のプールバッハ、名状しがたい輝きを放つ内輪山を持つアルザケル。

ついに、発射体が絶えず遠ざかっていくため、旅人の目には事物の輪郭がおぼろになり、山々は遠方で見分けがつかなくなり、地球の衛星の魅惑的にして異様かつ奇妙な全体は、間もなく彼らにとって色褪せることのない思い出にすぎなくなった。

第一九章——不可能に抗って

かなり長い間、バービケインと仲間たちは、沈思黙考に耽りつつ、モーゼにとってカナンの地がそうであったように、遠方から望み見るしかなかったこの世界、今や引き返せるあてもなく遠ざかっていくこの世界を見つめていた。月に対する発射体の体勢に変化が起きており、今ではその尾部が地球に向いていた。

この変化を確認したバービケインは、驚かずにはいられなかった。砲弾が衛星の周りを楕円軌道に従って回ることになっているのだとすれば、月が地球に対してそうしているように、砲弾はなぜその一番重い部分を月に向けていないのか？　これは不可解なことだった。

砲弾の運行を観察したところ、月に近づきながら描いた曲線と同じような曲線に従って、月から遠ざかりつつあることがわかった。つまり、砲弾は極めて細長い楕円を描いているのであって、それはおそらく、地球とその衛星がそれぞれ及ぼす作用が釣り合う引力均衡点まで続いていると考えられた。

バービケインが観測された事実から正当にも引き出した結論は以下の通りだった。彼の確信を二人の仲間たちも共有していた。

ただちに、質問が矢のように降ってきた。

「そのデッド・ポイントに連れて行かれたら、ぼくらはどうなるんだい？」とミシェル・アルダンが質問した。

「それこそ未知だよ！」とバービケインが返答した。

「でも、仮説ぐらいは立てられるんだろ？」

「二つ考えられるね」とバービケインが答えた。「砲弾の速度が足りず、二重の引力が働く線上で永遠に動かなくなってしまうか……」

「ぼくは二番目の仮説の方がいいよ、それがなんであろうと」とミシェルが言い返した。

「あるいは、速度が十分であれば」とバービケインが続けた。「夜を司る天体の周りをめぐる楕円軌道を永遠に運行することになる」

「あまり慰めにならない革命（レヴォリューション）*だな」とミシェルが言っ

た。「下女とばかり思ってきた月の慎ましき召使になってしまうなんて！　ところがこれがぼくらを待ち受ける未来だとは」

　バービケインもニコルも返答しなかった。

「君たちはなにも言わないのか？」と堪え性のないミシェルがふたたび口を開いた。

「なにも答えることがない」とニコルが言った。

「打つ手はなしと言うのか？」

「ないね」とバービケインが応じた。「君は不可能に抗おうって言うのか？」

「そうしたって構わんじゃないか。フランス人が一人、アメリカ人が二人いて、そんな言葉を聞いて怖気づくのか？」

「だが、なにをしたいんだ？」

「われわれを運んでいるこの運動を制御するんだよ！」

「制御するだって？」

「そうだよ」とミシェルは張り切って言った。「運動に歯止めをかけるなり、変更するなりして、要は、われわれの計画の遂行に役立てるんだ」

「でもどうやって？」

「そりゃ、君らが考えることだろう！　自分たちの砲弾に言うことを聞かせられないなんて、そんな砲兵はもう砲兵じゃない。砲弾が砲手に指示を出すって言うんなら、砲弾の代わりに砲手を大砲に装塡すべきだって話になる！　大層な学者さんだよ、本当に！　ぼくをそそのかしておきながら、いざとなるとあとはどうなるか知らんなんて言うんだから……」

「そそのかした！」とバービケインとニコルが叫んだ。

「そそのかしたって、それはどういう意味だ？」

「不平を言うつもりはないんだ！」とミシェルは言った。「個人的に不満があるわけじゃない！　この散歩は気に入っているし！　砲弾にだって満足している！　でも、月じゃなくてもいいから、どこかしらに落下するために、人間としてできることは全部やろうじゃないか」

「われわれだって、それ以外のことは望んでいないよ、ミシェル君」とバービケインが答えた。「しかし、われわれにはなす術がない」

「ぼくらには発射体の運動を変えられないのかね？」

「できない」

「速度を落とすことも？」

「だめだね」

「荷を積み過ぎた船を軽くするみたいに、砲弾を軽くすることも、かね！」

「なにを捨てるつもりなんだ！」とニコルが答えた。「バラストを積んでいるわけじゃないんだぞ。それに、軽くなった発射体の速度は上がると思うが」

「遅くなるよ」とミシェル。

「速くなる」とニコルがやり返した。

「速くなりもしなければ、遅くなりもしない」とバービケインは、二人の顔を立てようとして言った。「われわれは真空の中を漂っているんだからね。比重はもはや考慮されるべきではない」

「そういうことなら」とミシェル・アルダンは決然とした口調で叫んだ。「なすべきことは一つしかない」

「なにかね？」とニコルが尋ねた。

「食事だよ！」と大胆なフランス人は何食わぬ顔つきで答えた。彼は最も困難な局面に陥ると、常にこの解決策を取るのだった。

なるほど、この解決策は発射体の針路にはなんの影響も持ちえないとはいえ、やってみる分にはなんの不都合もない。それどころか、胃袋の観点から言えば、上首尾をもたらすことさえできる。まったくもって、このミシェルという男、いい考えしか思いつかない。

そういうわけで、午前二時に食事を取ることとなった。が、時刻は重要ではない。ミシェルは、いつもの献立で給仕をした。しめくくりは、ミシェルが秘密の酒倉から引っ張り出した上々の一壜だった。これでアイデアが湧かないようでは、一八六三年ものシャンベルタンの名が泣くというものだ。

この食事が終わると、観測が再開された。

発射体の周囲には、外に放り出された物が相変わらず同じ距離を保ったまま、ついてきていた。明らかに、砲弾は、月をめぐる運動の過程で、いかなる大気をも通過しなかったのだ。通過していれば、それぞれの比重に応じて、相対速度が変わっていたはずだからである。

地球の回転楕円体の側には、なにも見えなかった。地球は、前日の真夜中に新月になったばかりだったので、まだ一夜月でしかなかった。その三日月形が太陽光線から抜け出して、時計として月世界人の役に立つようになるまでには、あと二日待たなければならない。地球の各点は、その自転運動において、二四時間おきに月の同じ子午線を通るからである。

月の側では、まったく眺めが違っていた。月は、数えきれないほどの星座のただ中で、この上ない壮麗さで輝いていた。その光が星の純粋な輝きを乱すこともないのだった。月面上では、平原が、地球から見えるあの暗い染みに戻っていた。光輪のそれ以外の部分はきらめきを失っておらず、その全般的なきらめきの中にあってなお、ティコが日輪のごとく際立っていた。

発射体の周囲には……

バービケインは、いかなる方法によっても砲弾の速度を割り出すことができずにいた。しかし、有理力学の法則に合致して、速度が一律に減少しつつあることは推論が示す通りだった。

事実、砲弾が月の周りに軌道を描きつつあるとすれば、それは必然的に楕円になるだろう。そうでなければならないことを科学が証明している。引力を持つ物体の周囲を回る動体は、それがなんであれ、この法則を免れない。空間に描かれる軌道はすべて楕円であって、惑星の周りを回る衛星の軌道も、太陽の周りを回る惑星の軌道も、中心軸となっている未知の天体の周りを回る太陽の軌道も同じである。ガン・クラブの砲弾がこの自然の傾向に背くことなど、どうしてありえようか？

ところで、楕円軌道において、引力を及ぼす物体は常に楕円の二焦点のいずれかを占めている。したがって、衛星は、自分がその周囲をめぐる天体に、ある時は近づき、ある時は遠ざかるわけだ。地球は、太陽に最接近した時、近日点にあり、遠日点にあれば、太陽から最も離れた点に位置する。月であれば、近地点で地球に最も近づき、遠地点で地球から最も遠ざかる。天文学用語を豊かにすることになるが、これに類似した表現を用いるとすれば、砲弾がこのまま月の衛星の状態に留まる場合、月から最も離れた時には「遠月点」に、最も近づいた時には「近月点」にある、と言わなければならないだろう。

この二番目の地点において、砲弾の速度は最も早くなり、一番目の地点で最も遅くなるはずだった。さて、砲弾がその遠月点に向かって進んでいるのは明らかであり、この点に至るまでの間、砲弾の速度は減少していき、次いで、月に再接近するにつれて、速度を徐々に回復させるとバービケインが考えたのは正しかった。この遠月点と引力均衡点が一致する場合、速度は完全にゼロとなるだろう。

バービケインは、こうしたさまざまな状況の結果を検討し、どうすればそれらを自分たちにとって有利に転じられるか、考えをめぐらせていた。その時、ミシェル・アルダンがいきなり上げた叫び声に考えを中断させられた。

「まったく！」とミシェルは叫んだ。「ぼくらは自分たちが掛け値なしの大馬鹿だってことを認めなければ！」

「別に否定はしない」とバービケインが答えた。「でも、なぜ？」

「なぜって、ぼくらを月から遠ざけているこの速度を遅らせるごく単純な方法があるのに、それを使っていないからだよ！」

「その方法とはなにかね？」

「ロケットの持つ反動を利用するんだよ」

「そう言えばそうだ！」とニコル。

「われわれはまだこの力を用いていない」とバービケインが応じた。「それはその通りだが、いずれ使う」

「いつ？」とミシェルが尋ねた。

「その時が来たら。ねえ、君たち、発射体が現在月に対して取っている姿勢は、月面に対してまだ斜めになっているから、ロケットを使って方向を変えようとすると、月に近づかず、遠ざかってしまう可能性がある。だが、君たちがなんとしても到達したいと思っているのは月だろう？」

「あくまでもね」とミシェルが答えた。

「では、待つことにしよう。不可解な作用のために、発射体は尾部を地球に向けつつある。引力均衡点で円錐の頂点は厳密に月を指すに違いない。その瞬間、速度がゼロになっていることが期待できる。その時こそ、行動を起こすべきだ。ロケットの力によって、たぶんわれわれは月面への垂直落下を引き起こせるのではないかと思う」

「そいつはいい！」とミシェル。

「われわれは最初にデッド・ポイントを通過した際、この方法を用いなかったし、用いることができなかったが、それは、発射体を動かしている速度がまだあまりにも強烈だったからだ」

「君の言う通りだ」とニコルが言った。


「辛抱強く待とう」とバービケインは続けた。「チャンスはすべて味方につけよう。ほとんど諦めかけていたが、これで目標に到達できるという希望を取り戻したよ！」

この結論を聞いて、ミシェル・アルダンは快哉を叫んだ。後先を考えないこの向こう見ずな連中のうち、誰一人として、自分たちが下したあの否定的な判断を思い出す者はいなかった。否！　月に住人はいない。そうだ！　月はおそらく居住不可能だろう！　にもかかわらず、彼らはその月に到達するために打てる手を尽くすつもりなのだ！

解決すべき問題が一つだけ残っていた。旅人たちが一か八かの勝負に打って出る引力均衡点に発射体が達するのは、正確にどの瞬間なのか、ということである。

この瞬間を数秒の誤差の範囲で算出するために、バービケインは、旅の覚書を参照して、月の諸緯線の上で記録された砲弾の高度を拾い上げるだけで十分だった。こうして、デッド・ポイントと南極の間の距離を走破するのに必要だった時間は、北極とデッド・ポイントを隔てる距離に要する時間と等しくなるはずだった。踏破された時間を示す時刻は丹念に記録されており、計算は容易になっていた。

バービケインは、一二月七日から八日にかけての夜、午前一時に砲弾がこの点に達することを突き止めた。ところで、今は一二月六日から七日にかけての夜の午前三時である。したがって、進行をなにものかに邪魔されるようなことがなければ、発射体は二二時間後に望む地点に到達するだろう。

ロケットは、当初、砲弾の月への落下を遅らせるために配備されていたのだが、今や、この大胆な男たちは、完全にそれとは逆の効果を生み出すために用いようとしていた。いずれにせよ、ロケットの準備はできており、後は点火する瞬間を待つだけだった。

「なにもすることがないのだから」とニコルが言った。「一つ提案をしたい」

「なにかね?」とバービケインが質問した。

「ひと眠りすることを提案する」

「なんだって!」とミシェル・アルダンが叫んだ。

「われわれはこの四〇時間というもの、まんじりともしていない」とニコルは言った。「何時間か寝ればすっかり元気になるだろう」

「ごめんだね」とミシェルが言い返した。

「結構」とニコルが続けた。「各自好きにするさ! 私は寝るよ!」

そして、長椅子の上に横たわるや、ニコルは、ただちに四八センチ砲の砲弾のごときいびきをかき始めた。

「このニコルってやつは、実に賢明だな」とそれから間もなくバービケインが言った。「私も見倣うことにしよう」

数瞬の後、彼の通奏低音が大尉のバリトンを支えていた。

「いやはや」と一人取り残されたミシェル・アルダンは言った。「実際的な連中もたまには当意即妙の思いつきができるんだな」

そして、長い脚を伸ばし、大きな腕を頭の下に畳むと、今度はミシェルが眠りに落ちた。

だが、この眠りは長くは続かなかったし、穏やかなものでもありえなかった。あまりにも多くの心配事がこの三人の男たちの念頭を駆けめぐっていたため、数時間後の午前七時頃には、三人とも同時に起き上がっていた。

発射体は相変わらず月を離れつつあり、その円錐形の部分をいよいよ月に向かって傾けていた。今のところ説明のつかない現象だが、幸いにもバービケインにとっては願ったり叶ったりだった。

あと一七時間で、行動の時が来る。

この一日は長く思えた。月に落下するのか、それとも不変の軌道を永遠に回り続けることになるのか、すべてが決せられる瞬間を目前にした旅人たちは、いかに大胆とは言っても、動悸が早まるのを抑えられなかった。彼らは、待つ身には遅々として進まぬ時を一時間また一時間と数え、バービケインとニコルは意地になって計算に没頭し、ミシ

「いやはや、実際的な連中ときたら」

ェルは狭苦しい内壁の間を行ったり来たりしながら、素知らぬ顔の月を食い入るように見つめていた。

時折、地球の思い出が脳裏をよぎることがあった。彼らは、ガン・クラブの友人たちの顔を、その中でも特に懐かしいJ＝T・マストンの顔を思い浮かべるのだった。この瞬間にも、名誉ある書記は、ロッキー山脈の持ち場についているに違いなかった。巨大な反射望遠鏡の鏡に映る発射体を見つけたとすれば、彼はなにを思うのだろう？　月の南極の向こうに砲弾が姿を消すのを見たあと、それが北極からふたたび現れたのだ！　つまり、衛星の衛星ということだ！　J＝T・マストンは、この思いがけないニュースを世界に発信しただろうか？　これがこの偉大なる企ての結末だというのか？……

そうしている間にも、その日はつつがなく過ぎた。地球における真夜中が訪れた。一二月八日が始まろうとしていた。あと一時間すれば、引力均衡点に到達する。この時、発射体はどのくらいの速度を出していたのか？　それを見積もることはできなかった。しかし、いかなる誤りもバービケインの計算を損なうことはありえなかった。午前一時に、この速度はゼロになるはずであったし、ゼロになるであろう。

それに、中立線における発射体の停止は、別の現象によっても画されることになっていた。この地点では、地球の引力と月の引力がどちらも消失するだろう。事物はもはや「重く」なくなるだろう。行きにバービケインと仲間たちを驚かせ、夢中にさせたこの奇妙な事実は、帰りにも同一の条件で再現されるはずだった。行動すべきはその瞬間である。

すでに発射体はそのとんがり帽子をそれとわかるほど月面に向けていた。砲弾は、ロケット装置の推進力が生み出す反動をことごとく利用できる態勢にあるのだ。旅人たちに運がめぐってきたというわけだった。このデッド・ポイントにおいて砲弾の速度が完全にゼロになれば、月に向かって砲弾に加えられた運動は、それがどんなに軽微なものであろうとも、砲弾を落下させるには十分だろう。

「一時五分前」とニコルが言った。

「準備完了」とミシェル・アルダンが、用意された火口（ほくち）をガスの炎に向けながら応答した。

「ちょっと待った」とバービケインが、手にクロノメーターを持って言った。

この瞬間、重力はなんの作用も及ぼしていなかった。その完全な消滅を、旅人たちは体内に感じた。中立点に触れるところまでは行っていないにせよ、その間近に迫っていたのだ！……

「一時！」とバービケインが言った。

「一時!」

ミシェル・アルダンは、ロケット全部を一瞬で接続する装置に、火のついた火口（ほくち）を近づけた。空気がないロケット内部では爆発音はまったく立たなかった。しかし、バービケインは、長く尾を引く噴射を舷窓越しに見ることができた。その爆燃は即座に消えた。

発射体は一種の震動に襲われ、それは内部でもはっきりと感じられた。

三人の友人たちは、口もきかずにひたすら見つめ、耳を澄まし、息をすることも忘れていた。この絶対の静寂のただ中では、彼らの心臓の鼓動すら聞こえただろう。

「ぼくらは落ちているのか？」と、とうとうミシェル・アルダンが質問した。

「いや」とニコルが答えた。「砲弾の尾部が月面に向き直っていないからね！」

その時だった。バービケインは、舷窓の窓ガラスを離れ、二人の仲間の方に向き直った。その顔は恐ろしいほど真っ青で、額には皺が寄り、唇はひきつっていた。

「われわれは落下している！」と彼は言った。

「そうか！」とミシェル・アルダンが叫んだ。「月に向かって？」

「地球に向かってだ！」とバービケインは返答した。

「畜生！」とミシェル・アルダンは叫んだ。そして、悟り澄ました調子でこう付け加えた。

「まあね！　この砲弾に入った時点で、ここから出るのは容易じゃないってことはぼくらにもよくわかっていたけど！」

事実、この身の毛もよだつ落下は始まっていた。発射体が維持していた速度がデッド・ポイントを越えさせたのだ。ロケットの爆発にもそれを食い止めることはできなかったのだ。行きには発射体を中立線の向こうに押しやった速度が、帰りにも砲弾を引きずっていたのである。砲弾が、その楕円軌道面において、すでに通過したすべての点をふたたび通過することを、物理学は欲したのだった。

それは、七万八〇〇〇リュー〔三一万二〇〇〇キロメートル〕の高さからの恐ろしい落下であって、いかなるバネもこれを和らげることはできまい。弾道学の法則に従って、発射体は、コロンビアード砲から発射された時の同じ速度で地球に激突することになっていたのである。すなわち、「最後の一秒間に一万六〇〇〇メートル」の速度で！

比較のために数字を一つ挙げておくなら、高さが二〇〇ピエ〔六五メートル。実際は六九メートル〕しかないノートルダム大聖堂の塔の上から落とした物体は、時速一二〇リュー〔四八〇キロメートル〕で敷石に達したことが計算されている。ところが、今回は、発射体は時速五万七六〇〇リュー〔二三万四〇〇キロメートル〕のスピードで地球に激突するはずなのだ。

「われわれはもう助からない」とニコルは冷ややかに言った。

「そうだな、われわれが死ぬことになっても」とバービケインは一種の宗教的な興奮に捕えられて答えた。「われわれの旅行の成果は偉大なものとなるだろう！ 神がご自身の秘密そのものをわれわれに明かしてくださるのだから！ 来世においては、魂は知るために機械も装置も必要としない！ 永遠なる英知と一体化するのだ！」

「とどのつまり」とミシェル・アルダンは言い返した。「来世全体があれば、あの月とかいうちっぽけな天体など償ってあまりあるってわけだ！」

バービケインは、崇高な諦念を表す態度で胸の上で腕を組んだ。

「天の御意のままに！」と彼は言った。

第二〇章　サスケハナ号*の水深測量

「それで、大尉、水深測量の方はどうか?」

「作業は終わりを迎えつつあるように思われます、艦長」とブロンズフィールド大尉が返答した。「それに致しましても、陸地からこんなに近い場所にこれほど深いところがあろうとは、誰が予想したでしょう。アメリカの海岸からたったの一〇〇リュー〔四〇〇キロメートル〕なのですから」

「まったくだな、ブロンズフィールド君、大変な陥没だ」とブロンズベリー艦長は言った。「アメリカの海岸に沿ってマゼラン海峡まで流れるフンボルト海流が掘った海底の谷がこのあたりにあるんだな」

「こうした大海溝は」と大尉は言葉を続けた。「電信用ケーブルの敷設には適しておりません。ヴァレンティア*とニューファンドランド*の間に敷設されたアメリカの電信線*を載せているような、平坦な台地があればよいのですが」

「君の言う通りだね、ブロンズフィールド君。ところで、大尉、失敬ながら、今測量はどの段階かね?」

「艦長」とブロンズフィールドは答えた。「われわれは、現時点で、二万一五〇〇ピエ〔六九八八メートル〕まで綱を繰り出したところでありますが、測深器を下に引っ張っている錘がまだ海底に達していないのです。そうでなければ、測深器は自動的に再浮上しているはずです」

「ブルック式装置*はよくできた装置だ」とブロンズベリー艦長は言った。「極めて正確な測量結果を得ることができる」

「海底です!」とこの時、作業を見守っていた前舵輪担当の操舵手の一人が叫んだ。

艦長と大尉は前部艦橋に上がった。

「水深は?」と艦長が尋ねた。

「二万一七六二ピエ*〔七〇七三メートル〕です」と大尉がこの数字を手帳に書き留めながら返答した。

「よろしい、ブロンズフィールド君」と艦長は言った。「この測定結果は私が海図に書き入れておこう。測深器を引き揚げさせるように。この作業は数時間かかるな。その間に、機関士は罐に火を焚いておき、作業が終わり次第、出発できるようにしておいてもらいたい。今は午後一〇時だ。大尉、失敬ながら、私は少し寝ておきたいのだが」

「どうぞ、艦長、ぜひそうなさってください！」とブロンズフィールドは丁重に答えた。

　ほかにまたといない善良な人物で、配下の士官に対する気配りを決して絶やさないサスケハナ号艦長は、船室に戻ってブランデー入りのグロッグ*を一杯ひっかけたが、その際に給仕長が受け取った感謝の表明はいつ果てるとも知れぬほどだった。そして、ベッドを整えた当番兵に対する褒め言葉を怠ることなく、穏やかな眠りについた。

　その時、時刻は午後一〇時だった。師走の月の一一番目の日が素晴らしい夜のうちに終わろうとしていた。

　アメリカ合衆国海軍に所属する五〇〇馬力のコルヴェット艦*サスケハナ号は、アメリカ海岸から一〇〇リュー〔四〇キロメートル〕、ニューメキシコ〔原文ママ〕の海岸線に描かれたあの半島*に沿って、太平洋の水深測量に従事していた。

　風は少しずつ弱まっていた。空気の層を乱すそよぎ一つなかった。コルヴェット艦の長旗は、ぐったりと動かず、トゲルンマスト*まで垂れ下がっていた。

　ジョナサン・ブロンズベリー艦長は――ケンタッキーの立派な商人であるホーシュビッデン家の娘で、艦長にとっては叔母に当たる女性と結婚していた、ガン・クラブの最も熱心な会員の一人、ブロンズベリー大佐の実のいとこだった――、ブロンズベリー艦長は、水深測量という神経をつかう作業を上首尾に終わらせるために、これ以上の好天は望むべくもなかったであろう。ロッキー山脈の上空に積み重なっていた雲を吹き払い、かの発射体の運行を観察できるようにしたあの大嵐の悪影響さえ、彼の指揮するコルヴェット艦は微塵も受けなかったくらいである。万事が彼の思うようにいっていたのであり、そのことを長老派らしい熱烈さで天に感謝することを忘れはしなかった。

　サスケハナ号によって実施された一連の水深測量の目的は、ハワイ群島とアメリカ海岸を結び合わせる海底電信線を敷設するの*に最も好都合な海底を見つけることであった。

　それは、ある強力な会社が中心となって推進していた一大プロジェクトであった。社長である聡明なサイラス・フィールド*は、オセアニアの全島嶼を巨大な電信線の網の目で覆うことさえ主張していた。アメリカの才知にとって不足はない偉業と言えよう。

　そのための最初の水深測量を託されたのがコルヴェット艦サスケハナ号だったのだ。一二月一一日から一二日にかけてのこの夜、艦は正確に北緯二七度七分、ワシントン子午線を基準として西経四一度三七分〔原註／パリ子午線を基準とすれば正確に西経一一九度五五分〕の位置にあった。

月はその時、下弦の位相にあって、水平線の上に姿を現し始めていた。

ブロンズベリー艦長が自室に下がったあと、ブロンズフィールド大尉と何人かの士官は後部艦橋に集まっていた。月が現れると、その時北半球にあるすべての眼が凝視していたこの天体に、彼らも思いを馳せた。最良の船員用望遠鏡といえども、半分に欠けた球体の周りをさまよう発射体を見つけ出すことはできなかっただろう。それでも、船上の全望遠鏡が、何百万という視線が一斉に注視の的としているきらめく円盤に向けられていた。

「彼らが出発してから一〇日になる」とその時ブロンズフィールド大尉が言った。「彼らはどうなったのだろう？」

「到着していますよ、大尉殿」と一人の若い見習士官(ミッドシップマン)が叫んだ。「そして、初めての国に行った旅行者が誰でもすることをやっていますよ。彼らは散歩をしているのです！」

「貴君がそう言うんだから、確かだね」とブロンズフィールド大尉は微笑しながら答えた。

「そうは言っても」と別の士官が言葉を継いだ。「彼らが到着していることに疑いの余地はありませんよ。発射体は、月が満月になった瞬間、五日の真夜中に月に到達したに違いありません。今日は一二月一一日ですから、六日経っています。さて、暗闇なしの二四時間が六回続けば、居心地よく身を落ち着ける時間はあるわけです。彼らの姿が目に浮かぶようですよ。谷底の、月のせせらぎのほとりにキャンプを設営したわれらが忠勇なる同国人の姿が。すぐそばには、噴火の残骸の真っただ中に落下して、半分地面にめり込んだ発射体がある。ニコル大尉は水準測量を始めている。バービケイン会長は旅の覚書を清書している。ミシェル・アルダンはロンドレス葉巻の煙で人気のない月世界を馨(かぐわ)しくしている……」

「そうですね、そうに違いありません、そうですよ！」と若い見習士官(ミッドシップマン)は上官の描き出した理想郷に陶然となって叫んだ。

「そうであってほしいものだ」とブロンズフィールド大尉が答えた。彼は平常心を保っていたのである。「残念なことに、月世界から直接連絡が来ないことに変わりはない」

「お言葉ですが、大尉殿」と見習士官(ミッドシップマン)が言った。「バービケイン会長は書けるではありませんか？」

この答えを聞いて一同爆笑した。

「手紙を、ということではありません」と若者は勢い込んで応酬した。「郵便局とはなんの関係もありません」

「それでは、電信局というわけかね？」と士官の一人が皮肉を込めて尋ねた。

「とんでもありません」と見習士官(ミッドシップマン)はめげずに応じた。

「彼らの姿が目に浮かぶようですよ」

「ですが、文字による通信を地球との間に確立するのは極めて容易なことです」

「どうやってかね？」

「ロングズ・ピークの反射望遠鏡を使えばいいのです。ご存じのように、ロッキー山脈からたったの二リュー〔八キロメートル〕のところまで月を引き寄せます。そして、月面にある直径九ピエ〔二・七メートル〕の物体が見えるようになります。ということは、です！　われわれの器用な友人たちは巨大なアルファベットをこしらえればよいのです！　一〇〇トワーズ〔二〇〇メートル〕の長さの単語、一リュー〔四キロメートル〕の長さの文章を書けばいいのです！　そうすれば彼らはわれわれに近況を送り届けることができるわけです！」

　皆は、ある種の想像力に事欠かない若い見習士官（ミッドシップマン）に拍手喝采した。ブロンズフィールド大尉さえ、このアイデアが実行可能であることを認めた。凹面鏡を用いて光線を束に集めて送るという方法でも、直接連絡することができると彼は付け加えた。事実、こうした光線は、地球から海王星が見えるのと同じように、金星や火星の表面でも見えるだろう。彼は、地球の近くにある惑星の表面ですでに観察されている輝く点は、地球に向けられた信号の可能性もある、といって話をしめくくった。しかし、この方法によって月世界のニュースを知ることができるとしても、月世界人が遠方の観察に適した器具を手元に備えていない限り、地球のニュースを彼らに送ることはできないのだ、ということも併せて指摘したのであった。

「当然そういうことになりますね」と士官の一人が応じた。「しかし、旅行者たちはどうなったのか、彼らはなにをしたのか、なにを見たのか、という点こそ、われわれが興味を持って然るべきことです。それに、実験が成功したのであれば、そのことを私は疑っていませんが、その場合、また同じことが行われるでしょう。コロンビアード砲はフロリダの地面に嵌め込まれたままになっているのです。つまり、あとは弾丸と火薬の問題だけというわけで、月が天頂を通るたびに、訪問客の一団を積荷代わりに送り込めるでしょう」

「J＝T・マストンが」とブロンズフィールド大尉が答えた。「いずれ近いうちに友人たちのところへ合流しに行くのは自明だね」

「彼が私を必要としてくれるのでしたら」と見習士官（ミッドシップマン）が叫んだ。「私は喜んでお供します」

「なあに！　志願者が足りないなんてこたぁあるまい」とブロンズフィールドがやり返した。「放っておいたら、そのうち地球の住人の半数は月に移住しちまってるよ！」

　サスケハナ号の士官たちの会話は午前一時頃まで続いた。

これらの大胆な精神の持ち主が発した説がどれくらいあっけに取られるものであったか、どれだけ度肝を抜かれる理論が開陳されたか、それを言うことは誰にもできまい。バービケインの実験以来、アメリカ人にとって不可能なことなどなくなってしまったように思われていた。彼らは早くも、学者派遣団だけではなく、入植者の一団を、そして、月世界を征服するために、歩兵、砲兵、騎兵からなる軍団をまるごと一つ月の岸辺に送り込むことを計画していたのである。

午前一時に、測深器の引き揚げはまだ完了していなかった。一万ピエ〔三二五〇メートル〕の綱がまだ繰り出されたままになっており、さらに数時間の作業が必要だった。艦長の命令に従って、罐に火は入れられており、蒸気圧はすでに上がっていた。サスケハナ号はすぐにも出発しようと思えばできただろう。

この時――午前一時一七分のことだった――ブロンズフィールド大尉は当直任務から解放されて、自室に戻ろうとしていた。その時だった。遠くから聞こえる、まったく思いがけないヒューという音に注意を引かれたのである。

彼と同僚たちは、最初、その音は蒸気が漏れているのだと思った。ところが、顔を上げた彼らは、それが大気のはるか奥の層のあたりから発していると知った。

彼らがいぶかる暇もなく、ヒューという音は恐ろしいまでに激しくなり、突然、その飛行の速さと大気の層の摩擦のために炎に包まれた巨大な火球（ボリード）が現れ、彼らの目は眩んでしまった。

この燃える塊は雷（いかずち）のごとき大音響とともに斜檣*を打ち倒し、それを舳先とすれすれの根元でへし折ると、耳を聾するような轟きを立てて波間に没したのだ！

あと数ピエずれていたら、サスケハナ号は乗組員もろとも沈没していたところだった。

服の袖に腕を通しただけの格好で飛び出してきたブロンズベリー艦長が、士官たちの殺到していた前部艦橋に駆けつけたのは、その瞬間だった。

「失敬ながら、諸君、なにがあったのかね？」と彼は尋ねた。

そして、見習士官（ミッドシップマン）が言うなれば全員のこだまとなって叫んだ。

「艦長、「彼ら」が帰って来ました！」

あと数ピエずれていたら

第二一章　J＝T・マストンが呼び戻される

サスケハナ号は興奮の坩堝と化した。士官も水兵も、今し方の危機一髪のこと、すなわち、粉砕され、海底に沈みかねなかったことなど、忘れていた。あの旅行を終わらせた破局のことしか、彼らの頭にはなかった。ということはつまり、古代と近代を問わず歴史上最も大胆な企ては、それを試みた果敢な冒険家の命を犠牲にしたのだ。

「彼ら」が帰って来ました」と若い見習士官（ミッドシップマン）は言ったのだった。それだけで全員になんのことか理解できたのである。あの火球（ボリード）がガン・クラブの発射体であることを疑う者はいなかった。その中に閉じ込められている旅行者たちのことはといえば、彼らの運命の如何をめぐって意見は分かれた。

「彼らは死んだ！」と言う者がいた。

「彼らは生きている！」と言い返す者もいた。「水の層は深いから、落下は和らげられたのだ」

「だが、空気は不足していたのだ」と別の者が口をはさんだ。「彼らは窒息死してしまったに違いない！」

「いや、焼け死んだんだ！」とまた別の者が反論した。「大気を横切った発射体は、もはや白熱する塊にすぎなかったのだ！」

「どうでもいい！」と全員が声を揃えて応じた。「生きていようと死んでいようと、彼らをあそこから引き揚げねば！」

その間にブロンズベリー艦長は士官たちを呼び集め、彼らに対して失敬ながら、会議を始めた。緊急になすべきことを決断しなければならなかった。最も火急なのは、発射体を釣り上げることであった。困難な作業ではあるが、不可能ではない。しかし、コルヴェット艦にはそのために必要な機材がなかった。機材は強力であると同時に精密でなければならない。そういうわけで、艦を最寄りの港に向かわせ、ガン・クラブに砲弾の落下を通知することが決定された。

この決定は全員の支持を得た。どの港に向かうべきか議論する必要があった。北緯二七度線上の近くにある海岸には接岸できるようなところがなかった。もっと北に行くと、モントレー半島の上に、この半島名の元となった町があった。しかし、この町はまったくの荒野と境を接していて、内陸部と電信網で結ばれていなかった。この重要なニュースをいち早く広めることができるのは電気だけだったにもかかわらず。

さらに緯度にして数度分北上するとサンフランシスコ湾が口を開けていた。この黄金の国の首都ならば、合衆国の中枢と連絡を取るのは容易だろう。蒸気機関に無理をさせれば、サスケハナ号は二日以内にサンフランシスコの港に到着できる。それゆえ、ただちに出発しなければならなかった。

火勢が強められた。出発の準備はすぐにできる。測深器の綱が海中にまだ二〇〇〇尋〔三二〇〇メートル〕残っていた。ブロンズベリー艦長は、それを引き揚げるのに貴重な時間を失いたくなかったので、綱を切ることにした。

「綱の端をブイに固定しておこう」と彼は言った。「このブイが、砲弾が落ちた地点を正確に示してくれる」

「それに」とブロンズフィールド大尉が答えた。「われわれは正確な現在位置がわかっております。北緯二七度七分、西経四一度三七分です」

「結構だ、ブロンズフィールド君」と艦長は答えた。「それで、失敬ながら、綱を切らせるよう指示を出してくれたまえ」

ただでなくても頑丈なブイを、代用マストでさらに補強したものが大洋の表面に投げ込まれた。その上に綱の端が固く結びつけられた。ブイは、波のまにまに漂うに任せられたが、それほどひどく流されることはないはずだった。

この時、機関士から、圧力が上がったので出発できるという連絡が艦長に届けられた。艦長は、このよい知らせをもたらしてくれたことを彼に感謝するよう命じた。それから、北北東に針路を取るよう指示を出した。コルヴェット艦は、旋回し、全速力でサンフランシスコ湾へ向かった。時刻は午前三時だった。

サスケハナ号のような快速船にとって、二二〇リュー〔八八〇キロメートル〕を走破することはなんでもない。三六時間でこの距離をこなし、一二月一四日の午後一時二七分、サンフランシスコ湾に入った。

斜檣を根こそぎにされ、前檣に支材をあてがったこのアメリカ海軍の軍艦が全速力で到着するのを見て、人々の好奇心に火がついた。上陸を待ち構える群衆でじきに波止場はごったがえした。

錨を下ろした後、ブロンズベリー艦長とブロンズフィールド大尉は、八本オールのボートに乗り込み、迅速に陸地まで運ばれた。

彼らは埠頭に飛び乗った。

「電報を！」彼らは、浴びせかけられた無数の質問に一切答えようとせず、こう要求した。

野次馬の大変な人だかりの中、港務部長自らが彼らを電信局に案内した。

ブロンズベリーとブロンズフィールドは電信局に入り、群衆はそのドアに詰めかけた。

数分後、同文電報が四つの宛先に発信された。一、ワシントン、海軍長官宛て。二、ボルティモア、ガン・クラブ副会長宛て。三、ロッキー山脈ロングズ・ピーク、J＝T・マストン殿宛て。四、マサチューセッツ、ケンブリッジ天文台副所長宛て。

文面は以下の通りだった。

「北緯二〇度七分西経四一度三七分ニテ今一二月一二日午前一時一七分コロンビアード砲弾太平洋ニ落下。指示送ラレタシ。さすけはな号艦長ぶろんずべりー」

五分後、サンフランシスコ全市がこのニュースを知っていた。夕方六時前には、合衆国の各州がこの最終破局のことを聞いていた。真夜中過ぎには、全ヨーロッパがアメリカの偉大な企ての結果を承知していた。

この思いも寄らない結末が全世界に引き起こした反響を描きだすことは断念する。

電報を受け取ると、海軍長官は、サスケハナ号に、罐の火を消さずにサンフランシスコ湾で待機せよとの訓電を発した。昼夜を問わず、いつでも出港できる準備をしておかなければならないのだ。

ケンブリッジ天文台は臨時会議を招集し、いかにも学術団体らしい落ち着き払った態度で、この問題の科学的な点を平静に討議した。

ガン・クラブではそれこそ爆発もいいところだった。全砲兵が招集された。ちょうど、名誉ある副会長のウィルカムは、J＝T・マストンとベルファストがロングズ・ピークの巨大反射鏡に映っている発射体を見つけたと早まって告げたあの電報を読んでいたところだった。この電報は、それだけではなく、砲弾が月の引力に引き留められて太陽系内で孫衛星の役を果たしているということをも伝えていた。

この点に関する真実は、ご存じの通りである。

しかしながら、J＝T・マストンの電報を真っ向から否定するブロンズベリーの電報が届いた時点では、ガン・クラブ内は二つの陣営に分裂してしまった。一方は、発射体の落下を、すなわち旅行者たちの帰還を認める人々の一派であった。もう一方は、ロングズ・ピークの観測に固執し、サスケハナ号の艦長は間違っていると結論づける一派であった。この後者の人々にとって、いわゆる発射体は、落下に際してコルヴェット艦の前部を破砕した流れ星、火球にすぎなかったのである。彼らのこの議論には反論のしようがなかった。なぜなら、動体の速度のために、その観察は極めて困難だったに違いないからである。サスケハナ号の艦長と士官たちが、悪気なしに間違えた可能性は確かにある。とはいえ、艦長たちの主張を後押しする議論が一つあって、それは、仮に砲弾が地球に落下していたとすれば、回転楕円体との衝突は、北緯二七度線上でしか、そして、——経過した時間および地球の自転運動を考慮に入れれば、——西経四一度と四二度の間でしか起こりえないというものであった。

事態はどうであれ、ガン・クラブでは満場一致で以下のことが決議された。曰く、ブロンズベリー兄、ビルスビー、そしてエルフィストン少佐は遅滞なくサンフランシスコに赴き、大洋の底から砲弾を引き揚げる方途を講ずべし。

これらの献身的な男たちは一刻も無駄にすることなく出立し、近く中央アメリカ全土を横断することになっている鉄道（レイル・ロード）*でセントルイスまで行った。そこでは快速の郵便馬車（コーチ・メール）が彼らを待っていた。

海軍長官、ガン・クラブ副会長、そして天文台副所長がサンフランシスコ発の電報を受け取ったのとほぼ同時に、名誉あるJ＝T・マストンは生涯最大の衝撃を経験していたのだった。彼の有名な大砲が破裂した時に味わった衝撃すら及ばないほどの衝撃だったが、今回もまた、危うく命を落とすところだった。

ガン・クラブの書記が、発射体に遅れること数瞬にして——そして、砲弾とほとんど同じくらいのスピードで——ロッキー山脈山中のロングズ・ピークの観測所に向かって飛び出したことはご記憶の通りである。ケンブリッジ天文台所長の科学者J・ベルファストが彼に同行していた。観測所に到着すると、二人の友人は、荷ほどきもそこそこに、もはや巨大反射望遠鏡の天辺から離れようとはしなくなった。

実際、ご存じのように、この巨大な装置は、イギリス人のいう「フロント・ヴュー」方式に従って反射鏡を組み合わせて作られていた。この仕組みだと、対象を一度しか反射させないので、その結果として、像はより鮮明になる。観測の際、J＝T・マストンとベルファストは、装置の下部ではなく、上部に位置することになる。彼らはそこまで螺旋階段で登って行ったのだが、その軽くできていることといったら見事な出来栄えだった。そして、彼らの足下には、底が金属の鏡になっている、深さ二八〇ピエ〔八四メートル〕

の金属製井戸が口を開けていた。

さて、二人の学者が、昼は彼らの目から月を掻き消してしまう太陽を、夜は夜で月を執念深く覆っている雲を呪いながら日々を送っていたのは、反射望遠鏡の上に設置された狭いデッキの上であった。

何日も待ちわびた挙句、一二月五日の夜に、彼らが友人たちを宇宙に運ぶ乗り物を見つけた時の喜びは、したがって、いかばかり大きかったことか！　この喜びに並々ならぬ失望が取って変わったのだった。不完全な観測を過信するあまり、全世界に向けた最初の電報によって、発射体が不変の軌道を回る月の衛星になってしまったという誤った断言を彼らが発信してしまったあの時のことである。

その瞬間からというもの、砲弾が彼らの視界に姿を見せなくなってしまったのだ。その時砲弾は月の円盤の見えない側に回り込んでしまっていたことを考えれば、いっそう容易に説明がつく消滅ではあった。しかし、見えている側の面の上に砲弾がふたたび出現するまでの間、血気さかんなJ＝T・マストンと、それに負けず劣らず気の短い相棒が覚えた苛立ちをぜひご想像いただきたい！　夜の間中、毎分のように彼らは発射体を見たように思い、しかし実際には見てはいなかったのだ！　そこで、二人の間で絶え間ない議論が、激しい口論が巻き起こったのである。ベルファストは、砲弾は見えていないと断言し、J＝T・マストンは、「火を見るよりも明らかに」見えると主張した！

「あれは砲弾だ！」とJ＝T・マストンは繰り返した。

「違う！」とベルファストは答えた。「あれは月の山から滑り落ちた雪崩だ！」

「そういうことなら！　明日になったら砲弾は見える！」

「違う！　もうあれを見ることはない！　宇宙空間に引きずり込まれてしまったんだ」

「見えるといったら見えるんだ！」

「見えてたまるか！」

そして、互いをののしり合う言葉が霰のごとく降り注ぐこうした折には、人もよく知るガン・クラブ書記の短気のために、名誉あるベルファストは絶えず危険にさらされることとなったのである。

この共同生活が不可能となるのは時間の問題だった。だが、思いがけない出来事によってこの際限ない口喧嘩に終止符が打たれた。

一二月一四日から一五日にかけての夜、仲直りが不可能となった二人の友人は、月の円盤の観測に没頭していた。J＝T・マストンは、いつもの習慣通り、学識あるベルファストをののしり、ベルファストはベルファストでかりかりしていた。ガン・クラブの書記は、これで千度目になるが、砲弾を見つけたと主張し、ミシェル・アルダンの顔が舷窓の一つに見えたとさえ言い足した。彼は一連の身振り手振りで自らの議論を補強したが、それは、恐るべき鉤の手のために、はなはだ穏当ならざるものとなっていた。

　この時だった。ベルファストの召使がデッキの上に現れたのは、――時刻は午後一〇時だった、――そして、主人に一通の電報を手渡したのである。それは、サスケハナ号の艦長の電報だった。

　ベルファストは封を切り、中身を読み、叫び声を上げた。

「なんの騒ぎだ！」とJ＝T・マストンが言った。

「砲弾が！」

「それで？」

「地球に落ちてきた！」

　あらたな叫びが、今度は唸り声だったが、それに対する答えだった。

　彼は、J＝T・マストンの方に振り返った。この運に見放された男は、金属の管の上に無謀にも身を乗り出したせいで、巨大反射望遠鏡の中に消えてしまっていた。二八〇ピエ〔八四メートル〕の墜落！　気が動転したベルファストは、反射鏡の開口部に駆け寄った。

　彼はほっと胸を撫で下ろした。J＝T・マストンは、金属の手鉤が望遠鏡の内腔を支える梁の一つに引っ掛かって、そこにぶら下がっていた。彼は凄まじい叫び声を上げていた。

　ベルファストは助けを呼んだ。助手たちが駆けつけた。複滑車装置が据えつけられ、ガン・クラブのそそっかしい書記はやっとのことで引き上げられた。

　彼は上の開口部から無事に姿を現した。

「ふう！」と彼は言った。「鏡を割っていたらどうなってたことか！」

「その償いは君自身でしていたことだろうよ！」とベルファストは手厳しく応じた。

「それで、あの忌まわしい砲弾は落下したんだな？」とJ＝T・マストンは尋ねた。

「太平洋に！」

「出発するぞ」

　一五分後、二人の学者はロッキー山脈の傾斜を下り、二日後、道中で馬を五頭も酷使した上で、ガン・クラブの友人たちと同時にサンフランシスコに到着した。

　エルフィストン、ブロンズベリー兄、ビルスビーが、到着した二人の元に駆け寄った。

「どうする？」と彼らは叫んだ。

「砲弾を釣り上げるんだ」とJ＝T・マストンが答えた。

「それも、できるだけ早く！」

運に見放された男は、消えてしまっていた

第二二章——救助活動

発射体が波間に沈んだ地点は正確にわかっていた。砲弾をつかみ、大洋の表面まで引き戻すための器具がまだなかった。それを考案し、製造しなければならない。アメリカの技師がこの程度の些事でまごまごすることはありえない。多爪錨さえ用意できれば、蒸気の助けで発射体を持ち上げることは可能であると彼らは確信していた。確かに砲弾は重いとはいえ、海水の中に沈んでいる分、その密度で軽くなっている。

しかし、砲弾を引き揚げるだけでは不十分だった。旅行者たちのためを思えば、迅速に行動しなければならないのだ。彼らがまだ生きていることを疑う者はいなかった。

「そうとも!」とJ＝T・マストンはひっきりなしに連呼し、彼の確信が全員に乗り移っていくのだった。「われわれの友人は抜け目がないんだから、ひょうろく玉みたいな落ち方をしたりするもんか。彼らは生きている、ぴんぴんしている。だが、彼らが元気なうちに急いで見つけ出さないと。食料と水のことは心配ない。当分もつだけの量がある。しかし、問題は空気、空気なんだ! そっちの方は間もなく足りなくなってしまう。だから、とにかく急ごう!」

そして、一同はてきぱきとことを進めた。サスケハナ号は新しい任務のために整備された。その強力な蒸気機関が引き揚げ用の鎖を接続できるように調整された。アルミニウム製の発射体の重さは一万九二五〇リーヴル〔九六二五キログラム〕しかないので、同じような条件で引き揚げられた大西洋横断ケーブルよりはるかに軽い。唯一困難な点は、外壁がつるつるしているので鉤爪を引っかけにくい円錐円筒形の砲弾を釣り上げることだった。

このため、サンフランシスコに駆けつけたマーチソン技師は、発射体を強力な鉤爪ではさむことにさえ成功すれば、絶対に取り落とすことのない自動式の巨大多爪錨を作らせた。彼はまた、潜水服も用意させたが、潜水夫はその防水性の強靭な被覆の中に入れば、海底を調査することができる。さらに、彼は極めて巧妙に案出された圧搾空気の装置をサスケハナ号に積み込んだ。それは舷窓のあいた部屋そのものであって、いくつかの区画に水を導き入れることで大変な深さまで沈むことができる。この装置はサンフランシスコにあった。海底堤防を建設するために使用されていたのだ。これは大変好都合だった。というのは、それらを新しく作っている時間がなかったからである。

　しかしながら、これらの装置がいかに完全とはいえ、そして、それらの操作を引き受けた学者たちの腕前がいかに優れているとはいっても、作業の成功が保証されているわけではまったくない。海底二万ピエ〔六五〇〇メートル〕から発射体を引き揚げるのだ。そのチャンスのおぼつかなさといったら！　それに、砲弾が海面に引き戻されたとしても、二万ピエの深さの水によってもおそらく十分には弱められなかったあの恐ろしい衝撃に、旅行者たちはどうやって耐えられただろうか？

　とにもかくにも、迅速に行動しなければならなかった。J＝T・マストンは、昼夜の別なく、労働者を急き立てた。彼自身は、勇敢な友人たちの状況を確認するためであれば、潜水服を着用することだろうと、圧搾空気の装置を試してみることだろうと、なんでもする用意ができていた。

　とはいえ、さまざまな装備を作る上で発揮された迅速さにもかかわらず、そして、合衆国政府がガン・クラブのために提供した巨額の資金にもかかわらず、準備がすべて完了するまでには、実にまるまる五日間——五世紀！——が経過したのだった。この間に、世論の興奮は最高潮に達した。電信線と海底ケーブルを通して、世界中で絶え間なく電報がやり取りされた。バービケイン、ニコル、そしてミシェル・アルダンの救出は、国際案件になっていた。ガン・クラブの社債に応募したすべての民族にとって、旅行者たちの無事は個人的関心事だったのだ。

　とうとう、引き揚げ用の鎖、圧搾空気室、自動式多爪錨がサスケハナ号に積み込まれた。J＝T・マストン、マーチソン技師、ガン・クラブの代表団はすでにそれぞれの船室に収まっていた。あとは出発するばかりだった。

　一二月二一日、午後八時、コルヴェット艦は出港した。海は穏やかで、北東の微風が吹き、寒さがかなり厳しかった。サンフランシスコの全市民が波止場に押し寄せていた。彼らの胸は昂っていたが、歓呼の叫びは帰還の時にとっておき、今は静まり返っていた。

　蒸気は最大限に圧力を上げられ、サスケハナ号のスクリューはたちまち軍艦を湾外に運んだのだった。

　船上の士官たち、水兵たち、乗客たちの会話を語る必要はあるまい。これらの男たちは一人残らず一つのことしか考えていなかった。全員の心臓が同じ感情で脈打っていた。彼らが救出に駆けつけている間、バービケインと仲間たちはなにをしているのだろう？　彼らはどうなるのだろう？　自分たちの自由を勝ち取るために、なにか思いきった手段に打って出られる状態にあるのだろうか？　誰にもわからなかった。あらゆる手立てが失敗したというのがありていなところであった。二リュー〔八キロメートル〕もの深さの大洋の底に沈められたこの金属の牢獄は、囚人たちがいかに奮闘しても歯が立つ相手ではなかった。

一二月二三日、午前八時、迅速な航海の末に、サスケハナ号は惨事の舞台に到着しているに相違なかった。正午まで待たなければ、正確な方位測定を行うことができなかったのである。測深器の綱が固く結びつけられたブイの姿はまだ確認されていなかった。

正午、ブロンズベリー艦長は、観測の正確さを点検する士官たちの補佐を受けつつ、ガン・クラブの代表団の前で、現在位置の確定を行った。不安の一瞬が過ぎた。位置が確定されると、サスケハナ号は、発射体が波間に消えた地点から西に数分ずれていることがわかった。

この正確な地点に達することができるよう、コルヴェット艦の取るべき針路が指示された。

午後〇時四七分、ブイが確認された。それは完全な状態を保っており、ほとんど流されていないに違いなかった。

「やっとだ！」とJ＝T・マストンが叫んだ。

「始めますか？」とブロンズベリー艦長が尋ねた。

「一秒も無駄にせず」とJ＝T・マストンは答えた。

コルヴェット艦がほぼ完全に静止したままになるように、万全の策が取られた。

発射体をつかもうとする前に、マーチソン技師はまず、海底におけるその位置を確認しておきたいと考えた。この調査のために用意された潜水装置に空気が補給された。これらの機械の操縦には危険が伴わないわけではない。海面下二万ピエ〔六五〇〇メートル〕にあって、大変な水圧を受けるとなると、破断の危険にさらされるからだ。破断が生じた場合、その結果は恐ろしいものとなるだろう。

J＝T・マストン、ブロンズベリー兄、マーチソン技師は、こうした危険を顧みず、圧搾空気の部屋に乗り込んだ。艦長は艦橋に陣取り、作業を指揮した。ちょっとした合図一つで、いつでも鎖を止めたり、引き揚げたりする構えだった。スクリューはクラッチを外されており、蒸気機関の動力はすべてキャプスタンに回されていたので、装置を素早く甲板に引き揚げることができただろう。

潜水は午後一時二五分に開始された。空気室は、水を満たされたタンクに引きずられて、大洋の表面下に消えた。

士官たちと水兵たちの動悸の向かう先は、今や発射体の囚人と潜水装置の囚人に間に二分されていた。潜水装置に

潜水は午後一時二五分に開始された

乗った当人たちの方は、われを忘れ、舷窓のガラス窓に貼りついて、自分たちが通過していく液体の塊に目を凝らしていた。

降下は速やかだった。二時一七分に、J＝T・マストンと仲間たちは太平洋の底に達していた。しかし、海の動物相にせよ、植物相にせよ、いっさいの賑わいが絶えた不毛の荒れ地のほかに、目に入るものはなに一つなかった。強力な反射鏡のついたランプの光で、かなり広範囲にわたって暗い水の層を観察できたのであるが、発射体の姿は見えないままだった。

これらの恐れを知らない潜り手たちの覚えた焦燥を表現することはできない。装置はコルヴェット艦と電信が通じていたので、彼らはあらかじめ打ち合わせておいた合図を送り、サスケハナ号は空気室を海底から数メートルのところに宙吊りにしたまま、一マイル〔一・六キロメートル〕にわたって移動した。

こうして彼らは、海底の平原をすみずみまで調査し、毎秒のように目の錯覚にだまされては胸のつぶれる思いを味わった。こちらでは岩が、あちらでは海底の隆起が、彼らには血眼で探している発射体のように見えたのだ。それから、すぐに間違いとわかって、彼らは絶望に暮れるのだった。

「しかし、彼らはどこなんだ？　どこなんだ？」とJ＝T・マストンは叫んでいた。

そして、この気の毒な男は、この音を伝えない媒体を通して不幸な友人たちに彼の声が聞こえ、彼に返事をすることができるかのように、ニコル、バービケイン、ミシェル・アルダンの名を大声で呼ぶのだった！

こうした条件の下で捜索は、装置の空気が汚れたため、潜水夫たちが浮上せざるをえなくなるまで、続けられた。

装置の引き揚げ作業は夕方の六時に始まって、真夜中を過ぎてようやく完了した。

「また明日」とJ＝T・マストンは、コルヴェット艦の甲板に足を下ろしながら言った。

「ええ」とブロンズベリー艦長が答えた。

「次は別の場所で」

「そうしましょう」

J＝T・マストンは依然として成功を疑っていなかったが、彼の仲間たちは、最初の熱狂が醒めた今、これがいかに困難な企てであるかをひしひしと感じていた。サンフランシスコでは容易に思われたことも、ここ、大洋のど真ん中ではほとんど実現不可能に思われてくる。成功のチャンスは著しく減少していた。発射体とめぐり会うには、偶然の力にすがるほかなかった。

明けて翌一二月二四日、前日の疲れをものともせず、作業が再開された。コルヴェット艦は西に数分移動し、空気を補充された装置は、同じ探検家の面々を乗せて大洋の奥底に沈んだ。

その日も一日かけた捜索は無駄に終わった。海底はがらんとしていた。二五日も成果はなかった。二六日も皆無。

絶望的だった。これでもう二六日間も砲弾の中に閉じ込められている不幸な男たちに皆は思いを馳せるのだった！　たぶん、今この瞬間にも、彼らは窒息の最初の徴候を感じているのではないだろうか？　墜落に伴う危険から逃れられたとして、の話だが！　空気が尽きていく、そして間違いなく、空気と一緒に、勇気と気力もまた！

「空気が尽きるということはありうるだろう」とJ＝T・マストンは千年一日のごとく応じるのであった。「だが、気力が尽きることはない、絶対にだ」

二八日、さらに二日間捜索を行った末に、すべての希望が失われた。砲弾など、広大な海の中の一原子にすぎない！　見つけることは断念すべきなのだ。

ところが、J＝T・マストンは、出発なんて、そんな言葉は聞きたくもなかった。せめて友人たちの墓を確認できない限り、その場を離れたくはなかったのである。しかし、ブロンズベリー艦長は、これ以上がんばることはできなかった。尊敬すべき書記には散々文句を言われたが、艦長は出発の命令を下した。

一二月二九日、午前九時、サスケハナ号は北東に針路を取り、サンフランシスコ湾へと帰途についた。

午前一〇時のことだった。コルヴェット艦は、後ろ髪を引かれているかのように、火力を上げることなく悲劇の現場から遠ざかりつつあった。その時、トゲルンマストに上がって海上を見張っていた水兵が突然叫んだ。

「舷側方向、風下にブイを発見」

士官たちは指定された方向に目を向けた。望遠鏡を使って見たところ、問題の物体は、確かに湾や川の航路で標識用に用いられるブイそっくりだった。しかし、奇妙な点が一つあって、海面から五、六ピエ〔一・六―二メートル〕ほど突き出ている円錐形の頂に旗が立てられ、風に翻っているのだ。このブイは、太陽の光を受けて輝いており、あたかも外壁が銀板でできているかのようだった。

ブロンズベリー艦長、J＝T・マストン、そしてガン・クラブの代表団はブリッジに上がり、波のまにまにさまようこの物体を仔細に眺めた。

全員が熱に浮かされたような不安に駆られて見つめていたが、口はつぐんだままだった。全員の心にある考えが浮かんでいたのだが、あえてそれを口にする者はいなかった。

コルヴェット艦は、物体から二鏈〔四〇〇メートル〕以内に近づいた。

船上を戦慄が駆け抜けた。

その旗はアメリカの国旗だったのだ！

その瞬間、文字通りの吠え声が聞こえた。好漢J＝T・マストンがどさっと倒れたのである。自分の右腕が鉄の鉤に付け替えられていること、そして自分の頭蓋を覆っているのが単なるグッタ・ペルカ製のキャロット帽にすぎないことを失念して、自分自身にがつんと一発食らわせたところだった。

人々は彼に駆け寄り、起き上がらせ、正気に返らせた。

その時、彼が最初に発した言葉とは？

「ああ！　おれたちはなんて揃いも揃って大馬鹿のとんとんちきなんだ！」

「どうしたんです？」と彼を取り囲んでいた人々は叫んだ。

「どうしたかって？……」

「いいから、教えてくださいよ」

「いいか、この馬鹿者ども」と恐るべき書記はわめいた。「いいか、砲弾の重さは一万九二五〇リーヴル〔九六二五キログラム〕しかなかったんだぞ！」

「それがどうしたっていうんです！」

「そして、排水量は二八トンなんだ。ってことはつまり五万六〇〇〇リーヴル〔一リーヴル＝〇・五キロで計算している〕ってわけで、だから、「水に浮く」んだ！」

ああ！　この尊敬すべき男が「水に浮く」という動詞になんと力を込めたことか！　そして、それは真実だった！　これらの学者たちの全員が――そう、全員が！――この基本法則を忘れていたのだ。発射体は、墜落のために大洋の奥底まで沈んだあとで、比重の軽さによって自然に海面に戻ってきたに違いなかった！　そして今、何事もなかったかのように波のまにまに漂っている……。

ボートが何艘も海に下ろされた。J＝T・マストンと友人たちはそれに飛び乗った。興奮は頂点に達していた。全員の鼓動が高鳴る中、ボートは発射体に向かって進んだ。中にはなにがあるのか？　生者か、それとも死者なのか？　生者に決まっている！　バービケインと二人の友人たちが旗を揚げた後で、死に見舞われたのでない限り、彼らは生きている！

深い沈黙がどのボートにもみなぎっていた。全員の心臓が息も絶え絶えになっていた。眼はもはや見ていなかった。砲弾の舷窓の一つが開いていた。窓枠に残ったガラスの破片がいくつかあって、窓が割られたことを示していた。この舷窓が、現在、波の上、五ピエ〔一・六メートル〕の高さのところにある。

ボートのうちの一艘が横づけになった。J＝T・マストンのボートだった。J＝T・マストンは、割れた窓に突進した……。

この時、朗らかでよく通る声が聞こえた。ミシェル・アルダンの声だった。彼は、勝ち誇った口調で叫んでいた。

「ゼロ・オールだよ、バービケイン、ゼロ・オール！*」

バービケイン、ミシェル・アルダン、ニコルはドミノ・ゲームに興じていた。

ゼロ・オール

第二三章——終わりに

出発に際して三人の旅行家に寄せられた大変な共感のことはご記憶だろう。この冒険の始まりに彼らが新旧両世界をあれだけ興奮させたことを考えれば、その帰還を迎える熱狂といったら、いかほどのものになるだろう？　フロリダ半島を埋め尽くしたあの何百万という観衆が、この並ぶ者なき冒険家たちの前に殺到するのではないか？　地球上のあらゆる場所からアメリカの岸辺に押し寄せた外国人の軍勢が、バービケイン、ニコル、そしてミシェル・アルダンをもう一度見ずして、合衆国の領土を立ち去ったりするものだろうか？　そんなことはありえない。この企ての偉大さに恥じない熱情を大衆は示すはずである。地球という回転楕円体をあとにした被造物、天空をめぐる奇天烈な旅ののち、生還を果たした彼らは、預言者エリヤ*が地球に再降臨した暁には必ずや受けるであろう歓迎を、受けないはずがない。まずは彼らの姿を見ること、そして彼らの言うことを聞くこと、これが人々の願いだった。

この願いは、合衆国の住人のほぼ全員にとって、ただちに叶えられることとなった。

バービケイン、ミシェル・アルダン、ニコル、ガン・クラブの代表団は、すみやかにボルティモアに戻り、筆舌に尽くしがたい熱狂的歓迎を受けた。バービケイン会長の旅行日記はすぐにでも公表できるようになっていた。〈ニューヨーク・ヘラルド〉紙がこの原稿を買い取った。その価格はまだ明らかになっていないが、目の玉の飛び出るような額であることには間違いなかった。実際、『月への旅』の連載中、この新聞の発行部数は五〇〇万部にも達したのである。旅行者たちが地球に戻ってから三日後には、この遠征のどんなに些細な点も知れ渡っていた。あとは、この超人的な事業を達成した英雄たちの姿を見るだけだった。

バービケインと彼の友人たちの月をめぐる探検は、地球の衛星に関して認められてきたさまざまな学説の再検討を可能にした。この学者たちは、「その目で（デ・ヴィズュ）」、それも極めて特殊な条件の下で観察を行ったのだった。今や、月の形成、その起源、その居住可能性について、どの学説が退けられるべきであり、別のどの学説が認められるべきなのかが明らかになった。月の過去、現在、未来が、その秘密を最後の一つに至るまで打ち明けたのだ。月の山岳地形の中で最も奇妙な系列をなしているあの興味深いティコを、四〇キロ以内の距離から記録した良心的な観測者たちに、誰が難癖をつけられるだろうか？　プラトンの圏谷の深淵を覗き込んだこの学者たちになにか言い返せる者がいるだろうか？　この企てをもてあそんだ偶然によって、それまで人類が誰一人目にしたことのなかった、月の円盤の見えない側の面の上空に連れ去られた、この大胆な連中を、どうやったら反駁できると言うのか？　化石から骸骨を再現したキュヴィエのように月世界を再構成してきた月理学に限界を課し、こう言い渡す権利が今や彼らにはあるのだ。かつては居住可能で住民もいた世界、それが過去の月である！　そして、今となっては居住不可能で住民のいない世界、それが現在の月なのだ！

ガン・クラブは、その最も高名な会員と彼の二人の仲間たちの生還を祝うべく、宴会を催そうと考えた。しかし、一口に宴会といっても、それは、凱旋した英雄たちに、そしてアメリカ国民にふさわしい規模の宴会、合衆国の全住人が直接参加できるような宴会だった。

合衆国のすべての鉄道の端同士が仮設レールで連結された。それから、同じ旗で飾られ、同じ飾りつけを施された駅に、同じ献立で統一されたテーブルが用意された。同じ瞬間に秒を刻む電気時計に基づいて、間断なく連なるようにと計算されたある特定の時刻に、人々は宴会のテーブルに座るよう招待された。

一月五日から九日にかけての四日間、合衆国では毎週日曜にそうなるように、鉄道全線が運行休止となり、レールはことごとく空になった。

ただ一台の快速機関車だけが、貴賓車を一輛牽いて、この四日間の間、合衆国全土の鉄道を走る権利を与えられた。機関車には、機関士と機関助士が一人ずつ乗り組んでいたが、さらに、特別の計らいで、ガン・クラブ書記こと名誉あるJ＝T・マストンも乗っていた。

客車は、バービケイン会長、ニコル大尉、そしてミシェル・アルダンの三人だけを乗せていた。

機関士が汽笛を鳴らすと、万歳の叫びや、アメリカの言語で感嘆の念を表わすありとあらゆる擬声語を浴びながら、汽車はボルティモア駅を発車した。走行速度は時速八〇リュー〔三二〇キロメートル。原文ママ〕だった。とはいえ、コロンビアード砲から三人の英雄が発射された時の速度に比べれば、この程度の速度がなんであろう？

こうして、彼らは町から町へとめぐり、行く先々で、テーブルについている人々から同じ歓呼の叫びによる挨拶を受け、同じ万歳を惜しみなく浴びせられたのだった。彼らはかくして、ペンシルヴェニア、コネチカット、マサチューセッツ、ヴァーモント、メイン、ニューブランズウィックの各州を横切って合衆国東部を回り、ニューヨーク、オハイオ、ミシガン、ウィスコンシンの各州を経て北部と西部を横断し、イリノイ、ミズーリ、アーカンソー、テキサス、ルイジアナの各州を経て南部に下り、アラバマとフロリダの各州を経て南東部を駆け抜け、ジョージアとカロライナの各州を経てふたたび北上し、中央部のテネシー、ケンタッキー、ヴァージニア、インディアナの各州を訪れた。次いで、ワシントン駅を経由して彼らはボルティモアに戻ったのだが、この四日間というもの、全アメリカ合衆国が同じ一つの巨大な宴席に連なり、彼らに向かって同時に同じ万歳の叫びを送っていると思えたのだ！

　この神格化は、神話であれば半神の地位に列せられていただろう三人の英雄たちにふさわしいものだった。

　さて、それでは、旅の歴史にも前例のないこの企ては、なんらかの実用的な成果を生み出すのだろうか？　月との間に直接的な交通が確立される日がいずれ来るのだろうか？　太陽系を運行する宇宙交通機関が設立されたりするのだろうか？　惑星から惑星へ、そう、木星から水星へといった具合に、そしてやがては、恒星から恒星へ、北極星からシリウスへと行き来するようになるのだろうか？　なんらかの交通手段によって、天空にひしめくあの太陽たちを訪れることが可能になるのだろうか？

　これらの疑問にお答えすることはできそうにない。だが、アングロ＝サクソン人種の斬新な創意工夫を知っている者であれば、アメリカ人たちがバービケイン会長の試みを活用しようとしたと聞いても驚かないだろう。

　そういった次第で、旅行者たちの帰還後しばらくして、額面各一〇〇ドルの株式一〇万株に分割された資本金一億ドルの合資会社（有限（リミティッド））が「恒星間交通国営会社」の名の下に設立されたと発表された時、大衆ははっきりと好意的な反応を示したのだった。社長はバービケイン、副社長はニコル大尉、運営幹事はJ＝T・マストン、異動部長はミシェル・アルダンだった。

　そして、事業においては、何事にも、破産にすら、備えを怠らないアメリカ人気質から、名誉あるハリー・トロロープが受命判事に、フランシス・デイトンが破産管財人に、それぞれ前もって任命されたのだった！

神格化は……

SANS DESSUS DESSOUS

上も下もなく

『上も下もなく』：一八八九年一一月、書き下ろしでエッツェル社より単行本刊行。
挿絵：ジョルジュ・ルー

第一章　「北極実用化協会（ノース・ポラー・プラクティカル・アソシエーション）」が新旧両世界に向けて声明を発表する

「では、マストンさんは、女性のおかげで数理科学や実験科学が進歩することがありえたとは、まったく思えないとおっしゃるのね」

「まことに心苦しいのですが、そう言わざるをえませんね、スコービット夫人」とJ＝T・マストンは答えた。「かつて優秀な女性数学者が何人かいたことは事実ですし、今だっていないわけではありませんよ、特にロシアには。しかし、脳の構造からして、女性はアルキメデスにはなれないし、ましてやニュートンにはなれっこありません」

「まあ！　マストンさん、女性を代表して抗議させていただきますわ……」

「女性というものはね、スコービットさん、高尚な研究にうつつを抜かさないものだからこそ、なおのこと魅力的なんですよ」

「ということは、マストンさんは、リンゴが落ちるのを見て万有引力の法則を発見できた女性などいるはずもないっておっしゃるのね、あの有名なイギリス人科学者が一七世紀の末にやったようには」

「スコービットさん、リンゴが落ちるのを見ても、ご婦人はねえ……それを食べることしか思い浮かばないんですよ……われわれの母たるイヴのように！」

「よくわかりましたわ、高度な思弁にかけては、わたくしたち女性は完全な能なしとおっしゃりたいわけね……」

「能なし？……そんなことは申しておりませんよ、スコービットさん。とはいえ、この地球上に住人が、ということは、女性が存在しはじめてからというもの、科学の分野において、アリストテレス、エウクレイデス、ケプラー、ラプラスと肩を並べるような発見を女性の頭脳に負ったためしはない、これは事実です」

「それって理由になりますの？　過去がそうだったからといって、未来も絶対に同じとは限らないんじゃありません？」

「どうですかね！　もう何千年と起きなかったことは今後も起こらないでしょうよ……確実にね」

「まあ！　マストンさん、抗議させていただきますわ……」

「なら、諦めるしかなさそうね、マストンさん。そして、わたくしたち女性のよさといったら……」

「心根のよさですよ！」とJ＝T・マストンは答えた。

未知数xで頭がいっぱいの学者にしては精一杯の、女性に対する讃辞が、そこには込められていた。エヴァンジェリーナ・スコービット夫人には、その言葉だけで十分嬉しく思えたのである。

「そういうことでしたら、マストンさん」と彼女は言った。「この世界では、それぞれに持ち分があるということですわね。あなたはこれからも人並み外れた計算の達人でいらしてくださいな。あなたとご友人の方々が全身全霊をかけて打ち込もうとなさっている大事業に関わる難問を解決すべく、全力を尽くしてくださいませ。わたくしは、〈心根のよい女性〉としての本分を全うし、資金面でお手伝いさせていただきます……」

「わたしどもは、未来永劫、あなたに感謝を捧げることでしょう」とJ＝T・マストンは答えた。

エヴァンジェリーナ・スコービット夫人は頬を染めたが、その表情はえも言われず感じがよかった。というのも、彼女は、――学者一般に対して、とは言わないが――J＝T・マストンに、なんとも風変わりな好意を寄せていたからである。女心とは、測り知れぬ深淵ではあるまいか。

実際、大事業だった。大金持ちであるこのアメリカの未亡人は、それに巨額の投資をする決心をしたのであった。

この事業の概要、そして、その主導者が実現を謳った目標は、以下の通りである。

マルトブラン、*ルクリュ、*サン＝マルタン*を筆頭とする地理学の権威によれば、語の本来の意味における北極圏は、以下の諸地域を含んでいる。

一、北デヴォン。すなわち、バフィン湾およびランカスター海峡の、氷に覆われた島々。

二、北ジョージア。バンクス島のほか、サビーヌ、バイアム・マーティン、グリフィス、コーンウォリス、バサーストといった諸群島を構成する無数の島々。

三、バフィン・パリー列島に加え、北極圏の大陸部分に含まれる諸地域、すなわち、カンバーランド、サザンプトン、ジェイムズ・サマセット、ブーシア・フェリックス、メルヴィル、そして、いまだほとんど知られざるそのほかの土地。

北緯七八度線を外周とするこの全体のうち、陸地部分は一四〇万平方マイル〔三五八万平方キロメートル〕、海洋部分は七〇万平方マイル〔一七九万平方キロメートル〕にわたって広がっている。

この緯線の内側で、現代の無鉄砲な冒険者たちは、北緯八四度近辺まで歩を進めた。彼らは、高々と連なる大氷原の彼方に秘められていた海岸線の位置を測定し、北極のスコットランド高地とも呼ぶべきこの広大な地域の岬、半島、湾、入り江に名前をつけた。だが、この八四度線の向こうは謎であり、地図製作者にとっての見果てぬ夢(デシデラトゥム)であって、北極の氷山の越えがたい堆積が緯度六度にわたってなにを隠しているのか、陸地なのか、それとも海なのか、その答えを知る者は誰もいなかった。

しかるに、この一八九×年、*アメリカ合衆国政府が、北極圏の未踏破地域を競売にかけるという、思いも寄らない提案を行った——極冠の地の買収を目的として設立された、とあるアメリカの私企業が、この地の払い下げを求めていたのである。

植民地化だか、市場の獲得だかを名目に、他人の財産を乗っ取ろうとする列強諸国の間で、ある特殊な協定が、数年前に開催されたベルリン会議*において締結されたのは事実である。しかしながら、問題のケースは、この協定の適用外であるように思われた。北極地方は無人だったからである。とはいえ、誰にも属していないものは誰のものでもあるというわけで、将来的に異議が出されないようにとの用心から、自分たちはあくまで「獲得する」のであって、「奪い取る」つもりはない、と新会社は主張していた。

合衆国においては、どれほど無謀な計画であろうとも——それどころか、事実上実現不可能な計画であろうとも——そこに実利的な面を見出す人々、そして、実行に移すための資金には事欠かない。そのことは、何年か前に、月と直接連絡するため、ボルティモアのガン・クラブが砲弾を月に送り込む計画を立てた時に、如実に示された通りである。ところで、この興味深い企てに一番多くの資金を提供したのは、山っ気旺盛な北米人(ヤンキー)たちではなかったか。そして、計画が成功したのは、この超人的実験に伴う危険を顧みなかったガン・クラブの二人のメンバーのおかげではなかっただろうか。

いつの日か、かのレセップスのような人物が、ヨーロッパとアジアを横断する大流量の運河を、大西洋岸から中国沿岸まで掘削してはどうかと提案した、としよう。あるいは、天才的な井戸掘り職人が、大地を穿って、鋳鉄のマグマの上で液状になっている珪酸塩の層まで掘り進み、地球中心の火をその炉からじかに汲み取ってみせると申し出た、としよう。創意工夫に溢れた電気技師が、地表に分散している電流を寄せ集めて熱と光の無尽蔵の源を作り出そうとした、としよう。大胆不敵な技師が、夏の余剰熱を巨大な貯蔵庫に貯め込んで、冬の寒さに凍える地帯にそれを放出するアイデアを思いついた、としよう。並外れた力量を有する水力技師が、潮の干満のエネルギーを使って熱や動力を自在に生み出そうと試みた、としよう。おびただしい数にのぼるこうした類の企てを成功させるために、株式会社ないし合資会社が設立された、としよう。筆頭出資者になるのはアメリカ人だろうし、北アメリカの大河が大洋に注ぎ込むように、ドルの流れが会社の金庫に押し寄せるだろう。

　したがって、北極地方が競売にかけられ、最高額入札者の手に渡るというニュース――控え目にいっても、わけのわからないニュース――が広まった時、世論がことのほか沸騰したとしても不思議ではない。おまけに、この買収のために一般からの出資が募られるということも一切なかった。資金はあらかじめ用意されていたのだ。この点は、新しい買い手の所有に帰した問題の土地が実際に利用される段階で、はっきりするだろう。

　北極地帯を利用する！……実際問題として、そんな考えは狂人の頭脳にしか宿るまい！

　ところが、これが真剣この上ない計画だったのだ。

　事実、新旧両大陸の新聞、すなわち、何紙ものアメリカの新聞と同時に、ヨーロッパ、アフリカ、オセアニア、アジアの各紙に、ある文書が送りつけられた。それは、関係者の参加如何（コモド・エ・インコモド）を問うことをもって、結論に代えていた。〈ニューヨーク・ヘラルド〉紙がこの文書を最初に公にした。かくして、ゴードン・ベネット*の数え切れないほどの購読者たちは、一一月七日付の紙面でそれを読むことができた。瞬く間に学界と産業界を駆け巡り、さまざまに論評されたこの声明は、以下のようなものであった。

「地球の住民各位

　北緯八四度線の内側に位置する北極地方は、未踏破であるというこの上ない理由から、現在に至るまで開発されていない。

　事実として、さまざまな国の航海者によって記録された最北点は、緯度にして以下の通りである。

　八二度四五分。イギリス人パリー*が、一八四七年七月、スピッツベルゲンの北、西経〔ママ。東経の誤り〕二八度線上にて到達。

　八三度二〇分二八秒。イギリスのジョン・ジョージ・ネアーズ*卿率いる探検隊のマーカム*が、一八七六年五月、グリンネル・ランドの北、西経五〇度線上にて到達。

　八三度三五分。アメリカのグリーリー*中尉を隊長とする探検隊のロックウッド*とブレイナード*が、一八八二年五月、ネアーズ・ランドの北、西経四二度線上にて到達。

　したがって、北緯八四度から北極点まで、緯度にして六度にわたって広がる領域は、地球上の諸国家の間で分割されておらず、一般入札を経て私有地と化す可能性を本質的にそなえた土地と見なしうる。

　ところで、法の原理によれば、何人にも、共有状態を続けるべき義務はない。それゆえ、アメリカ合衆国は、この原理に則って、この土地の割譲を主導することにした。

　北極実用化協会（ノース・ポラー・プラクティカル・アソシエーション）という法人名でボルティモアにて設立された一企業が連邦政府を公式に代表する。この会社は、正式に作成される証書に基づく、上記の土地の取得を目指す。この証書は、永遠に氷に覆われているか、夏季には姿を現すかの違いにかかわりなく、北極における不動産を現時点で構成する大陸、島、小島、岩礁、海、湖、河川、小川のいかんを問わず、それら全般に対する絶対的な所有権を取得者に付与する。

　この所有権は、いかなる性質のものであれ、なんらかの変動が、現今の地理学的および気象学的状況に生じた場合においても、無効にはならない旨、明確に定められている。

　以上の諸点が新旧両世界の住民各位に通知されたことをもって、すべての列強諸国は、最高値をつけた者を落札者とする競売への参加が認められる。

　入札の指定日は本年一二月三日、場所は、アメリカ合衆国メリーランド州ボルティモアの「オークション」会場である。

　委細は、ボルティモアのハイ・ストリート九三番地に居住する北極実用化協会（ノース・ポラー・プラクティカル・アソシエーション）暫定代理人、ウィリアム・S・フォースターまで問い合わせられたい。」

　この通告がどれだけ常軌を逸したものと見なされようが、そんなことはどうだっていい！　とにかく、明快かつ単刀直入に書かれた点で、けちのつけようがないのは誰しも認めるところだろう。かてて加えて、通告の重大性を増していたのは、自国が北極地方の所有者になった場合に備えて、連邦政府がすでにその取得権を譲渡しているという事実であった。

　結論から言えば、意見は分かれた。人間の野次馬根性にも限りがあったとすれば、冗談の範囲を逸脱していると言われても仕方がない、アメリカ流の途方もない「ホラ話（ハンバグ）」にすぎないと決めつける者がいた。他方で、この提案は真剣に検討されるに値すると考える者もいた。そして、この後者の人々が力説したのは、新会社が一般の財布を当てにしていないというまさにその点であった。彼らは、自前の資金だけで北極地方の取得者になってみせると言っている。つまり、カモとなる投資家のドル、札束、金銀を誘導して私腹を肥やそうとしているわけではないのだ。否！　この会社が求めていたのは、自腹を切って北極圏の不動産の代金を支払うことだけだった。

計算高い人々に言わせれば、問題の会社は、競売の開催を求めるまでもなく、単にその土地に行って領有を宣言してしまえば、先占者の権利を申し立てるだけでことはすんだはずだった。ところが、まさにそこが問題だった。北極への到達は、現在までのところ、人類には禁じられているように見えるからである。それゆえに、合衆国がこの土地の取得者になった場合に備えて、所有権を譲渡された者たちは、誰からも自分たちの権利に異議を申し立てられないよう、正規の契約を結ぶことを望んだのだ。この点で彼らを非難するのはお門違いというものだろう。彼らは慎重に振る舞ったまでのことで、この種の契約を結ぶ際には、法律の面で念には念を入れるに越したことはない。

その上、文書には、不測の事態に備える条項があった。この条項は、数多くの矛盾する解釈を誘発することになるのだが、それというのも、いかに鋭敏な精神の持ち主といえども、その正確な意味を把握できなかったからだ。最後の条項のことである。そこには、「この所有権は、いかなる性質のものであれ、なんらかの変動が、現今の地理学的および気象学的状況に生じた場合においても、無効にはならない旨、明確に定められている」とある。

この文章はなにを言わんとしているのだろう。いかなる事態が想定されているのだろうか。とりわけ競売にかけられている地域に関して地理学や気象学が考慮しなければならないような変化が、一体全体、どのように地球を見舞うというのか。

「そりゃあ、なにか裏があるに決まってるさ」と目ざとく指摘する人々がいた。

あれこれ解釈をめぐらすにはもってこいだったので、頭脳と好奇心を働かせる絶好の機会だった。

フィラデルフィアの〈レッジャー〉紙が次のような愉快な論評で口火を切った。

「おそらく、北極地方の買収予定者たちは、いろいろと計算した結果、固い核を持った彗星が間もなく地球に衝突し、例の条項が問題にしている地理学的・気象学的変動が引き起こされると判明したのだろう」

科学的たらんとする文章にふさわしく、一文としてはやや長めだが、なにも明らかにしてくれない。第一、真摯な人々にとって、この種の彗星の衝突の可能性は受け入れがたいものであった。いずれにせよ、譲受人たちがこのようなあやふやな可能性を真に受けているとは信じがたい。

「ひょっとすると、新会社は、春分点歳差によって、取得した土地の開発に有利な変動が起きると想像しているので

問題の会社は、先占者の権利を申し立てるだけでことはすんだはずだった

はあるまいか」とニューオーリンズの〈デルタ〉紙は述べた。

「別にそう考えてもいいではないか。この運動は、われわれの回転楕円体の軸の平行状態を変化させるのだから」と〈ハンブルク通信〉は指摘した。

「さよう」とパリの〈科学評論〉誌は応じた。「アデマール*はその著『海の変動』においてこう述べていたではないか——春分点歳差には、地球の公転軌道の長軸の永年摂動と組み合わさることで、地球各地の平均気温および両極に蓄積された氷の総量に長い周期の変化をもたらす性質がある、と」

「必ずしもそうとは限らない」と〈エディンバラ評論〉が反論した。「仮にそうだとしても、問題の現象の結果としてヴェガがわれわれの北極星になり、北極地方の気候が変化するには一万二〇〇〇年かかるのでは？」

「それなら」とコペンハーゲンの〈ダーグブラード〉紙はまぜっ返した。「資金投入は一万二〇〇〇年後にしよう。それまでは、一クローネたりと出すのはご免だ！」

しかしながら、〈科学評論〉とアデマールの所説が正鵠を射ている可能性があるとすれば、「北極実用化協会（ノース・ポラー・プラクティカル・アソシエーション）」が春分点歳差による変動を当てにしていない線が濃厚ではないか。

実のところ、誰一人として、例の文書のあの条項がなにを意味し、どのような宇宙的な変動の発生を想定しているのか、探り当てることができなかったのである。

それを知るためには、おそらく、新会社の理事会に、とりわけ理事長に問い合わせればよかったはずだ。ところが、この理事長の正体が不明ときている！　誰が理事会の事務局長で、誰がメンバーなのかもわからなかった。文書の出所も謎だった。それを〈ニューヨーク・ヘラルド〉編集部に持ち込んだのは、ボルティモアのウィリアム・S・フォースターとかいう人物であった。彼は、ニューファウンドランドのアードリネル商会の委託を受けて鱈を販売している真っ当な商人であって、——言うまでもなく、名義貸しに過ぎなかった。この問題については、彼の倉庫に預けられた海産物も同様に黙り込んでいたため、どんなにしつこい野次馬も、どんなにやり手の新聞記者も、この人物からはなに一つ引き出せなかった。要するに、この「北極実用化協会（ノース・ポラー・プラクティカル・アソシエーション）」は、文字通りの匿名会社だったため、いかなる名前も矢面に立たせられなかった。これぞ匿名性の極致である。

しかし、この産業企画の仕掛け人が自分たちの身元を完全な謎に包んでおくつもりでいたとしても、彼らの目的そのものは、両大陸の人々に周知された文書が白日のごとく

文書を〈ニューヨーク・ヘラルド〉編集部に持ち込んだのは……

明らかにしていた。

事実、それは、北極点を中心とする北極領のうち、北緯八四度の線によってぐるりと取り囲まれた部分の完全な所有権を取得することであった。

現代の冒険家たちの中にあってこの到達困難な点に一番近くまで迫った者たち、つまり、パリー、マーカム、ロックウッド、ブレイナードが、ことごとくこの緯線の手前までしか行けなかったことは、厳然たる事実である。北極海に乗り出したそれ以外の探検家たちはといえば、彼らははるかに低い緯度までしか到達できなかった。例えば、パイアー*は、一八七四年に、フランツ・ヨーゼフ諸島*とノヴァヤゼムリア諸島の北、八二度一五分まで、レアウトは、一八七〇年に、シベリアの北、七二度四七分まで、デ・ロング*は、ジャネット号の遠征の際、一八七九年に、現在では彼の名を冠している群島の近海で七八度四五分まで、それぞれ到達した。そのほかの者たちは、新シベリアとグリーンランドを越え、せいぜいビスマルク岬に到達するくらいが関の山であって、北緯七六度、七七度、七九度を越えるに至っていない。したがって、ロックウッドとブレイナードが到達した八三度三五分と八四度の間に二五分相当の弧を置くことで、「北極実用化協会（ノース・ポラー・プラクティカル・アソシエーション）」は、過去の冒険家たちの業績を侵害していない。この計画は、完全に人跡未踏の処女地を前提として含んでいたのだ。

北緯八四度線に囲まれた部分の面積は、以下の通りである。

八四度から九〇度までは六度の開きがある。一度は六〇マイル〔九六キロメートル〕だから、半径は三六〇マイル〔五七六キロメートル〕、直径は七二〇マイル〔一一五二キロメートル〕になる。したがって、円周は二二六〇マイル〔三六一六キロメートル〕、面積は、きりのいい数字で四〇万七〇〇〇平方マイル〔一〇四万一九二〇平方キロメートル〕である〔原註／すなわち、緯度一度あたり二五リューの通常のリューに換算すれば、七万六五〇平方リュー、フランスの国土面積である五四〇〇万ヘクタールの二倍強ということになる〕。

これはヨーロッパ全体の約一〇分の一に相当する。なかなかの広さというわけだ！

通告文書は、すでに見たように、地理学的に未踏破のこの領域は、誰のものでもなく、万人のものであるという原則を前面に打ち出していた。というわけで、列強の大半はさすがに要求がましいことを言ったりはしまい、ととりあえずは考えることができた。しかしながら、少なくとも北極圏に国境を接する国々に関しては、自国領土を北へ延長した部分として問題の地帯を捉えたがり、領有権を主張することがありえないとは言えない。おまけに、北極地域全体でなされた発見の多くがこれらの国の国民の勇敢さの賜物であることを考えれば、その主張はなおさら正当化されるだろう。それゆえ、新会社に代表される連邦政府は、各国に権利の行使を呼びかけ、買収金をもって補償に代えると主張したのであった。なんにせよ、「北極実用化協会（ノース・ポラー・プラクティカル・アソシエーション）」の支持者たちが口を酸っぱくして繰り返したのは、この土地が共有物であり、その共有状態を続ける義務は誰にもなく、この広大な領土の競売に反対できる者はいないということであった。

　隣接性ゆえに、その権利に疑問の余地がまったくない国は六つあった。アメリカ、イギリス、デンマーク、スウェーデン＝ノルウェー連合、オランダ、そしてロシアである。だが、自国の船乗りや探検家たちによってなされた発見を根拠に、権利を主張できる国は、ほかにもあった。

　というわけで、その気になればフランスには参加資格があった。この国の息子たちの何人かは、北極周辺の領土を征服するための遠征に加わっていたからである。特にあの勇敢なベロー*の名を挙げられるではないか。彼は、ジョン・フランクリン卿捜索のために派遣されたフェニックス号の遠征の途中、一八五三年に、ビーチー島海域で命を落としたのであった。グリーリー探検隊がコンガー要塞に滞在中の一八八四年にサビーヌ岬の近くで亡くなったオクターヴ・パヴィ博士を忘れていいものだろうか。それに、一八三八年から一八三九年にかけての遠征で、スピッツベルゲン近海まで流されたシャルル・マルタン、マルミエ、ブラヴェ、そして彼らの勇敢な仲間たちを忘却の彼方に置き去りにするのは不当ではあるまいか。にもかかわらず、フランスは、科学的というよりは殖産的なこの事業に関わらない方がよいと判断し、ほかの列強諸国の歯をぼろぼろにしかねない北極というケーキの分け前を放棄した。たぶんフランスは正しく、その対応は適切だった。

　ドイツも同様であった。この国の借方には、一六七一年に始まる、ハンブルク出身のフリードリヒ・マルテンス*のスピッツベルゲン遠征や、一八六九年から一八七〇年にかけて行われた、コルデヴァイ*とヘゲマン率いるゲルマニア号とハンザ号の遠征があり、後者は、グリーンランド沿岸に沿ってビスマルク岬まで北上した。だが、こうした輝かしい発見を成し遂げた過去を持ちながら、ドイツは、北極の一画を加えることで帝国の版図を拡大すべきだとは考えなかった。

　シベリア沿岸の北に位置するフランツ・ヨーゼフ諸島をすでに領有していたにもかかわらず、オーストリア＝ハンガリー二重帝国の対応も同様であった。

　イタリアはといえば、口出しする資格がなかったから、口を出さなかった――本当とは思えないかもしれないが。

　以上のほかに、西シベリアのサモエード族、アメリカ北部にとりわけ広く分布するエスキモー、グリーンラン

一八五三年に命を落とした勇敢なベロー

ド、ラブラドル、バフィン・パリー諸島、アメリカとアジアの間に連なるアリューシャン列島の原住民、旧ロシア領アラスカの住民で、一八六七年以後アメリカ人となった、チュクチと呼ばれる人々がいることはいた。だが、これらの人々――要するに、真の土着民であって、異論の余地なく北方地域の原住民である人々――に発言権が認められることはないだろう。それに、あの哀れな連中が、「北極実用化協会（ノース・ポラー・プラクティカル・アソシエーション）」の主導する競売の際に、どれほどわずかな額であれ、どうすれば入札できたろう。そして、どのように支払えばよかっただろう。貝殻、セイウチの牙、アザラシの脂？　しかしながら、先住権の観点から言えば、競売にかけられようとしているこの土地は、彼らにも少しは属していたのだ！　そうは言っても、エスキモー、サモエード族、チュクチでは！……誰も彼らに相談したりはしなかった。

そのように世界は回るのだ！

第二章　イギリス、オランダ、スウェーデン、デンマーク、ロシアの代表が読者に紹介される

通告文書は回答に値した。実際、新会社が北極地方を買収したら、この地方は決定的にアメリカの領土になってしまう。アメリカというよりも、もっと適切な言い方をすれば、合衆国である。生命力に溢れるこの連邦は、とめどなく成長を続けているのであった。何年か前のこと*になるが、北コルディエラからベーリング海峡に至る北西領土がすでにロシアから割譲され、新世界のまとまった部分がアメリカのものになっている。そのため、連邦共和国による北極地方の併合に列強がいい顔を見せなくともおかしくはない。

とはいえ、すでに述べたように、この地方と隣接していないヨーロッパおよびアジアの諸国家は、この奇妙な競争入札への参加を拒否した。それほどまでに、競売から得られるものが彼らには疑わしく思えたのである。公式代理人を派遣して権利を行使することにしたのは、八四度線に国境が近接している列強だけであった。もっとも、すぐに明らかになるように、彼らとて、比較的低く設定した価格以上の金額を出すつもりはなかった。実際に領有するのはおそらく不可能な土地だからである。それでも、飽くことを知らないイギリスは、自国の代理人にそれ相応の予算を認めるべきだと考えた。急いで付け加えておかなければならないが、北極を取り囲む地域の割譲は、いかなる意味においてもヨーロッパの均衡を乱すものではなく、国際的な揉めごとの原因にはなりえなかった。ドイツのジュピターとも称すべき大宰相ビスマルクはまだ健在だったが*、その太い眉をぴくりともさせなかった。

かくして残ったのは、イギリス、デンマーク、スウェーデン＝ノルウェー連合、オランダ、ロシアであった。これらの国々は、合衆国に対抗して、ボルティモアの競売吏の立会いの下で行われる入札への参加を認められる。北極の氷冠は、最高額で入札した国の所有に帰することになるが、その商品価値には相当の疑問符がつくと言わざるをえない。

これらの五か国が理に適った範囲内で落札を望むにはそれ相応の理由があって、それぞれ以下の通りである。

スウェーデン＝ノルウェー連合は、北緯七〇度より北に

位置するノール岬を領有しており、スピッツベルゲン諸島、さらには、北極点それ自体まで広がる広大な空間に対する権利が自分たちにはあるとの見解を隠そうとはしなかった。事実、ノルウェーのカイルハウや、スウェーデンの名高いノルデンショルド[*]がこの海域に関する地理学の進歩に貢献したではないか。まったくその通りである。

デンマークの言い分は次のようなものだ。北極圏の外周にほぼ接しているアイスランドとフェロー諸島をすでに支配しており、デイヴィス海峡のディスコー島、バフィン湾やグリーンランド西岸沿いの居留地、すなわち、ホルスタインスボルグ、プローウェン、ゴットハウン、ウペルナヴィックといった北極地方最北の入植地を所有している。それだけではなく、デンマーク出身の有名な船乗りベーリングは、当時ロシア海軍に勤務していたとはいえ、彼の名を今日に留める海峡を一七二八年の時点ですでに横断し、その一三年後には、彼が率いる三〇人の隊員とともに、やはり彼の名を冠した島の海岸で無残にも命を落としたではないか。それ以前の一六一九年には、冒険家ヤン・ムンクがグリーンランドの東海岸を探検し、彼が訪れるまではまったく知られていなかった数々の地点を海図に記しているではないか。ゆえに、デンマークには、北極を獲得するれっきとした権利があるのだ。

オランダに言わせれば、すでに一六世紀末から、船乗りのバレンツ[*]とヘームスケルク[*]がスピッツベルゲンとノヴァヤゼムリアを訪れている。一六一一年には、ヤン・マイエン[*]に率いられて北に向かった勇敢な遠征隊のおかげで、北緯七一度を越えた地点に位置し、マイエンの名を戴くことになる島がこの国の領有に帰している。こうした過去の後押しがあるというわけだった。

ロシア人はといえば、ベーリングを部下としていたアレクセイ・チリコフ[*]、一七五一年の遠征で氷の海の限界を突破したパヴルツキー、一七三九年に未知の海域に乗り出したマルティン・シパンベルク大佐[*]とウィリアム・ウォルトン中尉らが、アジアとアメリカを隔てる海峡を越えてなされた探査において、めざましい活躍を見せている。その上、カムチャッカ半島の付け根まで、経度にして一二〇度も広がっているシベリア領の配置からして、アジアの沿岸部——そこに住むサモエード族、ヤクート、チェチクといった少数未開民族がロシアに従属している——に沿って、北極海の半分を支配していると言ってもいいのではないか。さらに、北緯七五度線上の、北極点から九〇〇マイル足らずの地点に、新シベリアの大小さまざまな島々、すなわち、一八世紀初頭に発見されたリャホフ群島を領有しているではないか。最後に、イギリス人にも、アメリカ人にも、スウェーデン人にも先駆けて、一七六四年に早くも、航海者チチャゴフ[*]が二つの大陸を結ぶ旅程を短縮する北回り航路を開拓しようとしたではないか。

しかしながら、あれこれ考え合わせると、地球上にあって到達困難なこの一点の領有を最も重要視している国があるとすれば、それはアメリカではないかと思われた。彼らもまた、グリンネル[*]、ケイン、ヘイズ[*]、グリーリー、デ・ロングそのほかの大胆な航海者たちを中心として、ジョン・フランクリン卿捜索に身命を投げうつ一方で、幾度となく北極点到達を目指したものだった。彼らもまた、ベーリング海峡からハドソン湾にかけて、北極圏の外周を越えて国土が広がっているという地理的状況を後ろ盾にできる。ウォラストン、プリンス・アルバート、ヴィクトリア、キング・ウィリアム、メルヴィル、コックバーン、バンクス、バフィン、さらに北極諸島の無数の島々も加えたこれらの陸地や島々は、アメリカを延長し、北緯九〇度とつなげているかのようではないか。それに、陸地の切れ目のない連なりによって北極点が地球上のいずれかの大陸と地続きになるとすれば、それは、アジアかヨーロッパの延長部分ではなく、アメリカ大陸ではないか。したがって、自国の一企業のためにこの地を取得しようという連邦政府の発案はこれ以上なく自然なものであり、北極地域を領有する権利の面で他国から一番文句が出にくい国は、アメリカ合衆国にほかならない。

とはいえ、カナダと英領コロンビアを領有し、北極探検で名を上げた多くの船乗りを輩出した連合王国もまた、地球のこの一部を自らの広大な植民地帝国に併合したがる立派な根拠がある点では、引けを取らなかったことは認めておかなければならない。そういうわけで、イギリスのいくつもの新聞が、多くの紙面を割いて熱心に論じ立てたのである。

「なるほど、その通りだろう」と応じたのは、イギリスの大地理学者クリップトリンガンで、彼は、〈タイムズ〉紙に発表され、大きな反響を呼んだ論説において次のように述べた。「なるほど、スウェーデン人、デンマーク人、オランダ人、ロシア人、アメリカ人は、それぞれの言い分から利益を引き出すことができよう。だが、イギリスは、その体面にかけても、この地方がその手をむざむざ逃れ去るのを座視すべきではない。新大陸の北の部分はすでにわれわれに属しているではないか。この大陸を構成する陸地、島々は、その発見者たち、すなわち、一七三九年にスピッツベルゲンとノヴァヤゼムリアを訪れたウィロビー[*]から、一八五三年に北西航路を通過したマクルアー[*]に至るイギリスの探検家によって征服されたのではなかったか」

「それだけではない」と〈スタンダード〉紙は、同紙に寄稿したフィッツェ提督の筆を借りて宣言した。「フロビッシャー*、デイヴィス*、ホール*、ウェイマス*、ハドソン*、バフィン*、クック*、ロス*、パリー*、ビーチー*、ベルチャー*、フランクリン、マルグレイヴ*、スコアズビー*、マクリントク*、ケネディ*、ネアーズ、コリンソン*、アーチャー*は、全員、アングロ・サクソン系ではないか。これらの探険家をもってしてもいまだに到達できていない北極地方の一部に対する領有権を主張する上で、イギリス以上に資格のある国など、どこに存在するのか」

「ご説ごもっとも!」と〈サンディエゴ通信〉紙(カリフォルニア)はやり返した。「問題を本来の土俵に戻して考えようではないか。合衆国とイギリスの面子が問題になっている以上、われわれの言い分はこうなる。ネアーズ隊のイギリス人マーカムが北緯八三度二〇分に到達したというのであれば、グリーリー隊のアメリカ人ロックウッドとブレイナードは、それを一五度上回る八三度三五分の地点に、合衆国国旗を彩る三八の星を輝かせたのだ。北極点に最も近づいた栄光は彼らのものである!」

以上のように激しい応酬が繰り広げられたのであった。

最後に、北極地帯に乗り込んでいった一連の探検家たちの先陣を切った者として、ヴェネチア人カボット*(一四〇九年)と、グリーンランドおよびラブラドルを発見したポルトガル人コルテレアル*(一五〇〇年)の名を挙げておくべきであろう。しかし、イタリアもポルトガルも、計画されている競売に参加しようとは考えもしなかった。落札で利益を得る国のことなど、知ったことではなかったのだ。

ドルとポンドの力にものを言わせるイギリスとアメリカ、戦いが実質的にはこの二国の間のものとなるのは誰の目にも明らかだった。

「北極実用化協会(ノース・ポラー・プラクティカル・アソシエーション)」の提案に対して、北極に隣接した国々は、通商会議や科学会議の場を通して意見交換を行った。討議の結果、彼らは、一二月三日にボルティモアで行われる予定の入札への参加を決定し、それぞれの代表に、限度額いっぱいの予算を持たせた。売却によって生じるまとまった額の利益は、落札できなかった五か国の間で補償金として分配され、その代わり、これらの国々は、将来にわたって一切の権利を放棄することになる。

多少の論議はあったものの、八方なんとかまるく収まった。関係各国は、連邦政府が指定した通り、ボルティモアで入札が行われることに同意したのである。代表者たちは、信用状を携え、ロンドン、ハーグ、ストックホルム、コペンハーゲン、ペテルブルクを後にした。そして、入札予定日の三週間前に合衆国に到着した。

「北極点に最も近づいた栄光はアメリカ人のものである！」

この時点で、アメリカを代表していたのは、依然として、「北極実用化協会（ノース・ポラー・プラクティカル・アソシエーション）」の例の男、一一月七日付〈ニューヨーク・ヘラルド〉紙に発表された文書で言及されていた唯一の名前であるウィリアム・S・フォースターただ一人であった。

ヨーロッパ各国の代表はといえば、選ばれたのは以下の面々であって、そのそれぞれについて、特徴を示しておくべきだろう。

オランダ代表は、ヤーコプ・ヤンセン。元オランダ領インド参事官、五三歳、太っていて背は低く、全身これ上半身といった趣で、手は短く、短足がに股、アルミニウム製の眼鏡をかけ、色づきのよい丸顔、後光のような髪、頬ひげには白いものが混じっている――お人よしではあったが、実際的な面でどのような有用性があるのか、自分にはまるで理解できない計画に対して、やや懐疑的だった。

デンマーク代表は、エリック・バルデナック。元グリーンランド入植地副総督、中背、一方の肩が少々下がっており、太鼓腹、大きな頭をゆらゆらと揺らしている。ノートや本で鼻の頭をすり減らすほどの近眼で、デンマークの権利に関しては理屈が通用するような相手ではなく、自国こそ、北極地方の正当な領有者であると考えていた。

スウェーデン＝ノルウェー連合の代表は、ヤン・ハラルド。クリスチャニア大学で宇宙形状学を講じる教授にして、ノルデンショルトの探検の最も熱心な支持者の一人。赤ら顔に稔りすぎた麦のような金色の顎ひげと頭髪、北方人の見本のような人物――北極という冠には太古以来（パレオクリスティック）の氷の海が広がるばかりで、いかなる価値もないと確信していた。この件には利害を超越した立場から関与しており、入札に参加するのも、原理原則の名においてである。

ロシアの代表は、ボリス・カルコフ大佐。半ば軍人、半ば外交官。長身、堅苦しく、ふさふさの髪、豊かな頬ひげに口ひげ、一枚板さながら融通がきかず、平服が窮屈そうで、かつて腰に帯びていた剣の柄を無意識に探る仕草をする――「北極実用化協会（ノース・ポラー・プラクティカル・アソシエーション）」の提案の裏になにが隠されているのか、将来それが国際紛争の引き金にならないか、知りたがってやきもきしていた。

最後になるが、イギリスの代表は、ドネラン少佐とその秘書のディーン・トゥードリンクであった。連合王国のあらゆる欲求、あらゆる野望、通商および産業上の本能、北方の、南方の、赤道上の誰のものでもない土地は、自然法則によって、イギリスの領土であると考える性（さが）、いずれを取っても、彼ら二人だけで一国を代表していた。

ドネラン少佐は、生粋のイギリス人であった。背が高く、痩せて骨ばっていて、首はシギのよう、そして、パーマストン*風の頭部が撫で肩の上に載っている。サギのような脚をしており、六〇歳でありながら、意気軒昂にして、精力的だった——そして、その精力は、ビルマの辺境地帯におけるインドの国境線画定に携わった際に、遺憾なく発揮されたものだった。彼はにこりともせず、そもそも笑ったことなど一度もないのではないか。そんなことをしてなんになろう？……蒸気機関車が、ポンプが、蒸気船（スティーマー）が笑うのを見た者がいるだろうか。

　この点で、ドネラン少佐の秘書ディーン・トゥードリンクは、少佐と根本的に違っていた——口数が多く、陽気なこの青年は、がっしりした頭をしており、髪が額の上で揺れ動き、小さな目を細めがちにしている。スコットランド出身の彼は、陽気なお喋りと冗談好きのために、「煤けた古都（オールド・リーキー）」*では有名人だった。だが、いかに剽軽者とはいえ、大英帝国の権益を主張する際には、それがどれほど筋の通らないものであろうと、身勝手かつ独善的に振る舞って一歩も譲らないところは、ドネラン少佐とまさに好一対だった。

　この二人の代表がアメリカ企業の最も手ごわい相手となるのは明白だった。北極点は彼らイギリス人のものだ。それは、先史時代以来、彼らに属しているのであって、あたかも地軸を中心とする地球の自転を保全する任務を創造主がイギリス人に与えたかのようであった。彼らは、それが他国の手に渡るのを防いでみせるだろう。

　ここで一言、断っておくべきことがある。フランスは、公式・非公式を問わず、いかなる代表も派遣すべきではないと考えていたのだが、あるフランス人技師が、「技術を愛すればこそ」この奇妙な一件の推移を間近に辿ろうとやって来ていたのだった。然るべき時が来れば、彼も登場するだろう。

　北ヨーロッパの列強の代表たちは、こうしてボルティモアに到着したが、互いに影響されたくないと思っているかのように、別々の客船に乗ってきたのだった。彼らはライヴァル同士だった。めいめい戦（いくさ）に必要な信用状を懐に忍ばせていた。しかし、今この場で言っておかなければならないのは、彼らが対等な武器で戦うのではない、ということである。ある国が百万にも満たない額しか持ち合わせていないとすれば、別の国の予算はそれを超えていた。そして、実際、われらが回転楕円体の、そこに足を踏み入れるのは不可能と思われる一画を獲得する代価としては、それでも高額すぎるように見えたとしても当然だった！　実を言うと、この点で最も恵まれていたのは、イギリスの代表だった。大英帝国は、彼らにかなり巨額の予算を認めていたのである。そのおかげで、ドネラン少佐は、スウェーデン、デンマーク、オランダ、ロシアをさしたる苦もなく打ち負かすだろう。では、アメリカは、となれば、これはまた、別の話である。彼らをドルという土俵の上で倒すのは容易ではなかろう。事実、謎の会社が途方もない資金を有しているとの推測は、少なくとも蓋然性に欠けていない。百万単位での殴り合いは、合衆国と大英帝国の二か国間で行われることになりそうだった。

　ヨーロッパの代表たちが上陸するとともに、世論はさらに盛り上がった。奇想天外なデマが新聞紙上を駆け巡った。この北極買収をめぐって数々の珍妙な仮説が立てられた。あんなところで一体なにをしたいというのか。なにができるというのか。なにもできはしない——新旧両世界のために氷室を管理するというのであれば、話は別だが！　パリの〈フィガロ〉紙のように、この説を冗談で支持する新聞も現れた。仮にそうだとしても、北緯八四度を越えられなければ話にならない。

　そうこうしているうちに、大西洋横断中は互いに接触を避けていた代表たちが、ボルティモア到着後、接近しはじめた。

　それというのも、次のような理由があったのである。

　手始めに彼らが試みたのは、個々別々に、互いに知られることなく、「北極実用化協会（ノース・ポラー・プラクティカル・アソシエーション）」と接触することであった。この一件の裏に隠された動機はなんなのか、会社はどのような利益を引き出そうとしているのか、それを探り出すことで、あわよくば優位に立とうとしたのである。ところが、その時点で、この会社が事務所をボルティモアに設置した形跡は皆無だった。事務所もなければ、従業員もいない。委細は、ハイ・ストリートのウィリアム・S・フォースターまで問い合わせられたい。この実直な鱈の受託販売者が、この町の最下層の人足よりもこの件について詳しいとは思えなかった。

　代表者たちはなんの情報もつかめなかった。巷の放言によって広まった、多かれ少なかればかげた憶測に頼るしかない状況だった。会社の秘密は、会社がそれを明かそうとしない限り、誰にも知るすべはないのか。人々はそう自問した。おそらく、買収が済むまでは、会社は沈黙を守ったままだろう。

　こうした次第で、代表者たちは顔を合わせ、訪ね合い、腹を探り合い、しまいには、話し合いを持つに至ったのである——そこには多分、共通の敵、とはすなわちアメリカの会社に対抗して同盟を結ぼうとの下心があった。

　そして、ある日のこと、一一月二二日の夕方、彼らは、ドネラン少佐とその秘書であるディーン・トゥードリンクが滞在しているウォルズリー・ホテルの一室で話し合いを行っていた。実を言うと、この相互理解に向けた土壌を整備したのは、したたかな外交官として知られるボリス・カルコフ大佐だった。

まず話題にのぼったのは、北極地方の買収によって協会が引き出すと主張している通商上・産業上の有用性だった。この点に関してなにか情報を得られた者がこの中にいないかとヤン・ハラルド教授が尋ねた。すると、全員が徐々に認めたことには、彼らは一人残らず、例の通告で連絡先となっていたウィリアム・S・フォースターに接触を試みていた。

「しかし、私は失敗しました」とエリック・バルデナックが言った。

「私はうまくいきませんでした」とヤーコプ・ヤンセンが付け加えた。

「私の方では」とディーン・トゥードリンクが応じた。「ドネラン少佐の使いということで、ハイ・ストリートの倉庫に行ってみたんですが、そこにいたのは、黒の礼服とシルクハットをお召しの太った男で、長靴から首まで白い前掛けですっぽり覆われていましてね。そして、私がこの件で情報が欲しいと言うと、彼はこう答えましたよ。積荷満載のサウス・スター号がニューファンドランドから到着したところで、アードリネル社には新鮮な鱈の在庫が大量にあるから、いつでも引き渡せる、とね」

「いやはや！」と懐疑的なままの元オランダ領インド参事官が言った。「氷の海の底に金を放り込むくらいだったら、鱈の積荷でも買った方がましなんじゃなかろうか！」

「問題はそういうことではない」とドネラン少佐が横柄な口調できっぱりと言った。「鱈の在庫ではなく、極冠が問題なのだ……」

「それをアメリカが被りたがってるってわけだ！」とディーン・トゥードリンクは自分から笑い出しながら切り返した。

「風邪を引くでしょうな」とカルコフ大佐が当意即妙の受け答えをした。

「問題はそういうことではない」とドネラン少佐が繰り返した。「感染性鼻炎（コリーザ）の危険性がこの会議とどういう関係があるのか、理解に苦しむ。確かなことは、なんらかの理由によって、「北極実用化協会（ノース・ポラー・プラクティカル・アソシエーション）」を代表者とするアメリカが――「実用化（プラクティカル）」という言葉にご注目願いたい――北極点を中心とする四〇万七〇〇〇平方マイル〔一〇四万一九二〇平方キロメートル〕の土地を買収したがっており、そこは、現時点では――この「現時点では」という言葉にご注目願いたい――北緯八四度線によって囲い込まれていて……」

「そんなことはわかってますよ、ドネラン少佐」とヤン・

ウィリアム・S・フォースターは、大量の鱈の在庫を引き渡せる

ハラルドが言い返した。「それ以上おっしゃらずとも結構です。だが、わからないのは、北極が陸地であればその土地を、海であればその海を、問題の会社が産業の見地からどのように開発しようとしているのか、ということです……」

「問題はそういうことではない」とドネラン少佐は三たび繰り返した。「その地理学的条件からいって、ほかのどの国よりもイギリスに帰属すべきと思われる地球の一部を買収によってわがものにしようとしている国があるということなのだ……」

「いや、ロシアにだ」とカルコフ大佐が言った。

「オランダにだ」とヤーコプ・ヤンセンが言った。

「スウェーデン゠ノルウェー連合にだ」とヤン・ハラルドが言った。

「デンマークにだ」とエリック・バルデナックが言った。

五か国の代表は肩を怒らせた。会談が口汚い言葉の応酬で幕を閉じそうになったその時、ディーン・トゥードリンクが最初の仲裁に乗り出した。

「皆さん」と彼はなだめるような口調で言った。「私の上司であるドネラン少佐ご愛用の言い回しを借りれば、問題はそんなことじゃないんですよ。北極の周囲の土地が競売にかけられた以上、あなた方が代表する国のうち、一番高い入札額を提示した国が必然的にそこを領有することになるのです。スウェーデン゠ノルウェー連合、ロシア、デンマーク、オランダ、イギリスの各国がそれぞれの代表に予算を与えたわけですから、ここは一つ、組合を結成して、アメリカの会社には対抗できないだけの予算を使えるようにする方がいいんじゃないでしょうか」

代表者たちは互いに顔を見合わせた。このディーン・トゥードリンクとやら、いいところに目をつけたではないか。組合とは……。われわれの時代にあって、この言葉は万能である。今や、組合を作ることは、息をしたり、飲み食いしたり、眠ったりすることと変わりがない。これ以上に現代的なものもない——政治においても、商取引においても。

しかしながら、異論は出ないにしても、説明は必要であった。ヤーコプ・ヤンセンが次のように言った時、彼はその場の気分を代弁していた。

「で、それから？……」

まったくだ！……組合による落札の後は？

「そりゃ、イギリスだろうよ！……」少佐が木で鼻をくくるような調子で言った。

「ロシアだ！……」と大佐が眉を凄まじく顰めて言った。

「オランダだ！……」と元参事官が言った。

「神がデンマークをデンマーク人に与えたもうたからには

……」とエリック・バルデナックが指摘した。

「失礼」とディーン・トゥードリンクは叫んだ。「神に授けられた国は一つしかありませんぞ！　スコットランド人に与えられしスコットランドだけです！」

「そりゃまたどうして?……」とスウェーデン代表は聞き返した。

「詩人がこう言ってるじゃありませんか」

　　神ハワレラニコノすこっとらんどヲ恵ミタマヒシ。

　このお調子者は、ウェルギリウス作『牧歌』の第一歌第六行にある「スコヤカナルアンド〔健やかなる安堵〕」を彼流にひねってみせたのである。

　これには、全員、吹き出してしまい――ドネラン少佐は除く――、紛糾しかけていた言い争いにふたたび待ったをかけた。

　その機を逃さず、ディーン・トゥードリンクは言葉を足した。

「言い争うのはやめにしましょう、皆さん！……そんなことをしてなんになります?……それより組合を結成しようじゃありませんか……」

「で、それから?……」とヤン・ハラルドが繰り返した。

「それからですって?」とディーン・トゥードリンクは答えた。「これ以上に簡単なことはありませんよ、皆さん。皆さんが落札者になった暁には、北極地方は皆さんの共有財産になるか、あるいは、然るべき補償金と引き換えに、落札国のいずれかに所有権を移譲するか、という、ただそれだけのことです。だが、さしあたって主たる目的は達成されたことになる。なにしろ、アメリカの代表者たちは完全に競争の圏外に置かれてしまうのですから」

　この提案には利点があった――少なくとも、当座は。というのは、近い将来、代表たちが互いの髪を引っ張り合うことになるのは目に見えており、争奪の的でありながら無用なこの不動産を最終的にどの国が獲得するのか、それを決める段になった時、彼らの髪の摑み甲斐のあることといったら、周知の通りである！　いずれにせよ、ディーン・トゥードリンクが抜け目なく指摘したように、合衆国の除外は完全なものとなる。

「まさに賢明という感じがしますな」とエリック・バルデナックが言った。

「うまい」とカルコフ大佐が言った。

「巧妙だ」とヤン・ハラルドが言った。

「鋭いな」とヤーコプ・ヤンセンが言った。

「実にイギリス的だ！」とドネラン少佐が言った。

彼らはこう言っておいて、後で尊敬に値する同役たちの裏を掻くつもりでいた。

「そういうことでしたら、皆さん」とボリス・カルコフが言った。「組合を結成する場合、各国の権利は当面保留されるということで完全な合意が得られたわけですね？……」

合意は得られた。

残された問題は、これらの国々が代表に認めた予算の額を明らかにすることだけだった。それを合計すれば、間違いなく、「北極実用化協会（ノース・ポラー・プラクティカル・アソシエーション）」の資金力をもってしても太刀打ちは不可能になる。

この問題を提起したのは、ディーン・トゥードリンクだった。

途端に、形勢が一変した。完全な沈黙が訪れた。誰も答えようとしなかった。財布の中身を見せろ、だと？　組合の金庫のためにポケットを空にしろ？　競売でどこまで値を釣り上げるつもりなのか、前もって手の内を明かせ？……真っ平ご免だ！　もし組合員の間で意見が割れるようなことがあったらどうする？……なんらかの状況が生じて、それぞれが独自に参戦しなければならなくなったら？……外交官カルコフがヤーコプ・ヤンセンの策動に向かっ腹を立て、ヤンセンの方ではエリック・バルデナックの裏工作に憤慨し、バルデナックはヤン・ハラルドがあまりにも食えないのに苛立ち、ハラルドはドネラン少佐の高慢ちきな主張が腹に据えかね、ドネラン少佐はドネラン少佐で各国代表を平然とおとしいれるような真似をしたら？　結局のところ、予算額を公表するとは、手札を胸に押し当てるべき場面でそれをさらすことでしかない。

ディーン・トゥードリンクの、正当ではあるが、ぶしつけな質問に答える方法は、はっきり言って、二通りしかない。予算額を誇張するか——その場合、精算する時に困ったことになる——さもなければ、冗談にしかならないほど低い金額を言って、話がご破算になるよう仕向けるか。

この二番目の考えを最初に思いついたのは、元オランダ領インド参事官であった。彼はそもそもの初めから乗り気ではなかったのである。ほかの代表たちも右に倣った。

「皆さん」とオランダが彼の声を借りて言った。「残念ながら、北極地方買収のために私が自由にできる資金は、たったの五〇リクスダラーです」

「当方は、三五ルーブルだけです」とロシアが言った。

「当方は、二〇クローナだけです」とスウェーデン＝ノルウェー連合が言った。

「当方は、一五クローネだけです」とデンマークが言った。

「それは、それは」とドネラン少佐は言ったが、その口調は、大英帝国にいかにも似つかわしい、あの、人を小馬鹿にした態度をまざまざと思い浮かべさせた。「競売はあんた方の勝ちですな。なぜって、イギリスは、一シリング六ペンスしか出せんのだから！〔原註／一リクスダラー＝五フラン二一サンチーム、一ルーブル＝三フラン九二サンチーム、一クローナ＝一フラン三二サンチーム、一シリング＝一フラン一五サンチーム〕」

この皮肉たっぷりの宣言をもって、旧ヨーロッパ代表者会議は閉幕した。

第三章　北極地方が競売にかけられる

一二月三日に競売が行われる場所が、単なるオークション会場だったのはなぜなのか。そこは、家具、道具、用具、器具といった動産でなければ、絵画、彫刻、メダル、骨董品といった美術品しか通常は売りに出されない場所なのだ。不動産の競売だというのに、公証人の立ち会いの下か、あるいは、そのために設置された法廷で行われない理由は、なんなのか。そして、地球の一部の売却だというのに、どうして競売吏の出る幕があるのか。回転楕円体のこの一部分を、移動可能な動産と同列に扱えるものなのか。不動産といえば、世の中でこれ以上に不動なものもないではないか。

実際、理屈に合わないことであった。にもかかわらず、それが事実だったのだ。北極地方の全域がこの条件で売りに出されることになっており、売買契約はそれでも有効なのである。別の見方をすれば、このことは、「北極実用化協会（ノース・ポラー・プラクティカル・アソシエーション）」が、問題の不動産を、あたかもそれが移動可能であるかのごとく、動産として考えていることを意味する。

この異常とも言える点には、並外れた洞察力の持ち主であっても考え込まずにはいられなかった——そのような人々は、合衆国にあっても、極めて稀だったのだが。

もっとも、先例は一つあった。オークション会場において、公開入札を取り仕切る競売吏の手を介して、われわれの惑星の一部が売却されたことがすでにあったのである。しかも、ほかならぬこのアメリカの地で。

事実、数年前のことになるが、カリフォルニア州サンフランシスコにて、太平洋上の島、スペンサー島が、競争相手であるストックトンのJ・R・タスキナーを五〇万ドルの差で破った富豪ウィリアム・W・コールドラップに売却されている〔原註／同じ著者による『ロビンソンの学校』を参照のこと〕。このスペンサー島は、四〇〇万ドルで落札されたのである。確かに、それは居住可能な島であり、カリフォルニア沿岸から経度にして数度しか離れていなかった。森あり、小川あり、地味豊かにしてしっかりした土壌あり、耕作可能な野原や平原あり、という島だった。荒れ果てた地方どころか、ひょっとすると永遠に凍りついた海、それも、乗り越えがたい浮氷群に守られているため、誰一人として占有できない公算の大きい場所ではなかった。したがって、北極というあやふやな土地にはこれほどの高値がつかないというのは、考えられることであった。

だが、この日、問題の競売には、その物珍しさに惹かれて、熱心な好事家が大勢やってきたとは言えないまでも、物見高い連中が多数押し寄せ、どんな結末が待っているのか、興味津々の様子だった。結局のところ、戦いはおもしろくならないはずがなかったのだ。

おまけに、ボルティモアに到着してからというもの、ヨーロッパ各国の代表たちは、常に人垣の中心にあって引っ張りだことなっており――そして、もちろん、インタビュー攻勢にあっていた。舞台がアメリカである以上、世論が極度に沸騰したことはなんら驚きに値しない。その結果が、常軌を逸した賭けであった――合衆国においてこの種の熱狂は、この形を取るのが最もありふれた成り行きであり、その感染しやすい手本にヨーロッパも従いつつある。アメリカ連邦の市民たちは、ニューイングランドの人々も、中部、西部、南部の各州の人々も、意見の異なるグループに分かれていたが、自国の勝利を願う点では一致していた。彼らは、三八の星を持つ国旗が寄せる襞の下、その庇護の下に北極が入ることを希望していた。しかし、まったく心配がないわけではなかった。勝算があるとは思えないロシア、スウェーデン＝ノルウェー連合、デンマーク、オランダは恐れるに足りない。だが、連合王国は違った。この国には、領土拡張の野心、なにもかも呑み込もうとする傾向、あまりにもよく知られた執念深さ、そして、世界中で幅を利かせる銀行券があった。かくて、多額の金銭が賭けに投じられた。人々は、倍率が拮抗している競走馬に賭けるように、アメリカ号に張り、グレート・ブリテン号に張った。デンマーク号、スウェーデン号、オランダ号、ロシア号は、一二倍から一三・五倍のオッズがついていたにもかかわらず、賭ける者はほとんどいなかった。

入札開始時刻は正午と告知されていた。朝早くから殺到した野次馬のせいで、ボルトン・ストリートは渋滞していた。世論は前日から極度の興奮状態にあった。電信用の大西洋横断ケーブルを通じて、新聞各社は、アメリカ人が持ちかけた賭けの大半にイギリス人が応じたという情報を入手したところだった。ディーン・トゥードリンクは、直ちにオッズをオークション会場に掲示させた由。イギリス政府は、莫大な資金をドネラン少佐の裁量に委ねたとか……。〈ニューヨーク・ヘラルド〉紙の報道によれば、英国海軍省では、北極の土地は英国植民地のリストに名を連ねるべく予め指定されているのだから、この土地をなんとしてでも獲得しろ、とお偉方(ロード)が尻を叩いて回っている、等々。

こうしたニュースの中でなにが本当なのだろうか。当たっている可能性があるゴシップはどれだろう。誰にもわからなかった。しかし、その日、ボルティモアに居合わせた思慮深い人たちは、次のように考えていた。もし「北極実用化協会(ノース・ポラー・プラクティカル・アソシエーション)」が自前の資金しか頼るもののない立場に置かれたら、勝負はイギリスの勝利に終わってしまう、と。そこで、北米人(ヤンキー)の中でもとりわけ血の気の多い連中は、ワシントンの政府に圧力をかけるべく、組織的活動を展開した。このような興奮の渦中にあって、代理人ウィリアム・S・フォースターという地味な人物に体現される新会社は、世間の狂騒などどこ吹く風と言わんばかりで、まるで成功は間違いないと確信しているかのようだった。

時間が近づくにつれ、ボルトン・ストリートは端から端まで群衆でごった返した。開場三時間前の時点で、オークション会場にたどり着くことさえ、ままならなかった。一般の人々のために用意された場所はすでに満員で、壁がはじけそうだった。わずかに、柵に囲われた一定数の席がヨーロッパ各国の代表のために確保されていた。最低限、競りの進行に立会い、頃合いを見て値を付けられなければ、話にならない。

エリック・バルデナック、ボリス・カルコフ、ヤーコプ・ヤンセン、ヤン・ハラルド、ドネラン少佐とその秘書のディーン・トゥードリンクは、そこにいた。彼らは、肘と肘を突き合わせ、密集した集団を形成しており、突撃隊形を整えた兵士のようだった。そして、事実、彼らは北極に突撃をかけようとしているかのようだった！

アメリカ側は、まだ誰も姿を現していなかった。とはいっても、鱈の受託販売人ならいた。どこといって取り柄のないその顔は、徹底した無関心を表わしていた。彼は、その場に居合わせた人々の中で、掛け値なしに一番無感動に見えた。ニューファンドランドを出港した船が運んでくる積荷の販売先のことしか頭にはないのだろう。おそらくは百万単位のドルを動かすことになるこの男は、一体どのような資本家たちの代理を務めているのか。この謎は、大衆の好奇心をいたく刺激しないわけにはいかなかった。

そして、実際、J＝T・マストンとエヴァンジェリーナ・スコービット夫人がこの件に関わっていようとは、誰も夢にも思っていなかったに違いない。どうしてそんなことが見抜けようか。二人ともその場にいることはいた。しかし、特等席に座っていたわけではなく、J＝T・マストンの仲間であるガン・クラブの主だった会員たちに取り囲まれるようにして、群衆に紛れていたのである。彼らはただの観客と見分けがつかず、なんの利害関係も持っていないように見えた。ウィリアム・S・フォースターが彼らを見知っているという気配もなかった。

　言うまでもなく、オークション会場で慣習になっているように、売却物件を人々が自由に手に取れるようになっていたりはしないだろう。北極を手から手に渡したり、あらゆる角度から調べたり、虫眼鏡を使って見たり、時代がかった、細々とした置物よろしく、指でこすってその古色が本物か偽物か確かめたりするわけにもいかない。確かに、時代がかっているといえば、その通りである——鉄器時代よりも、青銅器時代よりも、石器時代よりも前、要するに、先史時代以前のものなのだ。この世界が始まってからこの方、ずっと存在しているのだから！

　しかしながら、北極が競売人の机の上に載っていなかったにせよ、大きな地図が貼り出されていて、見たい者はそれを見られるようになっており、北極の土地の外形がそこだけ鮮やかな色合いで示されていた。北極圏外周の一七度北に、赤い線が八四度線に沿って一際くっきりと引かれ、「北極実用化協会（ノース・ポラー・プラクティカル・アソシエーション）」が競売にかけることを提案した地球の一部を取り囲んでいる。この地域には、途方もなく厚い氷の甲羅で覆われた海が広がっているとしか思えなかった。だが、それは、落札者が考えればいいことである。少なくとも、商品の性格に関するごまかしはない。

　正午の鐘が鳴り、競売人のアンドルー・R・ギルモアが、奥の板張りの壁に付けられた小さなドアを開けて入場し、自分の机の前に陣取った。すでにそれ以前から、持ち前の轟くような大声で競り値を叫ぶ役のフリントは、檻の中で物憂げにしている熊のように、見物客を押し留めている柵に沿って、重々しく行ったり来たりしていた。落札価格の数パーセントという莫大な額が手数料として懐に転がり込むことを考えて、二人とも有頂天になっていた。無論、この取引は、現金、すなわち、アメリカ人の言い方を借りれば、「キャッシュ」で行われる。その総額は、どれほど莫大であろうと、全額、落札できなかった国々の名義でその代表に手渡される。

　この時、会場に備えられた鐘が力いっぱい打ち鳴らされ、外部に——「都及ビ全世界ニ（ウルビ・エト・オルビ）」とは、まさしくこのような時のための表現だ——入札の開始を告げた。

　なんという厳粛な瞬間だろう！　この界隈はおろか、町のすべての胸が高鳴った。ボルトン・ストリートおよび隣接する通りから発したどよめきが人波を通して町中に広がりやまず、会場の中にまで伝わってきた。

　アンドルー・R・ギルモアは、人波と人ごみのざわめきがほぼ静まるのを待たなければ、口を開くことができなかった。

そこで彼は立ち上がり、聴衆をぐるりと見渡した。それから、かけていた鼻眼鏡をだらりと胸元まで垂らし、やや感激した声で言った。

「お集まりの皆さん、連邦政府の提案に基づき、また、この提案にご賛同くださった、新世界は元より、旧世界の国々のおかげをもちまして、北極点の周りに位置する不動産一式の売却をこれより始めさせていただきます。この土地は、現在のところ、北緯八四度の線を境界として、その中に含まれる一切ということで、詳細は省きますが、大陸、海、海峡、島、小島、浮氷群等々、およそなんであれ、固体ないし液体の部分からなるところのものであります」

それから、壁を指さして、言った。

「最新の発見に基づいて作成されたこの地図をご覧ください。この不動産一式が、大変大雑把に申し上げて、面積は四〇万七〇〇〇平方マイル〔一〇四万一九二〇平方キロメートル〕の、一続きの地所であることがご理解いただけるでしょう。したがいまして、売却の便宜上、競り値は一マイル四方〔二・六平方キロメートル〕を単位とすることに決めさせていただきます。すなわち、一セント〔原註／一ドルの一〇〇分の一で、約一スーに当たる〕と言った場合には、総額は、端数を除いて四〇万七〇〇〇セントに、一ドルと言った場合には、四〇万七〇〇〇ドルになります。――静粛に願います、皆さん！」

この勧告はうわべだけのものではなかった。観衆が待ちきれずに立てる喧騒は、競売のやりとりをも掻き消しかねなかった。

会場が半ば静まりかけた時――主として、叫び手のフリントが介入し、濃霧の時の霧笛のように咆哮したおかげだった――アンドルー・R・グリモアは、次のように続けた。

「入札の開始に先立って、競売に関して定められた条項の一つにいま一度皆さんのご注意を促しておかなければなりません。すなわち、北極の不動産の獲得は最終的なもので、その範囲は、現行の北緯八四度の線で囲われている通りであって、将来発生しうる地理学的ないし気象学的変動がいかなるものであろうとも、その所有権に対して売り手は一切異議を申し立てられないものとします！」

またもや、通告書に含まれていたあの奇妙な但し書きだ。この断り書きは、片や冗談の種となり、片や真面目な関心を惹いたのだった。

「それでは、入札を始めます！」と競売人がよく響く声で叫んだ。

その手に握られた象牙の槌が細かく震える一方、公開入札特有の言い回しを習慣的に口にしながら、鼻にかかった声色で彼はこう付け加えた。

「静粛に願います、皆さん！」

「一平方マイル当たり一〇セントの商品ですよ！」

一〇セントとは一ドルの一〇分の一〔原註／五〇サンチーム〕であり、北極の不動産全体では合計四万七〇〇ドル〔原註／二〇万三五〇〇フラン〕になる。

競売人アンドルー・R・ギルモアが実際にこの価格の商品を持っていようがいまいが、彼が付けた競り値はただちにデンマーク名義でエリック・バルデナックによって釣り上げられた。

「二〇セント！」と彼は言った。

「三〇セント！」とヤーコプ・ヤンセンがオランダの名義で言った。

「三五」とヤン・ハラルドがスウェーデン＝ノルウェー連合の名義で言った。

「四〇」とボリス・カルコフ大佐が全ロシア連邦の名義で言った。

この段階ですでに総額は一六万二八〇〇ドル〔原註／八一万四〇〇〇フラン〕に達していた。まだ競り上げは始まったばかりだというのに！

指摘しておくべきは、大英帝国の代表が口を開きもしなければ、堅くすぼめた唇を緩めさえしなかったことである。

ウィリアム・S・フォースターはといえば、この鱈の委託販売人は、相変わらず黙りこくって、なにを考えているのかわからなかった。あまつさえ、この時、彼は、アメリカ市場におけるその日の入荷および相場の状況を報じる〈マーキュリアル・オブ・ニューファンドランド〉紙を読むのに夢中になっているらしかった。

「一平方マイルにつき四〇セント」とフリントは繰り返した。その声は、夜泣き鶯の鳴き声を思わせる余韻を後に残すのだった。「四〇セントだよ！」

ドネラン少佐以外の四か国の代表は顔を見合わせた。彼らの予算は緒戦にして早くも底を突いてしまったのだろうか。彼らはもはや口をつぐむしかないのだろうか。

「さあさあ、皆さん」とアンドルー・R・ギルモアは続けた。「四〇セント！　もっと上はありませんか？……四〇セントだなんて！……いくらなんでも、これっぽっちの価値ってことはないでしょう、北極冠が……」

まるで今にも「……純氷保証付きですよ」とでも言いたげだった。

だが、それより一足早く、デンマーク代表から声がかかった。

「五〇セント！」

そして、オランダ代表がさらに一〇セント上乗せした。

「一平方マイルにつき六〇セントだよ！」とフリントが叫んだ。「六〇セントでよろしいですか？……ほかの方は一言もなしですか？」

この六〇セントの競り値で、総額は二四万四二〇〇ドル〔原註／一二二万一〇〇〇フラン〕という馬鹿にできない金額に達している。

オランダの競り値を観衆が満足の溜息で迎えることになったのは、そのせいだった。奇妙でもあり、実に人間的でもあることだが、ドルで横っ面を張り合うこの戦いを最も熱心に見守っていたのは、その場に居合わせた無一文の惨めな野次馬(コックニー)たち、懐が空っぽの哀れな連中のようであった。

その間、ヤーコプ・ヤンセンが競り値をつけた後に、ドネラン少佐が顔を上げて秘書のディーン・トゥードリンクに目をやっていた。だが、感じとれないくらい微かな否定的合図が返ってきたため、彼の口は閉ざされたままになっていた。

ウィリアム・S・フォースターの方は、相変わらず相場表(メルキュリアル)を読むことに没頭しており、余白に鉛筆でなにやらメモを書きつけていた。

J＝T・マストンは、エヴァンジェリーナ・スコービット夫人の浮かべた微笑みに、軽く頷いてみせた。

「さあさあ、皆さま方、もうひと踏ん張りお願いしますよ！……欠伸が出そうですよ！……しゃきっとしてくださいな！……しゃきっと！……」とアンドルー・R・グリモアが繰り返した。「おやおや！……もう一言もなしですか？……落札にしてもよろしゅうございますか？……」

そして、彼の槌は、教区の堂守が持つ灌水棒のように、上がったり下がったりした。

「七〇セント！」とヤン・ハラルドが声を少し震わせて言った。

「八〇！」と間髪を入れずボリス・カルコフ大佐が応戦した。

「さあ！……八〇セントだよ！」とフリントが叫んだ。その大きなまるい目が、競売の熱気で燃え上がっていた。

ディーン・トゥードリンクのちょっとした仕草に呼応して、ゼンマイ仕掛けの悪魔さながらドネラン少佐が立ち上がった。

「一〇〇セント！」と素っ気なく大英帝国の代表は言った。

このたった一言で、イギリスは四〇万七〇〇〇ドル〔原註／二〇三万五〇〇〇フラン〕の支払い義務を負ったことになる。

イギリスに賭けている人々は、歓声を上げ、それに観衆の一部がこだまを返した。

アメリカに賭けた人々は顔を見合わせ、相当にがっかりした様子だった。四〇万七〇〇〇ドルだって？　北極という幻想的な地域に出す金としてはすでに桁外れの額だ。氷山、氷原、浮氷群が四〇万七〇〇〇ドルもするなんて！

しかも、「北極実用化協会(ノース・ポラー・プラクティカル・アソシエーション)」のあの男ときたら、一言も発さず、顔を上げさえしない！　そろそろ競り値を付ける気を起こしてもいい頃ではあるまいか。デンマーク、スウェーデン、オランダ、ロシアの各代表が予算を使い果たすのを待っていたというなら、その時は来たというべきだろう。実際、彼らの態度を見る限り、ドネラン少佐の「一〇〇セント」を前に、戦場からの撤退を決めた模様だった。

「一平方マイルにつき一〇〇セントですよ！」と競売人が二度繰り返した。

「一〇〇セント！……一〇〇セント！……一〇〇セントだよ！」と叫び手のフリントが半開きにした拳をメガホン代わりに繰り返した。

「これより上は？」とアンドルー・R・グリモアは言った。

「よろしゅうございますか？……これで決まりですか？……後で後悔しても遅うござんすよ……落札されてしまいますよ……」

そして、彼は、槌を振り回している腕をしなわせて、観衆を挑発的な眼差しで見渡した。ざわめきは静まり、胸を打つような沈黙が広がった。

「売り……売り……」と彼は言った。

「一二〇セント」とウィリアム・S・フォースターが、新聞の頁をめくってから、目を上げようともせず、物静かに言った。

「よし！……いいぞ！……いいぞ！」と最高の配当率でアメリカ合衆国に賭けた連中が叫んだ。

さすがのドネラン少佐も立ち上がっていた。彼の長い首は、両方の肩がなす角で機械的に軸回転し、唇はくちばしのように尖っていた。彼は、米国企業の不感無覚の代理人をにらみつけたが、なんの反応も——目が合うといった程度の反応すら——引き出せなかった。このウィリアム・S・フォースターとかいう野郎は、微動だにしなかった。

「一四〇」とドネラン少佐は言った。

「一六〇」とフォースター。

「一八〇」と少佐は叫んだ。

「一九〇」とフォースターは呟いた。

「一九五セント！」と大英帝国の代表はわめいた。

こう言いながら、彼は腕を組み、さながら連邦三八州に挑戦を叩きつけたかのようであった。

蟻の走る音、ヒラウオが泳ぐ音、チョウが飛ぶ音、ミミズが這う音、菌が蠢く音まで聞こえてきそうだった。その場にいた全員の鼓動が早まった。全員の生命がドネラン少佐の口にぶら下がっていた。いつもはあれほどよく動く彼の頭が今はピクリともしなかった。ディーン・トゥードリンクはといえば、彼は頭皮をむしり取らんばかりに後頭部を掻いていた。

アンドルー・R・グリモアは、しばし間を置き、それは、「何世紀も続くかのように長く」感じられた。鱈の委託販売人は新聞を読み続け、なにやら数字を鉛筆で書きつけていたが、それは今回の件とはなんの関係もないに決まっていた。彼もまた、予算の限界に達したのだろうか。最後にもう一度競り値を付けるのを断念したのだろうか。一平方マイル当たり一九五セント、すなわち、不動産全体では七九万三〇〇〇ドル以上という金額は、ばかばかしさの極致に達していると思ったのだろうか。

「一九五セント！」と競売人が言った。「落札にしますよ……」

そして、槌が机に振り下ろされようとした。

「一九五セントだよ！」と叫び手が繰り返した。

「落札だ！……落札にしろ！」

こう急かしたのは、何人かのせっかちな見物人で、アンドルー・R・グリモアがぐずぐずしているのを非難するかのようだった。

「売り……売り……」と彼は叫んだ。

そして、すべての視線は「北極実用化協会（ノース・ポラー・プラクティカル・アソシエーション）」の代理人に向けられていた。

するとどうだ！　この驚くべき男は、鼻をかんでいるところであった。長々と、格子模様の太いスカーフで荒々しく鼻窩の開口部を押し潰して。

しかし、J＝T・マストンの視線は彼に突き刺さっており、エヴァンジェリーナ・スコービット夫人も同じ方向に目を向けていた。二人の血の気が引いた顔を見れば、彼らが押さえつけようとしている動揺の激しさがわかったことだろう。ウィリアム・S・フォースターは、どうしてドネラン少佐より高い競り値を付けるのをためらっているのだ？

ウィリアム・S・フォースターは再度鼻をかみ、さらにもう一度かみ、花火の爆発音そっくりな音を立てた。だが、こうして二度鼻でぶっ放す間に、彼は控え目にそっと呟いていたのだ。

「二〇〇セント！」

長く続く戦慄が会場中を走り抜けた。それから、アメリカ人の歓呼の叫びが窓ガラスをぶるぶる震わせるほど響き渡った。

ドネラン少佐は打ちのめされ、叩き潰され、ぺしゃんこにされて、彼と同じくらい自分を見失っているディーン・トゥードリンクの傍らにがっくりと腰を落とした。一平方マイルがこの値段なら、総額は、八一万四〇〇〇ドル〔原註／四〇七万フラン〕という莫大な金額になる。イギリスの予算がこれを凌駕できないのは明白だった。

「二〇〇セント！」とアンドルー・R・ギルモアが繰り返した。

「二〇〇セントだよ！」とフリントが吼えた。

「売り……売り」と競売人が掛け声を再開した。「もっと上はありませんか？……」

ドネラン少佐は、思わず自動的に立ち上がると、ほかの代表たちを見回した。北極地方がヨーロッパ列強の手から擦り抜けるのを阻止したい彼らにしてみれば、少佐は残された唯一の希望なのだ。だが、これが最後のあがきだった。少佐は口を開き、閉じた。そして、彼に姿形を借りたイギリスがその座席の上に崩れ落ちた。

「売った！」とアンドルー・R・ギルモアは、象牙の槌で机を叩きながら叫んだ。

「やった（ヒップ）！……やった（ヒップ）！……合衆国万歳！」と勝利したアメリカに賭けていた人々が連呼した。

一瞬のうちに、落札のニュースはボルティモアの町中に広まり、高架電線を通して連邦全土に伝わり、さらには、海底電線を通して旧世界に押し寄せた。

「北極実用化協会（ノース・ポラー・プラクティカル・アソシエーション）」が、ウィリアム・S・フォースターというダミーを用いて、北緯八四度線の内部に含まれる北極の領土を獲得したのだ。


そして、その翌日、ウィリアム・S・フォースターが真の買い手の名前を申告しに出向いた時、彼が口にしたのは、インピー・バービケインという名であり、この人物の形を取って、件の協会は、バービケイン社という社名の下にその姿を現したのである。

バービケイン社！……砲兵たちが集まるクラブの会長だ！……いやはや、なんだって砲兵がこの種の事業に首を突っ込むのか？……いずれわかるだろう。

ボルティモアのガン・クラブ会長であるインピー・バービケイン、ニコル大尉、J＝T・マストン、木の義足を付けたトム・ハンター、熱血漢のビルスビー、ブルームズベリー大佐〔原文ママ〕、そのほかの会員たちを正式に紹介する必要などあるだろうか。ないに決まっている！ これらの風変わりな人士が全世界の注目を集めたあの時から、彼らは二〇ほども年を食ってしまったとはいうものの、まったく変わっておらず、肉体的にはあの頃と同じように不完全なままだったし、往年のやかましさも大胆さも衰えることなく、いざ驚くべき冒険に乗り出すとなれば、相変わらず「ノリのいい」連中だった。時間も、この引退した砲兵たちの軍団には手出しできなかった。古い武器類の博物館を飾る廃品の大砲に対する時のように、彼らをそっとしておいたのだ。

第四章——若き読者諸君の古なじみがふたたび登場する

ガン・クラブがその創設時に一八三三名の会員（マンブル）を数え——彼らの多くは手足がなかったから、会員（マンブル）といっても、四肢（マンブル）のことではなく、頭数のことだ——、三万五七五人の通信会員がクラブとの絆に誇りを感じていたのだが、これらの数は減っていなかった。その反対だった。地球と月との間に直接連絡をつけようというあの信じがたい企て〔原註／同じ著者による『地球から月へ』と『月を回って』を参照〕のおかげで、クラブの名声は急上昇していたのである。

この記念すべき実験の反響がどれほど大きなものだったか、それは誰しも記憶しているところだが、ここで数行を費やして概要を振り返っておこう。

南北戦争が終わって数年が過ぎた頃、やることもなく退屈していたガン・クラブのメンバー数名が、怪物的規模のコロンビアード砲で月に砲弾を撃ち込んでみてはどうかと考えたのである。長さは九〇〇ピエ〔二七〇メートル〕、内腔の幅は九ピエ〔二・七メートル〕もある大砲が、フロリダ半島はシティ・ムーンの地中に粛々と鋳込まれ、四〇万ポンド〔一八万キロ〕の綿火薬を装塡された。円筒形と円錐形を組み合わせた形のアルミニウム製砲弾がこの大砲から発射され、六〇億リットルものガスの圧力を受けて夜の天体に向かって飛んで行ったのだ。本来の軌道から逸れて月を一周した後、地球に落下した砲弾は、北緯二七度七分、西経四一度三七分の地点で太平洋に呑み込まれた。連邦海軍のフリゲート艦サスケハナ号が海面から砲弾を引き揚げたのは、この海域でのことだった。その中にいた乗客たちにとっては、大助かりというところだった。

そう、乗客が中にいたのだ！　ガン・クラブのメンバー二人、会長のインピー・バービケインとニコル大尉が、無鉄砲で鳴らした一人のフランス人、ミシェル・アルダンとともに、この砲弾客車の中に乗り込んでいたのである。三人とも旅行から無事帰還した。しかし、アメリカ人二人が、一か八かの新しい冒険に乗り出そうとして相変わらず腕を撫していた一方で、ミシェル・アルダンの姿はもうアメリカにはなかった。ヨーロッパに帰った彼は、どうやら一財産作り――少なからぬ人々にとって、これは驚き以外のなにものでもなかった――、最も事情に通じた特派員の言葉を信じるなら、東籬採菊を地で行くあまり、菊の花を摘むだけでは飽き足らず、葉もむしり尽くしてしまったらしい。

こうして青天の霹靂を轟かせた後、インピー・バービケインとニコル大尉は、名声に安住し、目立った活動はしていなかった。例によってなにか派手なことがしたくてうずうずしており、ほかになにかこの種の計画はないものかと夢見ていた。金ならあった。前回の企画のために新旧両世界で一般から集めた五五〇万ドルのうち、二〇万ドル近くがまだ残っていたのである。その上、檻に入れた珍獣のように、アルミニウム製砲弾に入って自ら見世物となり、アメリカ全土を巡回するだけで、彼らは多額の利益を上げ、飽くなき人間の野心といえどもこれ以上は望めないくらいの、栄光を掻き集めたのであった。

つまり、インピー・バービケインとニコル大尉は、退屈に苛まれさえしなければ、安穏と暮らすこともできたのだ。彼らが北極の用地を買収したのも、無為から抜け出すために違いなかった。

しかしながら、忘れてはならないのは、八〇万ドルとちょっとという値段でこの土地を取得できたのも、エヴァンジェリーナ・スコービット夫人が不足分を出資したからだ。この気前のいい婦人のおかげで、アメリカはヨーロッパに勝利したのだった。

この気前のよさには、以下のようないわれがあったのである。

帰還してからというもの、バービケイン会長とニコル大尉が比類ない名声を得ていたのはもちろんだが、その分け前にたっぷりとあずかっていた人物はほかにもいた。言うまでもなく、ガン・クラブの血気さかんなる書記、J＝T・マストンのことである。既に記した壮大な実験を実行に移しえる数式を編み出したのは、この有能な計算屋だったではないか。彼が二人の同僚と一緒に地球外旅行に出発しなかったのは、砲弾の名にかけても、おじけづいたからではなかった！　ただ、戦争につきものの事故が原因で、この尊敬すべき砲兵には右腕がなく、頭蓋骨はグッタ・ペルカ製だったのだ。まったく、こんな姿を月世界の住人に見られたら、地球人がどんな悪い印象を持たれるか、知れたものではない。所詮、地球にとっては影の薄い衛星でしかない月ごときに。

　という次第で、J＝T・マストンは、涙を呑んで、出発を諦めねばならなかった。とはいっても、なにもせずにいたわけではない。ロッキー山脈の最高峰の一つであるロングズ・ピークの頂に巨大な天体望遠鏡が建造されると、彼は自らそこに赴いた。そして、天空に壮麗な軌跡を描いている砲弾の姿が確認されるや、彼は観察場所を離れようとはしなかった。そこで、巨大な望遠鏡の接眼レンズを前にして、宇宙を横切ってまっしぐらに飛翔する乗り物に乗った友人たちを追いかけることに専念したのである。

　人々は、大胆な旅行者たちがもはや地球には戻れなくなったものと信じざるをえなかった。実際、月の引力に捕捉されて新しい軌道に乗った砲弾が、孫衛星となって月の周囲を永遠に回り続けなければならなくなるというのが、懸念されたシナリオではなかったか。ところがどうして、そうはならなかった！　天佑とも言えそうな偏向が生じて、砲弾の軌道が変わったのである。月に到達する代わりにその周囲を回った後、次第に加速しながら落下し、われらが回転楕円体に戻ってきたのだ。砲弾が海の底に沈んだ時、その速度は、時速五万七六〇〇リュー〔二三万四〇〇キロメートル〕にも達していた。

　幸いなことに、太平洋という巨大な水塊が落下の衝撃を和らげた。ちょうどその場にアメリカのフリゲート艦サスケハナ号が居合わせた。この知らせはただちにJ＝T・マストンに伝えられた。ガン・クラブの書記は、救助活動を展開しようとロングズ・ピークの天文台から大急ぎで戻ってきた。砲弾が沈んだ海域で捜索が進められ、献身的なJ＝T・マストンは、友人たちを見つけ出すためには潜水服の着用も厭わなかった。

　実際には、それほどの手間をかけるまでもなかったのだ。アルミニウム製砲弾の排水量は、それ自身の重さを超えていたため、太平洋に威勢よく飛び込んだ後、ふたたび海面に浮き上がっていたのである。バービケイン会長、ニコル大尉、ミシェル・アルダンが洋上で発見されたのは、このような状況下でのことだった。彼らは、浮かぶ牢獄の中で、ドミノに興じていた。

ここで話をJ＝T・マストンに戻すと、この驚異的な冒険で彼が果たした役割のおかげで、彼には箔がついたと言わなければならない。

なるほど、J＝T・マストンは、人造頭蓋骨と右の前腕にすげられた鉄の鉤手のせいで、見栄えはよくなかった。若くもなかった。この物語が始まった時点で五八歳の杉の戸を通り越していた。だが、一風変わったその人柄、その才気煥発、その瞳を燃え立たせる炎、あらゆる事柄に対するその熱意のために、エヴァンジェリーナ・スコービット夫人の目には、理想のタイプと映ったのだった。そして、グッタ・ペルカ製の頭蓋冠の下に入念に収納された頭脳は無傷のままで、彼は依然として、正当にも当代の最も傑出した計算家の一人として通っていた。

さて、エヴァンジェリーナ・スコービット夫人は――ちょっとした計算でもすぐ頭が痛くなるにもかかわらず――、数学には特に思い入れはなかったものの、数学者一般には思し召しがあったのである。彼女は、数学者のことを、衆に秀でた特別な種族のように思っていた。なぜって、考えてもみたまえ！　袋の中の胡桃のように、未知数 x がその中をごろごろと転がっている頭、代数の記号と戯れる頭脳、曲芸師がコップや壜を扱うように、三重積分で軽業をやってのける手、以下のような数式を見て、なんらかの意味が読みとれる知性。

$$\iiint \varphi(x,y,z)\,dx\,dy\,dz$$

そうだ！　夫人にとって、これらの学者たちは、あらゆる賞賛に値するとともに、質量に比例し、距離の自乗に反比例する引力の作用を女性が感じて然るべき相手であるように思われた。そして、まさに、J＝T・マストンは、抗しがたい引力を彼女に及ぼすだけの堂々たる体軀の持ち主だったのだ。距離の方はといえば、万が一にも二人が互いのものとなる日が来れば、それは完全にゼロになるはずであった。

実を言うと、これほど密接な関係に幸福を求めようと思ったことなど一度としてないガン・クラブの書記にしてみれば、不安を覚えずにはいられない事態だった。おまけに、エヴァンジェリーナ・スコービット夫人にとって、もはや青春時代は――それどころか、第二の青春さえ――過去のものであった。年齢は四五歳、髪はこめかみに張りついており、何度も染め直した布切れのようだった。口には、あ

エヴァンジェリーナ・スコービット夫人

まりにも長い歯が一本も欠けずに麗々しく揃っていて、体つきにはめりはりがなく、物腰には品がない。要するに、オールドミスそのものの外見だったが、彼女は結婚していたことがあるのだ――確かに、ほんの数年間のことではあったが。しかし、素晴らしい女性であった。J＝T・マストン夫人としてボルティモアのサロンに自らの来訪を告げさせること、それさえ叶っていたならば、彼女がこの地上で味わう幸福に欠けるところはなかったであろうに。

この未亡人の財産たるや、莫大なものであった。とはいっても、グールド家、マッカイ家、ヴァンダービルト家、ゴードン・ベネット家のように、資産額が一〇億ドルを超えていて、ロスチャイルドにさえ施しができるほど金持ちだったわけではない！　モーゼス・カーパー夫人のように三億ドルも持っていたわけでもなければ、スチュワート夫人のように二億ドル持っていたわけでもないし、クロッカー夫人のように八〇〇〇万ドル持っていたわけでもなく――三人とも寡婦であることを銘記！――ハマースリー夫人、ヘリー・グリーン夫人、マフィット夫人、マーシャル夫人、パラ・スティーヴンス夫人、ミンタリー夫人そのほかに匹敵していたわけでもない！　それでも、ニューヨークのフィフス・アヴェニュー・ホテルで催され、五百万長者しか招待されなかった、あの記念すべき宴会に出席する資格くらいはあったのではないかと思われるだろう。実際には、彼女の自由にできる資産は、四〇〇万ドル強、すなわち、二〇〇〇万フランだった。服飾品と塩漬け豚という二つの商売で富を築いたジョン・P・スコービットから相続した財産である。なんと、気前のいい未亡人は、この財産をJ＝T・マストンのために使えるなら幸せだ、と言うのだ！　なにしろ、彼には、愛情という、さらに尽きせぬ宝を贈るつもりなのである。

その前にひとまず、J＝T・マストンの頼みで、エヴァンジェリーナ・スコービット夫人は、なにに使われるのか知らないにもかかわらず、「北極実用化協会（ノース・ポラー・プラクティカル・アッソシエーション）」の事業に数十万ドルを提供することに喜んで同意した。もっとも、彼女には、J＝T・マストンが関係している以上、壮大にして崇高、超人的な事業に決まっているという確信があったのは事実である。ガン・クラブの書記の来し方がその行く末を請け合っていた。

落札の後、真の買い手が申告され、バービケイン社という法人名で設立された新会社の理事をガン・クラブ会長が務めると判明した段階で、全幅の信頼を寄せるべきかどうかなど、そんなことは訊くだけ野暮というものである。J＝T・マストンが共同経営者の一人である以上、彼女は、自分が筆頭株主であることを慶賀すべきではなかろうか。

こうして、エヴァンジェリーナ・スコービット夫人は、北緯八四度線に囲まれた地域の――そのかなりの部分について――所有権者となった。大変結構！　しかし、彼女にそれをどうしろというのか。というより、会社は、この到達できない土地から、どのようにしてなんらかの利益を引き出すつもりなのだろうか。

この疑問は、依然として残されたままだった。そして、それに対するエヴァンジェリーナ・スコービット夫人の切実な関心が経済的観点に立脚していたとすれば、全世界の人々が示した関心は、興味本位のものだった。

この素晴らしい女性は、事業推進者に資金を渡す前に――ごくさりげなくではあったが――この点に関してJ＝T・マストンに探りを入れていた。しかし、J＝T・マストンは、あくまでも慎重に口をつぐんだままだった。エヴァンジェリーナ・スコービット夫人は、早晩、いかなる「どんでん返し」が用意されているか、知ることになるだろう。だが、新会社が自らの目的を世界に伝え、それを聞いた世界がびっくり仰天する時が来るまでの間、ご辛抱願いたい！……

疑いなく、J＝T・マストンの考えでは、それは、ジャン・ジャック〔ルソー〕が言ったところの「過去に先例がなく、将来にわたって誰にも真似できない*」事業、ガン・クラブの会員たちがかつて地球の衛星と直接的な通信を樹立しようとして企てた計画など、それに比べれば児戯にも等しいような事業なのである。

彼女がなおも食い下がると、J＝T・マストンは、鉤の手を閉ざしかけた唇に当てて、こう言うばかりだった。

「親愛なるスコービット夫人、ご信頼いただいて大丈夫ですから！」

エヴァンジェリーナ・スコービット夫人が「前から」信頼していたとすれば、その「後で」、血気さかんな書記の口から、アメリカ合衆国の勝利とヨーロッパの敗北は彼女のおかげだと聞かされた時に味わった喜びは、いかばかり大きかったことか。

「でもこれでようやく、教えていただくわけにはまいりませんの？……」と彼女は、卓越した計算家に微笑みかけながら尋ねた。

「まもなくわかります！」とJ＝T・マストンは答えると、共同出資者の手を――アメリカの流儀に従って――力強く揺さぶった。

この揺さぶりは、エヴァンジェリーナ・スコービット夫人の焦燥をただちに静める作用を発揮した。

その何日か後、新旧両世界は――そのさらに後に控えていた衝撃とは別に――負けず劣らず激しく揺さぶられるこ

J＝T・マストン

とになった。「北極実用化協会（ノース・ポラー・プラクティカル・アソシエーション）」が、その実現に向けて一般からの出資を募るべく、まったくもって常軌を逸した計画を発表したのである。

　事実、協会が北極圏地方を獲得したのは、採掘が目的だった……北極の炭鉱の！

第五章　そもそも、北極点付近に炭鉱が存在する見込みはあるのか

いささかなりと健全な思考能力に恵まれた者の念頭に浮かんだ最初の疑問は、以上のようなものだった。

「北極周辺に炭鉱があるという、その根拠はなんなのだ？」

と言う者がいた。

「なぜあってはいけない？」と応じる者もいた。

周知のように、石炭層は、地球表面の無数の地点に分布しており、ヨーロッパには豊かな産出地がいくつも存在する。南北両アメリカ大陸についていえば、その埋蔵量は莫大であって、おそらく、合衆国は、世界で最も石炭の豊富な国ではないかと思われる。アフリカ、アジア、オセアニアも、炭鉱には事欠かない。

地球各地の探検が進むにつれて、地質学上のあらゆる時代に属する地層から炭鉱が発見されている。最古の地層からは無煙炭が、石炭紀の地層の上部からは瀝青炭が、中生代の地層からは亜瀝青炭が、第三紀の地層からは褐炭が採掘される。鉱物性燃料は、今後何百年と枯渇することはないだろう。

とはいうものの、石炭の採掘量は、イギリス一国だけで年間一億六〇〇〇万トンにも達し、世界全体では、四億トンにもなる。ところで、拡大する一方の産業上の需要に伴って、この消費量が増加の一途を辿るのは確実と思われる。動力として電気が蒸気に取って代わるにせよ、それを生み出すためには、依然として同量の石炭が消費されるだろう。産業の胃袋は、もっぱら石炭から栄養を摂る。ほかのものは受けつけない。産業とは、「石炭食」動物なのだ。しっかり餌をやる必要がある。

さらに、石炭は、燃料であるだけではなく、現代科学によって、実に多様な用途のために、最も多くの種類の製品および二次製品に作り変えられている地下資源でもある。実験室の坩堝の中で変成を遂げた石炭を使って、染めることも、甘くすることも、香りをつけることも、気化することも、濾過することも、暖を取ることも、照明することも、ダイアモンドにして飾ることもできる。有益さの点で鉄に劣らない。いや、優ってさえいる。

まことに幸いなことに、鉄の方は枯渇の心配がない。地球の構成物質そのものだからである。

実際、地球は、多かれ少なかれ浸炭作用を受けた鉄が燃焼して液状になった塊と見なされるべきであり、液化した珪酸塩が一種のスラグのようにその周りを覆い、さらにその上に硬い岩石と水が載っている。ほかの金属は、水や石と同様に、われらが回転楕円体の組成のごくわずかな部分を占めるにすぎない。

だが、鉄は諸世紀の終わりまで安心して消費できるとしても、石炭の方はそうはいかない。それにはほど遠い。たとえ数百年先のことではあっても、将来を気にかけてこそ、目先がきくというもので、炭田を探すためなら、先見の明のある自然がそれを地質時代に用意しておいてくれた場所には、どこであれ、赴くべきなのだ。

「上等じゃないか！」と反対者たちは応じた。

それに、反対のための反対を事とする連中は別にしても、妬みや憎しみからけちをつけたがる輩は、合衆国に限らず、どこにでもいる。

「上等じゃないか！」と反対者たちは言った。「だが、北極に石炭があるという、その根拠はなんなのだ？」

「根拠はなにかって？」とバービケイン会長の支持者は答えた。「かなりありそうな話として、ブランデ氏*の理論によれば、地球創成期の太陽は今よりも大きかったため、赤道直下と両極の間の温度差があまりなかったからだ。人類が出現するはるか以前、われわれの惑星全体が一年を通して高温多湿の気候の下にあったその頃には、広大な森林が北の地域を覆っていたのだ」

そして、これこそ、新聞や雑誌が、協会への帰依を示すおびただしい数の記事を通して、手を変え品を変え、時に冗談めかし、時に科学的な装いを凝らして、証明しようとしたことであった。まだ土台が固まっていなかった頃の地球は、激しい痙攣に揺るがされていた。その時代に地中深く埋没した森林は、歳月、水、そして内部の熱の作用を受けて、間違いなく石炭に変わったことだろう。北極地方には炭鉱がふんだんに存在し、後は坑夫の振るう鶴嘴さえあれば、いつでも採掘できる状態になっているというこの仮説は、大いに首肯できる。

それを支持する事実もあった——否定しがたい事実が。単なる蓋然性に寄りかかることを潔しとしない実証的精神の持ち主にも疑いをさしはさむことができず、北極地方の地表で各種の石炭を探す試みを正当化する事実だった。

そして、数日後、トゥー・フレンズという酒場の一番暗い隅でドネラン少佐とその秘書が話し合っていたのは、まさにその点についてだった。

ドネラン少佐とその秘書のディーン・トゥードリンク

「まったく！」とディーン・トゥードリンクが言った。「あのバービケイン――そのうちベリー*に首をくくられてしまえばいい――の言ったことは本当なんですかね？」

「ありえんことじゃない」とドネラン少佐は答えた。「それどころか、確かだと言ってもいい」

「でも、そうなると、北極を開発すれば、大儲けできるじゃないですか！」

「間違いなくな！」と少佐は答えた。「北アメリカには鉱物燃料の大規模な鉱脈があるし、次々と新しい鉱脈が発見されてもいる。ということは、トゥードリンク君、未発見の鉱脈がまだ相当眠っておると見て間違いないだろうな。ところで、北極地方の陸地は、このアメリカ大陸のおまけみたいなものらしい。組成と地勢が同じなのだ。特に、グリーンランドは、新世界の延長になっていて、グリーンランドがアメリカにくっついているのは、ちょうど……」

「馬の頭がその胴体にくっついているようなもんですね。形も馬の頭みたいですし」とドネラン少佐の秘書が指摘した。

「さらに言うと」と少佐は続けた。「ノルデンショルド教授がグリーンランドを探検した時、彼は、砂岩と片岩が褐炭をはさみ込んでいる地層構成を認めた。そして、そこには大量の植物の化石が含まれていた。ディスコ地方だけでも、七一もの炭鉱がデンマーク人ステーンストロップ*によって発見されており、そのいずれにも植物の痕跡が大量に残っていたのだ。地軸の周辺地帯にかつて驚異的な密度で繁茂していた植物の名残であるのは、異論の余地がない」

「しかし、もっと上に行くと？……」とディーン・トゥードリンクは尋ねた。

「もっと上、と言うか、もっと北に行けば」と少佐は答えた。「石炭の存在は、端的に目に見えるものとなるのだ。屈みさえすれば、拾えるという話だ。つまり、もしそんな具合に北極地域の地表に石炭が広がっているとすれば、十中八、九、炭鉱は地殻の奥底まで続いていると結論していいんじゃないか」

　ドネラン少佐の言う通りだった。北極の地質学的組成という問題に精通していたため、こんな状況に置かれた今、イギリスのほかの誰よりも地団太踏みたい心境だった。そして、酒場の常連客が聞き耳を立てていることに気がつかなかったら、もっと論じ続けていたかもしれない。そういうわけで、トゥードリンクによる以下の指摘を最後に、彼とドネラン少佐は、これ以上は喋らない方が無難だと判断した。

「一つ、びっくりしたことはありませんか、ドネラン少佐」

「なんのことかね？」

「北極とその炭鉱の話なんですから、当然、技師か、せめて船乗りが出てくるかと思いきや、砲兵が陣頭指揮を取るっていうんですから」

「まったくだ」と少佐は答えた。「実に驚きに値する！」

　そうこうしている間にも、毎朝のように、新聞は、この炭鉱の実在説を擁護しようと、繰り返し協会の主張に加勢していた……

「炭鉱だと？　どの炭鉱のことだ？」と、「北極実用化協会（ノース・ポラー・プラクティカル・アソシエーション）」の議論に難癖をつけてばかりいたイギリス通商貿易界の上層部の意向を受けて書かれた過激な記事の数々を通して、〈ペル・メル・ガゼット〉紙が問いかけた。

「どの炭鉱のことかって？」と、バービケイン会長を断固として支持するチャールストンの〈デイリー・ニューズ〉紙の記者たちが応じた。「第一に、ネアーズ船長が一八七五年から翌年にかけて北緯八二度の限界線上で発見した炭鉱だ。この時には、ポプラ、ブナ、ガマズミ、ハシバミ、そして針葉樹の類が栄えていた中新世の植物相の存在を示す地層も同時に見つかっている」

「それから、一八八一年から一八八四年にかけて」と〈ニューヨーク・ウィットネス〉紙の科学欄担当者が補足した。「グリーリー中尉がレディ・フランクリン湾を探検した際に、われらの同胞たちによって、コンガー要塞のすぐ近くのウォーターコース・クリークで石炭層が発見されているではないか。さらに、パヴィ博士は、北極地方は石炭の貯蔵庫に事欠かないと正当にも主張できたではないか。博士に言わせれば、それは、いつの日か人間がこの荒涼とした地域の寒さと戦う時に役立つよう、先見の明のある自然が用意してくれたとしか思えないのだ」

　アメリカの大胆な冒険家たちの威光の下に、これほどのっぴきならない事実を引き合いに出されてしまっては、当然のことながら、バービケイン会長の敵も反論のしようがなかった。こうして、「いかでか炭鉱ありと申しべけん」派は、「いかでかあらざらんと申しべけん」派の前に尻尾を巻きはじめた。そうだ！　石炭はある――それも、おそらくは、相当な量だろう。北極圏の土地は、貴重な燃料を秘匿している。ほかでもない、かつて植物が繁茂していたこの地方の奥底に、それは埋まっているのだ。

　しかし、北極の真只中に炭鉱が存在するのかという問題に関しては、もはやその実在に疑いの余地はなくなり、足場を失った揚げ足取りの連中は、別の角度から問題を再検討することで反撃に打って出た。

「よかろう！」と、ある日のこと、ドネラン少佐は、ガン・クラブの一室で、自分から吹っかけた口論の最中、バービケイン会長に直接食ってかかった。「よかろう！　そのことは認めよう。断言したっていい。おたくの協会が獲得した土地には炭鉱がある。じゃあ、行って採掘すればいい！……」

「そのつもりです」とインピー・バービケインは落ち着き払って答えた。

「まだ探検家が誰一人として越えたことのない北緯八四度を越えてみるがいい！」

「越えてみせましょう」

「北極点まで到達してみせるがいい！」

「到達してみせましょう」

　ガン・クラブの会長がこれほど平然かつ堂々と返答するのを聞き、かくも声高にきっぱりと自説を表明するさまを目のあたりにして、最も頑強な敵対者たちも、困惑を口にしはじめた。目の前の相手が往年の長所をなに一つ失っていないことがわかったからだ。泰然として沈着であり、決して手を抜かず、余計なことには一切、気を取られない。クロノメーターそこのけに正確で、好んで危ない橋を渡るが、どんなに向こう見ずな企てにも必ず実際的な発想を持ち込む男なのである……

　ドネラン少佐が怒りに任せて相手を絞め殺してやりたいという欲求に駆られていたことは、立派な紳士でありながら頭に血がのぼりやすいこの人物と近づきになった人々が請け合っているので、信じてよい。どっこい、バービケイン会長は、精神的にも、肉体的にもタフな男であった。ナポレオンの比喩を借りれば、「喫水が深く」*、多少の波風はものともしない。彼の敵、ライヴァル、そして彼をやっかむ者たちは、そのことを、知りすぎるくらい知っていた！

　とはいうものの、口の悪い人間が憎まれ口を叩くのはいかんともしがたい。人々は、協会に対する憤懣をこの方法でぶちまけた。ありとあらゆるばかげた計画がことごとくガン・クラブ会長の計画ということにされた。諷刺画もそれに一枚嚙んだ。特に激しかったのはヨーロッパ、その中でもとりわけ、ドルがポンドを打ち負かした戦いで嘗めた苦杯の味がどうにも忘れられずにいたイギリスだった。

　ああ！　あの北米人（ヤンキー）は、北極点に到達してみせると言うのだな！　ああ！　奴は、今まで人類が誰一人として足を踏み入れたことのない場所に足を踏み入れてみせると言うのだな！　ああ！　奴は、地球のほかの場所は自転運動に巻き込まれているのに、そこだけは永遠に停止している唯一の点に、星条旗を立ててみせると言うのだな！

　こうなると、諷刺画家のやりたい放題だった。

　ヨーロッパの大都市の主要な書店や新聞売り場のショーウィンドーはもちろん、合衆国の大都市においても――これぞ自由の国の面目躍如――、北極に到達するための突拍

ガン・クラブの会長

子もない手段を捜し求めるバービケイン会長の姿を描いたクロッキーやデッサンが登場した。

こちらでは、ガン・クラブの全会員の手を借りて、大胆なアメリカ人は鶴嘴を振るい、大氷原の南端から北緯九〇度まで、海面下に沈んだ氷塊を通って、地軸の根元に達する海底トンネルを穿とうとしていた。

あちらでは、インピー・バービケインは、J＝T・マストン——本物そっくりだ——とニコル大尉を連れて、気球で念願の地点に降り立っていた。身の毛もよだつ冒険の過程で数々の辛酸を嘗めた挙句の果てに、彼らがそこで手にしたのは……石炭のかけら半ポンド〔二二五グラム〕であった。これが、北極圏地方に存在するという、かの有名な炭鉱の全埋蔵量だった。

イギリスの雑誌〈パンチ〉誌のある号では、J＝T・マストンがクロッキーの餌食とされた。彼もまた、会長同様、諷刺画家の格好の標的となっていたのである。北磁極の牽引力に捕らえられたガン・クラブの書記は、鉄の鉤手を地面に釘付けにされ、身動きがとれなくなっていた。

ここで一言だけ言及しておくと、名高い計算屋は、自分の身体的特徴を攻撃するこの冗談を冗談として笑い飛ばすには、あまりにもカッカとなりやすい性分だった。彼は激昂し、その正当な憤怒にエヴァンジェリーナ・スコービット夫人が一も二もなく同調したのは、想像に難くない。

ブリュッセルの〈ランテルヌ・マジック（幻燈）〉誌に発表された別のスケッチの中では、インピー・バービケインと協会理事会の面々が、あたかも不燃性の火トカゲのごとく、燃え盛る炎のただなかで作業をしていた。太古以来の氷海を溶かそうとした彼らは、その表面に、アルコールの海をまるごと一つ広げた上で、それに火をつける——北極海海盆を巨大なパンチボウルと化す——ことを思いついたのではなかろうか。そして、〈パンチ〉にかけた洒落のつもりで〔原註／「パンチ」は英語で人形劇の道化役を意味する〕、このベルギー人諷刺画家は、無礼千万にも、ガン・クラブ会長を滑稽な道化役の人形として描いてはいなかったか。

だが、こうした諷刺画の中で、最も好評を博したのは、フランスの諷刺新聞〈シャリヴァリ〉に掲載されたストップ*の作品だった。家具調度を備え、壁に詰め物をした鯨の胃袋に居心地よく納まったインピー・バービケインとJ＝T・マストンは、つつがなく旅が終わるまでの間、テーブルについてチェスをしていた。新しきヨナたる会長と書記は、躊躇なく巨大な海生哺乳類に呑み込まれ、この新機軸の移動手段を使って、氷原の下をくぐり抜け、到達不可能な地球の極にたどり着くつもりなのだ。

実を言えば、新協会の冷静な会長は、ペンと鉛筆の勝手

contenant des articles signés, non pas par « celui qui connaît les faits », mais souvent par « celui qui ne les connaît pas ».

Pour réussir comme journaliste, il ne s'agit pas d'être homme de lettres et de savoir faire l'article de fond à la John Lemoinne, à la Henri Fouquier : il faut intéresser et amuser le lecteur coûte que coûte.

Les comptes rendus de cour d'assises et de police correctionnelle éclipsent les romans de Gaboriau et de M. de Boisgobey. Moi qui ne lis jamais les comptes rendus de tribunaux dans les journaux anglais, je me suis plus d'une fois surpris, en Amérique, enchaîné au récit d'un meurtre, suivant les débats de l'affaire, incapable d'en perdre un mot. Tour à tour ému, frappé d'horreur, j'allais jusqu'au bout ; puis, me passant la main sur le front, je me disais : « Que tu es bête, cela n'est pas arrivé ! »

Le journaliste américain doit être piquant, pimpant, brillant. Il faut qu'il sache non pas *rapporter*, mais *raconter* un incendie, un accident, un procès, et au besoin tirer parti de l'incident le plus insignifiant et en faire une ou deux colonnes intéressantes, *readable*, comme disent les Anglais avec raison. Il faut aussi qu'il ait constamment l'œil ouvert, l'oreille au guet et le nez au vent, car, avant tout et surtout, il faut qu'il arrive premier dans cette course à la nouvelle ; s'il lui arrive de se laisser devancer par un confrère, il est flambé.

Mais, allez-vous vous écrier, que voulez-vous que le malheureux puisse faire quand il n'y a pas de nouvelles ? Que faire ? Eh bien, et l'imagination, cela ne compte-t-il donc pour rien ? Voici comment un journaliste américain devint célèbre ; on est encore fier à Chicago de raconter la chose.

Un journaliste se promenait un soir dans un des quartiers retirés de la ville, — à la recherche de quelle aventure, l'histoire ne le dit point. Tout à coup, une forme humaine, couchée immobile sur le trottoir, attire les regards de notre héros. Le journaliste s'approche, se baisse : c'est un cadavre qu'il a devant lui. La première idée qui lui passe par la tête est d'aller immédiatement prévenir le commissaire de police.

La seconde idée est pratique, et il l'adopte. La voici. Son journal paraît le soir à deux heures. Or, s'il court à l'instant chez le commissaire de police, l'affaire va s'ébruiter et fournir à la gent *reporter* une ou deux colonnes pour les journaux du lendemain matin. C'est une trouvaille qu'un cadavre, et quand on en fait une pareille on la garde pour soi. Que faire ? C'est bien simple. Notre journaliste traîne le cadavre dans une masure inoccupée et le cache soigneusement. A onze heures, le lendemain matin, il le découvre par hasard, va au plus vite faire sa déclaration au commissaire de police, et court au journal muni des deux colonnes préparées la veille. A deux heures, le journal fait crier par la ville : « Assassinat mystérieux à Chicago, découverte de la victime par un des rédacteurs ! »

Les journaux du matin étaient refaits, et les confrères du soir étaient enfoncés.

Les crimes, les divorces, les enlèvements, les mésalliances, les potins de toutes sortes fournissent aux journaux les trois quarts de la matière. Une affaire mystérieuse fait la fortune d'un journal. Voici, comme exemple, une jolie histoire de mésalliance.

Pendant des semaines entières, les journaux américains s'occupèrent d'une jeune fille, appartenant à la haute société de Washington, qui, paraît-il, s'était fiancée à un Indien, nommé Chaska, un Indien de la plus belle eau, de la tribu des Sioux. Descriptions du farouche sauvage, des fêtes qui allaient se célébrer en son honneur au camp du grand chef, Oiseau Rapide, des ornements magnifiques dont allaient s'orner les membres de la tribu, rien n'y manquait. Désespoir d'une famille, menaces d'un père indigné, larmes d'une mère éplorée, rien, paraît-il toujours, ne touchait le cœur de la belle aventurière, excepté les yeux perçants de Chaska.

Enfin le mariage a lieu, non seulement au grand jour mais à l'église. Ce n'est pas Oiseau Rapide qui bénit les jeunes époux, c'est le ministre de la paroisse. Le roman fait place à la vérité, et, sans se déconcerter le moins du monde, les journaux annoncent, en quelques lignes seulement cette fois, que la demoiselle vient d'épouser un employé au bureau des « Affaires indiennes ».

(*Le Petit Journal.*)

MAX O'RELL.

こうした諷刺画の中で、最も好評を博したのは……

し放題をほとんど気にかけていなかった。なんと言われようと、どのように歌に歌われ、茶化され、戯画化されようと、放っておいた。おのれの仕事に邁進あるのみだった。

事実、連邦政府から払い下げを受けた北極地方を自由に開発できるようになった協会は、理事会で下された決定に基づき、総額一五〇〇万ドルの資金を調達すべく、一般からの出資を募ったところであった。一株一〇〇ドル、全額一括払い方式だった。ところがなんの！　バービケイン社に対して人々の寄せる信頼は極めて篤く、購入申し込みが殺到したのだ。ただし、購入者たちのほぼ全員が合衆国三八州の住民だったということは、言っておかなければならない。

「結構なことじゃないか！」と「北極実用化協会（ノース・ポラー・プラクティカル・アソシエーション）」の支持者は叫んだ。「事業は、それだけますますアメリカ的なものとなるのだから！」

手短に言えば、バービケイン社の「暖簾」は実にしっかりした仕立てだったので、その事業における約束は実現されるものと投資家たちは信じて疑わず、北極における炭鉱の存在とその開発可能性をさも当たり前のことのように認めたため、新会社の資本金の公募に対して、三倍もの申し込みがあった。

というわけで、そのうちの三分の二を断らなければならず、一二月一六日には、一五〇〇万ドルの手持ち現金によって会社の資本が最終的に構成された。

それは、ガン・クラブが地球から月へ砲弾を発射する大実験を行った際に寄せられた醵金の、およそ三倍に当たっていた。

第六章　スコービット夫人とJ＝T・マストンの通話が中断される

バービケイン会長は、自分が目標に到達すると断言しただけではなかった――そして、自由にできる資本を手にした今、いかなる障害にも阻まれることなく、目標に到達できるのだ――仮に成功を確信していなかったとすれば、広く一般からの出資を募るなどという大胆な真似は決してしなかっただろう。

恐れを知らない人類の英知が、遂に北極点を征服しようとしているのだ。

確かなことは、あれほど多くの人々が失敗した企てに成功するための手段が、バービケイン会長とその理事会にはある、ということだ。フランクリンにも、ケインにも、デ・ロングにも、ネアーズにも、グリーリーにも果たせなかったことを、彼らならやってのけるだろう。北緯八四度線を越え、先の競売で獲得した地球の広大な一画を領有し、合衆国に併合された三九番目の州を示す三九番目の星をアメリカ国旗に付け加えるだろう。

「なにをふざけたことを！」とヨーロッパの代表たちおよび旧世界における彼らの支持者たちはなおも繰り返していた。

しかし、これ以上に現実的な話もなかったのであり、北極征服のための実際的で、論理的で、反論の余地のないその方法――あまりにも単純すぎて、子供じみているとさえ言える方法――を、ガン・クラブの会員たちに提案したのは、J＝T・マストンであった。さまざまなアイデアが四六時中ぐつぐつと煮えたぎっているその頭脳から、この地理学上の一大事業の計画と、それを成功に導く方法が飛び出したのだった。

何度繰り返してもしすぎることはないが、ガン・クラブの書記は、卓越した計算家だった――「有能な（エメリット）」という語に、俗人が誤って与えているこの意味とはまさしく対蹠的な意味*がなかったら、この言葉を使用していたところだ。彼にとって、数理科学の最高度に込み入った難問を解くのは、児戯に等しかった。大きさの学問である代数の難問であろうと、数の学問である算術の難問であろうと、鼻歌まじりに片づけた。量や大きさを表すアルファベットの文字であれ、量と量の間に成立させられる関係およびそれらの量に加えられた操作を示す、対になった線分や交差した線分であれ、代数の表記体系を形作る象徴や符合を操る彼の姿は、見ものだった。

　ああ！　この言語で用いられる、係数、指数、根号、添数そのほかの数字の配置！　彼のペンの下で、というよりも、彼は黒板で仕事をするのが好きだったので、その鉤の手の先端でちょこまか動く白墨のかけらの下で、こうした記号たちがなんとめまぐるしく旋回したことだろう！　そして、この一〇平方メートルのスペース――それだけの広さが、J＝T・マストンには必要だった――の上に、代数屋気質の赴くまま、自らの情熱をほとばしらせるのだった。彼が計算で扱うのは、ちまちました数字ではなかった。とんでもない！　現実離れした巨大な数字を、熱に浮かされたような手つきで書きなぐるのだ。彼の書く「2」や「3」は丸まっていて、折り紙の鳥みたいだった。「7」は絞首台そっくりに書かれており、足りないのは吊るされている人間だけだった。「8」は、横長の眼鏡のように、たわんでいた。「6」と「9」は、署名の終わりのように、長々と尻尾を延ばしていた。

　そして、数式を組み立てるために彼が用いる記号だが、*a b c* といった、既知数を表すアルファベットの最初の文字や、*x y z* といった、未知数や特定すべき数を示すアルファベットの最後の文字は、いささかの迷いもかすれもない線でくっきりと書かれており、特に *z* は、稲妻のようなジグザグをなして、ねじ曲がっていた。そして、「π」「λ」「ω」といったギリシャ文字に加えられたひねりといったら！　アルキメデスやエウクレイデスも惚れ惚れしたことだろう。

　記号はといえば、混じりけのない白さの、純粋な白墨で書かれ、見事の一語あるのみだった。「＋」は、二つの数量の加算の印であることをこれ見よがしに誇示していた。「－」は、それに比べれば地味だったが、見映えは悪くなかった。「×」は、聖アンドレの十字架そのままに描かれていた。「＝」は、その二本の線が厳密に同じ長さで、平等が――少なくとも、白人種の間では――絵空事ではない国にJ＝T・マストンが生まれたことを言明していた。「＞」「＜」「＜＞」は、いずれも気宇壮大な筆致で書かれ、尋常ならざる大きさだった。数量の平方根を示す根号「√」は凱歌だった。そして、それに水平の棒を補って、次のように書く時――

$\sqrt{}$

真っ直ぐ突き出されたこの腕は、黒板の外にまではみ出し、その荒れ狂う方程式の支配に世界全体をひざまずかせようとしているかのようだった！

J＝T・マストンの数学的知性が、初等代数学の地平を出ないなどとは考えないでいただきたい！　まさか！　彼は微分法にも、積分法にも、変分法にも明るかった。かの積分記号、あの恐るべき単純さの域に達している記号を、彼は自信に満ちた手つきで書きつけるのであった。

∫

無限に微小な要素の無限個の総和！

有限な要素の有限個の和を表す「Σ」、数学者が無限を表すために使う記号「∞」といった、俗人には理解できないこの言語が用いる謎めいた記号を、彼はすべて自家薬籠中のものとしていた。

要するに、この驚くべき男にとって、高等数学の最終段階に登りつめることも不可能ではなかっただろう。

J＝T・マストンは、このような人物だった！　そういうわけで、彼の仲間たちは、その大胆な頭脳に浮かんだ奇妙奇天烈（アブラカダブラ）な疑問の解決を彼が引き受けた時、全幅の信頼を寄せていたのである。ガン・クラブが、地球から月へ発射する砲弾の問題を彼に委ねたのも、彼の功績に目が眩んだエヴァンジェリーナ・スコービット夫人が、愛情とどっちつかずの感嘆の念を抱いたのも、同じ理由からだった。

しかも、今回のケースでは——すなわち、北極を征服する問題の解決に当たっては——解析の至高の領域にJ＝T・マストンが天翔ける必要はあるまい。北極領の新規取得者たちがそこを開発するために、ガン・クラブの書記が立ち向かうべきは、ひとえに力学の問題となろう——確かにそれは複雑な問題であり、巧みに編み出された数式や、ひょっとすると、まだ誰も考えたこともないような数式も必要とされるだろうが、彼ならうまく切り抜けるだろう。

その通り！　些細なミスが何百万ドルもの損失に直結しかねないとはいえ、J＝T・マストンになら、任せておいて大丈夫だ。子供の頭で算術のイロハを訓練して以来、彼は一つのミスも——長さを計ることを目的とする計算では、一ミクロンの一〇〇〇分の一〔原註／一ミクロン——光学でよく用いられる単位——は、一ミリの一〇〇〇分の一に相当する〕のミスさえ——犯したことはなかった。たとえ小数点以下二〇桁目であっても間違いを犯すようなことがあれば、彼は躊躇なくグッタ・ペルカ製の頭蓋を撃ち抜いたことだろう。

ここまでは、J＝T・マストンのかくも卓越した能力を力説することこそ、肝要だった。それはすんだ。次は、彼が実地に機能しているところをお見せする番である。そのためには、数週間前に遡らなければならない。

新旧両世界の住人に宛てた文書が発表される約一か月前のことだった。J＝T・マストンは、仲間たちに皮算用をちらつかせた計画の細目を数値化する仕事を引き受けたのである。

もう何年も前から、J＝T・マストンは、フランクリン・ストリートの一七九番地に住んでいた。そこはボルティモアでも指折りの閑静な通りで、彼にとってはまるでちんぷんかんぷんの商業中心地区からも、嫌悪してやまない人ごみの喧騒からも遠く離れていた。

彼はそこに、「弾道荘（バリスティック・コテージ）」という名前で知られるささやかな住居を構えていた。砲兵士官の恩給とガン・クラブ書記としての手当てが彼の全財産だった。黒人の召使が、一人暮らしの彼に仕えており、その名もファイア＝ファイア——火＝火！　砲兵の召使にぴったりの綽名だ——と言った。この黒人は下僕（セルヴィトゥール）にあらずして、あくまで砲弾の装塡係（セルヴァン）、それも第一装塡係だった。かつて大砲をお世話していたように、主人の世話をしていた。

J＝T・マストンは、筋金入りの独身者だった。この月下の世界においては、独身でもなければ、息がつけないと考えていたのである。「女は、髪の毛一本で、犂に繋がれた牛四頭よりも多くのものを引っ張ってしまう！」というスラヴの諺を心得ている彼は、警戒を怠らなかった。

とはいうものの、彼が「弾道荘」に一人で暮らしていたのは、そうしたいからだった。ご存じのように、彼が指一本動かしさえすれば、一人きりの孤独は、二人水入らずの孤独となり、ささやかな財産は、百万長者の富に変わっていたはずなのだ。彼には疑いようのないことだった——そうなっていればよかったのに……これがエヴァンジェリーナ・スコービット夫人の本音であると。しかし、今のところ、J＝T・マストンとしては、こう言うしかなかった——そうなっていなくてよかった……。この二人はこれほどお似合いだというのに——少なくとも、それがこの心優しき未亡人の意見だった——、双方の転生が現実のものとなる日は、まずやって来ないように思われた。

コテージは、極めて簡素だった。ヴェランダ付きの一階の上に二階が載っていた。小さな居間と小さな食堂が階下に、台所と配膳室は、母屋から小さな庭に張り出している離れにあった。階上には、通りに面した寝室のほかに、庭に面した書斎があって、そこには外部の喧騒は届かないのだった。ニュートン、ラプラス、コーシーも羨むような、学者や賢者のためのこの「楽しき庵（ブエン・レティーロ）」の壁に囲まれて、実に多くの計算が解かれたのだ。

ニュー・パークの高級住宅地にあるエヴァンジェリーナ・スコービット夫人の館とはなんという違いだろう！　アン

グロ・サクソン建築特有の気まぐれな彫刻の飾りとバルコニーが付いた正面（ファサード）は、ゴチック様式とルネサンス様式の折衷になっていた。豪華な家具調度を備えた居間の数々。壮大な広間。フランスの巨匠が目立つ絵画コレクション。二重螺旋階段。おびただしい数の使用人。厩舎。車庫。芝生、巨木、噴水のある庭。屋敷全体が見渡せる塔のてっぺんには、スコービット家の青と金の旗が風にはためいていた。

三マイル〔四・八キロメートル〕、そう、実に三マイルもの距離がニュー・パークの屋敷と「弾道荘」を隔てていた。しかし、専用の電話回線が二つの住居を結んでおり、コテージと館の間の連絡を求める「もしもし」の一声で、通話ができた。お互いの顔は見えないまでも、声は聞こえた。意外でもなんでもないことだが、エヴァンジェリーナ・スコービット夫人がJ＝T・マストンを振動板の前に呼び出す回数の方が、J＝T・マストンがエヴァンジェリーナ・スコービット夫人を呼び出す回数より多かった。すると計算家は、しぶしぶ仕事を中断して親しみのこもった挨拶を受け取り、返答代わりに唸り声を上げるのだった。どうやら電流にはこの色気のない音調を和らげる作用があるらしかった。そして、彼はふたたび取り組んでいた問題に戻るのだった。

一〇月三日のことであった。これで最後となる長い会議が終わって、J＝T・マストンは、仕事に取り掛かるべく、仲間たちに暇を告げた。彼が引き受けたのは、最重要課題であった。北極点に到達し、氷山の下に眠る炭鉱を開発するための力学的手順を計算しなければならないのだ。

J＝T・マストンは、この謎めいた仕事を完成するには、一週間あればいいと踏んでいた。極めて複雑かつ微妙な作業であって、力学、三次元解析幾何学、極幾何学、三角法などの、さまざまな方程式を解く必要があった。

混乱の元となる一切から逃れるため、ガン・クラブの書記は、自宅に引きこもって誰にも邪魔をさせないことになった。エヴァンジェリーナ・スコービット夫人にはとても辛いことだった。が、受け入れざるをえなかった。そこで、この日の午後、バービケイン会長、ニコル大尉、そして、彼らの仲間たち、すなわち、元気いっぱいのビルスビー、ブルームズベリー大佐、両脚が木の義足のトム・ハンターたちがJ＝T・マストンを最後に訪れた時、彼女も一緒にやって来たのだった。

「マストンさん、あなたなら大丈夫、うまく行きますわ！」と彼女は別れ際に言った。

「くれぐれも計算ミスだけはしないでくれよ！」とバービケイン会長が微笑とともに付け加えた。

「計算ミスですって！……この方が、そんな！……」とエヴァンジェリーナ・スコービット夫人は叫んだ。

「神が天体力学の法則をひねり出された時にミスを犯されなかったのと同じですよ！」とガン・クラブ書記は慎ましやかに答えた。

　それから、握手が交わされ、誰かが溜め息を漏らし、成功を祈るという激励と、あまり根を詰めて働きすぎないようにとの忠告の言葉をかけた後、皆は計算屋と別れた。

「弾道荘」の扉が閉ざされ、ファイア＝ファイアは、誰が来ても開けないようにと命じられた——たとえ、アメリカ合衆国大統領がお出ましになろうとも、絶対にだ。

　J＝T・マストンは、最初の二日間はチョークを手に取ることなく、頭の中で彼に課せられた問題を熟考した。地球、その質量、その密度、その体積、その形状、その地軸の周りの回転運動と公転軌道の周りの並進運動について、関連文献を何冊か読み直した——これらは、計算の基礎となる要素であった。

　読者にお目にかけておいた方がよいデータのうち、主要なものは、以下の通りである。

　地球の形状は回転楕円体である。その長半径は六三七万七三九八メートル、すなわち、一リューを四キロとして計算し、端数を省けば、一五九四リュー——短半径は六三五万六〇八〇メートル、すなわち、一五八九リューである。両者の違いは、われわれの回転楕円体が両極方向で平たくなっているため、二万一三一八メートル、すなわち、約五リューとなる。

　赤道部分における地球の球周は四万キロメートル、すなわち、一リューを四キロとして、一万リューである。

　地球の表面積——概算で、五億一〇〇〇万平方キロメートル。

　地球の体積は、縦、横、長さがいずれも一〇〇〇メートルの立方体に置き直して、約一兆立方キロメートルである。

　地球の密度はおおよそ水の五倍、つまり、重晶石の密度を多少上回り、ヨウ素と同じくらい——すなわち、地球の断片を次々と地表面に運んできて重さを量ったとして、一平方メートルあたり、平均して五四八〇キログラムになる。これは、ミッチェルが考案・製作した秤を用いて、キャヴェンディッシュが割り出した数字である。これにベイリー*が加えた修正によれば、より厳密な数字は五六七〇キログラム。ウィルシング*、コルニュ*、バーユ*の諸氏によって、同じ計測結果が出ている。

　太陽をめぐる地球の公転周期は三六五と四分の一日で、これが太陽暦の一年を構成する。より厳密な数字を挙げれば、三六五日と六時間九分一〇秒三七——したがって、われわれの回転楕円体の速度は——秒速にして——三万四〇〇メートル、すなわち、七・六リューである。

赤道上のある一点における地球の自転速度は秒速四六三メートル、すなわち、時速にして四一七リュー〔一六六八キロメートル〕。

J＝T・マストンがその計算の中で用いた、長さ、力、時間、角度の単位は、以下の通りである。メートル、キログラム、秒、そして、任意の円から半径と等しい長さの弧を切り取る時の中心角の大きさ。[*]

一〇月五日の午後五時頃——これほどの歴史的事業ともなると、正確さが求められるのだ——のことだった。J＝T・マストンは、熟考の末、書き出す作業に着手した。まず、問題をその土台から攻撃することにした。土台とは、地球の大円の一つである赤道における球周のことである。

黒板はワックスをかけた樫の台に載せられ、庭に向かって開かれた窓の一つを通して日が燦々と当たる書斎の角に置かれていた。黒板の下に取り付けられた小さな板の上に、チョークの小さな棒が何本も並べられていた。書いた字を消すためのスポンジが、計算屋の左手の届くところに置いてあった。彼の右手、いや、鉤の義手は、図や数式や数を書くために確保されていた。

最初に、J＝T・マストンは見事な円をなす線を引き、その円周をもって、地球の回転楕円面とした。赤道には地球の彎曲を示す曲線を、表側は実線で、裏側は点線で引いた——球体の平面投影であることが一目瞭然となるようにしたのである。両極から突き出ている地軸は赤道面に垂直な線であり、その両端には「N」と「S」の文字が書き込まれていた。

続いて、黒板の右隅に地球の外周をメートル換算で表す数字を記した。

40 000 000.

それが終わると、J＝T・マストンは、一連の計算にいざ取り掛かろうと身構えた。

熱中のあまり、彼は空の様子も目に入らなかった——午後に入ってから、空は豹変していたのだが。一時間前から、あらゆる生命体の組織に影響を及ぼすような激しい嵐が発生していた。鉛色の雲が、鈍い灰色の空を背景に白っぽい綿くずのごとく積み重なって、街の上空を重たげに流れていった。遠くから聞こえる轟音が、空と大地が作る共鳴箱の中で反響していた。早くも稲妻が一、二度、電圧が最高潮に高まっている大気を鉤裂きにした。

ますます没頭していたJ＝T・マストンは、なにも見ず、なにも聞かなかった。

突然、電気ベルのせわしない響きによって、書斎の静寂が乱された。

「まったくな!」とJ＝T・マストンは叫んだ。「邪魔者め、玄関からは入って来ないと思ったら、電話線を伝って

黒板の隅にこの数字が記された……

来たか！……落ち着いて仕事に集中したい者にとっては、結構な発明だよ！……この仕事が終わるまでは、用心のため、電源を切っておかないと！」

そして、振動板に近づき、「なんのご用ですか？」と尋ねた。

「少しの間、交信状態に入りたいのです！」と女性の声が答えた。

「で、どなたですか？……」

「わたくしがおわかりにならないの、マストンさんったら！……わたくしです……スコービットです！」

「スコービットさん！……一分も私を放っておいてはくれないのか！」

この最後の部分——親身な未亡人の耳にはあまり快くない言葉——は、送話器の振動板に影響を与えないよう、それから用心深く距離を置いて呟かれた。

次いで、さすがのJ＝T・マストンも、一言くらいは親切な応答をしないわけにもいくまいと思って、こう言った。

「ああ、スコービットさん、あなたでしたか」

「わたくしです、マストンさん！」

「それで、なんのご用ですか？……」

「おそろしい嵐が間もなくこの町を襲うので、お知らせしなくては、と思って！」

「そう言われましても、私にはどうしようもありませんね……」

「わかってますわ、ただ、ちゃんと窓をお閉めになったかと思って……」

こうエヴァンジェリーナ・スコービット夫人が言い終わる間もなく、凄まじい雷鳴が天地に鳴り響いた。絹の巨大な布が果てしなく引き裂かれていくような音だった。雷が「弾道荘」近辺に落ちたのである。電流が電話線を伝わって、まさに電撃的勢いで計算屋の書斎に押し寄せた。

電話の振動板にかがみこんでいたJ＝T・マストンは、これまでにヴォルタ電池の鉤爪が学者の横っ面に加えた一撃の中でも、極めつけのそれを食らった。次いで、火花が鉄の鉤を走り抜け、彼は、単なるボール紙でできたカプチン僧よろしく、ひっくり返った。同時に、黒板も巻き添えを食って、部屋の隅に吹っ飛んだ。そして、雷は、窓ガラスの目に見えない穴から外に出て配水管を伝い、地面の下に消えた。

呆然として——誰だってそうなるだろう——J＝T・マストンは起き上がり、体のあちこちをさすり、どこも怪我をしていないのを確かめた。それから、コロンビアード砲の元照準手にふさわしく、冷静さを失うことなく、書斎を元通り片づけた。木の台を立て、その上に黒板を置き、絨

「わたくしがおわかりにならないの」

毯の上に散らばったチョークを拾い集め、かくも唐突に中断させられた仕事に戻ろうとした。

しかし、彼はその時、黒板の右側に書いておいたあの数字、つまり、赤道における地球の球周をメートルで示した数字が、黒板が落下した際に一部消えているのに気がついた。そこで、その部分の復元を始めた時、熱っぽく、くすぐるように、ベルの音がふたたび鳴り響いた。

「またか!」とJ=T・マストンは叫んだ。

そして、電話機の前に立った。

「どなたです?……」と彼は尋ねた。

「スコービットです」

「で、スコービット夫人のご用向きは?」

「さっきのおそろしい雷、「弾道荘」に落ちたんじゃありません?」

「どう考えてもそのようですな!」

「まあ! なんてこと!……雷が……」

「ご安心ください、スコービットさん!」

「お怪我はありませんの、マストンさん?」

「ありません」

「本当になんの被害も受けなかったんですね?……」

「私が受けたのは、あなたのお気持ちだけです」J=T・マストンといえども、女性を前にして多少は思いやりを見せるべきだと思ったのである。

「ご機嫌よう、マストンさん」

「ご機嫌よう、スコービットさん」

彼は、元の場所に戻りながら、付け加えた。

「悪魔にさらわれてしまえばいいんだ、あの素晴らしい女性は! あんなばかみたいに電話をかけてこなければ、雷に打たれずにすんだのに!」

邪魔されるのは、これでもう、最後だ。以後、J=T・マストンが仕事中に邪魔されるようなことがあってはならない。それ以前の話として、仕事に必要な静寂を確保すべく、電源を切って電話を完全に黙らせた。

書いたばかりの数字を出発点にして、彼はさまざまな数式を導き出し、とうとう最終的な数式にたどり着いて黒板の左端に書きつけたが、その前に、それを導き出すために使った数字をすべて消した。

それから、代数記号のいつ果てるとも知れぬ連鎖に身を投じた……。

八日後の一〇月一一日、驚嘆すべき力学的問題は解決され、ガン・クラブ書記は、当然にも首を長くして待ちわびていた仲間たちの元に、意気揚々と問題の解答を持ってきた。

彼は、紙でできたカプチン僧よろしく、ひっくり返った

北極に到達し、そこにある炭鉱を採掘するための実際的な手段は、数学的に確立された。こうして、「北極実用化協会（ノース・ポラー・プラクティカル・アソシエーション）」という団体が創設され、ワシントンの政府は、落札に成功して北極の領土の所有者になった場合、この団体にその地を払い下げることに同意した。競売がアメリカ合衆国の勝利に終わり、新会社が新旧両世界の資本家たちの協力を仰いだ顛末は、すでにご承知の通りである。

第七章——バービケイン会長は、ここまでしか言えないという範囲を逸脱しない

一二月二二日、バービケイン社の出資者たちが総会に召集された。言うまでもなく、ユニオン・スクエアにあるガン・クラブの建物の会議室が会場に選ばれた。そして、事実を明かせば、殺到した株主たちを収容するには、ユニオン・スクエアをもってしても、やっとというところだったろう。だが、氷が融解する零度を、水銀の柱がさらに一〇度も下回るこの時期のボルティモアの、吹きさらしの広場で集会を開くわけにもいかない。

通常であれば、ガン・クラブの大広間には——読者もご記憶のことと思うが——、会員の高貴な職業にちなんだ、ありとあらゆる種類の武器が飾られていた。まさに大砲博物館だった。腰掛や机、肘掛け椅子や長椅子といった家具でさえも、殺傷器具を連想させる奇妙な形をしていた。それらの武器が、老人になってから死にたいと本心では望んでいたと思われる実に多くの勇敢な人々を、ここよりはましな世界に送り込んだのだった。

それがどうだ！　その日ばかりは、このごたごたした飾りを片づけなければならなかった。インピー・バービケインが開催しようとしているのは、戦争屋の会合ではなく、平和産業のための集まりなのだ。合衆国の各地から駆けつけた株主たちのために、場所が大きく空けられた。広間やそれに隣接する部屋という部屋で、人々が押し合いへし合い、息を詰まらせんばかりになっていたのはもちろんのこと、際限なく続く行列が、ユニオン・スクエアの真ん中まで、渦をなして延びていた。

当然、ガン・クラブの会員たち——新会社の筆頭株主たち——は、議長席に近い席を占めていた。ブルームズベリー大佐、両脚が木の義足のトン・ハンター、元気いっぱいのビルスビーの、いつもより誇らしげな顔が見えた。女性に対する礼節の印として、エヴァンジェリーナ・スコービット夫人のために、座り心地のよい肘掛け椅子が用意されていた。北極の不動産の最大部分を所有する者として、彼女には、バービケイン会長の隣に座を占める権利があってもおかしくはなかった。それに、この町のあらゆる階層に

属する女性たちが、多数その場には集まっていて、見事にあしらわれた花束や、奇抜な羽飾りや、色とりどりのリボンを付けた帽子が、広間のガラス張りの丸天井の下にひしめく騒々しい群衆の中で咲き乱れていた。

総じて、この総会に出席した株主の圧倒的多数は、運営委員会のメンバーの支持者であるというだけでは足りず、その個人的な友人と考えて差し支えなかった。

ただし、一つだけ指摘しておかなければならないことがある。スウェーデン、デンマーク、イギリス、オランダ、そしてロシアのヨーロッパ代表団も特別席に座っており、彼らがその場にいたのは、議決権を得られるだけの数の株式をそれぞれ取得していたからであった。彼らが落札のためにあれだけ見事に揃えた足並みは、落札者たちを嘲罵する段になった今、一糸乱れずにいた。彼らがバービケイン会長の演説の内容を知りたくてうずうずしていたのは、容易に想像できる。この演説は——そのことに疑いの余地はなかった——北極に到達するために考案された手段に光を当てるだろう。そこにこそ、実際に炭鉱を開発する以上の困難があるとは言えないだろうか。もしもなにか反論すべきことがあれば、エリック・バルデナックも、ボリス・カルコフも、ヤーコプ・ヤンセンも、ヤン・ハラルドも、遠慮なく発言を求めるだろう。他方、ディーン・トゥードリンクにいろいろと吹き込まれたドネラン少佐は、仇敵であるバービケイン会長をして進退窮まらせてやると固く心に誓っていた。

夜の八時だった。ガン・クラブの広間、部屋、中庭は、エディソン式シャンデリアが注ぐ光で煌々と照らされていた。群衆に包囲されていた扉が開かれてからというもの、絶え間なく交わされる囁きがざわめきとなって会場から発していた。だが、守衛が理事会役員の入場を告げた途端、一斉に静まり返った。

羅紗で覆われた演壇の上、黒っぽいクロスを張った机の前に、真っ向から光を浴びて、バービケイン会長、書記のJ＝T・マストン、そして、彼らの同僚であるニコル大尉が並んだ。万歳三唱の叫びは、唸り声や歓呼の声を句読点代わりにして、広間中に響き渡り、近隣の通りにまで吹き荒れた。

厳粛な面持ちで席についたJ＝T・マストンとニコル大尉は、名声の絶頂にあった。

その時、立ったままでいたバービケイン会長は、左手をポケットに、右手をベストに入れ、以下のように発言を開始した。

「株主の皆さま、当ガン・クラブの会場にこうしてお集まりいただきましたのは、「北極実用化協会（ノース・ポラー・プラクティカル・アソシエーション）」の理事会から、皆さまに重要なお知らせがあるためです。

すでに新聞各紙の報道を通してご承知かと存じますが、わたくしどもの新会社の目的は、連邦政府より払い下げを受けた北極領土の炭鉱を開発することであります。公開入札の結果として獲得されたこの領土は、その所有者より、当事業に対する出資分として提供されます。さる一二月一日をもって締め切らせていただきました公募に対しまして皆さまからお寄せいただいた資金によって、本事業を展開できる運びとなりました。この事業の収益が生み出す配当率は、商業上および産業上のいかなる投機も実現したためしがない未曾有の高さに達することでしょう」

ここで、この日最初の同意のざわめきが演説者を一瞬さえぎった。

「豊かな炭鉱、そして、おそらくは象牙の化石がふんだんに北極圏に存在するとわたくしどもが認めるに至った経緯は」と彼は続けた。「皆さんもご存じの通りです。全世界の新聞〔原註／現在、毎年刊行される新聞の総重量は、三億キロを超える〕に発表されたさまざまな資料が示すように、この炭鉱が存在することに疑いの余地はありません。

さて、石炭は、近代産業すべての源泉となっております。石炭やコークスの形で熱源として利用されたり、蒸気や電気を作り出すために用いられたりする場合は言うに及ばず、茜色、赤紫色、藍色、赤色、洋紅色などの染料、バニラ、苦アーモンド、西洋夏雪草、丁子、冬緑油、アニス、樟脳、チモール、ヘリオトロピンなどの香料、ピクリン酸塩、サリチル酸、ナフトール、フェノール、アンチピリン、ベンジン、ナフタリン、ピロガロール、ヒドロキノン、タンニン、サッカリン、タール、アスファルト、ピッチ、グリース油、ワニス、フェロシアン化カリウム、シアン化物、苦薬、等々といった、副産物を並べ立てる必要がありましょうか」

そして、この列挙を終えた演説者は、息を切らせたランナーが立ち止まって呼吸を整えるごとく、深呼吸した。それから、空気のこの大いなる吸入（インスピレーション）のおかげで先を続けた。

「したがいまして、石炭という、なににもまして貴重なるこの物質が、濫用の結果、相当に限られた期間内に掘り尽くされるのは確実であります。五〇〇年も経たないうちに、現在までに採鉱中の炭鉱は底を突くでしょう……」

「三〇〇年以内だ！」と聴衆の一人が叫んだ。

「二〇〇年以内だ！」と別の一人がそれに応じた。

「まあ、遅かれ早かれ、近い将来としておきましょう」とバービケインが言った。「その上で、今世紀中には石炭が枯渇するくらいのつもりになって、どこか新しい生産地を探し出す態勢を整えようではありませんか」

ここで、聴衆の耳をそばだたせるために間が置かれ、次のように演説は続けられた。

「そういうわけですから、株主の皆さま、立ち上がろうではありませんか。ご一緒に北極に参りましょう！」

実際、今にもトランクの蓋を閉めんばかりの勢いで全聴衆が大きく揺らいだ。まるでバービケイン会長が北極地方に向けて出港する船を指し示したかのようだった。

ドネラン少佐が鋭く明瞭な声で放った異論が、この最初の盛り上がり――熱狂的である分、軽はずみな――に水を差した。

「出港する前に伺っておきたい」と彼は尋ねた。「どうすれば北極に行けるのか？　まさか海から行くというんじゃないだろうね」

「海からでもなければ、陸からでもありませんし、空からでもありません」とバービケイン会長は穏やかに答えた。

聴衆はふたたび腰を下ろしたが、まことにもっともな好奇心の虜になっていた。

「地球の回転楕円体の接近不可能な地点に到達しようとして、いかなる試みがなされてきたか」と演説者は続けた。「それは皆さんもご存じでしょうが、ここで簡単に振り返っておくべきでしょう。そうすることによって、生還を果たされた大胆な先駆者たち、これらの超人的遠征で命を落とされた方々に対する正当な顕彰となるでしょう」

国籍のいかんを問わず、満場の賛同が得られた。

「一八四五年のことです」とバービケイン会長は演説を再開した。「イギリス人ジョン・フランクリン卿は、エリバス号とテラー号で、北極点まで北上することを目指して三度目の探検に旅立ち、北の海域を突き進んで行ったものの、その後杳として消息は知られなくなってしまいました。

一八五四年、アメリカ人ケインとその航海士モートンは、ジョン・フランクリン卿の捜索に乗り出します。しかし、彼ら自身は遠征から帰還した一方で、彼らの船であるアドヴァンス号は戻って来なかったのです。

一八五九年、イギリス人マクリントクはある文書を発見し、それによって、エリバス号とテラー号による遠征の生き残りはいないことが明らかになりました。

一八六〇年、アメリカ人ヘイズは、スクーナー船ユナイテッド・ステイツ号でボストンを発ち、北緯八一度線を越えた後、仲間たちの英雄的な奮闘も空しく、それ以上の北上は叶わないまま、一八六二年に生還しました。

一八六九年、ともにドイツ人であるコルデヴァイとヘゲマンの両船長は、ハンザ号とゲルマニア号でブレーメルハーフェンを出港しました。ハンザ号は、氷山に押し潰され、北緯七一度より少し北で沈没、乗組員が助かったのはボートのおかげでグリーンランドの海岸にたどり着けたからでした。ゲルマニア号はといえば、こちらはもっと運に恵まれ、ブレーメルハーフェンの港に帰ることができましたが、北緯七七度を越えることはできませんでした。

一八七一年、ホール船長*は、ニューヨークでポラリス号に乗り込みました。四か月後、厳しい越冬のさなか、この勇敢な船乗りは疲労に屈して亡くなりました。一年後、ポラリス号は、氷山（アイスバーグ）に巻き込まれ、北緯八二度より先に北上することなく、漂流する氷原の真ん中で破壊されました。タイソン航海士の指揮の下、船を捨てた一八人の乗組員は、北極海の海流に運ばれる氷の筏に身を委ねることで、辛うじて大陸に帰り着くことができました。が、ポラリス号とともに消えた一三人が発見されることは遂にありませんでした。

一八七五年、イギリス人ネアーズは、ポーツマスからアラート号とディスカヴァリー号で出航しました。北緯八二度と八三度の間に乗組員が越冬地を設営したこの記念すべき遠征において、マーカム船長は、北に向かって進んだ後、北極点にあとわずか四〇〇マイル〔原註／七四〇キロメートル〕のところまで迫りました。北極点にこれ以上近づいた者はかつてありませんでした。

一八七九年、われらが偉大なる市民ゴードン・ベネットは……」

ここで、「偉大なる市民」こと〈ニューヨーク・ヘラルド〉紙経営者の名前に、割れんばかりの万歳三唱が浴びせられた。

「……ジャネット号を艤装し、フランス出身の家系に属するデ・ロング少佐にその指揮を委ねました。ジャネット号は、三三人の乗組員を乗せてサンフランシスコを出発、ベーリング海峡を抜け、ヘラルド島の緯度で氷山に捕えられ、ベネット島の緯度、北緯七七度近辺で沈没しました。乗組員たちには手立てが一つしかありませんでした。救い出すことのできたボートに乗ってか、あるいは、氷原（アイス・フィールド）の表面を歩いて、南へ向かうことでした。物資の窮乏で多くの隊員が命を落としました。デ・ロング自身は一〇月に亡くなりました。隊員の多くが彼と同じように犠牲となり、この遠征から生還したのは、たったの一二人でした。

最後に、一八八一年のこと、アメリカ人グリーリーは、ニューファンドランドのセントジョンズを蒸気船プロテウス号であとにしました。北緯八二度より少し手前の地点、グラント・ランドのレディ・フランクリン湾に基地を設営するためでした。この地点にコンガー要塞が建設されたのです。そこから、大胆な越冬者たちは、湾の西および北に向かいました。ロックウッド航海士とその連れのブレイナードは、一八八二年五月、北緯八三度三五分まで北上し、マーカム船長の記録を数マイル凌駕したのでした。これが今日までに到達された最北点です！　北極圏の地図製作におけるウルティマ・トゥーレ*なのです！」

ここで、ふたたび万歳の叫びがお決まりの口笛で飾り立てられて、アメリカ人発見者を称えた。

「ですが」とバービケイン会長は続けた。「この遠征は不幸な結末を迎えることになっていました。プロテウス号は沈没したのです。彼らは二四人の北極入植者として、恐ろしくも悲惨な目に遭うことを運命づけられます。フランス人のパヴィ博士をはじめ、多くの人々が死に至りました。グリーリーは、一八八三年にテティス号によって救助されたものの、六人の仲間しか連れて帰らなかったのでした。そして、発見の立役者の一人、ロックウッド航海士もまた、命を落とし、この地方の痛ましい殉教者名簿に名前をまた一つ付け加えることとなったのです！」

今度は、敬虔な沈黙がバービケイン会長のこの言葉を迎え、全聴衆が正当な感動を分かち合った。

それから、彼は震える声で言った。

「そういうわけで、これだけの献身と勇気の甲斐もなく、北緯八四度は一度として越えられていないのです。そればかりか、今日までに用いられた手段では決して越えることはできないと断言できます。つまり、氷原に到達するために船で航海したり、氷の平原を横断するために橇を使ったりしていても埒が明かない。あのような危険に立ち向かい、気温のあれほどまでの下降を耐え忍ぶのは人間技では不可能です。それゆえ、北極点の征服に向かうためには、別の方法によらなければならないのです！」

聴衆の身震いで、演説がその核心に、誰もが知ろうとし、知りたがっている秘密に差しかかったことが感じられた。

「で、どうなさるおつもりなんです、ムッシュー？……」とイギリスの代表は尋ねた。

「一〇分以内におわかりいただけます、ドネラン少佐」とバービケイン会長は答えた〔原註／北極点に達しようとした探険家たちの名前を列挙した際、バービケイン会長は、北緯九〇度に国旗を翻らせたはずのハテラス船長の名を落としている。それもそのはず、問題の船長というのは、どうやら架空の英雄らしい（同じ著者による『北極点におけるイギリス人』および『氷の砂漠』〔それぞれ『ハテラス船長の航海と冒険』の第一部と第二部〕を参照）。〕。「そして、すべての株主の皆さまに申し上げます。「わたくしどもをご信頼ください。なんと言っても、この事業の推進者は、円筒円錐形の砲弾に乗り組んだ男たちと同一人物なのですから……」

「それを言うなら、顛倒円錐形だろう！」とディーン・トゥードリンクが叫んだ。

「……月まで冒険しようとしたのと同一人物なのです……」

「戻ってきてしまったようだがね！」とドネラン少佐の秘

書がずけずけと言ったので、それに対する激しい抗議の声が上がった。

だが、バービケイン会長は肩をすくめ、断固たる声で言った。

「そうです、株主の皆さま、十分以内に、どういうことかおわかりになります」

「おお！」とか「ほお！」とか「ああ！」とかいう嘆声からなるざわめきがこの返答を迎えた。

事実、まるで演説者は聴衆に向かってこう言ったかのようだった。

「一〇分以内に北極点に参ります！」

彼は次のように続けた。

「まず最初に、地球の極冠は大陸からなっているのでしょうか。それは海ではないのか。ネアーズ少佐がそれを指して「パレオクリティック海」、すなわち、太古以来の氷の海と呼んだのは正当だったのではないか。この疑問に対して、わたくしはこう答えます。そうは思わない、と」

「それだけでは十分ではない！」とエリック・バルデナックが叫んだ。「「そう思わない」かどうかなんて聞いちゃいない、問題は、確証があるのかどうか、だ……」

「そういうことでしたら、わたくしとしては、頭から湯気を出されているわが中断者にこうお答えします。そう、「北極実用化協会（ノース・ポラー・プラクティカル・アソシエーション）」が取得したのは、液体の広がりではなく、固い土地であって、それは現在、合衆国に属し、ヨーロッパのいかなる列強も手出しはできない、と！」

旧世界の代表者たちの席からざわめきが起こった。

「ふん！……水でいっぱいの穴……洗面器ですよ……あんた方には、それを空にすることなんか、できやしない！」とディーン・トゥードリンクがふたたび叫んだ。

そして、彼は同僚たちの騒々しい同意を得た。

「いいえ、ムッシュー」とバービケイン会長は強い調子で答えた。「そこには、大陸が、隆起した台地が――たぶん、中央アジアのゴビ砂漠のように――海抜三、四キロの高さで広がっているのです。そして、そのことは、隣接する地方の観察から容易かつ論理的に推論されることです。北極領土はそれらの土地の延長にすぎないのですから。そういうわけで、ノルデンショルド、ピアリー*、マイゴールたちは、その探検の過程で、グリーンランドが北に向かって絶えず高くなっていっているのを確認しています。ディスコ島を起点に一六〇キロ内陸に入ったところで、標高はすでに二三〇〇メートルもあるのです。さて、こうした観測に加えて、数百年を経た氷の甲羅の中で見つかった、さまざまな動物性ないし植物性の生成物、例えば、マストドンの骸骨ですとか、象の牙や歯ですとか、針葉樹の幹などの存在を踏まえますと、この大陸は、かつては肥沃な大地だったのであり、動物が住んでいたのはもちろん、人間もいたかもしれません。そこでは、太古の時代の鬱蒼とした森林が、地下に埋もれて炭鉱となったのであり、われわれはその採掘を進めてみせます！　そうです！　北極点の周りに広がっているのは大陸、人跡未踏の大陸であって、そこにアメリカ合衆国の旗を立てに行きましょう！」

雷鳴のごとき拍手が沸き起こった。

最後の轟きがユニオン・スクエアの遠景に消えた時、ドネラン少佐の上げる辛辣な金切り声が聞こえてきた。彼はこう言っていた。

「北極点に行くには一〇分あればいいそうだが、そのうちの七分がもう過ぎたぞ？……」

「三分で参ります」とバービケイン会長が冷ややかに答えた。

彼は続けた。

「ですが、わたくしどもの新しい不動産を構成するのが大陸であり、わたくしどもが根拠に基づいて信じるがごとく、この大陸が隆起しているとして、永久氷塊に侵入を阻まれ、氷山（アイス・バーグ）や氷原（アイス・フィールド）に覆われ、採掘が極めて困難な条件下にあることに変わりはありません……」

「不可能だ！」とヤン・ハラルドが断言し、それを大きな身振りで強調してみせた。

「不可能、それこそ望むところです」とインピー・バービケインは答えた。「ですから、わたくしどもは、この不可能を打ち負かすべく、努力を傾けたのです。北極点まで行くのに船も橇も不要であるだけではありません。わたくしどもの手法によれば、新旧を問わない氷の溶解も、魔法のようにできてしまいます。そして、そのために、わたくしどもの資本金の一ドルたりと出費する必要はなく、一分たりと額に汗する必要もないのです！」

ここで、会場は絶対的な沈黙に包まれた。ディーン・トゥードリンクがヤン・ハラルドの耳元で囁いた優雅な表現を借りれば、「シコロジック*」な瞬間に差し掛かっていたのだ。

「皆さま」とガン・クラブの会長は言った。「地球を持ち上げるのにアルキメデスが要求したのは、たった一つの支点でした。さてさて、この支点が見つかったのです。シラクサの偉大な幾何学者には、梃子が一つあればそれで十分のはずでしたが、わたくしどもはこの梃子を手中にしているのです。つまり、わたくしどもは北極を動かせるのです……」

「北極を動かせるだって！……」とエリック・バルデナックが叫んだ。

「アメリカまで持ってくるというのか！……」とヤン・ハラルドが叫んだ。

　バービケイン会長は、まだ詳細を明らかにしたいとは思っていないらしかった。というのも、彼はこう続けたからである。

「その支点なんですが……」

「それを言っちゃダメだ！……言っちゃダメだ！」と聴衆の一人が凄まじい声で叫んだ。

「それから梃子ですが……」

「秘密にしておけ！……秘密に！……」と会場の大半が叫んだ。

「秘密にしておきましょう！」とバービケイン会長は答えた。

　この答えでヨーロッパ代表たちの当てが外れたとしても不思議ではない。だが、彼らがどんなに要求しても、演説者は、彼の言う手法について、なにも明かそうとはしなかった。彼はただこう言っただけだった。

「皆さま方のご提供くださった資金でわれわれが実行し、成功させようとしているこの力学的実験――産業年鑑にも前例を見出すことができない実験――がもたらす結果につきましては、今この場でお知らせすることができます」

「謹聴！……謹聴！」

　そして、皆が謹聴したことといったら！

「まず初めに」とバービケイン会長は言った。「わたくしどもは、この事業の最初の発案を、わたくしどもの同僚の中で最も学識豊かにして最も献身的、かつ最も有名な一人に負っています。このアイデアを理論から実践に移すことを可能にした計算を成し遂げた栄光もまた、彼のものです。と申しますのは、炭鉱の開発は児戯でしかないのに対し、北極を移動させることは、高等力学にしか解決できない問題だからです。そういうわけで、わたくしどもは、ガン・クラブの栄えある書記、J＝T・マストンにこれを託したのでした！」

「いいぞ！……J＝T・マストンに万歳！……万歳！……万歳！」と会場中がこの卓越した驚異的人物の存在に電撃を受けて叫んだ。

　ああ！　高名な計算屋のために沸き上がったこの歓呼に、エヴァンジェリーナ・スコービット夫人がいかばかり感動し、その心がどれだけ甘美に打ち震えたことか！

　彼の方は、至って控えめに、頭をゆっくりと右に、それから左に揺らし、熱狂する会場に向かって、鉤の手の先で挨拶を送っただけだった。

「親愛なる株主の皆さま」とバービケイン会長が話を続けた。「わたくしどもが月に向かって出発する数か月前に、

「J＝T・マストンに万歳！……万歳！……万歳！」

フランス人ミシェル・アルダンのアメリカ到着を祝って開かれた大集会(ミーティング)の場で、早くも……」

この北米人(ヤンキー)の口調は、まるでこの旅行がボルティモアからニューヨークに行く旅行と大して違わないと言わんばかりだった！

「……J＝T・マストンはこう叫んだのでした。「機械を発明しよう、支点を見つけよう、そして地軸を立て直そう！」と。よろしいですか、ご清聴の皆さま、とくとご承知おきいただきたい！　……その機械は発明され、支点は見つかりました。わたくしどもの努力は、地軸の立て直しに向けられるのです！」

ここで、人々は数分間茫然自失となった。ここがフランスであれば、「こいつぁベラボウだぞ！」という、俗っぽいが正当な表現によって代弁されたであろう。

「なんだって！……地軸を立て直すというのか？」とドネラン少佐が叫んだ。

「そうです、ムッシュー」とバービケイン会長が答えた。「と言いますか、わたくしどもには、新しい地軸を作り出す方法があるのです。自転は以後その地軸の周りで行われることになりましょう……」

「自転を変更する！……」カルコフ大佐は鸚鵡返しした。その眼からは火花が散っていた。

「まったくその通りです。それもその周期には手を加えることなしに！」とバービケイン会長が答えた。「この作業によって、現在の北極点は、ほぼ北緯六七度のあたりに移動し、地球は、公転軌道に対して地軸が垂直になっている木星と同じようになるのです。さて、二三度二八分のこの移動があれば、何千世紀もの間蓄積されてきた氷を溶かすには十分な熱を、わたくしどもの新しい不動産は受けることになるのです！」

会場は息を呑んでいた。誰一人として演説者をさえぎろうとはしなかった――拍手をしようとすらしなかった。回転楕円体がその周りを回転している軸を変更する。かくも天才的で、かくも単純なアイデアに、誰もが圧倒されていた。

ヨーロッパ代表団はといえば、彼らはただ呆然とし、打ちひしがれ、自失し、口を閉ざしたまま、完全に腑抜け状態になっていた。

しかし、バービケイン会長がその単純さにおいて崇高の域に達した結論で演説をしめくくった時、すべてを破らんばかりの拍手が鳴り響いたのだった。

「太陽そのものが氷山(アイス・バーグ)と氷原を溶かし、北極点への到達を容易にしてくれるというわけです！」

「つまり」とドネラン少佐が尋ねた。「人類には北極点ま

ヨーロッパ代表団は呆然としていた

で行けないから、北極点の方から来てくれるということか?……」

「おっしゃる通りです!」とバービケイン会長は答えた。

第八章　「まるで木星にいるみたいに？」とガン・クラブの会長は言ったのだった

そう！　まるで木星にいるみたいに。

ミシェル・アルダン――演説者が実にタイミングよくその名を喚起した――に敬意を表して開かれたあの記念すべき集会(ミーティング)において、J＝T・マストンが「地軸を立て直そう！」と絶叫したのは、『地球から月への旅』〔原文ママ〕の主人公の一人で、バービケイン会長とニコル大尉の同行者であった、あの大胆で空想的なフランス人が、われわれの太陽系最大の惑星に捧げるディオニソス的賛歌を歌い上げたところだったからである。彼は、その壮調な頌歌の中で、あとで簡単にご紹介する、この星の特別な利点を、手放しで褒め称えていたのであった。

そういう次第で、ガン・クラブの計算屋が数学的な問題を解決した方法によれば、俚諺言うところの「世界が世界になって以来」地球がその周りを回ってきた古い地軸は、新しい回転軸に取って代わられることになる。おまけに、この新しい回転軸は、公転軌道に対して垂直になるだろう。こうした条件の下で、旧北極地方の気候状況は、現時点におけるノルウェーのトロンヘイムが春を迎えた時に置かれる状況と正確に同じになるだろう。太古以来(パレオクリスティック)の氷の甲冑は太陽の光で自然と溶解するだろう。同時に、われわれの回転楕円体の気候配置は、木星表面のそれと同じようになるだろう。

実際、この惑星〔木星〕の軸の傾き、別の言い方をすれば、その回転軸が黄道面に対してなす角度は、八八度一三分である。あと一度四七分あれば、この惑星が太陽の周りに描いている軌道面に対して、その自転軸は完全に垂直になるのだ。

そもそも――この点をはっきりさせておくことが肝要なのであるが――地球の現今の気象条件を変更しようとするバービケイン社の努力が目指すのは、厳密には、地軸を立て直すことではない。力学的な観点に立てば、いかに強大な力であろうとも、そのような結果を生み出すことは不可能である。地球は、焼き串に刺した若鶏よろしく、手に取って自在に動かせる物質的な軸の周りを回っているわけではないのだ。だが、結論から言えば、新しい軸を作り出すことは可能であった――それを実現するのは容易である、とすら、言えるであろう――アルキメデスが夢見た支点、そして、J＝T・マストンが考案した梃子が、大胆な技師たちの手に渡っているからには。

しかしながら、彼らは、新たな段階に達するまで、自分たちの発明を秘密にしておくと決めたようなので、それがもたらす結果を検討するくらいのことしか、できないのであった。

それこそ、新聞や雑誌が最初にしたことだった。自転軸がその公転軌道面に対してほぼ垂直である結果として、木星はどのような状況に置かれているのか、それを知っている学者には思い出させ、知らない者には教えたのである。

木星は、水星、金星、地球、火星、土星、天王星、海王星と同様、太陽系に属しており、これらの惑星に共通の中心から、二億リュー〔八億キロメートル〕近く離れて旋回している。その体積は地球の約一三〇〇倍もある。

ところで、仮に「木星的」生活というものが存在し、ということは、木星表面に住人がいるとすれば、この惑星が彼らにもたらす紛れもない利点――月世界旅行に先立って開かれた記念すべき集会（ミーティング）の際に、空想の赴くまま喧伝された利点――がいくつかある。

第一に、九時間五五分しか続かない木星の日周回転の間、昼間の長さと夜の長さは、どの緯度においても、常に等しい――すなわち、昼は四時間七七分、夜も四時間七七分である〔原文ママ。正確には、それぞれ四時間五七分〕。

「これこそ」と木星人のライフスタイルを信奉する者たちは言った。「几帳面な生活習慣の持ち主にはぴったりだ。この規則正しさに彼らは喜んで従うだろう！」

ところがどうだ！　バービケイン会長の大事業が成し遂げられた暁には、同じことが地球上でも起こるのだ。ただし、新しい地軸をめぐる回転運動は、速くもならなければ、遅くもならず、ある日の正午とその翌日の正午を隔てるのは相変わらず二四時間だから、われわれの回転楕円体のどの地点においても、夜と昼の長さは等しく一二時間ずつとなろう。薄暮と黎明は、常に一定量、昼間の時間を長くするだろう。永遠に続く昼夜平分時の只中をわれわれは生きることになるだろう。輝ける天体が、赤道面に見かけの曲線軌道を描く三月二一日と九月二一日に、地球上のあらゆる緯度で起きることが、一年中続くのだ。

「だが、最も奇妙かつ、われわれにとって少なからず無関心ではいられない気象現象は」と熱狂しやすい連中は正当にも付け加える。「季節がなくなることだ！」

事実として、春、夏、秋、冬の名称で知られる年変化が生じるのは、地軸の公転軌道面に対する傾きのためである。然るに、木星人は四季のことなどまったく知らない。したがって、地球人にとってもそれは無縁のものとなろう。新しい地軸が黄道に対して垂直になったら最後、寒帯も熱帯もなくなり、地球全体が温帯気候を享受することになるであろう。

その理由は以下の通りである。

熱帯地方とはなにか。地球表面のうち、北回帰線と南回帰線にはさまれた部分のことである。この地帯に含まれるすべての地点は、太陽が年に二度天頂を通過するという特質に恵まれている。対して、両回帰線上の地点では、この現象は一年に一度ずつしか起こらない。*

温帯地方とはなにか。南北回帰線と両極圏の外周の間、緯度にして二三度二八分と六六度七二分〔原文ママ、六六度七二分は六六度三二分の間違い〕の間に位置する地域からなる部分のことである。この地帯において、太陽は、決して天頂まで上昇することがない代わり、毎日地平線の上に姿を現す。

寒帯地方とはなにか。両極圏の内側にあって、太陽に一定期間見放される地域のことである。この期間は、極点においては、六か月にも及ぶ。

おわかりいただけるだろうが、太陽が地平線からどのくらいまで高く昇るか、その度合いがさまざまに異なることによって、次のような結果が引き起こされる。熱帯地方には、極度の暑さが——温帯地帯には、適度な、しかし回帰線から遠ざかるに伴って変化する暑さが——寒帯には、極圏の外周から極点まで、過度の寒さが、それぞれもたらされるのである。

さて、新しい地軸が直立している結果として、こうしたことが地球の表面ではもはや見られなくなるのだ。太陽は赤道面を片時も離れなくなるだろう。一年を通して、太陽は、一二時間の間、揺るぎない運行を続け、天頂から、その地点における緯度に等しい距離のところまで上昇し、その地点が赤道に近ければ近いほど、高く昇るだろう。すなわち、緯度二〇度に位置する国々では、地平線から七〇度の高さまで——緯度四九度のところでは、四一度の高さまで——緯度六七度の地点では、二三度の高さまで、それぞれ毎日上昇するということだ。そのため、一日一日を支配する規則性は完璧であって、一二時間ごとに地平線の同じ地点から昇り、同じ地点に沈む太陽のリズムに従うことになろう。

「その素晴らしいことといったら！」とバービケイン会長の支持者たちは繰り返すのだった。「現在のような嘆かわしい気温の変化がなくなった地球の上で、おのれの気質に合わせて、一年を通して一定の気候の中から、自分の鼻風邪(リューム)なりリューマチにぴったりの気候を選べるのだ！」

　要するに、現代のタイタン*たるバービケイン社は、回転楕円体が現在あるような地球に姿を変えるべく、その軌道面に対して傾いた状態で凝縮してからというもの、ずっとそのままだった万物の秩序を変更しようとしているのである。

　実を言うと、このために観測者は、視野に入る天空で見慣れていた星座や星のいくつかを失ってしまうことになるだろう。詩人は、「支えの子音のある」現代韻律*の枠に収めるべき、冬の長々しき夜も、夏の永日も、ともに迎えられなくなってしまうだろう。だが、総じて、人類全般にとって、なんという恩恵だろう！

「それに」とバービケイン会長に入れ揚げる新聞各紙は連呼した。「地球の農作物の生産は一定の規則に従うことになるから、農学者は、それぞれの作物に対して、ふさわしい気温を配分することが可能となる」

「結構！」と敵対する新聞各紙は応戦したものだった。「だからと言って、雨、あられ、嵐、竜巻、雷雨など、来るべき収穫および農家の命運に深刻なダメージを与えかねないこれらの気象現象がなくなるわけではあるまい？」

「確かに」と支持者たちの合唱団は声を揃えるのだった。「しかし、そうした災害は、気候が一定になって大気の乱れが抑えられる結果、おそらく、今よりも稀になるはずだ。そうだ！　人類はこの新しい事態から大いに恩恵をこうむるだろう。そうだ！　地球は完全に生まれ変わることになろう。そうだ！　バービケイン社は、昼と夜の長さの不均衡と一緒に、遺憾千万なる季節の多様性を破壊することで、現在および未来の世代に貢献するのだ！　そうだ！　ミシェル・アルダンも言ったように、われわれの回転楕円体は、表面が暑すぎるか、寒すぎるか、そのどちらかしかない今の状態から一変して、風邪や感染性鼻炎(コリーザ)や肺炎を病む惑星ではもはやなくなるのだ。風邪を引きたがる物好きは別にして、風邪引きはいなくなるだろう。なぜなら、そういう連中が自分の気管支に適した国に行ってそこに住むのは、そいつらの勝手なのだから」

　そして、ニューヨークの〈サン〉紙は、一二月二七日付紙面で、この上なく雄弁な記事を以下のような叫びをもって、しめくくったのである。

「バービケイン会長とその仲間たちに栄光あれ！　この大胆な男たちは、言ってみれば、アメリカ大陸に新たな地方を一つ付け足し、それによって、連邦のすでにかくも広大な領土を拡大させるだけではなく、地球を衛生的見地からより住みやすくし、さらには、収穫直後にすぐ種蒔きが可能となり、種は寝かせておく間もなく芽吹くので、冬の間の時間が無駄になることもなくなって、生産性は向上するだろう。石炭という富が新たな炭鉱の採掘によって増大し、この不可欠な物質の消費を長期にわたって保証するだけではなく、われわれの地球の気象条件も改善されるのだ。バービケイン会長とその仲間たちは、同胞たちに多大の利益をもたらすべく、創造主の御業を手直しするのだ。人類の恩人の中でも筆頭の座を占めることになるこの男たちに栄えあれ！」

バービケイン会長が地軸に加える変更によってもたらされるはずの利益は、以上のようなものだった。それに、ご承知かとは思うが、太陽の周りを回るわれわれの回転楕円体の平行運動にこの変更が影響するとしても、感じ取れない程度ということになっている。地球は、宇宙空間を横切るその軌道を揺るぎなく描き続けるであろう。太陽年の諸条件に狂いは生じないであろう。

　地軸の変更によって生じる結果が人々の知るところとなった時、それは大々的な反響を呼んだ。そして、最初のうちは、この高等力学の問題は熱狂的に迎えられた。恒常的に一定の季節を、緯度に応じ、「消費者のお好みのままに」手にできるという見通しは、素晴らしく誘惑的だった。人々は、死すべき分際でありながら、テレマコスを歌った詩人*がカリピュソ島に付与したあの常春を誰もが享受できる上に、涼しい春と温和な春のどちらかを選択することさえできるという考えに、見境もなく「とびついた」のである。今後地球の日周回転がその周りで行われるはずの新しい地軸がどこになるのかといえば、その点は秘密にされており、バービケイン会長も、ニコル大尉も、J＝T・マストンも、公にはしたがらない様子だった。彼らはそれを実験の前に明らかにするのだろうか。それとも、実験が終わって初めて、人々の知るところとなるのだろうか。世論がいくらか不安を覚えはじめるには、それだけで十分だった。

　念頭にごく自然に浮かぶ疑問が一つあり、それは諸新聞で熱心に検討された。当然にも途方もない力の行使を必要とするこの変化は、どのような力学的作用によって引き起こされるのだろうか。

　ニューヨークの有力雑誌〈フォーラム〉*は、以下の点を的確にも指摘した。

「仮に地球が軸の周りを回転していなかったとすれば、比較的軽度の衝撃を加えるだけで、任意に選んだ軸を中心とする回転運動を引き起こすことも可能だったかもしれない。しかし、地球は、巨大なジャイロスコープになぞらえられる。相当のスピードで運動しているのであって、自然の法則として、この手の装置には、同じ軸の周りを回り続ける癖があるのだ。レオン・フーコーが名高い実験を通して実地に証明してみせた事実である。それゆえ、地球をその軸から逸脱させるのは、不可能とは言わないが、極めて困難ではあるだろう！」

まったくもってその通りだった。そして、「北極実用化（ノーズ・ポラー・プラクティカル・）協会（アソシエーション）」の技師たちが考案した作用力はいかなるものなのか、あれこれ思いをめぐらせた今、これに劣らず気がかりな問題は、その作用は気づかないうちに起こるのか、それとも暴力的に生じるのか、ということであった。後者だとすれば、バービケイン社の手法のおかげで地軸の変更が現実のものとなる瞬間に、地球の表面におそろしい大惨事が出来するのではあるまいか。

これこそ、新旧両世界の有識者にも、無知な衆生にも、等しく不安を抱かせる問題であった。結局のところ、衝撃は衝撃であって、それを感じるのも、場合によってはその反動まで感じなければならないのも、断じて気持ちのいいものではない。まったくの話、この事業の推進者たちときたら、自分たちの行為がもたらす利点のことで頭がいっぱいで、われわれの気の毒な地球がそのためにこうむるかもしれない混乱のことなど、これっぽっちも気にかけている様子はない。かくして、これまでになく自分たちの敗北に苛立ちを募らせ、この状況をなんとしても利用しようと心に決めたヨーロッパの代表たちは、極めて巧妙に、ガン・クラブの会長に敵対する世論を煽りはじめた。

覚えておいでだろうが、フランスは、北極圏地域に対していかなる権利主張も行わず、競売に参加した列強の中に含まれていなかった。しかしながら、フランスがこの問題からは公式に手を引いていたにせよ、すでに述べたように、一人のフランス人がボルティモアに行こうと思い立っていたのであった。旅費は自前で、あくまで個人的な楽しみのために、この巨大事業の諸段階を見守るためであった。

彼は鉱山局の技師で、三五歳であった。理工科学校（エコール・ポリテクニーク）に首席で入学し、首席で卒業したというから、並外れた数学者と呼んで差し支えないだろう。J＝T・マストンよりも優れていると考えられる。J＝T・マストンは、卓越した計算家ではあっても、所詮は計算家でしかない――いわば、ラプラスやニュートンに対するル・ヴェリエ*のようなものである。

この技師は――だからと言ってなんら困りはしないが――機知に富んだ人物で、突飛な空想を好み、土木局にはたまにいるが、鉱山局では滅多にお目にかからないタイプの変人だった。彼のしゃべり方は一種独特であって、聞いていてとにかく愉快だった。親しい者同士で話している時の彼は、科学が話題になっていても、パリっ子のざっくばらんな調子でまくし立てるのだ。この種の俗語で用いられる語彙や、流行が手っ取り早く市民権を与えた言葉遣いが好きだったのである。打ち解けた時の彼が口にする言葉を耳にすれば、同じ人物が学問的な言い回しを甘んじて口にできたとは思えなかっただろう。事実、彼がそうした表現を甘受するのはペンを手にした時だけであった。その一方で、彼は大変な勉強家でもあり、一〇時間も机に向かったまま、まるで手紙でも書くように、すらすらと代数記号を何ページも書くのであった。まる一日高等数学に取り組んだ後の彼にとって最高の気晴らし、それはホイスト*だった。しかし、あらゆるチャンスを計算していたにもかかわらず、あまり勝てなかった。「死人*に勝ち札が回った」時には、決まって、ポリテク生（ピポ）ご愛用のラテン語もどきでこう叫ぶのが聞かれた。「死体を押しのけないと！（カダヴェリ・ブッサンドゥム・エスト！）」

この風変わりな人物は、その名をピエルドゥー（アルシッド）と言い、なんでも省略せずにはいられない習癖——彼の友人たちにも共通する習癖——から、Pierd、さらにはPiと署名するのを常とし、決して「i」の上に点を打たなかった。議論になると熱くなりやすく、「アルシッド・シュルフュリック」*という綽名を奉られたほどだった。長身であるばかりか、「抜きん出て」見えた。友人たちの断言するところでは、彼の身長は、子午線の四分の一の一〇〇〇万分の五、すなわち約二メートルとのことだったが、あながち間違いとは言えない。がっしりした上体と広い肩幅のわりに頭は小さかったが、それをなんと威勢よく振り立て、青い目から鼻眼鏡越しに飛び出す視線は、なんと溌剌としていたことか！ 彼を特徴づけているのは、真面目でありつつも陽気な顔つきであった。「ロストのコップ」*、言い換えれば、自習室のガス灯の下で代数記号を濫用しすぎたおかげで、時期尚早におつむの毛が薄くなっていようとも、そんなことはお構いなしだった。おまけに、理工科学校で人々の記憶に残る限り、最高の好青年で、気取ったところは微塵もなかった。自主独立の気概に富んでいたにもかかわらず、理工科学校の生徒の間で、友愛、そして制服に払うべき敬意にまつわるもろもろを司るXの掟*に終始一貫して忠誠を守っていた。彼の評判は、「アカス」の校庭——こう名づけられていたのは、そこにアカシアが存在していなかったからである——の木陰でも、「カゼール」*——大寝室のことで、そこにある彼のよく整頓された衣装箱、彼の「柩（コフィン）*」内部の整然たる様には、持ち主のおそろしく几帳面な性格が反映されていた——の中でも、上々だった。

だが、アルシッド・ピエルドゥーの頭がその大きな図体の上で小さく見えたからといって、それがなんであろう！

いずれにせよ、髄膜まで中身がぎっしり詰め込まれていたことは、信じていただいて結構である。なによりも、彼は数学者であった——彼の学友がおしなべてそうであるか、そうであったように。しかし、彼が数学に打ち込んだのは、ひたすらそれを実験科学に応用するためであって、後者もまた、産業的に使い道があるのでなければ、魅力を感じられなかった。彼自身認めていたように、そこに彼の性格的弱点があった。誰しも完全ではない。結局、彼の専門は、長足の進歩を遂げているにもかかわらず、信奉者に対しても秘密を持ち、今後も秘密を持ち続ける科学を研究することだった。

ついでに言っておくと、アルシッド・ピエルドゥーは独身であった。彼の口癖を借りれば、依然として「イコール1」であったのだ。彼としては、二倍になりたくてたまらなかったのだが。そういうわけで、友人たちは、マルティーグ[*]在住の、魅力的で朗らかな、目から鼻に抜けるようなプロヴァンス娘と彼を結婚させようと考えた。間の悪いことに、娘には父親が一人いて、最初の下交渉に対して、次のような「マルティー語」で応じたのである。

「だめだめ、あんたたちのアルシッドさんは学者すぎるよ！　わけのわからん話を聞かせられるうちの娘の身にもなってみなよ！……」

真の学者というのはことごとく、謙虚でもなければ、素朴でもないと言わんばかりだった！

こういう次第で、傷ついたわれらの技師は、彼とプロヴァンスの間に若干の海の広がりを置くことにしたのであった。一年の休暇を願い出て、それが認められた時、「北極実用化協会（ノース・ポラー・プラクティカル・アソシエーション）」問題に付き合うこと以上にましな時間の使い方があるとは思えなかった。そういうわけで、彼はこの時期に合衆国にいたのであった。

それゆえ、ボルティモアに着いてからというもの、バービケイン社の巨大事業が彼の念頭を離れたことは一度もなかった。地軸の変更で地球が木星的になろうがなるまいが、そんなことはどうでもよい！　だが、それがどのような手段でなされるのか、この点が学者としての好奇心を刺激したのである——もっともなことだった。

そして、一癖も二癖もある言葉遣いで独り言を言っていた。

「バービケイン会長め、われわれの玉に第一級の突きをお見舞いする気だな！……どのようにして、どの方向にだろう？……一にも二にもそこが問題だ！……畜生！　斜めに飛ばすためにビリヤードの玉を「薄く」突く時の要領でやる気なんだろうけど！……「まともに」打とうもんなら、軌道を外れてあさっての方向にすっ飛んじゃうわけで、一年もへったくれもあったもんじゃなくなるだろう！　そうじゃない！　あの善良な連中は、古い地軸を新しいのと交換することしか考えていないに決まっている！……そいつは間違いない！……でも、どこで支点を見つける気なのかな。それにどういう衝撃を外側から加えるつもりなんだろう。そこがどうもわからん！……ああ！　自転運動さえなきゃ、指でちょっとはじくだけで十分なんだがな！……ところがどっこい、自転運動はあるからな！……こいつをなくすわけにもいかないし！　これこそ「カニスデントゥム」というやつだぞ！」

　彼は「厄介ごと*」というつもりで、それをラテン語化したのである。まったく驚かされるではないか、このピエルドゥーという男には！

「とにかく」と彼は付け加えた。「どんな方法でやるにしても、てんやわんやの大騒ぎになるぞ！」

　結局のところ、われらの学者先生がどれだけ「塩箱*の骨を折って」も、バービケインとマストンが考え出した方法がどのようなものなのか、見当もつかなかったのである。それさえわかっていれば、彼自身で即座に力学定式を導き出していたはずだけに、なおさら残念でならなかった。

　そして、これこそ、この一二月二九日に、フランス鉱山局の技師であるアルシッド・ピエルドゥーが、その長い脚というコンパスでボルティモアの起伏に富んだ街並を測るように歩き回っていた理由だった。

「これこそ「カニスデントゥム」というやつだぞ」

第一〇章 さまざまな不安が表面化しだす

　ガン・クラブの会議室で開かれた総会から一か月が経ったところであった。その間に、世論の風向きは一変した。自転軸の変更がもたらす利点など、忘れ去られていた！　弊害の方は、次第にはっきりと人々の目に映りはじめていた。問題の変更がどうやら強烈な衝撃によって引き起こされるからには、大惨事が起こらないはずがなかった。この大惨事が正確にはどのようなものなのか、それは誰にもわからなかった。気候の改善はといえば、それはそんなに望ましいものなのだろうか。実のところ、得をするのはエスキモー、ラップ人、サモエード族、チュクチだけかもしれない。彼らには失うものがないのだから。

　こうなっては、バービケイン会長の事業に対して悪口雑言を並べ立てるヨーロッパ代表団に耳を貸さないわけにはいかなかった！　まず手始めに、彼らは自国政府に報告書を提出し、海底ケーブルを乱用して電報をひっきりなしに垂れ流し、指示を仰いでは受け取った……。この指示とやらがどんなものかはご承知の通り。心が浮き立つような留保付きの、外交術の決まり文句を羅列した、毎回判で捺したように同じ調子のやつである。「精一杯やれ。ただし、政府の立場は危うくするな。――断固として行動せよ。ただし、現状(スタチュ・クオ)には指一本触れるな！」

　その間にも、ドネラン少佐と彼の同僚たちは、脅威にさらされている自国の名の下に――とりわけ旧世界の名の下に、抗議の声を上げ続けていた。

「実際」とボリス・カルコフ大佐が言った。「アメリカの技師たちは、合衆国の領土が衝撃の余波を受けることは可能な限り回避するために、なんらかの方策を取ったに決まっている。それは明らかだ！」

「ですが、果たしてやつらにそんなことができたでしょうか」とヤン・ハラルドが応じた。「オリーヴの実を収穫しようとしてオリーヴの木を揺さぶれば、ダメージを受けない枝なんてないでしょう？」

「それに胸に拳骨を一発食らえば」とヤーコプ・ヤンセンが畳みかけた。「全身がぐらつくではないか」

「通知文書の例の条項はこのことを言っていたんですよ！」とディーン・トゥードリンクが叫んだ。「なんらかの地理学的ないし気象学的変化が地表面に生じる可能性を云々していたのは、そういうわけだったんですよ！」

「まったくだ！」とエリック・バルデナックが言った。「まず心配なのは、地軸が変更されたために、海がその本来の凹みからおっぽり出されるんじゃないかってことだ」

「それに、もしあっちこっちで海面の高さが下がろうもんなら」とヤーコプ・ヤンセンが指摘した。「高いところに取り残されてほかと連絡が取れなくなる住人も出てくるのでは？……」

「もしそれが大気の稀薄な層のところだと」とヤン・ハラルドが付け加えた。「呼吸する空気が足りなくなってしまうぞ！」

「ロンドンがモンブランと同じ高さのところに行ってしまうなんて、考えてもみろ！」とドネラン少佐が叫んだ。

そして、脚を開き、顔を仰向け、あたかも連合王国の首都が雲間に消えたかのように、英国紳士は天頂をうち眺めた。

結局、ことは世界全体にとっての脅威なのだ。地軸が変更される結果として、どのような影響が生じるのか、すでに予感されているだけに、不安はいっそう高まるのだった。

なんと言っても、緯度にして二三度二八分に相当する変化なのである。この変化を受けて元両極となる地点、そこで地球は扁平になっているため、海水の移動は相当な規模になるはずだ。となると、最近火星の表面で人々が確認したように思った大変動が、地球にも起こる危険があるのではないか。火星では、いくつかの大陸全体、特に、スキアパレッリ[*]がリビアと呼んだ地域が、まるごと水没してしまったのだ——赤っぽい色調の部分に取って代わった濃い青の部分がそれを示している。別の場所ではモエリス湖が消滅してしまった。北部では、六〇万平方キロメートルもある一画が変貌し、南部では、広大な領域を占めていた大洋がそこを見捨ててしまった。「火星の洪水被災者」の身の上を案じて募金を始めようとするほど思いやりにあふれた人々が仮にいたとしても、地球の被災者の心配をしなければならないとすれば、それどころの騒ぎではないではないか。

かくして、抗議の声が方々から上がりはじめ、合衆国政府は手を拱いているべきではないということになった。つまるところ、実験をすれば起こるに決まっている大災害に巻き込まれるくらいなら、最初から実験などやらない方がましだ。創造主は万物を見事に創られたのだ。その御業に大胆不敵にも手を加える必要など、あろうはずがない。

ところがどっこい、信じられないことが起こった。なんと、これほど重大な事態を笑い飛ばす軽佻浮薄な精神の持ち主が現れたのだ！

「あの北米人（ヤンキー）どもといったら、見ろよ！」と彼らは口々に言うのだった。「地球を別の焼き串に刺し直すんだってよ！　この地軸の周りを地球が何百万世紀も回り続けた挙句、それをピボットの摩擦ですり減らしてしまったというのなら、滑車や車輪の車軸を交換するように、地軸を交換するのも、まんざら悪い話とも言えん！　だが、創造されたばかりの頃と同じくらい、まだ使えるんじゃないか？」

これにはなんと返答すればいいものやら。

そして、こうした批判の渦中にあって、アルシッド・ピエルドゥーは、J＝T・マストンが考案した衝撃の性質およびその方向、そして、それが正確に地球のどの地点で引き起こされようとしているのか、見抜こうとしていた。この秘密さえつかめれば、地球の回転楕円体のどの部分が危機に瀕しているのか、それも明らかにできるだろう。

すでに述べたように、新大陸は、旧大陸の味わっている恐怖を共有できずにいた――少なくとも、北アメリカという名称に含まれ、したがって特に、アメリカ連邦に属している部分は、そうであった。なるほど、地軸の変更によって、ヨーロッパ、アジア、アフリカ、オセアニアの各地方は、上昇したり水没したりもするだろう。しかし、バービケイン会長、ニコル大尉、そしてJ＝T・マストンが、アメリカ人たる資格において、合衆国が同じ目に遭おうが頓着しない、などということが、あろうはずもない。人は北米人（ヤンキー）であるか、そうでないか、二つに一つである。そして、三人が三人とも、北米人（ヤンキー）もいいところ、それもあまり例を見ないほど、骨の髄まで北米人（ヤンキー）なのだった――バービケイン会長が月旅行のプロジェクトを練り上げた時にそう呼ばれたように、「生一本の」北米人（ヤンキー）だったのだ。

言うまでもなく、北極地方とメキシコ湾の間の新大陸に関する限り、予想される衝撃を心配するには及ばない。それどころか、アメリカは、領土が拡大するという恩恵に浴する公算大である。実際、現時点で二つの大洋に浸されている海盆が干上がるおかげで、翻る星条旗の布地の上にちりばめられた星と同じくらいの数の、新たな州を併合できるのではないか。

「間違いなくそうだろう！　だが」と小心者――物事の物騒な側面しか目に入らない連中――は口を酸っぱくして言うのだった。「この地上では、なにが起きるか、わかったもんじゃない。J＝T・マストンが計算間違いをしていたらどうする？　それに、計算を実行に移す段になって、バービケイン会長がなにかしくじったら？　どんなに腕のいい砲兵にだってそういうことは起こりうるんだぞ！　弾丸や爆弾を的に当てること百発百中ってわけじゃないんだから！」

容易に理解できることだが、こうした不安の念は、ヨーロッパ列強の代表たちの手で、入念に掻き立てられていた。ディーン・トゥードリンク秘書は、〈スタンダード〉紙に、この趣旨に基づく激烈きわまる論説を書きまくり、ヤン・ハラルドはスウェーデンの新聞〈アフトンブラデット〉紙で、ボリス・カルコフ大佐は広範な読者層を持つ〈ノヴォエ・ヴレミア〉紙で、それぞれ論陣を張った。アメリカでさえ、意見は割れた。自由主義的立場を取る共和党は、バービケイン会長支持の姿勢を変えなかったのに対し、保守的な民主党は、反バービケイン色を鮮明にした。アメリカの新聞の一部、とりわけ、〈ボストン・ジャーナル〉、ニューヨークの〈トリビューーン〉紙などは、ヨーロッパの各紙と声を合わせた。さて、合衆国では、ユナイテッド・プレス通信社〔PU〕およびアソシエイティッド・プレス〔PA〕通信社が設立されてからというもの、新聞は一大情報仲買業と化している。なにしろ、地方ニュースと国際ニュースの価格たるや、毎年、二〇〇〇万ドルを大幅に上回っていたのである。

ほかの新聞が——それも、そこそこ広く読まれている新聞が——いくら「北極実用化協会（ノース・ポラー・プラクティカル・アソシエーション）」を擁護しようとしても無駄だった！　エヴァンジェリーナ・スコービット夫人が一行につき一〇ドル払って、真面目な社説から空論的な記事、果ては機智に富む戯文まで買い取り、人々の言う危険は空想の産物で、でたらめであることを示しても無駄だった！　熱心な未亡人が、どう逆立ちしたところで立証できない仮説がこの世にあるとすれば、J＝T・マストンが計算ミスをやらかすことだと証明しようとしても無駄だった！　とうとう、恐慌状態に陥ったアメリカは、少しずつではあったが、こぞってヨーロッパに賛同するに至った。

おまけに、バービケイン会長も、ガン・クラブの秘書も、運営委員会のメンバーも、誰一人として反論しようとはしなかった。彼らは言いたいように言わせておき、いつもと変わらない生活を送っていた。これほど大規模な事業であれば必要になるはずの、大変な準備に忙殺されている様子もなかった。そもそも、世論の風向きが一変したこと、最初はあれほど熱狂的に歓迎された計画が、いまや、日増しに強まる世間の反対の声にさらされていることを、彼らは気にかけていたのだろうか。そんな気配はほとんどなかった。

やがて、エヴァンジェリーナ・スコービット夫人の献身も空しく、彼女が彼らを擁護するためにどれほどの大金を注ぎ込もうとお構いなしに、バービケイン会長、ニコル大尉、J＝T・マストンは、新旧両世界の安全を脅かす危険分子ということになった。この件に介入し、その推進者たちを尋問すべきであるとの強い要請を、合衆国政府はヨーロッパ列強各国から公式に受けた。あの連中は実行手段を包み隠さず公にし、どのような方法で古い地軸を新しい地軸に取り替えるつもりなのか、公表しなければならない——そうすれば、世界の安全という観点から、この事業の影響がいかなるものとなるか、推測することも可能になる——地球のどの部分が直接危険にさらされているか、はっきりさせることができるのであり、一言で言えば、人々が不安のうちに知らずにいること、用心のためには知っておくのが望ましいこと、それが明らかになるのだ。

ワシントンの政府は、乞われるまでもなく、動いた。連邦の北部、中部、南部の各州に広がった動揺は、躊躇することを許さなかった。力学専門家、技師、数学者、水圏学者、地理学者など、五〇人からなる調査委員会が作られた。委員長は、かの有名なジョン・H・プレスティスであった。二月一九日の政令によって設立されたこの委員会には、事業の内容を関係者に報告させ、必要に応じてそれを禁止する上で、全権が与えられていた。

手始めに、バービケイン会長が委員会への出頭を命じる召喚状を受け取った。

バービケイン会長は出頭しなかった。

警吏たちが、ボルティモアのクリーヴランド通り九五番地の自宅に彼を迎えに行った。

バービケイン会長はもはやそこにはいなかった。

彼はどこへ行ったのか？……

誰も知らなかった。

いつ出発したのか？……

五週間前、一月一一日に、彼はメリーランド州の大都市を、そして、メリーランド州そのものを、ニコル大尉と連れ立ってあとにしていたのである。

二人はどこへ行ったのか？……

その答えを知る者はいなかった。

明らかに、ガン・クラブの二人の会員は、これから始まる準備作業を指揮すべく、例の謎の地点に赴いたのだ。

だが、それは一体どこなのか？……

手遅れになる前に、物騒な技師たちの計画を卵の段階で叩き潰そうというなら、なんとしてもその地点を知る必要があるのはご理解いただけよう。

バービケイン会長とニコル大尉の出発によって引き起こされた失望は大きかった。間もなくその反動で、彼岸の満

バービケイン会長はもはやそこにはいなかった

潮のように、「北極実用化協会（ノース・ポラー・プラクティカル・アソシエーション）」の運営理事に対する怒りが湧き上がった。

しかし、バービケイン会長とその同僚の行方を知るはずの男が一人いた。この地球の表面に屹立する巨大な疑問符にはっきりした答えを出すことのできる男が。

その男とは、J＝T・マストンであった。

J＝T・マストンは、ジョン・H・プレスティスの肝煎りで、調査委員会に出頭を求められた。

J＝T・マストンは出頭しなかった。

彼もまた、ボルティモアを発ったのだろうか。全世界が当然の怯えとともにその結果を待っているあの事業を手伝うため、仲間たちに合流したのか。

そうではなかった！　J＝T・マストンは、相変わらずフランクリン通り一〇九番地の「弾道荘」にいた。すでに別の計算問題に安らぎを求めてひっきりなしに働いており、ニュー・パークにあるエヴァンジェリーナ・スコービット夫人の広壮な屋敷の居間で時たま過ごす夕べを除いて、仕事の手を休める時はなかった。

調査委員会の委員長から、彼を連れてくるようにと命令された警吏が一人、急ぎ派遣された。

警吏はコテージに到着し、ドアをノックし、玄関ホールに入り込み、黒人ファイア＝ファイアからつっけんどんに迎えられ、家の主人からはさらにつっけんどんに迎えられた。

さりながら、J＝T・マストンは、召喚に応じるべきだと考えた。調査委員たちの前に出頭した時、彼は、毎日の仕事を中断されてはなはだ迷惑に感じていることを隠そうとはしなかった。

最初の質問が発せられた。

ガン・クラブの書記は、バービケイン会長およびニコル大尉の現在の居場所を知っているか。

「知っている」とJ＝T・マストンは、断固たる口調で答えた。「だが、人に教えていいと考えるべきいわれがない」

第二の質問。

マストンの二人の仲間は、地軸の変更事業に必要な準備作業に従事しているのか。

「それは」とJ＝T・マストンは答えた。「私が守らなければならない秘密に含まれており、回答を拒否する」

調査委員会に計算の内容を伝え、会社の計画を最後まで実行させてもよいかどうか、委員会の方で判断するのに協力する気はない、ということか？

「その気はないし、私は計算の内容を教えるつもりなどない！……そんなことをするくらいなら、破棄するつもりだ！……私の計算の結果を誰にも知らせないのは、自由なアメリカの自由な市民たる私の権利だ！」

「しかし、それがあなたの権利だとして、マストンさん」とジョン・H・プレスティスは、あたかも全世界の名において応答しているかのように、重々しい口調で言った。「世界の動揺に答えて、地球に住む人々が陥っている恐慌を終わらせるのは、あなたの義務だとは言えませんか」

J＝T・マストンは、それが彼の義務だとは思わない。彼の義務はただ一つ、黙っていることである。彼はこれ以上口をきくつもりはない。

委員会のメンバーがどんなに食い下がり、頭を下げ、脅しをかけても、鉄の手鉤を付けた男からはなにも引き出せなかった。そう、なに一つだ！　グッタ・ペルカ製の頭蓋骨の中に、これほどの頑固さが宿ろうとは、誰にも信じられなかっただろう。

J＝T・マストンは、やってきた時と同じように帰って行った。エヴァンジェリーナ・スコービット夫人が彼の雄々しい態度をどれほど賞讃したか、それはとやかく申すまでもあるまい。

調査委員によるJ＝T・マストンの呼び出しの結果を知って、人々の憤慨は、引退した砲兵の身の安全を危ぶませるに足る様相を呈した。時を置かずして連邦政府の高官にかかる圧力は強まり、ヨーロッパ代表と世論の口出しのあまりの激しさに、国務大臣ジョン・S・ライトは、武力の発動（マニュ・ミリタリ）を容認するよう、各閣僚に要請せざるをえなくなった。

ある晩、とは三月一三日のこと、J＝T・マストンは「弾道荘」の書斎にいた。——数字に没頭していたその時、電話のベルが熱を帯びて鳴り響いた。

「もしもし！……もしもし！……」と振動板は、極度の不安を示す震動に動かされて、呟きを発した。

「どなたです？」とJ＝T・マストンは、尋ねた。

「スコービット夫人です」

「スコービット夫人のご用は？」

「あなたに用心してもらうことですわ！……ついさっき知ったのですが、今晩にも……」

この言葉がJ＝T・マストンの耳に入る間もなく、「弾道荘」の扉が体当たりで打ち破られた。

書斎に続く階段は大騒ぎになった。一人が抗議の声を上げていた。それ以外の声はそれを打ち消そうとしていた。それから、人体が一つ転げ落ちていく音。

主人の「ホーム」を襲撃者たちから死守しようとしたものの、奮闘空しく、一段また一段と落ちていく黒人のファイア＝ファイアであった。

一瞬後、書斎のドアが吹き飛び、警吏の一小隊を引き連れた巡査が姿を現した。

この巡査は、コテージを家宅捜索し、J＝T・マストンの書類を押収し、その身柄を確保する命令を受けていた。

血気さかんなガン・クラブの書記は、リヴォルヴァーを摑み、小隊に向かって、六発の威嚇射撃を行った。

瞬く間に、数に劣る彼は武器を取り上げられ、机を埋め尽くしていた、数式と数字に覆われた書類を押収された。

突然、身を振りほどいたJ＝T・マストンは、彼の計算がことごとく記されているとおぼしき手帳をひったくることに成功した。

警吏たちは、それを奪い返そうと飛びかかった——必要とあらば、命に代えても……

だが、J＝T・マストンはそれを素早く開き、最後の頁をむしり取ると、さらに素早く、単なる丸薬かなにかのように呑み込んだ。

「さあ、取れるもんなら取ってみろ！」と彼は、テルモピレーの戦場におけるレオニダス*もかくやといった調子で叫んだ。

一時間後、J＝T・マストンはボルティモアの監獄に収監されていた。

そして、おそらく彼にとってはこれ以上に幸いなことはなかった。というのも、群衆が彼を標的に行き過ぎた行為——彼にとっては由々しき行為——に及ぼうとしていたからで、それを防ごうにも、警察にはなすすべがなかっただろう。

瞬く間にマストンは武器を取り上げられた

第一一章——J＝T・マストンの手帳に書かれていたこと、そしてもはやそこには残っていないこと

ボルティモア警察の手で押収された手帳は三〇ページほどで、数式、方程式、そして、とどのつまり、J＝T・マストンの計算の総体をなす数字が、ぎっしり書き込まれて縞模様となっていた。高等力学の一大成果であり、数学者にしか正しく評価できない。そこには、運動エネルギーの方程式まであった。

$$v^2 - v_0^2 = 2gr_0^2\left(\frac{1}{r} - \frac{1}{r_0}\right)$$

これは、紛れもなく、『地球から月へ』の問題でも顔を出していたのと同一の方程式であって、その時には、月の引力に関わる数式*も含んでいた。

要するに、世間一般の人々には、なんのことやら、さっぱり見当もつかなかっただろう。したがって、前提となるデータと計算の結果を人々に知らせるのが妥当と思われた。この結果をめぐって、数週間もの間、全世界が不安におののいてきたのだから。

それこそ、調査委員会の学者たちが名高い計算屋の数式を検討し終わるや否や、各新聞に知らせた通知であった……。それは、党派を問わず、すべての新聞に掲載され、人々の知るところとなった。

最初に言っておかなければならないのは、J＝T・マストンの仕事には文句のつけようがなかったということである。問題は正しく提起され、半ば解決済みだったが、その手際は見事だった。第一、計算はあまりにも正確になされていたため、調査委員会がその正確さと結果に疑問を抱くことなど、思いも寄らなかった。もし実験が最後まで行われれば、地軸は確実に修正され、予想される大惨事は全面的に現実のものとなるだろう。

新旧両世界の新聞および雑誌に宛てた、ボルティモア調査委員会の報告書

「新しい回転軸を古い回転軸に置き換えるため、「北極実用化協会」の運営理事会が追求している効

高等力学の一大成果だった

果は、地球のある特定の地点に固定された火器の反動によって得られる。この火器の内腔が地面と完全に接合されていれば、その反動がわれわれの惑星全体に伝わるのは間違いない。

協会の技師たちが採用した火器とは、怪物的な規模の大砲にほかならない。この大砲を垂直に撃っても何の効果もない。最大限の効果を上げるためには、水平方向に、北か南に砲身を向けなければならない。バービケイン社が選んだのは南の方角である。この条件の下で、反動によって地球に加えられる衝撃は北向きとなる——それは、ビリヤードの球を極めて薄く突いた時の衝撃になぞらえられる」。

実を言えば、これこそまさに、あの明敏なアルシッド・ピエルドゥーが予測していたことだった。

「大砲が発射されると同時に、地球の中心は、衝撃の方向と平行に移動することになって、軌道面は変わり、その結果、一年の長さにも変化が生じる。だが、この変化は実に微弱な程度なので、完全に無視できると考えるべきである。同時に、地球は、赤道面に位置する軸の周りを回転することになるが、その回転は、衝撃に先立って日周運動が存在していなかったと仮定すれば、そのまま際限なく続いたことだろう。

然るに、この運動は、両極を結ぶ線をめぐって存在しており、反動によって生み出される副次的な回転と組み合わさることで、新しい軸を作り出す。その極は、古い極から距離xだけ離れることになる。その上、春分点——赤道と黄道が交差する二点のうちの一つ——が発射ポイントから見て天底にある時に大砲が発射され、反動が古い極点を二三度二八分移動させるほど強力であれば、新しい地軸は、地球の軌道面に対して垂直になる——木星で起きていることとほぼ同一の事態である。

バービケイン会長が一二月二〇日の会議で指摘しておくべきだと考えたこの垂直性がいかなる結果をもたらすのか、それはご存じの通りである。

だが、地球の総重量およびその運動量を考えた時、反動によって現在の極点の位置を、それも、二三度二八分も移動させることができるような火器を考案することは、可能なのだろうか。

可能である。もし、大砲もしくは一連の大砲群に、力学の法則が要求するだけの規模を与えることができるならば。あるいは、そのような規模はなくとも、地軸の移動に必要な速度を砲弾に与えるに足るだけの強力な爆薬を、発明者たちが所有しているのであれば。

さて、フランス海軍の二七センチ砲（一八七五年型）をモデルに考えると、一八〇キロの砲弾を、秒速五〇〇メートルの速度で射出することが可能なこの砲の大きさを百倍に、すなわち、容積にして百万倍にすれば、一八万トンの砲弾を発射できる。さらに、従来型の大砲用火薬を使用する時の、五六〇〇倍の速度で砲弾を打ち出すことが可能なだけの威力を持つ火薬があれば、求める結果が得られる。事実、秒速二八〇〇キロ〔原註／パリからペテルスブルクまで一秒で行ける速度〕あれば、砲弾がふたたび地球に落下してその衝撃で、万物が原初の状態に復帰する危険はなくなる。

実は、地球の安全にとってあいにくなことに、どれほど途方もないことに見えようが、J＝T・マストンとその仲間たちは、まさに、ほとんど無限の威力を持つこの爆薬を所有しているのだ。コロンビアード砲の砲弾を月に送り込むのに使われた火薬とは、まるで比較にならない。発見者はニコル大尉である。その組成物がいかなるものか、という点について、J＝T・マストンの手帳からは、不十分な手がかりしか得られなかった。彼は、この爆薬を、「メリ＝メロナイト」という名で呼ぶ以上の言及を避けている。

わかっているのはただ、それがごた混ぜ（メリ＝メロ）にされた有機物と硝酸の化学反応によって生成されるということである。一定数の水素原子を、同数の原子基

$$-Az{=O \atop =O}$$

で置き換えることで、支燃性成分と可燃性成分の単純な混合物ではなく、綿火薬のような化合物の火薬が得られるのだ。

結論として、この爆薬がいかなるものであるにせよ、その威力は、一八万トンの砲弾を地球の重力圏から脱出させるに足る以上のものであり、大砲に加えられる反動が、以下の結果をもたらすのは明白である。地軸の変更、極点の二三度二八分の移動、黄道面に垂直な新しい地軸。そこから、地球の住人が正当にも恐れているありとあらゆる大惨事が引き起こされる。

とはいうものの、以上のごとき変更を、地球の地理学的および気象学的条件にもたらす実験の影響から、人類が逃れるチャンスが一つだけ、残っている。

容積が二七センチ砲の一〇〇万倍もある規模の大砲を製造することは可能なのだろうか。テイ橋*やフォース鉄道橋*、ガラビ陸橋やエッフェル塔*に代表されるように、いくら冶金技術が発達したとはいえ、宇宙に打ち上げられるべき一八万トンの砲弾はもとより、あれほど巨大な

兵器を技師たちが製作できるものだろうか。

この点に疑問の余地がある。バービケイン社の試みが失敗に終わる公算が大である理由の一つがここにあるのは明らかだ。だが、それでもなお、ことのほか憂慮すべき事態が数多く発生する余地は十分に残されている。なぜなら、新会社は、すでに作業に取り掛かっていると思われるからである。

忘れないでいただきたいのは、上記のバービケインおよびニコル両名は、ボルティモアおよびアメリカをあとにしているということだ。彼らが出発してからはや二か月以上が経過している。彼らはどこへ行ったのか？……。まず間違いなく、地球上のあの未知の点、実験が試みられるために必要なすべてが設置されるべきあの場所に向かったのである。

さて、その場所はどこなのか。誰もそれを知らない。それゆえ、新しく発見される炭鉱を自分たちの利益のために開発するという口実の下、世界を転覆させると嘯くあの大胆極まる「犯人」（原文ママ）を追跡することもままならない。

言うまでもなく、J＝T・マストンの手帳の、計算結果が要約された最終ページには、その場所が記されていたはずだ。これ以上に確実なことはない。だが、この最終ページは、インピー・バービケインの共犯者の歯がずたずたに引き裂いてしまった。彼は現在ボルティモアの監獄に拘留されているが、頑なに黙秘を続けている。

以上が現在までの状況である。バービケイン会長が怪物的大砲と砲弾の製造に成功すれば、つまり、一言で言えば、彼の実験が上述の条件下に行われれば、地軸は変更される。この「暴挙」（原文ママ）の影響に地球がさらされることになるのは、今から六か月後である。

さよう、発射がその効果を最大限に上げることのできる日がすでに選択されているのだ。地球という回転楕円体に加えられる衝撃が最も効果的になる日が。

それは、九月二二日、x地点の子午線を太陽が通過してから一二時間後である。

すでに明らかになっている実験の条件は以下の通りである。その一、発射は、二七センチ砲の百万倍の大きさの大砲によって、実施される。その二、この大砲には、一八万トンの砲弾が装塡される。その三、砲弾に加えられる初速度は、秒速二八〇〇キロである。その四、発射は、九月二二日、太陽が発射地点の子午線を通過してから一二時間後に行われる。――以上から、実験が行われるx地点を突き止めることは可能だろうか。

言うまでもなく、不可能だ！　これが調査委員会の答えである。

実際、x地点がどこなのか、計算によって突き止める方法は皆無である。というのも、J＝T・マストンの手帳には、新しい地軸が地球のどの地点を通ることになるのか、別の言い方をすれば、地球の新しい極点がどこになるのか、それを示す手がかりがまったくない。古い極点から二三度二八分のところだというのは、わかっている。だが、それがどの経度上なのか、ということになると、まったくもってお手上げなのだ。

したがって、大洋の海面勾配が変化する結果として、どの土地が下降し、あるいは上昇するのか、どの海が大陸に変わり、どの大陸が海に変わるのか、特定するのは不可能である。

しかしながら、J＝T・マストンの計算を信頼する限り、海面勾配のこの変化は劇的なものである。衝撃の後、海面は、新しい軸の周りの回転楕円面を形成し、液体の層の水位は地球のあらゆる部分で変化することになる。

事実、古い海面と新しい海面——軸が交わる二つの等しい回転面——の交わりは、二つの平面曲線から構成され、その二つの面は、新旧二つの極軸がなす平面の垂線を通るとともに、それぞれが、新旧二つの極軸のなす角の二つの二等分線のいずれかを通る（計算屋の手帳から原文のまま抜き書き）。よって、海面勾配の変化は、最大で、かつての水位に対して八四一五メートルの上昇ないし下降となる。そして、場所によって、それと同じだけの分、陸地は新しい海面に対して上昇したり、下降したりするだろう。この数値は、地球を四つの切片に分割する線に至るまでの間、徐々に減少していくが、この境界で水位の変化はゼロとなる。

かつての極もまた、三〇〇〇メートル以上水没することは、指摘しておかなければならない。なぜなら、回転楕円体が扁平になっているため、両極は地球の中心から最も近い距離にあるからだ。したがって、「北極実用化協会」（ノース・ポラー・プラクティカル・アソシエーション）が買収した土地は水没し、開発不可能となるはずである。だが、最新の発見から導き出された地理学的考察に基づいて、北極には標高三千メートル以上の台地が存在していると結論づけられていることを知っているバービケイン社にとって、これは最初から織り込みずみだった。

水位の高低差が八四一五メートルに達し、それゆえ、壊滅的な被害を受ける地球上の地点であるが、それを特定しようなどと思ってはならない。計算にかけては極めつけの天才にもそれは不可能である。この方程式には、

液体の層の水位は変化することになる

いかなる数式をもってしても取り出すことの不可能な未知数が含まれているからだ。そこで発射が行われ、衝撃が生じるx地点の正確な位置のことである……。然るに、このxこそ、あの呪わしい事業の推進者たちの秘密なのだ。

したがって、要約すれば、地球の住民各位は、住んでいる緯線のいかんに関わりなく、バービケイン社の策動のせいで直接的に生命を脅かされている以上、その利害は、この秘密を探り出せるか否かに直結している。

それゆえ、ヨーロッパ、アフリカ、アジア、アメリカ、オーストラリア、オセアニアの住人に以下のごとく通告する。各位は、居住する地域で行われる可能性のある、大砲の鋳造、火薬ないし砲弾の製造、といった、弾道学関係の作業すべてに目を光らせるとともに、入国に不審な点のある外国人が身近にいる場合は、その動向を注視し、即刻、アメリカ合衆国メリーランド州ボルティモアの調査委員会まで通報されたい。

天に願わくは、地球というこの体系に確立された秩序が脅かされるかもしれない本年九月二二日までに、秘密が明らかにされんことを」。

第一二章　J＝T・マストンは英雄的に沈黙を守りつづける

地球から月に砲弾を発射するのに使われた大砲のお次は、地軸を変更するための大砲というわけか！　大砲！　またしても大砲か！　まったく、それ以外のことは頭にないのだろうか、ガン・クラブの砲兵たちときたら！　「強度の大砲主義」の狂気に取り憑かれているのだ！　彼らは、大砲をこの世界における究極の手段（ウルティマ・ラチオ）*に祀り上げてしまった！　あの野蛮な兵器が宇宙の君主だとでも言うつもりなのか。教会法が神学を宰領するように、王大砲は、産業と宇宙論の法則の究極の調整役だとでも言うのか？

　その通りだった！　白状しなければならないが、バービケイン会長とその仲間たちの精神を最後には決まって占めるのはこの兵器なのだ。一生を弾道学に捧げたからには、ただではすまされない。フロリダのコロンビアード砲の次には、x地点の何とか砲に行きつく定めだったのである。早くも彼らが轟くような声で叫ぶのが聞こえるようではないか。

「目標、月！……一発目……撃て！」

「目標、地軸の変更……二発目……撃て！」

それもこれも、「目標、シャラントン*！……三発目……撃て！」という、宇宙が叫びたがってうずうずしている命令が彼らに下されるまでのことなのだ。

　実のところ、彼らの実験は、この物語のタイトルにぴったりだ。単に『上を下への』と題するより、『上も下もなく』の方が正確ではないだろうか。もはや上だの下だの言ってられなくなり、アルシッド・ピエルドゥーの表現によれば、「てんやわんやの大騒ぎ」になるのだから！

　なにはともあれ、調査委員会がまとめた覚書が引き起こした反響は、筆舌に尽くしがたいものがあった。なるほど、そこで述べられていたことは、人を安心させるようなものではなかった。J＝T・マストンの計算の結果、力学上の問題は、与えられた条件をすべて満たす形で解決された。バービケイン会長とニコル大尉が試みようとしている実験は——これ以上なく明らかなこととして——日周運動に遺憾千万な変更をもたらすことになるだろう。古い地軸は新しい地軸と交換されるだろう……。そして、その結果、どのようなことが起こるか、それは周知の通りなのだ。

バービケイン社の事業に対する最終的な評価が下され、それは呪詛の対象となり、轟々たる非難を浴びた。旧大陸はもとより、新大陸においても、「北極実用化協会（ノース・ポラー・プラクティカル・アソシエーション）」の運営理事は四面楚歌だった。合衆国の無鉄砲者の中にまだ支持する者が残っていたとしても、それはごく少数だった。

いやはや、バービケイン会長とニコル大尉がアメリカを発ったのは、彼らの身の安全を考えれば、賢明だった。そうしていなければ、彼らの身に不幸が訪れていたと信ずべきいわれがある。一四億の地球人をまとめておどしつけ、地球を居住可能にしている条件に手を加えることで、彼らの生活習慣を根底から覆し、世界規模の大惨事を招いて彼らの生命そのものを脅かしておいて、ただですむはずがない。

それはそれとして、ガン・クラブの二人の同僚は、どのようにして跡形もなく姿をくらますことができたのだろう。どうすれば、誰にも気づかれることなく、このような作業に必要な資材や人員を国外に移送できたのか。鉄道であれば数百台の貨物車があっても、海路であれば数百隻の船があっても、金属、石炭、そしてメリ＝メロナイトからなる積荷を運搬するには不十分だっただろう。この出発がまったく気づかれないうちに行われえたとは、まったくもって理解しがたい。にもかかわらず、それが事実なのだ。しかも、綿密な調査の結果、新旧両世界のいかなる製鉄工場にも、いかなる化学工場にも、注文は入っていないことがわかった。まったくもって説明不可能だが、まあよしとしよう。未来が明らかにしてくれるはずだ……。未来があれば、の話だが！

しかし、謎の失踪を遂げたバービケイン会長とニコル大尉に関する限り、彼らの身に差し迫った危険はないが、彼らの同僚であるJ＝T・マストンは然るべく拘束されており、報復に燃える群衆からどんな目に遭わされても不思議ではなかった。なんのそれしき！　彼はそんなことは気にも留めていなかった！　実に見上げた頑固者だ、この計算屋は！　腕だけではなく、全身が鉄製なのだ。なにものも彼から譲歩を引き出すことはできない。

ガン・クラブの書記は、留置されているボルティモア監獄の独房の奥から、自分が同行できなかった仲間たちの姿を彼方に思い描くことにますます没頭していった。バービケイン会長とニコル大尉が、誰からも邪魔の入る心配のない地球上のあの未知の地点で大実験を準備している姿がまざまざと思い浮かんだ。巨大な大砲を製造し、メリ＝メロナイトを調合し、やがて太陽系の小惑星の一つとなるはずの砲弾を鋳造している彼らを目の当たりにした。この新たな星は、ニュー・パークの富裕な女性資本家に対する心遣いと敬意のしるしに、スコーベッタという魅力的な名前を付けられることになっていた。J＝T・マストンは、過ぎ去った日数を割り出していたが、その分だけ発射予定日が近くなったことを示すそれらの日々は、短すぎるように彼には思えた。

すでに四月の初めになっていた。二か月半後、日輪は、北回帰線上の夏至点に止まった後、南回帰線に向かって逆行するだろう。その三か月後には、赤道線上の秋分点を通過するだろう。そして、その時こそ、何百万世紀にもわたって、地球の一年の間に定期的かつ「ばかばかしくも」交替を繰り返してきた四季とおさらばする時だ。回転楕円体が昼と夜の長さの不均衡を甘受するのも、この一八九×年が最後となる。地球上のどの地平線を取っても、日の出と日没の間には同じ時間しか流れなくなるのだ。

まさに、これこそ、素晴らしくも超人的で、神の御業にも匹敵する成果だ。J＝T・マストンは、実験の宇宙形状学的帰結しか目に入らなくなり、北極の土地も、かつての北極にある炭鉱の開発のことも忘れてしまった。新会社の主たる目的は、世界の容貌を一変させる改造に巻き込まれて、かき消されてしまった。

ところがどうだ、世界の方では、顔を変えたくなんかない、と言うのだ。創造の最初の日に神が与えたもうたこの顔は、相変わらず若々しいではないか！

J＝T・マストンはといえば、独房にただ一人、無防備な状態にありながら、人々が加えようとする圧力をはね返していた。調査委員会の面々は、毎日のように面会に訪れた。が、なに一つ引き出せずにいた。ジョン・H・プレスティスが、彼らよりもたぶん効果がありそうな影響力――エヴァンジェリーナ・スコービット夫人の影響力――を利用しようと考えたのは、その時であった。J＝T・マストンの責任が取り沙汰された時に、この尊敬すべき未亡人が見せた献身ぶりを知らない者はいなかった。そして、名高い計算屋に対する彼女のとどまるところを知らない関心がいかほどのものか、ということも。

というわけで、調査委員の間で討議された結果、エヴァンジェリーナ・スコービット夫人は、好きなだけ囚人と面会できることになった。彼女自身、怪物的大砲の反動によって生命を脅かされている点で、地球のほかの住人と変わりはないではないか。最終的破局に際して、ニュー・パークの彼女のお屋敷が、貧しい罠猟師の掘っ立て小屋や大平原に住むインディアンのテントより安全というわけではあるまい。彼女の生死もまた、最下等のサモエード族や太平洋上の誰一人聞いたこともない島の住人と同様、この一件にかかっているではないか。委員長はこのように彼女に言い含めたのであり、かくして、彼女は、J＝T・マストン

J＝T・マストンはといえば、独房にただ一人……

の精神に対する影響力を行使するよう、求められたのである。

　彼がとうとう口を開く決心をしてくれれば、バービケイン会長とニコル大尉が――彼らに手を貸すべく合流したはずの多くの作業員と一緒であるのはまず間違いない――準備に追われている場所はどこなのか、話す気になれば、彼らを追跡し、その足取りをつかみ、人類の苦悩と不安と恐怖に終止符を打つには、まだ遅くはない。

　こうして、エヴァンジェリーナ・スコービット夫人は、監獄への出入りを認められた。彼女がなによりも望んでいたのは、警察の手で居心地のよい自宅コテージから引き離されたJ＝T・マストンに再会することだった。

　とはいうものの、彼女のことを人間的な弱みに振り回されるような女性だと思ったとすれば、精力的なエヴァンジェリーナを甘く見すぎというものだ！　四月九日、スコービット夫人が初めて独房に足を踏み入れた時、仮に誰かの無遠慮な耳が扉にはりついていたとすれば、その耳はこんなことを聴いたことだろう――少なからず驚きを覚えながら。

「マストンさん、ようやくお会いできましたわ！」

「スコービットさん、あなたでしたか」

「わたくしです、四週間ぶりですわね、四週間もお別れしていたなんて……」

「厳密には、二八日と五時間四五分です」とJ＝T・マストンは時計を見てから言った。

「やっと一緒になれましたわ！……」

「それにしても、連中はよくあなたがここまで来るのを許しましたね、親愛なるスコービットさん」

「尽きせぬ愛情ゆえの影響力を、その対象となっている人に対して行使する、という条件で！」

「なんですと！……エヴァンジェリーナ！」とJ＝T・マストンは叫んだ。「あなたが私にそんな差し出口をきくことを了承しようとは！……私が仲間を裏切るとでも思ったなんて！……」

「わたくしが？　マストンさんったら！……そこまでわたくしを見損なっておいでとは！……このわたくしが！……保身のために名誉を犠牲にしろ、とあなたに言うとでも！……わたくしともあろうものが？……至高の力学における最高度の思弁に捧げられた一生の汚点となるような行為をそそのかすとでも！」

「よくぞおっしゃった、スコービットさん！　それでこそ、わが社のお心の広い出資者というもの！　とんでもない！……私は一度としてあなたの気高さを疑ったことはありませんぞ！」

「うれしいですわ、マストンさん！」

「この私が、われわれの事業の詳細を明らかにしたり、地球上のどの地点でわれわれの画期的な発射が行われるか漏らしたり、幸いにも私自身の奥底に隠しおおせたこの秘密を、いわば売り渡したり、あの野蛮な連中が友人たちの追跡に飛び出し、われわれに利益と栄光をもたらす作業を中断させることを許す、だと！……いっそ死んだ方がいい！」

「見上げたお方！」とエヴァンジェリーナ・スコービット夫人は応じた。

　実際、この二人は、同じ熱狂によって固く結ばれており——そして、同じくらい正気ではなかったから——、互いに理解しあうべく運命づけられていた。

「とんでもない！　私の計算によって指定されたあの国、その名が永遠に知れ渡ることになるあの国の名が奴らに知られるようなことは断じてない！」とJ＝T・マストンは言い足した。「そうしたいなら私を殺すがいい、だが、私から秘密を奪い取ることはできない！」

「彼らがあなたを殺すなら、わたくしも一緒に！」とエヴァンジェリーナ・スコービット夫人は叫んだ。「わたくしも、なにも喋りはしませんわ……」

「有難いことに、親愛なるエヴァンジェリーナ、奴らは知りませんからね、あなたが秘密を知っていることを！」

「マストンさん、わたくしが女だからって、秘密を譲り渡すとお思いですの！　わたくしたちの仲間とあなたを裏切るなんて！……いいえあなた、わたくし、そんなことはいたしませんわ！　あのペリシテ人たちが都会の人々を、そして田舎の人々をあなたにけしかけようと、全世界がこの独房の扉から押し入って来て、あなたを拉致しようと、それがなんだというのです！　わたくしはお傍を離れません。一緒に死ねるというせめてもの慰めがお互い得られますもの……」

　もしそれが慰めだというなら、エヴァンジェリーナ・スコービット夫人の腕の中で死ぬ以上に甘美な慰めを望むことは、J＝T・マストンにはできない相談だ！

　素晴らしい夫人が囚人を訪問するたびに、会話は決まってこのように終わるのだった。

　そして、調査委員たちに話し合いの首尾を尋ねられると、

「まだなにも！」と彼女は答えるのだった。「時間をかければ、最後にはなんとかなるかと……」

　おお、女性の手練手管ときたら！

　時間をかければ！　そう彼女は言ったのだった。ところが、この時間というやつが駆け足で去っていくのだった。一週間は一日のように、一日は一時間のように、一時間は一分のように過ぎていった。

会話は決まってこのように終わるのだった

時すでに五月だった。エヴァンジェリーナ・スコービット夫人は、J＝T・マストンからなにも聞き出せずにいた。これほどの影響力を持った女性が失敗したということは、ほかの者が成功する見込みはなかった。では、恐ろしい一撃を防ぐ機会もないまま、それを座して待つしかないのか。

そんなばかな！　このような状況下では、諦めるなど論外だ！　ヨーロッパ列強の代表たちは、これまでにも増して、存在を主張しはじめた。彼らと調査委員会のメンバーたちは四六時中いがみ合っており、後者は、完全に犯人扱いされていた。普段は冷静沈着なヤーコプ・ヤンセンまで、オランダ的平静をかなぐり捨てて、調査委員会に対して連日非難を浴びせていた。ボリス・カルコフ大佐に至っては、委員会の書記と決闘に及んだ――相手に負わせたのはかすり傷だったが。ドネラン少佐の方は、飛び道具や剣にこそ訴えなかったものの――それは、英国の仕来たりに反する――、せめてものことディーン・トゥードリンクの立ち会いの下に、作法に則ったボクシングの試合形式で、ウィリアム・S・フォースターと何ダースかのパンチを応酬した。「北極実用化協会（ノース・ポラー・プラクティカル・アソシエーション）」のダミーであるこの落ち着き払った鱈の委託販売人は、この件についてはなんにもご存じなかったのであるが。

実情を明かせば、全世界が結託して、アメリカの栄光の一人であるインピー・バービケインの行動の責任をその母国に取らせようと謀っていたのだ。問題になっていたのは、大使と全権公使を引き上げさせ、軽率なワシントンの政府に宣戦布告すること、それ以上でも以下でもなかったのである。

可哀そうな合衆国！　彼らにしたところで、バービケイン社を見つけ出したい点では人後に落ちなかった。ヨーロッパ、アジア、アフリカ、そしてオセアニアの大国には、どこであれ、彼らを見つけたら無条件で逮捕していいと声を大にして応じているのに、耳を貸してすらもらえない。おまけに、これまでのところ、会長とその同僚がおぞましい実験の準備に専念している場所を発見しようにも、そのすべはないときている。

これに対する列強諸国の答えは、

「君たちは奴らの共犯者であるJ＝T・マストンの身柄を押さえているではないか！　J＝T・マストンは、バービケインがどうなっているか、知っている。したがって、J＝T・マストンに喋らせろ」

J＝T・マストンに喋らせる！　沈黙の神であるハルポクラテスか、ニューヨーク聾唖院の首席聾唖者*の口から言葉を引き出すのとどっちが楽かといったところだ。

ことここに至って、人々の不安とともに憤激は増大し、

ドネラン少佐は、作法に則ったボクシングの試合形式で……

実際的な考え方をする人の中には、拷問吏の親方の使う足枷、乳首を灼熱したやっとこでつまむこと、どんなに頑強な舌にも言うことをきかせる無敵の溶けた鉛、煮えたぎる油、木馬、水責め、吊り落としなどなど、中世の拷問にもいい面はあると言い出す者も現れた。昔の司法は、はるかに重要度に劣り、一般大衆の利害には間接的にしか関係しない個別のケースであっても、躊躇せずこうした方法を用いていたではないか。なぜ今はだめだと言うのだ？

しかし、かつては風習によって正しいとされてきたこうした方法も、融和と寛容の世紀が終わろうとしている今となっては、禁じ手になってしまったことは認めなければならない――そう、かくも人間味あふれるこの一九世紀は、連発銃、七ミリ弾、信じがたい不易性の弾道を発明したことで記憶される世紀でもあるのだが。――そしてまた、メリナイト、ロブライト、ベライト、パンクラスタイト、メガナイトそのほかの「アイト」で終わる物質を用いた砲弾を国際関係に使用することを認めた世紀でもあるのだが。もっとも、これらの火薬が「メリ＝メロナイト」に比べれば屁でもないのは確かである。

J＝T・マストンは、したがって、通常のものであれ、常軌を逸したものであれ、拷問にかけられる心配はなかった。ひょっとして、自分の責任のなんたるかをとうとう理解した彼が口を開く気になってくれるか、あるいは、彼が拒み続ける場合には、代わりに偶然が話してくれるくらいしか、望みはなかった。

第一三章　本章の最後で、J＝T・マストンは、まさしく英雄的な返答をする

そうこうする間にも時は過ぎ、同時に、バービケイン会長とニコル大尉が驚くべき条件下で——誰も知らないどこかで——完了させつつある準備作業もまた、進捗しているに違いなかった。

それにしても、大規模な工場を設営し、海軍の二七センチ砲の一〇〇万倍もの大砲および一八万トンもある砲弾を鋳造できる溶鉱炉を製造し、さらには、数千人の労働者を雇い入れ、彼らを移送し、彼らを住まわせなければならない大事業だというのに、一体全体、関心をもって見守っている人々の目にこれまで入らずにいるのはどういうことか。バービケイン社は、新旧いずれの大陸のどの地点に、周辺住民の疑惑を招くことなく、秘密裡に拠点を構えたのだろう。太平洋かインド洋あたりの孤島だとでもいうのだろうか。だが、今日日（きょうび）、無人島など、もはやどこにもありはしない。イギリス人がみんな取ってしまったのだ。新会社がこのためにわざわざ発見したのだとすれば、話は別だが？　一方、北極か南極のどこかに工場が建設されたと考えるのは、いくらなんでも常識に反している。あの高緯度地帯に到達できないからこそ、「北極実用化協会（ノース・ポラー・プラクティカル・アソシエーション）」はそれを移動させようとしているのではなかったか。

それに、バービケイン会長とニコル大尉を探して大陸や島々を回るのは、比較的近づきやすい範囲に捜索を限ったとしても、時間の浪費でしかなかっただろう。ガン・クラブの書記の家で押収された手帳には、発射地点はほぼ赤道直下でなければならないと書かれていたではないか。そのあたりには、文明人とは言わないまでも、人が住んでいる地域が存在する。したがって、実験者たちが拠点を構えたのが昼夜平分線近辺でなければならなかったとすれば、それは、ペルーとブラジルの端から端までの範囲のアメリカでもなければ、スンダ列島、スマトラ、ボルネオでも、セレベス海の島々でも、ニューギニアでもありえない。これらの場所では、住民に気づかれずにこうした作業を行うのは不可能だったろう。同様に考えにくいのは、赤道が横切る大湖沼地帯にまたがるアフリカの中央部全域である。な

るほど、インド洋のモルディブ諸島、太平洋のアドミラルティ諸島、ギルバート諸島、クリスマス諸島、ガラパゴス諸島、大西洋のサンペドロが残っている。だが、これらの地点での情報収集はなんの成果も挙げられなかった。かくなる上は漠然とした憶測に頼るしかなく、到底、全世界の不安を静めるに足るものではなかった。

アルシッド・ピエルドゥーは、こうした状況をどう考えていたのだろう。これまでになく硫酸的（スュルフュリック）になっていた彼は、この問題のさまざまな帰結にひたすら思いをめぐらせていた。ニコル大尉がそれほどまでに強力な爆薬を発明したこと、従来の戦争用の爆薬の中でも最も強力なやつの三〇〇〇倍か四〇〇〇倍、ご先祖さまご愛用の古きよき大砲用火薬の五六〇〇倍もの膨張力があるメリ＝メロナイトとやらを発見したこと、それだけでもすでに相当な驚きであり、彼の言い方では、「それどころか「轟き」だ！」ということになるが、それにしても、結局のところ、まったくありえない話ではない。この種の進歩の果てには、どんな距離からでも敵軍を壊滅できるようになるだろうから、なにが起きてもおかしくはない。とにかく、大砲の反動で地軸を立て直すという発想それ自体にしたところで、フランス人技師には異とするに足らない。そういうわけで、彼は脳内（インペト）で計画の推進者にこう語りかけるのだった。

「バービケイン会長よ、これはまったく当然のことながら、地球は、毎日のように地表面に生じるあらゆる衝撃の余波を受けている。何十万という数の人間がおもしろがって何キロかの砲弾を何千発となく、何グラムかの砲弾を何百万発となく互いにお見舞いし合っている時、それどころか、ただ単に私が歩いたり、跳びはねたりする時でさえ、私が腕を伸ばしたり、血球がひとつぶ私の血管をぶらつく時でさえ、回転楕円体は確実にその影響を受ける。君のどでかい装置が、お望みの震動を生み出せても不思議じゃない。しかし、畜生、積分の名にかけて、その震動は、地球を傾かせるほどのものなのか？　ええい、それこそJ＝T・マストンの野郎の方程式が金輪際「正真証明」しちまってることなんだから、こいつは認めないわけにはいくまい！」

その通り、アルシッド・ピエルドゥーは、ガン・クラブの書記の天才的な計算にはほれぼれするしかなかったのだ。この計算を、調査委員会はそれが理解できるレベルの学者のために公表したのだが、アルシッド・ピエルドゥーは、新聞でも読むように代数式を読む男だから、それを読むのはえも言われぬ喜びだった。

しかし、大混乱が本当に起きたとして、回転楕円体の表面にどれだけの大惨事が累々と続出することか！　なんという数の天変地異、倒壊する都市また都市、揺るがせられる山々、百万単位で破壊される住人、本来の場所から放り出され、身の毛もよだつ災害を引き起こす水の塊！

類を見ない激しさの地震が起こると思えばいいだろう。

「仮にだ」とアルシッド・ピエルドゥーは、唸り声を上げた。「ニコル大尉の御大層な火薬の威力が思ったほどではなかったとしてもだ、砲弾は落下して地球にぶつかっちまう。発射地点の前か、ひょっとして後ろか、それは知らんが、地球を一周した後でな。その時には、割合短い期間ですべては元通りになるかも知れない——といっても、多少の大惨事は起きるものと覚悟しないわけにはいかんだろう。ええい、どうにでもなっちまえ！　奴らのメリ＝メロナイトのおかげで砲弾は双曲線の分枝の半分を描くから、お騒がせしてすみませんでしたと言って地球を元通りに直しに戻ってきたりはしないだろう！」

そして、アルシッド・ピエルドゥーは、腕木信号機よろしく腕を振り回し、半径二メートル以内にあるものをことごとく破壊しかねなかった。

それから、繰り言を再開した。

「せめて発射地点さえわかっていれば、どの大円で海面勾配の変化が零になるか、変化が最大になるのはどこか、あっという間に確定できるんだが。そうすりゃ、そこに住んでいる人たちに、彼らの家や町がドタマめがけて倒れてくる前に、避難するよう警告するにも間に合うってもんだ。しかし、どうやって知ればいいんだ？」

そう言うと、頭蓋を飾る数少ない頭髪の上でこぶしを握り、

「おい、待てよ！」と続けた。「衝撃の余波は、想像よりも複雑かもしれないぞ。火山がここぞとばかりに思う存分噴火して、船酔いにかかった船客のように、ひっかき回された腹の中のものを吐き出すかもしれないではないか。持ち上げられた大洋の一部が火口に押し寄せないとどうして言えるのだ？　畜生め！　爆発が起こって、地球という機関は破裂してしまうかもしれんぞ！　ああ！　マストンの野郎、黙りこくりやがって！　奴さんを見ろよ、俺たちの住んでいる球（たま）でお手玉なんかしやがって、宇宙規模のビリヤードで薄玉の妙技を見せつけようって魂胆でいやがる！」

このようにアルシッド・ピエルドゥーは考えを進めたのだった。間もなく、以上のぞっとしない仮説は、新旧両世界の新聞にも取り上げられ、議論の的となった。バービケイン社の実験の結果として生じる大混乱に比べたら、時おり地球の狭い範囲に被害をもたらす竜巻だの、津波だの、洪水だの、そんなものはお話にもならない。所詮、ああした災厄は、局所的なものでしかないのだ！　数千人の人が命を落とすくらいのもので、圧倒的多数の生き残りは、安

穏としたまま、ほとんど痛痒を感じはしない！　かくして、運命の日が近づくにつれて、肝っ玉の太い者たちも恐怖にとらえられた。説教師たちにしてみれば、世界の終わりを予言する絶好の機会だった。人々は、生きながら死の王国に追い立てられていると感じ、西暦一〇〇〇年のおそろしい時期にいるような気がしたのではないか。

その時期〔紀元一〇〇〇年〕がどのようなものであったか、思い出していただきたい。黙示録の一節を根拠に、人々は、最後の審判が迫っていると信じていた。彼らは、聖書に予告されている、神の怒りのしるしを待っていた。滅びの子たる反キリストが姿を現そうとしていた。

「一千年紀の最後の一年の間」とH・マルタン*は物語る。「楽しみも、商いも、損得も、それどころか、野良仕事に至るまで、すべてが中断した。未来はないというのに、先のことを考えても無駄だ、と人々は考えた。明日にも始まる永遠の生のことを考えようではないか。人々は、当座の必要を満たせればそれでよしとした。土地や城館を修道院に寄進し、近々赴くことになっている天の王国における庇護者を得ようとした。教会に対する寄付証書の多くは、次の言葉で始まっていた。「世界の終末が近づき、その滅亡の時が迫っていることに鑑みて……」。最終期限当日には、大聖堂、礼拝堂、神に捧げられた建造物に人々が引きも切らず詰めかけ、不安にうちふるえながら、天上から七人の天使が吹くラッパの音が響き渡るのを待ったのである」。

周知のように、紀元一〇〇〇年の最初の日は、いかなる自然法則も乱されることなく、無事に終わったのだった。だが、今回は、まったくもって聖書的というほかない曖昧な文言を根拠にした大混乱とはわけが違う。誰も異を唱えようとせず、反論の余地もない計算に基づいて、地球の平衡に手を加えようというのだ。弾道学と力学の進歩が紛う方なく実現可能にした実験なのだ。今回、海は死者を返すのではなく、何百万もの生者を新たな深淵の奥底に呑み込むのだ。

近代思想の影響が人々の精神にもたらした変化を考慮に入れても、紀元一〇〇〇年の当時行われたことの多くが同じ狂乱のうちにふたたび繰り返された、と言っても過言ではないくらい、人々の恐慌状態は激しいものだった。人々がこれほど熱心によりよい世界への旅立ちの支度をしたことはなかった！　いつまでも続く行列のように、これほど多くの罪が告解室に流れ込んだことはなかった！　駆け込み（イン・エクストレーミス）で悔い改めた臨終の人々に対する罪の許しが、これほど与えられたこともなかった！　ローマ教皇に小勅書を出してもらって、地球上のすべての善意の――そして恐怖に駆られている点では掛け値なしの――人々にまとめて罪の許しを与えることさえ、取り沙汰されたのである。
　このような状況にあって、J＝T・マストンの立場は日を追って危うくなっていった。エヴァンジェリーナ・スコービット夫人は、彼が全世界の名の下に集団リンチの犠牲になってしまうのではないかとひやひやしていた。彼が比類のない頑固さで口にすることを拒んでいるあの単語を言ってしまってはどうかと忠告することさえ、頭をよぎったかもしれない。だが、彼女にはそこまではできなかったし、それが賢明だった。断固として拒否されるのがおちだったろう。

　ご賢察の通り、今やボルティモアの町も恐怖の虜となっており、ドミティアヌス帝時代の福音書作者である聖ヨハネの黙示録的言葉遣いに倣うなら、「大地の四隅から」届く電報や、合衆国の大半の新聞に煽られた群衆を抑え込んでおくのは困難になっていた。J＝T・マストンがかの迫害者*の時代に生まれていたら、彼のケースはあっさり片がついていたことだろう。野獣の前に投げ出されていたはずである。だが、彼は一言、こう応じるのみだったろう。

「とっくに覚悟はできている！」

　なにはともあれ、不屈のJ＝T・マストンは、x地点の場所を教えることを拒んでいた。それを明かしたら最後、バービケイン会長とニコル大尉が事業を継続できなくなることがよくわかっていたからである。

　なんだかんだ言っても、たった一人で全世界を敵に回したこの戦いは立派だった。エヴァンジェリーナ・スコービット夫人の目に、J＝T・マストンの姿はいっそう大きくなったように見えたし、ガン・クラブの仲間たちの彼に対する評価も上がった。この善良な男たちは、退役した砲兵にふさわしく、この期に及んでなお、バービケイン社の計画を支持する立場を捨ててはいなかった。ガン・クラブの書記の悪名が高まったことといったら、花形犯罪者といい勝負で、実際、世界を転覆させようとしている手が書いた数行の返事が欲しいばかりに、すでに多くの人たちが彼に手紙を書き送っていた。

　しかし、いくら立派とは言っても、危険はますます大きくなっていった。昼夜を問わず、ボルティモアの監獄の周辺には人だかりがしていた。大きな叫び声が上がり、大変な喧噪（ヒク・エト・ヌンク）だった。猛り狂った連中は、J＝T・マストンをその場でリンチにかけたがっていた。警察は、じきに彼を保護できなくなると感じていた。

　アメリカの、そして全世界の大衆を満足させようと、ワシントンの政府は、J＝T・マストンを告訴し、重罪裁判にかけることを決定した。

　恐怖ですくみ上がっている陪審員が相手である以上、アルシッド・ピエルドゥーも言うように、「奴の裁判がちんたら続くことはあるまい！」こう言う彼自身は、計算屋ならではの一途さに、ある種の共感を覚えつつあった。

かくして、九月五日の朝、調査委員会の委員長自らが独房に足を運ぶことと相成った。

エヴァンジェリーナ・スコービット夫人のたっての願いで、彼女も同行を許された。ひょっとして、最後の最後に、この親切な婦人の影響力が効を奏するかもしれないではないか……。打てる手は尽くさなければならない。究極の謎を明らかにできるのであれば、どんな手段でも歓迎される。それでもだめなら、その時はその時だ。

「その時はその時だ！」と先見の明のある人々は繰り返した。「この上なく恐ろしい大惨事が起きると決まった以上、J＝T・マストンを縛り首にしたってしょうがない！」

そういう次第で、一一時ごろ、J＝T・マストンは、エヴァンジェリーナ・スコービット夫人および調査委員会の委員長であるジョン・H・プレスティスを前にしていた。

これ以上になく単刀直入に本題に入った。このやりとりは、以下に記す問いと答えからなっており、一方は極めて硬い口調だったが、他方は落ち着き払った調子だった。

それにしても、冷静さがJ＝T・マストンの側にある日が訪れようとは、果たして誰に想像しえたであろうか。

「これで最後だ。話す気になったかね？……」とジョン・H・プレスティスが尋ねた。

「なんについてですかな？……」とガン・クラブの書記は皮肉を込めて答えた。

「君の仲間であるバービケインの行き先だ」

「もう百回は言いましたよ」

「百一回目の返答をしたまえ」

「彼は発射地点にいます」

「で、発射地点はどこだ？」

「私の同僚バービケインがいるところですな」

「気をつけることだ、J＝T・マストン！」

「なんにです？」

「君が返答を拒否する結果に、だ。その場合は……」

「あなた方が知るべきではないことが知られずにすみますな！」

「われわれには知る権利がある！」

「そうは思いませんね」

「君を重罪裁判にかけるぞ！」

「どうぞ」

「そして、判事が君に有罪判決を下すぞ！」

「それは判事の勝手ですな」

「判決は、即、執行されるぞ！」

「ああ！」とJ＝T・マストンは続けた。「『一足す一は二であるのと同じくらい、確実だ』とおっしゃっていれば、よかったんですがね。それなら絶対に確実だ。これはもう定理ではなく、定義ですからな！」

この算術の講義を聞いて、委員長は退出した。一方、エヴァンジェリーナ・スコービット夫人の瞳には、理想の驚異的計算屋をうっとりと見つめるだけの炎は残っていなかった！

「構いませんとも！」

「マストンさん！……」この脅迫を聞いて気が動転したエヴァンジェリーナ・スコービット夫人は、思いあまって声をかけた。

「おお！……奥様！」とJ＝T・マストンは答えた。

彼女はうなだれ、口をつぐんだ。

「どういう判決になるか、知りたいかね？」とジョン・H・プレスティス委員長が言った。

「お望みとあらば」とJ＝T・マストン。

「君は極刑を宣告されるぞ……当然の報いだな！」

「それはそれは」

「君は絞首刑に処されるんですぞ、ムッシュー、二足す二が四であるのと同じくらい、確実に」

「それなら、ムッシュー、私にもまだチャンスはありますな」とJ＝T・マストンは平然と答えた。「もしあなたが少しでも数学を嗜んだことがおありなら、『二足す二が四であるのと同じくらい、確実』だなんて言わなかったでしょう。二つの数字の合計がその整数部の合計に等しい、すなわち、二足す二は正確に四だと断言していた数学者が、今日この日まで、全員発狂していなかったという保証はどこにもないんですぞ」

「ムッシュー！……」とあっけにとられた委員長は叫んだ。

第一四章　本章はごく短いが、未知数xの地理学的な値が得られる

J＝T・マストンにとっては大変幸運なことに、連邦政府は、その時ザンジバルに駐在していたアメリカ領事から、以下の電報を受け取った。

「アメリカ合衆国ワシントンの国務大臣ジョン・S・ライト閣下。

現地時間九月一三日早朝五時、ザンジバルにて。

キリマンジャロ山脈の南、マサイ国にて大土木工事。八か月前から、バービケイン会長とニコル大尉が、スルタン、バーリ＝バーリの権威の下、多数の黒人労働者と居住。以上、政府に報告まで。

領事リチャード・W・トラスト」

こうしてJ＝T・マストンの秘密は明らかになった。こうして、ガン・クラブの書記は、勾留こそ解かれなかったものの、縛り首にはされずにすんだ。

とはいえ、栄光の絶頂で死に損ねたことを後悔する日が、いずれ来ないとも限らない！

第一五章——地球という回転楕円体の住人にとって、興味津々な詳細を含む章

そういう次第で、ワシントンの政府は、バービケイン社の実験が行われる場所を知ったのだった。電信の信憑性を疑うことはできなかった。ザンジバルの領事は、信頼のおける外交官で、彼の情報は留保なく受け入れるしかない。引き続き送られてきた電報で確認も取れていた。「北極(ノース・ポラー)実用化協会(プラクティカル・アソシエーション)」の技師たちが大規模土木工事を完成させようとしているのは、確かに、アフリカのキリマンジャロ地方の中心にあるマサイ国で、海岸から西に一〇〇リュー〔四〇〇キロメートル〕、赤道の少し南の地点だった。

一八四九年にレプマンおよびクラプフ両博士*が発見し、オットー・エーラーズ*とアボット*という二人の旅行者が初めて登攀した有名な山の麓に、彼らはどのようにして秘密裡に拠点を構えることができたのか。どうやって作業場を設置し、精錬所を作り、必要な数の労働者を集めることができたのか。いかなる手段によって、この国の危険な部族たち、そして、陰険な上にも残忍な彼らの君主と交渉できたのか。それは明らかではなかった。たぶん明らかになる日は永遠にやって来ないだろう。九月二二日まで残すところあと数日しかないのだから。

それゆえ、ザンジバルの領事から送られた電報で秘密が暴露されたとエヴァンジェリーナ・スコービット夫人がJ＝T・マストンに伝えた時、彼は言ったのだった。

「プフュー！……」と彼は空中に鉤の手で見事なジグザグを描いた。「人間はまだ、電報や電話で旅をするわけにはいかないから、六日後には……パタラパタンブウンブウン！……それで一件落着だ！」

誰であれ、コロンビアード砲の砲声のように響き渡ったこの擬声語(オノマトペ)を耳にした者は、老いた砲兵たちがときおり見せる生命力の残り火に心から感嘆したことだろう。

もちろん、J＝T・マストンの言うことは正しかった。バービケイン会長を逮捕する使命を帯びた警官をマサイ地方に送り込むには時間が足りなかった。件の警官たちがアルジェリアかエジプトから、いや、なんならアデン*、マッサワ*、マダガスカル、ザンジバルから出発したとしよう。

すぐ海岸に到着することができたとしても、この国に特有の困難、山がちのこの地方を横切って進む途中で出くわす障害による遅れ、場合によっては、肌の色が黒いのと同じくらい高圧的なスルタンの打算的な意向を体する人々の抵抗すら、覚悟しなければならなかっただろう。

　したがって、実験者を逮捕して実験を止めさせる望みは、完全に捨てなければならなかった。

　だが、そのことは不可能だとしても、発射地点の正確な位置が明らかになった以上、発射の結果として起きることを厳密に割り出すのはお安い御用だ。純然たる計算の問題である――相当複雑であるのはもちろんだが、数学者一般、特に代数の専門家にとって、お手上げというほどの難問ではない。

　ザンジバルの領事の電報は、ワシントンにいる国務大臣宛てに直接届いたので、連邦政府は、最初のうちはそれを秘密にしていた。政府としては――それを公表すると同時に――海面勾配の変化の観点から見た地軸変更の影響を提示できるようにしたかったのだ。そうすれば、地球の住人は、自分たちが回転楕円体のどの部分に住んでいるかによって、彼らを待ち受ける運命の如何を知ることができるだろう。

　そして、予測される事態がどういうものか知りたがっている人々がじりじりしていたことといったら！

　早くも九月一四日には、問題の電報がワシントンの国立経度局に送られ、弾道学的・地理学的見地から、いかなる最終的結果が導き出されるか、検討されることになった。翌々日には、事態が明らかになっていた。この結果はただちに、海底ケーブルを通じて、新旧両大陸の列強各国の知るところとなった。それは、何千という新聞に再録された後、効果満点の見出しとなり、全世界の大都会の売り子たちの叫び声に乗って広められた。

「なにが起きるのか？」

　これこそ、地球上のあらゆる場所で、あらゆる言語で発せられた問いだった。

　国立経度局お墨付きの回答は、以下のようなものだった。

緊急通告

「バービケイン会長とニコル大尉が企てている実験は以下の通りである。現地時間で九月二二日の真夜中に、二七センチ砲の百万倍の容積を持つ大砲および秒速二八〇〇キロの初速を生み出す火薬を用いて、一八万トンの砲弾を発射することで反動を作り出す。

　そこで、この発射が赤道の少し南の地点、パリ子午線

この結果は大都市で叫ばれた

をゼロ度として東経三四度付近に当たるキリマンジャロ山脈の麓において、南に向けて実施されるものとする。その場合、地球回転楕円体の表面に対する力学的影響は以下のようになるだろう。

発射の衝撃と日周運動が組み合わさった結果、瞬時にして新しい地軸が形成されるだろう。旧地軸は、J＝T・マストンの計算の結果に拠れば、二三度二八分移動するため、新地軸は、黄道面に対して垂直になるだろう。

それでは、新地軸は、どの地点を通ることになるのであろうか。発射地点が明らかになったため、これを計算するのは容易であり、次のような結果が出た。

新地軸の北の端は、グリーンランドとグリンネル・ランドの間、現在ちょうど北極圏の外周がバフィン湾を横切っている部分に位置することになろう。南の端は、南極圏の境界線上、アデリーランドから東に数度の地点に来るだろう。

以上の条件の下で、新しい零度の子午線はおおよそのところ、新北極点を出発点に、アイルランドのダブリン、フランスのパリ、シシリア島のパレルモ、トリポニタニアの大シルト湾、ダルフール地方のオベイドを通り、キリマンジャロ山脈、マダガスカル、南太平洋のケルゲレン島、新南極点、パリの対蹠点、オセアニアのクック諸島およびソシエテ諸島、ブリティッシュコロンビアのカドラ諸島とバンクーバー、北米のニューブリテン地方*を抜けて、北極圏のメルヴィル半島に至る。

北ではバフィン湾から、南ではアデリーランドから突き出す新しい自転軸の形成に伴い、新しい赤道が形作られ、その上に沿って、そこから決して逸れることなく、太陽は日周軌道の弧を描くだろう。この赤道線は、マサイ地方のキリマンジャロを、インド洋を、インドではゴアを、そして、カルカッタの少し南にあるチカコラ*を、シャム王国のマンガラを、トンキンのケショー*を、中国の香港を、太平洋のラサ島*、マーシャル諸島、ガスパー＝リコ諸島、そしてウォーカー島を、アルゼンチン共和国のアンデス山脈を、ブラジルのリオデジャネイロを、南大西洋のトリンダデ島とセント・ヘレナ島を、コンゴのサン・ポール・ド・ロアンダ*を通り、最後に、ふたたびキリマンジャロの裏側のマサイ地方に戻る。

新地軸の形成から新赤道が特定されたので、地球の住人の安全にとって重大な、海面勾配の変化の問題を検討することが可能になった。

まず指摘しておくべきなのは、「北極実用化協会（ノース・ポラー・プラクティカル・アソシエーション）」の経営陣が、影響を可能な限り抑えるべく配慮していたということである。実際、もし発射が北に向けて行われていれば、地球の最も文明化された地域に壊滅的ダメージが加えられていたことであろう。逆に、南に向かって発射を行うことで、影響が及ぶのは、人口密度が低く、より野蛮な地域に限られる――少なくとも、水没する地域に関する限り、そうである。

次に、旧両極において地球が扁平になっていることから、本来の場所から流れ出す海がどのように分配されるかを示す。

地球は、キリマンジャロおよび赤道近海にあるその対蹠点において直交する二つの大円によって、区分けされる。この結果、四つの区画が作り出される。そのうち二つは北半球に、残る二つは南半球にでき、それぞれは、海面勾配の変化がまったく生じない境界線に区切られる。

一。北半球。

第一区画は、キリマンジャロの西に位置し、コンゴからエジプトまでのアフリカ、トルコからグリーンランドまでのヨーロッパ、ブリティッシュコロンビア州からペルーおよびサン・サルヴァドールの緯度*のブラジルまでの範囲のアメリカ――それから、北大西洋の全体、赤道付近の大西洋の大部分を含む。

第二区画は、キリマンジャロの東に位置し、黒海からスウェーデンまでを含むヨーロッパの大部分、ロシアのヨーロッパ側とアジア側、アラビア、インドのほぼ全域、ペルシャ、バルチスタン、アフガニスタン、トルキスタン、中華帝国、モンゴル、日本、朝鮮、黒海、カスピ海、北太平洋、アメリカ北部のアラスカ――さらに、かのアメリカ企業、「北極実用化協会（ノース・ポラー・プラクティカル・アソシエーション）」に委譲されたことが極めて悔やまれる北極領に至る範囲である。

二。南半球。

第三区画は、キリマンジャロの東に位置し、マダガスカル、マリオン諸島、ケルゲレン諸島、モーリシャス島、レユニオン島、インド洋の全島嶼、新しい南極に至る南極海、マラッカ半島*、ジャワ、スマトラ、ボルネオ、スンダ列島、フィリピン群島、オーストラリア、ニュージーランド、ニューギニア、ニューカレドニア、現在の経度でおよそ一六〇度までの範囲の南太平洋全域およびその無数の島嶼群を含む。

第四区画は、キリマンジャロの西に位置し、コンゴの中央とモザンビーク海峡から喜望峰に至るアフリカ南部、南緯八〇度までの南大西洋、ペルナンブーコ*およびリマから、ボリヴィア、ブラジル、ウルグアイ、アルゼンチン共和国、パタゴニア、フェゴ島、フォークランド諸島、サンドウィッチ諸島、シェットランド諸島までの南アメリカ全域、経度一六〇度から東の南太平洋を包摂している。

以上が、海面勾配変化ゼロの線によって分けられる地球の四区画である。

続いて問題になるのは、海の移動に伴って、これら四区画に生じる影響を明らかにすることである。

四区画それぞれの中心で影響は最大限に達し、そこに海が押し寄せるか、あるいは、逆にそこから海が退いていく。

さて、J＝T・マストンの計算によって絶対的な正確さで確定されている通り、この最大値は、上述の四点において八四一五メートルに達し、そこから各区画の境界をなす中立線までの間、海面勾配の変化は徐々に減少していく。公共の安全という見地から、バービケイン会長の企てる実験の影響が最も深刻となるのは、したがって、この四点である。

この影響は、効果の面で二種類に分けて検討されるべきである。

北半球と南半球でそれぞれが互いの反対側に位置する二区画では、海が退いて、同様に各半球で互いに反対側に位置する、それ以外の二区画に流れ込む。

第一区画。大西洋はほとんど空になり、海面が最も下がるのはバミューダ諸島の緯度の付近であるため、この地点では、水深が八四一五メートルより浅ければ、その部分の海底が露出する。その結果として、アメリカとヨーロッパの間に、広大な土地が出現し、合衆国、イギリス、フランス、スペイン、ポルトガルの各列強は、それが適切と考えるのであれば、それぞれの領土面積に応じて、この土地を併合することも可能である。だが、海面の下降に伴い、大気の層もその分だけ下降することは指摘しておかねばならない。ゆえに、ヨーロッパとアメリカの沿岸部は、区画の中心点から二、三〇度離れたところにある都市でさえ、現時点で上空一リュー〔四キロメートル〕のところにある量の空気しか得られなくなるくらい、高地になってしまう。主要都市のみ挙げても、ニューヨーク、フィラデルフィア、チャールストン、パナマ、リスボン、マドリード、パリ、ロンドン、エディンバラ、ダブリンが該当する。カイロ、コンスタンティノープル、ダンツィヒ、ストックホルム、また、アメリカ西海岸の諸都市は、一般的な高度と比較して、通常の位置を保持できる。バミューダ諸島はといえば、高度八〇〇〇メートルの上空まで昇りえた気球乗りのように、あるいは、チベット山域の最高峰におけるがごとく、空気が欠乏する。よって、居住は完全に不可能である。

インド洋、オーストラリア、そして、後者の南海域に部分的に広がる太平洋の四分の一を含む反対側の区画にも、同様の影響が及ぶ。高低変化が最高度に達する地点は、ヌイツ・ランド*の切り立った海岸地帯である。アデレードやメルボルンでは、海面が八キロ近く下がるだろう。これらの町は、純粋さという点では掛け値なしの大気に浸されることになるが、その密度は、呼吸に必要なほど濃くはあるまい。

以上が、おおまかに言って、多かれ少なかれ干上がった海盆に対して上昇することになる二つの区画で生じる変化である。海水の層が完全に退いてしまわない箇所では、海底山脈の頂によって新たな島々が形成されるに違いない。

しかし、大気の上層部に上昇した大陸の部分にとって、空気の層が薄くなることに決まって不都合な点があるとすれば、殺到する海に覆われてしまう地域はどうだろう。大気圧以下の気圧の空気も呼吸できる。それに対して、水面下数メートルでは、呼吸はまったく不可能になってしまうのであり、それこそ、残る二つの区画で起こることなのだ。

キリマンジャロの北東に位置する区画では、シベリアの真ん中のヤクーツクに中心地点が来る。海面下八四一五メートル——から同地現在の海抜を引いた深さ——のところまで沈むこの町から、海水の層は、徐々に薄くなりながら中立線まで広がり、アジア側のロシアとインドの大部分、中国、日本、ベーリング海峡の向こうのアメリカ領アラスカを水没させる。ウラル山脈だけは、ヨーロッパの東部分の北で、小島として顔を出すだろう。ペテルブルク、モスクワというロシアの都市、カルカッタ、バンコク、サイゴン、北京、香港、江戸といったアジアの都市は海面下に消滅し、場所によって水深の違いこそあるものの、災害の前に移住する時間がなければ、ロシア人、インド人、タイ人、コーチシナ人、中国人、日本人を溺死させるには十分だろう。

キリマンジャロの南西の区画では、被害はそこまでひどくはならない。というのは、この区画は、大西洋および太平洋がその大部分を占めているからである。その海面は、フォークランド諸島において、八四一五メートル上昇する。とはいえ、この人工的な大洪水によって、広大な土地が水没することに変わりはない。とりわけ、下ギニア*およびキリマンジャロから喜望峰に至る角をなす南アフリカ、ペルー、ブラジル中央部、チリ、アルゼンチン共和国、そして、フェゴ諸島とホーン岬からなる南アメリカの三角形である。パタゴニア人たちは、身長がいくら高くても水没を免れず、アンデス山脈は、最高峰すら、地球のこの一画から姿を消してしまうため、そこに避難することもできない。

　地球という回転楕円体の表面に生じる海面勾配の変化の結果――新しい海面の下への沈降か、その上への極端な上昇――は、以上の通りである。バービケイン会長が犯罪的実験を決行する前に逮捕されない場合、関係各位が対策を講じなければならない事態は、以上の通りである！」

第一六章――反対者たちの合唱、クレッシェンドとリンフォルツァンドの段階に入る

緊急通告によれば、こうした状況から発生する危機的事態に備えて、それをうまく出し抜く必要があり、それが無理なら、せめて危害の及ぶおそれのない中立線に移動することで、危険から逃れなければならない。

危険にさらされている人々は、二種類に分けられる。窒息死する者と溺死する者である。

この通告が引き起こした人々の反応はさまざまだったが、揃って轟々たる抗議に変わった。

窒息死する側は、合衆国のアメリカ人、フランス、イギリス、スペイン等々のヨーロッパ人であった。海底の領土を併合できるかもしれないという見通しは、一連の変化を受け入れさせるには、十分なものではなかった。例えば、パリは、新しい北極点に対して、古い北極点との距離と同距離の地点に移されることになり、変化が起こってもなんら得るものがない。永遠の春を享受できるのは確かだが、大気の層はかなり失うことになる。これは、パリっ子にとって愉快なことではない。彼らは、なにはなくとも、酸素だけは湯水のごとく浪費するのに慣れっこになっているのだから。そう、オゾンはなくとも……そして、それ以上のものもなかろうと！

溺死する側は、南アメリカの住人、オーストラリア人、カナダ人、インド人、ニュージーランド人だった。となれば、大英帝国は、彼らの最も豊かな植民地、サクソン系住民が原住民に取って代わりつつある植民地を、バービケイン社に奪われるなんて、とてもじゃないが、我慢できまい。確かに、メキシコ湾は空になって、そこにアンティル諸島の一大王国が出現し、メキシコ人と北米人（ヤンキー）は、モンロー主義の旗印の下、その領有権を主張することもできるかもしれない。確かに、スンダ列島、フィリピン諸島、セレベス海の海盆も干上がって、その跡には広大な陸地が残され、その領有権をイギリス人とスペイン人が主張することも可能かもしれない。だが、その程度ではなんの埋め合わせにもならない。おそろしい洪水によって失われるものと収支が釣り合わないのだ。

ああ！　新しい海に呑み込まれるのが、サモエード族やシベリアのラップ人、フェゴ島人、パタゴニア人、タタール人、中国人、日本人、そして若干のアルゼンチン人だけであったなら、文明諸国はたぶんこの犠牲を受け入れていたと考えられる。しかし、あまりに多くの列強が大惨事の分け前にあずかるため、彼らとて抗議の声を上げないわけにはいかなかった。

話をヨーロッパに限ると、中央部はほぼ無傷のまま残されるものの、西部は上昇し、東部は下降する。言いかえれば、一方では人々が窒息しかけ、他方では溺れかけるのである。受け入れがたい事態だ。おまけに、地中海はほぼ完全に空になってしまう。フランス人も、イタリア人も、スペイン人も、ギリシャ人も、トルコ人も、エジプト人もそんなことは許さないだろう。地中海沿岸諸国として、彼らは、この海に対して非の打ちどころがない権利を有しているからである。それに、中立線上に位置しているスエズ運河が消滅を免れるからといって、それがなんになる？　地峡の一方の側では地中海がなくなり、別の側では紅海がごくわずかしか残らないとすれば、レセップス氏のあの素晴らしい業績をどうやって使えというのか——数百リュー延長するのでなければ？……

最後に、断じて——絶対に！——イギリスは、ジブラルタルが、マルタ島が、キプロス島が、山の頂と化してはるか雲上に消え、彼らの軍艦がそこに接岸できなくなることに同意したりはしない。否！　彼らは、大西洋の跡地をあてがわれて領土が拡大できたとしても、満足の意を表明したりはしまい。とは言いながらも、ドネラン少佐は、バービケイン社の企てが成功した場合に備えて、新たな領土に対する自国の権利を行使できるよう、ヨーロッパに戻ることを早くも検討し始めていた。

こうして、世界中のあらゆる場所から抗議の声が上がった。中立線上に位置する諸国も例外ではなかった。というのは、中立線では海面勾配変化がゼロであるとしても、それ以外の別の地点ではなんらかの被害を受けるからであった。とりわけ、ザンジバルから届いた電報が発射地点を知らせてくれたおかげで、先ほどご紹介した、人々を安心させるとはとても言いかねる内容の通知が書かれてからというもの、抗議はさらに激しさを増したようだった。

要するに、バービケイン会長、ニコル大尉、そしてJ＝T・マストンは、人類全体の敵となったのだ。

しかし、ありとあらゆる論調の新聞にとっては、なんという書き入れ時！　なんという売れ行き！　なんという増刷数！　ほかのことでは意見が一致したためしのない各紙が、団結して反対を唱えるという、おそらくは前代未聞の光景が出現したのである。〈ノーヴァスチ〉〔ニュース〕、〈ノヴォエ・ヴレミア〉〔新時代〕、〈クロンシュタッド通信〉、〈モスコフスカヤ・ガゼータ〉〔モスクワ報知〕、〈ロッシスカイエ・ジエーラ〉〔ロシア雑報〕、〈グラジダニン〉〔市民〕〔以上ロシア紙〕、〈カールスクルーナ・ジャーナル〉、〈ハンデルスブラット〉〔商業新聞〕、〈ファータランツ〉〔祖国〕〔以上オランダ紙〕、〈フレムデンブラット〉*、〈ノイエ・バーディッシェ・ランデスツァイトゥング〉*、〈マクデブルク・ガゼット〉、〈ノイエ・フライ・プレス〉*、〈ベルリナー・ターゲブラット〉*、〈エクストラブラット〉*、〈ポスト〉、〈フォルクスブラット〉、〈ベルゼン・クリエ〉*、〈シベリア・ガゼット〉、〈クロイツァイトゥング〉*、〈フォシッシェ・ツァイトゥング〉*、〈ライヒスアンツァイガー〉*、〈ゲルマニア〉*〔以上ドイツ語紙〕、〈エポカ〉、〈エル・コレオ〉、〈エル・インパルシアル〉、〈コレスポンデンツィア〉〈イベリア〉〔以上五紙はスペインの新聞〕、〈タン〉、〈フィガロ〉、〈アントランジジャン〉、〈ゴーロワ〉、〈ユニヴェール〉、〈ジュスティス〉、〈レピュブリック・フランセーズ〉、〈オートリテ〉、〈プレス〉、〈マタン〉、〈一九世紀〉、〈リベルテ〉、〈イリュストラシオン〉、〈モンド・イリュストレ〉、〈両世界評論〉、〈コスモス〉、〈ルヴュー・ブルー〉、〈ナチュール〉〔以上一八紙はフランスの新聞〕、〈トゥリブーナ〉、〈オッセルヴァトーレ・ロマーノ〉、〈エゼルチト・ロマーノ〉、〈ファンフーラ〉、〈カピタン・フラカッサ〉、〈リフォルマ〉〔以上六紙はイタリアの新聞〕、〈ペスター・ロイド〉*、〈エフェメリス〉、〈アクロポリス〉、〈パリンゲネシア〉〔以上三紙はギリシャの新聞〕、〈キューバ通信〉、〈パイオニア・オブ・アラハバード〉〔インドの新聞〕、〈スルプスカ・ネザヴィノスト〉〔セルビアの新聞〕、〈アンデパンダンス・ルメーヌ〉〔ルーマニアの新聞〕、〈ノール〉、〈アンデパンダンス・ベルジュ〉〔ベルギーの新聞〕、〈シドニー・モーニング・ヘラルド〉〔オーストラリアの新聞〕、〈エディンバラ評論〉、〈マンチェスター・ガーディアン〉、〈スコッツマン〉、〈スタンダード〉、〈タイムズ〉、〈トゥルース〉、〈サン〉、〈セントラル・ニュース〉〔以上イギリスの新聞〕、〈プレッサ・アルヘンティーナ〉〔アルゼンチンの新聞〕、〈ロマヌル・デ・ブカレスト〉〔ルーマニアの新聞〕、〈サンフランシスコ通信〉、〈コマーシャル・ガゼット〉、〈サンディエゴ・オブ・カリフォルニア〉、〈マニトバ〉〔カナダの新聞〕、〈パシフィック・エコー〉、〈サイエンティフィック・アメリカン〉、〈ユナイテッド・ステーツ通信〉、〈ニューヨーク・ヘラルド〉、〈ワールド・オブ・ニューヨーク〉、〈デイリー・クロニクル〉、〈ブエノスアイレス・ヘラルド〉、〈レヴェイユ・ド・マロック〉〔モロッコの新聞〕、〈滬報〉*、〈京報〉*、〈ハイフォン通信〉、クナニ共和国*の〈モニトゥール〉〔官報〕。政治経済問題を扱うイギリスの新聞〈マックレイン・プレス〉まで、被災地を襲う飢饉がいかほどのものになるか、論じていた。おびやかされているのはヨーロッパの均衡などではなく――まったく、それしきのことで大騒ぎをしていたのだ！――地球そのものの均衡なのである。ただでなくともこの世紀末特有の神経症で、異常行動や癲癇が頻発する傾向にあるところへもってきて、こんなことがあったのでは、狂乱状態になった人々の反応も理解できようというものだ！　まさに火薬庫に投げ込まれた爆弾だった！

J＝T・マストンだが、彼の人生ももはやこれまでと誰もが思った。

事実、九月一七日の夕方、彼をリンチにかけようと猛り狂った群衆が監獄に乱入した。これははっきり言っておかなければならないが、警察官たちも、それを邪魔立てしようとはしなかったのである。

J＝T・マストンの独房は空だった。この尊敬に値する砲兵の体重と同じ重さの金*を手放すことで、エヴァンジェリーナ・スコービット夫人は彼を逃がすことに成功したのである。看守は大金に目が眩んだのだが、それも当然で、年老いてよぼよぼになるまで遊んで暮らすつもりだったのだ。実際、ボルティモアは、ワシントンやニューヨークといった、アメリカ東海岸のほかの主要都市と同様に、土地が上昇する区画に含まれていたが、住人が毎日呼吸するのに必要な分の空気は残されることになっていた。

というわけで、J＝T・マストンは謎の隠れ家に身を潜め、人々の激情の発作から逃れることができた。こうして、一人の愛情豊かな女性の献身が、世間をパニックに陥らせたこの男の命を救ったのであった。言い忘れていたが、この時点で、もはやあと四日しかなかったのだ――たったの四日間！――バービケイン社の計画が既成事実になってしまうまでに残された時間は！

ご覧の通り、緊急通告は、これ以上は無理というくらい、周知徹底された。初めのうちは予測される大惨事を真に受けない者もいたのだが、そんな手合いはもはや皆無となっていた。各国政府は、その国民のうち、空気が稀薄な標高に上昇する土地の住人――その数は、比較的少数だった――と住む土地が海に覆われてしまう人々――その数は、もっとずっと多かった――に、至急警告を発した。

電信によって五大陸の津々浦々に伝えられたこの通告を受けて、今までに見たこともないような民族大移動が始まった――アーリヤ人が東から西に移動した時代でさえ、これほどではなかった。ホッテントット〔コイ族〕、メラネシアン、黒色人種、赤色人種、黄色人種、褐色人種、白色人種といった、諸人種の諸種族のそれぞれを部分的に巻き込んでの大脱出だった……

あいにく、時間がなかった。残り時間が限られていた。数か月の猶予があれば、中国人は中国を、オーストラリア人はオーストラリアを、パタゴニアの住民はパタゴニアを、

猛り狂った群衆が監獄に乱入した

シベリア人はシベリアを、といった具合に、それぞれの土地を離れることもできたのだが。

しかし、危険が迫っている場所が特定されたため、地球のどの部分がだいたい安全なのかということも明らかになり、恐怖は部分的に薄らいだ。胸を撫で下ろす地域、さらには国さえ、ちらほら出はじめた。一言で言えば、直接危険が迫っている地域を除き、おそろしい衝撃を目前にして人間が感じる当然の不安だけが残ったのであった。

そして、その間にも、アルシッド・ピエルドゥーは、昔の遠隔通信のような身振りとともに、ひたすら同じことばかり呟いていた。

「にしても、バービケイン会長の野郎、二七センチ砲の一〇〇万倍もある大砲をどうやって造ろうってんだ？　マストンの畜生め！　奴に会って、この点をとことん問い詰めたいもんだ！　まっとうな人間の考えることとも、合理的なものの考え方とも、てんでそりが合わん。あまりにも発射滅茶だ！」

いずれにせよ、地球の特定個所が世界的惨事を免れるチャンスがあるとすれば、それは実験の失敗だけだった！

第一七章——記憶に残るこの年の八か月の間に、キリマンジャロでなされたこと

マサイ国は、中央アフリカの東部、ザングバール海岸*と、それぞれが内海に匹敵するヴィクトリア・ニャンザとタンガニーカ湖のある大湖沼地帯の中間に位置する。この地方が部分的に知られているのは、イギリス人ジョンストン*、テケリ伯爵*、そしてドイツ人マイヤー*博士が訪れたためである。山の多いこの地方は、三万から四万人の黒人を従えるスルタン、バーリ＝バーリの支配下にあった。

赤道から緯度にして三度南にキリマンジャロ山脈が聳え、その最高峰——特に、キボの頂*——は標高五七〇四メートルである〔原註／モンブランより一〇〇〇メートル近く高い〕。この巨大な山塊は、南側、北側、西側で、広大で肥沃なマサイ平原を眼下に見下ろし、モザンビーク地方を横切って、ヴィクトリア・ニャンザまで続いている。

キリマンジャロの最初の斜面から南に数リュー行ったところに、キソンゴの集落がある。スルタンが通常起居する王宮はここにある。首都とはいっても、実際のところは大きな村にすぎない。住人は豊かな天分に恵まれて頭もよく、バーリ＝バーリの鉄の軛の下、奴隷を働かせ、自らも働いていた。

このスルタンは、イギリスの影響、より正確には、その支配を脱しようとしている中央アフリカ諸部族の君主の中でも傑出した存在とされており、それは間違っていなかった。

この年の一月の第一週、バービケイン会長とニコル大尉が、計画に身も心も捧げた一〇人の現場監督だけ連れて到着したのは、このキソンゴであった。

合衆国を離れるべく——この出発を知っていたのはエヴアンジェリーナ・スコービット夫人とJ＝T・マストンだけであった——ニューヨークで船に乗り込んだ二人は、まず喜望峰まで行き、ザンジバル島にある同名の町に向かう船に乗り換えた。そこからひそかにボートをチャーターし、海峡を隔てた向こう岸であるアフリカの港モンバサにたどり着いた。スルタンが送ってよこした護衛隊が彼らを港で待っていた。起伏が激しく、森が行く手をはばみ、川（リオ）に寸

断され、沼地で穴だらけになったこの地帯を通り抜ける困難な旅を一〇〇リュー〔四〇〇キロメートル〕にもわたって続けた後、ようやく一行は王宮に到着した。

J＝T・マストンの計算の結果が出てすぐに、バービケイン会長は、この地方で何年か過ごしてきたばかりのスウェーデン人探検家の仲介で、バーリ＝バーリと連絡を取っていたのである。月を一周したバービケイン会長の名高い旅――その反響は遠くこの地方にまで届いていた――以来、熱烈な支持者の一人となっていたスルタンは、大胆な北米人（ヤンキー）に親近感を抱いていた。なんの目的か告げるまでもなく、インピー・バービケインは、キリマンジャロの南側の麓で大規模な工事をする許可を、マサイ族の君主から易々と取りつけた。三〇万ドル相当と見積もられる大金と引き換えに、バーリ＝バーリは、必要な人手をすべてまかなうことを引き受けた。それだけではなく、キリマンジャロを好きなように使うことまで許可した。この巨大な山脈を思うままにできるのだ。そうしたいなら、平らにしてしまってもいいし、できるものなら、持ち帰ったっていい。スルタンにとってもうまみのある、極めて真剣な契約に基づき、「北極実用化協会（ノース・ポラー・プラクティカル・アソシエーション）」は、北極地方の所有者になった時とまったく同じように、アフリカの山の所有者になったのである。

バービケイン会長と彼の同僚がキソンゴで受けた歓待は、とても心温まるものだった。バーリ＝バーリは、月の周辺地帯をめざして宇宙に飛び出したこの二人の有名な旅人に対して熱狂に近い尊敬の念を抱いていた。おまけに、自分の王国で謎の事業を成し遂げようとしているとあっては、彼らにこの上ない共感を覚えないわけにはいかなかった。そういうわけで、彼は、二人のアメリカ人に、秘密の厳守を約束した――彼だけではなく、彼の臣下も、ということであり、彼らの協力は保証ずみだった。現場で働く黒人たちは、一人の例外もなく、一日たりと持ち場を離れてはいけないことになっており、違反者には、洗練を極めた拷問が待っていた。

アメリカおよびヨーロッパの、最高に頭の切れる密偵にも、事業の秘密が嗅ぎつけられなかったのは、こういうわけだったのである。最後になって秘密が漏れてしまったのは、工事の完了で、さしもの厳格なスルタンにも気のゆるみが生じ、裏切り者や口の軽い者はどこでも――黒人の間にさえ――いるからだった。こうして、ザンジバル駐在の領事リチャード・W・トラストの耳に、キリマンジャロで行われていることが伝わったのである。だが、その時はすでに九月一三日になっており、バービケイン会長による計画の遂行を止めるには手遅れだった。

では、なぜ、バービケイン社は、マサイ地方を実験の舞台に選んだのか。第一には、アフリカのほとんど未知の地帯に属しており、探検家がよく訪れる界隈から遠く離れているからであった。第二に、キリマンジャロの山塊が実験に必要な強度をそなえ、発射に適した方角を向いているからであった。おまけに、この国の地表近くには、ちょうど実験に欠かせない原材料が、採掘におあつらえ向きの条件で存在していたのだ。

折しも合衆国を出発する数か月前のこと、バービケイン会長は、例のスウェーデン人探検家から、キリマンジャロ山脈の麓には、鉄と石炭の豊富な鉱脈が露出していると聞いたのである。鉱脈を掘り進める必要もなければ、鉱床まで地殻を何千ピエと掘り下げるまでもない。鉄と石炭は、身を屈めさえすれば、見積書のはじき出す予定消費量をはるかに上回る量が入手できるのだ。さらに、山の近くには、メリ＝メロナイトの生産に必要な硝酸ナトリウムと黄鉄鉱の大規模な鉱脈まであるという。

そういうわけで、バービケイン会長とニコル大尉は、絶対に信頼が置ける一〇人の現場監督以外には、誰も連れて来なかったのだった。現場監督たちは、バーリ＝バーリが手配した一万人の黒人労働者を指揮して、怪物的な大砲と、それに劣らず怪物的な砲弾を製造することになっていた。

バービケイン会長とその同僚がマサイ地方に到着してから二週間が経った頃、キリマンジャロの南の麓には、三つの作業場が設置されていた。一つ目は大砲の鋳造用、二つ目は砲弾の鋳造用、三つ目はメリ＝メロナイトの製造用である。

まず、バービケイン会長は、どのようにして、これほど巨大な大砲を鋳造するという難問を解決したのか。その点をこれから見ることにするが、それと同時に、このような兵器を完成させるのは困難だからという理由で、災厄を逃れられるかもしれないと思った新旧両世界の人々の希望が潰えたことも、ご理解いただけるだろう。

実際、二七センチ砲の百万倍もの大砲を鋳造しようなど、到底人間の力の及ぶところではなかっただろう。七八〇キロの砲弾を、二七四キロの火薬で発射する四二センチ砲を製造することさえ、おそろしく困難だったのである。したがって、バービケインとニコルは、初めからそんなことは考えていなかった。大砲はおろか、臼砲すら造る気はなかった。ただ単に、キリマンジャロの強靭な山塊に地下道を掘るつもりだったのである。坑道といってもいい。

言うまでもないが、この坑道、または巨大な装薬坑は、金属製の大砲、大規模コロンビアード砲の代役になる。コロンビアード砲の製造は、金がかかる上に困難で、破裂の

大砲の内部

危険に備えて、砲身をとんでもない厚さにしなければならなかっただろう。バービケイン社は、当初から装薬坑を用いるつもりだった。J＝T・マストンの手帳に大砲のことが書かれていたのは、計算の基礎になる二七センチ砲のことだったのだ。

したがって、真っ先に山脈の南側斜面の一角が用地として選ばれた。その一〇〇ピエ〔三〇メートル〕下から、見渡す限りの平原が広がっている。キリマンジャロの山塊に穿たれたこの「内腔」を飛び出した砲弾の行く手を遮るものは、なに一つない。

地下道の掘削作業は、極めて正確に、大変な労力をかけて行われた。だが、バービケインは、わりと単純な仕組みの機械である削岩機をその場で造作なく組み立て、それを、山にある滝から得られる強力な水力で圧縮した空気によって、作動させることができた。それから、削岩機のドリルで穿った孔に、メリ＝メロナイトが装塡された。岩を破砕するためには、この破壊的爆薬でちょうどいいくらいだった。正長石と角閃石からなる極度に硬い閃長石の一種だったからである。ということは、ガスの膨張によるおそろしい圧力にも耐えられるわけで、この状況は好都合とも言えた。もっとも、キリマンジャロ山脈の高さと厚さからいって、ひび割れや破裂のおそれは一切なかったのだが。

手短に言えば、バービケイン会長の総指揮の下、十人の現場監督の命令で働いた何千という数の労働者が、大変な熱意を見せ、また飲み込みも早かったので、作業は半年も経たないうちに完了したのである。

地下道は直径が二七メートル、奥行きは六〇〇メートルもあった。完璧になめらかな内壁を砲弾が滑るようにしなければならず、しかも爆発で生じるガスが極力漏れないようにしなければならない。そのため、内側は、穿孔仕上げを完璧に施した鋳鉄の筒で覆われた。

実のところ、この作業は、月を回ったアルミニウムの砲弾を打ち上げたムーン・シティの有名なコロンビアード砲を造った時よりも、はるかに大変だった。しかし、現代世界の技術者たちに不可能なことなど、あるだろうか。

キリマンジャロの脇腹に穴を開ける作業が終わった後も、第二の作業場では労働者が手を休める暇はなかった。金属製の装甲を建造するのと同時に、巨大な砲弾の製造に専念しなければならなかったからである。

この砲弾を一つ作るためだけに、一億八〇〇〇万キロ、すなわち、一八万トンの円筒円錐形の鋳鉄の塊を用意しなければならないのだ。

ご理解いただけるように、この砲弾をまるごと一度に鋳造するのは問題外だった。一〇〇〇トンのブロックごとに

キリマンジャロの現場

分けて製造し、それを次々に地下道の開口部まで引っ張り上げ、あらかじめメリ＝メロナイトを装塡した薬室に押しつけるように並べなければならない。各ブロックをボルトで連結すれば、全体が一つのまとまりとなって、筒の内壁を滑っていくだろう。

　したがって、第一になすべきは、約四〇万トンの鉱石、七万トンの融剤用石灰石、四〇万トンの瀝青炭を第二作業場に搬入することだった。後者を炉に入れて、まず二八万トンのコークスに変えるのである。鉱脈はキリマンジャロの近くにあったので、運搬にはほぼ荷車だけで事足りた。

　鉄鉱石を鋳鉄に変容させる溶鉱炉の建設こそ、最大の難問だったかもしれない。しかしながら、一か月後には、高さが三〇メートルの溶鉱炉が一〇基、稼働可能となり、それぞれが一日に一八〇トンの鋳鉄を生産できるようになった。二四時間で一八〇〇トン、一〇〇日分の稼働で一八万トンである。

　メリ＝メロナイトの製造のために設けられた第三の作業場では、仕事そのものは易々と進められる一方、徹底した緘口令が敷かれていたため、爆薬の組成を特定することは依然として絶対に不可能だった。

　万事は思った通りに進んでいた。ル・クルーゾー*、カーユ*、アンドレ*、ラ・セーヌ*、バーケンヘッド*、ウールウィッチ*、コッカーリル*の工場でも、これほどうまく行ったためしはなかったろう。経費三万フランあたり、事故が一件起きるか起きないか、というくらいだったのである。

　スルタンは大喜びだったと言っていい。彼は、飽くことなき熱心さをもって作業の全工程を見守っていた。おそるべき陛下のご臨席によって、忠実なる臣下たちの熱意が掻き立てられたことは、想像に難くあるまい！

　時々、バーリ＝バーリが、こうした作業はなんの役に立つのか、と尋ねることがあった。

「世界の顔を塗り替えることになる事業です！」とバービケイン会長は答えた。

「スルタン、バーリ＝バーリ様に」とニコル大尉が付け加えた。「東アフリカの並みいる王たちの間にあって不滅の栄光をもたらすこと請け合いの事業です！」

　マサイ族の君主としての誇りにスルタンがどれほど打ち震えたことか、縷説には及ぶまい。

　八月二九日の日に、作業は完全に終了した。地下道は、望み通りの口径に掘られ、六〇〇メートルの長さにわたって、なめらかな内腔を装着されていた。奥には、二〇〇〇トンのメリ＝メロナイトが積み上げられ、起爆装置と接続されていた。一〇五メートルの砲弾がこれに続く。火薬と砲弾が占めているスペースを差し引いた残りは四九二メー

スルタンは飽くことなき熱心さをもって作業の全工程を見守っていた

トル、砲弾が砲口にたどり着くまでの距離がこれだけあれば、ガスの膨張が生み出す推進力を最大限に生かすことができる。

そこで最初に浮かぶ疑問――純粋に弾道学上の疑問――は、J＝T・マストンの計算が指定した軌道から砲弾は逸れたりするのだろうか、というものである。それは絶対にない。計算は正確だった。地球の自転の影響で砲弾がキリマンジャロを通る子午線からどの程度東に逸れるか、その凄まじい初速度のために軌道がどのような双曲線のカーブを描くことになるか、すべては計算によって示されていた。

次なる疑問は、発射後の砲弾は目に見えるのか、というものだ。答えはノーである。地下道を出た砲弾は、地球の影の中に入ってしまうからである。おまけに、高度が低いせいで、角速度*が相当に大きくなる。影の外に出る時点では、どんなに強力な望遠鏡でも観測できないくらい小さくなっていることだろう。地球の引力の鎖を脱した暁には、太陽の周りを永遠に回ることになるので、なおさら見えはしない。

バービケイン会長とニコル大尉は、最終段階まで漕ぎつけた作戦を前に、胸を張ることができた。

J＝T・マストンがここにいて、自分の計算が可能にした工事が、計算の正確さに見合う見事な達成に至った様子に感心できればいいのに！……。それよりなにより、強烈な発射音に、アフリカの地平線の果てからもこだまが返るという時に、なんだって、あんなに遠い、遠い、遠すぎるところに、奴はいるんだ？

マストンに思いを馳せる二人であったが、ガン・クラブの書記が、ボルティモア監獄を脱走後、「弾道荘」からも逃げ出し、御身大事と行方をくらまさなければならなかったとは、想像もできなかった。「北極実用化協会（ノース・ポラー・プラクティカル・アソシエーション）」の技師たちに対する世論の反発が、あそこまで高まっていようとは、ついぞ知らなかった。彼らの身柄を取り押さえられるものなら、彼らを虐殺し、八つ裂きにし、じわじわと火炙りにかけたいと人々が思っていようとは、夢にも思わなかった。本当の話、発射が今にも行われようとしているこの時、彼らが受け取るのは東アフリカの原住民の歓呼の叫びだけだったのは、幸いであった！

「ついに！」とニコル大尉は、バービケイン会長に言った。九月二二日の晩、二人は、完成した作品を前に、くつろいでいた。

「まったく！……ついに！……そして、やれやれ、だ！」とインピー・バービケインは、安堵の溜め息を漏らした。

「これをもう一度やれと言われても……」

「なんの！……またやるまでのこと！」

「まったくついていたよ」とニコル大尉が言った。「あの素晴らしいメリ＝メロナイトが手元にあって！……」

「君の名声はそれだけでも高まるな、ニコル！」

「そうだね、バービケイン」とニコル大尉は慎ましやかに答えた。「だが、仮に、われわれが乗った砲弾を月に送り込んだのと同じ綿火薬しかなかったとしたら、同じ威力を得るために、キリマンジャロのどてっ腹にどれくらいの数の穴を開けなければならなかったか、知っているかね？」

「教えてくれ、ニコル」

「一八〇個だ、バービケイン！」

「そういうことなら、掘っていたさ、大尉！」

「それに、一八万トンの砲弾が一八〇発必要だった！」

「それくらい鋳造していたさ、ニコル！」

　これほど性根の据わった男たちに道理を聞かせられるものなら、やってみたまえ！　とはいえ、いやしくも月を一周してきた砲兵に、できないことなど、あるだろうか？


　そして、この同じ晩、正確に発射時刻と指定された時間のわずか数時間前、バービケイン会長とニコル大尉が祝勝会を開いていたその時、アルシッド・ピエルドゥーは、ボルティモアの下宿書斎に閉じこもり、タガの外れたインディアンのような叫びを上げていた。それから、代数の数式で覆われた紙で埋まった机から立ち上がると、こう叫んだ。

「マストンの悪党め！……ああ、畜生！……あいつの問題でこれだけガリ勉させやがって！……なんでもっと早く気づかなかったんだろう！……コサイン野郎！……奴が今どこにいるか知っていたら、晩飯をおごってやるのに！　そして、なにもかもぶち壊す奴の機械が轟く瞬間に、シャンパンで乾杯といくんだが！」

　そして、ホイストのゲームで彼がいつも放つ野蛮人の鬨の声を上げた後、

「おいぼれのイカレ野郎！……もちろん、奴はキリマンジャロの大砲を計算した時に、目から花火でも散らしたに決まっている！……しかし、いかんせん、それだけじゃ実現不可能なんだ！――いや、実現不加農（カノン）なんだ、とまだポリテクにいたらみんなで言ってたところだ！」

第一八章　マサイの人々は、バービケイン会長がニコル大尉に「発射！」と叫ぶ瞬間を待つ

九月二二日の晩だった。——紀元一〇〇〇〇年の元旦にも比肩する厄日だと人々が考えた歴史的日付である。キリマンジャロの子午線を太陽が通過した一二時間後、すなわち真夜中に、ニコル大尉の手でおそろしい兵器が点火される。

キリマンジャロはパリ子午線から三五度東に位置し、ボルティモアは同じ子午線から七九度西に位置しているから、その差は一一四度で、時差にして四五六分、すなわち七時間二六分〔正確には、七時間三六分〕である。したがって、発射時刻ちょうどには、メリーランドの大都市は午後五時二四分を迎えることになる。

素晴らしい天気だった。太陽は、マサイ平原の、一点の曇りもない地平線の向こうに沈んだところだった。砲弾を宇宙に発射するのに、これ以上によく晴れた、穏やかな星空を望むのは無理というものだった。一筋の雲といえども、メリ＝メロナイトの爆発で沸き上がる人工の蒸気に混ざることはあるまい。

あるいはひょっとすると、バービケイン会長とニコル大尉は、砲弾に乗り込めなくて残念に思っていたかもしれない。最初の一秒で、彼らは、二八〇〇キロメートル彼方に行っていたことだろう。月世界の秘密を解き明かした後、今度は、ガリア彗星の表面に運ばれたフランス人エクトール・セルヴァダック〔原註／同じ著者による『エクトール・セルヴァダック』〕よりはるかに興味深い条件の下に、太陽系の秘密に分け入っていたことだろう！

スルタンのバーリ＝バーリ、彼の宮廷の主だった面々、つまり、財務大臣と死刑執行人、それから、この大工事に協力した黒人労働者たちが、発射に至る諸段階に立ち会おうと集まっていた。しかし、用心のため、キリマンジャロに掘られた地下道から三キロ離れた地点に留まって、空気の層の凄まじい圧迫をおそれなくてもいいようにした。

その周りには、キソンゴや、この地方の南部に点在する村落から来た何千もの原住民が——スルタン、バーリ＝バーリの命令一下——この崇高な見世物を見物しようと押し

寄せていた。

電池と、地下道の奥に設置された起爆装置を結ぶ電線に電流を流しさえすれば、雷管が破裂し、メリ＝メロナイトの爆発が引き起こされるのだ。

前座として、スルタン、アメリカからの貴賓二人、そしてこの国の首都の名士たちが同じテーブルを囲んで、素晴らしい晩餐をともにした――費用はすべてバーリ＝バーリ持ちだったが、後でバービケイン社の会計から払い戻されるとあって、スルタンはなおのことよくやってくれた。

七時半に始まった晩餐は、「北極実用化協会（ノース・ポラー・プラクティカル・アソシエーション）」の技師たちと実験の成功のためにスルタンが乾杯の音頭を取った後、一一時に終了した。

あと一時間で、地球の地理学的・気象学的条件の変更は既定事実となる。

バービケイン会長、彼の同僚、そして十人の現場監督たちは、電池が設置された小屋の周りで位置についた。

バービケインは、クロノメーターを手に、一分、また一分と時を計っていた――一分がこれほど長く思えたことは彼にはなかった――一年ではなく、一世紀にも思える一分だったのだ！

真夜中まであと一〇分となった時、ニコル大尉と彼は、キリマンジャロの地下道と電線でつながっている装置に近づいた。

スルタン、彼の宮廷の面々、原住民の群衆は、彼らの周囲で巨大な輪をなしていた。

J＝T・マストンの計算が指定した時刻ぴったりに発射することが重要であった。つまり、太陽が赤道と交錯する瞬間である。地球を旋回する見かけの軌道をめぐる太陽は、以後、この赤道上を離れることはないだろう。

真夜中まであと五分！――あと四分！――あと三分！――あと二分！――あと一分！……

バービケイン会長は、現場監督の一人が捧げ持つ角灯の明かりに照らされた時計の針を追っていた。ニコル大尉の方は、指を装置のボタンの上に置き、電気の回路を閉じようと身構えていた。

あともう二〇秒だけ！――一〇秒だけ！――五秒だけ！――一秒だけ！……

無感動なニコル大尉の手がごくわずかにでも震えるのを感知できた者はいなかっただろう。彼とその同僚は、砲弾に閉じ込められた状態で、コロンビアード砲が彼らを月の世界に送り込むのを待っていたあの瞬間と同じように、まったく動揺していなかった！

「発射！……」とバービケイン会長は叫んだ。

ニコル大尉の人差し指がボタンを押し込んだ。

「発射！……」

凄まじい発射音とともに、その轟きがマサイ地方の地平線の限界までこだました。二〇〇〇トンのメリ＝メロナイトの瞬間的な爆発で発生した、数十億の数十億倍リットルのガスの圧力で飛ばされた塊が空気の層を切り裂く鋭い音。自然の猛威をすべて煮詰めた流星の一つが、地球の表面をかすめたようだった。地球上のすべての砲兵隊のすべての大砲が、空のすべての雷と一緒になって鳴り響いたとしても、これほどおそろしい効果は起きなかっただろう！

第一九章——たぶんJ＝T・マストンは、群衆が彼をリンチにかけようとした頃をなつかしく思う

新旧両世界の首都が、そして、多少なりとも重要な都市から、もっとつつましい村落に至るまで、全世界が恐怖のただ中でその時を待っていた。大量に出回っている新聞のおかげで、地球の表面では、東経三五度に位置するキリマンジャロが真夜中を迎える時、経度の違いによって、各地でそれが正確に何時に相当するのか、すべての人が知っていた。

主要都市だけ挙げれば——太陽は経度一度を四分かけて進むので——、以下のようになる。

パリ　午後九時四〇分
ペテルスブルク　午後一一時三一分
ロンドン　午後九時三〇分
ローマ　午後一〇時二〇分
マドリード　午後九時一五分
ベルリン　午後一一時二〇分
コンスタンティノープル　午後一一時二六分
カルカッタ　午前三時四分
南京　午前五時五分

すでに述べたように、ボルティモアでは、キリマンジャロで太陽が子午線を通過してから一二時間後の時刻は、午後五時二四分になっている。

この瞬間に人々が覚えていた恐怖をとやかく言うには及ぶまい。それを描くのは、現代の最も力強い文筆をもってしても——デカダン頽廃派*の文体をもってさえ——無理である。

ボルティモアの住人たちが津波に薙ぎ倒される危険がなかったのは、その通りである。彼らにとっては、チェサピーク湾が空になり、それを限るハテラス岬が干上がった大西洋の上に延びる山の尾根のようになるだけ、と言うのも、ごもっとも！　しかし、この町もまた、水没にも上昇にも脅かされていないほかの多くの町と同じように、地震でひっくり返され、歴史的建造物は破壊され、地面の表面に口

を開けた深淵に住宅地は呑み込まれるのではあるまいか。こうした懸念は、高低変化の生じた海面に覆われないはずの諸地域にとって、杞憂にはほど遠いのではあるまいか。

言うまでもなく、その通りである。

そういう次第で、この運命的な瞬間、骨の髄にまで忍び込む恐怖の戦慄を全人類が感じたのであった。そう！　全員が身震いしたのだ——ただ一人を除いて。技師アルシッド・ピエルドゥーのことである。彼の最新の研究が明らかにした事実を公表する時間がなかったので、ボルティモアにある最高級のバーで、旧世界の健康を祝してシャンパンの杯を傾けていた。

キリマンジャロの真夜中に当たる五時二四分が過ぎた……。

ボルティモアでは……なにも起こらなかった！

ロンドン、パリ、ローマ、コンスタンティノープル、ベルリンでは……なにも起こらなかった！　いかなる衝撃もなかった！

タコシマ炭鉱*（日本）で、自らそこに設置した微震計〔原注／微震計とは、一種の振り子で、その震動が地殻の微細な運動を示す。日本に倣って、多くの国で、同様の装置がガスの多い炭鉱の近くに設置された〕を観察していたジョン・ミルン氏*は、世界のこの部分の地殻に生じたいかなる異変も検知しなかった。

とにかく、ボルティモアでもなにも起こらなかったのである。おまけに空が曇っていたので、夜になっても星の見かけの運動に変更が生じつつあるのかどうか、確認することはできなかった——それができれば、地軸変更の有無を示す指標になったのだが。

J＝T・マストンは、エヴァンジェリーナ・スコービット夫人しか知らない隠れ家の中で、どんな夜を過ごしたことか！　頭に血が上りやすいこの砲兵は、猛り狂っていた！　彼は居ても立ってもいられなかった！　太陽の描くカーブが変更されたかどうかを見るために——実験の成功を示す隠れなき証拠を得るために——、早く何日分か年を取れないものかとそればかり念じていた！　実際、この変化が生じていたとしても、どのみち九月二三日の朝には確認できなかっただろう。というのは、この日〔秋分の日〕には、地球上のどの地点でも、日輪は必ず東から昇るからである。

その翌日、太陽は、いつもそうしているように地平線の上に姿を見せた。

ヨーロッパ代表団は、宿泊先のホテルのテラスに集結していた。彼らは、太陽がぴったり赤道面上にその軌道を描くかどうか、測定できる高精度の計器を携えていた。

然るに、日の出から数分後に早くも、輝ける天体は、南半球に向かって傾いていったのである。

つまり、太陽の見かけの運行には、なんの変化もなかったのだ。

　ドネラン少佐とその同僚たちは、天の炬火に向かって熱狂的に「ウラー」を何度も叫び、劇場にいるみたいに「待ってました！」の掛け声を上げた。素晴らしい青空で、夜の水蒸気が地平線からは完全に拭い去られていた。太陽ほどの名優であっても、このように輝きわたる照明の下、魅了された観客を前にして、これ以上に美しい舞台を踏んだことはかつてなかったのだ！

「しかも天文学の法則に指定されたまさにその場所に！……」とエリック・バルデナックが叫んだ。

「われわれの古き天文学の、だ」とボリス・カルコフが指摘した。「あのいかれた連中が亡きものにしようとした！」

「金を無駄遣いして、恥まで掻いたってわけだ！」とヤーコプ・ヤンセンが言った。彼の口を借りて、全オランダが発言しているかのようだった。

「そして、北極領は、永遠に氷に覆われたままだろう！」とヤン・ハラルド教授がやり返した。

「太陽万歳！」とドネラン少佐が叫んだ。「今のままで、十分世界の必要を満たしてくれている！」

「万歳！……万歳！……」と古きヨーロッパの代表者たちは声を合わせた。

　この時まで発言していなかったディーン・トゥードリンクが、もっともな指摘で座の注目を集めたのは、この時だった。

「まさか発射しなかったなんてことは？……」

「発射しなかっただと？……」少佐が叫んだ。「それどころか、願わくば発射したのであってほしいし、それも、どうせなら一発じゃなく、二発くらいな！」

　それこそ、J＝T・マストンとエヴァンジェリーナ・スコービット夫人が思っていたことだった。それはまた、ことの成り行き上、今度ばかりは、学者も、無知な衆生も、等しく思ったことだった。

　それはまた、アルシッド・ピエルドゥーが、次のように付け足しつつ、繰り返していたことでもあった。

「発射したにせよ、しなかったにせよ、そんなことはどうでもいい！……地球は、昔ながらの軸の上でワルツを踊りつづけ、いつもと同じ散歩をしているってことだ！」

　結局のところ、誰もキリマンジャロでなにが起こったのか知らなかった。だが、その日のうちに、全人類が自らに問いかけていたこの疑問に答えが与えられたのである。

　一通の電報が合衆国に届いたのだ。それは、ザンジバルの領事、リチャード・W・トラストから送られた最新の電報で、以下のようなものだった。

「九月二三日、ザンジバルにて。
午前七時二七分。
国務大臣ジョン・S・ライト閣下
キリマンジャロ南斜面に掘削の兵器から昨夜零時ちょうどに発射。砲弾は凄まじい擦過音とともに通過。おそろしい発射音。周辺一帯に竜巻の被害。モザンビーク海峡まで海面上昇。多くの船舶が航行不能となり、岸に打ち揚げられる。村落および村は全滅。万事順調。
リチャード・W・トラスト」

その通り！　万事順調だった。人為的な竜巻のために国土の一部をそぎとられたマサイ国の惨事と、大気の層の移動が引き起こした難破を除いて、世界の秩序にはなんら手がつけられなかったのだから。有名なコロンビアード砲が月に向かって砲弾を発射した時も、こんな感じだったではないか。フロリダの大地に伝わった震動が一〇〇マイル［一六〇キロメートル］四方まで感じられたではないか。確かにそうだった！　ただ、今回の被害はあの時の一〇〇倍と考えなければならない。

いずれにせよ、電報は、新旧両大陸の関係者たちに、以下の二点を明らかにしたのだった。

一。巨大兵器は、キリマンジャロの山腹そのものの内部に製造できたということ。

二。発射は予定時刻に実行されたこと。

その途端に、全世界が安堵の溜め息を盛大に漏らし、次いで、それは大爆笑に変わった。

バービケイン社の企ては惨めにも失敗したのだ！　J＝T・マストンの数式など、これでお払い箱だ！　「北極（ノース・ポラー）実用化協会（プラクティカル・アソシエーション）」は、もはや破産宣告するしかなくなった！

ああ！　そう言えば、まさかとは思うが、ガン・クラブの書記は計算間違いをしでかしたのか？

「そう考えるくらいなら、いっそ、あの方を愛したことがわたくしの気の迷いだったと思う方がましだわ」とエヴァンジェリーナ・スコービット夫人はひとりごちた。

そして、この時、回転楕円体の表面にいた全人類の中で一番うちひしがれていたのは、J＝T・マストンその人であった。地球が創造されてこの方続けてきた運動の条件がなに一つ変わっていないのを目にした彼は、なんらかの事故があってバービケインとニコルが実験を遅らせざるをえなくなったのではないかという空しい望みを抱いていたのだった……。

ところが、ザンジバルから電報が届いてからというもの、実験は失敗したと認めなければならなくなったのである。

失敗したなんて！……では、実験の成功に貢献しようと彼が用いた方程式と数式は、なんだったと言うのだ！　一億八〇〇〇万キロの砲弾を、二〇〇〇〇トンのメリ＝メロナイトの爆発で生じるガス圧によって、初速度二八〇〇〇キロで発射する、長さ六〇〇メートル、直径二七メートルの兵器では、両極を移動させるには力不足だというのか？　ありえない！……そんなことは認められない！

にもかかわらず！……

こうして、J＝T・マストンは、激しい興奮状態に陥り、隠れ家を出たいと言い張った。エヴァンジェリーナ・スコービット夫人が止めようとしても無駄だった。彼女は、いまさら彼の命が脅かされる心配をしたのではない。その危険は去ったのだから。そうではなく、計算屋がこのタイミングでのこのこ出ていったりすれば、人々が彼に浴びせるに決まっている嘲笑や、彼の業績に雨あられと降り注ぐひやかしから、彼を守りたかったのだ！

そして、もっと深刻なのは、ガン・クラブのメンバーが彼をどう迎えるのか、ということであった。彼らを世間のいい笑いものにした失敗は、自分たちの書記のせいだと思っているのではないか。この失敗の責任はすべて、計算の張本人たる彼にあるのではないか。

J＝T・マストンは、耳を貸そうとしなかった。彼は、エヴァンジェリーナ・スコービット夫人の嘆願にも、涙にも屈しなかった。彼は、身を潜めていた家から外に出た。彼は、ボルティモアの通りに姿を現した。彼に気づいた人々は、自分たちの財産と生命を脅かし、頑なに黙秘を貫いたせいで不安を長引かせた男に対する復讐として、あの手この手で彼を散々に嘲罵した。

パリの腕白小僧（ガブローシュ）にも太刀打ちできないアメリカの悪ガキどもの言うことを聞くはめになったのだ！

「地軸の立て直し屋が聞いてあきれるぜ！」

「なに言ってやがる、時計の修繕屋が！」

「ポンコツの修理屋だとよ！」

結局、打ちひしがれ、嘲弄されたガン・クラブ書記は、ニュー・パークの館に逃げ帰るしかなかった。そこでは、エヴァンジェリーナ・スコービット夫人が、彼に対する優しさの在庫をありったけはたいて彼を慰めた。それも空しかった。J＝T・マストンは——ニオベー*のように——「慰めらるるを厭ふ」（ノリュイット・コンソラーリ）状態だった。彼の大砲は、地球という回転楕円体になんの影響ももたらさなかった点で、聖ヨハネ祭*の爆竹も同然だったのだから！

アメリカの悪ガキどもの言うことを聞くはめになった

このような状態のまま、一五日間が過ぎた。恐怖から立ち直った世界は、「北極実用化協会（ノース・ポラー・プラクティカル・アソシエーション）」の計画のことなど、とっくに忘れていた。

この一五日間というもの、バービケイン会長とニコル大尉の消息は一向に知れないままだった！　彼らは、マサイ地方の表面を災禍が見舞ったあの時に、爆発の反動で命を落としたのだろうか。自らの命と引き換えに、現代史上空前のから騒ぎを引き起こしたというのか。

そうではなかった！

発射音の後、スルタン、その廷臣、そして何千もの原住民たちと一緒にひっくり返り、尻餅をついた二人であったが、無事にふたたび立ち上がった。

「成功したのか？……」とバーリ＝バーリは肩をさすりながら尋ねた。

「お疑いですか？」

「私が……疑うだと！……しかし、いつになったらわかるんだ？……」

「数日後です！」とバービケイン会長は答えた。

彼には、実験が失敗したとわかっていたのだろうか？……たぶん！　だが、マサイ族の君主の前では絶対に認めたくなかっただろう。

四八時間後、二人の仲間は、バーリ＝バーリに暇乞いした。彼の王国の表面に引き起こされた災害に対する弁償をたんまり払った上でのことである。この金は、スルタンの個人金庫に入り、臣下の懐には一ドルも入らなかったので、陛下には、この割りのいい取引を後悔するいわれはなかった。

それから、二人の仲間は、一〇人の現場監督を連れてザンジバルに到着、そこでスエズ行きの船を見つけた。そこから偽名を使って郵船会社の汽船モーリス号に乗り、マルセイユまで行き、ＰＬＭ*――脱線事故も衝突事故もなし――でパリへ、パリから西部鉄道会社でル・アーヴルへ、そしてとうとう大西洋横断船ブルゴーニュ号でアメリカに渡った。

二二日間で、彼らはマサイ国からニューヨーク州ニューヨークに着いたのである。

そして、一〇月一五日、午後三時、二人はニュー・パークの屋敷の扉をノックした……

一瞬後、彼らは、エヴァンジェリーナ・スコービット夫人とＪ＝Ｔ・マストンを前にしていた。

第二〇章　真実であるのと同じくらい本当らしくないこの奇妙な物語は、これで終わる

「バービケインか？……ニコルか？……」

「マストン！」

「君たちが？……」

「われわれだよ！……」

同僚二人が奇妙な口調で同時に言い放ったこの代名詞には、ありったけの皮肉と非難が込められているのが感じられた。

J＝T・マストンは、鉤の手を額にやった。それから、唇の間でシューシューという音を立てて言った――ポンソン・デュ・テラーユ*なら、マムシの立てる音のような、と言ったところだ。

「キリマンジャロに君たちが掘った地下道は、確かに奥行き六〇〇メートルで、直径二七メートルだったんだろうね？」と彼は尋ねた。

「そうとも！」

「君たちの砲弾の重さは、確かに一億八〇〇〇万キロだったんだろうね？」

「そうとも！」

「そして、発射に使ったメリ＝メロナイトは、確かに二〇〇〇トンだったんだろうね？」

「そうとも！」

この三度の「そうとも」は、J＝T・マストンの後頭部に棍棒の一撃のように振り下ろされた。

「そういうことなら、私の結論は……」と彼は口を開いた。

「どういうものかね？……」とバービケイン会長は尋ねた。

「こういうものだ」とJ＝T・マストンは答えた。「実験が成功しなかった以上、火薬が砲弾に与えた初速度が二八〇〇キロ以下だったことになる！」

「そうかね！……」とニコル大尉が言った。

「君のメリ＝メロナイトは、おもちゃのピストルに装填するくらいの役にしか立たんな！」

ニコル大尉はこの言葉を聞いて飛び上がった。彼にとっては、耐えがたい侮辱だった。

「マストン！」と彼は叫んだ。

「ニコル！」

「君がメリ＝メロナイトで戦いたくなったら、いつでも……」

「だめだ！……武器は綿火薬だ！……その方が確実だからな！」

エヴァンジェリーナ・スコービット夫人は、二人の短気な砲兵をなだめるために割って入らなければならなかった。

「お二人とも！……お二人とも！」と彼女は言った。「ここは仲間内なんですよ！……」

その時、バービケイン会長が努めて平静な口調で次のように発言した。

「非難し合ってなんになる？　マストン君の計算が正しかったはずなのは確かだし、ニコル君の爆薬が十二分に強力だったはずなのも確かだ！　その通り！……われわれは、科学のデータを正確に実行に移した！……にもかかわらず、実験は失敗した！　いかなる理由でか？……それが明らかになる日は永遠に来ないんじゃないか……」

「それなら！」とガン・クラブの書記が叫んだ。「もう一度最初からやり直そう！」

「金はどうする。完全に無駄になってしまったんだぞ！」とニコル大尉が指摘した。

「それに世論もありますわ」とエヴァンジェリーナ・スコービット夫人が付け加えた。「世界の運命を危険にさらすような真似をもう一度するなんて、そんなこと、許してくれませんわ」

「われわれの北極領はどうなってしまうんだろう」とニコル大尉が言った。

「「北極実用化協会（ノース・ポラー・プラクティカル・アソシエーション）」の株価はどこまで下がるんだろう」とバービケイン会長が叫んだ。

暴落！……それはすでに現実のものだった。株券はまとめて古紙同然の値段で売りに出されていた。

以上がこの世紀の実験の結末だった。以上が、バービケイン社の超人的計画の歴史的大失敗だった。

世間が、発想のずれた愚直な技師を、思う存分ばかにしようと思ったら、新聞記者が筆にまかせて書く記事や戯画、諷刺歌、替え歌が格好の餌食を探しているのなら、今がそのチャンスだと断言できる。バービケイン会長、新会社の運営理事たち、ガン・クラブの会員たちは、文字通り野次り倒された。彼らに対する形容の仕方は、時として……ガリア的*だったので、ラテン語ですら――ゾラピュック語*ですら、口にできなかっただろう。特にヨーロッパは、これでもかとばかりに軽口を叩いたので、北米人（ヤンキー）たちもしまいには怒り出してしまった。そして、バービケイン、ニコル、マストンがアメリカ人であること、彼らがボルティモアのあの有名な団体の会員であることを忘れていなかった彼らは、連邦政府をせっついてもう少しで旧世界に宣戦布告させるところだった。

最後に、とどめの一撃を加えたのは、名にし負うポーリュス*――彼はこの時まだ健在だったのだ――が流行らせたシャンソンであった。この代物は、全世界のカフェ・コンセールを駆け巡ったのだ。

特に拍手喝采を浴びたのは次の節だった。

ポンコツ時計の心棒にゃ
辛抱ならんと連中は
大砲作って狙いをつけた
なんでもかんでもばらしちゃえ！
こいつはまったく肝が冷える！
草の根分けても捜し出せ
あの大ばか三人組を！……が……どかん！
弾は出たけど……世はこともなし！
ポンコツ時計に万歳を！

それはそれとして、この事業が不成功に終わった原因は、わからないままになってしまうのだろうか。この失敗は、実験が実現不可能であることを、人間の持てる力では、地球の日周運動を変更するのは不可能であることを、北極領の緯度を変え、氷原や氷山が太陽光線によって自然に溶かされる地点に移動させるのは不可能であることを、証明しているのだろうか。

バービケイン会長と彼の同僚が合衆国に戻って来てから数日後、この点に関して明確な回答が出された。

一〇月一七日付〈タン〉*紙にささやかな覚書が掲載され、エブラール氏の新聞は、世界の安全にとって見過ごせないこの問題に光明をもたらすという貢献を果たしたのであった。

問題の覚書は次のように書かれていた。

「新しい地軸を作り出そうとした計画が成果ゼロに終わったことは周知の通りである。しかしながら、J＝T・マストンの計算は正確なデータに基づいており、説明しがたい見落としのために当初から誤りを含んでさえいなければ、求める結果は得られていたはずなのである。

事実、ガン・クラブの著名な書記は、回転楕円体である地球の外周を計算の基礎とした際に、それを四万キロではなく、四万メートルにしてしまった――そのため、問題の解答がおかしくなってしまったのだ。

どうしてこんなミスが生じたのか？……その原因はな

にか？……これほど優れた計算家がどうしてこんな不注意を犯したのか？……憶測をめぐらしても空しいだけである。

確かなことは、地軸変更の問題は正しく提起されていた以上、正解を得られていたはずだった、ということである。ところが、ゼロを三つ忘れたせいで、最終的に間違いは一二個のゼロにまで膨れ上がってしまった。

二七センチ砲の一〇〇万倍の大砲は、一門ではなく、一兆門なければならず、そのそれぞれが一八万トンの砲弾を発射しなければ、北極点を二三度二八分移動させることはできない。メリ＝メロナイトの膨張力が本当にニコル大尉の言うほど強ければ、の話ではあるが。

結局、キリマンジャロで実際に行われたような条件の下で一発しか発射されなければ、北極点は三ミクロン（一〇〇〇分の三ミリ）しか移動せず、海面の高さは最大でも一〇〇〇分の九ミクロンしか変化しない。

砲弾は、といえば、太陽の重力に引き留められ、新しく誕生した小さな惑星として、今後は太陽系に属することになる。

アルシッド・ピエルドゥー」

というわけで、新会社にとって屈辱的な結果を生んだのは、J＝T・マストンの不注意、計算の最初の段階におけるゼロ三つの間違いだったのだ！

しかし、ガン・クラブの仲間たちが彼に激昂し、呪詛を投げつけたとしても、世間の間では、この気の毒な男に対する好意的な反応が湧き上がった。結局のところ、この間違いがあったればこそ、すべての善が生じたのだし——というよりも、すべての悪は生じたのだ。なぜなら、そのおかげで世界は極めつけにおそろしい災厄を免れたのだから。

かくして、世界各地から、J＝T・マストンがゼロを三つ間違えたことを祝する数百万通ものお祝いの手紙が届いたのだった！

これまでになく意気消沈し、ショックを受けたJ＝T・マストンは、地球が彼のために上げる万歳の大音声から耳をふさいだ。バービケイン会長、ニコル大尉、木の義足を付けたトム・ハンター、ブロンズベリー大尉、元気いっぱいのビルスビーそのほかの仲間たちは、決して彼のことを許してはくれないだろう……

少なくとも、彼にはエヴァンジェリーナ・スコービット夫人が残っていた。この素晴らしい女性は、彼を悪く思うことはできなかった。

第一に、J＝T・マストンは、自分の計算をやり直すことにこだわった。自分がそこまで粗忽者だとは認めたくなかったのだ。

しかし、事実は事実だった。アルシッド・ピエルドゥー技師は、間違っていなかった。ぎりぎり最後になってミスに気づいたために、同胞人類を安心させるには間に合わなかったこの変わり者が、世間の恐慌状態を尻目に、完全な平静を保っていたのは、そのためだった。キリマンジャロの一発が発射された時、彼が旧世界に乾杯したのは、そういうことだったのだ。

その通りだった！　地球の外周を計算に入れる際に付け忘れられたゼロが三つ！……

その時、不意にJ＝T・マストンは思い出した。彼が計算を始めた時のこと、「弾道荘」の書斎に閉じこもった直後のことだ。彼は、黒板の上に、間違いなく四〇〇〇万という数字を書いていたのだ……

次の瞬間、電話のベルが慌ただしく鳴る音が響いた……J＝T・マストンは受話器に向かった……エヴァンジェリーナ・スコービット夫人と二言三言、言葉を交わした……突然、雷の一撃が彼をひっくり返し、黒板が倒れた……彼は起き上った……転倒のために半ば消えかかった数字を書き直しはじめた……四万まで書いたところだった……電話のベルが二度目に鳴り響いた……そして、仕事を再開した時、彼は、地球の外周を示す数字の残り三つのゼロを付け忘れたのだ！

そうだったのだ！　なにもかもエヴァンジェリーナ・スコービット夫人の責任だった！　彼女が邪魔をしていなければ、放電の余波など食らわずにすんだかもしれない！　善良で正直な計算の一生を台無しにしてしまうなんて、絞め殺してやっても飽き足らぬいたずらを雷が彼にしかけることも、あるいは、なかったかもしれないのだ！

どんな状況で間違いが発生したのか、J＝T・マストンから聞かされた時に、不幸な女性の受けた衝撃はいかばかりだったろう！……そう！……彼女がこの惨状の原因だった！……彼女のせいで、J＝T・マストンは、これからの長い余生を恥辱にまみれて生きていかなければならない！　ガン・クラブという由緒正しき団体では、会員は百歳まで生きるのが通例なのだから！

この対話の後、J＝T・マストンはニュー・パークの屋敷を逃げるようにあとにした。彼は「弾道荘」に戻った。書斎の中を大股で歩き回り、こう繰り返した。

「これで私は現世では物の役に立たなくなってしまった！……」

「結婚の役にも、ですか？……」と万感胸に迫る声が言った。

エヴァンジェリーナ・スコービット夫人だった。胸の張

そう！……彼女がこの惨状の原因だった！……

り裂ける思いにわれを忘れて、J＝T・マストンを追ってきたのだ……

「マストンさん！……」と彼女は言った。

「ええい、ままよ！　いいですとも！……でも、条件が一つ……それは、私がもう二度と数学はやらないってことです！」

「あなた、あんなもの考えるだけでぞっとしますわ！」と素晴らしい未亡人は答えた。

こうしてガン・クラブの書記は、エヴァンジェリーナ・スコービット夫人をJ＝T・マストン夫人にした。

アルシッド・ピエルドゥーの覚書はといえば、なんという名誉と名声を技師と彼が体現する「ポリテク」にもたらしたことか！　あらゆる言語に翻訳され、あらゆる新聞に掲載され、この覚書は彼の名を全世界に広めた。そんなわけで、「彼は学者すぎる」と言って、可愛らしいプロヴァンス娘を嫁にやることを断った父親も、前述の覚書を〈プティ・マルセイエ〉紙で読んだのだった。誰の助けも借りずにその意味内容をなんとか理解しえた彼は、慙愧の念にとらえられ、ひとまず、覚書の著者に宛て、夕食に来ないかと手紙を書いた。

第二一章——とても短いが、世界の今後に安心を抱かせる章

それからというもの、地球の住民はどんなに安心したことか！　バービケイン会長とニコル大尉は、かくも無残な結末に終わった企てをもう一度やろうとは思わないだろう。J＝T・マストンが、今度という今度はミスなしで計算をやり直すこともない。やるだけ無駄なのだ。アルシッド・ピエルドゥーの書いたことは正しかった。力学の証明するところによれば、地軸を二三度二八分移動させるためには、メリ＝メロナイトをもってしても、キリマンジャロの山塊に掘られた兵器と同じような大砲が一兆門必要なのだ。しかし、われわれの回転楕円体は——いかにその表面が堅固とはいっても——それだけの数の大砲を収容するには小さすぎる。

かくして、地球の住民は枕を高くして眠れると言ってよさそうだ。地球の運動の条件を変えることは、人類がいくら努力しても不可能なのである。人間には、この宇宙というシステムに創造主が確立した秩序を変えることは許されていない。

補遺

ごく少数の人だけが知ればよいこと

ここまで読者の皆さんにお聞かせしてきた物語は、一見とても空想的なものに思えるかもしれないが、筆者のこれまでの作品と同様、きわめて厳密な根拠に基づいていることを述べておきたい。

物語の大まかな着想を得た段階で、筆者は友人の鉱山局の技師で、今現在の「実験科学」の状況に関する学術報告書が先日書肆カンタンから刊行されたばかりのバドゥロー氏に、そこに描かれるさまざまな事象に関する精確な試算を依頼したのである。

数学者の皆さんにその試算をお見せしたいと思う。小説の中で言明（モントレ）したことを、この研究が証明（デモントレ）してくれるはずだ。

I　問題の基本設定

地球は大まかに言って周囲四〇〇〇万メートルの球体であるが、より正確には扁平な回転楕円体で、その赤道半径はほぼ $\frac{20\,000\,000}{\pi}$ であり、これは極半径を二万一〇〇〇メートル上回っている。

ベイリーの説によると、地表のある一点で地球を構成する物質の重さを量るとき、その平均の重量は一立方メートルあたり五六七〇キログラムになるという。したがって、その全体の質量*は

$$\frac{4\cdot 5670\cdot 20\,000\,000^3}{3g\pi^2} = 625\cdot 10^{21}$$

である。

地球を完全な球体とみなし、それが占めるすべての領域において一定の体積密度をもつとした場合、その中心を通過する任意の軸に関する慣性モーメントは、

$$\sum mr^2 = \frac{2\cdot 625\cdot 10^{21}\cdot 20\,000\,000^2}{5\pi^2} = 10\,142\cdot 10^{33}$$

で与えられる。

地球の中心は毎年、およそ毎秒三万メートルの平均速度で、黄道面上に楕円軌道を描いている。地球は八万六四〇〇恒星秒からなる一日の間に極軸の周りを一回転するが、その軸は自分自身とほぼ平行な状態を終始保っており、黄

道面の法線に対してその角度は0.409〔ラジアン〕〔原注／これはすなわち、23°28′の中心角によって半径1の円から切り取られる弧の長さにほかならない。〕である。

キリマンジャロの南側の斜面に掘られた坑道は二七メートルの直径をもつ。これはフランス海軍の二七センチ砲（一八七五年式）において、長さに関するあらゆる寸法を一〇〇倍の大きさに（あるいは体積を一〇〇万倍の大きさに）したものを考えればよい。そこから発射されるのは、二七センチ砲が発射する一八〇キロ弾の一〇〇万倍の重さの砲弾であるが、その質量

$$\frac{180\,000\,000}{g} = 18\cdot10^6$$

は地球のそれと比べればわずか $\frac{1}{34\cdot10^{15}}$ にすぎない。この発射体の初速度を〔毎秒〕二八〇万メートルと仮定しよう。

この条件のもとで、砲弾および砲腔から進行方向と逆向きに生じる運動量は $18\cdot10^6\cdot2\,800\,000 = 50\cdot10^{12}$ という数で表される。

空気抵抗とは、空気に対する砲弾の相対速度と逆の向きに働く力のことであり、KMU^2S に等しい〔原注／『一八九〇年の実験科学』第二部第三章。〕。ここで、Mは一立方メートルあたりの空気の質量（地表では0.132）、Uは空気に対する砲弾の相対速度、Sはこの速度〔ベクトル〕に垂直な平面への砲弾の射影面積、そしてKは砲弾の形状に依存する数値係数で、これは砲弾が球状の場合に1となる。

II　任意の地点からの砲弾の発射

もし地球が、極から $\frac{\pi}{2}-l$〔ラジアン〕のところに位置するある点Aにおいて、方位角[*] a と伏角 b で決定される〔ベクトル〕BAの方向に、運動量 μv の衝撃を受けたなら（図1）、その衝撃は地球に次のような二種類の運動をもたらすだろう〔原注／『一八九〇年の実験科学』第三部第二章。〕。

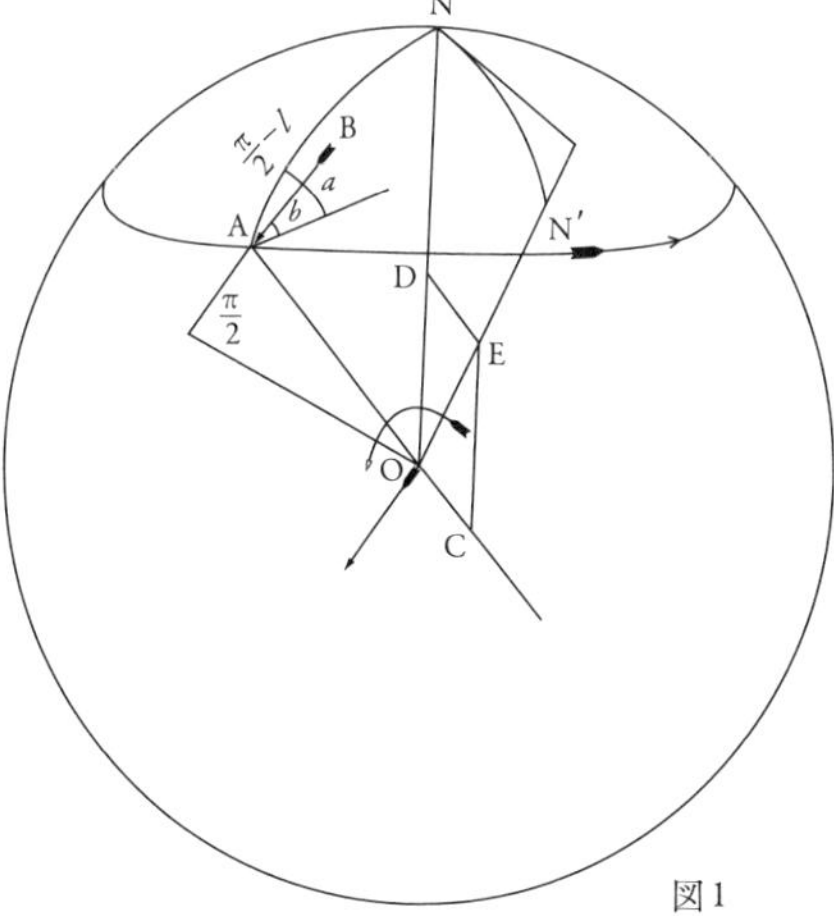

図1

(1)速度が $\frac{\mu v}{625\cdot 10^{21}}$ で、BAに平行な並進運動。

この速度によって地球の並進運動〔すなわち公転運動〕の速度が変化し、それにより一年の長さが変わり、もしその向きが黄道面内に属していなければ、地球の軌道面も変わることになる。

(2)角速度が

$$\frac{\mu v\cdot 20\,000\,000\cos b}{\pi\cdot 10\,142\cdot 10^{33}} = \frac{\mu v\cos b}{1592\cdot 10^{27}}$$

に等しく、OABへの垂線をなす軸OZの周りの回転運動。

この角速度に比例した長さをもつ線分OCを、軸OZ上に、頭をCにして足をOに置いている観測者から見て、その回転が時計の針と逆回りになるような向きにとろう。同様にして、日周運動による地球の角速度 $\frac{2\pi}{86\,400}$ に比例した長さをもつ線分ODを、軸ON上にとる。その回転は、頭をDにして足をOに置いている観測者にとって、時計の針と逆回りになるような向きとする。

平行四辺形OCEDを考えよう。OEは地球の回転の新しい角速度に比例し、その方向が新しい極軸の方向である。この線分はある点N′において地球の表面と交わり、そこが新しい北極となる。

座標軸としてONと、平面ONA内でのONの垂線、そしてこの二直線の垂線をとろう（図2）。

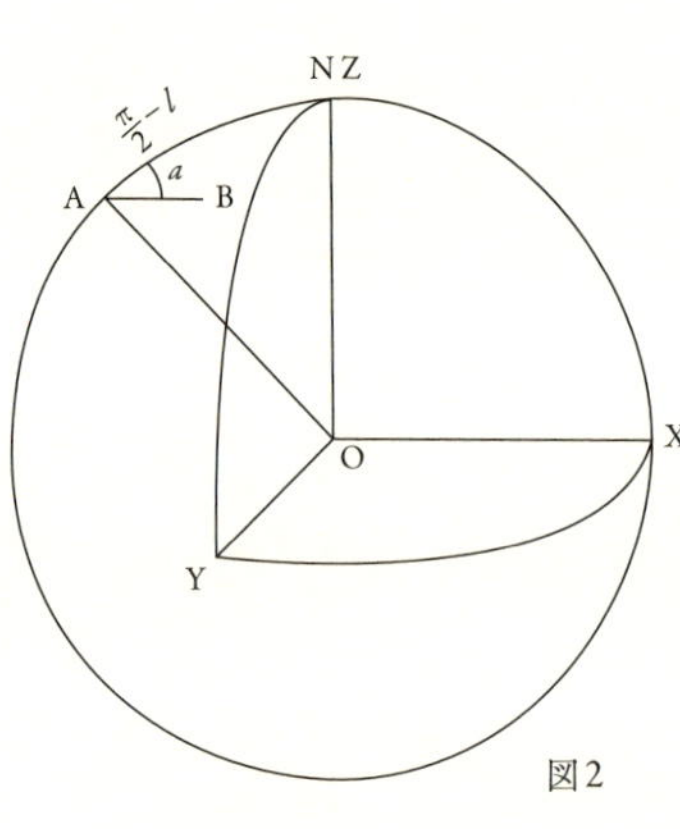

図2

平面OABは直線OA

$$\begin{cases} Y = 0, \\ X\sin l + Z\cos l = 0 \end{cases}$$

を通り、XZ平面と角度aをなしている。したがって、その方程式は

$$\sin a\,(X\sin l + Z\cos l) + \cos a\,Y = 0$$

であり、* この平面への垂線と、Z軸としてとられていたONのなす角DOC〔の大きさβ〕は、式

$$\cos\beta = \sin a\cos l$$

で与えられる。

図1の平行四辺形OCEDを思い出そう。

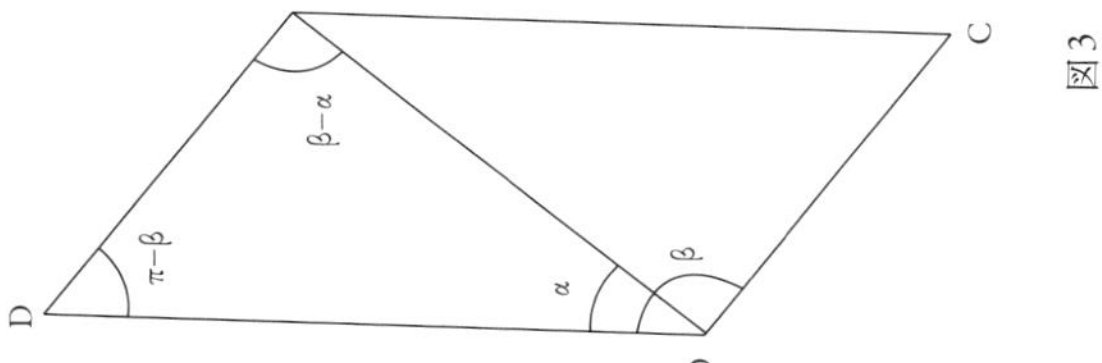

図3

EDOの角度は$\pi-\beta$である。角$DOE = NON'$をαで表すとき、角DEOは$\beta-\alpha$と表される。ここで

$$K = \frac{OD}{OC} = \frac{1592 \cdot 10^{27} \cdot 2\pi}{86\,400\mu v \cos b}$$

と置こう。すると、

$$K = \frac{\sin(\beta-\alpha)}{\sin\alpha}$$

が成り立ち、このとき

$$\tan\alpha = \frac{\sin\beta}{K+\cos\beta} + \frac{\sqrt{1-\sin^2 a \cos^2 l}}{K+\sin a \cos l}$$

である。

よって、極の移動する量を表す角αは、

$$\tan\alpha = \frac{\sqrt{1-\sin^2 a\cos^2 l}}{\dfrac{1592\cdot 10^{27}\cdot 2\pi}{86\,400\mu v\cos b} + \sin a\cos l}$$

という式で与えられる。

この角は発射が鉛直方向に行われた場合$\left(b = \frac{\pi}{2}\right)$、もしくは赤道上から東または西に向けて行われた場合$\left(a = \pm\frac{\pi}{2}, l = 0\right)$にゼロとなる。

任意の場所において、この角は発射が北または南に向けて水平方向に行われた場合$(b = 0, a = 0)$*に最大となり、その大きさは式

$$\tan\alpha = \frac{86\,400\mu v}{1592\cdot 10^{27}\cdot 2\pi}$$

で与えられる。

海の表面は新しい極軸の周りに回転楕円体を形成する。ゆえに、海水準は地球上のほとんどすべての場所で変化する。

それ以前の海水準と新たな海水準との交わりは二つの平面曲線からなり、それらを含む平面は新旧二つの極軸のなす平面への垂線を通るほか、二つの極軸のなす角の二等分線AB、CDをそれぞれ通っている。

海水準変動はABとCDのなす角の二等分線上でほぼ最大になるだろう。その二等分線OH上での地球の半径は、式

$$\frac{2}{\rho^2} = \frac{\left(\cos\frac{\alpha}{2}+\sin\frac{\alpha}{2}\right)^2}{\left(\frac{20\,000\,000}{\pi}\right)^2} + \frac{\left(\cos\frac{\alpha}{2}-\sin\frac{\alpha}{2}\right)^2}{\left(\frac{20\,000\,000}{\pi}-21\,000\right)^2}$$

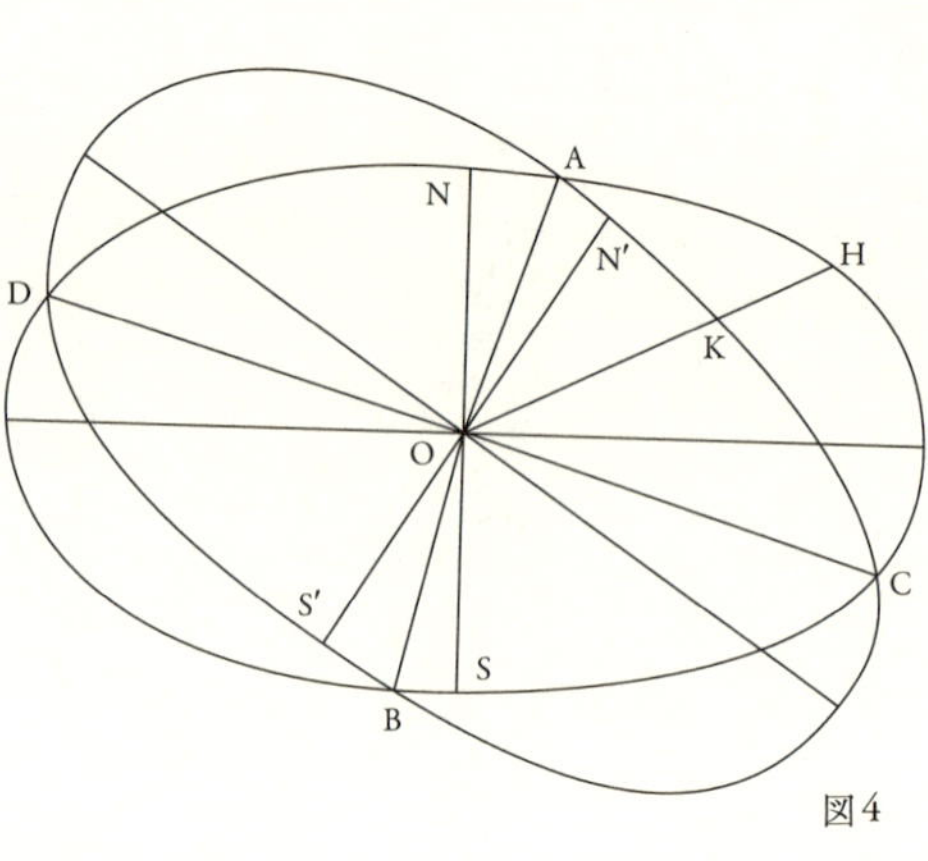

図4

で与えられる値 $\rho = \mathrm{OH}$ から、式

$$\frac{2}{\rho_1^2} = \frac{\left(\cos\frac{\alpha}{2} - \sin\frac{\alpha}{2}\right)^2}{\left(\frac{20\,000\,000}{\pi}\right)^2} + \frac{\left(\cos\frac{\alpha}{2} + \sin\frac{\alpha}{2}\right)^2}{\left(\frac{20\,000\,000}{\pi} - 21\,000\right)^2}$$

で与えられる値 $\rho_1 = \mathrm{OK}$ へと変化する。これより、

$$\frac{2}{\rho_1^2} - \frac{2}{\rho^2} = 2\sin\alpha\left[\frac{1}{\left(\frac{20\,000\,000}{\pi} - 21\,000\right)^2} - \frac{1}{\left(\frac{20\,000\,000}{\pi}\right)^2}\right]$$

が得られるから*、大まかに

$$\mathrm{KH} = \rho - \rho_1 = 21\,000\sin\alpha$$

となる。

これは、海水準変動の最大値を近似的に表している。

地球の新しい回転速度OEは、ほぼ $\mathrm{OD} + \mathrm{OC}\cos\mathrm{DEO}$ に等しい。ゆえに、地球の回転速度は

$$\frac{\mu v \cos b \sin a \cos l}{1592 \cdot 10^{27}}$$

に等しい変化を受ける。

その結果、一日の長さは

$$\frac{\mu v \cos b \sin a \cos l \cdot 86\,400^2}{1592 \cdot 10^{27} \cdot 2\pi} \text{秒}$$

に等しい変化を被る。

この変化は、大砲が赤道上において、水平に東または西に向けられているとき $\left(b = 0, a = \pm\frac{\pi}{2}, l = 0\right)$ に最大になる。

一方、鉛直方向に発射されたり $\left(b = \frac{\pi}{2}\right)$、地球上の任意の地点において、北または南に発射された場合 ($a = 0$ または $a = \pi$)、あるいは極点から発射された場合 $\left(l = \frac{\pi}{2}\right)$ にはゼロとなる。

こうした地球の運動の変更は、太陽系の一部分をなす天体、およびその外部の天体の運動にも影響を及ぼす。

III　想定される条件下での砲弾の発射

これまでの条件の下で

$$a = \pi, \quad b = 0, \quad \mu v = 50 \cdot 10^{12}$$

と設定しよう。すると、地球に加えられる並進運動の速度は

$$\frac{50 \cdot 10^{12}}{625 \cdot 10^{21}} = \frac{80}{10^{12}},$$

すなわち、0.000 08ミクロン*に等しく、極の角移動量は式

$$\tan \alpha = \frac{86\,400 \cdot 50 \cdot 10^{12}}{1592 \cdot 10^{27} \cdot 2\pi} = \frac{432}{10^{15}}$$

で与えられる。また、海水準変動の最大値はほぼ

$$b = \frac{21\,000 \cdot 432}{10^{15}} = \frac{9}{10^{9}},$$

つまり、0.009ミクロンとなる。

この場合、図1は図5のようになる。

キリマンジャロ（点A、緯度0°、東経35°と仮定）から水平に南へ発射された大砲の一撃は、地球に次の運動を加える。(1)北向きの並進運動、(2)アマゾン河口（点F）とモルッカ諸島（点G）を通る軸の周りの回転運動。この回転運動は地軸NSの周りの地球の回転運動と組み合わさって、新たな極軸N′S′の周りの回転運動を生じる。新しい北極が位置するのは、本来西経55°にあった場所である。

しかし、その距離NN′は

$$\frac{20\,000\,000 \cdot 432}{\pi \cdot 10^{15}} = \frac{3}{10^{6}},$$

すなわち、約三ミクロンにしかならない〔原註／我々がフランス・メートルと等しくなるように努めてきた国際メートルにしても、フランス・メートルとの差は二ミクロン程度であろう。〕。

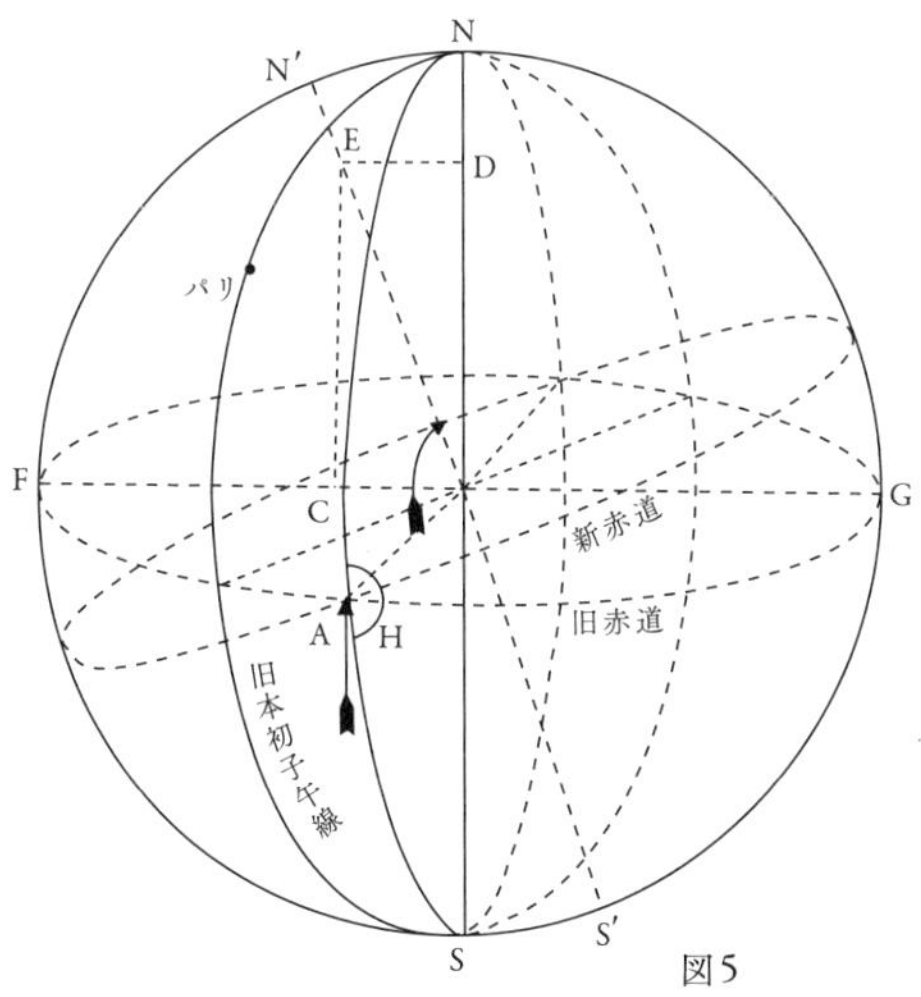

図5

フランス海軍の二七センチ砲（一八七五年式）の弾丸の一〇〇万倍の重さをもつ発射体を、今までにいろいろな新火薬を用いて達成されたどんな速度よりも、三〇〇〇ないし四〇〇〇倍大きな速度で発射する大砲の一撃によって生じる効果は、以上のように文字通り**微小な**ものである。

IV　三つのゼロの誤り

仮に地球の円周の長さから三つのゼロが欠落した場合、

$$v = 0^{\mathrm{m}}08\ (= 0.000\,000\,08),$$

$$\tan\alpha = 0.432,$$

$$\alpha = 0.407 \fallingdotseq 0.409$$

となる。

新しい北極はグリーンランド西岸付近、以前の極圏上に来る。

$h = 8415$ メートル。* 標高が八四一五メートル高くなる地点はバミューダ諸島付近、およびオーストラリアの南であり、八四一五メートル低くなる地点はヤクーツク付近、およびフォークランド諸島付近である。

旧極点において

$$\rho = \frac{20\,000\,000}{\pi} - 21\,000$$

であった海水準の動径は、

$$\frac{1}{\rho_1^2} = \frac{\sin^2\alpha}{\left(\frac{20\,000\,000}{\pi}\right)^2} + \frac{\cos^2\alpha}{\left(\frac{20\,000\,000}{\pi} - 21\,000\right)^2}$$

という式*で与えられる値ρ_1をとるようになる。

その差$\rho_1 - \rho$は旧極点における海水準変動を表し、その値はおよそ

$$21\,000\sin^2\alpha = 3303 \text{ メートル}$$

である。

したがって、旧極点において海水準は三〇〇〇メートル以上上昇するが、もし標高四〇〇〇メートルの台地の存在を認めるなら、その地点は水没しない。

旧両極において、それまで海水準は地球の中心から最も短い距離にあったのだから、これらの地点が海水準よりも低くなり、新しい両極において、以後海水準は地球の中心から最も短い距離に来るのだから、これらの地点が海水準よりも高くなることは、自ずと明らかであった。

同様に、旧赤道上のすべての地点で、海水準は大変動の前には地球から最も遠い距離にあったのだから、そこが海面上に現れ、新しい赤道上のすべての地点で、海水準は大変動の後には地球から最も遠い距離に来るのだから、そこが海面下に没することは明らかであった。

九月二二日、太陽がキリマンジャロの天頂を通過した一二時間後に、その場所から南に向けて大砲を発射することによって、マストンは、バフィン湾とアデリー・ランドを

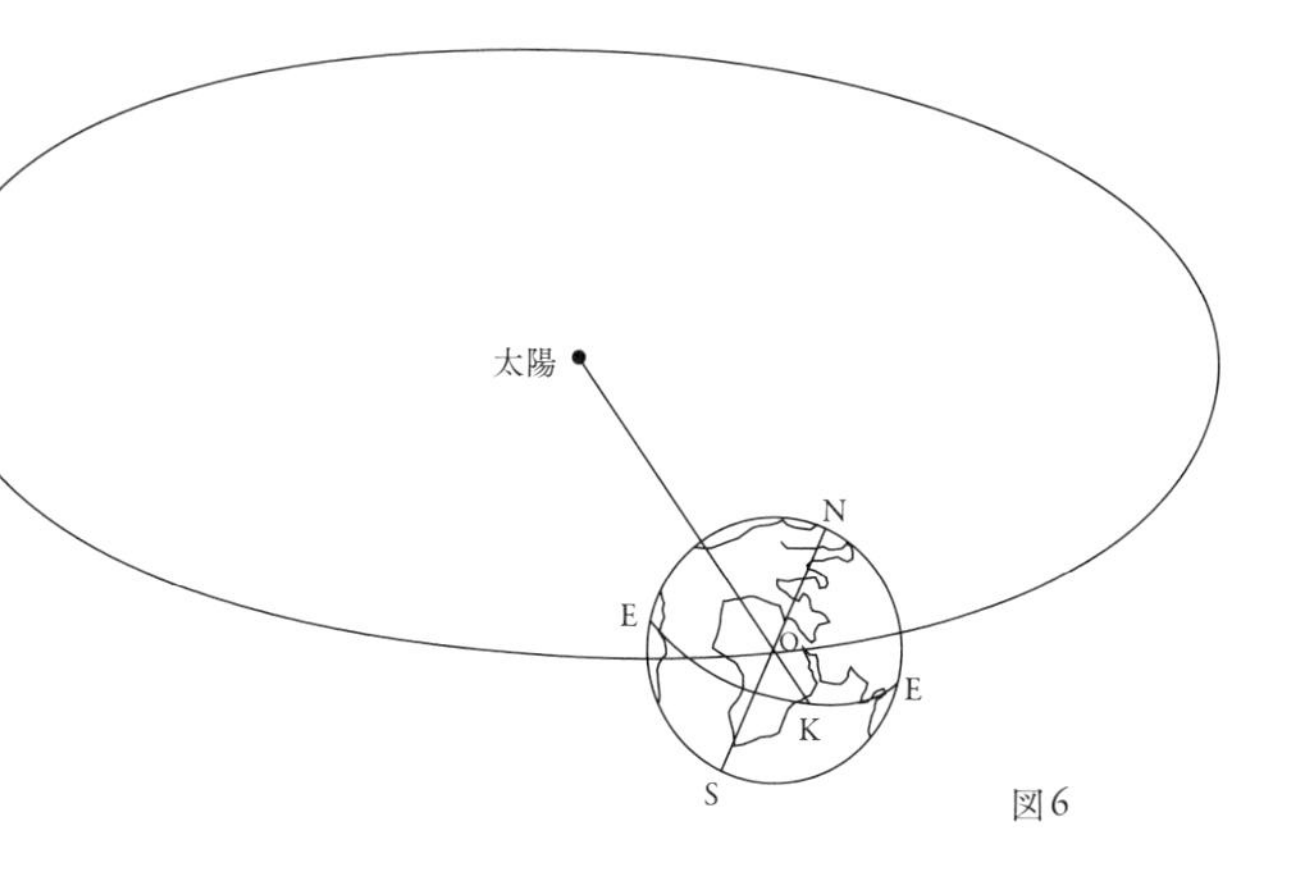

図6

通り、黄道面にほぼ垂直な新しい極軸を地球に与えることを目論んだ。そうすれば、地球は木星と似たような条件下に置かれることになり、旧両極は新しい極から23°のとこ

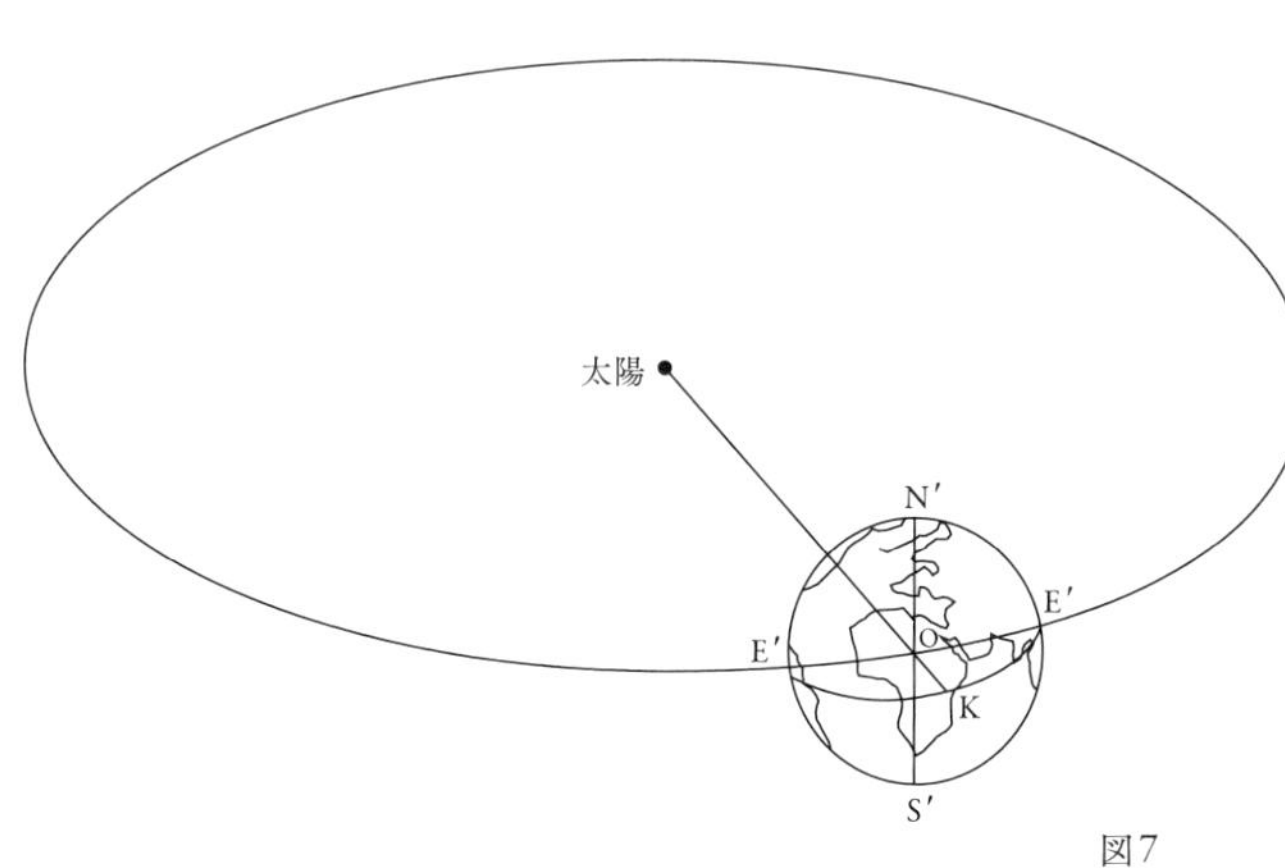

図7

ろに来て、そこは一年中トロンハイム[*]の春のような気候になるだろう。

V　砲弾の進路

大砲の砲腔を離れた瞬間から、砲弾は地球の真の衛星となる。地球と砲弾の間に働く重力の中心はそれまでと同じように動き続ける。なぜなら、その運動は地球と砲弾の間に作用している力によって変質しないからだ。

もし空気が存在しなければ、砲弾の中心は、この重力の中心を焦点とする円錐曲線を描くことになる。その速度は活力の方程式

$$\frac{mv^2}{2} - \frac{mv_0^2}{2} = -\int_{r_0}^{r} \frac{mgr_0^2}{r^2}\,dr,$$

$$v^2 = v_0^2 - 2gr_0^2\left(\frac{1}{r_0} - \frac{1}{r}\right)$$

によって与えられる[*]。

(1)もし$v_0 = 11\,180$ならば、この円錐曲線は放物線で、砲弾は無限の時間が経過した後に速度ゼロに到達する（曲線4）。

(2)もし$v_0 < 11\,180$ならば、円錐曲線は楕円であり、特に、$v_0 = 7905$ならば円である（曲線2）。その場合、遠心力$\frac{mv_0^2}{r}$はちょうど砲弾の重さmgに等しい。もし$v_0 < 7905$であれば、砲弾は発射地点（ある程度の高さがあると仮定）からゼロないし二〇〇〇万［メートル］の距離を隔てた地点で地球に衝突し、最初の衝撃の効果を台無しにしてしまう。もし$v_0 > 7905$ならば、完全な楕円を自由に描いた後、速度v_0で戻ってきて、最初の衝撃を打ち消すような形でキリマンジャロの北側の斜面に衝突する（曲線3）。

(3)もし$v_0 > 11\,180$ならば、円錐曲線は双曲線である（曲線5）。砲弾は双曲線の一方の分枝の半分を描き、出発点には決して戻ってこない。

二八〇万［メートル毎秒］もの初速度のもとでは、空気抵抗は、砲弾に閉曲線を描かせるまでにその速度を緩めるには不十分であることは容易に認められる[*]。

したがって、［小説で］想定している条件のもとで、空気抵抗を考慮に入れても、砲弾は地球の中心に対して凹状になった無限曲線を描く。砲弾は発射地点を通る水平面よりも常に下の位置を保ち、その一方で速度は絶えず増大し続ける。ある時間が経過した後では、砲弾に対する地球の引力は太陽の引力に比べて無視できるほどになるから、砲弾は新しい惑星となって太陽の周りの円錐曲線を描く。とはいえ、その頃にはすでに砲弾は我々の視界から消え去っ

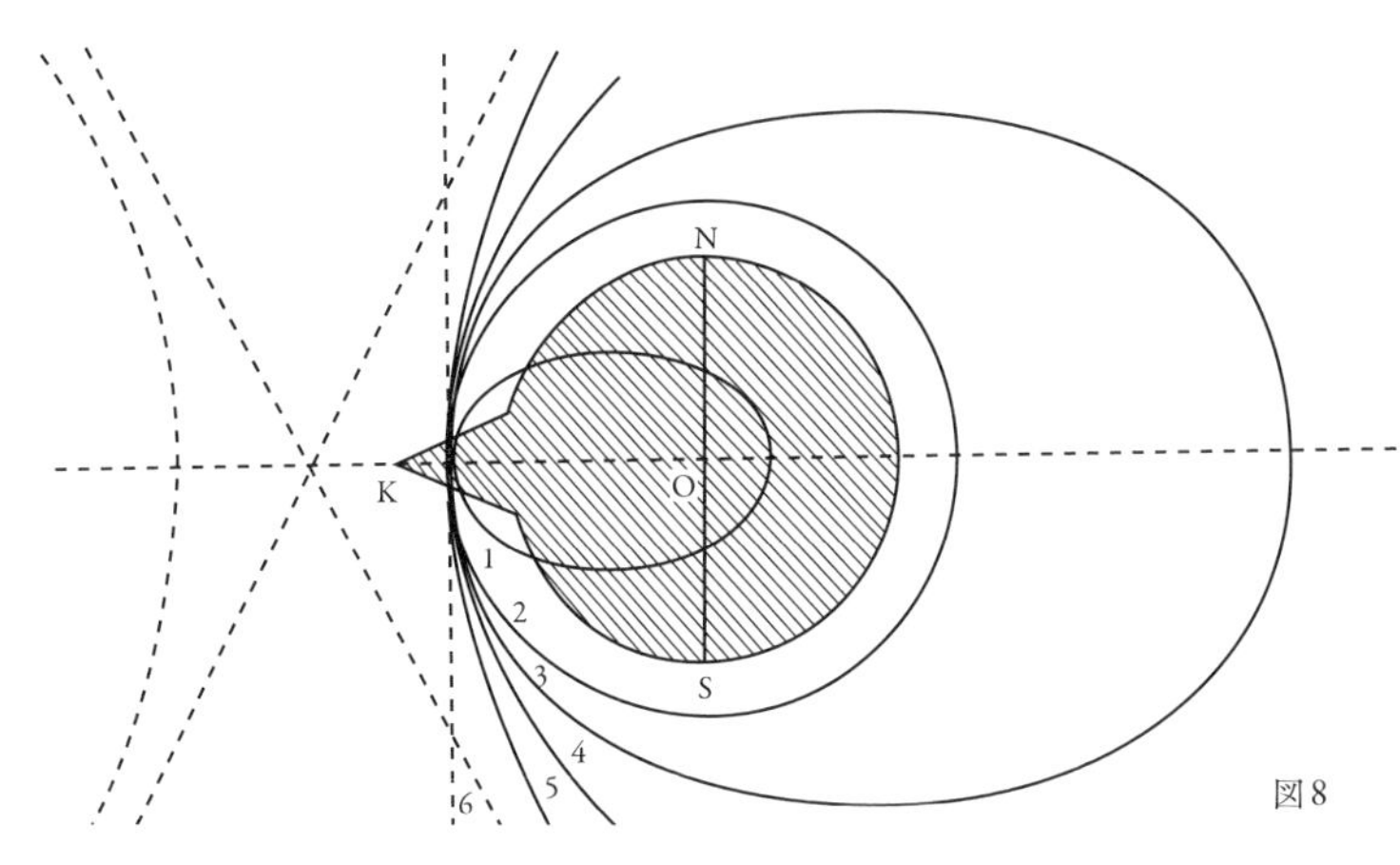

図8

ているのだが。

(4) もし v_0 が無限大ならば、砲弾は直線6を描き、発射地点を通る水平面を永遠に進み続ける。

VI　砲弾の横方向への見かけの偏移

ほぼ赤道上を出発した砲弾は、東への水平速度 $\frac{40\,000\,000}{86\,400}$ をもち、この速度を維持する。時間 t が経過した後、南緯 l のある地点における高度 h、発射地点のキリマンジャロの経度から東へ $\frac{40\,000\,000t}{86\,400}$ の位置に達する。

その水平方向の射影 b は、発射地点のキリマンジャロの経度から東へ

$$\frac{20\,000\,000}{\pi}\arctan\frac{\frac{40\,000\,000t}{86\,400}}{\frac{20\,000\,000}{\pi}+h}$$

$$=\frac{20\,000\,000}{\pi}\arctan\frac{2\pi t}{86\,400\left(1+\frac{\pi h}{20\,000\,000}\right)}$$

である。

仮に砲弾がキリマンジャロの経度を維持し続けたとすると、その水平方向の射影は、発射地点のキリマンジャロの経度から東へ

$$- \frac{2\pi t}{86\,400} \cos l \Bigg]$$

であり、これは砲弾の東方向への見かけの偏移を表す。

この値は正または負のどちらか一方をとる。

ごく短い時間が経過した後では、h は非常に小さいから、砲弾の東方向への見かけの偏移は、ほぼ

$$\frac{20\,000\,000}{\pi} \frac{2\pi t}{86\,400} (1 - \cos l) = 26t \sin^2 \frac{l}{2}$$

である。*

したがって、弾道学の理論も教えるとおり、砲弾はまず東寄りに進路をとるのである。

A・バドゥロー

［椎名建仁訳］

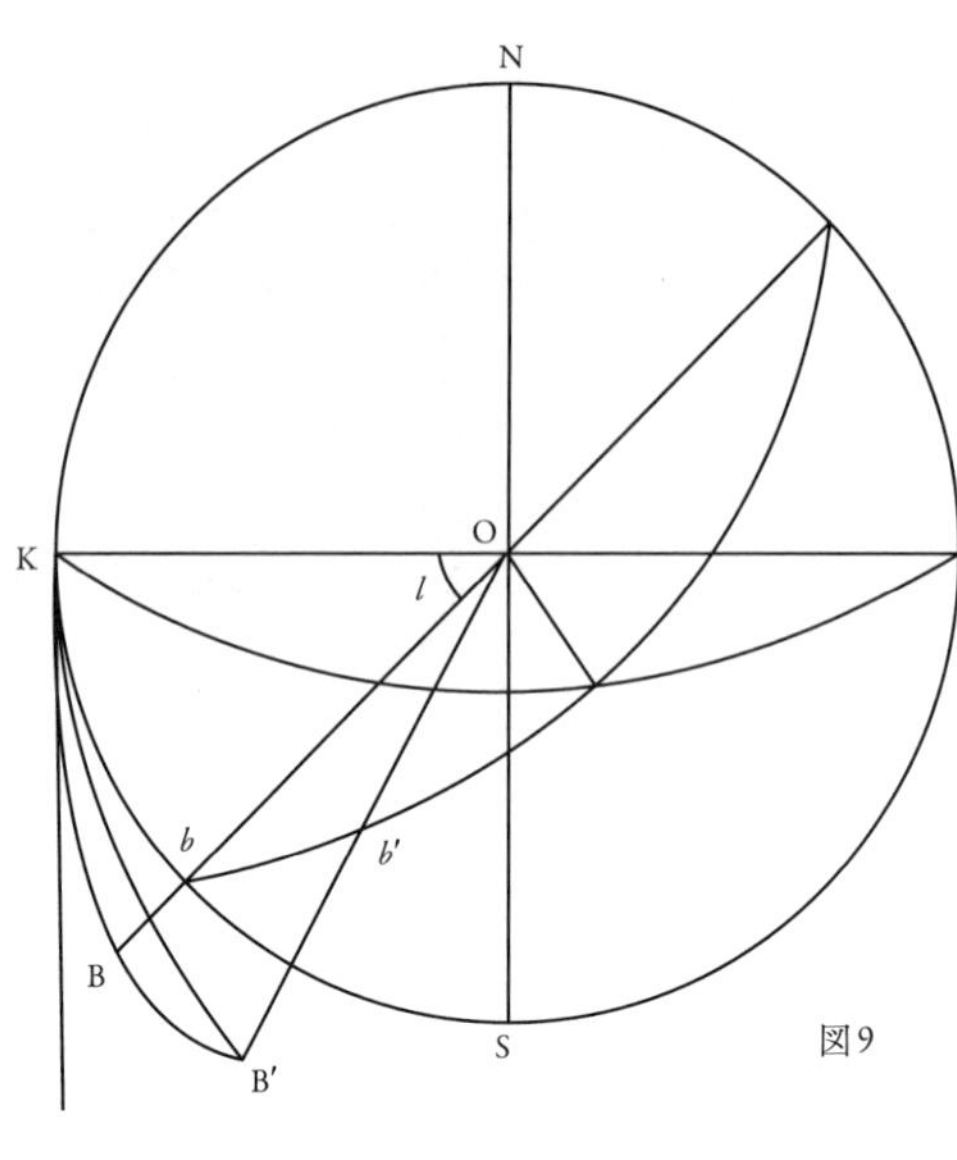

図9

$$40\,000\,000 \frac{t}{86\,400} \cos l = \frac{20\,000\,000}{\pi} \frac{2\pi t}{86\,400} \cos l$$

となるだろう。

前者の後者に対する超過分は

$$\frac{20\,000\,000}{\pi} \left[\arctan \frac{2\pi t}{86\,400 \left(1 + \frac{\pi h}{20\,000\,000}\right)} \right.$$

訳註

度量衡の数値はメートル法に換算したものを本文中に割註とした。単位換算は以下による。ただし、原文が必ずしも正確とは言えない場合があり、プースとインチ、ピエとフィート、リーヴルとポンドについては混同して使用されている箇所もある。

一リーニュ＝二ミリ
一プース＝二七ミリ（一インチ＝二五ミリ）
一ピエ＝三二・五センチ（一フィート＝三〇センチ）
一トワーズ＝二メートル　一リュー＝四キロ
一ヤード＝〇・九メートル　一マイル＝一・六キロ
一リーヴル＝〇・五キロ（一ポンド＝〇・四五キロ）

地球から月へ

007 【九七時間二〇分】本文中では九七時間一三分二〇秒。

009 【パロット】ロバート。一八〇四－一八七七年。アメリカの技術者。

009 【ダールグレン】ジョン。一八〇九－一八七〇年。アメリカの海軍提督・技術士官。

009 【ロッドマン】トマス。一八一五－一八七一年。アメリカの将軍、技術者。

009 【アームストロング】サー・ウィリアム。一八一〇－一九〇〇年。イギリスの技術者。

009 【パリッサー】サー・ウィリアム。一八三〇－一八八二年。イギリスの技術者。

009 【トレイユ・ド・ボーリュー】一八〇九－一八八六年。フランスの将軍、技術者。

011 【クートラ】フランス南西部に位置し、第八次ユグノー戦争における戦場の一つ。

011 【ツォルンドルフ】七年戦争における戦場の一つ。

011 【ケッセルスドルフ】ドレスデン近郊、オーストリア継承戦争の戦場の一つ。

011 【イエナやアウステルリッツにおける戦闘】ともにナポレオンが勝利した戦い。

011 【ピトケアン】架空の人物。彼の計算を真に受けると、南北戦争の戦死者数は実際の七倍近くになる。

012 【シャーマン】ウィリアム・テクムセ。一八二〇－一八九一年。北軍総司令官を務める。

012 【マクレラン】ジョージ・ブリントン、一八二六－一八八五年。北軍の少将。

012 【聖女バルバラさま】二三八頃－三〇六年頃。殉教者。砲兵の守護聖人。

018 【大燭台（キャンデラブラム）】ジランドール同様に枝付きだが、脚部が長い。

018 【青銅の見本】一九世紀前半まで、技術上の制約から多くの大砲が青銅製だった。

018 【「城壁の上に勢揃い」】軍隊用語で臨戦状態にある、ということ。

018 【円頭党党員】一六四二‐一六五一年の内乱で、王党派と対立したクロムウェルら清教徒・議会派。

018 【騎士党】円頭党と対立した王党派のこと。

020 【人間の本性を見抜くには横顔の輪郭を観察しなければならないという説】ドイツのヨハン・カスパル・ラーヴァター（一七四一‐一八〇一年）の提唱した観相学のこと。

023 【ウォーレン・デラルー氏】（原註）一八一五‐一八八九年。イギリスの天文学者。

023 【ダヴィッド・ファブリキウス】一五六四‐一六一七年。くじら座のミラが変光星であることを発見したオランダの天文学者・神父。

023 【ジャン・ボードワン】一五九〇‐一六五〇年。翻訳家。

023 【『スペインの流れ者ドミンゴ・ゴンサーレスの月世界旅行』】実際の作者は英国人フランシス・ゴドウィンで、ボードワンはその仏訳者だった。

023 【シラノ・ド・ベルジュラック】一六一九‐一六五五年。

023 【あの有名な遠征記】『日月両世界旅行記』（一六五七年）のこと。

023 【フォントネル】ベルナール・ル・ボヴィエ・ド。一六五七‐一七五七年。『世界の複数性についての対話』で名高いフランスの作家。

023 【『世界の複数性』】一六八六年刊。正確なタイトルは『世界の複数性に関する対話』。

023 【〈ニューヨーク・アメリカン〉紙】実際は〈ニューヨーク・サン〉紙。

023 【ジョン・ハーシェル卿】一七九二‐一八七一年。イギリスの天文学者で、写真の研究でも知られる。

023 【ロック】リチャード・アダムズ。一八〇〇‐一八七一年。ジャーナリスト。『人間悟性論』の著者ジョン・ロックの直系の子孫。

023 【共和主義者ラヴィロン】（原註）ガブリエル。一八〇六‐一八四九年。美術批評家。リソルジメントではガリバルディ側で参戦、フランス軍相手に戦った。「一八四〇年」は「一八四九年」の誤植。ヴェルヌは若い頃「ローマ包囲戦」という短篇を書いている。

024 【ポオ】エドガー・アラン。一八〇九‐一八四九年。ヴェルヌはおそらく一八六一年頃にポオの作品をボードレール訳で読み、デビュー作『気球に乗って五週間』（一八六三年）を書く上で決定的な影響を受けた。

024 【斜辺の正方形】ピタゴラスの定理〈直角三角形の直角をはさむ二辺それぞれの自乗の和は斜辺の自乗に等しい〉の証明に用いられる図で、直角三角形の各辺をそれぞれ一辺とする正方形が書かれている。

024 【ロバの橋】水平の橋床がないアーチ橋——中央部が盛り上がっている——を見たロバがそれを障害と思いこむが、実はそれこそが川という真の障害を乗り越えさせてくれるものにほかならないことから、愚か者だけが躓く見せかけの難問のこと。

028 【フェーベ】ギリシャ神話の月の女神アルテミスの別名とされる。

031 【マサチューセッツ州のケンブリッジ天文台】現ハーヴァード大学天文台。

031 【ボンド】ウィリアム・クランチ。一七八九‐一八五九年。ケンブリッジ天文台初代台長。

031 【クラーク】アルヴァン・グラハム。一八三二‐一八九七年。望

036 遠鏡の製作者。

【一八年と一一日】これはいわゆるサロス周期で、太陽と月と地球が相対的に同じ位置に戻って来るまでの期間に当たる。実は、近地点と天頂だけではサロス周期に該当せず、満月になることも密かに条件に入っている。そして、この三つの条件の中で必須なのは天頂だけである。

037 【ウォラストン】(原註) ウィリアム。一七六六－一八二八年。イギリスの天文学者。

039 【ディアーナ】ローマ神話の狩りの女神。アルテミスと同一視される。

039 【エンデュミオン】ギリシャ神話の人物。彼を恋した月の女神セレーネのために永遠の眠りにつく。

039 【ネメアのライオン】ギリシャ神話でヘラクレスに殺される。

039 【アゲシアナックス】プルタルコス『モラリア』に、天文現象を謳った詩の一節が引用された。

039 【シンプリキウス】紀元前五－六世紀の新プラトン主義者。アリストテレスの註釈家。

039 【タティウス】アキレウス。生没年不詳。古代アレクサンドリアの小説家。この意見は、実際にはエンペドクレス（紀元前五世紀の自然哲学者）の詩句をタティウスがこのように解釈した、ということらしい。

039 【クレアルコス】通称ソロイのクレアルコス。紀元前四世紀の人物で逍遥学派の一人。

039 【ターレス】紀元前六世紀前半の哲学者。

039 【アリスタルコス】紀元前三世紀頃の天文学者で、地動説を唱えた。

039 【ベロッソス】紀元前三世紀の神官。占星術で有名。

039 【ヒッパルコス】古代ギリシャの天文学者。春分点歳差を発見したとされる。

040 【アブル・ワファ】九四〇－九九八年。バグダッドの数学者・天文学者。

040 【近代天文学の創始者たち】(原註) ベルトランは、ヴェルヌがこの小説を書く上でアドヴァイスを受けていた従兄の数学者アンリ・ガルセの同僚。『近代天文学の創始者たち』は、後に書かれる『海底二万里』に登場する潜水艦ナウティルス号の図書館にも架蔵されている。

040 【ダンツィヒ】現ポーランドのグダニスク。

040 【ヘヴェリウス】ヨハネス。一六一一－一六八七年。

040 【リッチョーリ】ジョヴァンニ。一五九八－一六七一年。反コペルニクス主義者のイエズス会士。

040 【ハーシェル】ウィリアム。一七三八－一八二二年。第二章に既出のジョンの父。

040 【シュレーター】ヨハン・ヒエロニムス。一七四五－一八一六年。

040 【ルーヴィル】ジャック＝ダロンヴィル・ド。一六七一－一七三二年。

040 【ネスミス】ジェイムズ。一八〇八－一八九〇年。スコットランドの発明家、天文学者。月と太陽を撮影し、初めて上下に動く蒸気ハンマーを開発。

040 【ビアンキーニ】フランチェスコ。一六六二－一七二九年。イタリアの天文学者、数学者、考古学者、哲学者。

040 【パストルフ】ヨハン・ヴィルヘルム。一七六七－一八三八年。プロイセンの大天文学者で、王の施設顧問を務め、太陽の黒点を研究。

040 【ロールマン】ヴィルヘルム・ゴッテルフ。一七九六－一八四〇年。土地測量技師、製図師、天文学者。その精密な月面地図は、失明のため未完のまま残され、ユリウス・シュミットによって完成された。

040 【グルイチュイゼン】フランツ・フォン。一七七四－一八五二年。クレーターが天体の衝突によって生じたとする説を初めて提唱したドイツの天文学者。

040 【ベーア氏】ヴィルヘルム。一七九七－一八五〇年。ドイツの天文学者・銀行家。後出のメドラーと共に、一八三四年から三六年にかけ、詳細な月面図を出版。

040 【メドラー氏】ヨハン・ハインリッヒ。一七九四－一八七四年。

040 【火口】クレーターのこと。当時は火山と考えられていた。

043 【星より落ちる青白き光】コルネイユ『ル・シッド』第四幕第三場。正しくは「星より落ちる暗き光」。

045 【矩(クォーター)】それぞれ離角が九〇度と二七〇度、すなわち上弦と下弦の時。

045 【太陰月】新月から次の新月までの期間。

046 【ミード博士】リチャード。一六七三－一七五四年。物理学者。一七〇四年刊の『太陽と月の人体への影響及びそれに起因する病』を指す。

049 【二四ポンド】本来であれば一リーヴル＝五〇〇グラムだが、以後の箇所と整合性をとるため、一リーヴル（一ポンド）＝四五〇グラムで換算する。ただし、実際にはヴェルヌは一リーヴル＝五〇〇グラムで考えていることが多いと思われる。

052 【六〇ピエ】本来であれば一ピエ＝三二・五センチだが、以後の箇所と整合性をとるため、一ピエ（一フィート）＝三〇センチメートルで換算する。

053–055 【一九〇〇リーヴル】【二五〇〇リーヴル】【五〇〇リーヴル】以上三つの数値については実際には一リーヴル＝五〇〇グラムの可能性が高い。

053 【聖エルモ砦】マルタ島のヴァレッタ半島の先端にある。

053 【二五〇〇リーヴルの重さの砲弾を発射】一五六五年のオスマン帝国によるマルタ包囲戦の際の出来事と思われる。

055 【一〇八プース】本来であれば一プース＝二七ミリだが、以後の箇所との整合性をとるため一プース（一インチ）＝二五ミリで換算する。

056 【アンリ・サント＝クレール＝ドゥヴィル】一八一八－一八八一年。地質学者の弟シャルルはヴェルヌの編集者エッツェルの知り合いで、ストロンボリの火口に降りた経験を持つ彼と出会ったことが『地球の中心への旅』構想のきっかけの一つになった。

057 【一五〇〇フラン】一九世紀の一フランは現在の日本円で一〇〇〇円位と言われる。

065 【シュヴァルツ】ベルトルド。ドイツのフランシスコ会修道士にして錬金術師。

068 【金粉】フランス語の「粉（poudre）」には火薬の意味もある。

069 【約二万二〇〇〇立方ピエ】ここでの一ピエ＝三三・三センチメートル。つまりフランス式。

069 【六〇億リットル】本章冒頭の前提に従えば、実際には三二億リットル。

069 【ブラコノ】アンリ。一七八一－一八五五年。

070 【プルーズ】テオフィル＝ジュール。一八〇七－一八六七年。

070 【シェーンバイン】クリスチャン・フリードリッヒ。一七九九－

一八六八年。

071 【ルイ・メナール】一八二二−一九〇一年。詩人ボードレールの高校時代の友人。一八四八年の二月革命、一八七一年のパリ・コミューンを支持。

073 【己の欲せざるところ人に施すべし】『マタイによる福音書』第七章第一二節のパロディ。

076 【A+Bによって】「厳密な方法で」という意味。

079 【五月】原文ママ。草稿段階では当初物語の月日がすべて五か月早く（あるいは七か月遅く）なっていたことの名残り。変更の理由は、発射予定日が七月だと、フロリダでは満月が天頂を通過しないからである。

080 【Z・ベルトロップ】ヴェルヌは草稿段階と綴りを変えており、架空の人物と思われる。

083 【「兇暴なる兄弟たち」】一八一九年初演の同題笑劇あり。南北戦争の南軍と北軍、あるいは新教徒と旧教徒も含意されている。

086 【サミュエル・ヒューストン】一七九三−一八六三年。軍人、政治家。

086 【サンタ・アナ】一七九四−一八七六年。メキシコの将軍・大統領。

092 【スウェーデンとノルウェー】当時、前者が後者を併合する形で連合王国を形成していた。

093 【大ピアストル】「大ピアストル」とは「半ピアストル」ではないと強調する言い方。

094 【ゴールドスプリング社】コールド・スプリングにあったウェスト・ポイント鋳造所（一八一八−一九一二）のこと。パロットは一八三六年から六七年までここで工場長を務めていた。ゴールドスプリングはおそらくヴェルヌの誤記で、会社名と勘違いしたものと思われる。

099 【ファン・ポンセ・デ・レオン】一四六〇−一五二一年。スペインの探検家。

112 【一月の中旬】原文ママ。ここも六月に直すべきところ。

119 【ヘロストラトス】紀元前四世紀にエフェソスのアルテミス神殿に放火した人物。

125 【興味】同じ語で言い表わされる「利益」と掛けている。

125 【みしぇる・あるだん】ミシェル・アルダン。Ardanはフランスの写真家であり気球乗りでもあったNadar（本名・ガスパール＝フェリックス・トゥールナション、一八二〇−一九一〇）のアナグラム。

127 【ハンバグ】ヴェルヌにはこの言葉をタイトルに冠した短篇もある。対応するフランス語の俗語はcanardか。

128 【分子間引力】当時、同一種の分子同士は互いに引き合うと考えられていた。

131 【グラシオレ】ルイ＝ピエール。一八一五−一八六五年。フランスの解剖学者・人相学者。

133 【「崇高なる無知」】ヴォルテールが『哲学書簡』の第一八信で用いた評言の要約。

133 【パエトン】ギリシャ神話に登場する、太陽神アポロンの息子。日輪の戦車を暴走させ、ゼウスによって雷で撃ち落とされた。

133 【アガトクレス】紀元前四世紀のシュラクサイの僭主にしてシリアの王。

133 【ポープ】アレキサンダー。一六八八−一七四四年。イギリスの詩人。

133 【ダナイデスの樽】ギリシャ神話のダナオスの娘たちは、夫を殺した罪で穴のあいた容器で永遠に水を汲まなければならない。

134 【「森はその木によってしか燃えないからね」】人生に危険はつきものという意味。

140 【ポピリウスの輪】紀元前二世紀、エジプトに侵攻したシリア王アンティコスに戦争を止めるよう迫ったローマ使節ポピリウスは、返答を渋る王の周りに輪を描き、決断を下すまで出てはならないと言って、説得に成功した。

141 【ソル】ソルはスー（一スーが五サンチーム）の古形。

145 【水陸両棲動物】両生類だけではなく、アザラシやカバなども含む。

145 【ライヘンバッハ】カール・フォン、一七八八－一八六九年。初の近代的な鋳鉄工場を設立したほか、磁力・化学作用・催眠現象などを説明するためにオッドという自然界に遍在すると仮想された自然力を唱えた。

145 【動物質化】動物によって消化・吸収されて動物質に変わること。

152 【ロースダ氏】エメ。一八一九－一九〇七年。日蝕を研究。

153 【ハンゼン】ペーター。一七九五－一八七四年。デンマークの天文学者。

155 【自らの煙を燃やす】ヴィクトール・ユゴー『レ・ミゼラブル』第三部第五章「三　成長したマリウス」に「自分の出す煙を燃やす新発明の大窯」とある。

155 【船乗りの足を持っていた】船酔いに強いという意味。

170 【ガル】フランツ。一七五八－一八二八年。骨相学の祖。

170 【たぶん本当のことではないからだ！】同じ台詞が『海底二万里』にも引かれている。

170 【バーナム】フィニアス・テイラー。一八一〇－一八九一年。アメリカの有名な興行師。

170 【肖像】既訳はいずれも「写真」としているが、この時期、写真の大量複写は技術的にまだ不可能であった。おそらく版画のことである。

172 【〇・七五センチメートル】「七・五センチメートル」の誤記と思われるが、八・七センチメートルないし八・一センチメートルが正しい。

177 【キマイラ】頭がライオン、胴体が山羊、尻尾が蛇の怪物。

177 【子供の車】インドのシュードラカ王（四－五世紀）作と伝えられる。『土の小車』（『ムリッチャカティカー』）をジョーゼフ・メリーとジェラール・ド・ネルヴァルがこのタイトルで翻案、一八五〇年五月にオデオン座にて上演。

180 【レゼとルニョー】フランスの化学者・物理学者アンリ＝ヴィクトール・ルニョー（一八一〇－一八七八年）と化学者・農学者ジュール・レゼ（一八一八－一八九六年）は、一八四九年、閉鎖系で呼吸を調べる装置を製作、呼吸によって吸収される酸素と排出される二酸化炭素の関係を測定。

184 【ルブール】ノエル・ペマル。一八〇七－一八七三年。

191 【ルームコルフ装置】ハインリッヒ・ダニエル・ルームコルフ（一八〇三－一八七七年）が開発した照明装置で、蛍光灯の先駆け。『地球の中心への旅』ほかに登場。

191 【ブンゼン電池】ドイツの化学者ローベルト・ブンゼン（一八一一－一八九九年）が発明。

192 【××式カービン銃】ヴェルヌは××の部分を後で埋めるつもりでそのまま失念。

197 【オペルーサス】ルイジアナ州南部の都市。
199 【クリベッジ】トランプを使うイギリスの伝統的ゲーム。
204 【フィッツロイ提督】ロバート。一八〇五－一八六五年。ダーウィンによるビーグル号航海の船長で天気予報の実用化を試みた。
205 【ゴレ島】セネガルの島。奴隷貿易の拠点として栄えた。

月を回って

224 【ディアーヌ】【サテリット】それぞれ、月の女神と衛星の意味。
228 【コルトン】ブルゴーニュワイン。
237 【プティ氏】フレデリック。一八一〇－一八六五年。初代トゥールーズ天文台長。彼のこの説は現在では否定されている。
239 【半矩（オクタント）の位置】太陽に対して離角が四五度の位置。月であれば、三日月と二六夜。
242 【トゥスネル】アルフォンス。一八〇三－一八八五年。空想社会主義者フーリエの弟子であり、反ユダヤ主義者として悪名高い。
243 【リービヒ固形肉エキス】有機化学を確立したユストゥス・フォン・リービヒ（一八〇三－一八七三年）が一八六五年に設立した会社で製造された。
244 【交点】月の公転軌道が黄道面と交わる二点のこと。
247 【犬の洞窟】ナポリの近くのアニャーノ湖畔にあり、火山活動による炭酸ガスの溜まった洞窟に犬を入れて気絶させ、すぐ外に出して蘇生させる見世物で有名。パスカル・グルーセの草稿をヴェルヌが書き直した『ベガンの五億フラン』第九章でも言及されている。
253 【三体問題】数学者アンリ・ポワンカレ（一八五四－一九一二年）が、一八九二年から九九年にかけて出版された『天体力学』によって、積分法では厳密に解けないことを証明。
254 【活力】今の力学でいう運動エネルギー。
266 【ピストール】旧体制の計算貨幣で、一ピストールは一〇フラン（現在の日本円で約一万円）に相当。
266 【地球の角距離】地球の直径の両端と観測点を結ぶ二直線の角度。
263 【ペイディアス】紀元前四九〇頃－紀元前四三〇年頃。古代ギリシャの彫刻家。
263 【アルナル】エティエンヌ。一七九四－一八七二年。ヴォードヴィル座を中心とするパリの劇場で半世紀にわたって人気を維持。
263 【ナダール】一八二〇－一九一〇年。写真家、気球乗り。ヴェルヌの友人で、アルダンのモデル（Ardan は Nadar の綴り替え）。
266 【シレノス爺さん】ギリシャ神話の半獣神、山野の精霊。バッカスの教育係とされる。
268 【リライアンス砦】カナダのグレートスレーヴ湖の東に位置する。一八七三年刊行のヴェルヌ作『毛皮の国』にも登場。
268 【プイエ氏】クロード。一七九〇－一八六六年。フランスの物理学者。
269 【ドゥーブル・リエジョワ】一七世紀の伝説的予言者マチュー・ランスベールの名を冠して毎年リエージュで刊行された暦書。
269 【アピ】リンゴの一種。
269 【ジュノー、ケレス、ヴェスタ、パレス】以上は「四大小惑星」と称されることがある。
269 【右側の舷窓】挿絵では底部の窓になっている。
273 【ミリアメートル】一ミリアメートルは一万メートルのこと。
280 【圏谷】クレーターのこと。ヴェルヌの時代には、月のクレーターは隕石の衝突によるものではなく、火山性と考えられていた。

282 【ヒッポグリフ】上半身が鷲、下半身がライオンのグリフォンと雌馬の間の子で、上半身が鷲、下半身が馬。前出キマイラとともに、建築の飾り彫刻のモチーフとしてよく用いられる。

294 【カストン】アルフレッド。一八二一―一八八二年。フランスの手品師。

294 【ロベール＝ウーダン】ジャン＝ウジェーヌ。一八〇五―一八七一年。「魔術の革新者」と呼ばれ、一九世紀フランスで最も有名な手品師。

295 【ムリーリョ】スペインの画家。一六一七―一六八二年。『天使たちの厨房』は一六四六年作。

295 【修道士】聖フランシスコ。

298 【小人に、一寸法師】ピュグマイオイ、ミュルミドーンはともにギリシャ神話に登場する民族。

310 【孔雀の尾に点在している目玉】ガリレオの著書『星界の報告』（一六一〇年）からの引用。

310 【一番目と二番目の最大離角】それぞれ上弦と下弦。

310 【パリュス・メオティド】黒海北部にあるアゾフ海の古称。

310 【ポントス・エウクシネー】黒海の古称。

311 【コーチシナ】フランス支配下の南部ベトナム地域。

311 【ラ・イール】フィリップ・ド。一六四〇―一七一八年。

311 【トビアス・マイヤー】一七二三―一七六二年。

311 【リリエンタールのシュレーター】ヨハン・ヒエロニムス。一七四五―一八一六年。

311 【ドレスデンのロールマン】⇒615頁上段『地球から月へ』訳註【ロールマン】を参照。

311 【ユリウス・シュミット】一八二五―一八八四年。

311 【セッキ神父】アンジェロ。一八一八―一八七八年。

311 【ルクチュリエ】アンリ。一八一九―一八六一年。天文学者・ユートピア社会主義者。

311 【シャピュイス】生没年不詳、土木工事現場監督。

313 【月下の世界】アリストテレスの用語で、この地上世界のこと。

313 【フランクリン】サー・ジョン。一七八六―一八四七年。イギリスの海軍士官。北西航路を求める遠征の途中で死す。その遠征隊の行方不明は当時のメディアを賑わせた。

313 【ロス】ジェイムズ。一八〇〇―一八六二年。イギリスの海軍士官。パリーとともに四度にわたって北極遠征に赴いたほか、前出フランクリンの捜索隊を指揮した。

313 【ケイン】エリシャ。一八二〇―一八五七年。アメリカ海軍軍医、二度のフランクリン捜索遠征に参加。『上も下もなく』七章に言及あり。

313 【デュモン・デュルヴィル】一七九〇―一八四二年。フランスの南極探検家。

313 【ランベール】ギュスターヴ。一八二四―一八七一年。水路測量技師、一八六五年、ベーリング海峡の北を探検。その後、『上も下もなく』七章で言及されるオクターヴ・パヴィ博士とともに、北極遠征の実現を目指すも、普仏戦争で戦死。

315 【アルゴナウタイ】イアーソーンに率いられ、アルゴ船に乗り組んだ英雄たち。

315 【ニューブランズウィック州やノバスコシア州】ともにカナダの大西洋沿岸の州。

316 【スキュデリー嬢】マドレーヌ・ド。一六〇七―一七〇一年。『クレリー、ローマの物語』の中で男女関係を地図で表した。ホフマンの小説「スキュデリー嬢」のヒロインとしても有名。

316 【不機嫌の海】湿りの海のこと。

316 【蒸気の海】フランス語の「蒸気」には、それが原因で起こるとされたヒステリーそのほかの神経症の意味がある。

317 【環状の山】クレーターのこと。

317 【放射状の輝き】後出の「光条」のこと。

317 【アリスタルコス】⇓614頁上段『地球から月へ』訳註【アリスタルコス】参照。

317 【山並み】いずれもクレーター。

318 【ディアーナ】⇓614頁上段『地球から月へ』訳註【ディアーナ】参照。

318 【フェーベ】⇓613頁下段『地球から月へ』訳註【フェーベ】参照。

318 【ラトナとユピテルの娘】ディアーナのこと。

318 【輝けるアポロンの若き姉上】ディアーナのこと。

321 【プトレマイオス】クラウディオス、紀元前八七-一五〇年。ギリシャの天文学者・数学者・地理学者。天動説に基づく『アルマゲスト』で古代天文学を集成・体系化した。

321 【プールバッハ】ゲオルク。一四二三-一四六一年。オーストリアの天文学者。

321 【アルザケル】アッ=ザルカーリー。一〇二八-一〇八七年。スペインのアラブ系天文学者・数学者。天体運行表『トレド表』で名高い。

321 【三四三八メートル】現在の計測では、三七六〇メートル。

322 【光条系】満月の際、放射状に延びて光って見える筋を持つクレーターのこと。

323 【ゲイ=リュサック】ジョセフ=ルイ。一七七八-一八五〇年。フランスの化学者・物理学者。

324 【棒崩しゲーム】日本の将棋崩しに似たゲームで、現在では「ミカド」というヴァージョンで普及している。

324 【エラトステネス】紀元前二七五-一九四年。初めて地球の大きさを測定したことで知られるギリシャの数学者・天文学者・地理学者

326 【デルフェル】ゲオルク・ザムエル。一六四三-一六八八年。彗星研究で有名なドイツの天文学者。

326 【ライプニッツ】ゴットフリート。一六四六-一七一六年。ドイツの哲学者・数学者。

326 【ルーク】ローレンス。一六二二-一六六二年。イギリスの天文学者。

326 【コルディレラ】スペインの連峰。

326 【ダランベール】ジャン・ル・ロン。一七一七-一七八三年。『百科全書』の編者として知られるフランスの数学者・哲学者。

326 【ヘームス】バルカン山脈の旧称。

326 【タウルス】トルコ南部にあるトロス山脈のこと。

326 【リフェウス】ウラル山脈の古称。

327 【ピュテアス】紀元前四世紀のギリシャの冒険家。⇓626頁上段『上も下もなく』訳註「ウルティマ・トゥーレ」も参照。

327 【ランベルト】ヨハン・ハインリッヒ。一七二八-一七七七年。ドイツの天文学者・数学者。

327 【オイラー】レオンハルト。一七〇七-一七八三年。スイスの偉大な数学者・物理学者・天文学者。

327 【ランベルト山、オイラー山】いずれもクレーター。

327 【シュレーター】⇓619頁上段『月を回って』訳註【リリエンタールのシュレーター】参照。

330 【リヒテンベルク】ゲオルク・クリストフ。一七四二－一七九九年。アフォリズムで知られ、前出トビアス・マイヤーの月面図を刊行したドイツの物理学者・作家。

332 【ポセイドニオス】紀元前一三五頃－五一年。ギリシャの科学者・哲学者。

332 【ペタヴィウス】ディオニシウス。一五八三－一六五二年。フランスの神学者。

332 【パストルフ】⇓614頁下段『地球から月へ』訳註【パストルフ】参照。

332 【グルイチュイゼン】⇓615頁上段『地球から月へ』訳註【グルイチュイゼン】参照。

334 【三つの界】鉱物界、植物界、動物界のこと。

334 【グリマルディ】フランチェスコ・マリア。一六一八－一六六三年。後にリッチョーリが使用・刊行した月面図を作成したイタリアの天文学者。

334 【コンダミン】シャルル・マリ・ド・ラ。一七〇一－一七七四年。

334 【フォントネル】⇓613頁上段『地球から月へ』訳註【フォントネル】参照。

334 【ラ・コンダミン山、フォントネル山】以上の「山」はいずれもクレーター。

335 【フィロラオス】ラ・コンダミン山、フォントネル山と同じく、クレーター。フィロラウスは、紀元前四七〇頃－三八五年のギリシャの哲学者。中央の火の周りを諸天体が動くという宇宙像を唱えた。

335 【ジョーヤ】フラヴィオ。生年不明－一三〇二年。方位磁針を改良したイタリアの船乗り。

339 【「獰猛な」闇】『レ・ミゼラブル』第一三章「二 ミミズクの目から見たパリ」にこの表現が見られる。

340 【視直径】天体の見かけの直径。観測者の目が対象の直径の両端の間に示す角度で表す。

341 【イタリアン大通り】オペラ＝ガルニエ座とオペラ＝コミック座の間に延び、多くのカフェが軒を連ねたパリの大通り。ちなみにこの一節はヴェルヌの編集者エッツェルの加筆。

341 【球面月形】球の両極を結ぶ二つの孤に囲まれた部分。

343 【フェイ】エルヴェ。一八一四－一九〇二年。フランスの天文学者。

343 【シャコルナック】ジャン。一八二三－一八七三年。フランスの天文学者。

343 【カノープス】りゅうこつ座のα星。

343 【ヴェガ】こと座のα星。

345 【ヴァルフェルダン】フランソワ・イポリット。一七九五－一八八〇年。アラゴの協力者。彼の発明になる最低温度計は上部に余溜部を付け、下部の水銀溜の水銀の上にアルコールが載っている。

347 【エタノール】草稿では「水銀」と書かれ、初版の通常単行本ではそのままにされているが、挿絵版でこのように訂正された。

348 【走らせる】正横後からの風を受けて帆走するという意味のフランス語表現。

349 【仰々しい言葉】「パラボル」には「寓意」、「イペルボル」には「誇張」の意味もある。

353 【ディアーヌ】ディオネの誤植。草稿で確認済。

355 【アルコールの人工的光】炎色反応のこと。

355 【青ざめた幽鬼を思わせる形相を呈していた】当時、多くの大衆向け科学実験が行われていた。

360 【ルッジエリ】ボローニャ出身の名高い花火職人の一族。ルイ一五世からナポレオン三世まで代々仕えた。

360 【角直径】第一四章に既出の「視直径」（621頁下段に訳註）に同じ。

364 【すでに述べたように】『地球から月へ』第四章および『月を回って』第一〇章。

364 【ジェワヒル】ナンダ・デヴィのこと。

364 【カサトス】パオロ。一六一七－一七〇七年。イタリアの数学者・神学者・天文学者。

364 【クルティウス】アルベルト・カーツ（Albert Curtz）、一六〇〇－一六七一年。ドイツの天文学者。ティコ・ブラーエの観測結果を刊行。

364 【ショート】ジェイムズ。一七一〇－一七六八年。スコットランドの光学技師。

364 【クラヴィウス】クリストフ・クラウ。一五三八－一六一二年。ドイツの数学者・天文学者。

364 【ブランカヌス】ギウセッペ・ブランカーニ。一五六六－一六二四年。イタリアの数学者・天文学者。

365 【モレトス】テオドール・モレ。一六〇二－一六六七年。ベルギーの数学者。

365 【ティオフィルス】紀元前五世紀のギリシャの天文学者。

365 【カタルニア】カタリナ（アレクサンドリアのカタリナ（二八七－三〇七年）の誤記）。

365 【モンテローザ】アルプス山脈第二の山。

365 【ピッコローミニ】アレッサンドロ。一五〇八－一五七八年。イタリアの天文学者・詩人。

365 【ヴェルナー】ヨハン・ヴェルナー。一四六八－一五二八年。ドイツの聖職者・学者。

365 【ハルパルス】紀元前五世紀のギリシャの天文学者。

365 【マクロビウス】古代ローマの文法学者。

365 【アルバテク】アル＝バッターニ。八五〇頃－九二九年。正確な観測に基づいてプトレマイオス天文学を発展させたシリアの天文学者・数学者。

365 【ドランブル】ジャン＝バティスト・ジョゼフ。一七四九－一八二二年。メートル原器の元となる子午線測量を行ったフランスの天文学者。

365 【テネリフェ島の峰】テイデ山のこと。

365 【ベーコン】ロジャー。一二一四－一二九四年。イギリスの哲学者。

365 【キサトス】ヨハン・シサット。一五八七頃－一六五七年。スイスの数学者・天文学者。

365 【フィトラウス】第一三章に既出のフィロラオスの誤植。草稿で確認済。

365 【レーマー】オーレ・クリステンセン。一六四四－一七一〇年。光速度を初めて測定したデンマークの天文学者。

365 【ボグスラフスキー】パルム。一七八九－一八五一年。ドイツの天文学者。

365 【フルネリウス】生年不詳－一六四三年。フランスの天文学者。

371 【カンタル山地の圏谷】マンダーユ圏谷のことか。

372 【ティコ】ティコ・ブラーエ。一五四六－一六〇一年。厖大で正確な天体観測記録を残し、地球の周りを回る太陽の周りを他の諸惑星が回るという「修正天動説」を唱えたオランダの天文学者。

372 【プルートー】ローマ神話で冥界を司る神。

376 【ネンアダー】ミカエル。一五二九－一五八一年。ドイツの医者・天文学者・数学者。

377 【ネスミス】⇒614頁下段『地球から月へ』訳註【ネスミス】参照。

383 【ウィレム】ヴィルヘルム（ヘッセン＝カッセル方伯ヴィルヘルム四世。一五三二－一五九二年）の誤記か。

383 【ピタトス】ピエトロ・ピターチ。生年不詳－一五〇〇年。イタリアの天文学者・数学者。

383 【ブイヨー】イスマエル。一六〇五－一六九一年。フランスの天文学者。

384 【革命（レヴォリューション）】同じ一語で言い表わされる公転と革命をかけている。

396 【サスケハナ号】アメリカ海軍巡洋艦。一八五三年、日本に開国を迫って来航した「黒船」の一隻で、ペリーが搭乗していた旗艦だった。この実在の軍艦はコルヴェット艦ではなくフリゲート艦であり、実際、『上も下もなく』第四章でそのように「訂正」されている。

396 【ヴァレンティア】アイルランド北西部の島。

396 【ニューファンドランド】カナダ東海岸の島。

396 【アメリカの電信線】一八五八年にサイラス・フィールドによって敷設された初の大西洋横断電信線（『地球から月へ』第一八章および『海底二万里』第二部第二〇章に言及あり）。失敗に終わった前年の試みには、サスケハナ号も参加。

396 【ブルック式装置】海軍士官・科学者のジョン・マーサー・ブルック大尉（一八二六－一九〇六年）が、海洋学者モーリーの研究に協力する傍ら発明した、海底の試料採取と地形測定が可能な深海測深器。大尉はまた、フィールドによる海底ケーブル敷設に協力し、一八六〇年の咸臨丸による太平洋横断航海を助けたことでも知られる。

397 【グロッグ】ラムまたはブランデーをお湯で割り、砂糖とレモンを加える。

397 【コルヴェット艦】三本マストの軍艦。

397 【あの半島】バハ・カリフォルニア半島のこと。

397 【トゲルンマスト】下から三番目のマストのこと。

397 【海底電信線を敷設する】この計画は、本作発表の二年後に当たる一八七一年に実現する。

397 【サイラス・フィールド】一八一九－一八九二年。アメリカの資本家。大西洋電信会社を設立。一八五八年に敷設された前述の大西洋横断電信線が不通になったため、一八六六年に当時世界最大の蒸気船グレート・イースタン号で新たにケーブルを敷設。翌年イギリスからアメリカに向かう同船に搭乗したジュール・ヴェルヌは、フィールドと面会している。『神秘の島』の主人公サイラス・スミスの名は彼から採られている。

401 【斜檣】舳先から前方斜めに突き出した帆柱。

406 【鉄道（レイル・ロード）】まさに本作発表と同年の一八六九年にアメリカ横断鉄道が開通し、三年後の『八十日間世界一周』に登場する。

417 【ゼロ・オール】ドミノで牌の列の両端がブランク（0）になった状態。得点できるだけではなく、後続プレーヤーに厳しい条件を課せる。直訳すれば「どこもかしこも白」。

419 【預言者エリヤ】旧約聖書に登場する預言者で、再来するとの伝説があった。

上も下もなく

427 【マルトブラン】コンラッド。一七七五－一八二六年。デンマーク出身のフランス人地理学者。地理学協会を創設。

427 【ルクリュ】エリゼ。一八三〇－一九〇五年。アナキストとしても知られる。

427 【サン＝マルタン】ルイ・ヴィヴィアン・ド。一八〇二－一八九六年。地理学協会創設メンバーの一人。

428 【この一八九×年】本作の刊行は一八八九年。近未来に相当。

428 【ベルリン会議】一八八四年から一八八五年にかけ、ビスマルクの主導で開催。列強諸国のアフリカ分割の手順が取り決められた。

429 【ゴードン・ベネット】一八四一－一九一八年。〈ニューヨーク・ヘラルド紙〉の経営者。一八六九年、アフリカで行方不明の探検家リヴィングストン捜索に記者スタンリーを派遣、見事スクープに成功。

429 【パリー】ウィリアム・エドワード。一七九〇－一八五五年。イギリス海軍大将。著名な北極探検家ジェイムズ・ロスとともに四度の北極遠征を行う。「一八四七年」は「一八二七年」の誤り。

429 【ジョン・ジョージ・ネアーズ】一八三一－一九一五年。イギリス海軍士官。第五章参照。

429 【マーカム】アルバート・ヘイスティングス。一八四一－一九一八年。地理学協会会長を務めた探検家クレメンツ・マーカムのいとこ。

429 【グリーリー中尉】アドルファス。一八四四－一九三五年。

429 【ロックウッド】ジェイムズ。一八五二－一八八四年。

429 【ブレイナード】デイヴィッド。一八五六－一九四六年。

433 【アデマール】ジョゼフ。数学者、一七九七－一八六二年。氷河期の天文学説の先駆者。『海の変動』は一八四二年刊。

435 【パイアー】ユリウス・フォン。一八四一－一九一五年。オーストリア＝ハンガリー帝国士官。画家としても活躍。

435 【フランツ・ヨーゼフ諸島】現ロシア領のフランツァ・ヨシファ諸島。

435 【デ・ロング】ジョージ・ワシントン。一八四四－一八八一年。ノルデンショルドを「救出」するため、ゴードン・ベネットに派遣された。

436 【ベロー】ジョゼフ＝ルネ。一八二六－一八五三年。フランス海軍士官。

436 【フリードリヒ・マルテンス】一六三五－一六九九年。医者・博物学者。

436 【コルデヴァイ】カール。一八三七－一九〇八年。この遠征には前出パイヤーが地形学者として参加し、後出ヘゲマンがハンザ号の船長を務めた。

439 【何年か前のこと】前章の最後に触れられているように、一八六七年のこと。

439 【ビスマルクはまだ健在だったが】ビスマルクの任期は一八九〇年（本作刊行の翌年）まで、没年は一八九八年。

440 【ノルデンショルド】アドルフ・エリック。一八三二－一九〇一年。一八七九年、北東航路を発見。

440 【バレンツ】ウィレム。一五五〇－九七年。

440 【ヘームスケルク】ヤーコブ・フォン。一五六七－一六〇七年。海軍大将としてジブラルタルの海戦で戦死。

440 【ヤン・マイエン】一七世紀の捕鯨船長ヤン・ヤコブセン・マイの名の変形。

440 【アレクセイ・チリコフ】一七〇三－一七四八年。実際には、ヴィトゥス・ベーリング（一六八一－一七四一年）の副官。

440 【マルティン・シパンベルク大佐】一六九六－一七六一年。前出チリコフとともにベーリングの副官を務め、千島列島の探検で知られる。本州まで足を伸ばし、住民たちと交流しているが、北極探検はしていない。

441 【チチャゴフ】ワシーリ。一七二六－一八〇九年。ロシア海軍大将。

441 【グリンネル】ジョージ・バード。一八四九－一九三八年。人類学者・博物学者。

441 【ヘイズ】アイザック・イスラエル。一八三二－一八八一年。医者。

441 【ウィロビー】サー・ヒュー。一五五四年死去。

441 【マクルアー】ロバート。一八〇七－一八七三年。ジョン・フランクリンを捜索。

442 【フロビッシャー…ビーチー】以上すべて北西航路の探検者。マーティン・フロビッシャー（一六世紀の私掠船船長）。ジョン・デイヴィス（一六〇五年没）。ジェイムズ・ホール（一六一二年没）。ジョージ・ウェイマス（一五八五－一六一二年）。ヘンリー・ハドソン（生没年不詳。叛乱に遭い、息子らとともにハドソン湾でボートに乗せられ、追放された）。ウィリアム・バフィン（一五八四－一六二二年。前出ホールの水先案内人）。ジェイムズ・クック（一七二八－七九年）。ジョン・ロス（一七七七－一八五六年。既出ジェイムズ・ロスのおじ）。パリー（既出）。フレデリック・ウィリアム・ビーチー（一七九六－一八五六年）。

442 【ベルチャー】エドワード。一七九九－一八七七年。フランクリンを捜索。

442 【マルグレイヴ】コンスタンティン・ジョン・フィリップ。一七四四－九二年。マルグレイヴ男爵。

442 【スコアズビー】ウィリアム。一七八九－一八七五年。

442 【マクリントク…コリンソン】以上すべてジョン・フランクリンを捜索。フランシス・レオポルド・マクリントク（一八一九－一九〇七年）。ウィリアム・ケネディ（一八一四－一八九〇年）。ネアーズ（既出）。リチャード・コリンソン（一八一一－一八八三年）。

442 【アーチャー】ロバート・ヒュー。海軍士官。第五章で紹介されるネアーズの遠征に参加。

442 【カボット】ジョン。一五世紀の航海者で北米大陸の発見者。

442 【コルテレアル】一五世紀のポルトガルの探検家ガスパル・コルテ＝レアルのこと。

445 【パーマストン】一七八四－一八六五年。イギリスの政治・外交家。

445 【煤けた古都（オールド・リーキー）】エディンバラのこと。

470 【過去に先例がなく、将来にわたって誰にも真似できない】『告白』の書き出し。

474 【ブランデ氏】フランス地質学会会員。一八七八年没。一八六八年に科学アカデミーにて、「古生物学的気象学」と題する論文を発表。

476 【ベリー】ジェイムズ。一八五二－一九一三年。一八八四年から九一年にかけ、英国の死刑執行人を務める。

476 【ステーンストロップ】ヤペトゥス。一八一三－九七年。動物学者。

478 【「喫水が深く」】ナポレオンは、自分には人を見る目があるという意味で、部下たちの喫水線はすべて正確に把握していると言った由。

480 【ストップ】一八二五－一八九九年。本名ルイ・モレル＝レッツ。

483 【まさしく対蹠的な意味】「エメリット émérite」には、「引退した」

「熟練した」という本来の意味（この意味では通常「名誉教授」にしか用いられない）から転じて「常習の」という悪い意味もあり、「計算家（calculateur）」と組み合わさると「老練な打算家」の意になりかねない。その一方で、この語を「有能な」の意味で用いる誤用の蔓延が当時は問題視されていた。なお、語源となったラテン語は「退役した」の意であり、その限りでマストンにぴったり当てはまる。

488 【ベイリー】フランシス。一七七四－一八四四年。イギリスの天文学者。

488 【ウィルシング】ヨハネス。一八五六－一九四三年。ドイツの天文学者。

488 【コルニュ】アルフレッド。一八四一－一九〇二年。フランスの物理学者、後出バーユの友人。

488 【バーユ】ジャン＝バティスタン。一八四一－一九一八年。ゾラおよびセザンヌの親しい友人。

489 【任意の円から半径と等しい長さの弧を切り取る時の中心角の大きさ】弧度法のラジアンのことで、六〇度弱。

500 【ホール船長】チャールズ・フランシス。一八二一－一八七一年。フランクリン捜索遠征を二度組織。彼の死はヒ素による毒殺の疑いがある。

501 【ウルティマ・トゥーレ】トゥーレは、前四世紀のギリシャ人探検家ピュテアスが到達した最北の地で、中世において、「ウルティマ・トゥーレ」はグリーンランドを指すことがあった。ここでは、世界の北の果てという程度の意味。

502 【ピアリー】ロバート。一八五六－一九二〇年。一九〇九年に初めて北極点に到達したと主張するアメリカの探検家。後出のクリスチャン・マイゴールは、一八八六年から翌年にかけて行われた彼の最初の北極遠征に同行したデンマーク人。

503 【シコロジック】「劇的な」という意味の形容詞「プシコロジック」に「シック」をかけた言葉遊び。

511 【この現象は一年に一度ずつしか起こらない】それぞれ夏至と冬至のこと。

512 【現代のタイタン】次章で登場するアルシッド・ピエルドゥーのモデルとなった技師バドゥローが書いた本作の原案に付せられていたタイトル。

512 【「支えの子音のある」現代韻律】ロマン主義以降の「豊かな脚韻」の定義のことで、ヴェルヌの念頭にあったのは、同時代の詩人バンヴィルの詩論か。

514 【機械仕掛けの神（デウス・エクス・マキーナ）】物語の結末で唐突に登場して、ご都合主義的な大団円をもたらす人や出来事のこと。

514 【テレマコスを歌った詩人】『テレマコスの冒険』の作者フェヌロン（一六五一－一七一五年）のこと。

514 【〈フォーラム〉】本作が刊行された一八八九年に、ヴェルヌの息子ミシェルが書いた短編「二八八九年にて」がこの雑誌に発表されている。

515 【ル・ヴェリエ】ユルバン。一八一一－一八七七年。一九世紀フランスの天文学者で、海王星の発見者の一人。『大衆天文学』で名高いフランソワ・アラゴの後を襲ってパリ天文台長になる。計算を重視したことをオカルト天文学者カミーユ・フラマリオンに揶揄されている。

516 【ホイスト】ヴェルヌの代表作『八十日間世界一周』（一八七二年）の主人公フィリアス・フォッグも愛好したトランプのゲーム。

516 【死人】トランプの用語でダミーのこと。

516 【アルシッド・シュルフュリック】硫酸（アシッド・スュルフュリック）にかけた洒落。

516 【ロスト】俗語で、ガス灯のこと。

516 【Xの掟】Xは、理工科学校ないしその学生・出身者を指す略語。

516 【カゼール】理工科学校の俗語で、兵舎（カゼルヌマン）の略。

516 【柩（コフィン）】整理箪笥を指す俗語。

517 【マルティーグ】マルセイユの西の町。

518 【厄介ごと】シバムギから転じて「厄介ごと」を意味するフランスの俗語 chiendent（直訳すれば「犬歯」）をラテン語に直訳したもの。

518 【塩箱】頭蓋骨を意味する俗語。

521 【スキアパレッリ】ジョヴァンニ。一八三五－一九一〇年。イタリアの天文学者。

528 【レオニダス】スパルタの王。紀元前四八〇年、ペルシャ戦争におけるテルモピレーの戦いでペルシャ軍を迎え撃ち、全滅。

530 【月の引力に関わる数式】『月を回って』第四章257頁参照。

533 【テイ橋】一八七八年完成、その翌年に起きた崩落事故で知られる。

533 【フォース鉄道橋】本作刊行の翌一八九〇年に完成。

533 【ガラビ陸橋やエッフェル塔】ともに技師ギュスターヴ・エッフェルにより、前者は一八八四年、後者は本作刊行の一八八九年に完成。

538 【究極の手段（ウルティマ・ラチオ）】ルイ一三世の宰相リシュリューは、武力は王の「ウルティマ・ラチオ」であると言ったと伝えられる。

538 【シャラントン】パリ郊外の町。精神病院があったことで知られる。

545 【ニューヨーク聾唖院の首席聾唖者】該当しそうな学校は少なくとも三校あり、詳細は不明ながら、手話を駆逐しつつあった口話法が背景にあると考えられる。

551 【H・マルタン】アンリ。一八一〇－一八八三年。歴史家・政治家。引用は『フランスの歴史』第三巻より。

552 【かの迫害者】ドミティアヌス帝のこと。

556 【レプマンおよびクラプフ両博士】ヨハネス・レプマン（一八二〇－一八七六年）とヨハン・ルートヴィヒ・クラプフ（一八一〇－一八八一年）はともにドイツ人宣教師。

556 【オットー・エーラーズ】一八五五－一八九五年。ドイツ東アフリカ会社のためにこの地方を探検。

556 【アボット】ウィリアム・ルイス。一八六〇－一九三六年。アメリカの博物学者。

556 【アデン】アラビア半島南端の港湾都市。『八十日間世界一周』にも登場。

556 【マッサワ】一八八五年以来、一九四一年までイタリアの植民地となっていた紅海沿岸の都市。

559 【ニューブリテン地方】ラブラドル地方のこと。

559 【チカコラ】スリカクラムの植民地時代の名称。

559 【ケショー】ハノイのポルトガル名。

559 【ラサ島】沖大東島。

559 【サン・ポール・ド・ロアンダ】ルアンダの旧称。

560 【ペルーおよびサン・サルヴァドールの緯度】南緯約一三度。

560 【マラッカ半島】マレー半島。

560 【ペルナンブーコ】ブラジルの州。

562 【ヌイツ・ランド】現在の西オーストラリア州の南海岸と南オーストラリアの西寄りの海岸を含む一帯をかつてフランス語でこう呼んだ。台湾長官を務めたオランダ人ピーテル・ヌイツ（一五九八－一六五五年）の名に由来する。

562 【下ギニア】ギニア湾の北の上ギニアに対し、南を下ギニアと呼んでいた。

566 【〈フレムデンブラット〉】一八四七年創刊のウィーンの新聞か？

566 【〈ノイエ・バーディッシェ・ランデスツァイトゥング〉】一八五六年にマンハイムで創刊の民主主義的・反プロイセン系新聞。

566 【〈ノイエ・フライ・プレス〉】新自由通信。一八六四年ウィーンで創刊。

566 【〈ベルリナー・ターゲブラット〉】ベルリン日報。一八七二年創刊。

566 【〈エクストラブラット〉】一八七二年ウィーン創刊のイルストリールテ・ヴィーナー・エクストラブラットのことか。

566 【〈ベルゼン・クリエ〉】金融新報。一八六三年ベルリン創刊。

566 【〈クロイツツァイトゥング〉】十字新聞。一八四八年創刊、右派・保守系、正式名称は〈新プロイセン新聞〉。

566 【〈フォシッシェ・ツァイトゥング〉】ドイツ最古の新聞、一七五一年ベルリン創刊。

566 【〈ライヒスアンツァイガー〉】ドイツ帝国官報。

566 【〈ゲルマニア〉】一八七〇年ベルリン創刊。

566 【〈ペスター・ロイド〉】ブダペストで発行されていたドイツ語新聞。

566 【〈ハイフォン通信〉】一八八六年創刊のベトナムのフランス語新聞か。

566 【滬報】一八八二年に上海で創刊。

566 【京報】清末北京の新聞。「清報（未確認）」の可能性も。

566 【クナニ共和国】フランスとブラジルの間で領有権をめぐって争いのあった土地に、ジュール・グロほかのフランス人山師が作った実態のない国（一八八六－一八九一年）。

567 【同じ重さの金】フランス語で「同じ重さの金と同じ値打ちがある」とは、非常に価値が高いという意味の慣用表現。

570 【ザングバール海岸】北緯五度から南緯一一度にかけての、アフリカ東海岸一帯の古称。

570 【ジョンストン】ハリー。一八五八－一九二七年。植物学者。

570 【テケリ伯爵】テレキ伯爵（一八四五－一九一六年）の誤記。

570 【マイヤー博士】ハンス。一八五八－一九二九年。地質学者。

570 【キボの頂】本作刊行の一八八九年一〇月五日に、前出のマイヤー博士が初登頂。

576 【ル・クルーゾー】フランス・ブルゴーニュ地方の町。シュナイダーの製鋼所の所在地。

576 【カーユ】フランスの技師ジャン＝フランソワ・カーユが創設した蒸気機関車工場。

576 【アンドレ】一八世紀末にナント郊外に造られた海軍用鋳造所。幼いヴェルヌはこの工場の機械を眺めるのが好きだった。

576 【ラ・セーヌ】造船場で有名な地中海沿岸の都市。

576 【バーケンヘッド】キャメル・レアード造船所で有名なイギリスの都市。

576 【ウールウィッチ】一六世紀に設立された海軍造船所で名高いロンドン近郊の町。

576 【コッカーリル】ベルギーの大製鉄工場。

578 【角速度】回転速度のこと。

584 【デカダン頽廃派】当時の文学の最先端で、『さかしま』の小説家ユイスマンス（一八四八－一九〇七）らを指す。

585 【タコシマ】おそらくタカシマ（高島）の誤記。

585 【ジョン・ミルン氏】一八五〇－一九一三年。イギリスの鉱山技師、地震学者、人類学者、考古学者。明治政府のいわゆる「御雇外国人」の一人で、地震計の発明者。

588 【ニオベー】ギリシャ神話中の女性。多産を誇って女神レートーの怒りを買い、子供たちを殺される。

588 【聖ヨハネ祭】毎年六月二四日。

590 【PLM】パリ、リヨン、マルセイユ鉄道。

591 【ポンソン・デュ・テラーユ】一八二九－一八七一年。新聞連載小説「怪盗ロカンボール」シリーズで一世を風靡した人気作家。

592 【ガリア的】あけすけに猥褻ということ。

592 【ゾラピュック語】ドイツのシュライヤーが一八八〇年に考案したものの、一八八七年に登場したエスペラント語に駆逐された人工言語ヴォラピュック語に小説家エミール・ゾラ（一八四〇－一九〇二年）の名をかけて、ゾラの描写法を揶揄している。

593 【ポーリュス】一八四五－一九〇八年。シャンソン歌手。一八八六年、ブーランジェ将軍を讃える「観兵式からの帰り道」が大ヒットとなる。

593 【〈タン〉紙】『八十日間世界一周』をはじめとするヴェルヌ作品を連載した共和派の新聞。ヴェルヌは、本作も同紙に連載したいと考えていた。後出のアドリアン・エブラール（一八三三－一九一四年）は同紙経営者。

補遺

600 【全体の質量】現代の用法では地球の標準重力 g（約 9.8 m/s^2）のもとで重量 1kgw（キログラム重）の物体の質量を 1kg とする。しかし、ここでは重量を重力加速度 g で割った値を「質量」と呼んでいることに注意されたい。

601 【方位角 a】北を0°とし、時計回りに測った角度。

602 【前行の数式中の $+\cos a\,Y$】図2のように左手系の座標をとるのであれば $\cos aY$ の符号は－となるべきである。

603 【$a=0$】正しくは $a=0$（北）または $a=\pi$（南）。

604 【前行の数式中の分数表記】右辺大括弧内の最初の分数の分母内の分数は、原文では分母分子が逆になっているが、*Le Titan moderne*, p. 113 に従い訂正した。

605 【ミクロン】一ミクロンは 0.000 001 メートル。

606 【$b=8415$ メートル】前節で導出されている式 $b=21\,000\sin\alpha$ に従えば、$b=8313$ となるべきところ。

606 【前行の数式中の＋符号】右辺の分数の間の符号は、原文では－になっているが、*Le Titan moderne*, p. 113 に従い＋に訂正した。

608 【トロンハイム】原文の綴りは Trondjhem であるが、Trondhjem とするのが正しい。

608 【前行数式中の積分表記】原文では最初の式の積分区間の上端が脱落しているが、*Le Titan moderne*, p. 115 の記述に従い r を補った。

608 【速度を緩めるには】原文は la vitesse du pour lui faire boulet décrire… であるが、これは la vitesse du boulet pour lui faire décrire… とするのが正しいだろう。

610 【前行数式中の係数】$20\,000\,000\cdot 2\cdot 2/86\,400=925.925\ldots$ なので、この式の右辺の係数 26 は正しくは 926 である。

［解説］

〈驚異の旅〉の成立とガン・クラブ三部作

石橋正孝

一九世紀フランス文学は、三つの巨大な百科全書的小説連作を生み出している。オノレ・ド・バルザック（一七九九－一八五〇年）の〈人間喜劇〉（一八四二－五六年）、エミール・ゾラ（一八四〇－一九〇二年）の〈ルーゴン＝マッカール叢書〉（一八七一－九三年）、そして、ジュール・ヴェルヌ（一八二八－一九〇五年）の〈驚異の旅〉（一八六六－一九一九年）である。

この三人のうち、最も大衆的人気を誇る作家といえば、当然、『二年間の休暇』（日本では『十五少年漂流記』のタイトルの方が通りがよい）『地球の中心への旅』（同じく『地底旅行』）『八十日間世界一周』『海底二万里』の作者ヴェルヌであろう。にもかかわらず、三つの小説連作の中で最も紹介が遅れているのは、〈驚異の旅〉なのである。長篇だけでも六十篇を超える構成作のほぼ半数が未訳であるばかりか、バルザックやゾラの場合とは異なり、構成作の間の有機的なつながりがほとんど存在しないため、繰り返し訳されている有名作品はそれぞれ単独で読まれてもなんら差し障りがなく、それゆえに、連作全体の大まかなイメージすら一般に共有されているとは言いがたい。

そもそも、ヴェルヌについては、作品云々以前の問題として、日本語で読める伝記が永らく一冊も存在していなかったせいもあって、没後一世紀を経過した今なお、真偽の定かではない伝説がまかり通っている始末である。例えば、少年の頃、初恋の従姉カロリーヌのために珊瑚の首飾りを買うべくインド行きの帆船コラリー号で密航しようとして父親に連れ戻された時に、母親に言ったという「もう夢の中でしか旅をしません」、『海底二万里』執筆中に父親宛ての書簡に書いたという「誰かが想像したことは、別の誰かによって実現可能です」といった「名言」は、伝記作者アロット・ド・ラ・フュイ夫人による捏造の可能性が高い。

本選集は、こうした状況に一石を投じるべく企画された。全五巻の構成は巻末を見ていただくとして、ヴェルヌ的想像力の地理的な広がり（インド、アメリカ、東欧、北極はもちろん、太陽系の果てまで）、ジャンル的な広がり（同時代の世相や歴史的大事件に取材したアクチュアルな冒険譚から、近未来ＳＦ、ホフマン流幻想譚まで）、そして半世紀に及ぶ発表年代の広がり（初期作品から死後刊行の遺作まで）をバランスよくカバーし、邦訳が久しく入手困難になっている重要作品の新訳および初訳作品が中心となっており、〈驚異の旅〉の知られざる多彩な側面に、ささやかながら新たな光を当てるラインナップになっているかと思う。

第一巻の収録作は、「ガン・クラブ」に集うアメリカの大砲屋たちを共通の主人公とする三部作、『地球から月へ』『月を回って』『上も下もなく』である。こうした複数の作品にまたがる「人物再登場」は、〈驚異の旅〉において例外に属し、若干の脇役の出入りを除けば、ほかには『グラント船長の子どもたち』『海底二万里』『神秘の島』の三部作、そして『征服者ロビュール』『世界の支配者』の二部作しかない。ガン・クラブ三部作は、冒険小説が多い〈驚異の旅〉の中にあって一際SF色の強い作品であり、とりわけ最初の二作は、一九六九年のアポロ計画による人類初の月面着陸を予言していたとして、両大戦間に忘却されつつあったヴェルヌの再浮上を後押しする一方、そうした単純なイメージには収まりきらないヴェルヌの多面性を示す作品としても注目された（ウォルター・ジェイムズ・ミラーによる詳註版英訳——高山宏による邦訳が東京図書とちくま文庫から出ている——を参照）。

しかし、月世界二部作（最初の二作）が〈驚異の旅〉の成立に果たした重要な役割についてはほとんど知られていない。本解説では、この点を特に検討することで、〈驚異の旅〉全体の特質を浮かび上がらせてみたい。

挿絵本出版者エッツェル

〈驚異の旅〉とは、第一義的には、エッツェル書店が一八六六年に刊行を始めた挿絵入り小説シリーズの総タイトルであり、作者自身の言によれば、地球の描写を全体の目的としている。

ここから直ちに言えることは、〈驚異の旅〉が出版者の主導で実現した企画だったということである。一八三〇年代半ばに編集者（éditeur）という職業がフランスで初めて登場した時、この言葉は挿絵本出版者を意味していた。それまでイメージの複製技術において主流だった凹版（石版、銅版、鋼版）に代わって、凸版の木口木版がイギリスから導入された結果、本文と同一ページに多数の挿絵を収録することが可能となり、ロマン主義挿絵本の時代が幕を開ける。挿絵の原画は出版者による買い取りが原則となっており、木版が嵌め込まれた活字組を紙型によって複製したステロ版は、出版者の独占的所有物であった。著者の立場が相対的に強い場合に限り、この独占の見返りとして、経費回収を待たずに利益配分が行われ、言い換えれば、印税の即時支払いという、作家にとって本来当然であるはずの権利が出版者側の譲歩と見做されていた。言うまでもなく、著者の立場が弱ければ、利益配分は先送りされたのである(ヴェルヌはこのケースに当たる)。逆に、資金繰りの悪化等で出版者の立場が弱くなれば、ステロ版の権利を半分著者に譲渡し、代わりに、利益配分の先送りを認めてもらう方式が取られていた。

この時代の挿絵本は、膨大な初期投資と読者の経済的負担を分散させるために、大部数による分冊刊行が通常の形態であった。この薄利多売方式を推し進めた廉価挿絵版(通称「四スー版」)では、経費回収を待って利益配分を行う代償として、ステロ版を著者と編集者の共有財にする方式がしばしば採用されていた模様だが、それは、投機的リスクを回避するための保険だったと考えられ、出版者側にとっては最大限の譲歩であった。

〈驚異の旅〉は、この「四スー版」の一ページ当たりの文字数を半分にすることで、価格を実質二倍に引き上げた高級版だった(分冊を揃えれば、挿絵の入らない通常単行本と同等の価格ですむが、分冊が合冊され、有名なエッツェル社の版元装丁を施されれば値段が跳ね上がる仕掛けになっている)。つまり、出版者の立場が著者よりも最初から圧倒的に強く、『気球に乗って五週間』(一八六三年)から『神秘の島』(一八七五年)に至る初期十二年の作品の挿絵版については、当初は印税の支払いすら名目のみで、一八七五年にはエッツェル社の独占に帰されてしまい、生前のヴェルヌの懐には一銭ももたらさなかった。それだけ出版者——ピエール=ジュール・エッツェル(一八一四-一八六年)——は、ヴェルヌの初期作品に対する自らの関与を決定的なものと自負していたわけである。

一八三六年に出版界に足を踏み入れ、〈人間喜劇〉の最初の刊行(やはり挿絵入り分冊刊行だった)に際して中心的な役割を果たし、P=J・スタールの筆名で作家活動も行っていたエッツェルは、筋金入りの挿絵本出版者として、そして、最初期の「編集者」の多くがそうであったように、非宗教的な教育を目指す共和主義者として、ヴェルヌの創作に一貫して積極的な介入を行っていた。それは、文体的な推敲から、エッツェル書店の看板であった家庭向け総合雑誌〈教育娯楽雑誌〉への連載を主たる口実とした、検閲的な内容の書き換え、さらには出版拒否に及んでいた。二人の関係そのものがこの最後のケースから始まっていたのである。

無名の存在だったヴェルヌは、作家アルフレッド・ド・ブレアの紹介でおそらく一八六二年初頭にエッツェルと出会い、三年前の（彼にとって初めての）外国旅行を元にした『イギリスとスコットランドへの旅』を持ち込んだ。それまではもっぱら戯曲かオペレッタの台本の執筆に力を注ぐ傍ら、フェニモア・クーパー風の短篇小説を時折発表していただけのヴェルヌ（筆一本では食えず、株式仲買人をしていた）にとって、初めて完成させた長篇小説である。ところが、原稿を読んだエッツェルの言葉は辛辣なものだった。「おいおい、君のイギリスの話はいい加減にしてくれないか！ よもやイギリスを発見したのは君だとでも思っているんじゃあるまいね。〔…〕こんなものは隅っこにでも、いや、いっそ火の中にでも突っ込んでしまってくれ、そして忘れてしまってくれ、もっとましなものを持ってきたまえ。また今度、そう願っているよ！」（ウジェーヌ・ミュレールの証言による）[1]。

極めて特徴的なのは、これに対するヴェルヌの反応である。彼はエッツェルに批判された作品をいわば裏返したのだ。個人的に思い入れのある「北」から、その正反対に当たる「南」――資料で調べて書くしかないアフリカ――に飛び、「事実」から「空想」への反転を成し遂げるのである。同じ年の秋に書き上げられた『空中旅行』は、エッツェルの指示で書き直された後、翌一八六三年の一月に『気球に乗って五週間』として刊行される。

『イギリスとスコットランドへの旅』と『空中旅行』に共通する要素、それは地理学である。ルイ＝ナポレオン・ボナパルトのクーデター（一八五一年）後、エッツェルは、十年の亡命生活を経て一八六〇年に帰国したばかりで、出版路線を児童書に特化しようとしており、準備中だった〈教育娯楽雑誌〉のために地理学の啓蒙家を探していたのだろう。ヴェルヌは早速、新雑誌創刊号から連載する小説を依頼され、アフリカから転じてふたたび北へ、北極点を目指す船長の物語である『ハテラス船長の航海と冒険』（本選集Ⅰに収録）を書く。この段階で〈驚異の旅〉の成立を促した重大な出来事が起きる。エッツェルがヴェルヌの『二〇世紀のパリ』を拒否したのだ。

抑圧される「未来予測」

ヴェルヌ研究者の間では永らく題名のみ知られる幻の小説であった『二〇世紀のパリ』が発見されたのは一九九一年のことであり、四年後に刊行されて世界中で大きな反響を巻き起こした。経済至上主義の未来社会で追い詰められ、行き倒れる詩人が描かれていたからである。初期の〈驚異の旅〉で科学に対するオプティミズムを繰り広げたヴェルヌは、一八八六年に最愛の甥に銃撃され、直後にエッツェルが死んだことを契機に、次第にペシミズムに傾いていった——初期のヴェルヌはもっぱらオプティミスティックだったとするこうした定説を、『二〇世紀のパリ』はものの見事に覆すことになる。

この小説の初稿は、おそらくエッツェルと出会う前の一八六〇年頃に書かれ、三年後に書き直されて編集者の手に渡った。エッツェルによる草稿余白への書き込み、そしてヴェルヌに宛てた手紙の下書きには否定的な評言が連ってい る。エッツェルにはヴェルヌのペシミズムが許容できなかったという見方が広く受け入れられており、それは間違っていない。また、すぐ後で見るように、『二〇世紀のパリ』は小説として根本的な欠陥を抱えてもいる。問題は、ヴェルヌがその後も二度、長篇『黒いインド』(一八七七)と短篇「理想の都市」(一八七五)において、似たような「未来予測」に手を出しては、その都度エッツェルに拒否されており、にもかかわらず、それらには『二〇世紀のパリ』の小説的欠陥や明確なペシミズムが認められないことなのだ。つまり、エッツェルの拒否の理由は別にある。ヴェルヌによる三つの未来都市の共通点は、作中における未来の描き方にあって、それを構造的に「反転」させると〈驚異の旅〉の書き方になる。だとすれば、未来予測にこそヴェルヌとエッツェルの最も相容れない点が存在し、それなくしては二人の関係そのものが成り立たなくなるような「負の焦点」に相当していたと言えるのではあるまいか。

『二〇世紀のパリ』と〈驚異の旅〉の間の最大の違いは、両者に共通の要素、すなわち、執筆時現在における最新テクノロジーに表れている。いずれにおいても、それは「未来」の表象として用いられている。ところが、『二〇世紀のパリ』における「未来」が百年後であるために、それを表象する一九世紀のテクノロジーが時代遅れにしか見えないのに対し、〈驚異の旅〉では、ヴェルヌと同時代の世界のただ中に局所的に出現した最新テクノロジーは、同時代の社会によって知られていない——ということは、それよりも社会の方が遅れている——がゆえに、「近未来」として機能しえている。おまけに、『二〇世紀のパリ』の場合、主人公のミシェルが、内実としては完全な一九世紀人でありながら、なんらかの形で「タイムスリップ」したというわけでもなく、最初から二〇世紀人ということになっている。その結果、二〇世紀の状況を知らないミシェルに単なる「間抜け」(エッツェルの評言)の烙印が押され、一九世紀の最新テクノロジーはますます時代遅れに見えてしまう。当然と言えば当然だが、視点を「現在」に置かなければ、「未来」を「未知」として描くことはできない。逆に「未来」に視点を置いた場合には、——二〇世紀に書かれた反ユートピア小説(ザミャーチン『われら』、オーウェル『一九八四年』、ブラッドベリ『華氏四五一度』）におけるがごとく――忘却された過去としての「現在」の方が発見されるべき「未知」となる。

要するに、ヴェルヌは同時代のテクノロジーから離脱できなかった。それは彼の想像力にとって紛れもない限界だったのであり、〈驚異の旅〉においては戯れるべき枷として生産的に機能できたテクノロジーが、『二〇世紀のパリ』で百年先に移されると、無残なまでに限界として露呈してしまうのである。ヴェルヌ的想像力が持ち味を遺憾なく発揮するには、物語を同時代に設定する必要があったのだ。

エッツェルによる『二〇世紀のパリ』の出版拒否は、『イギリスとスコットランドへの旅』の時と同様に、その「反転」――百年後の「未来」の高みから最新テクノロジーを見下ろすのではなく、それを「現在」の視点から「近未来」として仰ぎ見るという視点の逆転――を段階的に惹き起こしたのであった。

まず、直後の一八六四年一月一日、ヴェルヌとエッツェルの間で最初の専属契約が結ばれ、その中で題材が地理学に限定され、『気球』『ハテラス』の路線が固定化される。この契約で予告されている次回作二篇（啓蒙地理学書と『グラント船長の子供たち』）に関して、ヴェルヌが「毎年最低二巻ずつ」エッツェルに引き渡し、「それ以外の著作は一切公刊しない」と定められた上で、月額三〇〇フランが作家に支給されることになった。株式仲買人を続けていたとはいえ、ヴェルヌはここに晴れて「文筆家」（同契約書中の文言）のステータスを獲得したわけである。次回作として小説とノンフィクションが同列に並べられていることから、エッツェルがこの時点でヴェルヌにあてがっていた地理学的プロジェクトは、百科全書的な性格を持つ大がかりなものではあったが、〈驚異の旅〉のような小説連作ではなかったと考えられる。事実、『ハテラス』を創刊号から連載する〈教育娯楽雑誌〉の執筆陣の中にあって、ヴェルヌの名前は、スタールことエッツェルが統括する「娯楽」部門ではなく、科学啓蒙家ジャン・マセ率いる「教育」部門に入れられることとなる。この最初の専属契約は、〈教育娯楽雑誌〉創刊を睨んで、同誌用の地理学啓蒙家としてヴェルヌを囲い込むために結ばれたと見てまず大過あるまい。

エッツェルのこの目論見をいい意味で大幅に裏切った出来事こそ、『地球の中心への旅』と『地球から月へ』の突発的出現だった。『二〇世紀のパリ』の逆転、引いては小説連作という構想はこの段階で初めて浮上したのである。

反転される『二〇世紀のパリ』

『地球の中心への旅』には、『ハテラス』の続篇としての性格が強く、元々は一つの長篇だったと主張する論者もいるほどである（その論拠は薄弱であって、にわかには首肯しがたいが）。ハテラス船長は、北極点に位置する活火山に飛び込もうとして果たせず、魂だけが地球の内部に吸い込まれる（正気を失う）。『地球の中心』では、北極にほど近いアイスランドの死火山から主人公たちが地球の内部に入っていく。前者の結末から後者の発端が生じた最大の契機は、北極点の穴から地球内部に入り込む幻想的な旅を描くジョルジュ・サンド『ローラ――水晶の中への旅』をヴェルヌが直前に読んだことであった。そして、『地球の中心』の結末で主人公たちを地表に噴き上げた地中海の天然の活火山ストロンボリは、『地球から月へ』でアメリカの地中に鋳込まれた人工の火山に反転し、地中から月へ向けて有人砲弾を打ち上げるだろう。さらに言えば、この二作の出現のせいで先送りにされた『グラント船長の子どもたち』という海上と陸上の世界一周は、続く『海底二万里』で海中の世界一周に折り返され、次いで『月を回って』で月世界を一周する飛行に転じるだろう。

つまり、『ハテラス』『地球の中心』『地球から月へ』は、ヴェルヌ固有の想像力の展開と捉えられるのだが、同時に『二〇世紀のパリ』が裏返されていく過程でもあった。

『地球の中心』『地球から月へ』の二作には、没になった『二〇世紀のパリ』の要素が幾つか再利用されていることがすでに指摘されている。例えば、主人公ミシェルの叔父ユグナンの部屋に一年に一度だけ、夏至の日の正午に差し込む日の光のエピソードは、アイスランドの死火山の火口において、やはり年に一度だけ太陽光線が地球の中心への入り口を示すシーンに流用されている。しかし、とりわけ本格的な再利用は『地球から月へ』に認められる。二〇世紀に戦争がなくなり、経済戦争に取って代わられている理由として、大砲と装甲板の間でばかばかしい競争が繰り広げられた結果、あまりにも分厚い装甲板をまとった船が沈没し、強力になりすぎた大砲に軍配が上がったからだとする説明が『二〇世紀のパリ』にはある。それを受けて、ユグナン叔父は、大砲が発達し、三六ポンドの砲弾で一〇〇メートル先にいる馬を一八頭、人間を三六人殺傷できるようになって以来、戦争は個人の勇気とはなんの関係もなくなってしまったと慨嘆する。三六ポンドの砲弾云々というデータは、『地球から月へ』では、古き「よき時代」のこと、大砲術の幼年時代のこととして紹介され、大砲と装甲板の争いは、大砲を鋳造するバービケインと装甲板を鍛造するニコル大尉のライヴァル関係に転用され、戦争に勇気が必要ではなくなったという条りは、そのニコル大尉がバービケインを中傷する際に用いられる。

『地球の中心への旅』と『地球から月へ』における『二〇世紀のパリ』の再利用にははっきりした傾向がある。『二〇世紀のパリ』では、二〇世紀社会の特徴を示す実例としてあくまでエピソード的に紹介されているだけで、プロットには関わっていなかった要素が、この二作に移されると、登場人物の設定やプロットの要の部分に発展的に用いられているのだ。この点に、『二〇世紀のパリ』を否定された後もヴェルヌが「理想の都市」「未来のメトロポール」(『黒いインド』の抹消された章)においてはるか先の未来を描くことに執着し続けたのはなぜなのか、彼の「未来予測」のどこがエッツェルの気に入らなかったのか、という謎を解く鍵があるように思われる。すなわち、無意味なまでに具体的な細部を、列挙するために列挙したがるヴェルヌに対して、プロットの組み立てを重視するエッツェルという対立である。事実、エッツェルに拒否された三つの未来予測に共通しているのは、構成要素が連想によって列挙される傾向が強く、物語化が十分には施されていない、ということにほかならない。ヴェルヌにとって、「現在」から「未来」に向かって時間的に遠く離れることは、同時代の社会においてはいまだ普及せず孤立していればこそ、近未来の役割を演じ得たテクノロジーが、空間的に拡散していく事態を意味していた。この空間的拡張を、ヴェルヌは連想による列挙に存分に身を委ねるための自由として享受していたのではないか。エッツェルの目には、素材が相互に密接に関連付けられず水平的に拡散していくヴェルヌの未来都市は、一種のバザールか見世物市のように映り、単なる空騒ぎとしか思えなかったらしい。『黒いインド』の「未来のメトロポール」にどうしても固執するのであれば、見世物の興行師のような人物にそうした計画を語らせるに留めよ、とエッツェルは提案している。そして、ヴェルヌ自身、「理想の都市」の大詰めで、未来都市を見世物市として描いている。二〇〇〇年のアミアンに夢の中でタイムスリップした語り手は、地方共進会の会場にたどり着き、珍妙な機械類が展示されている中を夢中になって歩き回るのだ。ヴェルヌにとって、未来都市とは、このように魅惑されるにせよ、逆に『二〇世紀のパリ』の主人公のように恐怖を覚えるにせよ、見世物市の喧騒に巻き込まれ、翻弄される経験だった。『二〇世紀のパリ』出版拒否とは、それによって、この小説中で棚卸された素材が物語化を余儀なくされることで〈驚異の旅〉を生み出した一撃だったと考えられる。

『地球から月へ』において、『二〇世紀のパリ』は完全に裏返される。二作の関連性は極めて高い。ヴェルヌの科学に対するペシミズムの表現とされる『二〇世紀のパリ』は、非常に暗澹とした結末に目を奪われがちだが、そこに至る過程そのものは、第二帝政期の諷刺にふさわしく、極めて「ノリのいい」文体で書かれており、アメリカの諷刺である『地球から月へ』に通じる部分があることは見過ごされるべきではない。とりわけ導入部は、『二〇世紀のパリ』では教育信用銀行、『地球から月へ』では大砲技術者の集まりであるガン・クラブ、という具合に、どちらも架空の団体の紹介になっていて、展開やリズムが似ている。それ以上に重要なのは、『地球から月へ』がそもそもは未来予測として書かれていたという事実である。

この小説は、アメリカ南北戦争の終結後しばらく経った頃、やることがなくなった大砲技術者たちが大砲を巨大化して砲弾を月に送り込もうとする話であるが、実際に書かれたのは南北戦争終結の直前だった。『二〇世紀のパリ』の失敗を踏まえて、ヴェルヌは、未来予測の射程を抑制し、せいぜい数十年後の近未来を舞台に設定していたのである。ところが、この慎重さが仇となって、現実に追い越されてしまう。小説完成の直後に南北戦争が終わっただけではない。『二〇世紀のパリ』の描くフランスをナポレオン五世が支配しているとすれば、『地球から月へ』のアメリカは依然として老いたリンカーンが大統領を務めていることになっており、本書一六―七頁に該当する一節は、草稿では以下のように書かれていた。

「それなら！」とJ＝T・マストンは言葉を続けた。「今度はイギリスがアメリカ人のものになっちゃいけない、という理由はあるまい？」

「道理だね」ブロンズベリー大佐は応じた。

「リンカーン大統領に提案しにいってみたまえ！」とJ＝T・マストンは叫んだ。「そして彼がなんと答えるか、聞いてみたまえ！」

「リンカーンも老いた」とビルズビーは戦闘で失くさなかった四本の歯の間で呟いた。

「彼はワシントンに永いこと君臨しすぎたよ」とトム・ハンターは言った。「もっと若くて、まだ海のものとも山のものとも知れん大統領がわれわれには必要なんだ」[2]

リンカーンが暗殺された一八六五年四月十四日以前に、この一節を含む単行本初版がすでに刷られていたため、エッツェルはそれを裁断せざるをえなくなった。編集者は、「リンカーン」を「合衆国大統領」に差し替えた新たな版を刷らせ、結果的に、『地球から月へ』の「未来予測」的側面は影を潜め、『気球に乗って五週間』『ハテラス』『地球の中心』と同様に、刊行時期と作中の年代がほぼ一致することになった。いまだ普及しておらず、それゆえ同時代の人々に知られていないテクノロジーを「近未来」として用いる〈驚異の旅〉の書法がここに確立した。こうして単行本の刊行が遅れ、作品の性格が変わる中で、発売に先立って新聞に連載する計画も浮上したのだろう。〈デバ〉紙の編集長には刷り直した単行本の一冊が渡され、リンカーン暗殺からちょうど五か月後に連載は始まった。

初期〈驚異の旅〉の二類型

『ハテラス』『地球の中心』『地球から月へ』の三作には、本質的な共通点がある。北極点、地球の中心、そして月と、いずれも特異な点が旅の目標に定められながら、主人公たちは到達に失敗するのである。北極点には火山があって、ハテラスの到達を阻む。リーデンブロック一行は地球の中心には遠く及ばず、月に向けて発射された砲弾は、事前の綿密な計算にもかかわらず、予期せぬアクシデントのために軌道を逸れて遂に目的地に辿り着くことがない。ヴェルヌにおいて不安と魅惑をこもごも覚えさせるこの一点をかつてミシェル・ビュトールが「至高点」と名指したのは、地球全体を一望の下に収める特権的な視座の象徴としてそれが啓示する究極の知ゆえに、「極点のすぐ側まで行くことはできても、極点そのものに辿り着くことは生身の人間には遂に不可能[3]」だからであって、観念として捉えられた地球の全体性が欲望されている。

一八七〇年の普仏戦争以前の初期七作（『気球に乗って五週間』『ハテラス船長』『地球の中心への旅』『地球から月へ』『グラント船長の子供たち』『海底二万里』『月を回って』）は、この「至高点」をめぐって二つのタイプに分かれていた。すなわち、「至高点」という目的地に到達することしか主人公の頭にはないのに、その意図が達成されないタイプを第二類型とすれば、第一類型は、「世界一周」を典型例に、地球の全体性をなんらかの形で包含する時空の囲いを最大限に探索する小説群であって、その主人公たちは、タイトルが予告するプログラムを、自らそう望んだわけではなく、あくまで結果的に遂行することになる。

風任せの気球が正確にどれだけの期間でアフリカを横断できるのか、それ以前にそんなことができるのか、やってみなければわからない。グラント船長がすぐに見つかっていれば、南緯三七度線に沿って世界を一周するまでもなく、その時点で旅は終わっていた。そして、『海底二万里』の語り手であるアロナックス教授は、ナウティルス号を海の

発表年	第一類型「世界一周」型　事後性	第二類型「至高点」型　事前性
一八六三年	気球に乗って五週間——三人のイギリス人の発見の旅	
一八六四－六六年		ハテラス船長の航海と冒険
一八六四年		地球の中心への旅
一八六五年		地球から月へ——九七時間二〇分の直行路
一八六五－六七年	グラント船長の子供たち——世界一周の旅	
一八六九－七〇年	海底二万里——海底世界一周	
一八六九年	月を回って	

怪物と信じてその追跡に出発したのであって、彼を幽閉したネモ船長の気紛れのせいで、海底世界を一周することになろうとは、ましてやそれが二万里に及ぼうとは、思いも寄らないことだった。以上を整理すれば、右のような表になる。

意図しないことに成功し、意図したことに失敗する。一見対照的に見える両者だが、第一類型の主人公たちも、無意識に「至高点」に惹かれていながら、到達できずにその周囲を旋回することしかできないのだと考えられる限りにおいて、この二つのタイプは同一の事態の表裏に当たる。「至高点」に向かう求心的な動きと、個別的でローカルな知を汲み尽くそうとする遠心的な運動がせめぎ合って互いの実現を阻み、第一類型と、それによって集積される知の断片群を全体化しようとする第二類型との間の弁証法によって地球の「全体」を浮上させる——初期〈驚異の旅〉の詩学はこのようにまとめられる。

一方では、地球上のさまざまな地をめぐって「見ること(voir)」と「知ること(savoir)」に向かう拡散があり、他方では、「見ること＝知ること」がある特別な一点——地球の中心(二次的に、地球中心の入口である北極点や、その周囲を回る月)——に収斂しようとしながらも果たせない。「至高点」に到達してしまえば、地球のすべてが明らかになり、もはや旅に出る必要はなくなる。裏を返せば、「至高点」に到達しない限り、何度でも旅に出る——物語を再開する——ことが可能となるわけで、ヴェルヌにとって、「至高点」とは到達してはならない点だった。

重要なのは、「至高点」型と「世界一周」型の分裂によって、初期作品では地球の全体化への意志が否定されていたということである。繰り返しになるが、エッツェルがヴェルヌ作品のシリーズ化を決定し、〈驚異の旅〉の刊行を開始したのは、『二〇世紀のパリ』の出版拒否の直後に『地球の中心への旅』と『地球から月へ』が立て続けに書かれたからであった。ところが、この一八六六年の時点では、地球の描写というプロジェクトは存在しなかった。

このプロジェクトは、この段階ですでに刊行されていた四作、すなわち、『気球に乗って五週間』『ハテラス船長の航海と冒険』『地球の中心への旅』『地球から月へ』に加え、エッツェルの刊行する〈教育娯楽雑誌〉に連載中だった『グラント船長の子供たち』の五作を振り返って、敢えて言えば商業上の必要から、事後的に考え出されたものだ。序文の下書きはヴェルヌ本人の手によるものである事実も

〈驚異の旅〉第一巻に相当する『ハテラス船長の航海と冒険』の冒頭に置かれた「編集者の序文」において、連作の意図は次のように述べられていたのである。

ヴェルヌ氏の新作は次々にこの版に加わっていくことになりますが、その都度お知らせするようにいたします。かくて、既刊の、そして今後刊行される作品群は全体として、著者が自身の作品に「既知の世界と未知の世界への旅」という副題をつけた時に抱懐したプランを実現することになります。事実、彼の目的は、現代科学によって集められた、天文学上の知識のすべてを要約し、地理学、地質学、物理学、で生き生きとした形式で宇宙の歴史を作り直すことなのです。[4]

踏まえるなら、特に最初の四作に関してそれらを一連の作品として書いたという自覚がヴェルヌにはあり、かつ、そこに認められる全体化が必ずしも地球の描写としては意識されていなかったことが窺われる。

ここで改めて初期〈驚異の旅〉の特徴を振り返れば、目的がはっきりしている者はその達成に失敗し、コントロールを放棄して偶然に身を委ねるか、あるいはまったくそのつもりがなかった者が一定の旅程の踏破に成功するという構図の中で、ローカルな知への拡散的な脱線を促進する「世界一周」にせよ、それとは逆に求心的な運動を生み出す「至高点」にせよ、互いの顕在化を妨げるという機能に還元されてしまい、その象徴性の内実（地球の全体化）が作中で明示的に追求されることはない。その一方で、求心的な運動と拡散的な運動の弁証法が活気づける地理学的・科学的啓蒙は肯定されていたのであった。自らの企図に対する、それ自体として主意主義批判的な距離を、ここでヴェルヌははしなくも露呈させているのだ。

なぜこのような複雑な操作が必要とされたのか。科学技術の急速な進歩に対する大衆レヴェルの不安をヴェルヌが共有していたにもかかわらず、それを調停しなければならない立場に置かれたせいではないか。その意味で、「至高点」とは、不安の活用を可能にする、すぐれてイデオロギー的な形象である。エッツェルと出会った当初から、ヴェルヌには、『二〇世紀のパリ』に明確に現れているこの不安と科学啓蒙という使命とを折り合わせる必要があった。この作業は「地球の描写」というプログラムの定式化によって完成されることになる。

二類型の統合へ

しかし、すでに述べた通り、ヴェルヌにおける地球の全体化は、「至高点」型と「世界一周」型に分裂している限り、少なくとも公然とは追求されず、事前の「意志」を禁じられていたのは、主人公たちである以前に作家自身だった。言い換えれば、分裂＝不安が露わになっていた間は、連作としての方法意識の形成が阻害されていたのである。初期〈驚異の旅〉は、連作全体で地球の全体性を担うという方法意識が欠如していたため、各小説が個々に全体性を「無意志的に」担おうとし、必然的に各小説の独立性が高まる結果につながっていた。

したがって、連作が真の意味で成立するには、ヴェルヌが自らの「意志」を受け入れなければならなかった。そして、「地球の描写」という形でそれは可能になったように思われる。事実、「世界一周」と「至高点」は、それぞれ「地球の描写」の形式とイデオロギーに対応し、その後の連作の構造を予め分解して露わにしていた。この両者の統合に伴い、構造が見えにくくなる代わりに意図は明確になるという逆転現象を通じて、地球の全表面を描写するプロジェクトは顕在化したわけで、分裂（＝不安）を内在化（＝隠蔽）して外部進出に転化するメカニズムがこうして構成されたのであった。

　では、不安の内在化はどのようになされたのかといえば、『海底二万里』のネモがヒントを与えてくれる。旅の始め、フランスから遠いところにいる間は、極めて愛想よく海底世界を案内してくれていたネモは、フランスが近づくにつれて、次第に陰鬱の度を強めて先を急ぐ。その場合、ネモは語り手であるフランス人アロナックスの投影であり、最終的にナウティルス号を吸引するノルウェー沖の大渦巻（メールシュトローム）は、ヴェルヌの愛読したエドガー・アラン・ポオの短篇小説「メールシュトロームに呑まれて」における同様、北極点の相関物であるのと同じくらい、ネモが体現する最先端科学に対する不安の所在であるフランスを代理表象していると見做しうる。「地球の描写」というプロジェクトの浮上以後には、不在の中心であるフランスという「至高点」の求心力から遠ざかろうとする運動が、連作の枠内で、地球の各地域を描く個々の作品によって担われるようになる。その運動は、地球儀を前にしたフランス人読者の視線になぞらえられるだろう。科学への不安がフランスという本来の場に返され、〈驚異の旅〉の舞台から原則として排除されているフランスは不在の中心であると同時に、「含意された読者」として遍在する。フランスというエクリチュールの場は否定される代わりに、自分自身の姿は見えず、それを描写できない語り手の視点と化し、語りを通してあらゆるところにいながらどこにもいない――これは海と一体化したネモその人のことでもある。

　普仏戦争以前の七作をもって、未知の世界を踏破するという語の真の意味における〈驚異の旅〉は事実上終わった。一八七二年に発表され、この事実を確認する『八十日間世界一周』は、それ以前の〈驚異の旅〉の二類型を統合し、「地球の描写」というその後のプログラムを明確に打ち出した作品である。

　周知の通り、フォッグは、彼と同じ改革クラブに属する四人の紳士を相手に、八十日間で世界を一周するという賭けをする。こうして、それまでは事後的にメタレヴェルにおけるプログラムになるのみだった「世界一周」が初めて主人公が事前に抱く計画となる。その中では八十日間で世界一周が可能な別世界（＝観念の次元）を作品内部に設定することで、この作品は、八十日後のロンドンを世界の中心に据える「至高点」型の小説を作中にモデル化している。

それゆえ、この別世界におけるフォッグの敗北は必然となっていた。その彼が意図しない過ちのおかげでメタレヴェルの予告を成就させられる時、観念の次元が文字通り破綻してその外部の現実の次元に吸収され、相容れないはずの二系列の小説類型が統合される。

そして、『八十日間世界一周』が刊行された直後の一八七三年二月二六日付〈フィガロ〉紙に掲載されたヴェルヌのインタヴュー記事の中で、地球の描写というプロジェクトが初めて公にされる。地球の全体化を、作品単独ではなく、連作全体によって担われるものだとする視点の切り換えが行われたのだった。

〈驚異の旅〉におけるガン・クラブ三部作

以上の観点から月世界二部作を見直してみれば、その重要性が改めて明らかになる。『地球から月へ』は、立て続けに書かれた三つの「至高点」型小説の締めくくりとして、『二〇世紀のパリ』の「未来予測」を抑圧し、〈驚異の旅〉のエクリチュールが生成する場となった。対する『月を回って』は、続く三つの「世界一周」型小説の掉尾を飾った作品であり、月世界二部作は、初期〈驚異の旅〉の二類型の一方から他方への反転をそのまま物語の展開としている。しかも、いずれの作品もそのタイトルが内容を言い尽くしており、特に『月を回って』の場合、主人公たちはひたすら月を見ることしかできず、触れることはおろか、聞くことすらできない。この点で似たような境遇にあった潜水艦ナウティルス号の「客人」アロナックスは、潜水服を着て海底を散策したり、甲板から五感を通して海と接触したり、なにより海中に開かれた舷窓を前に、背後から圧倒的な存在感を放つネモによる解説を聞いたりすることができたのだから、そうした要素を一切持たない『月を回って』の徹底的な形式性はいっそ清々しいほどである。

月世界二部作の第一部から第二部への移行が、「至高点」型から「世界一周」型への反転であったように、『地球から月へ』は、軍需産業が平和目的に反転して生じた前半の無人探査計画から、バービケインの大砲とニコルの装甲板の対立を経て後半の有人探査計画へ、『月を回って』は、地球と月の引力が釣り合う中立点を境に、月までの飛行を描く前半から、月一周飛行の後半へと展開し、女性に捧げられた右半分と男性に捧げられた左半分に分かれた表側とその裏側の間で、昼から夜への劇的な逆転が生じる。ヴェルヌ的想像力の二極性はここでも貫かれており、月旅行のシミュレーションはあくまでこうした全体的構図から導き出されているという限りにおいて、科学的根拠は二の次にすぎない。

にもかかわらず、あるいはそれゆえにこそと言うべきか、月世界二部作において、現実の宇宙開発の諸段階が一九世紀の技術で可能な範囲において要約されている点が興味深い。無人探査は、（一）命中（硬着陸）あるいはフライバイ、（二）周回軌道投入、（三）軟着陸、（四）再離陸（サンプルリターン）の四つの段階から成り、これらがすべてクリアされて初めて、有人探査の段階に移行する。ガン・クラブの当初の計画は、満月に砲弾を命中させ、それを巨大望遠鏡で観測するという硬着陸による無人探査だった。それがいきなり途中の三段階を飛ばして有人探査に移行した後、「摂理」の計らいで周回軌道を経て地球に帰還する。それは結局のところ、一九世紀の技術では、どうあがいても軟着陸と再離陸が不可能だったのはもちろん、自動的に情報を収集し、遠隔送信するに至っては、発想すらできなかったため、無人の探査機を生身の人間によって強引に代替させる以外に手がなく、である以上、是が非でも帰還させなければならなかったからである。一九世紀の月探査にとって最大の技術的難関を、月世界二部作はヴェルヌ的想像力の反転運動によって乗り越えたのである。ハンス・ブルーメンベルクは、『コペルニクス的宇宙の生成』でアポロ計画について次のように書いている。

> 人間とともにその言葉しか連れ戻すことができなかったとすれば、人間を月に送ることは報われなかっただろうが、逆に、とくに月から映像を得るためならば、人間を月に送ることは必要ではなかったかもしれないだろう。［…］最初の月面歩行に関しては古典的な旅行記が伝承されることはないであろう。[5]

一九世紀において人間を月に送る技術がなかった時にこそ、そうする必要が最大限にあったのであり、逆に、人を月に送れるようになった時には、もはやその必要はなくなっていた。ヴェルヌの月世界二部作は、技術と必要のこの行き違いを埋めるために書かれたかのように見える。ミシェル・アルダンは写真家ナダールをモデルとしているにもかかわらず、彼が月面の写真を撮ろうとした形跡はない（『地球から月へ』の挿絵［一九三頁参照］には、砲弾内に持ち込まれたカメラが描かれているのだが）。バービケインにせよ、ニコルにせよ、彼らが持って帰るのはスケッチであり、何より言葉なのだ。最初の月世界旅行に関する「古典的な旅行記」はフィクションの形でしか書かれえなかった。

　その時代における最大の技術的難関と出会いえたがゆえに、ヴェルヌ的想像力はそのポテンシャルを発揮できたのだとすれば、窮余の策として人間を送らざるをえないからこそ送ったのであって、人間は無人探査機の代役であり、当初の無人探査がベースになっていなければヴェルヌ的想像力の展開もありえなかったことを示す傍証がある。『地球から月へ』については、印刷所に入稿された著者自筆清書原稿（その訂正用余白に、エッツェルは青鉛筆で多数の指摘を書き込んでいるが、その多くはヴェルヌの手で消されている）、そして、例外的にヴェルヌ自身の直しのある校正刷りが残されている。

クローディヌ・サンロが指摘するように、この草稿およびゲラと最終ヴァージョンの間には、無視しがたい違いがある。物語の日付がすべて五か月後（あるいは七か月前）に変えられているのだ[6]。それだけではなく、砲弾を命中させるために最も好都合な位置――「近地点かつ天頂を通る」――に月がやって来るのは、次の機会を逃した場合、現行ヴァージョンのように「一八年と一一日後」ではなく、「約一四か月ごとに」同様の条件がめぐってくるとされていた。「一八年と十一日」とは、サロス周期に該当する。月と太陽が地球に対して同じ相対的位置に戻ってくるまでの期間である。では、「約一四か月」とはなにかといえば、月が近地点に達すると同時に満月になる周期（約四一二日）にほかならない。

草稿とゲラ段階におけるヴェルヌは、近地点月と満月という二つの条件しか考慮していなかったのである。ゲラ上の直しから判断する限り、近地点月が天頂を通過することがヴェルヌにとっては当初から一貫して絶対条件だったにもかかわらず、月が天頂を通るためには、満月の時に子午線を通過しさえすればいいと思い込んでいたらしい。ゲラを直しながら、ヴェルヌは、満月が子午線を通過する際に必ずしも天頂を通らないことに気づき、満月と子午線を消して天頂に修正した。ところが、満月という条件は暗黙の前提として残ったままだった。最初の勘違いを訂正しないまま、「近地点通過と天頂通過の一致」という条件だけを強調したため、月が満月であるという最初の条件が覆い隠されてしまったのである。したがって、「天頂通過」は、「近地点通過」「満月」に続く三番目の条件となり、それを考慮に入れるためには、さらに二つの修正が必要となった。第一に、大砲が設置される予定地であるフロリダのタンパ・タウンは北緯二八度に位置し、満月の天頂通過は冬至付近にしか起こらない。発射の日が七月一日から一二月一日に変更されたのはこのためだ（この二つの日付自体に歴史的根拠はない）。第二に、この新たな条件の追加によって、サロス周期の導入が必要となる。おそらくヴェルヌは従兄の数学者アンリ・ガルセかその同僚のジョーゼフ・ベルトラン（その著『天文学の創始者たち』がナウティルス号の図書館にあったことになっている）に指摘されて、ぎりぎり最後の段階でこの二点の変更を行ったのであるが、地球からの観測、すなわち無人探査に不可欠な満月という隠された条件こそ、小説の全プロットの要だった。

例えば、ヴェルヌが当初設定した発射の日付（七月一日）にあくまで拘るのであれば、夏至の頃に天頂に最も接近する新月を狙うことにすればよかった。しかし、もしそうしていたら、地球からの観測は不可能となり、『月を回って』の中で、太陽に照らされた月の裏側を描かなければならなくなっていたはずだ……。他方で、サロス周期のおかげで、ヴェルヌの十八番ともいうべきテーマ、時間との競争が二次的に持ち込まれ、それは数年後、この小説の別のテーマ、すなわち賭けのテーマと結びついて、『八十日間世界一周』に結実する。[7]

かつて多くの文化で大地の女神と同一視されていた月。その月を目指す過程で、「至高点」型と「世界一周」型の間の分裂を横断した後、地球へと回帰する——月世界二部作は、以後の〈驚異の旅〉が「地球の描写」に再編成される過程でもあった。

月世界二部作から二十年後、エッツェルの死から数年後に書かれた続篇『上も下もなく』もまた、十年以内の近未来を予想した小説の体裁を取っている。大胆な未来予測に対する抑圧は解かれなかったわけで、〈驚異の旅〉の枠内で『二〇世紀のパリ』に匹敵する未来予測が書かれることはこの後もない。

『地球から月へ』からアルダンというリーダーを排除して個人的プロジェクトを集団化することでパロディ化（反転）した『上も下もなく』は、一八八八年四月に技師アルベール・バドゥローが持ち込んだ『現代のタイタン』という覚書を元に書かれた。執筆中のヴェルヌは、折しも〈タン〉紙に連載されていたアンドレ・ローリーの『地球の亡命者』への対抗意識に駆られていた。ローリーは、この筆名でエッツェル社の専属作家となる前に、ヴェルヌに二作の〈驚異の旅〉（『ベガンの五億フラン』『南の星』）の原作を提供した人物である。『地球の亡命者』は、スーダンにある山に強力な磁気を帯びさせ、月を地球に引き寄せることで月世界旅行を可能にするというアイデアに基づいている。大砲を水平に発射する反動で自転軸を変え、北極に「来てもらう」『上も下もなく』と発想が似ている。おまけに、生前のエッツェルは『地球の亡命者』が気に入っていて、ヴェルヌ名義で〈驚異の旅〉に収録しようとすら考えていた。結果的に、この作品をもってローリーは科学小説作家として一人立ちすることになったわけで、ヴェルヌのローリーへの対抗意識には、作家としての嫉妬心という側面もあったに違いない。

年少のライヴァルが突きつけてきた野心的月世界旅行(そこでは、巨人による古代月世界文明の遺跡も描かれていた)を否定すべく、自らのかつての月世界旅行の主人公たちをふたたび召喚したヴェルヌは、〈驚異の旅〉全体の目的である地球が、その進路に介入すべき「操縦できない乗り物」であるという事実を明らかにする。「至高点」の入口である北極点をアクセス可能にすれば、われわれは地球のすべてを知り、その支配者となる。地球が乗り物である以上、地球の支配者になるとはその操縦者になる(そして、無限の征服に乗り出す)ということなのだ。

それは永遠に不可能なままであり、ヴェルヌ的旅人は、地球のミニチュアである操縦不能な乗り物(月世界二部作の砲弾はその典型である)に導かれ、地表を彷徨い続けるしかない。〈驚異の旅〉とはその運動の軌跡であった。

天動説から地動説への転換に伴って、地球(グローブ)は、不動の単なる土の塊から、惑星(プラネット)という他者の地位に昇格したはずだったのに、緯線と経線からなるグローバルな時空システムに絡み取られ、天動説の時代以上に地球(グローブ)になってしまったかに思われた。ところがどっこい、操縦が可能にならない限り、他者であるという本質にはいささかの変わりもなかったのだ。〈驚異の旅〉の軌跡は、世界をグローバルに標準化する時空システムを寿ぐと同時に、地球という惑星の他者性に対する「愛撫」(ビュトール)なのである。

註

[1] Eugène Muller, « Un éditeur homme de lettres. J. Hetzel. – P.J. Stahl », *Le Livre. Revue du monde littéraire, Archives des Écrits de ce temps. Bibliographie rétrospective*, 7e année 1886, Paris, A. Quantin, p.146.

[2] Oliver Dumas et Eric Weissenberg, « *De la terre à la lune* : une prévision ignorée et inaccomplie », *Bulletin de la Société Jules Verne*, N° 155, 2005, p. 55.

[3] Michel Butor, « Le point suprême et l'âge d'or à travers quelques œuvres de Jules Verne », *Répertoire* I, Paris, Minuit, 1960, p. 147.

[4] J. Hetzel, « Avertissement de l'éditeur », dans Jules Verne, *Voyages et aventures du capitaine Hatteras*, Paris, Hetzel, 1866, p. 2.

[5] ハンス・ブルーメンベルク『コペルニクス的宇宙の生成』第三巻、座小田豊他訳、法政大学出版局、二〇一一年。

[6] Claudine Sainlot, « Le Gun-Club dans tous ses états », Bibliothèque municipale de Nantes, *Jules Verne écrivain*, Coiffard et joca seria, Nantes, 2000, p. 54.

[7] 以上の議論における天文学的情報は、『上も下もなく』補遺の訳者である椎名建仁氏よりご教示いただいたことを明記し、同氏に深謝申し上げる。

訳者あとがき

ジュール・ヴェルヌ〈驚異の旅〉コレクションの第一回配本である本書は、いわゆる「ガン・クラブ三部作」に当たる三作、すなわち、Jules Verne, *De la Terre à la Lune* (Paris, Hetzel, 1865), *Autour de la Lune* (Paris, Hetzel, 1870), *Sans dessus dessous* (Paris, Hetzel, 1889) の全訳を収録した。三部作を一巻にまとめて刊行した先例は、本国にもまだ存在しない。

本選集は、各収録作の最終ヴァージョンを底本として採用している。当然とも思われる原則をわざわざ断っておかなければならないのは、ヴェルヌ作品の翻訳としては、これが世界でも初めてのことだからである。

エッツェル書店が〈驚異の旅〉*Les Voyages extraordinaires* と銘打って刊行したジュール・ヴェルヌ作品はすべて、例外を除き、三種類の刊行形態を経ている。すなわち、〈教育娯楽雑誌〉*Magasin d'Éducation et de Récréation* ないし一般紙にまず連載された後、十八折判で初版が刊行され、最後に、八折判で挿絵版が刊行される。全紙（エッツェル書店の場合、縦五六×横七二センチ）を縦方向に三等分、横方向に六等分して得られる判型が十八折判（一八・六×一二センチ）、縦方向に二等分、横方向に四等分して得られる判型が八折判（二七×一七・五センチ）だった。したがって、エッツェル以後のヴェルヌ作品の再刊および翻訳は、挿絵版に基づいて行われることが多く、ガリマール社の権威あるプレイヤード叢書に近年収録された諸作も例外ではない。

だが、実際には、作者が最後に手を入れた版は、挿絵版ではないことが多く、一八七四年以降はおおむね十八折判であるのに対し、それ以前の時期に関しては、作品によってまちまちなのである。例えば、『海底二万里』の場合、第一部は十八折判、第二部は〈教育娯楽雑誌〉が最新版であるが、いずれも、それ以前に準備された版での直しが漏れている箇所が若干ある。

言いかえれば、ヴェルヌの最も有名な作品ですら、信頼できる本文がいまだに存在していないということである。このような状況に鑑みて、本選集では、ヴェルヌとエッツェル父子の往復書簡から各作品の最終ヴァージョンを確定した上で、ナント市立図書館のウェブサイトで公開されている著者自筆草稿を適宜参照し、可能な範囲で校訂作業を行っている。本書収録作については、『地球から月へ』『月を回って』は挿絵版を、『上も下もなく』は十八折判をそれぞれ底本とし、訳文の作成にあたっては、ヴェルヌ特有の言い回しや「くすぐり」を極力生かすよう努めた。とりわけ、『上も下もなく』の「補遺」は挿絵版には収録されておらず、数学者である椎名建仁氏による初訳を今回お読みいただけることになった。

また、ヴェルヌは、思いも寄らないほど広範囲な資料に目を通し、少しでもアンテナに引っかかる情報はことごとくメモし、それらを惜しげもなく行文のあちこちに忍ばせている。一種の情報小説としてのこうした側面を、訳註を通じて少しでも読者に感じていただけるよう、固有名詞を中心に調査を尽くした。

とはいえ、解消できずに残った疑問点も少なくない。ガン・クラブ三部作に特有の問題点として、執筆が長期にわたったこと、そして、一八六八年五月の契約で年に三巻、七一年九月の契約以降は年二巻分の原稿をエッツェルに引き渡す義務をヴェルヌが負っていたことから、物語上の齟齬が作品をまたいで生じている。例えば、『地球から月へ』ではバービケインの持ち物だったはずのクロノメーター、ニコルが飼っていたはずの猟犬が、『月を回って』ではそれぞれニコル、アルダンのものになっている。さらに細かい点でいえば、『月を回って』第二章に登場する火球の「地球に向いた面」が強烈に照らされ、「月とは反対側の面」が「宇宙空間のまったき闇の中に溶け込んだ」(以上、すべて二三五頁)と書かれているのに違和感を覚えた読者もおられるのではないか。実際、「地球に向いた面」が、草稿では当初、「月に向いた面」と書かれていたとおり、この時の火球が砲弾ともども地球の本影中にあったとすれば、「地球に向いた面」は照らされず、「月に向いた面」が満月に照らされるはずだ。この矛盾を解消するには、本影に突入するに先立って太陽に照らされていた火球が、本影中では逆に「月に向いた面」がうっすらと照らされ、反対側は闇に溶け込むと考えればよいのだが、「大きな月の光を受けた小さな月」という誤解を招く表現も削除されるべきであった。

挿絵について一言。エッツェル版において、刊行順から「初版」とされてきた十八折判の通常単行本よりも、挿絵版の方が先行して制作されることが一八七四年を境に通例となったのは、ヴェルヌを見出した編集者ピエール゠ジュール・エッツェルが、本文を挿絵と一体化させるべく意を注いでいたからである。そのため、ギュスターヴ・ドレのような、作家性が強く、相応の対価を要求する挿絵画家ではなく、注文に柔軟に応じ、比較的単価が低い分、数をこなす職人的な挿絵画家が重用された。

『地球から月へ』の挿絵を担当したアンリ・ド・モントーは、初期の〈驚異の旅〉の印象的な挿絵を数多く制作したエドゥアール・リューを、『気球に乗って五週間』と『ハテラス船長の航海と冒険』で補佐していた人物だが、どういうわけか、本作を最後に〈驚異の旅〉に登用されることはなかった。『月を回って』の挿絵画家であるエミール・バイヤールとアルフォンス・ド・ヌヴィルは、前者がユゴー『レ・ミゼラブル』の挿絵で知られ、鹿島茂『人獣戯画の美術史』（ポーラ文化研究所）の主役、後者は、戦争画家として活躍する傍ら、『海底二万里』『八十日間世界一周』の挿絵も一部手がけた。『上も下もなく』の挿絵を描いたジョルジュ・ルーは、レオン・ブネットに次いで多くの〈驚異の旅〉の挿絵を任されたことで知られる。

彼らの下絵は職人の手で木版に彫られ、印刷された。一八八六年にこの世を去ったピエール＝ジュール・エッツェルを引き継いだ息子のルイ＝ジュールは、挿絵版の版元装丁に多色刷りを導入したほか、既刊作品の既存の挿絵の幾つかに彩色を施したり、ジョルジュ・ルーに新たな挿絵を制作させ、それらを写真製版で追加したりした。『地球から月へ』に追加された四点（本書八二頁、一一八頁、一八七頁、二〇一頁）が最後のケースに該当する。追加分も含め、エッツェル版の挿絵を全点収録できたのは、ベルンハルト・クラウト（Bernhard Krauth）、ルネ・ポール（René Paul）両氏のおかげである。記して感謝申し上げる。

なお、「ガン・クラブ三部作」は以下の既訳が存在する（明治期の初訳以外の抄訳は割愛）。参考にさせていただき、大変得るところが多かったことを申し添える。


『地球から月へ』

井上勤訳『九十七時二十分間――月世界旅行　巻一～十』、黒瀬勉二・三木美記、一八八〇年五月～一八八一年三月。

鈴木力衛訳『月世界旅行』、集英社、〈ヴェルヌ全集〉九巻、一九六八年。

高山宏訳『詳注版　月世界旅行』、東京図書、一九八一年（ちくま文庫、一九九九年）。


『月を回って』

井上勤訳『月世界一周』、長尾商店ほか、一八八六年。

江口清訳『月世界へ行く』、東京創元社、創元推理文庫、一九六四年。

高木進訳『月世界探検』、集英社、〈ヴェルヌ全集〉一五巻、一九六八年。


『上も下もなく』

榊原晃三訳『地軸変更計画』、ジャストシステム、一九九六年（創元SF文庫、二〇〇五年）。

細目次

地球から月へ

月を回って

【著者】

Jules Verne（ジュール・ヴェルヌ）

1828年，フランス北西部の都市ナントに生まれる．二十歳でパリ上京後，代訴人だった父の跡を継ぐことを拒否し，オペレッタの台本やシャンソンを執筆する．1862年，出版者ピエール＝ジュール・エッツェルと出会い，その示唆を得て書いた『気球に乗って五週間』で小説家デビューを果たす．以後，地理学をベースにした冒険小説を次々に発表．作者が1905年に没するまでに六十篇を超えたそれらの小説は，いずれもエッツェル社から刊行され，1866年以降，その挿絵版が〈驚異の旅〉という総タイトルの下にシリーズ化された．代表作は，『地球の中心への旅』『海底二万里』『八十日間世界一周』『神秘の島』『ミシェル・ストロゴフ』等．多くの科学者や探検家が子供の頃に読んで強い影響を受けただけではなく，コナン・ドイル以降のジャンル小説の書き手はもちろん，レーモン・ルーセル，ミシェル・ビュトール，ジュリアン・グラック，ジョルジュ・ペレック，ル・クレジオ等々，ヴェルヌとの文学的血縁関係を自認する作家は少なくない．

【訳者】

石橋正孝（Ishibashi, Masataka）

文芸評論家．フランス文学研究者．東京大学大学院総合文化研究科博士課程退学，パリ第八大学で博士号（文学）取得．現在，立教大学観光学部交流文化学科准教授．専門はジュール・ヴェルヌ．著書に，『〈驚異の旅〉または出版をめぐる冒険――ジュール・ヴェルヌとピエール＝ジュール・エッツェル』『大西巨人　闘争する秘密』（以上，左右社），『あらゆる文士は娼婦である――19世紀フランスの出版人と作家たち』（倉方健作と共著，白水社），『歴史の総合者として――大西巨人未刊行批評集成』（山口直孝，橋本あゆみ共編，幻戯書房）他．訳書に，コタルディエール他『ジュール・ヴェルヌの世紀――科学・冒険・《驚異の旅》』（私市保彦，新島進と共訳），アンヌ・ボケル，エティエンヌ・ケルン『罵倒文学史――19世紀フランス作家の噂の真相』，アニエス・アンベール『レジスタンス女性の手記』（以上，東洋書林），フォルカー・デース『ジュール・ヴェルヌ伝』（水声社），ミシェル・ビュトール『レペルトワール（ミシェル・ビュトール評論集）』「I 1960」「II 1964」「III 1968」（共訳，幻戯書房），レジス・メサック『「探偵小説」の考古学――セレンディップの三人の王子たちからシャーロック・ホームズまで』（監修・共訳，国書刊行会）他．フランス本国のジュール・ヴェルヌ協会および日本ジュール・ヴェルヌ研究会の双方で会誌の編集委員を務めている．

［カバー装画］

堀江栞（Horie, Shiori）

「浮沈子」2012　72.7 × 116.7㎝　和紙　岩絵具

©Shiori Horie

ジュール・ヴェルヌ〈驚異の旅〉コレクション
II

地球から月へ　月を回って　上も下もなく

ジュール・ヴェルヌ

石橋正孝 訳

2017年1月20日　初版第1刷発行
2023年4月28日　初版第2刷発行

発行者　丸山哲郎
装　幀　間村俊一
装　画　堀江　栞
発行所　株式会社インスクリプト
〒101-0074 東京都千代田区九段南2丁目2-8
tel: 050-3044-8255　fax: 042-657-8123
info@inscript.co.jp
http://www.inscript.co.jp

印刷・製本　中央精版印刷株式会社
ISBN978-4-900997-44-8
Printed in Japan
©2017 Masataka Ishibashi

落丁・乱丁本はお取り替えいたします。
定価はカバー・帯に表示してあります。

ジュール・ヴェルヌ〈驚異の旅〉コレクション
全五巻

19世紀フランス文学が生みだした三つの巨大な百科全書的小説連作――

バルザック〈人間喜劇〉、ゾラ〈ルーゴン＝マッカール叢書〉、そして、ヴェルヌの〈驚異の旅〉。

本格的紹介が待たれた〈驚異の旅〉シリーズから選りすぐりの傑作をコレクション。

ほとんどが本邦初訳、最良の訳者による完訳と石橋正孝による全巻解説、初版時の挿画を全収録した
愛読愛蔵版。

A5判上製 丸背かがり綴 カバー装　本文9ポ二段組　平均530頁
装幀：間村俊一　カバー装画：堀江栞

第Ⅰ巻（第4回配本）
ハテラス船長の航海と冒険〈完訳〉
荒原邦博訳（21年6月刊）　5,800円

第Ⅱ巻（第1回配本）
地球から月へ　月を回って　上も下もなく〈完訳〉
石橋正孝訳（17年1月刊）　5,800円

第Ⅲ巻（最終回配本）
エクトール・セルヴァダック〈完訳〉
石橋正孝訳（23年4月刊）　5,200円

第Ⅳ巻（第2回配本）
蒸気で動く家〈完訳〉
荒原邦博・三枝大修訳（17年8月刊）　5,200円

第Ⅴ巻（第3回配本）
カルパチアの城　ヴィルヘルム・シュトーリッツの秘密〈本邦初訳〉
新島進訳（18年10月刊）　4,200円

（価格は税抜）